KiWi

1685

Das Buch

Eine Frau auf der Flucht vor ihrem gewalttätigen Mann, der vor nichts zurückschreckt, um sie und das gemeinsame Kind zurück nach Hause zu holen – Viveca Stens neuer Roman garantiert Spannung bis zur letzten Seite.

Nora Linde, Chefanklägerin der Behörde gegen Wirtschaftskriminalität, hat einen gefährlichen Gegner: den Anführer der Drogenszene Stockholms, Andreis Kovač. Er wurde von ihr wegen Steuerhinterziehung angeklagt, denn für Drogenhandel und Geldwäsche fehlen die Beweise. Doch nicht nur Nora kämpft gegen den Drogenboss. Seine junge Frau Mina ist auf verzweifelter Flucht vor ihm, nachdem er sie fast totgeprügelt hat. Alles, was sie möchte, ist, ihren kleinen Sohn zu schützen. So wird sie in Sicherheit gebracht, und kaum einer weiß, wo sie sich aufhält. Sie ist die Schlüsselperson im anstehenden Prozess, vorausgesetzt, Nora kann sie überzeugen auszusagen.

Andreis würde alles tun, um seine Gegner auszuschalten und Mina zurückzubekommen. Er scheut keine Mittel, um seine Ziele durchzusetzen, und Minas Unterstützer sind seine Feinde. Als ein Mord geschieht, wird Thomas Andreasson in den Fall hineingezogen, und auch Nora nimmt immer größere Risiken auf sich, um Mina zu schützen.

Die Autorin

Viveca Sten war Chefjuristin bei der dänischen und schwedischen Post, bevor sie sich ganz dem Schreiben widmete. Sie wohnt mit Mann und drei Kindern vor den Toren von Stockholm. Seit sie ein kleines Kind war, hat sie die Sommer auf Sandhamn verbracht, wo ihre Familie seit mehreren Generationen ein Haus besitzt. Ihre Sandhamn-Krimireihe feiert weltweit Erfolge und wurde fürs ZDF verfilmt.

Die Übersetzerin

Dagmar Lendt ist Skandinavistin und übersetzt aus dem Norwegischen, Schwedischen und Dänischen. Bisher hat sie rund einhundert Bücher ins Deutsche übertragen, unter anderem von Jon Fosse, Kjetil Try, Karin Alvtegen und Liza Marklund. Sie lebt in Berlin.

Viveca Sten

Flucht in die Schären

Ein Fall für Thomas Andreasson

Roman

Aus dem Schwedischen
von Dagmar Lendt

Kiepenheuer & Witsch

Aus Verantwortung für die Umwelt hat sich der *Verlag Kiepenheuer & Witsch* zu einer nachhaltigen Buchproduktion verpflichtet. Der bewusste Umgang mit unseren Ressourcen, der Schutz unseres Klimas und der Natur gehören zu unseren obersten Unternehmenszielen.
Gemeinsam mit unseren Partnern und Lieferanten setzen wir uns für eine klimaneutrale Buchproduktion ein, die den Erwerb von Klimazertifikaten zur Kompensation des CO_2-Ausstoßes einschließt.

Weitere Informationen finden Sie unter: www.klimaneutralerverlag.de

FSC www.fsc.org MIX Papier aus verantwortungsvollen Quellen FSC® C083411

Verlag Kiepenheuer & Witsch, FSC® N001512

1. Auflage 2020

Titel der Originalausgabe: I fel sällskap

Aus dem Schwedischen von Dagmar Lendt

Umschlaggestaltung und -motiv: Rudolf Linn, Köln
Gesetzt aus der Minion und der Gill Sans
Satz: Buch-Werkstatt GmbH, Bad Aibling
Druck und Bindung: CPI books GmbH, Leck
ISBN 978-3-462-05341-8

Für Tamara,
die die Vernichtung überlebte und in Schweden
ein neues Leben anfangen konnte

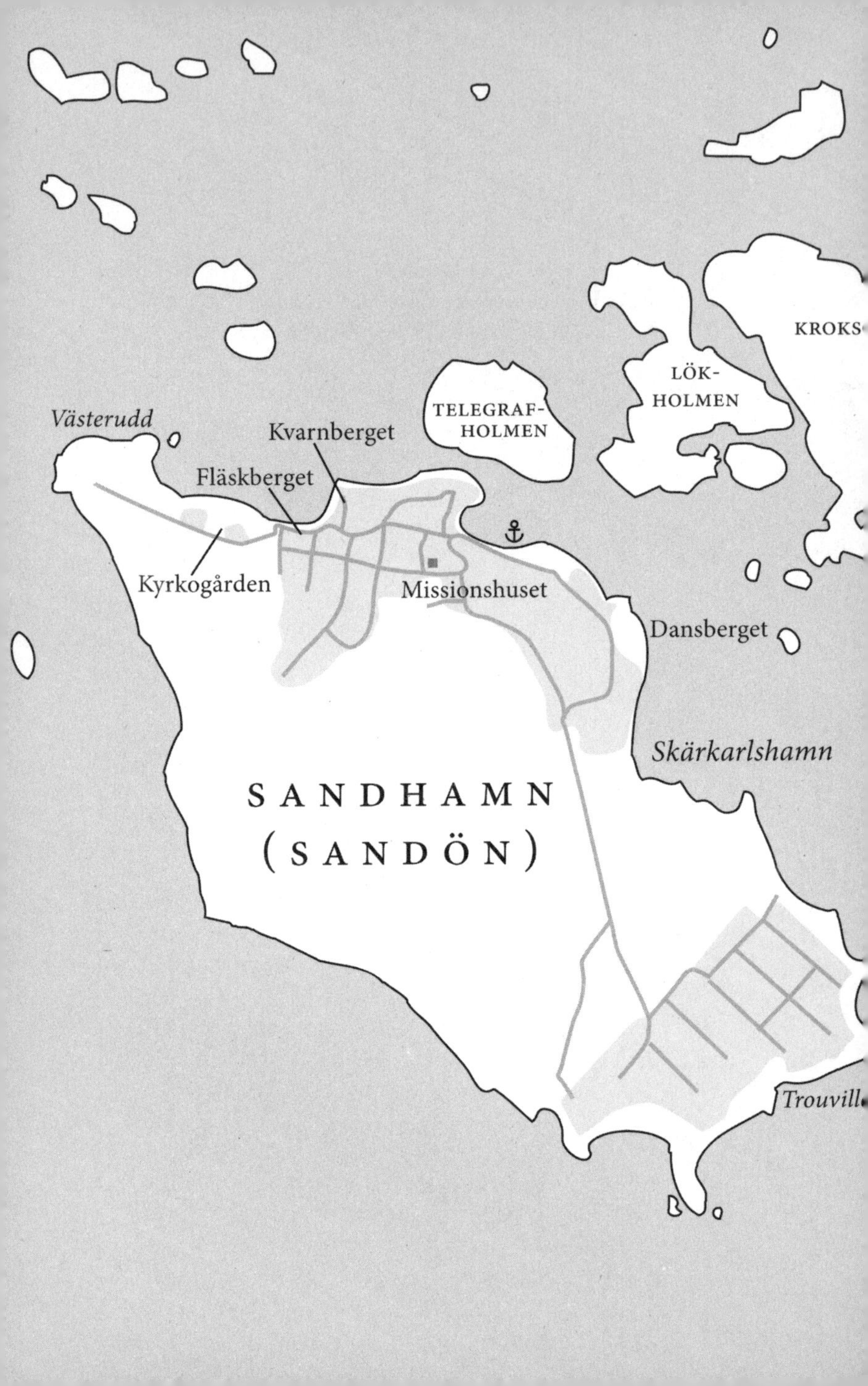

KROKS
LÖK-
HOLMEN
TELEGRAF-
HOLMEN
Västerudd
Kvarnberget
Fläskberget
Kyrkogården
Missionshuset
Dansberget
Skärkarlshamn
SANDHAMN
(SANDÖN)
Trouvill

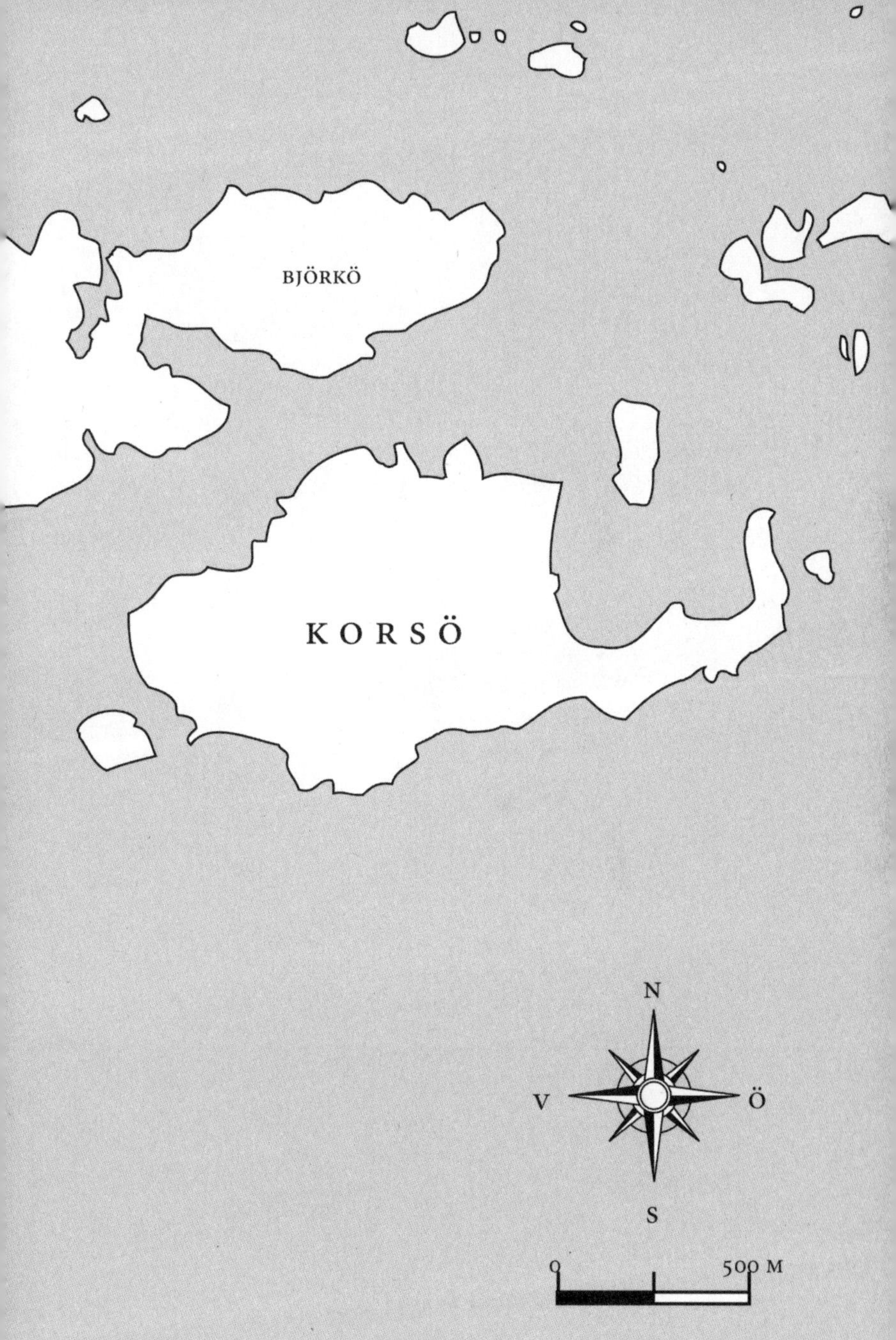
BJÖRKÖ
KORSÖ
N
V
Ö
S
0
500 M

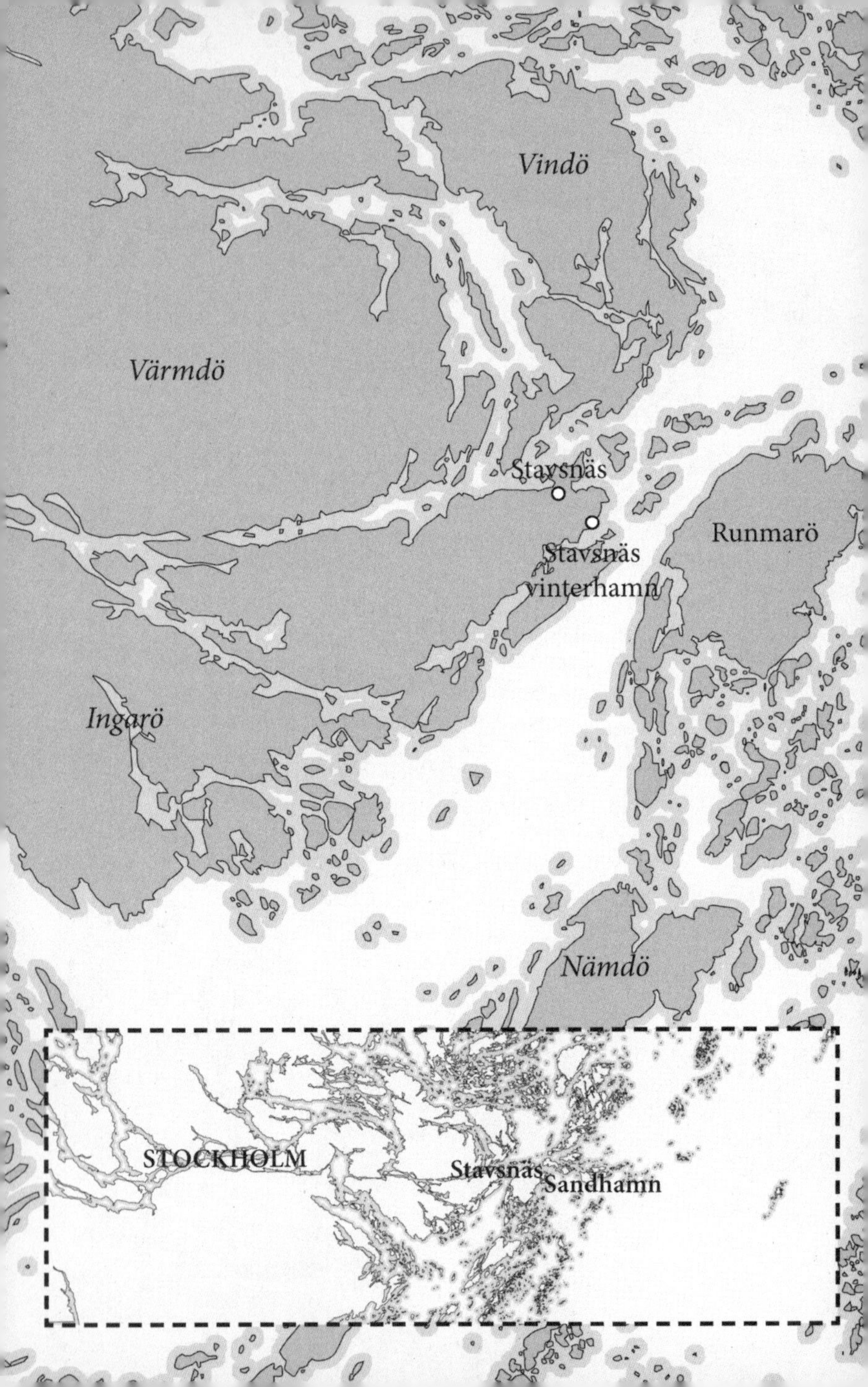
Vindö
Värmdö
Stavsnäs
Runmarö
Stavsnäs
vinterhamn
Ingarö
Nämdö
STOCKHOLM
Stavsnäs
Sandhamn

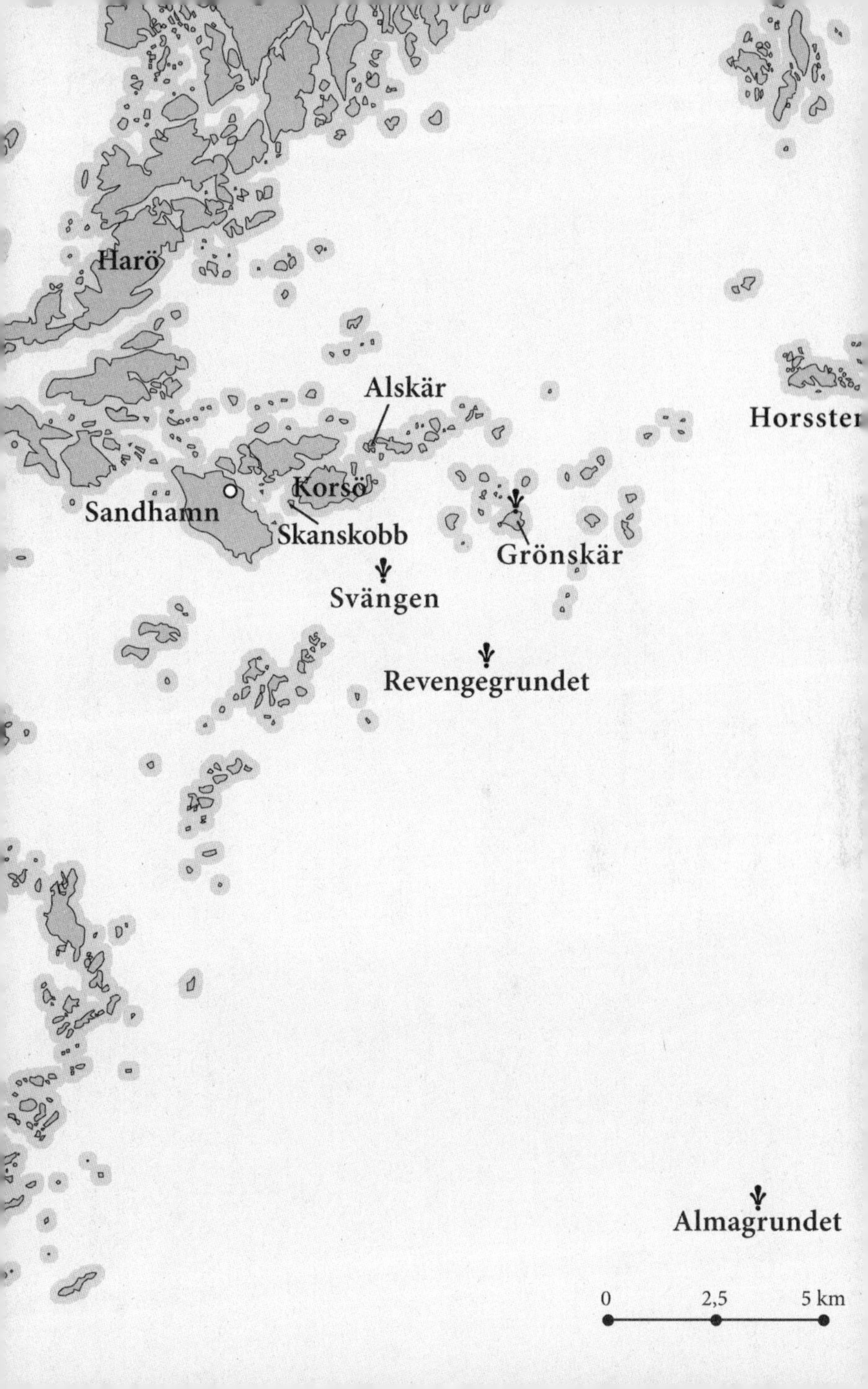
Harö
Alskär
Horssten
Korsö
Sandhamn
Skanskobb
Grönskär
Svängen
Revengegrundet
Almagrundet
0
2,5
5 km

Montag, 28. März 2016

Kapitel 1

Mina Kovač musterte die Spüle. Obwohl sie glänzte, fuhr sie sicherheitshalber ein letztes Mal mit dem Schwammtuch darüber. Sie hatte alle Fußböden gewischt und überall staubgesaugt, mit der kleinen Saugdüse, die wirklich bis in die Ecken kam, sodass keine Krümel übrig blieben. Das Bad duftete zitronenfrisch.

Der Kleine hatte ungewöhnlich lange geschlafen, Gott sei Dank, so hatte sie in aller Ruhe sauber machen können. Sie warf einen schnellen Blick zum Fenster. Dino brachte Andreis nie vor sieben nach Hause, aber sie konnte nicht anders, als trotzdem nachzusehen.

Das Essen musste fertig sein, wenn er die Haustür öffnete. Sie hatte alles vorbereitet, zwei schöne Steaks mit großen Backkartoffeln, dazu Sauce béarnaise und einen grünen Salat.

Sein Lieblingsessen.

In der letzten Zeit war Andreis noch unberechenbarer als sonst. Sie gab sich Mühe, ihn nicht zu reizen; manchmal wusste sie nicht einmal, warum er wütend wurde. Sie verhielt sich leise und versuchte, so wenig Platz wie möglich einzunehmen. Wenn Lukas aufwachte, nahm sie ihn gleich hoch, damit er nicht weinte und Andreis störte.

All die späten Besprechungen und Telefonate, manchmal fuhr er mitten in der Nacht mit Dino weg, ohne jede Erklärung.

Sie wagte nicht zu fragen, wohin und warum.

Mina ging ins Wohnzimmer und beugte sich über die alte Wiege, die ihr Vater vom Dachboden geholt und restauriert hatte. Lukas lag auf dem Rücken und schlief. Die unfassbar kleinen Hände ruhten auf dem Laken, die Finger mit den durchsichtigen Nägeln abgespreizt. Sein neues Schmusetier, ein hellblaues Plüschkaninchen, das er von Oma und Opa bekommen hatte, lag in der einen Ecke.

Sie wünschte, sie hätte die Zeit, ihn hochzunehmen, ihre Lippen auf das flaumige Köpfchen zu drücken und sich mit ihm in den Sessel zu setzen, um ihn zu füttern. Aber es war besser, wenn er weiterschlief, dann konnte sie noch schnell die Gästetoilette sauber machen, bevor Andreis zurückkam.

Ein Geräusch an der Haustür ließ Mina zusammenzucken. War er das schon? Es war erst sechs. Eilig ging sie in die Diele und öffnete. Die Anspannung fiel von ihr ab, als sie ihren Vater auf der Treppe stehen sah.

»Was machst du denn hier?«

»Ich hatte in der Nähe zu tun. Kann ich reinkommen?«

Mina zögerte.

»Ist er zu Hause?«

Sie brauchte nichts zu erklären, nicht ihm. Aber sie schämte sich, dass es so deutlich war.

»Er kommt in einer Stunde«, sagte sie, ohne ihm in die Augen zu blicken.

»Ich dachte, ich sage Lukas kurz Guten Tag, es ist schon so lange her seit dem letzten Mal. Ich bleibe nur ein paar Minuten. Bevor Andreis kommt, bin ich wieder weg.«

Mina nickte.

»Komm rein. Er schläft im Wohnzimmer, schon seit Stunden, der kleine Kerl.«

Ihr Vater trat ein. Mina hätte ihm gern Kaffee angeboten und ein bisschen mit ihm zusammengesessen und geredet, aber sie wusste, dass es keine gute Idee war. Die Zeit war zu knapp.

»Er ist wirklich süß«, sagte Papa, als er zurückkam. »Die Augen und den Mund hat er von dir. Meinst du, er wird mal genauso blond wie du?«

Mina lächelte leicht. Sie fand auch, dass ihr Sohn nach ihr kam, obwohl Andreis steif und fest behauptete, Lukas sehe seinem eigenen Vater ähnlich.

»Wir werden sehen«, erwiderte sie. »Grüß Mama von mir.«

Sie versuchte, es ganz natürlich klingen zu lassen, nicht so, als wollte sie ihn zur Eile drängen.

Papa tätschelte ihre Wange und öffnete die Haustür. Auf der Schwelle blieb er stehen und drehte sich um, etwas Flehentliches im Blick.

»Willst du nicht für ein paar Wochen nach Hause kommen?«, fragte er. »Andreis hat im Moment sicher viel zu tun. Bei uns wäre es für dich und Lukas vielleicht ein bisschen ruhiger?«

Mina wusste, dass die Eltern sich Sorgen um sie machten. Alles war schlimmer geworden, die blauen Flecken ließen sich nicht mehr verheimlichen.

»Mama und ich … wir denken die ganze Zeit an dich.«

Als Andreis im Gefängnis war, hatten die Eltern auch versucht, sie nach Hause zu holen. Aber Mina wusste, dass Andreis es als Verrat empfunden hätte. Nach seiner Entlassung hätte sie den Preis dafür zahlen müssen.

Die Hoffnung in Papas Augen machte ihr zu schaffen. Unwillkürlich warf sie einen Blick zur Straße hinter ihm, aber zum Glück war sie immer noch leer.

»Lass uns ein andermal darüber reden«, sagte sie.

»Andreis ist nicht gut für dich, das weißt du!«

Er hatte die Stimme erhoben. Aber Mina konnte ihn nicht auch noch beruhigen, sie *schaffte* es nicht. Sie brauchte ihre ganze Energie, um Lukas zu schützen. Und sich selbst.

»Bitte, Papa. Nicht jetzt. Ich muss noch so viel tun.«

Ihr Vater rieb sich die Stirn. In den letzten Jahren hatten sich neue Linien in sein Gesicht gegraben, dabei war er erst fünfundfünfzig. Sein weißgraues Haar brauchte einen Schnitt.

»Mama geht es nicht gut«, sagte er zögernd.

Mina erstarrte.

»Was meinst du?«

»Es ist das Herz.«

»Nein! Nicht Mama!«

Die Worte kamen ganz von selbst. Mama musste da sein. Immer. Auch wenn es schwierig, manchmal geradezu unmöglich war, sie zu besuchen, war das ihre letzte Sicherheit. Dass Mama und Papa für sie da waren, was immer auch passierte.

Dass sie nach Hause konnte.

»Du hast es sicher nicht gemerkt, aber sie bekommt schnell Atemnot«, sagte Papa. »In der letzten Zeit ist es schlimmer geworden. Sie hat eine Überweisung ins Söderkrankenhaus, nächste Woche wird sie dort durchgecheckt.«

Mina war den Tränen nahe. Wenn sie doch nur Lukas hochnehmen und mit Papa heim nach Skuru fahren könnte. Es gab nichts, was sie lieber getan hätte. Aber es ging nicht, warum konnte er das nicht verstehen?

»Ich rufe sie bald an«, sagte sie und grub ihre Fingernägel in die Handflächen, um nicht die Fassung zu verlieren.

»Kannst du uns nicht einfach besuchen? Sie würde sich so sehr freuen, wenn du mit Lukas vorbeischaust. Morgen vielleicht, oder Dienstag?«

Die Hoffnung in Papas Stimme machte alles nur noch schlimmer.

Mina versuchte, sich nicht anmerken zu lassen, wie gestresst sie war. Lukas würde bald aufwachen, vorher musste sie noch die Kartoffeln aufsetzen und die Steaks marinieren. Den Tisch hatte sie auch noch nicht gedeckt.

»Ich versuche es«, sagte sie, obwohl sie wusste, dass sie es nicht tun würde. »Mach's gut, Papa. Fahr vorsichtig. Ich muss jetzt wirklich noch was tun.«

Sie gab ihm einen Kuss auf die Wange und schloss die Tür.

Lukas greinte in der Wiege. Mina beeilte sich, die Sprühflasche und einen Lappen zu holen, um schnell noch die Gästetoilette zu putzen. Sie wollte damit fertig sein, bevor Lukas endgültig wach war.

Kapitel 2

Thomas schüttete die Fleischbällchen in die Bratpfanne. Das Haltbarkeitsdatum war schon einen Tag überschritten, aber er hatte es nicht mehr geschafft einzukaufen.

Es zischte mächtig in der Pfanne, und Thomas unterdrückte einen Fluch, als ihm heißes Öl auf die Hand spritzte.

Er hatte einen erbärmlichen Tag gehabt. Die Umstrukturierung der Polizei, die nicht so richtig vorankam, schlug einen Kollegen nach dem anderen in die Flucht. Heute hatte er erfahren, dass Kalle Lidwall, einer seiner ältesten Kollegen, sich entschieden hatte, den Dienst zu quittieren und bei einer Securityfirma anzufangen. Karin Ek, eine langjährige Assistentin, hatte ebenfalls gekündigt, als klar war, dass die Ermittlungsabteilung in Nacka in das Dezernat für Kapitalverbrechen in Flemingsberg integriert werden würde. Sie habe keine Lust, so weit zu pendeln, hatte sie erklärt.

Elin saß auf dem Sofa und sah fern, irgendwas mit übermütigen Kindern, die von einem Badesteg ins Wasser sprangen. Thomas versuchte, den fröhlichen Lärm zu ignorieren; er brauchte keine Erinnerung daran, dass dies Elins erster Sommer auf Harö ohne ihre Mutter sein würde.

Er öffnete den Kühlschrank und nahm eine Dose Leichtbier heraus. Er musste mit Pernilla über den Sommer reden, wie sie die Urlaubszeit aufteilen wollten und welche Wochen Elin bei wem verbringen sollte. Er hatte ihr schon mehrere SMS mit verschiedenen Vorschlägen geschickt, aber bis jetzt war noch keine konkrete Antwort gekommen. Nur vage Mitteilungen, dass sie es sich ansehen werde.

Sein Handy klingelte. Auf dem Display stand Pernillas Nummer.

»Hallo, ich bin's.«

Sie klang erkältet, aber ansonsten wie immer. Er kannte sie so gut und doch überhaupt nicht.

Er begriff immer noch nicht, wie sie in diese Situation geraten waren.

»Ich wollte nur Elin Gute Nacht sagen.«

Für einen Moment kehrte Stille ein. Morgen war Pernilla an der Reihe, Elin zu übernehmen. Normalerweise tauschten sie immer montags, aber er und Elin waren über das Osterwochenende verreist gewesen.

»Ich muss ja auf deinem Handy anrufen, weil sie kein eigenes hat«, fügte sie hinzu.

Thomas verkniff sich ein müdes Seufzen. Das Telefon war auch so ein Punkt, über den sie sich nicht einigen konnten. Pernilla wollte, dass Elin ein eigenes Handy bekam, während Thomas fand, dass eine Achtjährige noch viel zu jung dafür war.

Es sei unpraktisch, dass sie Elin nicht direkt erreichen könne, hatte Pernilla argumentiert, aber in Thomas' Augen war das nur eine billige Ausrede, um nicht zugeben zu müssen, dass sie oft zu spät aus dem Büro kam. Wenn Pernilla endlich lernte, pünktlich zu sein, brauchte ihre Tochter auch kein Mobiltelefon, ganz einfach.

»Wie machen wir das diesen Sommer mit Elin?«, fragte er, und es klang wesentlich barscher, als er beabsichtigt hatte.

»Wieso?«

»Ich muss meinen Urlaub planen, hast du meine SMS nicht gelesen?«

»Müssen wir jetzt darüber reden?«

»Die Personalabteilung hat mich schon ein paarmal gemahnt. Ich muss denen jetzt langsam mal Bescheid geben.«

»Thomas, ich weiß noch nicht, wie es bei mir aussieht.«

Sie unterbrach sich und hustete. Anschließend schnäuzte sie sich hörbar.

»Im Moment ist es schwierig mit der Urlaubsplanung«, sagte sie schließlich. »Ich ersticke in Arbeit.«

Es war, als hätte sie auf einen Knopf gedrückt. Thomas konnte sich nicht zurückhalten.

»Bei dir ist es immer schwierig mit der Planung. Aber ich habe auch einen Job, bei dem ich vorausplanen muss.«

»Ich will nicht darüber streiten«, sagte Pernilla. »Aber vor Mitte Mai kann ich mich wirklich nicht festlegen. Wir starten im Spätsommer eine Riesenkampagne. Ich weiß noch nicht, wie es zeitlich bei mir aussieht.«

Thomas drückte die Bierdose so fest, dass das Blech verbeulte. Elin blickte vom Fernseher auf, und er rang sich ein Lächeln ab, um sie zu beruhigen.

»Kannst du nicht ausnahmsweise mal ein bisschen Verständnis zeigen?«, fragte Pernilla, als sei er derjenige, der unvernünftig war.

Die Stille dehnte sich aus, aufgeladen und angespannt.

»Dann lass es uns doch so machen«, schlug Thomas so ruhig wie möglich vor, trotz des Ärgers, der in ihm aufstieg. »Ich nehme meinen Urlaub im Juli, damit Elin ein paar schöne Sommerwochen auf Harö verbringen kann. Wenigstens sieht sie dann Oma und Opa in den Ferien.«

Die Botschaft war glasklar: auch wenn ihre Mama nicht da ist.

»Das geht so nicht«, protestierte Pernilla.

Jetzt klang sie auch aufgebracht, aber daran konnte er nichts ändern. Er hatte versucht, eine möglichst zufriedenstellende Lösung für das Problem zu finden, aber er konnte nicht auch noch die Verantwortung für Pernillas unorganisiertes Leben übernehmen. Manchmal musste man eine Entscheidung treffen, man konnte nicht alles bis zum Gehtnichtmehr vor sich herschieben.

»Du lässt mir keine andere Wahl«, erwiderte er.

»Aber du kannst das nicht einfach über meinen Kopf hinweg bestimmen!«

»Ich versuche seit über einem Monat, eine gemeinsame Lösung zu finden, aber das ist ja offenbar nicht möglich. Was soll ich denn deiner Meinung nach tun?«

»Herrgott noch mal, Thomas«, sagte Pernilla. »Du bist erwachsen und benimmst dich wie ein kleines Kind. Jetzt mach mal halblang.«

Er konnte nicht länger mit ihr reden. Es ging nicht. Sonst würde er noch etwas sagen, was er nicht mehr zurücknehmen konnte.

Er ging zum Sofa, wo Elin wie festgeklebt vor dem Fernseher saß. Sie lachte laut über eine Zeichentrickfigur, die sich zum hundertsten Mal wie ein Idiot benahm.

»Ich gebe dir Elin«, sagte er und hielt seiner Tochter das Telefon hin, ohne sich von Pernilla zu verabschieden. »Mama ist dran. Sie will dir Gute Nacht sagen.«

Elin nahm das Telefon und schaute weiter fern, während sie mit Pernilla sprach. Es schien nicht so, als hätte sie die schlechte Stimmung oder den gereizten Ton zwischen den Eltern bemerkt.

Wenigstens hoffte er das, trotzdem überfielen ihn sofort Schuldgefühle. Er wollte nicht, dass Elin sie streiten hörte.

Thomas ging zurück in die Küche, goss das Bier in ein Glas und stellte die zerbeulte Dose weg. Er war die Zankerei so leid, hatte es satt, dass sie sich immer in die Haare kriegen mussten.

Jedes Gespräch endete so.

Die einzige Kommunikation, die im Moment noch zu funktionieren schien, war die per SMS. Wenn sie sich kurze Textnachrichten schickten, kamen sie einigermaßen miteinander aus. Aber sobald sie miteinander telefonierten, begannen sie zu streiten.

Er war zu barsch gewesen, das wusste er, aber musste sie jedes Mal in die gleiche Kerbe hauen? Warum endete es immer so?

Er goss das Nudelwasser so schwungvoll ab, dass es überschwappte und ihm den Fuß verbrühte.

»Verdammt!«

Diesmal konnte er sich den Fluch nicht verbeißen.

Kapitel 3

Mina atmete erleichtert auf. Das Haus war fertig geputzt. Das Essen vorbereitet. Es gab nichts, worüber Andreis sich ärgern konnte, wenn er nach Hause kam.

Sie saß im Wohnzimmer mit Lukas im Arm und gab ihm das Fläschchen. Er trank gierig, die kleinen Lippen fest um den Sauger geschlossen. Heute Abend würden sie es sich gemütlich machen, nahm sie sich vor. Andreis würde gut gelaunt sein, wenn er sah, wie schön sauber das Haus war und was für ein leckeres Essen sie gekocht hatte. Er würde sie mit demselben liebevollen Blick ansehen wie damals, als sie sich kennengelernt hatten. Als sie so verliebt waren, dass sie kaum die Hände voneinander lassen konnten.

Sie würden am Esstisch sitzen und sich über Nichtigkeiten unterhalten wie jede andere kleine Familie. Nach dem Essen würde er mit Lukas spielen, während sie die Küche aufräumte. Wenn Lukas eingeschlafen war, würden sie sich vielleicht einen Film ansehen, jeder mit einer Tasse frisch gebrühtem Kaffee oder einem letzten Glas Wein.

Sie wollte gerade Lukas an die Schulter legen, damit er sein Bäuerchen machte, als sie hörte, wie die Haustür aufgeschlossen wurde. Unwillkürlich zog sich ihr Magen zusammen, aber sie verdrängte das ungute Gefühl und versuchte, ganz ruhig zu atmen. Es gab keinen Grund, mit dem Schlimmsten zu rechnen. Alles war gut, sie musste einfach daran glauben.

Auf einmal wurde ihr eiskalt.

Der Staubsauger stand noch in der Küche. Gerade als sie ihn wegstellen wollte, hatte Lukas angefangen zu greinen, und sie war ins Wohnzimmer gelaufen, um nach ihm zu sehen.

Wie hatte sie so dumm sein können?

Mina lauschte auf seine Schritte. Konnte sie es schaffen, in die Küche zu laufen und den Staubsauger wegzuräumen, bevor Andreis hereinkam?

Sie wagte nicht, sich zu rühren, geschweige denn zu rufen. Die Gedanken rasten. Vielleicht ging er zuerst nach oben. Manchmal wollte

Andreis als Erstes unter die Dusche, wenn er von der Arbeit kam. Dann würde sie ihren Fehler noch rechtzeitig wiedergutmachen können, ohne dass er etwas merkte.

Ihr Herz klopfte immer heftiger, während sie auf das Geräusch von Schritten auf der Treppe wartete.

Dienstag

Kapitel 4

Nora Linde drückte die Klinke der Tür zum Konferenzraum mit dem Ellbogen herunter und legte den Stapel Dokumente auf dem langen Tisch ab.

In wenigen Minuten würde das wöchentliche Meeting der Zweiten Abteilung für Wirtschaftsdelikte beginnen. Sie musste sich wirklich auf ihre Fälle konzentrieren, jetzt, wo nach dem langen Osterwochenende alles wieder losging, aber sie hatte schlecht geschlafen und war gestresst wegen der ganzen Strafsachen auf ihrem Tisch.

Die Tür ging auf, und Chefankläger Jonathan Sandelin erschien auf der Schwelle. Ihr Vorgesetzter musste es am Morgen eilig gehabt haben, ein Pflaster am Kinn verriet, dass er sich beim Rasieren geschnitten hatte.

»Morgen«, sagte er und zog einen Stuhl hervor. »Schöne Ostern gehabt?«

Die Frage war rhetorisch. Nora nickte leicht, während der Raum sich mit weiteren Kollegen füllte. Irgendein Frühaufsteher hatte eine Blume an das Whiteboard gemalt, mit der Überschrift *Willkommen zurück!*

Leila Kacim, die Kriminalkommissarin, mit der Nora oft zusammenarbeitete, kam herein und nahm an der anderen Seite des Tisches Platz.

Jonathan Sandelin eröffnete die Sitzung damit, dass er die Anwesenden auf den aktuellen Stand der Dinge brachte und berichtete, welche Themen im Meeting der Führungsgruppe besprochen worden waren. Anschließend ging er die Liste der Anklagesachen durch. Neue Fälle für die Behörde zur Bekämpfung von Wirtschaftskriminalität, kurz EBM, wurden per Los auf die verschiedenen Abteilungen verteilt. Über Ostern war unter anderem ein Fall hereingekommen, bei dem ein Politiker, der für eine ausländerfeindliche Partei im Reichstag saß, die örtliche Parteikasse veruntreut hatte. In einem anderen Fall hatte eine Baufirma mehrere Subunternehmer beschäftigt, die weder Umsatzsteuer noch Unternehmenssteuern abgeführt hatten.

Nachdem Jonathan fertig war, ging es reihum, und jeder am Tisch gab einen kurzen Statusbericht über die laufenden Vorgänge.

Nora war an der Reihe.

»Wie sieht's in Sachen Steuerbetrug und Drogenmafia aus?«, fragte Jonathan. »Nähern wir uns einer Anklage?«

Nora schlug die oberste Akte von ihrem Stapel auf.

Das Drogendezernat hatte seit Längerem ein Auge auf Andreis Kovač geworfen. Es bestand der dringende Verdacht, dass er Drogenhandel betrieb, aber bisher war es nicht gelungen, konkrete Beweise zu finden, die für eine Anklage wegen Rauschgiftkriminalität gereicht hätten.

Eines Tages hatte die Steuerbehörde einen anonymen Hinweis sowie Belastungsmaterial erhalten, das der EBM die Möglichkeit gab, Andreis Kovač stattdessen wegen schweren Steuerbetrugs anzuklagen. Die Ermittlungen gegen Kovač hatten Nora und Leila fast das ganze Frühjahr hindurch beschäftigt.

Sie war dabei, einen »Al Capone« hinzulegen und einen Vertreter des organisierten Verbrechens wegen Steuervergehens hinter Gitter zu bringen, da sie ihn wegen anderer krimineller Aktivitäten nicht belangen konnten.

»Die Voruntersuchungen gegen Andreis Kovač sind so gut wie abgeschlossen«, sagte Nora. »Ich werde ihn in dieser Woche ein letztes Mal vernehmen. Aber ich rechne mit einer Verurteilung.«

Der letzte Satz war eigentlich überflüssig. Alle Anwesenden wussten, dass nur dann Anklage erhoben werden konnte, wenn der Ankläger objektive Gründe hatte, von einer Verurteilung auszugehen. Alles andere wäre ein Verstoß gegen die Dienstvorschriften.

»Sitzt er noch in Untersuchungshaft?«, fragte Jonathan.

Die Frage berührte einen wunden Punkt, auch wenn Nora nach Kräften versuchte, sich nichts anmerken zu lassen. Es war ein Rückschlag gewesen, dass das Amtsgericht Noras Antrag auf Verlängerung der U-Haft bis zum Prozessbeginn nicht stattgegeben, sondern Kovač auf freien Fuß gesetzt hatte. Eins zu null für Kovač und seine Verteidiger. Sie wollte nicht daran erinnert werden.

»Leider nicht«, erwiderte sie. »Das Amtsgericht hat den Haftbeschluss aufgehoben, Kovač ist seit gestern wieder draußen. Seiner armen Frau würde es vermutlich heute besser gehen, wenn er in U-Haft geblieben wäre.«

»Hat er ihr was getan?«, fragte Jonathan.

»Sie liegt im Krankenhaus.«

Nora hatte die Nachricht kurz vor Sitzungsbeginn erhalten. Es war wie eine Ohrfeige gewesen. Sie griff nach ihrem Tablet.

»Hier«, sagte sie und holte die Nachricht aufs Display. »Mina Kovač wurde gestern Abend ins Söderkrankenhaus eingeliefert. Sie hat zwei gebrochene Rippen und eine aufgeplatzte Lippe, und eine Augenbraue musste genäht werden.«

»Ist es sicher, dass sie von ihrem Ehemann misshandelt wurde?«

»Sieht ganz danach aus. Es wäre nicht das erste Mal, dass er sie krankenhausreif geschlagen hat.«

Nora lag eine Aufstellung von Minas früheren Krankenhausaufenthalten vor. Das Muster war eindeutig.

»Gibt es Kinder, die Zeugen der Misshandlungen wurden?«, fragte Jonathan.

»Einen Sohn«, antwortete Nora. »Er ist erst drei Monate alt.«

»Wie alt ist die Frau?«

»Gerade fünfundzwanzig geworden.«

Sie blätterte in ihren Unterlagen.

»Das Paar ist seit vier Jahren zusammen, sie haben sich kennengelernt, als Mina einundzwanzig war. Im Gegensatz zu Andreis, dessen Familie aus Bosnien geflüchtet ist, kommt Mina aus einer schwedischen Mittelschichtfamilie, sie hat die Gymnasialreife, aber keinen höheren Schulabschluss und war in den letzten Jahren auch nicht berufstätig. Ihre Eltern, Stefan und Katrin Talevski, wohnen in Skuru in der Gemeinde Nacka. Der Vater ist Steuerprüfer und die Mutter Vorschullehrerin.«

»Wann rechnen Sie mit der Hauptverhandlung?«, fragte Jonathan.

Die Anklage lautete auf schweren Steuerbetrug und Bilanzfälschung, möglicherweise auch Geldwäsche. Nora hätte nichts dagegen gehabt, die Tatvorwürfe um den Punkt »häusliche Gewalt« zu ergänzen.

»Ich hoffe, ich bekomme noch einen Termin vor den Sommerferien«, erwiderte sie.

»Welches Strafmaß wollen Sie beantragen?«

Die Höchststrafe für Steuerbetrug lag bei sechs Jahren Gefängnis, die Gerichte verhängten sie allerdings selten. In den letzten Jahren war das Strafmaß verschärft worden, aber es war kein Geheimnis, dass Gefängnisstrafen eher im unteren Bereich angesiedelt waren.

»Drei bis vier Jahre«, sagte Nora. »Vielleicht etwas mehr, je nach Höhe der Schadenssumme.«

»Kooperiert er?«, fragte Jonathan.

Nora erlaubte sich ein schiefes Lächeln.

»Nicht im Geringsten. Kovač hat Ulrika Grönstedt angeheuert. Sie wissen ja, wie sie ist.«

Leila warf Nora einen vielsagenden Blick zu.

Ulrika Grönstedt war als beinharte Verteidigerin bekannt. Nora begriff nicht, warum die Frau sämtliche Klischees einer ausgekochten Strafverteidigerin erfüllen musste, aber sie war eiskalt und äußerst schwierig im Umgang. Ulrika Grönstedt machte sich einen Sport daraus, über alles zu streiten, selbst über rein formale Fragen, als wäre jedes Detail maßgeblich für das Verfahren.

»Wer leitet die Untersuchungen in Sachen Misshandlung der Ehefrau?«, fragte einer der anderen Ankläger am Tisch.

Nora seufzte.

»Fragt sich, ob es überhaupt eine Untersuchung gibt«, erwiderte sie. »Mina Kovač hat angegeben, sie sei über den Staubsauger gefallen, den sie in der Küche vergessen hatte. Ihr Mann war nicht zu Hause, als es passierte. Jedenfalls behauptet sie das.«

»Nicht zu fassen«, sagte Leila, knüllte ein Stück Papier zusammen und warf die Kugel treffsicher in den Papierkorb.

»Sie hat ihn noch nie angezeigt«, sagte Nora. »Die Polizei hat ihn gestern Abend vorläufig festgenommen, aber ich gehe davon aus, dass er bald wieder auf freiem Fuß ist.«

Ohne Minas Mitwirkung würde es nahezu unmöglich sein, Andreis Kovač wegen Misshandlung anzuklagen, ganz gleich, wie windelweich er seine Frau geprügelt hatte. Die Angaben des behandelnden Arztes über die körperlichen Schäden brachten nicht viel, wenn das Opfer sich weigerte, gegen den Mann auszusagen.

»Wenn wir sie dazu bringen, mit uns zusammenzuarbeiten, könnten wir sie als Belastungszeugin anführen«, sagte Jonathan. »Ist sie zum Steuerbetrug befragt worden?«

»Nur ganz kurz«, sagte Nora. »Sie bestreitet, irgendetwas über die Geschäfte ihres Mannes zu wissen.«

Jonathan zupfte am Pflaster an seinem Kinn.

»Es würde dem Fall eine andere Wendung geben, wenn wir sie dazu bringen können, ihre Meinung zu ändern, und wir beide Sachen zusammenfassen. Reden Sie doch mal mit ihr, vielleicht lässt sich da ja was machen.«

Nora nickte und machte sich Notizen.

»Ich hatte ohnehin vor, sie morgen zu besuchen«, sagte sie.

Bosnien

Februar 1992

Als Andreis ins Wohnzimmer kam, saßen seine Eltern auf dem Sofa vor dem Fernseher, obwohl es mitten am Tag war. Sein Vater hatte eine Zigarette zwischen den Lippen, deren Asche so lang war, dass sie jeden Moment abzufallen drohte. Vor seiner Mutter stand eine Tasse Kaffee und wurde kalt.

Andreis zupfte an ihrem Arm, um sie auf sich aufmerksam zu machen.

»Darf ich raus zum Spielen?«

»Nicht jetzt, Junge.«

»Och bitte!«

»Du musst noch warten.«

Mama schüttelte seine Hand ab, ohne den Blick vom Fernseher zu nehmen.

Andreis verstand nicht, was sie sich ansahen. Da waren nur eine Menge Männer in Anzügen, die in einem großen Saal mit vielen Bänken saßen. Alle hatten ernste Gesichter und redeten durcheinander.

Einer der älteren Männer stand auf und ging zu einem Rednerpult. Er hatte dichtes weißes Haar und dicke Tränensäcke unter den Augen.

»Viele Jahrhunderte lang haben wir in einer multikulturellen Gesellschaft gelebt«, begann er. »Kroaten, Serben und Bosnier Seite an Seite. Wir müssen alles tun, um den Frieden in diesem Land zu bewahren, damit wir weiterhin in Harmonie und Freundschaft zusammenleben können, ohne Krieg.«

Er machte eine Pause, seine Hände umklammerten die Seiten des Pults.

»Der einzige Weg dorthin ist Selbstständigkeit.«

Ein bittender Unterton schlich sich in seine Stimme.

»Wir müssen eine Volksabstimmung über die Zukunft Bosniens durchführen«, fuhr er fort. »Wir müssen unsere Selbstständigkeit ausrufen und unsere offene Gesellschaft schützen, sonst gehen wir unter.«

Er wurde von Männern unterbrochen, die Einwände und Beschimpfungen brüllten. Andreis hatte nicht gewusst, dass es so viele schlimme Wörter gab. Normalerweise hätte Mama ihn weggeschickt, aber jetzt schien sie gar nicht zu merken, dass er da war.

»Die Weltgemeinschaft steht auf unserer Seite«, sagte der Weißhaarige zum Schluss. Er war durch das Geschrei kaum zu hören.

Als er zurück zu seinem Platz ging, trat ein anderer Mann ans Rednerpult. Er war aus der Gruppe, die am lautesten schrie und am meisten protestierte.

Sein Gesicht war voller Narben, und die Augen brannten unter den buschigen Augenbrauen.

»Er ist Serbe«, sagte Papa. »Sieh nur, wie höhnisch seine Parteigenossen die anderen mustern. Den Serben liegt nichts am Frieden.«

Mama strich sich über den dicken Bauch und setzte sich bequemer hin. Andreis wusste, dass da ein Baby drin war. Es würde bald herauskommen.

Der Mann schlug mit der Hand aufs Rednerpult, um sich Gehör zu verschaffen.

»Wenn ihr eine Volksabstimmung durchführt, gibt es Krieg«, rief er mit erhobener Faust.

Jetzt schrien alle wild durcheinander.

»Mama«, quengelte Andreis. »Ich will raus.«

»Schhht«, machte Papa und stellte den Ton des Fernsehers noch lauter.

Der Mann auf dem Bildschirm hob drohend die Faust.

»Wenn Bosnien sich für die Selbstständigkeit entscheidet, wird es zwischen Serbien und Kroatien zerrieben wie eine kleine Ameise. Dann gibt es Krieg, das schwöre ich!«

Kapitel 5

Als Nora zurück in ihr Büro kam, schämte sie sich fast dafür, wie ihr Schreibtisch aussah. Er war überladen mit Aktenordnern und Papierstapeln, die zum Ende einer Ermittlung immer noch mehr anwuchsen. Sie war eigentlich ein ordnungsliebender Mensch, aber im Moment hätte sie gut noch einen zweiten Schreibtisch nur für die Akten gebrauchen können.

Sie musste mit der Polizei über die Untersuchung im Misshandlungsfall Mina Kovač reden. Am einfachsten wäre, Thomas anzurufen. Es gab natürlich den Dienstweg, aber so hätte sie einen Grund, sich zu erkundigen, wie es ihm ging.

Er hatte einen schweren Winter hinter sich, und sie hatten seit fast zwei Wochen nicht mehr miteinander gesprochen. Thomas hatte das Osterwochenende zusammen mit Elin und seinen Eltern in Spanien verbracht. Als Nora ihn das letzte Mal gesehen hatte, war er richtig bedrückt gewesen.

Die Trennung von ihm und Pernilla war relativ frisch, die beiden gingen erst seit wenigen Monaten wieder eigene Wege. Thomas hatte bis auf Weiteres die Wohnung auf Söder behalten, Pernilla war ausgezogen. Sie sei ohnehin ständig beruflich auf Reisen, hatte er Nora bei einer der wenigen Gelegenheiten erklärt, bei der sie darüber sprachen. Pernilla hatte ganz in der Nähe eine Zweizimmerwohnung gefunden, in der sie bis zum Sommer zur Untermiete wohnen konnte.

Nora öffnete die Kontakte auf ihrem Handy und tippte seine Nummer an.

»Andreasson«, meldete sich eine vertraute Stimme.

»Spreche ich mit Kriminalkommissar Andreasson?«, fragte sie, als würde Thomas nicht sofort ihre Nummer erkennen oder hören, dass sie dran war.

Sie kannten sich so gut, waren seit mehr als einem halben Leben enge Freunde. Es war schwer zu begreifen, dass sie jetzt im mittleren Alter waren. So ganz behagte Nora der Gedanke nicht.

»Kommt drauf an«, erwiderte er. »Ist es privat oder dienstlich?«

Nora schaltete den Lautsprecher ein, sodass sie ihre Hände frei hatte.

»Das kannst du dir aussuchen.«

»Dann dienstlich.« Seine Stimme wurde weicher. »Tut mir leid, aber ich muss in fünf Minuten zu einer Besprechung. Worum geht's?«

Nora schilderte ihm den Grund ihres Anrufs.

»Kovač ist noch in Haft«, bestätigte Thomas nach einer kurzen Weile. »Er ist zwei Mal vernommen worden, bestreitet aber, seine Frau misshandelt zu haben, und behauptet, es sei ein Unfall gewesen. Wenn keine weiteren Beweise auftauchen, wird er spätestens Donnerstag entlassen.«

»Gibt es keine Zeugen?«, fragte sie. »Nachbarn zum Beispiel? Jemand muss sie doch schreien gehört haben?«

»Nicht unbedingt.«

Thomas tippte etwas in den Computer, während sie sich unterhielten.

»Sie wohnen in einer Villengegend«, sagte er. »Der Garten ist riesig. Als der Rettungswagen eintraf, waren nur Kovač und seine Frau im Haus. Eine Streife hat ihn festgenommen, während Mina Kovač ins Krankenhaus gebracht wurde. Das war um … lass mich nachsehen … halb neun gestern Abend.«

Nora machte sich Notizen.

»Habt ihr schon die Version der Frau gehört?«, fragte sie.

»Nur kurz. Sie will nicht kooperieren und bleibt dabei, dass ihren Mann keine Schuld trifft. Sie sei unglücklich gefallen, sagt sie.«

Nichts von dem, was Thomas sagte, überraschte sie.

»Wie sieht es mit Spuren aus?«, fragte Nora. »Es muss doch irgendetwas geben, was ihn mit dem Vorfall in Verbindung bringt.«

»Nichts, was sich nicht dadurch erklären ließe, dass er sich nach dem angeblichen Sturz um sie gekümmert hat. Das Blut könnte an seine Kleidung gekommen sein, als er ihr geholfen hat aufzustehen.«

Thomas schnaubte.

»Natürlich hat er sie verprügelt. Sie waren allein im Haus, bis auf den kleinen Sohn in der Wiege. Aber mit einem tüchtigen Anwalt an seiner Seite wird Kovač für jedes Detail eine Ausrede finden, solange seine Frau nichts anderes sagt.«

So zynisch hatte sie Thomas schon seit Jahren nicht mehr erlebt. Aber die große Umstrukturierung der Polizei war für ihn und seine

Kollegen eine Belastung. Thomas machte kein Geheimnis daraus, dass die vielen Kursänderungen und der Mangel an fähigem Führungspersonal seine Arbeit mehr denn je erschwerten. Viele erfahrene Ermittler hatten die Truppe aus Frust verlassen, und dass es auch an tüchtigen Kriminaltechnikern mangelte, machte die Sache nicht besser.

Thomas' Dienststelle befand sich nun ein ganzes Stück südlich von Stockholm, in dem neuen Komplex in Flemingsberg, der jetzt für die Verbrechen in Nacka, Värmdö, Södertälje und im Schärengarten zuständig war.

Hatte der Job es doch noch geschafft, ihn zu zermürben? Oder waren es seine privaten Sorgen, die ihm zusetzten?

Jemand rief nach Thomas.

»Du, ich muss los.«

»Danke für deine Hilfe. Wer ist eigentlich Ankläger in der Sache?«

»Erik Sandberg.«

Den kannte Nora nicht, aber es gab viele Staatsanwälte in Stockholm.

»Wir müssen uns bald mal wieder treffen«, sagte sie.

»Na klar.«

Thomas klang gestresst, so als sei er mit den Gedanken längst woanders.

Nora legte auf. Wenn sie Mina dazu bringen konnte, bei der Ermittlung wegen Misshandlung mitzuwirken, erhöhte das den Druck auf Andreis Kovač. Dann hatte er zwei Anklagen am Hals. Das würde es für Ulrika Grönstedt schwieriger machen, ihren Mandanten als ehrbaren Mitbürger darzustellen.

Es war einen Versuch wert.

Sie musste wegen der Koordinierung der Ermittlungen mit Erik Sandberg reden. Am besten wäre es, wenn sie auch den Misshandlungsfall übernehmen würde, natürlich mit Sandbergs Einverständnis und Unterstützung.

Wenn sie Mina außerdem eine alternative Wohnmöglichkeit anbot, sodass sie sich sicher fühlen konnte, würde die junge Frau vielleicht Vertrauen zu den Behörden fassen und bereit sein zusammenzuarbeiten.

Auf Runmarö gab es ein Frauenhaus, Friggagården, das war für diesen Zweck perfekt geeignet.

Nora griff nach der Maus und ging ins Netz, um die Kontaktdaten der Abteilung Personenschutz herauszusuchen. Sie sollten einen Platz für Mina organisieren und ihre Unterbringung in die Wege leiten.

Kapitel 6

Anna-Maria Petersén legte das Telefon beiseite und schloss die Augen.

Es hörte nie auf.

All diese Frauen, die langsam, aber sicher von Hass und Gewalt zerstört wurden und sich vor gewalttätigen Männern verstecken mussten. Gerade eben war ihr wieder eine Frau angekündigt worden. Die wievielte es war, wusste sie nicht.

Ihr Blick ging zum Fenster. Vom Büro hatte sie Aussicht auf den Rasen und die Blumenrabatten, in der Ferne schimmerte das Meer blau zwischen dürren Kiefern. Friggagården war ein idyllisches Fleckchen auf Runmarö. Das Frauenhaus erinnerte eher an ein hübsches Ferienhaus als an eine Zuflucht für geschundene Frauen, und das war auch gut so. Es sollte mit der Umgebung verschmelzen.

Malin, ihr einziges Kind, lachte sie vom Foto auf dem Schreibtisch an. Ihre Augen strahlten.

Anna-Maria berührte das Foto, um Kraft zu finden und sich an hellere Zeiten zu erinnern. Ihr geliebtes Mädchen.

Sie zog die Hand zurück. Sie musste ihre Zuversicht behalten, den Glauben daran, dass ihre Arbeit etwas bewirkte. Wenn sie es nicht tat, wer dann? Sie durfte die dunklen Gedanken nicht zulassen, davon wurde nichts besser.

Durch die geschlossene Tür hörte sie die Kinder im Gemeinschaftsraum spielen. Diese Woche hatten sie neun Frauen und zwei Kinder im Haus. Das Lachen der Kinder war das schönste Geräusch, es ließ sie ihre eigenen Sorgen vergessen. Die Kleinen lebten im Hier und Jetzt. Genau wie die Kinder sollte sie die guten Stunden genießen, statt sich Sorgen um die Finanzen und die Bedürfnisse zu machen, die immer größer zu sein schienen als die vorhandenen Ressourcen. Statt darüber nachzugrübeln, was aus den Frauen werden sollte, wenn sie nicht mehr im Friggagården bleiben konnten.

Statt immer das Gefühl zu haben, nicht genug zu tun.

Es klopfte an der Tür. Beyan Rezazi, eine der Festangestellten in der Einrichtung, steckte den Kopf herein.

»Entschuldigung, aber die Inspektorin von der Sozialverwaltung ist hier«, sagte sie.

Anna-Maria seufzte und erhob sich. Die Anzeichen von Kürzungen wurden immer deutlicher. Die Kommune musste sparen, wie alle anderen auch.

Sie streckte der Frau in Blazer und blauer Hose die Hand entgegen.

»Bitte, nehmen Sie Platz«, sagte sie. »Kann ich Ihnen einen Kaffee anbieten?«

»Nicht nötig, danke«, erwiderte die Frau, die sich als Birgitta Svanberg vorstellte. »Ich habe nicht viel Zeit.«

Sie setzte sich mit dem Mantel über dem Arm.

Anna-Maria kannte sie nicht, sie musste neu in der Gemeinde sein. Die Mitarbeiter wechselten oft, vor allem im sozialen Bereich. Jedes Mal sahen die Inspektoren gestresster aus.

»Vielleicht sollte ich zunächst etwas über unsere Einrichtung erzählen«, sagte Anna-Maria und strich sich über den mit grauen Haaren durchzogenen Pferdeschwanz. »Friggagården hier auf Runmarö gibt es seit rund zehn Jahren. Gegründet wurde die Einrichtung als Kollektiv mit einer gemeinnützigen Stiftung im Hintergrund. Wir bieten geschütztes Wohnen an, und wer zu uns kommt, erhält ein eigenes Zimmer. Unser Betreuungspersonal ist geschult und erfahren, alle Schutzsuchenden erhalten individuell angepasste Unterstützung.«

Sie war viel zu eifrig. Die Floskeln sprudelten nur so hervor, sie klang wie eine Werbebroschüre. Trotzdem schaffte sie es nicht, sich zu mäßigen.

»Die Frauen und Kinder, die bei uns untergebracht werden, erhalten eine eigene Vertrauensperson, die strukturierte Gespräche anbietet. Die Gespräche dienen dazu, das Selbstwertgefühl zu stärken und Traumata zu bearbeiten. Auch die Kinder erhalten diese Möglichkeit, sofern sie nicht zu klein sind, natürlich.«

Birgitta Svanberg zeigte keine Reaktion auf den Wortschwall. Anna-Maria wurde immer nervöser.

»Wir haben auch Nachbesprechungen mit der zuweisenden Behörde und anderen Ämtern, die wichtig für die Frauen sind«, fuhr sie fort. »Wir versuchen, gemeinsame oder individuelle Aktivitäten anzubieten, und betreiben verschiedene Projekte. Das Ziel ist, dass die Frauen hier so normal wie möglich leben sollen. Alle kümmern sich selbst um die alltäglichen Dinge, zum Beispiel bereiten sie ihre eigenen Mahlzeiten zu und machen den Abwasch selbst.«

Immer noch keine sichtbare Reaktion. Was war los mit der Frau? Wieso saß sie da wie zur Salzsäule erstarrt?

Anna-Maria versuchte, sich zu zwingen, langsamer zu sprechen, mit mehr Autorität und Würde. Ohne den kommunalen Zuschuss konnte die Einrichtung nicht existieren.

»Unser Bestreben ist, dass die Frauen nach dem Aufenthalt im Friggagården ein selbstständiges Leben führen können, mit eigener Wohnung und Arbeit«, sagte sie.

Alles war darauf angelegt, das Selbstwertgefühl der Frauen zu stärken und ihnen begreiflich zu machen, dass sie eine eigene Stimme hatten. Die Unsicherheit bei den Neuankömmlingen war zum Heulen, sie waren so daran gewöhnt, dass ihre Meinung nichts zählte.

Dass sie nicht über ihr eigenes Leben bestimmen konnten.

»Wir erzielen sehr gute Resultate«, fuhr Anna-Maria fort. »Wir bewirken etwas bei den Frauen, die zu uns kommen.«

»Haben Sie eine Statistik über die Rückfallquote?«, fragte Birgitta Svanberg.

Das klang, als spräche sie über Straftäter in einer Besserungsanstalt. Anna-Maria wurde unsicher.

»Wie meinen Sie das?«

»Wie viele Frauen gehen trotz des Aufenthalts bei Ihnen zurück zu ihren Männern? Wie sieht es nach einem Jahr aus?«

»Darüber führen wir nicht Buch.«

»Woher wissen Sie dann, dass Sie gute Resultate erzielen?«

Anna-Marias Hals wurde trocken.

»Wir bieten Nachbetreuungsgespräche für diejenigen an, die das möchten«, sagte sie und hörte selbst, wie lahm das klang.

»Ich verstehe«, sagte die Frau ihr gegenüber, die anscheinend überhaupt nichts verstand.

Sie war eine Bürokratin, eine Kommunalbeamtin, der die Frauen egal waren, die zu Anna-Maria kamen. Für sie war das nur eine Arbeit, die getan werden musste.

Das Budget musste stimmen, das war das Einzige, was zählte.

Birgitta Svanberg schrieb etwas in ihr Notizbuch.

»Wie ich bereits am Telefon sagte, prüfen wir zurzeit verschiedene Alternativen innerhalb der Kommune«, sagte sie. »Es kann sein, dass wir die Maßnahmen stärker konzentrieren müssen, als es gegenwärtig der Fall ist.«

Anna-Maria wusste, was das bedeutete. »Konzentrieren« war das kommunale Codewort für »kürzen«. Die Kommune wollte sichere und gut arbeitende Einrichtungen abbauen, bis nur noch einige wenige Unterkünfte für die am schlimmsten betroffenen Frauen übrig blieben. Das Minimalkontingent, das die Kommunen laut Gesetz vorhalten mussten.

In Kürze würde es eine neue öffentliche Ausschreibung geben, bei der die Kosten den wichtigsten Faktor darstellten. Wer sich anbot, für den absolut niedrigsten Betrag Frauen in Not aufzunehmen, würde den Zuschlag erhalten.

Das erinnerte Anna-Maria an die Armenauktionen vergangener Zeiten. Als elternlose Kinder an diejenigen Bauern versteigert wurden, die am wenigsten Geld für ihre Aufnahme verlangten.

»Wir werden eine Evaluierung Ihrer Einrichtung durchführen«, sagte Birgitta Svanberg. »Sie erhalten einen Fragebogen, der wird Ihnen im Laufe der nächsten Woche per Mail zugehen.«

Sie erhob sich.

»Ich muss leider aufbrechen, sonst verpasse ich die Fähre zurück in die Stadt.«

Der Besuch hatte höchstens fünfzehn Minuten gedauert. Warum war sie überhaupt gekommen, wenn sie nicht einmal daran interessiert war, sich den Friggagården anzusehen?

Weil du auf einem Besuch bestanden hast, als ihr miteinander telefoniert habt, flüsterte eine innere Stimme. Du wolltest sie persönlich treffen.

Was hatte sie sich dabei gedacht? Dass der bloße Anblick die Kommunalbeamtin davon überzeugen würde, Friggagården von den Einsparungen zu verschonen?

»Soll ich Ihnen nicht vorher noch unser Haus zeigen?«, fragte Anna-Maria und erhob sich ebenfalls. »Die Kinder sind so gern bei uns. Sogar denen, die zu Hause schreckliche Dinge erlebt haben, geht es nach ein paar Tagen hier draußen schon besser. Die frische Luft und der Schärengarten sind wie Balsam für die verwundeten Seelen.«

Birgitta Svanberg verzog keine Miene.

Anna-Maria beugte sich über den Tisch vor.

»Ich kann nicht genug betonen, wie wichtig ein geordnetes und sicheres Umfeld für traumatisierte Mütter und Kinder ist. Sie dürfen bei uns bleiben, solange sie wollen, und die Kinder können in aller Ruhe zur Schule gehen. In dieser Umgebung erholen sie sich, das tun sie wirklich.«

»Ich habe heute leider keine Zeit, mich umzusehen«, erwiderte Birgitta Svanberg. »Das müssen wir auf ein andermal verschieben.«

Anna-Maria nickte, obwohl sie die dumme Kuh am liebsten angeschrien hätte, endlich zu verschwinden. Stattdessen brachte sie die Frau zur Tür und verabschiedete sie höflich, bevor sie zurück in ihr Büro ging und auf ihren Stuhl sank.

Es war schlimm genug, jedes Mal, wenn sie wieder eine neue Geschichte über einen gewalttätigen Mann hörte, die Hoffnungslosigkeit und das Gefühl zu ertragen, dass die Welt schlecht war. Sich auch noch mit den Politikern und ihren Einsparungen herumschlagen zu müssen gab ihr beinahe den Rest.

Anna-Maria rieb sich die Augen und spürte die Müdigkeit hinter den Schläfen. Manchmal fragte sie sich, wie sie das auch nur noch einen Tag länger durchhalten sollte.

Kapitel 7

Das Handy auf dem Nachttisch neben dem Krankenhausbett vibrierte.

Mina brauchte nicht aufs Display zu schauen, um zu wissen, dass es Andreis war. Er hatte es schon drei Mal versucht. Sie hatte das Telefon nach den ersten beiden Anrufen stumm geschaltet, wollte es aber nicht ganz ausmachen, wegen dem, was Papa über Mamas Herz gesagt hatte.

Das Handy hörte auf zu vibrieren, als der Anruf auf die Mailbox umgeleitet wurde.

Warum ließ Andreis sie nicht in Ruhe? Sie konnte noch nicht mit ihm reden.

Es tat zu weh, in jeder Hinsicht.

Könnte sie sich doch nur unter der Bettdecke verkriechen, im Krankenhaus bleiben und nie wieder weggehen. Hier brauchte sie nicht an die Zukunft zu denken oder irgendwelche folgenschweren Entscheidungen zu treffen.

Sie begriff nicht, wie sie nach dem, was passiert war, weiterhin mit Andreis zusammenleben sollte. Oder zurückkehren in das Haus am Trastvägen. Aber sie wusste auch nicht, ob sie es fertigbrachte, ihn zu verlassen.

Der Regen prasselte gegen die Fensterscheibe. Ein Unwetter war am Nachmittag über Stockholm aufgezogen, und der schwarzgraue Himmel hatte seine Schleusen geöffnet. Sie hätte Licht anmachen können, aber sie blieb im Halbdunkel liegen.

Sie hatte nicht einmal die Kraft, den Schalter zu drücken.

Das Handy piepte. Wahrscheinlich hatte Andreis eine Nachricht auf die Mailbox gesprochen.

Sie stellte sich vor, wie er mit dem Handy am Ohr in der Zelle saß. Sie wusste, dass die Polizei ihn festgenommen hatte, nachdem sie ins Krankenhaus gebracht worden war.

Mina griff nach dem Telefon. Im Grunde wollte sie weder die Nachricht noch seine Stimme hören, trotzdem konnte sie es nicht lassen, die Mailbox anzuwählen.

Andreis' Stimme weckte zu viele Gefühle. Ihr wurde gleichzeitig kalt und heiß.

»Verzeih mir, Liebling«, flüsterte seine Stimme auf Band.

Er klang überhaupt nicht wie gestern Abend, als seine Pupillen klein wie Nadelstiche gewesen waren und sie sich unter seiner erhobenen Faust geduckt hatte.

Jetzt klang er wie sein wahres Ich, wie der Mann, in den sie sich verliebt hatte.

Lukas' Papa.

»Es tut mir so schrecklich leid«, fuhr er mit brüchiger Stimme fort. »Ich liebe dich, du kannst dir nicht vorstellen, wie sehr. Du bist mein Leben. Lass mich wenigstens mit dir sprechen!«

Das Telefon brannte in ihrer Hand. Die Tränen liefen ihr übers Gesicht.

»Kannst du nicht einfach rangehen, wenn ich anrufe, und …«

Die Nachricht brach jäh ab.

Mina ließ das Handy auf die Bettdecke fallen.

Was sollte sie nur tun? Alles war so chaotisch, und sie war entsetzlich müde.

Das Telefon klingelte. Es war Andreis. Schon wieder.

Als würde jemand sie steuern, nahm Mina das Gespräch nach dem vierten Klingeln an.

»Mina, mein Herz!«

Andreis weinte in ihr Ohr.

»Kannst du mir vergeben?«

Er schluchzte laut in den Hörer.

»Wie geht es dir? Wie geht es Lukas? Wo seid ihr?«

»Wir sind im Söderkrankenhaus.«

»Ich schwöre dir, ich wollte nicht, dass das passiert. Auf einmal wurde einfach alles schwarz, als wäre ich jemand anderes. Ich verstehe es selbst nicht.«

Er hatte nie auf diese Art geweint, so nackt und kläglich.

»Ich kann nicht mit dir reden«, murmelte sie.

Lukas hatte den Schnuller verloren und bewegte sich unruhig im Babybett neben ihr. Mina streckte die Hand aus und schob ihm den Schnuller wieder in den Mund. Von den gebrochenen Rippen durchfuhr sie ein Schmerz, der ihr den Atem nahm.

»Das geht so nicht mehr weiter«, sagte sie, und jedes Wort,

das über ihre geschwollenen Lippen kam, war eine Anstrengung.

»Du darfst mich nicht verlassen. Ich verspreche dir, dass so etwas nie wieder passiert.«

Sie hatte das schon so oft gehört. Seine Versprechungen. Jedes Mal hatte sie ihm geglaubt.

»Du brauchst Hilfe«, sagte sie leise.

»Sag, dass du mir verzeihst«, bettelte er. »Ich mache alles, was du willst, wenn du nur wieder nach Hause kommst.«

»Ich muss jetzt auflegen«, murmelte sie.

»Ich kann ohne dich nicht leben, das weißt du.«

Andreis klang so mutlos und verzweifelt.

»Sie haben mich in eine Arrestzelle gesperrt«, fuhr er fort. »Ich sitze bei der Polizei in Nacka. Ich halte das nicht aus, du weißt, dass ich das nicht kann.«

Andreis hasste es, eingesperrt zu sein. Enge Räume lösten Panik in ihm aus. Mina schloss die Augen.

»Ihr seid die wichtigsten Menschen in meinem Leben, du und Lukas. Kannst du mir nicht vergeben?«

Der Regen war stärker geworden, er peitschte gegen die Scheibe.

»Ich vergebe dir«, flüsterte Mina.

Kapitel 8

Nora sah auf die Uhr. Sie sollte langsam Feierabend machen, damit die Kinder zu einer vernünftigen Zeit ihr Abendessen bekamen. Die Behörde leerte sich bereits, aber sie hatte noch so viel auf dem Schreibtisch. Außerdem musste sie eine Lücke finden, um Mina Kovač zu besuchen und sich in den Misshandlungsfall einzuarbeiten.

Höchstens noch eine halbe Stunde, nahm sie sich vor. Dann musste sie heim nach Saltsjöbaden.

»Du bist noch da?«

Leila stand in der Tür, in der Hand eine dunkelgelbe Banane. Die braun gefleckte Schale verriet, dass sie schon bessere Tage gesehen hatte.

»Hast du mit Stockholm-Süd über die Misshandlung von Kovačs Ehefrau gesprochen?«, fragte sie.

»Ja, wir übernehmen den Fall. Ist einfacher so.«

Staatsanwalt Sandberg hatte sich nicht so angehört, als wäre er besonders traurig über den Vorschlag, ihr den Fall zu überlassen.

Sie hatten alle genug zu tun.

Leila nahm auf dem Stuhl gegenüber Platz und biss von ihrer Banane ab.

»Solltest du nicht längst bei deiner Familie sein?«, fragte sie. »Jonas ist doch die ganze Wochen weg, oder?«

Nora zeigte wortlos auf die Ordner und die ausgebreiteten Papiere, die den Schreibtisch bedeckten.

Bei der Sitzung am Vormittag hatte sie Jonathan versprochen, die Anklage gegen Kovač nächste Woche einzureichen. Sie hoffte, sie konnte den Termin halten. Aber es war eine umfassende und komplizierte Materie. Ordner voller Aufstellungen über die Geldströme, die durch Kovačs diverse Bankkonten geflossen waren und ihn zu einem reichen Mann gemacht hatten.

Die Drogenfahnder hatten sie mit genügend Zahlen und Mengenschätzungen versorgt, damit sie die Einnahmen aus Kovačs Aktivitäten kalkulieren konnten. Dem Verkauf von Kokain, Amphetamin und Ecstasy. Daraus ließen sich die Einnahmen und Ausgaben berechnen, der *cashflow*, der nötig war, um ein Geschäft gleich welcher Art zu betreiben.

Kovač scheffelte Millionen.

»Ein Glück für uns, dass nicht einmal kriminelle Organisationen ihre Geschäfte nur mit Bargeld abwickeln können«, sagte Leila. »Sonst hätten wir ihn nie erwischt.«

Sie biss noch ein Stück ab und verzog das Gesicht, ehe sie den Rest der überreifen Banane in Noras Papierkorb warf.

»Die digitale Gesellschaft macht es den Berufsverbrechern auch nicht leicht«, sagte sie.

»Heutzutage bleibt niemand unbeobachtet«, stimmte Nora zu.

Ohne den anonymen Hinweis wäre es ihnen nie gelungen, das Puzzle zusammenzusetzen. Kovač hatte regelmäßige Bargeldeingänge aus illegalem Drogenhandel. Die Höhe des Gewinns hing davon ab, an welcher Stelle der Organisation man sich befand, und Kovač stand sehr weit oben. Ein Kilo Kokain kostete im Einkauf knapp vierhunderttausend Kronen, konnte aber auf der Straße, wo ein Gramm die übliche Einheit war, für mindestens das Doppelte verkauft werden, wenn nicht mehr. Nach Abzug der Beschaffungskosten und nachdem das Fußvolk seinen Anteil erhalten hatte, blieb ein ordentlicher Überschuss – in bar.

Das Problem war, dieses Geld in den Finanzkreislauf einzuspeisen, ohne dass die Banken stutzig wurden und deshalb die Aufsichtsbehörden informierten.

Sobald regelmäßig große Barbeträge auf dem Konto eingingen, schrillten bei den Geldinstituten die Alarmglocken. Nach der Finanzkrise 2008 hatte der Gesetzgeber eine Vielzahl von Kontrollmechanismen eingebaut. Die EU hatte noch eins draufgesetzt und die Regeln durch spezielle Direktiven verschärft.

»Schau mal, was ich gerade von den IT-Jungs bekommen habe«, sagte Nora. »Sie haben ein Diagramm erstellt.«

Nora faltete eine Grafik im A3-Format auf, die sie Leila noch nicht gezeigt hatte.

Verschieden gefärbte Pfeile illustrierten alle Verbindungen, bei denen Kovač in irgendeiner Weise als Eigentümer oder Inhaber von Bankkonten und Unternehmen fungierte. Das Blatt bedeckte den halben Schreibtisch und veranschaulichte effektvoll das Ausmaß seiner Geschäfte.

»Erklär mir die Farben«, bat Leila und betrachtete das Diagramm.

»Rot steht für Firmen, die ihm zu hundert Prozent gehören«, sagte Nora. »Blau sind Firmen, an denen er Anteile hält, oder assoziierte Unternehmen. Und Gelb zeigt die Geldströme.«

Als Nora und ihr Team begonnen hatten, Kovačs Geschäften auf den Grund zu gehen, hatte sich herausgestellt, dass ihm ein ganzer Konzern gehörte. Mithilfe der verschiedenen Unternehmen konnte er Gelder hin und her schieben, bis es unmöglich war, die Gewinne aus seinen kriminellen Machenschaften aufzuspüren.

So verwandelte sich Schwarzgeld in sauberes Geld, ohne dass es auffiel oder zurückverfolgt werden konnte.

»Das ist ja ein richtiges Firmenimperium«, sagte Leila. »Der Mann ist clever, das muss man ihm lassen. Er wäre sicher ein Gewinn für die Wirtschaft gewesen, wenn er stattdessen auf eine akademische Ausbildung gesetzt hätte. Vor allem bei seinem Aussehen.«

Kovačs geschniegeltes Erscheinungsbild war Nora egal, aber Leilas Analyse konnte sie nur beipflichten. Er hatte eine umfassende und lukrative Organisation aufgebaut, um die illegalen Einnahmen aus dem Drogenhandel zu verschleiern.

»Wie ein Industrieunternehmen«, stimmte sie zu.

Es war offensichtlich, dass Kovač Hilfe beim Aufbau der Organisationsstruktur erhalten hatte. Geschäftsmodelle dieses Kalibers erforderten fundierte Kenntnisse in Gesellschaftsrecht und Betriebswirtschaft.

»Meinst du, dass Ulrika Grönstedt dahintersteckt?«, fragte Leila.

Grönstedt war eine der besten Strafverteidigerinnen Schwedens, aber Kovačs Firmenstruktur setzte eine andere Art von Kompetenz voraus.

»Ich glaube nicht, dass sie dazu in der Lage ist«, sagte Nora. »Grönstedt ist klug, aber für so etwas hier brauchst du Steuerexperten und Ökonomen. Leute, die sich um alle Transaktionen kümmern, um den Kauf und Verkauf von Firmen, um Mehrheitsbeschlüsse und die notwendige juristische Absicherung.«

Sie folgte einem der Pfeile mit dem Zeigefinger.

»Allerdings würde es mich nicht wundern, wenn ihre Kanzlei die Finger im Spiel hätte.«

»Die bieten sicher eine breite Palette von Dienstleistungen für ihre Mandanten«, sagte Leila und studierte die Grafik weiterhin.

Als das Team die Geldströme analysiert hatte, hatte sich ein deutliches Bild herauskristallisiert: Kovač kaufte sich in Firmen ein, in denen viel Bargeld floss. Er besaß Anteile an Marktständen, Restaurants, Taxiunternehmen und Baufirmen. Genug, um zu erklären, warum ständig ein großer Teil liquider Mittel in seinem Unternehmen generiert wurde. Die Bargeldbeträge wurden zu kleineren Wechselstuben und Cash-Management-Dienstleistern gebracht, die sie auf Konten bei vielen verschiedenen Banken einschleusten.

Plötzlich befanden sich die Gelder im Bankensystem und konnten per Knopfdruck weitergeschickt werden.

»Was bedeuten die gestrichelten Linien?«, fragte Leila.

»Das sind Unternehmen, die ihm zeitweise gehört haben, dann aber veräußert wurden.«

Kovač hatte auch ein System aufgebaut, um Firmen weiterzuverkaufen. Dadurch entstanden völlig unverdächtige Gewinne. Diese konnten ganz legitim ins Ausland an Kovačs Stammgesellschaft mit Sitz in Bosnien-Herzegowina transferiert werden.

Bosnien-Herzegowina stand allerdings auf der schwarzen Liste der Länder, die laut EU-Kommission schwere Mängel bei der Bekämpfung von Geldwäsche aufwiesen. Allein schon die Tatsache, dass das Land im Zusammenhang mit Kovačs Geschäften auftauchte, reichte aus, um Misstrauen zu wecken. Andere Staaten auf der Liste waren beispielsweise Afghanistan, Irak und Syrien.

Aber ungesetzlich war es nicht.

»Saubere Arbeit.«

Leila klang fast ein bisschen beeindruckt. Wobei unklar blieb, ob sie damit die Grafik meinte oder Kovačs Gerissenheit.

»Und er will uns weismachen, er wettet auf Pferde«, sagte sie und schnaubte verächtlich.

Auf die direkte Frage, wie er seinen Lebensstil finanzierte, das große Haus, die Rolex und die teuren Autos, hatte Kovač behauptet, er habe bei Trabrennen gewonnen. Die Wettgewinne hätten das Startkapital geliefert.

Nora konnte geradezu hören, wie Ulrika Grönstedt ihm die Worte in den Mund gelegt hatte.

»Es ist, wie es ist«, sagte sie. »Hauptsache, die Anklage hält stand, wenn ich sie einreiche.«

»Schwerer Steuerbetrug also? Hast du dich dafür entschieden?«

»Ja, wir fahren diese Schiene.«

Nora bezweifelte nicht, dass Kovač sich auch der Geldwäsche schuldig gemacht hatte, aber was das betraf, war die Beweislage dünn. Nach langen Überlegungen und internen Diskussionen war sie zu dem Schluss gekommen, dass nicht genügend Beweise vorhanden waren, um eine Anklage in diesem Punkt zu stützen. Es wäre allzu schwer, ein Urteil wegen Geldwäsche gegen Kovač zu erreichen.

Mit anderen Worten, sie saß im selben Boot wie die Drogenfahndung, die auch nicht beweisen konnte, dass Kovač für einen wesentlichen Teil des umfassenden Drogenhandels in Stockholms Vororten verantwortlich war.

»Es ist besser, sich auf einen Anklagepunkt zu konzentrieren, der voraussichtlich zu einem Schuldspruch führen wird, als zu viel zu wollen«, sagte sie und massierte sich den steifen Nacken.

»Lieber einen Schuldspruch in der Hand als eine abgewiesene Klage auf dem Dach.«

Leila grinste.

Hoffentlich würde es dennoch reichen, um Kovač für mehrere Jahre hinter Gitter zu bringen.

Noras Handy klingelte. Es war Julia.

»Hallo, mein Spatz.«

»Wann kommst du nach Hause?«

Sofort meldete sich ihr schlechtes Gewissen.

»Ich bin schon unterwegs«, schwindelte sie und schob mit der freien Hand die Papiere auf ihrem Schreibtisch zusammen. Es war kurz vor halb sieben, und sie würde fast eine Stunde bis nach Hause brauchen. Viel zu spät, um noch Abendessen für Julia zu kochen, die um acht im Bett liegen sollte.

Leila erhob sich.

»Bis morgen«, sagte sie und verließ das Zimmer.

Kapitel 9

Es klopfte leise an der Tür zu Minas Krankenzimmer.

»Herein.«

Mina hatte im Halbschlaf gedöst, aber jetzt kam sie vorsichtig hoch und stützte sich auf den Ellbogen, als die Tür aufging. Sie kannte die ältere Frau nicht, die ins Zimmer trat. Ihre Gesichtszüge waren im Dunkeln kaum zu erkennen, aber sie trug eine kleine Brosche mit dem Zeichen des Roten Kreuzes am Pullover.

»Hallo«, sagte sie. »Ich bin Irene, eine der freiwilligen Helferinnen hier im Krankenhaus. Ich wollte mich nur erkundigen, ob ich etwas für Sie tun kann.«

Mina wurde unsicher. Was meinte sie?

»Wir können uns ein bisschen unterhalten, wenn Sie möchten«, fuhr Irene fort. »Oder ich kann mich einfach hier zu Ihnen setzen, damit Sie nicht so allein sind?«

Zu ihrer eigenen Überraschung nickte Mina, obwohl die Frau eine völlig Fremde war.

Irene beugte sich über Lukas im Babybett. Er lag auf dem Rücken, satt und zufrieden und ganz fasziniert von einem Mobile, das eine der Schwestern über seinem Bettchen aufgehängt hatte.

»Das ist ja ein ganz Süßer«, sagte sie. »Wie alt ist er?«

»Drei Monate.«

»Offenbar geht es ihm richtig gut.«

Unwillkürlich lächelte Mina stolz.

»Und Sie?«, fragte Irene. »Geht es Ihnen auch gut?«

Minas Lächeln erlosch.

»Nicht direkt«, flüsterte sie und schämte sich sofort dafür, wie sie aussah. Es war offensichtlich, dass sie geschlagen worden war.

Irene schien ihre Verlegenheit nicht zu bemerken.

»Ich höre gerne zu, wenn Sie reden wollen«, sagte sie. »Ich habe Zeit, und manchmal tut es gut, nicht allein mit seinen Gedanken zu sein.«

Sie zog einen Stuhl heran und setzte sich neben das Bett.

Etwas an Irene gab Mina ein beruhigendes Gefühl. Das weiße Haar war im Nacken mit einer Spange zusammengefasst. Das erinnerte sie an ihre alte Klassenlehrerin in der Grundschule, die sie sehr gemocht hatte.

Irene trug einen Goldring mit einem verschlungenen Blumenmuster am Ringfinger der linken Hand.

»Was für ein schöner Ring«, sagte Mina.

»Danke. Ich trage ihn ständig, sogar wenn ich schlafe. Mein Mann hat ihn mir geschenkt, kurz bevor er starb.«

»Oh«, sagte Mina. »Das tut mir leid.«

»Kein Problem. Er ist schon seit mehreren Jahren tot. So ist das eben.«

Es wurde still, aber Irene hatte immer noch dasselbe freundliche Lächeln auf den Lippen, so als würde es ihr nichts ausmachen.

»Vermissen Sie ihn?«, fragte Mina nach einer Weile.

»Jeden Tag. Aber er war zum Schluss sehr krank, von daher war es auch eine Erlösung.«

Irene sagte das auf eine Art, die Mina Mut machte weiterzufragen.

»Haben Sie sich geliebt?«

Irene lachte leise.

»Sehr. Wir waren fast fünfzig Jahre verheiratet. Mit einundzwanzig haben wir uns kennengelernt, und es war Liebe auf den ersten Blick.«

»Ich war auch einundzwanzig, als ich mit Andreis zusammengekommen bin«, flüsterte Mina. »Wir haben uns auch sofort ineinander verliebt.«

»Wie haben Sie sich kennengelernt?«

»Das war in einem Pub auf Söder. Ich habe ihn gleich gesehen, als ich zur Tür hereinkam.«

Andreis hatte mit einem Bier in der Hand am Tresen gelehnt, als sie mit einer Freundin in das Lokal gekommen war. Seine dunklen Augen hatten sie magnetisch angezogen, genau wie die muskulösen Arme unter dem schwarzen T-Shirt. Sie hatte sich unwillkürlich gefragt, wie es sich wohl anfühlte, von ihnen umschlossen zu werden.

Er war der attraktivste Mann, den sie je gesehen hatte.

Es bestand kein Zweifel daran, dass er der Mittelpunkt seiner Gang war. Wenn er einen Witz machte, lachten alle. Es war, als ob sie um Andreis' Aufmerksamkeit wetteiferten, er stand wie selbstverständlich im Zentrum.

Als sie schließlich ein Paar wurden, hatte sie diese Selbstsicherheit geliebt, diese Überzeugung, dass die Welt sich nach ihm zu richten hatte.

»Wie alt sind Sie jetzt?«, fragte Irene.

»Fünfundzwanzig.«

»So jung noch.«

Irene tätschelte ihr die Hand. Sie wusste nicht, wie unrecht sie hatte. Mina hatte sich nie älter gefühlt. Wo war das junge Mädchen mit den langen blonden Haaren geblieben? Sie, die so verliebt in Andreis gewesen war, dass sie schon vor Glück gezittert hatte, wenn er sie nur berührte.

»Haben Sie und Ihr Mann sich nie gestritten?«, fragte Mina und betastete unwillkürlich den Verband über der Augenbraue.

»In einer langen Ehe gibt es immer mal Meinungsverschiedenheiten, aber meistens waren wir uns einig.«

»Wir haben uns auch nicht gestritten, am Anfang nicht.«

»Möchten Sie mir von Ihrem Mann erzählen?«, fragte Irene und faltete die Hände. Der Ring schimmerte.

Mina blickte zum Fenster. Die Dunkelheit draußen war undurchdringlich, die Station, auf der sie lag, befand sich hoch oben im Gebäude. Vor ein paar Stunden hatte sie am Fenster gestanden und gedacht, wenn man sich zu weit hinauslehnte und auf den Asphalt stürzte, wäre man sofort tot.

»Die erste Zeit war wie im Märchen«, sagte sie, ohne Irene anzusehen. »Wir sind schon nach ein paar Monaten zusammengezogen und haben nach einem halben Jahr geheiratet.«

Sie war überglücklich gewesen, als Andreis sie gefragt hatte, ob sie ihn heiraten wolle, und am Hochzeitstag war sie wie auf Wolken geschwebt. Es war kein Opfer gewesen, ihren bisherigen Freundeskreis aufzugeben, oder den fast täglichen Kontakt mit ihren Eltern. Es war so wunderbar, dass Andreis sie ganz für sich haben wollte, wenn er frei hatte.

Sie hatten alles zusammen gemacht, gefangen in ihrer eigenen kleinen Seifenblase.

»Wir waren wirklich glücklich«, flüsterte Mina. »Wenigstens in der ersten Zeit. Andreis hat mich verwöhnt, oft hat er mir Geschenke und hübsche Sachen mitgebracht. Es hört sich an wie ein Klischee, aber er hat mich auf Händen getragen.«

»Das muss wunderbar gewesen sein.«

»Er war … ist … wunderbar.«

Niemand konnte so aufmerksam wie Andreis sein und ihr das Gefühl geben, geliebt zu werden. Niemand konnte so unwiderstehlich lächeln.

»Was gestern passiert ist, das war nicht sein wirkliches Ich«, murmelte Mina. »Er hat das nicht gewollt.«

Sie strich sich über die Stirn.

»Er liebt mich, ich weiß, dass er es tut.«

»Lieben *Sie* ihn noch?«, fragte Irene.

Ihr Gesicht war voller Anteilnahme, es war deutlich, dass keine Wertung in ihren Worten lag.

Mina hatte kaum gewagt, sich die Frage selbst zu stellen, weil sie sich vor der Antwort fürchtete.

Sie sah ihr Spiegelbild in der Fensterscheibe, die geschwollene Wange und die aufgeplatzte Lippe. Alles tat so weh, wenn sie sich bewegte.

Lukas gluckste in seinem Babybett.

»Ich weiß es nicht«, flüsterte sie.

Bosnien

März 1992

Andreis wurde davon wach, dass ihn jemand vorsichtig rüttelte. Als er die Augen aufschlug, saß Tante Blanka auf der Bettkante. Sie war Mamas beste Freundin und mit Papas Cousin verheiratet, eine große, dicke Frau, die im Nachbarhaus wohnte.

»Wach auf, Andreis«, sagte sie lächelnd. »Es ist etwas Schönes passiert.«

Andreis zwinkerte mit den Augenlidern. Er wollte lieber in seinem warmen, weichen Bett weiterschlafen.

»Du hast ein Brüderchen bekommen«, sagte Blanka.

Andreis hatte gewusst, dass das Baby aus Mamas Bauch herauskommen wollte. Vor einer Woche hatten sie ein Gitterbett in sein Zimmer gestellt, obwohl es kaum hineinpasste. Jetzt war nur noch ein schmaler Gange zwischen den Betten übrig. Aber Mama hatte ihm erklärt, dass er sein Kinderzimmer mit dem neuen Baby teilen müsse.

»Komm mit«, sagte Blanka und nahm seine Hand.

Andreis ging mit ihr in die Küche. Mama saß auf einem der vier Stühle und hatte ein Bündel im Arm. Es fiepte, ungefähr so wie ein neugeborener Hundewelpe. Als Andreis näher kam, sah er ein winzig kleines Gesicht in der Wolldecke. Das Baby hatte rote Flecken auf der Stirn und ein bisschen Ausschlag auf den Wangen.

»Komm, begrüße deinen kleinen Bruder«, sagte Mama.

Sie sah müde aus, aber sie lächelte Andreis an und schob die Decke ein wenig zurück, sodass er das Baby besser sehen konnte.

Andreis wusste nicht genau, was er tun sollte. Aber er ging ein paar Schritte näher.

»Na los«, sagte Mama. »Er beißt nicht. Du darfst ihn streicheln, wenn du möchtest.«

Andreis streckte die Hand aus und strich ihm vorsichtig über den Kopf. Er hatte schwarzes struppiges Haar, genau wie Papa, doch da er die Augen zuhatte, konnte man die Augenfarbe nicht sehen.

»Du musst dich ab jetzt um ihn kümmern«, sagte Mama. »Große Brüder kümmern sich immer um kleine Brüder.«

»Wie heißt er?«, fragte Andreis.
»Emir, er soll Emir heißen.«
Die Haustür ging auf, und Papa kam in die Küche.
»Hast du deinen neuen Bruder gesehen?«, fragte er mit stolzem Lächeln.
Er hatte eine halb volle Flasche in der Hand, und er ging zur Anrichte und nahm ein Glas heraus, das er bis zum Rand füllte.
»Auf meinen Sohn!«, rief er und trank das Glas in einem Zug aus.
Um Mamas Mund erschien ein harter Zug. Sie sah zu Blanka.
»Zlatko«, sagte Blanka. »Ich denke, Selma muss sich jetzt eine Weile hinlegen und ausruhen.«
Papa schien es nicht gehört zu haben. Er hatte das Glas bereits wieder gefüllt und lachte Andreis begeistert an.
»Jetzt feiern wir«, sagte er.

Mittwoch

Kapitel 10

Die Müdigkeit kam in derselben Sekunde, in der Thomas seinen Hausausweis durch den Kartenleser in der Eingangshalle zog. Er lief die Treppe hinauf in den sechsten Stock des großen Polizeigebäudes in Flemingsberg, wo das Dezernat für Kapitalverbrechen angesiedelt war.

Anstatt drinnen zu sein, wäre er viel lieber auf einem Patrouillenboot durch den Schärengarten gefahren.

Bevor er sich zur Ermittlungsabteilung der Polizei in Nacka hatte versetzen lassen, war er bei der Wasserschutzpolizei gewesen, in vielerlei Hinsicht die beste Zeit in seiner Dienstlaufbahn. Auf dem Wasser hatte er sich zu Hause gefühlt und instinktiv die richtigen Entscheidungen getroffen. Selbst bei schwierigen Aufträgen, wie dem Bergen von Wasserleichen oder bei schweren Bootskollisionen, war es ihm nicht schwergefallen, den Fokus zu behalten.

Damals hatte er selten schlaflose Nächte gehabt, so wie es heute oft vorkam. Die schweren Gedanken waren irgendwie einfach davongeweht, wenn er das Boot Richtung Heimathafen steuerte. Sogar wenn es ihm schlecht ging, hatte der Schärengarten ihm das Atmen leichter gemacht. Wenn es nicht wegen Elin wäre, hätte er ernsthaft darüber nachgedacht, das ganze Jahr über auf Harö zu wohnen.

Thomas fuhr sich mit der Hand durchs feuchte Haar und öffnete die Tür zu seinem Büro. Gestern war in Stockholm herrliches Wetter gewesen, heute regnete es, typisch Aprilwetter.

Es hatte keinen Sinn, sich in alten Erinnerungen zu vergraben.

Thomas hängte seine Jacke an den Garderobenhaken und ging sich einen Kaffee holen, er brauchte Koffein. Um vor acht in Flemingsberg zu sein, musste er spätestens um sechs aufstehen. Letzte Nacht war er erst nach zwei Uhr eingeschlafen, er hatte lange wach gelegen und gegrübelt.

Aram Gorgis, seit vielen Jahren sein Partner im Dienst, hatte sich schon einen Kaffee geholt. Er blätterte im Aktenordner mit den neuen Vorschriften und hob grüßend die Hand, als er Thomas sah.

Aram wirkte frisch und ausgeschlafen und hatte, anders als Thomas, von der Frühjahrssonne schon ein bisschen Farbe bekommen.

Am Automaten drückte Thomas die Taste für einen großen Becher Kaffee, obwohl er eigentlich Tee bevorzugte.

Margit Granqvist steuerte auf den Kaffeeautomaten zu. Noch eine, die kurz davor war, die Lust an der Arbeit zu verlieren. Margit war seit zwei Jahren Interimschefin, obwohl sie ganz zweifellos die qualifizierteste Person für die Leitung der Abteilung Kapitalverbrechen in der neuen Polizeiorganisation war. Wenn sie nicht bald ihre Ernennung erhielt, würde sie vermutlich vor lauter Frust das Handtuch werfen.

In dem Fall wäre sie nicht die Erste.

»Ich habe gehört, dass Nora Linde, deine Freundin von Sandhamn, einen Fall von Staatsanwalt Sandberg übernommen hat«, sagte Margit und drückte ebenfalls die Taste für extra starken Kaffee.

In diesem Haus blieb nichts ein Geheimnis.

Thomas gab Margit eine kurze Zusammenfassung des Telefonats, das er am Vortag mit Nora geführt hatte.

»Vergiss nicht, alle eventuellen Gespräche über diesen Fall zu protokollieren«, sagte sie und griff nach ihrem Becher.

Thomas warf ihr einen schrägen Blick zu. Wofür hielt sie ihn eigentlich?

Aber dann erkannte er, dass sie es nur gut meinte. Durch die Neuorganisation standen sie alle unter Beobachtung, und man nahm es mit der Einhaltung von Formalitäten sehr genau. In einer unruhigen und angespannten Organisation hielt man sich strenger an das Regelwerk, obwohl dies die negative Atmosphäre noch verstärkte. Das Gefühl von schwindendem Vertrauen in die Führung wuchs mit jedem Tag, während gleichzeitig die Zeitungen nicht müde wurden, über das schwindende Vertrauen der Bevölkerung in die Polizei zu berichten.

»Danke für die Erinnerung«, sagte er ohne jede Ironie und ging zurück in sein Büro.

Er musste Pernilla heute anrufen und einen letzten Versuch unternehmen, sich mit ihr über die Urlaubszeit zu einigen; er hatte es schon viel zu lange aufgeschoben. Der Gedanke daran besserte seine Laune nicht gerade.

Kapitel 11

Als Nora die Eingangshalle des Söderkrankenhauses betrat, stand Leila schon wartend am Empfang. Ihr langer schwarzer Zopf hing ihr vorn über die Schulter, und ihre schmale Jeans steckte in Lederstiefeln. Sie winkte Nora zu.

»Wir müssen zur Station fünfundfünfzig.«

Mit schnellen Schritten ging sie auf die Fahrstühle zu. Ihre Absätze knallten auf den Steinfußboden.

»Dir ist aber schon klar, dass sie nicht daran denkt, mit uns zusammenzuarbeiten?«, sagte sie, als sie vor den Aufzügen stehen blieben. »Sie wird ihn weder belasten, noch wird sie sich von ihm trennen. Das ist pure Zeitverschwendung.«

Leila zeigte ihren Unmut nur selten so deutlich, aber Nora beschloss, nicht darauf einzugehen.

Eine gestresste Schwester wies ihnen den Weg zu Minas Krankenzimmer.

»Sie hat ein Einzelzimmer«, sagte sie. »Wegen dem Baby.«

Nora öffnete die Tür zu einem Raum mit weißen Wänden und einem Fußbodenbelag aus deprimierend grauem PVC.

Mina lag auf dem Rücken im Bett und hatte die Augen geschlossen.

Nora schnappte nach Luft, als sie das zerschundene Gesicht der jungen Frau sah, die dicke, blau geschwollene Lippe und den weißen Verband, der eine Wange bedeckte. Am Kopfende stand ein Gestell mit einem Tropf.

Ich hätte das verhindern können, dachte sie.

Auf der anderen Seite des Betts saßen ein grauhaariger Mann und eine Frau mit tiefen Sorgenfalten auf der Stirn. Das mussten Minas Eltern sein, Stefan und Katrin Talevski. Die Ähnlichkeit mit der Mutter war nicht zu übersehen, trotz Minas Verletzungen.

Neben dem Bett stand ein kleines Babybett auf Rädern. Unter der hellgelben Decke schlief ein Säugling.

Nora stellte sich und Leila vor und erklärte ihr Anliegen. Dass sie von der Behörde zur Bekämpfung von Wirtschaftskriminalität kämen, sich aber auch um die Misshandlungssache kümmerten und deshalb einige Fragen stellen müssten.

»Wie geht es Ihnen?«, wandte Nora sich an Mina. »Fühlen Sie sich in der Lage, kurz mit uns zu sprechen?«

Mina antwortete nicht.

»Wer hat Sie so zugerichtet?«, fragte Leila.

Mina schüttelte nur den Kopf.

Es schien unbegreiflich, dass sie ihren Mann immer noch schützte, aber Nora wusste, dass sie nicht die Einzige war. Sie reagierte genau wie viele andere Frauen in der gleichen Situation. Vermutlich würde sie bald darum bitten, wieder nach Hause zu dürfen, und sich auf dem Weg dorthin einreden, es sei gar nichts Schlimmes passiert. Es sei das letzte Mal gewesen, dass ihr Mann sie geschlagen habe.

Dass von nun an alles gut werden würde.

Stefan legte seine Hand auf Minas Arm.

»Du musst mit der Polizei reden, Liebling«, sagte er.

»Bitte, Liebes«, sagte Katrin. »Du kannst nicht bei Andreis bleiben.«

»Wir können Ihnen helfen«, sagte Nora. »Wir besorgen Ihnen einen Platz im Frauenhaus, dort kann er Ihnen nichts anhaben.«

Mina wandte das Gesicht ab. Nora wusste, dass es seine Zeit brauchte und nicht leicht werden würde, sie zu überzeugen. Aber ohne Minas Mithilfe wäre es aussichtslos, einen Haftbefehl für Andreis zu beantragen, und ohne den konnte die Polizei ihn höchstens drei Tage festhalten.

»Andreis wird schon am Donnerstag entlassen, wenn Sie Ihre Aussage nicht ändern«, sagte sie. »In vierundzwanzig Stunden ist er wieder zu Hause, und dann fängt alles von vorn an.«

Wurde Mina blasser? Wegen all der Hämatome und des Verbands ließ sich das nur schwer sagen.

»Denk an Lukas«, sagte Katrin. »Das geht so nicht mehr weiter.«

»Ich bin gestolpert«, murmelte Mina. »Ich bin so ungeschickt.«

Nora versuchte, den Frust zu unterdrücken, der in ihr aufwallte, obwohl Leila sie gewarnt hatte.

Sie mussten Mina überreden, bevor Kovač aus dem Arrest entlassen wurde. Sobald er wieder auf freiem Fuß war, würde er Mina besuchen und um Verzeihung bitten und versuchen, alles wiedergutzumachen. Vielleicht hatte er sie bereits angerufen?

Nora hatte keinen Zweifel daran, dass Mina ihm glauben würde, wenn Andreis versprach, nie wieder die Hand gegen sie zu erheben. Sie würde sich selbst dazu überreden, ihm zu glauben, und dann würde es eine Weile gut gehen, bis alles wieder von vorn anfing.

Es fing immer alles wieder von vorn an.

»Ich bin gestürzt«, beharrte Mina.

»Ist Ihnen nicht klar, dass er Sie irgendwann totschlägt?«, fragte Leila.

Minas Augen füllten sich mit Tränen, sie ballte die Fäuste auf der Bettdecke.

»Ich kann nicht mit Ihnen sprechen«, flüsterte sie. »Bitte, gehen Sie. Lassen Sie mich in Ruhe.«

»Sie müssen auf uns hören. Tun Sie sich den Gefallen.«

Leila trat an Minas Bett.

»Sie glauben, dass er es bereut?«, fragte sie. »Dass er sie tief in seinem Herzen wirklich liebt? Ist es nicht das, was Sie denken? Dass er es nicht gewollt hat, nicht wirklich. Sie haben viele Entschuldigungen für das, was er getan hat. Dass der drohende Prozess ihn belastet, dass er als Kind aus Bosnien fliehen musste und unter all den schrecklichen Erinnerungen leidet, die er mit sich herumträgt.«

Mina versuchte, sich aufzusetzen, verzog aber das Gesicht vor Schmerzen.

»Sie glauben, Sie sind zum großen Teil selbst schuld, nicht wahr?«, fuhr Leila fort. »Wenn Sie sich mehr anstrengen würden, müsste er nicht so wütend werden. Wenn Sie ihn nur nicht andauernd ärgern oder so vieles falsch machen würden. Wenn Sie ihn nur ein bisschen mehr lieben würden, dann wäre alles gut. Aber ein Mann, der seine Frau liebt, schlägt sie nicht. Verstehen Sie? Das passt nicht zusammen.«

Nora kannte Leila nicht sehr gut, obwohl sie in den letzten Jahren oft zusammengearbeitet hatten. Leila war nicht besonders mitteilsam, was ihr Privatleben anbetraf, aber Nora wusste, dass ihre Familie Ende der Achtzigerjahre mit der damals erst vier Jahre alten Leila vom Iran nach Schweden geflüchtet war. Die Details waren unklar, die Eltern hatten sich einige Jahre später scheiden lassen.

Das einzig Persönliche auf Leilas Schreibtisch war ein Foto von einem Hund, einem Neufundländer namens Teddy. Leilas siebzig Kilo schwerem Augenstern.

»Das nächste Mal schlägt er Sie tot«, fuhr Leila in gemäßigterem Ton fort. »Sie müssen sich das klarmachen, um Ihrer selbst willen.«

Minas Tränen flossen in Strömen.

»Hör auf sie«, sagte Stefan heiser. »Sie ist Polizistin, sie weiß, wovon sie spricht.«

Er wandte sich an Leila und Nora.

»Können Sie meine Tochter schützen? Andreis ist ein furchtbarer Mensch. Gefährlich und brutal.«

Mina versuchte zu protestieren, aber Stefan ließ sich nicht unterbrechen.

»Du weißt, dass es so ist. Verteidige ihn nicht!«

Er schlug sich mit der Handfläche aufs Knie.

»Mein Gott, man braucht dich nur anzusehen. Begreifst du nicht, dass sie recht hat? Das nächste Mal bringt er dich um.«

Katrin atmete heftig.

»Bitte! Ihr müsst jetzt nicht auch noch streiten!«

Nora hob die Hand. Die Situation drohte außer Kontrolle zu geraten.

Wenn sie Mina an einen Ort bringen konnten, an dem Kovač nicht an sie herankam, würde sie sich vielleicht sicherer fühlen.

Und sich trauen, mit ihnen zusammenzuarbeiten.

»Wir können dafür sorgen, dass Sie und Ihr Sohn in einer geschützten Einrichtung unterkommen, von der niemand weiß, dass Sie dort sind«, sagte sie. »Es gibt so eine Einrichtung im Schärengarten, bei der wir angefragt haben. Sie könnten schon morgen dort einziehen. Das Haus liegt sehr idyllisch und erinnert eher an ein Ferienhaus. Sie werden sich dort wie zu Hause fühlen.«

Leila legte ihre Hand auf Minas Schulter.

»Sie brauchen keine Angst zu haben, dass Ihr Mann Ihnen etwas antut. Wir halten ihn von dort fern, das verspreche ich.«

»Leila kann Sie hinbringen, wenn Sie möchten«, fügte Nora hinzu.

Die Sekunden vergingen. Beide Eltern blickten Mina bittend an.

Katrin schluchzte auf und rang mühsam nach Luft. Vielleicht war es die Reaktion von Minas Mutter, die den Ausschlag gab.

»Okay«, flüsterte sie. »Ich fahre dahin.«

Kapitel 12

Nora löschte die Nachttischlampe und klopfte das Kopfkissen zurecht. Es war wieder sehr spät geworden, obwohl sie sich vorgenommen hatte, heute früher schlafen zu gehen. Aber wenn sie von der Arbeit nach Hause kam, war immer noch so viel zu tun, da warteten Berge von Bügelwäsche und eine Gemüseschublade im Kühlschrank, die schon Beine bekam.

Sie war mit Julia allein in der Wohnung. Simon war diese Woche bei Henrik und Adam bei seiner Freundin Freja. Er hatte letztes Jahr die Schule beendet, und sie konnte ihm nicht länger vorschreiben, wo er zu wohnen hatte. Solange er seinen Job als Kellner in einem Restaurant auf Söder nicht vernachlässigte, konnte sie nicht viel sagen.

Jonas würde die ganze Woche weg sein. Er hatte einen Langstreckenflug nach Los Angeles, was bedeutete, dass er nicht vor Samstag zurück war.

Es war elf Uhr, und eigentlich müsste sie alle Gedanken beiseiteschieben, die ihr durch den Kopf gingen: Minas geschundenes Gesicht und das nagende Gefühl, dass Kovač keine Freiheitsstrafe bekommen würde, weder für den Steuerbetrug noch für die Körperverletzung. Aber Nora schaffte es einfach nicht abzuschalten. Ihr Herzschlag pochte rhythmisch in den Ohren, obwohl sie versuchte, tief zu atmen, so wie sie es beim Yoga gelernt hatte.

Wo sie aus Zeitmangel viel zu selten hinging.

Wenn Kovač weiterhin in U-Haft geblieben wäre, hätte sie ein wesentlich besseres Gefühl gehabt. Dann hätte er sich wenigstens nicht mehr an seiner Frau vergreifen können. Aber Ulrika Grönstedt hatte vor Gericht geschickt argumentiert und schon nach kurzer Verhandlung Haftverschonung für ihn erreicht, trotz Noras Bemühungen, das Amtsgericht vom Gegenteil zu überzeugen.

Die Niederlage wurmte sie immer noch.

Kovač hätte bis zum Prozess hinter Gittern sitzen müssen. Aber mit einem Verteidiger von Grönstedts Kaliber hatte Nora es bisher noch nicht zu tun gehabt. Bei den meisten ihrer Prozesse war es um geringere Delikte von Kleinkriminellen gegangen, und die hatten sich mit dem Pflichtverteidiger begnügt, den das Gericht ihnen stellte. Da war ihr Gegenspieler kein Vollprofi wie Ulrika Grönstedt gewesen.

Jonathan hatte es nicht ausgesprochen, aber Nora ahnte, was er über die Sache dachte. Sie hätte sich mit ihrer Argumentation beim Haftprüfungstermin eigentlich durchsetzen müssen.

Stattdessen hatte sie sich von Grönstedt überfahren lassen.

Nora starrte hinauf an die Decke. Sie hatte sofort Schuldgefühle bekommen, als sie Minas grün und blau geschlagenes Gesicht im Krankenhaus gesehen hatte. Wäre die junge Frau am Montagabend gestorben, wäre es ihre Schuld gewesen.

Ihr Verstand sagte, dass es unvernünftig war, so zu denken, aber sie konnte nicht anders.

Vor langer Zeit hatte Henrik einmal die Beherrschung verloren und ihr eine Ohrfeige verpasst, als sie in Sandhamn unten am Steg gestritten hatten. Ihre Lippe hatte geblutet, und sie war so schockiert gewesen, dass sie keinen Finger rühren konnte. Henrik war fast genauso erschrocken, er hatte sie tausend Mal um Verzeihung gebeten, aber dieser Vorfall hatte ihrer Beziehung den Todesstoß versetzt.

Danach war die Ehe nicht mehr zu retten gewesen.

Nora blickte zum Wecker auf dem Nachttisch. Morgen sollte sie Kovač vernehmen. Der Termin stand schon lange fest, aber die Vernehmung war nach Flemingsberg verlegt worden, da der Mann wegen des Angriffs auf seine Frau jetzt vorübergehend wieder in Polizeigewahrsam war. Sie musste morgen frisch und ausgeruht sein.

Aber der Schlaf wollte nicht kommen.

Donnerstag

Kapitel 13

Als Nora und Leila den Vernehmungsraum betraten, saß Andreis Kovač bereits zusammen mit Ulrika Grönstedt an dem quadratischen Tisch. Er war ganz in Schwarz gekleidet und füllte den Raum mit so etwas wie rauer Männlichkeit. Die Beine hatte er lang ausgestreckt. Kovač war ein großer, muskulöser Mann. Allein schon seine körperliche Überlegenheit musste dazu beigetragen haben, Mina zu unterdrücken.

Die ganze Situation schien ihn nicht im Geringsten zu beunruhigen. Falls er sich Sorgen machte, weil seine Ehefrau im Krankenhaus lag, merkte man es ihm nicht an.

Ulrika Grönstedt saß neben ihrem Mandanten, im klassischen dunkelblauen Kostüm mit passenden Stilettos. Die Chanel-Handtasche hing über der Stuhllehne.

»Ist eine nochmalige Vernehmung wirklich notwendig?«, fragte sie, noch bevor Nora Platz genommen hatte. »Mein Mandant wurde bereits viel zu oft befragt. Wie viele Male müssen wir diese Prozedur noch über uns ergehen lassen, bevor Sie begreifen, dass er sich keines Verbrechens schuldig gemacht hat?«

Nora hatte nicht vor, sich provozieren zu lassen. Sie schenkte sich und Leila Wasser in die bereitstehenden Gläser und ließ sich Zeit dabei.

»Wir werden so viele Vernehmungen durchführen, wie ich es für nötig halte«, erwiderte sie in neutralem Tonfall. »Ist Ihr Mandant wegen irgendetwas beunruhigt?«

»Wenn ihm der Aufenthalt in der Zelle nicht behagt, muss er sich an die eigene Nase fassen«, sagte Leila. »Daran hätte er denken müssen, bevor er seine Frau misshandelt hat.«

Kovač wechselte einen Blick mit Grönstedt.

»Wie ich bereits früher gesagt habe, wird mein Mandant alle ihm zur Last gelegten Steuervergehen bestreiten«, sagte Ulrika Grönstedt. »Was die angebliche Misshandlung betrifft, verstehe ich nicht ganz, was das mit dem heutigen Verhör zu tun hat.«

Sie öffnete ein elegantes Etui und nahm eine Brille heraus.

»Herr Kovač hat keine Steuern hinterzogen«, fuhr sie fort und setzte die Brille auf. »Er hat keine Straftat begangen, wie Sie sie ihm vorwerfen, und außerdem hat er bei Weitem keine Einkünfte in der unterstellten Größenordnung gehabt.«

Leila lächelte säuerlich.

»Ich vermute, seine große Villa hat er im Lotto gewonnen, und seine schwer misshandelte Frau ist neulich zufällig gegen eine Tür gelaufen?«, sagte sie. »Wenn wir bei den Fakten bleiben wollen.«

»Mina hat nichts damit zu tun«, knurrte Kovač und schlug die Beine übereinander.

Nora beugte sich vor.

»Über Mina wollte ich mit Ihnen sprechen«, sagte sie. »Ihre Frau liegt schwer misshandelt im Krankenhaus. Wie kann das angehen?«

Es war eine Sache, den trockenen Bericht über Kovačs Gewalttaten gegenüber Mina zu lesen. Etwas ganz anderes war es, ihm in kaum einem Meter Abstand gegenüberzusitzen.

Ihr Blick fiel unwillkürlich auf seine Hände, an denen sich Minas Blut befunden haben musste. Aber die langen Finger trugen keine Spuren von Gewalt. Die Nägel waren gepflegt, die Knöchel unverletzt.

Nur Minas Haut, die war aufgeplatzt.

»Mina ist über den Staubsauger gefallen«, sagte Kovač. »Als ich nach Hause kam, war es bereits passiert. Es ist nicht meine Schuld, dass sie im Krankenhaus liegt. Aber es tut mir wirklich leid, dass sie sich verletzt hat. Ich liebe meine Frau.«

Kovač schaffte es, seiner Aussage einen falschen Anstrich von Normalität zu geben, so als wäre er aufrichtig bekümmert über den Zustand seiner Frau, obwohl jeder in diesem Raum wusste, wie es sich tatsächlich verhielt.

Leila reagierte mit höhnischem Lachen.

»Das glauben Sie doch selbst nicht!«

Ihr Ton war so gehässig, dass Nora nervös wurde. Leila musste während der Vernehmung objektiv bleiben.

»Sie haben sie verprügelt, und jetzt haben Sie Angst, sie könnte Sie dafür ins Gefängnis bringen.«

»Meine Frau wird niemals gegen mich aussagen.«

»Das werden wir ja sehen. Es dürfte kaum gut für Ihren Sohn sein, bei einem Vater aufzuwachsen, der seine Mutter misshandelt.«

»Lassen Sie meinen Sohn aus dem Spiel, sonst …«

Ulrika Grönstedt fiel ihm ins Wort.

»Das war von meinem Mandanten nicht als Drohung gemeint.«

Sie legte eine Hand auf seinen Arm. Die Nägel trugen ein elegantes Rot, das schellackglänzte.

»Er würde niemals einem Polizisten oder einem Ankläger drohen«, fügte sie hinzu. »Nur dass wir uns nicht missverstehen.«

Leila schüttelte den Kopf.

»Es muss schön sein, eine Anwältin als Nanny zu haben«, sagte sie. »Schade nur, dass sie nicht dabei war, als Sie Mina zusammengeschlagen haben. Da Sie sich ja selbst nicht im Griff haben, meine ich.«

Nora räusperte sich. Es reichte jetzt mit den Wortgefechten, sie mussten endlich mit der Vernehmung beginnen.

»Ich werde voraussichtlich im Laufe der kommenden Woche Anklage erheben«, sagte sie zu Ulrika Grönstedt. »Ich habe nur noch einige abschließende Fragen. Je eher Ihr Mandant sie beantwortet, desto eher werden wir heute fertig.«

Sie schlug den Aktenordner auf und blätterte zu den Unterlagen über eines der zuletzt verkauften Unternehmen.

»Es geht um die Buchführung in …«, begann sie.

Grönstedt unterbrach sie sofort.

»Es ist nicht Schuld meines Mandanten, dass alle Dateien unglücklicherweise gelöscht wurden, als die Firma den IT-Anbieter gewechselt hat. Das ist kein Verbrechen.«

Nora beschloss, sie in die Schranken zu weisen.

»Ich schlage vor, Sie lassen mich ausreden«, sagte sie. »Sonst sitzen wir noch den ganzen Tag hier.«

Kapitel 14

Mina lag in ihrem neuen Zimmer auf dem Bett und starrte an die weiß gestrichene Decke, die an mehreren Stellen Risse zeigte. Sie hatte ein paar Stunden geschlafen, es war jetzt fast neun Uhr abends.

Im Friggagården würde Andreis sie niemals finden, das hatte Leila ihr versichert, die Polizistin, die sie und Lukas nach Stavsnäs gefahren und nach Runmarö begleitet hatte. Hier würde sie vor Andreis sicher sein. Es gab weder Straßennamen noch Hausnummern. Wer keine Wegbeschreibung hatte und nicht von der Insel war, konnte das Haus unmöglich finden.

Die Überfahrt hatte nur fünf Minuten gedauert, und am Anleger waren sie abgeholt worden.

Friggagården, was für ein seltsamer Name. In der altnordischen Mythologie war Frigga die beschützende Mutter, hatte die Leiterin des Frauenhauses ihr erklärt. Hieß das, die alten Götter wachten über sie? Mina fiel es schwer, daran zu glauben. Es war lange her, dass jemand seine schützende Hand über ihr Leben gehalten hatte.

Die genähte Wunde über der Augenbraue schmerzte.

Wäre sie an jenem Abend damals nur nicht in diesen Pub auf Söder gegangen. Wäre sie stattdessen lieber zu Hause geblieben und hätte ferngesehen. Wäre sie nur nicht lachend darauf eingegangen, als Andreis ihr ein Kompliment machte und sie auf einen Drink einlud.

Mina hatte so oft darüber nachgedacht. Wenn sie Andreis nicht kennengelernt hätte, wie würde ihr Leben dann heute aussehen?

Sie drehte sich auf die Seite, obwohl die gebrochenen Rippen sofort schmerzten, wenn sie sich bewegte. Lukas schlief in dem kleinen Gitterbett am Fußende, mit rosigen Wangen und fest geschlossenem Mund.

Die Antwort kam ganz von selbst. Dann hätte sie Lukas heute nicht.

Das Zimmer lag im Dunkeln. Es war in freundlichen Farben eingerichtet, mit zwei Sesseln unter dem Fenster. Zwei Geranien mit rosa Blüten standen auf der Fensterbank, und auf den kleinen Beistelltisch hatte jemand eine bestickte Decke gelegt. In der gegenüberliegenden

Ecke stand ein alter Kachelofen, an dem ein handgeschriebener Zettel hing: *Darf nicht benutzt werden.*

Es erinnerte an eine bessere Jugendherberge, gemütlich, aber hier und da etwas ramponiert.

Mina drehte den Kopf noch ein Stück. Hinter der Fensterscheibe schimmerte das Wasser drüben am Strand. Als sie gegen Mittag angekommen waren, hatte sie gleich an das Sommerhäuschen ihrer Großeltern in Roslagen denken müssen. An das Holzhaus mit den weißen Eckbalken und der Wiese, umgeben von Fliederhecken.

Sie war glücklich gewesen in diesen Sommern bei Oma und Opa. Heute wusste sie kaum noch, wie es sich anfühlte, nicht ständig in Angst zu leben.

Ihr Handy piepte. Andreis' Nummer leuchtete ihr vom Display entgegen.

»Hallo, Liebling. Darfst du morgen nach Hause?«

Mina atmete scharf ein. Er wusste nicht, dass sie das Krankenhaus schon verlassen hatte.

In mehreren SMS hatte er beteuert, er werde sich ändern, und von jetzt an werde alles besser.

Die letzte SMS war gekommen, als sie sich gerade für die Abreise zum Friggagården fertigmachte. Da hatte sie es sich beinahe anders überlegt und gedacht, es sei vielleicht doch besser, nach Hause zu fahren. Lukas zuliebe, damit er bei Papa und Mama aufwuchs.

Andreis klang wirklich so, als meinte er es ernst. Er würde sie nicht mehr schlagen. Nie wieder.

In dem Moment hatte Leila an die Tür geklopft. Sie hatte ihr versichert, dass Runmarö die richtige Entscheidung war, und sie an die Sorge ihrer Eltern erinnert. Mina hatte nicht die Kraft gehabt, sich zu widersetzen, als Leila ihre Tasche nahm und zur Tür ging. Stattdessen hatte sie Andreis rasch geantwortet, dass sie mindestens noch einen Tag im Krankenhaus bleiben müsse, und als Grund ärztliche Untersuchungen angegeben, damit er nicht auf die Idee kam, sie zu besuchen.

Mina starrte auf ihr Handy.

Andreis glaubte, zwischen ihnen sei alles gut. Er würde sich nicht vorstellen können, dass sie ihm am Telefon verzieh, sich aber trotzdem entschied, nicht mehr nach Hause zu gehen.

Wenn er herausfand, wie die Dinge wirklich lagen, würde er ihr

Handeln als Verrat betrachten. Sie war seine Frau, und die Familie bedeutete ihm alles. Er sprach oft davon, dass man zusammenhalten müsse, ganz gleich, was passierte. Er hing sehr an seiner Mutter und telefonierte fast jeden Tag mit ihr. Niemand durfte ein böses Wort über Selma und Zlatko sagen, nicht einmal sein jüngerer Bruder Emir, der sich ansonsten eine Menge herausnehmen konnte.

Jetzt hatte sie ihn auf die denkbar schlimmste Art hintergangen.

Eine Last drückte auf ihrer Brust. Wenn Andreis die Wahrheit erkannte, würde er sie und Lukas verfolgen. Irgendwie würde er herausfinden, wohin sie gegangen waren. Andreis bekam immer, was er wollte.

Es hatte sich so einfach angehört, als Leila sagte, hier sei sie sicher, aber Leila kannte Andreis nicht. Sie hatte nicht gesehen, wie seine Augen schwarz wurden, wenn der Jähzorn ihn packte und sein normales Ich verschwand. Wenn die Adern auf seiner Stirn anschwollen und er Minas Hals packte, als müsste er ihr Leben auslöschen, um sein eigenes zu retten.

Wie sollte sie sich jemals irgendwo wieder sicher fühlen können?

Luka greinte in seinem Gitterbett.

Das Handy piepte, als die SMS wieder auf dem Display erschien.

»Hallo, Liebling. Darfst du morgen nach Hause?«

Mina antwortete mit zitternden Fingern.

»Ich hoffe es.«

Die Antwort kam sofort.

»Dann hole ich dich nach dem Mittagessen ab.«

Mina zögerte. Dann schrieb sie:

»Danke, Liebling. Gute Nacht.«

Freitag

Kapitel 15

Ulrika Grönstedt öffnete die Tür zum Konferenzraum, in den ihre Sekretärin gerade eben Andreis Kovač gebracht hatte.

Gestern war er aus der U-Haft entlassen worden, genau wie sie gesagt hatte. Ulrika lächelte zufrieden, es gefiel ihr, wenn sie recht behielt. Am Nachmittag musste sie wegen einer anderen Sache zum Gericht, und sie hatte noch eine Menge Akten zu lesen. Wahrscheinlich würden Reporter auftauchen, was immer ein besonderer Anreiz war.

»Was zum Teufel war das, was die Staatsanwältin über eine Anklage wegen Steuerbetrugs gesagt hat?«, fuhr Kovač sie an, als er sie zur Tür hereinkommen sah.

Er hatte den Kaffee nicht angerührt, den ihre Sekretärin ihm hingestellt hatte, sich dafür aber aus der Schale mit den Süßigkeiten bedient. Auf dem Tisch lag zerknülltes Bonbonpapier.

Ulrika war ebenfalls besorgt, auch wenn sie nicht vorhatte, sich das ihrem Mandanten gegenüber anmerken zu lassen.

Als Kovač die Vorladung zur ersten Vernehmung erhalten hatte, war sie nicht sonderlich beunruhigt gewesen. Sein trickreiches Firmenkonstrukt sollte wasserdicht sein. Sie selbst war an dem Aufbau nicht beteiligt gewesen, aber seine Berater waren auch keine Anfänger. Das waren Vollprofis, die sich fürstlich dafür bezahlen ließen. Die Anklägerin konnte eigentlich kaum etwas gegen ihn in der Hand haben.

Und dann war Kovač verhaftet worden, womit niemand gerechnet hatte. Nora Linde hatte ihn wegen Verdunkelungsgefahr festnehmen lassen, um auszuschließen, dass er Beweise beiseiteschaffte und die Ermittlungen behinderte.

Zwar hatte das Gericht nur ein paar Wochen U-Haft verhängt, aber immerhin. Kovač hatte getobt, als er wieder entlassen wurde.

Sie konnte nicht begreifen, wie Nora Linde an so viele Informationen gekommen war. Die Fragen, die sie gestern gestellt hatte, waren besorgniserregend; sie zeigten, dass sie viel zu gut Bescheid wusste.

Offenbar war ihr nicht nur bekannt, dass Einnahmen an den Büchern vorbei durch das Firmennetzwerk geschleust worden waren, sie konnte es auch beweisen.

Dem Staat waren enorme Summen an Umsatz- und Ertragssteuern vorenthalten worden. Genug, um den Tatbestand des Steuerbetrugs und vermutlich auch der Geldwäsche zu erfüllen. Kovač drohte eine langjährige Haftstrafe.

»Sie haben mir versprochen, dass es keine Anklage geben wird«, sagte er und trommelte mit den Fingern auf dem ovalen Eichentisch.

»Jemand in Ihrem Umfeld muss den Behörden Informationen zugespielt haben«, sagte Ulrika und nahm ihm gegenüber Platz.

Sie hatte nicht vor, für diese Geschichte den Kopf hinzuhalten. Es reichte schon, dass sie ihr ganzes Können würde aufbieten müssen, um einen Freispruch für ihn zu erreichen, falls es zum Prozess kam.

»Die Staatsanwaltschaft kann das alles unmöglich selbst herausgefunden haben«, fuhr sie fort. »Es muss einen Insider geben, der den Behörden gegenüber ausgepackt hat.«

Kovač runzelte die Stirn.

»Meine Leute halten dicht.«

»Linde kennt zu viele Fakten«, beharrte Ulrika. »Sie muss Material von jemandem erhalten haben, der Einblick in Ihre Geschäfte hat, sonst hätte sie nie so detaillierte Fragen stellen können.«

Sie griff nach der Thermoskanne und schenkte sich Kaffee ein. Im Sonnenlicht, das durchs Fenster hereinfiel, sah sie, dass es Zeit für eine Maniküre wurde. Ihre Nägel sahen langsam ein klein wenig abgenutzt aus. Sie musste ihre Sekretärin bitten, für morgen einen Termin zu buchen.

»Bevor Linde keine Anklage erhoben hat, komme ich nicht an die Akte heran«, sagte sie. »Ich kann nicht sehen, zu welchen Unterlagen sie Zugang hatte. Aber mir genügt, was ich während der Vernehmung gehört habe, die Art, wie sie die Fragen gestellt hat. Anscheinend besitzt die Staatsanwaltschaft Kopien Ihrer Buchführung.«

»Das ist unmöglich«, sagte Kovač.

Bisher hatte Ulrika ihn während der Vernehmungen immer wieder dasselbe sagen lassen: dass die gesamte Buchführung durch ein Missgeschick vernichtet worden war und dass alles andere, was ihm während der Vernehmungen vorgehalten wurde, auf reinen Vermutungen basierte.

Das war die älteste Ausrede der Welt, und sie brachte sie beinahe zum Lächeln.

Aber die Situation war ernst.

Wenn das Gericht ihrer Erklärung Glauben schenkte, würde Kovač freigesprochen oder schlimmstenfalls zu einer Geldstrafe verurteilt werden. Natürlich war eine Firma zur korrekten Buchführung verpflichtet, das stand außer Zweifel, aber ein Verstoß dagegen war ein Vergehen, kein Verbrechen, das mit einer Haftstrafe geahndet wurde. Falls Linde allerdings in den Besitz von Kopien des tatsächlichen Materials gelangt war, konnte das eine empfindliche Gefängnisstrafe bedeuten.

»Gibt es niemanden, der sich verdächtig verhält?«, fragte sie. »Der Sie vielleicht herausdrängen will aus dem … Unternehmen?«

Sie zögerte ein wenig bei dem letzten Wort. Eigentlich wollte sie so wenig wie möglich über den Teil wissen. Ihre Aufgabe war es, Andreis Kovačs Interessen vor Gericht zu vertreten, nichts anderes.

Jeder hatte das Recht auf einen Verteidiger. Das war ihr Mantra, seit sie vor fünfundzwanzig Jahren begonnen hatte, sich auf Strafrecht zu spezialisieren. Das Gesetz schrieb es so vor, und sie war stolz auf ihre Rolle und ihren Ruf als eine der besten Strafverteidigerinnen Schwedens.

Sie brauchte sich für nichts zu schämen.

Andreis Kovač schüttelte den Kopf.

»Nein«, sagte er. »Ich weiß, was ich von meinen Männern zu halten habe. Hören Sie auf zu nerven.«

Ulrika Grönstedt warf wieder einen Blick auf ihre Nägel. Sie wünschte, er wäre kooperationswilliger. Sie stand auf seiner Seite, das hatte er anscheinend vergessen. Manchmal musste man die Mandanten daran erinnern. Vor allem, wenn sie so berufsgeschädigt waren, dass sie davon ausgingen, jeder wolle ihnen nur Schlechtes.

»Sie wissen, was ich gesagt habe«, begann sie. »Ich will keine Überraschungen. Sie brauchen mir nur zu beantworten, wonach ich Sie frage, aber wenn ich Sie vor Gericht verteidigen soll, dürfen Sie mich nicht anlügen.«

Kovač zog eine Zigarettenschachtel hervor, die wie *Marlboro* aussah, obwohl *Superdrina* draufstand. Als Ulrika die Augenbrauen hob, steckte er die Schachtel wieder ein.

»Könnte Mina etwas damit zu tun haben?«, fragte sie.

Andreis Kovač brach in Lachen aus.

Wenn er lachte, sprang sein Charme an. Kovač hatte eine fast magnetische Ausstrahlung. Ulrika war überzeugt, dass er das bewusst ausnutzte, um seinen Willen durchzusetzen.

Sie hatte nicht die Absicht, ihm in die Falle zu gehen, stimmte aber unwillkürlich in sein Lachen ein.

»Wie ist das mit Mina?«, wiederholte sie, jetzt weniger streng.

»Mina hat keine Ahnung, was ich mache. Sie kann ganz bezaubernd sein, aber von Geschäften versteht sie nichts.«

Ulrika beschloss, das Thema fallen zu lassen.

»Es war nicht besonders gut, dass Sie gerade jetzt …«, sie suchte nach einer geeigneten Formulierung, »… mit Mina aneinandergeraten sind.«

»Das ist meine Privatsache.«

Verstand er es wirklich nicht, oder wollte er nicht verstehen?

Das Amtsgericht bestand aus einem vorsitzenden Richter und drei bis fünf Schöffen, also Laienrichtern ohne juristische Ausbildung. Das Foto einer schwer misshandelten Frau würde nicht gerade dafür sorgen, dass sie wohlwollend urteilten. Es konnte ihrer Glaubwürdigkeit empfindlich schaden, wenn sie für die Unschuld ihres Mandanten plädierte.

In diesem Zusammenhang war es ausnahmsweise einmal von Vorteil, dass Ulrika eine Frau war, auch wenn Kovač das vermutlich nicht zu schätzen wusste. Sie war eine der wenigen hochkarätigen Strafverteidigerinnen des Landes. In ihrem Beruf waren Männer deutlich überrepräsentiert, und es waren vor allem sie, die als Strafverteidiger einer breiteren Öffentlichkeit bekannt waren. Aus irgendeinem Grund dominierten Frauen in der Rolle als Ankläger und Richter, während die Männer sich auf Strafrecht spezialisierten, nicht zuletzt in den Großstädten, wo sich viele der Kapitalverbrechen zutrugen.

»Wenn Mina gegen Sie aussagt, ist das alles andere als hilfreich«, sagte sie. »Das wird vor Gericht nicht gut ankommen. Sie können versichert sein, dass die Staatsanwältin alles daransetzen wird, die Strafsachen zu kumulieren.«

Der charmante Zug verschwand ebenso schnell, wie er gekommen war. Über Kovačs Nasenwurzel erschien eine ärgerliche Falte.

»Reden Sie so, dass ich es verstehe.«

»Sie wird die Anklage wegen Misshandlung und die Anklage wegen Steuerbetrugs zusammenfassen, sodass beides gleichzeitig vor Gericht verhandelt wird.«

»Mina würde niemals gegen mich aussagen«, erwiderte Kovač genauso selbstsicher, wie er es bei der Vernehmung am Vortag getan hatte.

»Sind Sie sich da ganz sicher?«

»Mina ist meine Frau. Sie kennt das Gesetz der Familie.«

»Wo ist sie jetzt? Noch im Krankenhaus?«

»Ja. Ich hole sie ab, sobald wir hier fertig sind.«

»Die Polizei wird alles tun, um sie dazu zu bringen, die tatsächlichen Ereignisse zu schildern.«

»Ich werde mich um Mina kümmern.«

Dass ihr Mandant sich um seine Frau »kümmern« würde, daran zweifelte Ulrika nicht. Das Problem war, dass sie der Anklägerin keine Gelegenheit geben wollte, neue Anklagepunkte zu sammeln. Das absolut Beste wäre, wenn sich die Eheleute versöhnten, obwohl die Bilder, die sie gesehen hatte, sie innerlich frösteln ließen.

Das Ehepaar musste zusammenhalten, wenigstens so lange, bis der Prozess vorbei war.

»Die Verletzungen wurden fotografiert und dokumentiert«, sagte sie. »Wir reden hier von schwerer Misshandlung, das kann Sie für Jahre hinter Gitter bringen.«

Kovač sah auf seine Uhr, eine Schweizer Taucheruhr mit breitem Stahlarmband. Protzig, aber sicher eine Preisklasse, die ihm zusagte.

»Sind wir bald durch?«, fragte er.

»Als Ihr Rechtsbeistand muss ich Ihnen den Rat geben, sich mit Ihrer Ehefrau zu versöhnen«, sagte sie. »Versuchen Sie zu erreichen, dass sie zu Ihnen zurückkommt. Das würde Ihre Verteidigung wesentlich erleichtern.«

»Keine Sorge. Sie liebt mich.«

Bosnien

April 1992

Selma hatte den Mittagstisch im Garten gedeckt, sie liebte es, draußen zu sitzen und die Blumen zu betrachten. Sie züchtete Rosen, auf die sie sehr stolz war, rote, rosafarbene und gelbe, die sie in Vasen stellte oder an Nachbarn verschenkte.

Der Schatten des großen Walnussbaums schützte sie vor den grellen Strahlen der Sonne, sonst wäre es zu heiß gewesen, in der Mittagszeit draußen zu sitzen.

Andreis schlang sein Essen hinunter, damit er möglichst schnell wieder loslaufen und spielen konnte.

Ihr Erstgeborener hatte genauso viel Energie wie sein attraktiver Vater, der leider ebenso egoistisch wie heißblütig war. Selma hatte ihn seit vielen Jahren nicht gesehen, ihre Wege hatten sich getrennt, als Andreis zehn Monate alt gewesen war.

Zu ihrer Erleichterung hatte Ivan nie irgendwelche Ansprüche auf den Jungen erhoben.

»Warum muss ich mein Zimmer mit Emir teilen?«, fragte Andreis. »Kann er nicht lieber bei dir und Papa schlafen?«

Andreis nannte Zlatko seit jeher Papa, er war erst zwei Jahre alt gewesen, als sie Zlatko kennengelernt hatte.

Selma strich ihm über die Wange.

»Warum fragst du? Magst du deinen kleinen Bruder nicht?«

Andreis wirkte auf einmal verlegen.

»Doch, schon«, erwiderte er. »Aber er schreit so viel.«

»Das geht bald vorbei.«

Selma lachte, dass ihr langes schwarzes Haar hin und her tanzte. Es war immer ihr ganzer Stolz gewesen. Andreis bürstete es manchmal mit der schönen Haarbürste, deren Rückseite mit Perlmutt verziert war. Sie war ein Geschenk ihrer Mutter, die viel zu weit weg wohnte. In Sarajevo, der Stadt, die Selma verlassen hatte, als sie mit Zlatko quer durch Bosnien hierher umgezogen war.

»Bald ist Emir so groß, dass er laufen und sprechen kann«, sagte sie. »Dann könnt ihr zusammen spielen. Das wird bestimmt lustig.«

Zlatko kam aus der Küche. Er hinkte stärker als gewöhnlich, das tat er immer, wenn er aufgebracht war. Seit seinem Motorradunfall konnte er keine längeren Strecken mehr gehen.

Normalerweise kam er nicht mitten am Tag nach Hause, und Selma war sofort beunruhigt. Im Moment war alles ein einziges Durcheinander.

»Was machst du hier?«, rief sie und erhob sich mit Emir auf dem Arm. »Ist auf der Arbeit was passiert?«

»Sie haben die Fabrik dichtgemacht. Wir wurden alle nach Hause geschickt.«

»Was? Wieso denn?«

»Es ist Krieg.«

Das Wort war wie eine Ohrfeige. Selmas Knie gaben nach, und sie sank wieder auf den Stuhl.

»Was sagst du da?«, flüsterte sie.

Zlatko setzte sich an den Tisch und zündete eine Zigarette an.

»Die Serben haben Sarajevo überfallen. Die Stadt ist im Belagerungszustand, alle Straßen sind gesperrt.«

Mama und Papa. Selma schnürte es die Luft ab. Waren sie eingeschlossen? Oder gar verletzt? Wie mochte es Tante Jasmina und Onkel Adnan gehen, die in einem kleinen Dorf außerhalb von Sarajevo lebten, aber näher an der serbischen Grenze?

»Das … das dürfen sie … das können sie doch nicht machen«, stotterte sie und presste die Lippen an Emirs Stirn.

Ihren Kindern durfte nichts passieren. Emir war ein Baby und Andreis erst fünf.

»Mach dir keine Sorgen«, erwiderte Zlatko. »Die Vereinten Nationen werden das nicht zulassen. Sie haben uns bereits als unabhängigen Staat anerkannt.«

»Und wenn die Serben hierherkommen?«, flüsterte Selma. »Was sollen wir dann machen?«

»Die Weltgemeinschaft wird eingreifen.«

Ein paar Walnüsse fielen vom Baum und plumpsten ins Gras. Ein Huhn kam pickend um die Hausecke.

Zlatko strich Selma übers Haar.

»Das kommt wieder in Ordnung, du wirst sehen. Bevor es Sommer wird, haben sie einen friedlichen Weg gefunden, um den Konflikt zu lösen. Das ist bald vorbei.«

Kapitel 16

Es klopfte an der Tür zu Minas Zimmer. Anna-Maria, die Leiterin, die sie am Vortag in Empfang genommen hatte, steckte den Kopf herein. Sie hielt etwas in den Händen.

Der blaue Strickpullover saß eng. Das Haar war gleichermaßen grau wie braun.

»Hallo, Mina«, sagte Anna-Maria mit warmer Stimme. »Wie geht es dir heute? Konntest du ein bisschen schlafen?«

»Wie spät ist es?«, murmelte Mina.

»Gleich neun.«

»Oh.«

Mina setzte sich im Bett auf. Sie musste wieder eingeschlafen sein, nachdem sie Lukas gegen sechs Uhr gefüttert hatte. Anna-Marias forschender Blick machte sie verlegen, schüchtern zupfte sie an ihrem T-Shirt, das sie als Nachthemd benutzte.

»Ich habe nicht besonders gut geschlafen«, murmelte sie, ohne auf die Albträume einzugehen, die sie heimgesucht hatten, nachdem sie irgendwann eingeschlafen war.

Die Hände, die sich um ihre Kehle schlossen, bis sie keine Luft mehr bekam.

Im Traum war sie aus dem Haus geflohen, war vor Andreis weggelaufen und barfuß durch die Dunkelheit gerannt, bis ihre Fußsohlen bluteten.

Die Angst saß ihr immer noch in den Knochen.

»Am Anfang ist es immer schwer«, sagte Anna-Maria. »Es dauert eine Weile, bis man sich an die Situation gewöhnt hat. Das wird bald besser, ich verspreche es dir.«

Sie legte eine Kulturtasche aus Nylon auf das Fußende des Bettes, zusammen mit einem Stapel Unterwäsche, einer Jeans und einem Pullover.

»Hier sind ein paar Sachen, die du sicher gebrauchen kannst«, sagte sie. »Ich hoffe, die Größe passt. Wenn nicht, sag Bescheid, wir haben einen kleinen Vorrat. Du hast wohl nicht viel von zu Hause mitnehmen können?«

Mina schüttelte den Kopf. Sie hatte nichts. Alles, was sie besaß, war im Haus in Kolarängen zurückgeblieben, außer der Handtasche, die einer der Rettungssanitäter geistesgegenwärtig für sie mitgenommen hatte.

Sie zog die Bettdecke über der Brust hoch.

»Jetzt ist Frühstückszeit«, sagte Anna-Maria. »Normalerweise machen alle ihr Frühstück selbst, aber ich habe dir ein paar Brote gemacht, weil es dein erster Tag bei uns ist. Wenn du fertig gefrühstückt hast, würde ich dich gerne ein bisschen herumführen und die Abläufe mit dir besprechen.«

»Ich habe keinen Hunger.«

»Aber ein bisschen solltest du schon essen.«

Anna-Maria beugte sich lächelnd über Lukas und zog vorsichtig die Babydecke zurecht, die das Krankenhaus ihnen mitgegeben hatte.

»Du musst dich doch um den kleinen Kerl hier kümmern«, sagte sie. »Sieh zu, dass du wieder zu Kräften kommst.«

Mina bekam keine Antwort heraus. Sie wollte das Zimmer nicht verlassen, wollte nicht in die Küche gehen und den anderen Frauen begegnen, wollte sich nicht ihrer Neugier aussetzen oder ihrem stummen Mitleid, wenn sie entdeckten, wie sie aussah.

Was Andreis mit ihr gemacht hatte.

Auf dem Weg nach Runmarö hatte sie eine dunkle Sonnenbrille und eine Schirmmütze getragen, um ihr Gesicht zu verbergen, so gut es ging.

Konnte Anna-Maria sie nicht einfach in Ruhe lassen?

»Übrigens hat Frau Linde nach dir gefragt«, sagte Anna-Maria. »Sie hat gerade vorhin wieder angerufen.«

Mina verstand nicht ganz.

»Wer?«, murmelte sie.

»Bezirksstaatsanwältin Nora Linde. Weißt du nicht mehr? Wir haben gestern darüber gesprochen, als wir die Aufnahmeformalitäten erledigt haben.«

Mina versuchte, ihr zu folgen, aber ihr Gehirn wollte nicht recht mitmachen. Sie war so müde gewesen, als sie hier ankam, und konnte sich nicht mal an die Hälfte von alldem erinnern, was ihr gesagt worden war. Sie war sofort eingeschlafen, nachdem sie Lukas gefüttert hatte; nur mit Mühe hatte sie noch die Kraft aufgebracht, seine Windel zu wechseln.

Leila hatte auch etwas von einer Staatsanwältin erwähnt, jetzt fiel es ihr wieder ein.

»Sie möchte, dass du sie gleich anrufst, nachdem du aufgestanden bist. Es geht um die Ermittlungen gegen deinen Mann.«

Anna-Maria stand einen Moment abwartend da, dann beugte sie sich vor und streckte die Hand aus.

Mina presste sich an die Wand und hob schützend die Arme vors Gesicht.

Anna-Maria wich sofort zurück.

»Entschuldigung«, murmelte Mina.

Anna-Marias Wangen waren rot angelaufen.

»Ich wollte dir nur übers Haar streichen«, sagte sie und öffnete die Tür. »Ich hätte es besser wissen müssen.«

Kapitel 17

Dino Herco blickte auf, als Andreis die Beifahrertür öffnete und sich auf den Ledersitz fallen ließ.

»Lass uns bloß abhauen«, schimpfte er. »Diese Anwältin redet eine Menge Müll. Sie behauptet, dass einer von unseren Leuten mich bei den Behörden verpfiffen hat.«

Dino warf Andreis einen Seitenblick zu.

»Und wer sollte das sein?«, fragte er. »Hast du jemanden in Verdacht?«

»Scheiß drauf.«

Andreis zog eine Zigarettenschachtel hervor und steckte sich eine an. Er nahm ein paar tiefe, ungeduldige Züge, bevor er die Seitenscheibe herabließ und den Rauch aus dem Fenster blies. Er verschwand in graublauen Kringeln.

Andreis bevorzugte eine ungewöhnliche Sorte, eine besondere Marke vom Balkan, die er extra importieren ließ. Dino fand, dass sie scheiße schmeckte, aber anscheinend hatte Andreis' Vater sie immer geraucht. Man musste keine Intelligenzbestie sein, um sich auszurechnen, warum Andreis stur an dieser Tradition festhielt.

Ein wenig Asche fiel auf die Fensterkante.

»Wohin?«, fragte Dino.

Er legte den Gang ein und blickte in den Rückspiegel, ehe er vom Parkplatz fuhr. Niemand schien sie zu beachten, aber ihm war es wichtig, die Umgebung unter Kontrolle zu haben.

Es waren die kleinen Details, auf die es ankam.

»Söderkrankenhaus. Wir holen Mina und Lukas ab.«

Er drückte die Zigarette aus und fügte hinzu, jetzt in zufriedenerem Tonfall:

»Als wir uns zuletzt gesimst haben, schien sie es kaum abwarten zu können, wieder nach Hause zu kommen.«

Dino fragte sich, wen Andreis damit zu überzeugen versuchte, aber er war schlau genug, den Mund zu halten.

»Meine brave Mina«, sagte Andreis. »Und mein hübscher Sohn.«

Dino nahm Kurs auf die Skeppsbron, um hinüber nach Söder zu kommen. Trotz Mittagszeit war nicht viel Verkehr, und knapp fünfzehn Minuten später bogen sie auf den Platz vor dem Krankenhaus ein. Ein Lemmingzug von Menschen bewegte sich auf den Eingang in der gläsernen Fassade zu. Junge und Alte, Rollatoren und Kinderwagen hielten Einzug unter den eckigen Buchstaben, die verkündeten, dass dies hier das Söderkrankenhaus war.

Eine dunkelhaarige Frau mittleren Alters mit einem Schal um den Kopf hockte direkt neben dem Eingang und bettelte. Auf dem Boden vor ihr stand eine Dose mit Münzen. Die meisten Passanten beachteten ihre ausgestreckte Hand nicht, aber gerade, als Dino vorbeifuhr, blieb eine alte Frau mit Stock vor ihr stehen. Sie rief etwas und schüttelte die Faust.

Die Bettlerin reagierte nicht.

Mein Gott, hier Tag für Tag zu sitzen. Die Schweden redeten immer von ihrer großzügigen und offenen Gesellschaft, dabei waren sie nicht besser als alle anderen. Die Gesellschaft war kalt und ungerecht, jeder musste selbst sehen, wo er blieb.

Er konzentrierte sich darauf, einen freien Parkplatz zu finden. Da war eine Lücke, und er parkte ein.

»Warte hier«, sagte Andreis und stieg aus. »Dauert nicht lange.«

Ein Streifenwagen hielt genau vor dem Eingang, aber Andreis schien es nicht zu kümmern, dass Bullen in der Nähe waren.

Dino machte den Motor aus und griff nach der Zeitung, die er vorhin gekauft hatte. Andreis ließ ihn manchmal stundenlang warten, wer wusste schon, wie lange es heute dauern würde. Das machte nichts, er war es gewohnt, sich nach Andreis' Launen zu richten.

Mit ein bisschen Glück heiterte es ihn auf, wenn er seinen Sohn und seine Frau wiedersah. Vielleicht würde er hinterher auf eine Pizza und ein paar Bier in seiner Lieblingskneipe einkehren?

Dino vermisste die guten alten Zeiten zusammen mit seinem Freund aus Kindertagen. Junge, was hatten sie die Nächte durchgefeiert, als die Geschäfte gut anliefen und Andreis den Erfolg begießen wollte. Keiner konnte so ausgelassen feiern wie Andreis, wenn er gut drauf war. Wenn er glaubte, die ganze Welt gehöre ihm.

In Stockholm hatte alles angefangen. Hier hatten sie sich ein neues Leben aufgebaut, weit weg von den Armenvierteln in Nyköping, wo man sie als Kanaken beschimpft hatte.

Andreis lange Gestalt tauchte vor der Motorhaube auf. Es waren erst fünf Minuten vergangen, und von Mina und Lukas war weit und breit nichts zu sehen.

Dino streckte sich über den Beifahrersitz und öffnete die Tür.

Andreis stieg wortlos ein. Er starrte auf sein Handy, als wollte er es zwingen, eine Mitteilung auszuspucken.

Irgendwas stimmte nicht, aber Dino wusste aus Erfahrung, dass es besser war, Andreis nicht mit Fragen zu nerven, wenn er diesen Ausdruck in den Augen hatte.

Der Streifenwagen vor dem Eingang setzte sich in Bewegung und fuhr davon. Sofort war ein gelbes Taxi da und sicherte sich den frei gewordenen Platz. Die Bettlerin erhob sich und schlurfte durch den Eingang hinein. Wenige Minuten später kam sie zurück. Ihre nackten Finger umschlossen einen Pappbecher mit heißem Kaffee.

Dino wartete auf Anweisungen. Nach einer Weile zog Andreis ein Päckchen Kaugummi hervor und begann hektisch zu kauen.

Er hatte immer noch kein Wort gesagt.

Eine Frau beugte sich über die Sammeldose der Bettlerin und warf ein paar Münzen hinein. Die Bettlerin lächelte dankbar, ehe sie den Blick wieder senkte.

Schließlich konnte Dino nicht länger still bleiben.

»Was war da drinnen los?«

»Mina ist nicht da.«

»Was?«

»Bist du taub? Sie ist nicht mehr im Krankenhaus. Ist gestern entlassen worden.«

»Und wo ist sie jetzt?«

»Was weiß ich! Sie wollten es mir nicht sagen. Sie ist einfach abgehauen und hat Lukas mitgenommen.«

Andreis schlug mit der Faust aufs Armaturenbrett.

»Sie kann nicht meinen Sohn mitnehmen, ohne mich um Erlaubnis zu fragen!«

Kapitel 18

Anna-Maria ging in ihr Büro, blieb aber vor dem Schreibtisch stehen. Was wollte sie gerade noch mal holen? Der Tag war so angefüllt gewesen mit Telefonaten und verschiedensten Aufgaben, dass sie sich nicht mehr erinnern konnte.

Zerstreut rieb sie sich mit dem Zeigefinger die Nase. Das Haus war nur zur Hälfte belegt, trotzdem war ihr, als würden tausend Fliegen in ihrem Kopf herumsummen. Sie hatte schon den ganzen Tag lang Probleme, sich zu konzentrieren, und war den Kolleginnen gegenüber kurz angebunden gewesen.

Im Hintergrund rumorte das missglückte Treffen mit der Kommunalbeamtin. Wahrscheinlich hatte die Frau sich nur zu dem Besuch bereit erklärt, damit ihr hinterher niemand etwas vorwerfen konnte.

Das Telefon klingelte. Anna-Maria kannte die Nummer auf dem Display nicht.

Es war Birgitta Svanberg. Wenn man vom Teufel spricht.

»Eine Sache habe ich vergessen zu fragen, als ich bei Ihnen war«, sagte sie, ohne ihre Zeit mit Höflichkeitsfloskeln zu vergeuden. »Wie halten Sie es im Friggagården mit Überwachungskameras?«

Anna-Maria sank mit dem Telefon am Ohr auf ihren Bürostuhl. Sie hatte gehofft, das Thema würde nicht zur Sprache kommen.

Birgitta Svanberg wartete.

»Wir haben das diskutiert«, sagte Anna-Maria schließlich.

»Das diskutiert?«

Anna-Maria biss die Zähne zusammen. Die Frau klang, als traute sie ihren Ohren nicht. Wieso musste sie so bohren? Außenkameras anzubringen war dasselbe, als würde man ein Schild aufstellen, dass dies eine Einrichtung für geschütztes Wohnen war. Sie hatten keine Kameras, aber da waren sie nicht die Einzigen. Es gab viele Frauenhäuser, in denen man aus Rücksicht auf die Privatsphäre der Bewohnerinnen keine Überwachungskameras installiert hatte.

Birgitta Svanberg tat gerade so, als wäre das ein Verbrechen.

»Wir hatten bisher keine«, sagte Anna-Maria. »Aber wir haben darüber diskutiert, Angebote einzuholen, um zu sehen, was es kosten würde.«

Sie versuchte, möglichst überzeugend zu klingen, obwohl im Budget überhaupt kein Platz für diese Art von Investition mehr war. Sie hatte keine Ahnung, woher sie das Geld nehmen sollte, falls die Kommune auf Überwachungskameras bestand.

»Ich dachte, das wäre heutzutage notwendiger Standard für die Auftragsvergabe«, sagte Birgitta Svanberg und legte auf, bevor Anna-Maria noch etwas sagen konnte.

Sie saß da und starrte das Telefon an.

Als Friggagården sich bei der letzten kommunalen Ausschreibung bewarb, hatten sie sich alle Mühe gegeben, ein konkurrenzfähiges Angebot vorzulegen. Das Risiko, unterboten zu werden, war groß. Sie hatten an allem gespart, was nur möglich war, und sämtliche Kosten auf ein Minimum reduziert. Es war unmöglich, noch mehr einzusparen; die Frauen und Kinder mussten anständig verpflegt werden, und an den festen Kosten ließ sich nicht rütteln.

Aber wenn sie bei der neuen Ausschreibung leer ausgingen, würden sie die Einrichtung schließen müssen. Dabei wäre kaum Geld für eine geordnete Abwicklung vorhanden. Alles, wofür sie die letzten fünfzehn Jahre gearbeitet hatte, würde verschwinden.

Das durfte nicht passieren.

Ihr Blick wanderte wie so oft zum Foto von Malin. Das Lächeln ihrer Tochter war normalerweise Anna-Marias Kraftquelle, selbst in schweren Stunden gab es ihr neue Energie.

Jetzt kamen die Schuldgefühle in ihr hoch.

Sie hatte es nicht geschafft, ihre eigene Tochter zu beschützen. Sollte sie nun auch mit ihrer Fürsorge für die Frauen im Friggagården scheitern?

Kapitel 19

Ulrika Grönstedt warf einen Blick auf ihre Armbanduhr. Es wurde langsam Zeit, Feierabend zu machen. Freitags versuchte sie immer, früh zu Hause zu sein, Fiona zuliebe, aber allzu oft schaffte sie es nicht. Heute hatte sie sich fest vorgenommen, die Zehnjährige nicht zu enttäuschen, es war eine arbeitsreiche Woche mit vielen späten Abenden gewesen.

Nico, einer ihrer ehrgeizigsten Assistenzanwälte, steckte den Kopf zur Tür herein.

»Ich würde dann jetzt gehen, wenn das okay ist?«

Er sagte es entschuldigend, als wäre es ihm peinlich, dass er an einem Freitag um sechs nach Hause gehen wollte. Nico war jung und hungrig und träumte davon, einer der besten Strafverteidiger des Landes zu werden.

»Meine Mutter hat Geburtstag«, erklärte er.

Nico saß abends oft noch über den Akten, wenn Ulrika das Büro verließ, und sie war bestimmt keine, die früh nach Hause ging.

»Natürlich. Ich mache jetzt auch Schluss.«

Nico blieb zögernd in der Tür stehen. Sein Anzug war neu, wie Ulrika bemerkte. Sah nach Paul Smith aus. Nico hatte für seinen Arbeitseinsatz im letzten Jahr einen ordentlichen Bonus erhalten. Kein Assistenzanwalt in der Kanzlei hatte so viele Überstunden geleistet wie er.

»Wie war die Besprechung mit Andreis Kovač?«, fragte er.

Ulrika verzog das Gesicht.

»Ich glaube nicht, dass er begreift, wie ernst die Sache mit seiner Frau ist. Das Timing ist wirklich unglücklich.«

Nora Linde hatte es natürlich kaum abwarten können, ihr nach dem Besuch im Krankenhaus die Fotos von Mina zu schicken. Sie waren schrecklich, besonders die von Minas schlimm zugerichtetem und geschwollenem Gesicht. Ulrika hatte sich zusammenreißen müssen, um nicht wegzusehen oder ihren Mandanten zu verurteilen.

Aber sie konnte sich die Art von moralischen Überlegungen, die Nora Linde bei ihr auslösen wollte, nicht leisten.

Einst hatte Ulrika einen Job in einer der größeren wirtschaftsjuristischen Kanzleien angestrebt. Ihr Ziel war es gewesen, Partnerin in einer Sozietät in der City zu werden, wo man hohe Honorare für große Unternehmensfusionen kassierte.

Aber dann hatte sie einen Platz als Referendarin in Södertälje erhalten und Gefallen am Strafrecht gefunden. Die schweren Kapitalverbrechen hatten sie fasziniert. Das Gefühl, dass von ihrer Argumentation ein Menschenschicksal abhing. Der Endorphinrausch, wenn sie vor Gericht siegte und die Zeitungen über ihren Prozess berichteten.

Sie hatte schon vor langer Zeit gelernt, sich ausschließlich auf ihre eigenen Mandanten zu konzentrieren. Mina ging sie nichts an.

»Ich habe Kovač geraten, sich mit seiner Frau zu vertragen«, sagte sie. »Wenigstens so lange, wie er unter Anklage wegen Steuerverbrechens steht. Noch mehr Anklagepunkte machen die Sache nicht besser.«

»Glauben Sie, er beherzigt Ihren Rat?«

Ulrika öffnete ihren Dokumentenkoffer und legte einige Akten hinein, die sie übers Wochenende durchgehen musste.

»Ich hoffe es. Er bezahlt gut dafür.«

Kapitel 20

Dino Herco sah sich aus alter Gewohnheit um, ehe er die Tür zu der Zweizimmerwohnung aufschloss, in der er seit ein paar Jahren lebte. Im Treppenhaus roch es durchdringend nach Essen, nach altem Frittenfett und gebratenem Fisch. Aus irgendeinem Grund erinnerte ihn das an die Flüchtlingsunterkunft, in der sie während ihrer ersten Zeit in Schweden gewohnt hatten, dem Hotel Tre Kronor in Göteborg.

Die Wohnung lag in Farsta Strand. Er kannte keinen seiner unmittelbaren Nachbarn, hörte sie nur manchmal durch die dünnen Wände, wenn sie laut stritten. Es passte ihm ausgezeichnet, keinen näheren Kontakt zu haben.

Er stieg über den Haufen Werbeprospekte, der sich hinter der Wohnungstür angesammelt hatte, ging in die Küche und nahm ein Bier aus dem Kühlschrank.

Mit der Flasche in der Hand ging er ins Wohnzimmer und ließ sich aufs Sofa fallen. Er nahm die Fernbedienung und zappte ziellos durch die Kanäle. Wie üblich gab es nur Mist. Er blieb bei Eurosport hängen, irgendein schlechtes Fußspallspiel in England. Wahrscheinlich eine Wiederholung, aber wen kümmerte es.

Das Bier war kalt, er nahm einen großen Schluck und legte den Kopf auf die Rückenlehne. Es war ein langer Tag gewesen. Jetzt war es kurz vor acht.

Vom Krankenhaus aus waren sie zu einer Kneipe gefahren, wo Andreis einen Wodka-Shot nach dem anderen gekippt hatte, während er aufgebracht mit Emir telefonierte. Danach hatte Dino ihn zum Haus im Trastvägen gefahren und sich dabei die ganze Zeit immer neue Flüche anhören müssen. Als sie in die Einfahrt bogen, waren alle Fenster dunkel gewesen. Es war niemand zu Hause, daran bestand kein Zweifel. Inzwischen war mehr als ein Tag vergangen, seit Mina aus dem Krankenhaus entlassen worden war, und sie hatte sich weder bei Andreis gemeldet noch eine Nachricht auf seiner Mailbox hinterlassen.

Es war schon öfter vorgekommen, dass sie abgehauen war, nachdem sie eine Tracht Prügel bezogen hatte, aber dann hatte sie sich ein paar Stunden später gemeldet. Andreis schaffte es immer, sie davon zu überzeugen, dass er noch eine Chance verdient hatte. Niemand konnte Andreis widerstehen, wenn er etwas wollte. Mina hatte er gewollt, seit er sie zum ersten Mal gesehen hatte. Sie war die ultimative Sahneschnitte mit ihren himmelblauen Augen und dem schönen blonden Haar.

Aber so hart wie diesmal hatte er sie noch nie angefasst. Wenn die Polizei nicht eingegriffen hätte und der Rettungswagen nicht gekommen wäre, hätte Andreis sie höchstwahrscheinlich totgeschlagen. Obwohl sie die Mutter seines Sohnes war.

Dino wusste instinktiv, dass Andreis es diesmal nicht geschafft hätte, sich rechtzeitig wieder einzukriegen.

Das Fußballspiel wurde durch Werbung unterbrochen; ein junges Mädchen versuchte, die Zuschauer davon zu überzeugen, dass ihr Lebensglück von der Wahl des richtigen Deos abhing.

Dino trank noch einen Schluck Bier.

Andreis' Laune war schon immer wechselhaft gewesen, das war nichts Neues. Dino hatte im Laufe der Jahre gelernt, seine Zornesausbrüche zu parieren. Er wusste, wie er mit Andreis umgehen musste, selbst wenn die meisten anderen ihm aus dem Weg gingen. Andreis war nicht nur sein Chef, sondern auch sein Freund und seine Familie.

Wenn Dino die Augen schloss, konnte er immer noch die grünen Hügel hinter seinem Elternhaus vor sich sehen. Das kleine Dorf in Bosnien, das nicht weit entfernt von Andreis' Zuhause lag. Der Ort, an dem sie beide hätten aufwachsen sollen, wenn der Krieg nicht dazwischengekommen wäre.

Ihre Familien waren ungefähr zur selben Zeit geflohen, und beide waren in Nyköping gelandet, wie so viele ihrer Landsleute. Dino hatte dasselbe schwedische Gymnasium besucht wie Andreis und dessen kleiner Bruder Emir. Seine Eltern wohnten immer noch dort, nicht weit entfernt von Andreis' Mutter Selma, in derselben heruntergekommenen Wohnanlage, die ihnen die Stadt vor zwanzig Jahren zugewiesen hatte.

Schon in der Schule hatte Andreis von einem anderen Leben geträumt, einem Leben mit Geld, in dem man mit Respekt behandelt wurde und sich nicht zu ducken brauchte. Andreis hatte Nyköping nie gemocht, er wollte immer weg, und Dino hatte früh begriffen, dass er ihn auf seinem Weg begleiten konnte. Den Preis – bedingungslose Loyalität gegenüber Andreis – bezahlte er mehr als gern für ein neues Leben in der Großstadt.

Dino holte sein Fällkniven-Taschenmesser heraus und entfernte ein wenig Schmutz unter dem Daumennagel. Die Klinge glänzte im Licht, er trug es immer bei sich.

Andreis war schon in der Schule ein Hitzkopf gewesen, aber in der letzten Zeit ging er bei jeder Kleinigkeit hoch. Etwas hatte sich verändert, als er im Februar aus der U-Haft entlassen wurde. Dino hatte die neue Gemütslage sofort gespürt, als Andreis zu ihm ins Auto stieg. Der Blick war anders, der Stress lag direkt unter der Haut.

Bereits vor der U-Haft war Andreis manchmal unnötig misstrauisch gewesen, aber jetzt sah er überall Gespenster. Er war überzeugt, dass seine Feinde versuchten, ihn auszuschalten, und vertraute niemandem.

Nicht einmal Dino.

Die Polizei hatte ihn schon öfter im Visier gehabt, ihm aber nie etwas Konkretes nachweisen können. Nichts, was gereicht hätte, ihn in den Knast zu bringen. Andreis war immer unter dem Radar gesegelt.

Wie oft hatte er sich nicht über die Bullen lustig gemacht? Hatte sie als Idioten bezeichnet, weil sie es nicht schafften, etwas zu finden.

Die neue Situation gefiel Dino gar nicht. Neulich hatte Andreis einem Kerl, der bei einer Lieferung gepatzt hatte, die Nase gebrochen. Das war nicht gut für die Stimmung unter den Jungs, und es war nicht gut für die Geschäfte. Sobald Andreis die Wut packte, war niemand vor ihm sicher.

Wenn er sich nicht an Mina abreagieren konnte, wen würde er sich dann vornehmen?

Kapitel 21

Thomas entdeckte Nora sofort, als sie den Pub im Erdgeschoss von Sandhamns Värdshus betrat. Die Kneipe war voll, aber er hatte es geschafft, zwei Plätze an einem Fenstertisch zu ergattern.

Sie kam auf ihn zu und umarmte ihn.

»Wie schön, dass du dich gemeldet hast«, sagte sie. »Ich wusste nicht, dass du an diesem Wochenende rausfahren wolltest.«

»Du hast mir ein schlechtes Gewissen gemacht«, erwiderte er. »Als du neulich angerufen hast. Du hattest ganz recht, es ist schon eine Weile her, dass wir uns gesehen haben.«

Thomas zeigte auf das Bier, das neben seinem stand.

»Für dich. Ein Lager, das magst du doch.«

Nora nickte erfreut und hängte ihre Jacke über den Stuhlrücken, dann setzte sie sich.

»Wie war die Vernehmung von Kovač am Donnerstag?«, fragte Thomas.

Wie üblich kam er sofort zur Sache.

»Ohne Überraschungen.« Sie verzog das Gesicht. »Will sagen, es ist nicht viel dabei herausgekommen. Seine Anwältin hat Haare auf den Zähnen, und Kovač ist noch schlimmer.«

Sie trank einen Schluck Bier.

»Die Anklage wegen Steuerbetrugs geht jedenfalls nächste Woche zum Gericht«, sagte sie. »Kovač ist schon wieder draußen, er wurde gestern entlassen, genau wie du vermutet hast.«

Thomas wusste bereits davon. Er hatte nachgesehen, wie der Stand des Verfahrens war, ehe er ins Wochenende ging. Aber das war nicht das Einzige, was er kontrolliert hatte. Deshalb hatte er Nora eine SMS geschickt und gefragt, ob sie Zeit hatte, sich heute Abend mit ihm auf ein Bier im Värdshuset zu treffen.

»Wie gut kennst du Kovač?«, fragte er.

»Was meinst du damit?«

»Wie viel weißt du über seine Vergangenheit?«

»Ich habe das ganze Frühjahr über an dem Fall gearbeitet. Ich denke, ich weiß ziemlich gut Bescheid. Wieso?«

Thomas ließ sich von ihrem verblüfften Gesicht nicht aus der Ruhe bringen.

»Ich habe über meine Kontakte ein paar eigene Nachforschungen angestellt«, sagte er.

Sie wussten beide, dass es andere Kanäle gab als die offiziellen, in denen Festnahmen und Inhaftierungen verzeichnet waren. Die Datenbanken der Polizei durften nur eine bestimmte Art von Informationen speichern, und die lieferten nicht immer das ganze Bild.

»Ein unangenehmer Typ«, sagte Nora.

Sie lächelte dabei, aber Thomas ging nicht auf ihren leichten Tonfall ein. Er befürchtete, dass sie die Sache nicht ernst genug nahm.

»Ich habe mit ein paar Leuten gesprochen, die in der Gegend arbeiten, wo Kovač wohnt«, sagte er. »Sie halten ihn für äußerst skrupellos. Brutal war das Wort, das sie benutzten.«

»Ich weiß«, erwiderte Nora.

Vor dem Fenster glitt eine große Waxholmfähre in den Hafen, um die letzten Passagiere des Tages abzusetzen. Die Sonne stand tief über dem Horizont und beleuchtete den Aussichtsturm auf dem Seglerhotel, der sich gegen den Abendhimmel abhob.

»Ehrlich gesagt glaube ich nicht, dass du das tust«, sagte Thomas. »Der Mann ist wirklich gefährlich. Letzten Herbst hat eine Bande versucht, in seinem Territorium Fuß zu fassen. Da ist in dem Café, in dem sie immer ihre Treffen abhielten, eine Handgranate explodiert.«

»Eine Handgranate?«, wiederholte Nora.

»Unter den Toten war ein Säugling, dessen Mutter zufällig in dem Café saß.«

Es war der Polizei nicht gelungen, den Täter ausfindig zu machen. Sie hatten viel Kritik dafür einstecken müssen, dass der Fall immer noch nicht gelöst war.

»Meinen Quellen zufolge deutet vieles darauf hin, dass es Kovač war«, fuhr Thomas fort. »Aber es gibt weder Beweise noch Zeugen. Die üblichen Informanten trauen sich nicht, den Mund aufzumachen. Was eine Menge über Kovačs Persönlichkeit aussagt.«

Die Information schien Nora zu überraschen. Thomas wusste, dass die Kollegen vom Drogendezernat sie mit Material für ihren Steuerbetrugsfall versorgt hatten, aber er ahnte, dass sie auf Vorgänge dieses Kalibers nicht eingegangen waren.

»Drei Tote und vier Schwerverletzte«, sagte er. »Nur weil Kovač ein Exempel statuieren wollte. Verstehst du jetzt, was ich meine?«

Sie musste zugeben, dass mit diesen Typen nicht zu spaßen war.

»Mit dieser Art von Kriminalität hast du bisher nichts zu tun gehabt«, sagte Thomas. »Deine üblichen Steuertrickser in Schlips und Kragen sind kleine Schuljungen gegen diesen Kerl.«

Nora warf ihm einen ärgerlichen Blick zu.

»Jetzt sei nicht gleich sauer«, sagte er schnell. »Ich meine es nur gut mit dir.«

Er hätte seine Nase nicht in ihre Arbeit gesteckt, wenn er nicht um sie besorgt wäre.

»Ich gehe davon aus, dass er zu einer Haftstrafe verurteilt wird«, sagte sie. »Vor allem, wenn ich seine Frau dazu bringen kann, in der Misshandlungssache auszusagen. Was das betrifft, kann er sich nicht herausreden.«

»Wenn du seine Frau in den Prozess hineinziehst, wird es persönlich«, sagte Thomas.

»Wie bitte?«

»Das macht es nur schlimmer. Er wird es als persönliche Beleidigung auffassen, wenn du dich in seine Familienangelegenheiten einmischst.«

»Daran hätte er denken sollen, bevor er seine Frau zusammenschlägt.«

»Darum geht es nicht.«

Thomas schob das Bier beiseite und beugte sich über den Tisch.

»Solange es um Kovačs Geschäfte geht, ist es Business. Aber wenn du Frau und Kind ins Spiel bringst, ist das was anderes. Er wird alle und jeden angreifen, die sich in sein Privatleben einmischen.«

Ein Paar in den Dreißigern zeigte auf die beiden Stühle am Tischende.

»Entschuldigung«, sagte die Frau. »Ist hier noch frei?«

»Natürlich«, erwiderte Nora.

Thomas hätte am liebsten keine anderen Leute am Tisch gehabt. Aber der Pub war fast bis auf den letzten Platz besetzt. Sie konnten nicht gut einen Sechsertisch für sich allein beanspruchen, wenn sie nur zu zweit waren.

Die Frau hängte ihre dunkelgraue Daunenjacke über den Stuhl und verschwand Richtung Tresen, um ihre Bestellung aufzugeben.

»Habt ihr über Personenschutz für dich nachgedacht, bis der Prozess beginnt?«, fragte Thomas mit gedämpfter Stimme.

»Machst du Witze? So dumm kann er doch nicht sein, eine Staatsanwältin anzugreifen.«

»Die Kriminalität in Schweden hat sich verändert. Das Klima ist in den letzten Jahren sehr viel rauer geworden. Das lässt sich nicht mit früher vergleichen.«

Thomas fragte sich, wie er sie dazu bringen sollte, den Ernst der Lage zu erkennen.

Der letzte offizielle Polizeireport über die Kriminalität im Land hatte einundsechzig schwedische Bezirke als *gefährdet* eingestuft, davon dreiundzwanzig als *besonders gefährdet* mit einer hohen Verbrechensquote, kriminellen Netzwerken und einem Ehrbegriff, der das gesamte Dasein bestimmte. Der Report berichtete von beengt wohnenden Parallelgesellschaften, in denen Erpressung und Androhung von Gewalt etwas so Alltägliches waren, dass sowohl Behörden als auch lokale Gewerbetreibende abgewandert sind. Nur wenige Kilometer von Noras behütetem Arbeitsplatz in der Hantverkargatan entfernt lebten Menschen in einer ganz anderen Welt. Einer Welt, in der Vergeltung die Norm war, Menschenleben eine Handelsware und Drogen auf offener Straße angeboten wurden.

Die Situation in Schweden hatte sich in den letzten zehn Jahren verändert.

Nora drehte ihr Bierglas in den Händen.

»Ich bin nicht naiv«, sagte sie. »Aber ich bin auch nicht bereit, am helllichten Tag Gespenster zu sehen. Wenn ich Angst hätte, könnte ich meine Arbeit nicht tun. Das kann ich mir nicht leisten.«

»Kovač ist skrupellos«, wiederholte Thomas. »Lass dich nicht davon täuschen, dass er eine teure Anwältin hat und wegen eines Wirtschaftsdelikts angeklagt ist.«

»Ich verstehe«, sagte Nora. »Aber ich muss versuchen, Mina zu einer Aussage gegen ihren Mann zu bewegen. Andernfalls wäre ich eine schlechte Anklägerin.«

Ehe Thomas noch mehr sagen konnte, legte Nora ihm die Hand auf den Arm.

»Ich werde vorsichtig sein«, sagte sie. »Versprochen.«

Bosnien

Juni 1992

Emir lag auf einer Wolldecke im Wohnzimmer auf dem Fußboden und brabbelte zufrieden, als Andreis am Morgen aus seinem Zimmer kam.

Mama saß mit einer Zigarette im Mund vor dem Fernseher und weinte. Sie bemerkte ihn nicht.

Andreis schlich näher heran, sodass er den Bildschirm sehen konnte. Der Fernsehreporter sprach von einem Ort, von dem Andreis noch nie etwas gehört hatte.

Višegrad.

»Zlatko«, schluchzte Mama. »Komm her, das musst du dir ansehen.«

Die Schlafzimmertür ging auf, und Papa erschien im Pyjama. Sein nackter dicker Bauch guckte hervor, und seine Haare, ebenso dunkel wie Emirs, standen wild zu Berge. Seit die Fabrik zu war und er nicht mehr arbeitete, schlief er morgens oft lange.

Papa rieb sich die Augen und gähnte.

»Was ist passiert?«

Mama zeigte auf den Bildschirm, der Bilder von toten und verletzten Menschen zeigte.

»Die Serben haben Višegrad angegriffen«, sagte sie mit tränenerstickter Stimme. »Mehrere Tausend Tote in der Stadt und den umliegenden Dörfern. Sie haben die Leute erschossen und ihre Leichen in die Drina geworfen.«

Ihre Stimme trug kaum.

Die Fernsehkamera zoomte auf eine gemauerte Bogenbrücke. Auf einem kleinen Schild ganz unten in der Ecke stand der Name: *Mehmed-Paša-Sokolović-Brücke.*

»Sie haben die Gefangenen mit Lastwagen auf die Brücke gefahren und sie hingerichtet«, flüsterte sie. »Danach haben sie die Toten hinuntergeworfen wie Vieh.«

Andreis sah, wie das Gesicht seines Vaters hart wurde.

»Diese serbischen Schweine«, sagte er. »An allem ist nur dieser Karadžić schuld. Er ist ein Teufel, ein Psychopath.«

»Ich habe solche Angst«, weinte Mama.

»Die Vereinten Nationen werden eingreifen. Die Welt wird uns zu Hilfe kommen. Sie lassen uns nicht vor die Hunde gehen, ohne etwas zu tun.«

Er legte die Hand auf Mamas Schulter und drückte sie fest.

»Dies ist ein zivilisiertes Land«, sagte er. »Wir sind keine Barbaren.«

»Warum wollen die Serben uns auslöschen?«

Papa ging zum Fernseher und schaltete ihn aus.

»Weil sie Mörder sind.«

Kapitel 22

Das Summen des Handys weckte Dino, der auf dem Sofa vor dem Fernseher eingeschlafen war. Er brauchte nicht aufs Display zu sehen, um zu wissen, wer das war.

Was wollte er denn jetzt noch? Es war fast zehn Uhr.

Er nahm den Anruf an.

»Ich muss Mina und Lukas finden.«

Andreis nuschelte. Es war zu hören, dass er noch mehr getrunken hatte, seit sie auseinandergegangen waren. Der Fernseher lief im Hintergrund, der Ton war so laut, dass Andreis fast nicht zu verstehen war.

»Sie kann nicht einfach meinen Sohn nehmen und abhauen. Sie ist meine Frau.«

Es war sinnlos, mit ihm zu diskutieren, wenn er in diesem Zustand war. Dino stellte die Bierflasche auf dem Couchtisch ab.

»Wo soll ich nach ihnen suchen?«, fragte er so respektvoll wie möglich.

Es war besser, Andreis nicht noch mehr zu reizen.

»Woher zum Teufel soll ich das wissen? Dann könnte ich es ja gleich selbst tun!«

Dino schlug mit der Faust auf die Armlehne des Sofas. Leise, damit Andreis es nicht hörte.

Er legte noch mehr Unterwürfigkeit in seine Stimme.

»Hast du mit ihren Eltern gesprochen? Sie müssten eigentlich wissen, wo sie ist.«

Andreis' Tonfall veränderte sich.

»Sie weiß, dass ich sie dort zuerst suchen würde. Sie ist dumm, aber so dumm auch wieder nicht.«

»Ebendeswegen. Vielleicht versteckt sie sich ja doch dort.«

Mina hatte kaum noch Freundinnen. Eine nach der anderen war verschwunden, je mehr Andreis' Kontrollbedürfnis wuchs.

»Willst du, dass ich hinfahre und nachsehe?«, fragte Dino.

»Scheiß drauf. Das mach ich selbst.«

»Warte.«

Dino vertraute nicht darauf, dass Andreis sich beherrschen konnte, falls er Mina in ihrem Elternhaus fand. Noch mehr Gewalttätigkeiten oder eine Anzeige von Minas Eltern würden alles nur noch schlimmer machen. Die Bullen waren jetzt schon viel zu sehr an ihnen interessiert. Wenn Andreis in diesem Zustand bei Minas Eltern aufkreuzte, war die Gefahr groß, dass die Hölle losbrach.

»Lass mich das machen«, sagte er und hoffte, dass sein Chef auf ihn hörte. »Ich fahre sofort hin.«

»Okay«, knurrte Andreis schließlich. »Aber ruf mich gleich an, wenn du da warst.«

Kapitel 23

Wie lange konnte sie es wagen, im Friggagården zu bleiben?

Mina saß halb aufrecht im Bett und starrte auf die gegenüberliegende Wand. In den letzten Stunden hatte sie versucht, sich auszuruhen, aber ihr Körper war gespannt wie eine Stahlfeder. Die Naht über dem Auge juckte, und in den zertrümmerten Rippen pochte der Schmerz. Wenn Lukas aufwachte, fütterte sie ihn, blieb aber den ganzen Tag im Zimmer. Erst wenn es im Haus ruhig wurde, schlich sie in die Küche und holte sich etwas Obst. Sie hatte überhaupt keinen Appetit, die Bissen wollten nicht hinunter, aber sie zwang sich aufzuessen. Anna-Maria hatte recht, sie musste etwas in den Magen bekommen. Sie musste stark sein.

Andreis musste inzwischen begriffen haben, dass sie nicht vorhatte, wieder nach Hause zu kommen. Wenn er am Montag getobt hatte, dann war das sicher nichts gegen die Stimmung, in der er jetzt war.

Andreis verzieh keinen Verrat. Er verlangte bedingungslose Loyalität, so war das schon immer gewesen.

»Ich gebe dich nie wieder her.«

Dieser Satz verfolgte sie. Er hatte ihn oft gesagt. Sie hätte sich am liebsten die Ohren zugehalten, aber die Worte echoten in ihrem Kopf.

Als sie frisch verliebt gewesen waren, hatte es sich so wunderbar angehört. So liebevoll. Das Versprechen einer lebenslangen Partnerschaft, genau wie bei ihren Eltern. Zwei Menschen, die immer nur das Beste füreinander wollten. Sie und Andreis gegen den Rest der Welt … Sie hatte den Gedanken geliebt.

Aber nach einer Weile hatten die Worte eine andere Bedeutung bekommen. Sie verwandelten sich in eine schmerzhafte Erinnerung daran, dass sie nie wieder frei sein würde.

Wenn Andreis am Montag nicht unterbrochen worden wäre, hätte er sie vermutlich erschlagen. Die Erkenntnis tat mehr weh als der körperliche Schmerz. Dass er immer weiter auf sie eingeprügelt hätte, bis sie aufgehört hätte zu atmen.

Wer hätte sich dann um Lukas gekümmert?

Solange sie im Krankenhaus lag, war es ihr gelungen, ihrem Spiegelbild auszuweichen. Aber als sie zum Friggagården kam, konnte sie nicht länger wegsehen. Das grün-blau aufgedunsene Gesicht im Dielenspiegel erfüllte sie mit Scham.

Ihre Zunge tastete nach dem zerschlagenen Backenzahn. Die Oberfläche war ebenso zersplittert wie sie selbst, das Zahnfleisch um ihn herum wund und geschwollen.

Obwohl es wehtat, rieb sie sich die Zunge daran auf, bis sie Blut schmeckte.

Sie hatte gehofft, dass es nach Lukas' Geburt besser werden würde, dass Andreis sich wirklich änderte.

Er war so glücklich gewesen, als sein Sohn auf die Welt kam. Seine Stimme wurde sanft und sein Gesichtsausdruck ganz entspannt. Er hatte das Neugeborene behutsam an seine Brust gelegt und ihm auf Bosnisch etwas ins Ohr geflüstert.

Wir fangen noch einmal von vorn an, hatte sie damals gedacht. Es wird alles wieder gut.

Wie hatte sie nur glauben können, er würde sich tatsächlich ändern?

Kaum einen Monat nach Lukas' Geburt war Andreis festgenommen worden und hatte mehrere Wochen in Untersuchungshaft verbracht. Als er entlassen wurde, war er schlimmer als je zuvor. Nie konnte sie ihm etwas recht machen, ständig suchte er nach Fehlern, die er ihr vorwerfen konnte. Er schrie sie an und nahm keine Rücksicht darauf, dass er Lukas weckte. Am Ende traute sie sich kaum noch, überhaupt irgendetwas zu tun, aus Angst, alles falsch zu machen.

Es dauerte nicht lange, bis er wieder anfing, sie zu schlagen.

Es war viel zu heiß im Zimmer, sie bekam keine Luft. Mina stand auf und ging zum Fenster. Im Schutz des Vorhangs öffnete sie es einen Spalt und ließ die frische Nachtluft herein.

Was, wenn er dort draußen stand und sie sah?

Mit einem Knall zog sie das Fenster wieder zu. Lukas wachte auf und wimmerte, sie hob ihn aus dem Gitterbett, trotz der schmerzenden Rippen, und wiegte ihn wieder in den Schlaf. Vorsichtig streckte sie sich auf dem Bett aus und legte Lukas neben sich ab. Sie spürte seine Wärme, roch den milden Duft seiner Haare, das Babypuder.

Für einen kurzen Moment, als der Wahnsinn in Andreis' Augen loderte und ihr Körper steif vor Schreck war, hatte sie sich wirklich gewünscht zu sterben.

Schlag mich tot, hatte sie gedacht. Tu es doch endlich!

Dann wäre sie wenigstens allem entkommen, der Angst, den Schmerzen. Der Scham, die sie niemals verließ. Nur der Gedanke an Lukas hatte dafür gesorgt, dass sie Widerstand leistete, dass sie kämpfte, ihre Lunge mit neuer Luft füllte und schrie. Sie hatte es für Lukas getan.

Plötzlich hatte sie Sirenengeheul gehört, das lauter wurde. Es klingelte, die Polizei stand vor der Tür. Ein Rettungssanitäter hatte sie sanft berührt und ihr beruhigende Worte zugeflüstert. Jemand hatte Lukas' Schreien gestillt, dann wurde Andreis in Handschellen abgeführt.

Sie war gerettet worden, wie durch ein Wunder. Aber was würde das nächste Mal passieren, wenn er sich wieder nicht beherrschen konnte?

Ihr Handy piepte. Sie hätte es ausschalten sollen, wagte es aber nicht. Papa und Mama mussten sie erreichen können. Das Ergebnis von Mamas Herzuntersuchung konnte jeden Tag eintreffen.

Die Buchstaben leuchteten ihr in der Dunkelheit entgegen. Nachricht von Andreis.

Zwei kurze Wörter.

»*Komm zurück.*«

Kapitel 24

Das Einfamilienhaus in Skuru lag in einer schmalen Sackgasse. Es war das letzte Haus in der Straße, hinter dem Grundstück kamen nur noch ein Wald und verwildertes Brachgelände. Die wenigen Straßenlaternen schafften es kaum, die Gegend zu erhellen.

Als Dino dort ankam, parkte ein blauer Passat in der asphaltierten Einfahrt. Es ging auf Mitternacht zu, kalter Nieselregen legte sich wie eine dünne Eisschicht auf die Windschutzscheibe.

Dino parkte ein Stück entfernt und wartete ein paar Minuten, für den Fall, dass jemand den Motor gehört hatte. Dann stieg er aus und musterte die Häuser, ob jemand neugierig geworden war und nach dem späten Besucher Ausschau hielt.

Er trat an den Lattenzaun und betrachtete das schmucklose einstöckige Haus. Die waagerechten Holzpaneele waren grau gestrichen. Ein schmaler Schotterweg führte zur Eingangstür, in der oben eine große Milchglasscheibe saß. Es erinnerte ihn an die Siebzigerjahre-Häuser in Nyköping, die er aus seinem Klassenzimmer in der Schule hatte sehen können, das Villenviertel, in dem die schwedischen Kinder wohnten.

Die Haustür wirkte nicht besonders stabil. Es würde nicht schwer sein, sie aufzubrechen.

Aus der Küche kam schummriges Licht. Durchs Fenster sah er eine aufgeräumte Anrichte und einen Kühlschrank mit weißer Tür. Das Licht schien von der Dunstabzugshaube zu kommen, anscheinend hatte jemand vergessen, es auszumachen.

Hieß das, dass Mina dort war?

Dino sah sich um, ehe er vorsichtig die Gartenpforte öffnete und hineinschlüpfte. Er ging ums Haus zur Rückseite, wo sich eine Rasenfläche bis zu einigen Apfelbäumen erstreckte, die entlang des Zauns standen.

Ein großes Panoramafenster ging auf eine breite Holzterrasse hinaus, auf der bereits Gartenmöbel standen, obwohl es erst April war. Die Deckenlampe im Wohnzimmer war aus, aber ein Nachtlicht in einer Ecke machte es möglich, die Einrichtung zu erkennen, den Esstisch und die Sitzgruppe mit einem großen Flachbildfernseher an der Wand.

Falls Mina sich mit Lukas in ihrem Elternhaus versteckte, sollte man das eigentlich erkennen können.

Dino ging näher heran, trat auf die Terrasse und stellte sich vors Fenster. Sorgfältig musterte er den Raum, konnte aber weder Babysachen, Kinderwagen oder andere Dinge entdecken, die verraten hätten, dass sich ein Säugling im Haus befand.

Auf einer antik gebeizten Anrichte standen gerahmte Fotos. Mehrere davon zeigten Mina mit ihren Eltern, auf einem hielt sie Lukas auf dem Arm und lächelte glücklich in die Kamera.

Aber kein Hochzeitsfoto von Andreis und Mina.

Dino verließ die Terrasse genauso leise, wie er gekommen war. Der Nieselregen war stärker geworden. Er schlug den Kragen seiner Lederjacke hoch, konnte aber trotzdem die kalten Regentropfen im Nacken spüren.

Er vermied den Schotterweg, der sich um das ganze Grundstück zog, ging über den nassen Rasen und bog um die nächste Hausecke. In einem Zimmer brannte eine Nachttischlampe, hinter dem herabgezogenen Rollo bewegte sich ein Schatten. Es war also jemand zu Hause. Er konnte nicht erkennen, ob es ein Mann oder eine Frau war.

War es Mina, ihr Vater oder ihre Mutter?

Dino blieb stehen. Es wäre aus mehreren Gründen unklug, zu so später Stunde zu klingeln. Aber Andreis erwartete eine Antwort.

Er ging zurück zur Eingangstür. Die Außenbeleuchtung war ausgeschaltet. Das Schloss mit dem Dietrich zu öffnen war schnell getan, und er schlüpfte hinein.

Er sah sich in der dunklen Diele um. Ein paar Jacken hingen an Garderobenhaken, darunter erkannte er ein Schuhregal. Geradeaus ging es zum Wohnzimmer, das hatte er schon kontrolliert. Linker Hand waren drei Türen, hinter einer davon musste das Zimmer sein, in dem er den Schatten gesehen hatte.

Versteckte sie sich dort mit dem Kind?

Geräuschlos bewegte er sich weiter. Die beiden ersten Räume, ein Arbeits- und ein Schlafzimmer, waren leer, und es schien nicht so, als wohnte dort jemand. Vor der Tür zum dritten Zimmer, dem mit der brennenden Lampe, blieb er stehen.

Licht fiel durch den Türspalt. Von drinnen waren gedämpfte Stimmen zu hören.

Anscheinend waren beide Eltern noch wach. Er meinte ihre Stimmen wiederzuerkennen.

»Was, wenn Andreis herausfindet, wo sie ist?«

Das klang nach Katrin, Minas Mutter. Dino hatte sie zuletzt auf der Entbindungsstation gesehen, als sie Mina nach Lukas' Geburt besuchte.

»Er wird sie dort niemals finden«, antwortete Stefan. »Wie sollte er das schaffen?«

Dino lauschte gespannt. Mina und Lukas konnten nicht hier im Haus sein, sonst hätten sie sich anders ausgedrückt.

Aber die Eltern schienen zu wissen, wo sie war.

»Er wird sie zu Tode hetzen«, sagte Katrin. »Er ist ein Monster.«

Sie klang, als wäre sie den Tränen nahe.

»Ich wünschte, er wäre in Bosnien geblieben und nie hierhergekommen. Schweden dürfte solche wie ihn überhaupt nicht aufnehmen.«

Dino spannte die Kiefermuskulatur an.

»Sag so was nicht«, murmelte Stefan. »Dann wäre ich auch nicht hier.«

»Wenn er nicht wäre, müsste Mina sich nicht verstecken«, klagte Katrin. »Er hätte längst ausgewiesen werden müssen.«

Dinos Finger schlossen sich um das Messer in seiner hinteren Hosentasche. Das Metall war kalt an der Haut.

Am liebsten hätte er die Tür aufgetreten und Katrin das Messer an den Hals gesetzt, so wie man seiner Mutter bei der Flucht gedroht hatte, ihr die Kehle durchzuschneiden. Er wollte die Angst in ihren Augen sehen, damit sie begriff, dass sie ihre Zunge hüten musste.

Was wusste Minas Mutter denn schon über echte Schmerzen? Über Folter und Vergewaltigung? Frauen und Männer, die vor den Augen ihrer Kinder erschossen wurden, während die Nachbarn dabei zusahen. Ihr eigener Mann war ein Einwanderer, und trotzdem nahm sie sich das Recht heraus, so etwas zu sagen.

Dino hasste die Selbstgefälligkeit der Schweden. Diese Art, sich selbst auf die Schulter zu klopfen, wenn sie mit ihren offenen Grenzen prahlten. Wie sie die Kriegsflüchtlinge der Welt aufnahmen, während andere Länder sich taub und blind stellten. Dass sie die

Migranten als Bürger zweiter Klasse behandelten, anstatt sie in die Gesellschaft zu integrieren, darüber wurde weit weniger laut gesprochen.

»Die Polizei hat uns versprochen, dass sie dort sicher ist«, versuchte Stefan seine Frau zu beruhigen. »Sie kümmern sich um sie und Lukas.«

Dino atmete schwer.

Es wäre ein Leichtes, die Tür zu öffnen und alles in Erfahrung zu bringen, was er wissen musste, um Mina zu finden. Er war kein Anfänger, wenn es darum ging, Informationen herauszupressen. Er würde Minas Vater ohne Probleme dazu bringen, ihm die Adresse ihres Verstecks zu nennen. Außerdem juckte es ihn in den Fingern, der Mutter eine Lektion zu erteilen.

Aber Andreis hatte ihn nur beauftragt herauszufinden, ob Mina in ihrem Elternhaus war. Dino hatte sich angeboten hierherzufahren, weil er kein Vertrauen in Andreis' Fähigkeit hatte, sich zu beherrschen.

Er steckte das Messer wieder zurück. Er war nicht Andreis.

Zurückkommen konnte er später immer noch.

»Jetzt lass uns schlafen«, hörte er Stefan hinter der Tür murmeln. »Versuch, dir nicht so viele Sorgen zu machen.«

Das Licht erlosch.

Dino drehte sich um und verließ das Haus ohne einen Laut.

Samstag

Kapitel 25

Nora eilte im Laufschritt zum Dampfschiffkai in Sandhamn, um die Vormittagsfähre nach Stavsnäs zu erreichen. Vor einer halben Stunde hatte Leila angerufen und berichtet, dass Mina sich gemeldet hatte, wider Erwarten. Sie war bereit, mit ihnen über die Misshandlung zu sprechen.

Nora wollte nicht riskieren, dass sie ihre Meinung änderte. Nach einem schnellen Blick auf den Fahrplan fand sie eine Waxholmfähre, mit der sie kurz nach zwölf auf Runmarö sein konnte.

Der Matrose wollte gerade den Landungssteg einziehen, als sie angerannt kam.

»Warten Sie!«, rief sie und konnte in letzter Sekunde noch an Bord der *Solöga* schlüpfen, bevor das Schiff ablegte.

Außer Atem ging sie in die Cafeteria und holte sich einen Kaffee und eine Käsestange. Sie setzte sich an einen Fenstertisch und holte ihr Notebook heraus, um vor dem Treffen ihre Erinnerung aufzufrischen.

Es würde so viel bedeuten, wenn sie Mina dazu bringen konnte, gegen ihren Mann auszusagen.

»Nächster Halt Harö«, verkündete die Lautsprecheransage, und automatisch blickte Nora auf.

Durchs Fenster sah sie Thomas' lange Gestalt auf dem Anleger. Sie winkte ihm zu, obwohl es nicht so aussah, als ob er sie bemerkte. Aber wenige Minuten später kam er in die Cafeteria, einen abgeschabten Rucksack über der Schulter.

Jetzt bei Tag war deutlich zu sehen, dass er an den Schläfen grau wurde. Die letzten Monate waren in vieler Hinsicht schwer gewesen.

»Hallo«, sagte er und umarmte sie flüchtig. »Wolltest du nicht das ganze Wochenende auf Sandhamn bleiben?«

Nora erklärte ihm kurz, wie die Dinge lagen, bevor Thomas sich in die Schlange einreihte, um sich etwas zu essen und zu trinken zu holen.

»Wer bearbeitet den Fall, Leila Kacim?«, fragte er, als er mit einem Becher Tee und einem Eibrötchen zurückkam.

Sie hatten sich einmal ganz kurz getroffen, als Nora sie miteinander bekannt gemacht hatte.

»Ja, sie kommt heute auch. Wir treffen uns auf Runmarö.«

Instinktiv senkte sie die Stimme bei den letzten Worten. Es gab nicht viele, die von dem Frauenhaus auf der Insel wussten.

»Ich habe neulich einen Kollegen getroffen, der mit ihr zusammen bei der Citypolizei war«, sagte Thomas. »Sie soll richtig gut sein.«

Nora schämte sich ein bisschen, weil sie nicht gewusst hatte, dass Leila bei der Citypolizei gewesen war, bevor sie zur EBM kam. Aber Leila sprach selten von früher, obwohl Nora wusste, dass sie und ihr jüngerer Bruder bei der Mutter in einem der ärmeren Vororte von Stockholm aufgewachsen waren. Sich für den Polizeiberuf zu entscheiden war vor diesem Hintergrund sicher nicht selbstverständlich. Es musste schwer gewesen sein, sich als frischgebackene Absolventin der Polizeischule unter den City-Veteranen zu behaupten, vor allem als junge Frau mit Migrationshintergrund.

»Warum bist denn überhaupt unterwegs in die Stadt?«, fragte sie Thomas. »Du wolltest doch auch das ganze Wochenende draußen bleiben?«

»Pernilla ist krank, sie hat sich eine schwere Erkältung eingefangen.«

Thomas nahm den Teebeutel aus dem Becher und legte ihn aufs Tablett.

»Sie hat mir eine SMS geschickt, ob ich Elin heute schon abholen kann, obwohl wir ja sonst immer montags tauschen. Anscheinend hat sie hohes Fieber.«

»Ich finde es gut, dass ihr euch gegenseitig aushelft, wenn mal was dazwischenkommt.«

Thomas schüttelte sich.

Nora bemerkte es verwundert, wusste aber nicht zu deuten, ob es eine positive oder eine negative Reaktion war. Oder einfach Resignation.

»Und wie geht es sonst so?«, fragte sie vorsichtig. »Hat Elin sich daran gewöhnt, eine Woche bei dir und die nächste bei Pernilla zu wohnen?«

»Es geht. Natürlich wäre es besser, wenn sie nicht pendeln müsste. Ich meine, wenn wir uns nicht getrennt hätten.«

Nora legte ihre Hand auf seine. Sie konnte seine Bitterkeit nachfühlen, sie hatte sich die gleichen Vorwürfe gemacht, nachdem sie Henrik schließlich verlassen hatte. Die Angst, ihre Familie zu zerstören, hätte sie beinahe umgebracht, obwohl es Henrik war, der sie betrogen hatte.

»Man kann nicht nur wegen der Kinder zusammenbleiben«, sagte sie. »Glaub mir. Ich habe es damals bei Henrik versucht, und du weißt, wie es gelaufen ist. Wenn die Liebe vorbei ist, kann man nicht mehr zusammenleben, so gerne man es auch möchte.«

»Sie bedeutet mir immer noch viel.«

Thomas strich sich übers Haar und wandte das Gesicht ab.

Vor dem Fenster war der Himmel blau wie im Juni. Das Frühlingslicht schimmerte auf den Wogen. Bald würden die Bäume hellgrün ausschlagen, das Gras zu wachsen beginnen und Buschwindröschen den Waldboden bedecken. Wenn der Frühling kam, fühlte sich alles leichter an.

Aber Thomas schien es nicht zu bemerken.

»Sie fehlt mir«, gestand er leise. »Ich vermisse sie jeden Abend. Ich hasse es, nach Hause zu kommen, und es ist niemand da. Dass Elins Zimmer leer steht, wenn es Pernillas Woche ist.«

Er rührte so heftig in seinem Becher, dass der Tee überschwappte.

»Wenn wir zusammen sind … es ist, als würden wir nicht dieselbe Sprache sprechen. Wir missverstehen uns die ganze Zeit. Wir kommen nicht aneinander heran. Oder … ich komme nicht an sie heran.«

Vor zwei Jahren hatte Pernilla eine neue, verantwortungsvolle Stelle als Markenchefin für Nordeuropa bei einem großen Telekommunikationsunternehmen angetreten. Ihr Gehalt war deutlich höher als das von Thomas, ebenso wie die Vergünstigungen, aber der Job erforderte auch, dass sie viel auf Reisen und ständig erreichbar war.

Irgendwann um die Zeit hatte es begonnen schiefzugehen.

Nora waren die Spannungen zwischen ihren Freunden im letzten Jahr nicht entgangen. Die spitzen Bemerkungen über Überstunden und falsche Prioritätensetzung. Sticheleien, wie sie es in all den Jahren, die die beiden zusammen waren, nicht gegeben hatte.

Kleine scherzhafte Seitenhiebe, in denen zu viel Ernst steckte.

Wenn sie zu Besuch kommen sollten, war es mehrmals vorgekommen, dass Thomas allein mit Elin gekommen war, weil Pernilla noch in irgendeiner Besprechung festsaß. Trafen sie sich dann doch einmal alle zusammen, wirkte Pernilla oft müde, aber gleichzeitig extrem angespannt. Sie kontrollierte andauernd ihr Handy und entfernte sich, um zu telefonieren. Thomas war sauer und Pernilla gereizt.

Nora hatte begonnen, sich Sorgen zu machen. Sie wusste, wie verheerend es sein konnte, wenn der Job des einen Partners über den des anderen gestellt wurde. Wenn Partnerschaft in Konkurrenz überging.

Sie hatte das am eigenen Leib erlebt.

Es war schwer genug, das richtige Gleichgewicht zwischen Arbeit und Freizeit zu finden, zwischen der Rolle als Eltern und als Paar in einer glücklichen Beziehung. Wenn die Liebe aber verschwand, wurde der Alltag unmöglich.

»Es ist nur, dass es sich anfühlt wie verdammtes Pech«, sagte Thomas.

Er schob den Teebecher weg.

»Erst die Sache mit Emily und die Trennung danach. Als wir es kaum ertrugen, einander anzusehen, weil wir lebten und Emily tot war. Irgendwie haben wir es dann doch geschafft, uns wiederzufinden, und haben Elin bekommen. Und als wir alles hatten, was wir uns wünschten, als das Leben richtig gut war, da mussten wir es uns selbst kaputt machen.«

Das Dröhnen der Schiffsmotoren im Hintergrund schwoll an, als die Waxholmfähre an den Anleger von Idholmen manövrierte. Eine Frau mit Kinderwagen wartete auf dem Steg, um an Bord zu gehen.

»Es ist zum Kotzen.«

Thomas klang, als spräche er zu sich selbst. Nora wurde das Herz schwer vor Mitleid.

»Das ärgert mich so«, fuhr er fort. »Diese Dummheit. Dass wir es nicht hinkriegen, obwohl wir es besser wissen müssten.«

»Sei nicht so hart mit dir selbst.«

»Ich kann ja wohl kaum anderen die Schuld dafür geben, oder?«

Die Härte und Bitterkeit in seiner Stimme trieben ihr die Tränen in die Augen. So niedergeschlagen hatte sie ihn nicht mehr erlebt, seit Emily am plötzlichen Kindstod gestorben war.

Damals hatte er Depressionen und Schlafstörungen gehabt, war fast vor die Hunde gegangen. Es hatte lange gedauert, bis er sich wieder fing, und eigentlich war er nie wieder ganz der Alte geworden.

Ein Hauch von Melancholie blieb für immer unter der Oberfläche.

»Vielleicht findet ihr ja wieder zueinander zurück?«, sagte sie. »Manchmal besinnt man sich, wenn man eine Weile getrennt lebt. Man bekommt Abstand, sieht das, was gut war, anstatt sich am Alltäglichen festzubeißen.«

Thomas gab einen traurigen Laut von sich.

»Ich glaube, das lässt sich nicht mehr reparieren. Dazu geht das schon zu lange.«

»Sag das nicht.«

»Du verstehst das nicht. Ich brauche nur ihr Handy zu sehen, und schon bin ich auf hundertachtzig. Ich habe es so satt, dass ihr Job immer vorgeht. Wir haben unzählige Male darüber geredet, aber es ändert sich nichts.«

Er seufzte resigniert.

»Früher hat sie immer gesagt, dass ich zu viel arbeite. Dass ich keinen Abstand zu meinem Job habe und viel zu viel für die Gesellschaft tue. Rate mal, wer jetzt seine Firma über alles andere stellt.«

Nora hatte sich nicht getraut zu fragen, von wem die Trennung ausgegangen war, aber jetzt ahnte sie es.

»Es ist nicht leicht, wenn man das Gefühl hat, dass man an zweiter Stelle steht«, sagte sie leise. »Aber ich kann mir nicht vorstellen, dass Pernilla sich eher für ihren Job entscheiden würde als für dich und Elin.«

»Das hat sie bereits getan.«

Kapitel 26

Leila erwartete sie bereits, als die *Solöga* in Runmarö anlegte und Nora als einziger Passagier von Bord ging.

Sie hatte eine andere Waxholmfähre direkt von Stavsnäs genommen. Styrsvik, wie die Anlegestelle hieß, war nur einen Katzensprung entfernt; der Abstand war so kurz, dass man den Hafen von Stavsnäs sehen konnte.

Leilas Jacke war übersät mit Hundehaaren.

»Ich wusste gar nicht, dass Flokatis die neue Frühjahrsmode sind«, sagte Nora. »Hat Teddy noch ein paar Haare behalten, oder hast du das ganze Fell mitgebracht?«

Leila fischte routiniert einen Flusenroller aus der Handtasche und rollte das Schlimmste ab. Es war kaum ein Unterschied zu sehen.

»Jetzt hab dich nicht so«, sagte sie. »Die paar Haare. Es gibt übrigens wohl einen Augenzeugen für die Misshandlung von Mina Kovač.«

Das würde dem Fall eine ganz neue Wendung geben. Nora warf Leila einen anerkennenden Blick zu.

»Erzähl«, sagte sie.

Sie verließen den Fähranleger und gingen die asphaltierte Straße entlang. Im Unterschied zu Sandhamn gab es Hunderte von Autos auf Runmarö und sogar ein Taxi, das als Schulbus fungierte. Aber die Insel hatte keinen öffentlichen Nahverkehr. Bis zum Friggagården würden sie etwa fünfzehn Minuten laufen müssen.

»Ich habe endlich Rückmeldung von der Notrufzentrale erhalten«, sagte Leila. »Laut Bandaufzeichnung war es ein Mann, der am Montagabend angerufen hat. Er wollte weder seinen Namen noch seine Adresse nennen, aber ich habe seine Telefonnummer.«

Sie klang fast ein bisschen stolz.

»Ich konnte den Anschlussinhaber ermitteln. Es ist eine Mobilnummer, angemeldet auf einen Dino Herco.«

»Haben wir ihn im Bestand?«

»Nein. Ich habe seine Personennummer in alle Datenbanken eingegeben, er taucht nirgendwo auf. Er hat nicht mal einen Eintrag wegen Falschparkens. Aber er ist unter einer Adresse in Farsta gemeldet, er wohnt also nicht im selben Bezirk wie Kovač.«

Dann konnte es sich kaum um einen Nachbarn handeln, der zufällig mitbekommen hatte, wie Mina zusammengeschlagen wurde.

Nachdem sie den Dorfladen passiert hatten, teilte sich der Weg. Links ging es nach Uppeby, wo sich die Arztpraxis und die Bücherei der Insel befanden. Laut Wegbeschreibung sollten sie geradeaus weitergehen, um zum Friggagården zu kommen, der auf der Südseite der Insel lag, nicht weit vom Runmarö-Kanal.

»Der Name hat mich stutzig gemacht«, sagte Leila. »Wie sich herausstellte, ist es ein bosnischer Nachname. Ich habe ein bisschen nachgeforscht und bin auf etwas Interessantes gestoßen. Dino Herco ist Mitte der Neunziger als Flüchtling hierhergekommen, nach dem Bosnienkrieg. Er ist in Nyköping aufgewachsen.«

Genau wie Andreis Kovač.

Nora glaubte nicht an Zufälle.

Kapitel 27

Der Friggagården fügte sich perfekt in die idyllische Umgebung ein. Das weiß gestrichene Haus schien um 1900 erbaut worden zu sein, mit Sprossenfenstern und üppigen Schnitzereien am Eingang. Mehrere kleinere falunrote Hütten umringten eine Wiese, jede mit einer kleinen Veranda, auf der Tisch und Stühle standen. Obwohl es erst April und noch nichts grün war, konnte man schon sehen, wie schön es hier im Sommer sein musste.

Nora öffnete die Gartenpforte und ging Leila voraus den gepflegten Kiesweg entlang.

Half die friedvolle Umgebung den Frauen, sich besser zu fühlen? Oder waren die, die sich hierherflüchteten, so traumatisiert, dass sie sie gar nicht bemerkten? Ehe Nora dazu kam, darüber nachzudenken, wurde die Eingangstür von einer Frau Mitte fünfzig mit runder Brille und grau meliertem Pferdeschwanz geöffnet.

Sie streckte die Hand aus und stellte sich als Anna-Maria Petersén vor, Leiterin dieser Einrichtung. Sie kannte Leila schon vom Besuch am Tag zuvor, bat aber darum, Noras Ausweis sehen zu dürfen, ehe sie die beiden ins Haus ließ.

Anna-Maria führte sie in ein Sprechzimmer auf der Rückseite des Gebäudes.

Ein schöner rosafarbener Kachelofen stand in einer Ecke. In einem Sessel gleich daneben saß Mina mit ihrem schlafenden Baby auf dem Arm. Ihr blondes Haar hätte längst gewaschen werden müssen, die fettigen Strähnen teilten sich am Haaransatz.

Anna-Maria nahm ihr Lukas ab, vorsichtig, damit er nicht aufwachte.

»Ich nehme ihn eine Weile, dann könnt ihr euch in aller Ruhe unterhalten«, sagte sie und zeigte auf ein Tablett mit Thermoskanne, Tassen und einer Schale Kekse.

»Es ist Kaffee da, falls ihr möchtet.«

Nora nahm auf dem Sofa gegenüber von Mina Platz, während Leila das Aufnahmegerät herausholte. Es ging darum, die richtigen Worte zu finden. Wo sollte sie anfangen? Sie musste aus Mina herausbekommen, was zu Hause passiert war, bevor der Rettungswagen kam. Vor allem musste sie Mina dazu bringen, ihr und Leila zu vertrauen. Sie hatte Todesangst vor ihrem Mann, aus verständlichen Gründen, aber die einzige Möglichkeit, sie zu schützen, bestand darin, ihn hinter Gitter zu bringen.

Die Logik war offensichtlich, aber wer Angst hatte, dachte nicht logisch.

»Danke, dass Sie bereit sind, sich mit uns zu treffen«, begann Nora. »Ich werde alles tun, was in meiner Macht steht, damit Ihr Mann zu einer langjährigen Gefängnisstrafe verurteilt wird. Aber damit das Gericht ihn verurteilen kann, brauche ich Ihre Hilfe.«

Mina wich Noras Blick aus, obwohl sie es gewesen war, die Leila am Morgen angerufen und gesagt hatte, dass sie dieses Treffen wünsche. Die Schwellungen in ihrem Gesicht waren etwas zurückgegangen, aber die Blutergüsse waren noch dunkler geworden.

»Wenn er im Gefängnis sitzt, kann er Ihnen nichts mehr antun«, sagte Leila. »Das ist die einzige Möglichkeit für Sie, sich wieder sicher zu fühlen.«

Mina begann zu weinen, und Leila reichte ihr ein Papiertaschentuch.

»Weinen Sie sich ruhig aus«, sagte sie und streichelte Minas Arm. »Wir haben es nicht eilig.«

Es dauerte eine ganze Weile, bis Mina sich wieder beruhigt hatte und anfing, vom Montagabend zu erzählen.

»Andreis war schon sauer, als er nach Hause kam«, begann sie. »Ich saß mit Lukas auf dem Schoß im Wohnzimmer. Als ich Andreis hereinkommen sah, wusste ich sofort, dass er schlechte Laune hatte.«

»Woran haben Sie das gemerkt?«

»An seinen Augen. Sie werden dann schmaler. Härter.«

Mina zog ein neues Taschentuch aus der Packung.

»Ich wusste nicht, was ihn diesmal geärgert hatte. Er war auch nicht mehr nüchtern.«

»Ist das öfter vorgekommen?«, fragte Nora.

»Ja, leider. In der letzten Zeit fast jeden Abend, manchmal war er betrunken, manchmal hatte er was anderes genommen.«

»Was nimmt er?«, fragte Leila.

»Ich habe nie gefragt.«

»Hatten Sie Angst, als Sie ihn so gesehen haben?«

»Ja.«

Die Antwort war kaum zu hören.

»Ich wusste, dass er mir wehtun würde. Es war, als ob er nur nach einem Grund suchte, um sich aufzuregen. Er musste seine Wut an jemandem auslassen.«

Mina verzog das Gesicht.

»An mir.«

»Können Sie uns sagen, was dann passiert ist?«, fragte Nora.

»Ich hatte vergessen, den Staubsauger in der Küche wegzuräumen. Andreis ist sehr … penibel, es muss immer alles sauber und ordentlich sein. Als er den Staubsauger gesehen hat, ist er vollkommen ausgerastet. Er hat mich gemein beschimpft, hat mich eine Hure genannt … und Schlimmeres.«

»Was haben Sie da gemacht?«, erkundigte sich Leila.

Mina hob die Hand an die blutunterlaufene Wange.

»Ich habe nur daran gedacht, Lukas zu beschützen. Ich konnte ihn gerade noch hinlegen, bevor Andreis …«

Sie verstummte.

»Bevor Andreis was?«, fragte Leila sanft.

Vorsichtig, dachte Nora.

»Er hat mich an den Haaren gepackt und mich in die Küche gezerrt und auf den Staubsauger geworfen. Dann hat er mich wieder hochgerissen und mir mit der Faust ins Gesicht geschlagen, immer wieder. Er hat überhaupt nicht mehr aufgehört.«

Ihre Stimme war nur noch ein Flüstern.

»Ich bin auf dem Fußboden zusammengebrochen. Ich glaube, er hat mich getreten, als ich da lag. Es hat so unglaublich wehgetan im Brustkorb und in der Seite.«

Zwei Rippen komplett gebrochen, eine weitere angebrochen, laut ärztlichem Bericht.

»Ihre Augenbraue musste auch genäht werden«, erinnerte Leila sie.

Die Tränen tropften von Minas Nasenspitze.

»Ich habe versucht wegzukriechen. Da hat er mir wieder einen Fußtritt verpasst, so heftig, dass ich gegen die Kante der Anrichte gefallen bin und mir die Augenbraue aufgeschlagen habe. Ich wollte um Hilfe schreien, habe jedoch kaum einen Ton rausgekriegt. Aber versucht habe ich es.«

»Was hat er dann getan?«, fragte Nora.

»Ich glaube, er hat versucht, mich zu würgen, aber das weiß ich nicht mehr genau, es war alles so verschwommen. Ich konnte kaum noch was sehen, weil alles voller Blut war. Es ist mir in die Augen und den Mund gelaufen.«

Lukas hatte nur ein paar Meter entfernt in der Wiege gelegen, aber das hatte Andreis nicht aufgehalten.

Nora bekam Bauchschmerzen. Mina war misshandelt worden, aber sie selbst schaffte es kaum, sich die schreckliche Schilderung anzuhören.

Sie war immer so stolz auf die Professionalität, mit der sie ihre Arbeit erledigte, aber jetzt merkte sie beschämt, wie dünn die Lackschicht war. Im Grunde hatte Thomas recht. Die EBM war ein beschützter Kokon.

Leila kam besser damit zurecht. Sie stellte eine zielgerichtete Frage nach der anderen. Ohne kühl oder neugierig zu wirken, brachte sie Mina dazu, den Verlauf der Ereignisse zu beschreiben. Es war notwendig, alle Einzelheiten zu erfahren, wenn die Anklage auf einem soliden Fundament stehen sollte.

Nora bewunderte ihre Kollegin. Warum konnte sie nicht ebenso objektiv wie Leila sein, anstatt es sich so zu Herzen zu nehmen? Sie war wütend auf Andreis Kovač, obwohl sie wusste, dass es unprofessionell war. Sie durfte den Fall nicht persönlich nehmen, sie war hier, um ihre Arbeit zu tun.

Sie holte tief Luft und zwang sich zur Konzentration.

»Wir müssten uns auch über Andreis' … Geschäftstätigkeit unterhalten«, sagte sie und schenkte sich Kaffee nach.

Kaum hatte sie das gesagt, bereute sie ihre Wortwahl. »Geschäftstätigkeit« klang nach einem respektablen Unternehmen, nicht nach etwas, was Menschen drogenabhängig machte und sie ruinierte.

Aber sie wollte Mina nicht unnötig erschrecken. Die junge Frau war jetzt schon am Rand ihrer Kräfte.

»Darüber weiß ich nichts.«

Die Antwort kam schnell.

»Haben Sie nie mit ihm über seine Geschäfte gesprochen?«, hakte Nora nach.

Mina schüttelte den Kopf.

»Vielleicht haben Sie ihn mal am Telefon über geschäftliche Dinge reden hören?«, versuchte Leila es.

Mina zog ihre Strickjacke enger.

»Oder Sie haben zufällig eine SMS auf seinem Handy gelesen, wenn es herumlag«, sagte Nora.

»Ich glaube nicht«, murmelte Mina.

Nora war überzeugt, dass sie mehr wusste, als sie zugeben wollte. Aber sie wollte Mina nicht zu sehr unter Druck setzen. Sie musste erst Vertrauen aufbauen, damit die junge Frau sich sicher fühlte und bereit war, offen mit ihnen zu reden.

Es ging weniger darum, hier unter vier Augen miteinander zu sprechen. Mina musste es vor allem schaffen, vor Gericht auszusagen, in Anwesenheit ihres Mannes. Ulrika Grönstedt würde sie in der Luft zerfetzen, wenn sie die Chance dazu bekam.

»Vielleicht hat Ihr Mann Zettel herumliegen lassen, auf die Sie zufällig einen Blick geworfen haben?«, fischte Leila weiter. »Er hat sich ja sicher mal Notizen gemacht.«

»Ich kann mich nicht erinnern«, sagte Mina und schloss die Augen.

Sie wurde offenbar müde, es war wohl besser, zum Ende zu kommen, bevor sie sich wieder verschloss.

»Wir können ein andermal weiterreden«, sagte Nora. »Was halten Sie davon, wenn wir am Montag wiederkommen?«

Mina brauchte außerdem einen Nebenklägerbeistand. Einen erfahrenen Anwalt, der ihr bei den rechtlichen Dingen half und ihre Interessen wahrnahm. Jemand, der ausschließlich auf Minas Seite stand.

Sobald Nora wieder zurück im Büro war, würde sie bei Gericht einen Antrag auf Zuweisung eines Rechtsbeistands stellen.

»Der Terror wird nur dann ein Ende haben, wenn Ihr Mann angeklagt wird«, sagte sie. »Mit Ihrer Hilfe kann ich erreichen, dass er für viele Jahre hinter Gitter kommt. Dann sind Sie und Ihr Sohn vor ihm sicher.«

»Das geht nicht«, sagte Mina leise. »Andreis bringt mich um, wenn ich gegen ihn aussage.«

»Wir beschützen Sie«, versicherte Leila.

Mina drückte sich tief in den Sessel, ohne etwas zu sagen.

»Denken Sie an Lukas«, sagte Nora, obwohl es ihr Bauchschmerzen machte, den Jungen als Druckmittel einzusetzen. »Wer soll sich um ihn kümmern, wenn Ihr Mann Sie umbringt?«

Minas Augen füllten sich mit Tränen.

»Ich kann es versuchen …«
Nora beugte sich vor.
»Sie werden es nicht bereuen«, sagte sie.

Bosnien

September 1992

Die Morgensonne, die durchs Fenster schien, weckte Andreis lange vor seiner Familie. Emir lag auf dem Rücken in seinem Gitterbett und schlief mit halb offenem Mund.

Im Haus war alles still. Andreis zog Hose und Pullover an und lief barfuß hinaus in den Garten.

Der kleine Bach in der hinteren Ecke, wo die Himbeerbüsche sich unter der Last der roten Früchte bogen, plätscherte munter vor sich hin. Das Gras unter Andreis' nackten Fußsohlen war feucht. Die Pflaumenbäume leuchteten blaulila.

Er pflückte sich ein paar Pflaumen und aß, bis der Saft ihm aus den Mundwinkeln rann. Normalerweise hätten sie an diesem Wochenende die Pflaumen geerntet. Aber nichts war mehr normal.

Andreis liebte das große Fest, wenn die Pflaumen für den Sliwowitz geerntet wurden, den Pflaumenschnaps, den die Erwachsenen tranken. Dann kam die ganze Verwandtschaft zusammen, alle Cousins und Cousinen, Tanten und Onkel pflückten Seite an Seite große Körbe voll, bis die Bäume geplündert und wieder grün statt lila waren. Anschließend wurden die Früchte in alte Holzfässer gekippt, um zu gären. Am Abend wurde das Essen auf einem langen Tisch serviert, große Schüsseln mit gebratenem Fleisch, Maiskolben und gerösteter Paprika und runde Brotlaibe, die Mama im Ofen gebacken hatte.

Er durfte dann immer so viel essen, wie er wollte, und so lange aufbleiben, bis ihm die Augen zufielen oder Papa ihn ins Bett trug.

Andreis spuckte ein paar Pflaumensteine in das klare, glitzernde Wasser. Die Luft war schon warm, obwohl es noch so früh am Morgen war. Die letzten Nebelschleier über dem Feld hatten sich aufgelöst, als die Sonne am Himmel hochstieg.

Ein dumpfes Motorgrollen, wie Andreis es noch nie gehört hatte, ließ ihn aufhorchen. Das klang nicht wie ein gewöhnliches Auto. Sondern viel spannender.

Er setzte den Fuß auf den untersten Ast seines Lieblingsbaums und kletterte ein Stück hinauf. Vorsichtig spähte er über die Mauer.

Auf der Straße rollte ein großes grüngraues Fahrzeug vorbei. So etwas hatte er noch nie vorher gesehen. Es erinnerte an einen Käfer auf Raupenfüßen, mit einer Art Turm, aus dem vorn ein langes Rohr ragte.

Andreis blickte dem Fahrzeug nach, bis es um die Ecke bog und verschwand. Er musste Mama fragen, was das war. Es war niemand zu sehen gewesen, der das Ding gesteuert hatte.

Ein schrilles Pfeifen zerriss die Stille.

Er drehte den Kopf in alle Richtungen, konnte aber nicht feststellen, woher es kam.

Etwas explodierte auf der anderen Seite des Flusses, und ein Meer aus Feuer und rotgelben Flammen tat sich auf. Graue und weiße Rauchwolken stiegen hoch und verbargen die Sicht. So viel Rauch hatte Andreis noch nie gesehen. Es dröhnte in den Ohren, vor Schreck wäre er beinahe vom Baum gefallen.

Die Tür flog auf, und Mama kam herausgerannt. Sie lief geduckt, mit gebeugtem Rücken und gesenktem Kopf.

»Du dummer Junge«, rief sie und hob Andreis herunter. »Schnell, wir müssen uns im Haus verstecken.«

Geängstigt hatten ihn die fremden Geräusche bis dahin nicht, nur neugierig gemacht.

Die Angst kam erst, als er Mamas Tränen sah.

Kapitel 28

Als Nora und Leila zur Anlegestelle kamen, waren es noch knapp fünf Minuten, bis die Fähre nach Stavsnäs ging. Nora beschloss, mitzufahren und in dem kleinen Eiscafé im Hafen zu warten. Die nächste Fähre nach Sandhamn ging erst in einer Stunde.

Leila checkte ihr Handy.

»Wir hätten Mina fragen sollen, ob sie einen Dino Herco kennt«, sagte Nora.

»Das machen wir Montag«, sagte Leila. »Sie war schon ziemlich fertig.«

Sie hielt ihr Handy hoch und zeigte Nora eine Adresse.

»Was hältst du davon, ihm einen Besuch abzustatten? Wenn wir den Nynasvägen nehmen, brauchen wir höchstens eine Dreiviertelstunde bis Farsta.«

Nora sah auf die Uhr, es war erst halb eins. Die letzte Fähre zurück nach Sandhamn ging um sechs, und Simon hatte ohnehin versprochen, den ganzen Tag auf Julia aufzupassen.

»Er muss eine Menge mitgekriegt haben, weil er die Notrufzentrale alarmiert hat«, sagte Leila. »Vielleicht ist er ja bereit, als Zeuge auszusagen, das würde unsere Position stärken. Und vielleicht bringt es Mina dazu, sich uns gegenüber mehr zu öffnen, wenn wir ihr sagen können, dass wir jemanden gefunden haben, der ihre Darstellung bestätigt.«

Die Waxholmfähre war gerade dabei, an der Haltestelle anzulegen. Nora rückte ihre Schultertasche zurecht.

»Mein Auto steht in Stavsnäs«, sagte sie. »Wir können sofort hinfahren.«

Dino Herco wohnte in Farsta Strand, einem idyllischen Randbezirk von Farsta, der in den Sechzigerjahren ausgebaut worden war. Dem zeittypischen Planungsstil entsprechend hatte man Gruppen von identisch aussehenden Hochhäusern in die Landschaft gesetzt und durch lange Asphaltstraßen verbunden. Der Asphalt erstreckte sich sogar bis zu den Hauseingängen, ohne von Grünanlagen oder Blumenrabatten aufgelockert zu werden. An einem großen quadratischen Parkplatz, der verlassen wirkte, standen immerhin ein paar Bäume.

Nora parkte den Wagen vor dem senfgelben Wohnblock, in dem Herco gemeldet war. Als sie aus dem Auto stiegen, war weit und breit kein Mensch zu sehen.

Laut Mietertafel im Treppenhaus wohnte Dino Herco ganz oben im sechsten Stock. Als sie an der Wohnungstür klingelten, öffnete ihnen ein braunäugiger Mann um die dreißig. Schwellende Muskeln zeichneten sich unter dem blütenweißen T-Shirt ab, er war glatt rasiert und hatte das Haar nach hinten gegelt.

Leila hielt ihren Dienstausweis hoch und fragte, ob sie eintreten dürften.

»Warum? Ich wüsste nicht, was wir zu besprechen hätten.«

Dino Herco stemmte die Hand in den Türrahmen und versperrte den Weg.

»Sie müssen nicht mit uns sprechen«, erwiderte Leila geduldig. »Aber es wäre nett, wenn wir hereinkommen dürften, wo wir schon mal da sind. Es dauert nicht lange.«

Herco rührte sich nicht.

»Haben Sie eine Genehmigung?«

»Man braucht keine Genehmigung, um Fragen zu stellen«, sagte Nora. »Das gibt es nur in amerikanischen Fernsehkrimis, dass man einen richterlichen Beschluss braucht, um eine Wohnung zu betreten.«

»Es ist einfacher, das gleich hier zu erledigen, dann brauchen Sie nicht extra zur Polizeiwache zu kommen«, ergänzte Leila.

Herco schien zu überlegen. Dann machte er Platz und ließ sie in die helle Zweizimmerwohnung.

»Wir können uns in die Küche setzen«, sagte er und ging voraus in eine geräumige Wohnküche mit Essecke.

Die meilenweite Aussicht aus dem Küchenfenster wirkte wie ein Gemälde. Das Haus stand auf einer Anhöhe, und die Sonne glitzerte im Magelungen-See unter ihnen. Das erinnerte Nora an den Blick vom Leuchtturm auf Grönskär bei Sandhamn, Himmel und Meer miteinander vereint.

Leila zog einen Stuhl hervor und setzte sich, während sie ihr Anliegen erklärte. Dann kam sie direkt zur Sache:

»Haben Sie am Montagabend den Notruf alarmiert, als Mina Kovač von ihrem Mann misshandelt wurde?«

»Wie war der Name?«

Hercos sprach schwedisch ohne Akzent. Er war erst sieben gewesen, als er mit seinen Eltern und zwei Geschwistern nach Schweden gekommen war. Leila hatte Nora auf der Fahrt hierher kurz über seinen Hintergrund informiert.

»Mina Kovač«, wiederholte Leila deutlich.

»Kenne ich nicht.«

»Ich verstehe«, sagte Leila. »Aber ich würde gern wissen, ob Sie derjenige waren, der den Rettungswagen gerufen hat, als ihr Mann sie fast totgeschlagen hätte.«

»Das war ich nicht.«

Leila schlug ihren Notizblock auf und schrieb seine Antwort säuberlich auf eine leere Seite.

»Waren Sie an dem Abend nicht im Trastvägen?«, fragte sie. »Vor dem Haus der Familie Kovač, um neunzehn Uhr vierzehn? Zu diesem Zeitpunkt ging der Anruf in der Notrufzentrale ein.«

»Nein.«

Nora betrachtete Dino Herco, während Leila Fragen stellte.

Er sah gut aus, mit tiefliegenden Augen und regelmäßigen Gesichtszügen. Eine auffällige blasse Narbe zog sich von der einen Schläfe bis hinunter zum Wangenknochen. Die Narbe ließ vermuten, dass die Wunde tief und sehr schmerzhaft gewesen war. Hatte er sie vielleicht schon als Kind in Bosnien erhalten, bevor sie flüchteten?

Das schwarze Haar war sehr kurz geschnitten, mit einem spitzen Ansatz über der Stirn, wie bei einer altmodischen Witwenhaube.

»Sind Sie ganz sicher, dass Sie nicht dort waren?«, fragte Leila.

»Ja.«

»Und wo waren Sie zu dem Zeitpunkt?«

»Das weiß ich nicht mehr.«

»Ihre Telefonnummer wurde bei der Notrufzentrale vermerkt«, betonte Leila.

»Das muss ein Irrtum sein.«

»Die sind sich da aber ziemlich sicher.«

Leila zog ein Blatt Papier aus ihrer geräumigen Handtasche und hielt es Herco vor die Nase, sodass er den Text mühelos lesen konnte.

»Da steht Ihre Telefonnummer«, sagte sie. »Für gewöhnlich irrt sich die Notrufzentrale nicht bei solchen Sachen.«

Herco wandte den Blick ab.

»Jetzt fällt es mir wieder ein«, sagte er. »Mein Handy ist mir letzte Woche gestohlen worden.«

»Gestohlen?«, wiederholte Nora. »Warum haben Sie das nicht gleich gesagt?«

»War mir entfallen.«

»Aber jetzt erinnern Sie sich plötzlich?«, fragte Leila.

»So ist es.«

»Dann hat also der Dieb den Rettungswagen gerufen?«

»Keine Ahnung.«

Nora beugte sich vor.

»Können Sie uns sagen, wie genau Ihnen das Telefon abhandengekommen ist?«

Herco stand auf und nahm ein Glas aus dem Küchenschrank. Er drehte den Wasserhahn auf und füllte das Glas ohne Eile, trank es in aller Ruhe aus, öffnete den Geschirrspüler und stellte es hinein.

Nora wartete auf Antwort.

»Ich hatte es in der hinteren Jeanstasche, als ich neulich Abend mit der U-Bahn gefahren bin«, sagte Herco schließlich. »Beim Aussteigen an der Endstation habe ich gemerkt, dass es nicht mehr da war. Offenbar hat es mir jemand unterwegs aus der Tasche gezogen.«

Nur war Dino Herco eindeutig nicht der Typ, der sich von einem kleinen Taschendieb das Handy klauen ließ. Also musste er es gewesen sein, der den Notruf alarmiert hatte.

Warum wollte er nicht in die Sache hineingezogen werden? Hatte er Angst vor Andreis Kovač?

In dem Fall wäre er nicht der Einzige.

Nora versuchte, ihren Ärger zu unterdrücken. Es gab so gut wie keine wirksamen Mittel, einen unwilligen Zeugen zur Aussage zu zwingen.

»Kennen Sie Andreis Kovač?«, fragte sie. »Den Ehemann des Opfers?«

»Ich habe leider keine Zeit für weitere Fragen«, erwiderte Dino Herco. »Darf ich Sie bitten zu gehen.«

Er hob den linken Arm und blickte demonstrativ auf seine klobige Taucheruhr. Eine Geste, die Nora an Andreis Kovač erinnerte.

Aber Herco schien vom Temperament her gemäßigter zu sein, nicht so aggressiv.

Er war bereits aufgestanden und in den Flur gegangen, und Nora erhob sich ebenfalls. Es war zwecklos, am Tisch sitzen zu bleiben und auf eine Antwort zu warten, die Herco nicht freiwillig geben wollte.

»Kennen Sie und Kovač sich?«, fragte sie dennoch.

»Möglich, dass wir uns ein paarmal über den Weg gelaufen sind«, sagte er über die Schulter. »Er ist wohl auch aus Bosnien? Der Name hört sich so an.«

Leila blieb an der Wohnungstür stehen und sah ihm offen ins Gesicht.

»Ein Glück, dass jemand Hilfe geholt hat, auch wenn Sie es nicht waren«, sagte sie. »Sonst wäre Mina Kovač jetzt wahrscheinlich tot.«

Dino Herco öffnete die Tür, ohne den Blick zu erwidern.

Kapitel 29

Nora saß auf der Fähre zurück nach Sandhamn. Sie hatte einen Fensterplatz gefunden und legte die Stirn an die kühle Scheibe. Kleine weiße Wolken glitten über den blauen Himmel. Es wäre bestimmt schön gewesen, den heutigen Tag im Schärengarten zu verbringen.

Ihr schlechtes Gewissen meldete sich. An den Wochenenden versuchte sie immer, für die Kinder da zu sein, aber nun war sie den ganzen Samstag unterwegs gewesen. Das geplante Würstchengrillen mit Julia am Strand von Trouville musste warten.

Ein Schatten fiel auf den Tisch.

»Na?«, sagte Thomas. »Da bist du ja wieder.«

Nora blickte auf.

»Verfolgst du mich?«, sagte sie und lächelte leicht. »Wolltest du nicht in die Stadt und Elin abholen?«

»Ich habe beschlossen, sie nach Harö mitzunehmen. Es gab keinen Grund, in der Steinwüste zu bleiben.«

Thomas war kein Stadtmensch, noch nie gewesen.

Elin tauchte im Gang auf, im rosa Jäckchen und mit einem Rucksack, den ein buntes Disneymotiv schmückte.

»Hallo, Süße«, sagte Nora und öffnete die Arme. »Lass dich mal drücken.«

Während Nora mit Elin plauderte, ging Thomas in die Cafeteria und kam mit einem Glas Rotwein für Nora, einem Bier für sich und einer Fanta für Elin zurück. Eine Tüte Chips hatte er auch mitgebracht.

Elin vertiefte sich in einen Film auf Thomas' Tablet, das er ihr mit einer kleinen Grimasse überließ. Eines Abends nach einem gemeinsamen Essen hatte Nora zufällig eine hitzige Diskussion zwischen ihm und Pernilla mitgehört. Thomas hatte Pernilla vorgeworfen, dass sie Elin immer einen Film gucken ließ, wenn sie nach dem Abendessen noch arbeitete.

Heute konnte er offenbar seine eigenen Prinzipien nicht einhalten.

»Wie lief es bei dir und Leila?«, fragte Thomas nach dem ersten Schluck Bier.

»Ziemlich gut.«

Nora hob ihr Glas und prostete ihm zu. Es waren nicht sehr viele Leute an Bord. Die meisten waren vermutlich schon am Vormittag in die Schären gefahren, um das schöne Wetter auszunutzen.

»Wir haben uns mit Mina getroffen und werden uns am Montag noch mal mit ihr unterhalten. Ich glaube, so langsam öffnet sie sich. Jedenfalls kam es mir so vor, als wir bei ihr waren.«

»Wart ihr bis jetzt bei ihr?«

»Nein. Wir sind danach zu dem Zeugen gefahren, der den Rettungswagen gerufen hat, als Mina zusammengeschlagen wurde. Dino Herco heißt er.«

»Dino Herco?«

»Ja. Er ist Bosnier, genau wie Kovač. Aber er behauptet, dass jemand anderes am Montag den Notruf gewählt haben muss. Er sagt, er sei nicht mal in der Nähe des Trastvägens gewesen.«

Thomas rieb sich das Kinn.

»Den Namen habe ich schon mal gehört.«

»Er steht nicht im Polizeiregister. Leila hat schon nachgesehen.«

»Ich bin mir fast sicher, dass der Name gefallen ist, als ich neulich mit der Drogenfahndung gesprochen habe. Als ich Kovač für dich überprüft habe.«

Genau genommen hatte Thomas das aus eigenem Antrieb getan, aber es gab keinen Grund, ihn zu korrigieren.

»Ich habe Herco gefragt, ob er Andreis Kovač kennt«, sagte Nora. »Aber er tat so, als wären sie höchstens flüchtige Bekannte. Wahrscheinlich war das auch gelogen.«

»Ich kann mich ja mal für dich umhören.«

»Leila kann das am Montag tun.«

Es war unnötig, Konkurrenzdruck zu schaffen.

»Wo habt ihr denn überhaupt mit dem Zeugen gesprochen?«, fragte Thomas.

»Bei ihm zu Hause. Er wohnt in Farsta Strand.«

»Ihr seid hingefahren, anstatt ihn vorzuladen?«

Der Tonfall verriet, was Thomas davon hielt.

»Hast du noch mal darüber nachgedacht, was ich dir über Kovač erzählt habe?«, fragte er.

Er senkte die Stimme, damit Elin es nicht hörte, aber die war ohnehin tief in den Zeichentrickfilm versunken.

»Nimm dich in Acht vor diesen Typen. Du machst dir keinen Begriff, wozu die fähig sind.«

Kapitel 30

Der Strand war menschenleer, als Dino am Magelungen-See ankam.

Es war ein Fehler gewesen, die beiden Frauen hereinzulassen, die Polizistin und die Staatsanwältin. Das war ihm im selben Moment klar geworden, als sie begannen, Fragen zu dem Vorfall am Montagabend zu stellen. Und ein noch größerer Fehler war es gewesen, dann auch noch so zu tun, als würde er Mina nicht kennen. Das ließ sich leicht nachprüfen. Sie würden schnell herausfinden, dass er gelogen hatte.

Er konnte sich selbst nicht erklären, warum er so reagiert hatte. Er hatte sich überrumpelt gefühlt, vielleicht lag es daran. Als sie vor seiner Tür standen, hatte er gedacht, es ginge um etwas ganz anderes. Um Andreis' Geschäfte, die Probleme mit der Steuerbehörde. Um den drohenden Prozess, der Andreis' ganzes Denken in Anspruch nahm und ihn unglaublich unter Druck setzte.

Dino war so darauf eingestellt gewesen, alles abzustreiten, dass die Worte ganz automatisch kamen.

Er zog sein Handy aus der Tasche und betrachtete es einen Moment. Die Frühlingssonne spiegelte sich im Display. Er blickte ein letztes Mal in die Runde, um sicherzugehen, dass niemand in der Nähe war. Dann warf er das Mobiltelefon so weit weg, wie er nur konnte.

Es landete mit einem kleinen Platscher im Wasser und ging sofort unter.

Er zog eine Schachtel Marlboro aus der Tasche und steckte sich eine Zigarette an, während er über seine eigene Dummheit fluchte. Dass er sein privates Handy benutzt hatte, um am Montagabend den Notruf zu wählen.

Wie konnte man nur so blöd sein?

Alles war so schnell gegangen. Er hatte noch ein paar Minuten im Auto gesessen, nachdem er Andreis an dem Abend zu Hause abgesetzt hatte. Hatte bei offenem Seitenfenster eine geraucht und versucht, an etwas anderes zu denken als an Andreis' Beschimpfungen auf dem Heimweg. Was für eine Erleichterung, als Andreis ausstieg und zu Mina ins Haus ging. Da hatte Dino wenigstens seine Ruhe.

Er hatte gerade den Motor angelassen und wollte losfahren, als er Minas Schreie aus dem offenen Küchenfenster hörte. Als er aufblickte, sah er gerade noch ihr blutiges Gesicht hinter der Scheibe, ehe sie abrupt zurückgerissen wurde.

Sie konnte nirgends hin.

Misch dich nicht ein, hatte er gedacht und den Gang eingelegt. Das geht dich nichts an, das ist eine Sache zwischen Ehemann und Ehefrau.

Mina schrie wieder, noch verzweifelter, und gleichzeitig hatte das Baby im Hintergrund angefangen zu weinen.

Dino hatte instinktiv gehandelt. Es gab nur eine Möglichkeit, den beiden zu helfen – er musste Polizei und Rettungswagen alarmieren. Wenn er selbst versuchte, dazwischenzugehen und den Streit zu beenden, würde Andreis ihm das nie verzeihen. Er konnte nicht zulassen, dass Dino sich offen in eine Familienangelegenheit einmischte.

Aber einfach dazusitzen und nichts zu tun ging auch nicht.

Er hatte nach seinem Handy gegriffen und die Notrufnummer gewählt, ohne nachzudenken.

Und jetzt saß er in der Scheiße.

Dino machte sich auf den Rückweg zu seiner Wohnung. Ein schmaler Fußweg führte zu dem Wohnblock hinauf. In seiner Tasche hatte er bereits ein neues Handy, diesmal mit Prepaidkarte. Nie wieder würde er ein Mobiltelefon auf seinen Namen registrieren. Er hatte alle Kontakte übertragen und Andreis die neue Nummer gesimst, bevor er das alte Handy weggeworfen hatte.

Der Stress pulsierte in seinem Körper.

Wenn diese Polizistin weiter nachforschte und ihren Verdacht, dass er etwas mit der Sache zu tun hatte, gegenüber Andreis erwähnte …

Dino steckte sich eine neue Zigarette an der alten an.

Falls sie ihm erzählte, dass der Notruf von seiner Handynummer gekommen war, würde Andreis die Sache sofort durchschauen. Er würde es als mangelnde Loyalität auffassen, oder schlimmer noch, als offenen Verrat.

Dann würde Dino dafür bezahlen müssen.

Kapitel 31

Mina saß im Sessel am Fenster, mit Lukas im Arm. Er hatte gerade die Flasche bekommen und war eingeschlafen. Der kleine Brustkorb hob und senkte sich, die Nasenflügel bebten bei jedem Atemzug.

Zu Hause konnte sie stundenlang so dasitzen und ihren Sohn betrachten, bis sie die Zeit vergaß. Das waren die besten Momente in ihrem Leben, die einzig wirklich guten.

Wunderbarer kleiner Lukas.

Die leere Nuckelflasche stand auf dem Tisch nebenan. Sie versuchte, sich damit zu trösten, dass es viele Kinder gab, die nicht gestillt wurden. Lukas fehlte nichts, nur weil er keine Muttermilch bekam.

Das Gefühl, eine schlechte Mutter zu sein, kam trotzdem.

Sie hatte von Anfang an Probleme mit dem Stillen gehabt. Was sie auch versuchte, es ging einfach nicht. Nach ihrer Rückkehr aus der Entbindungsklinik versiegte auch das letzte bisschen Milch, das sie gehabt hatte. Als sie Krach mit Andreis hatte, weil sie so kurz nach der Geburt nicht mit ihm schlafen wollte.

Als Andreis wieder anfing, sie zu schlagen.

Mina strich ihrem Sohn über den Kopf und pustete in das feine Babyhaar. Lukas schlief fest, seine langen schwarzen Wimpern schauten unter den kleinen Lidern hervor.

Er sollte in Ruhe und Frieden aufwachsen. Lukas verdiente ein harmonisches Elternhaus, nicht einen gewalttätigen Vater und eine verängstigte Mutter.

Die Staatsanwältin hatte recht. Wer sollte sich um Lukas kümmern, falls Andreis sie tötete? Sie musste von ihm loskommen.

Irgendwie hatte sie das Gefühl, dass sich diese Nora wirklich etwas aus ihr machte und nicht nur mit ihr redete, weil es ihr Job war.

Sie musste sich entscheiden. Die beiden Frauen würden am Montag wiederkommen.

Sollte sie es wagen, ihnen von dem vielen Geld zu erzählen, den dicken Geldbündeln, die in regelmäßigen Abständen auf Andreis'

Schreibtisch lagen? Von dem kleinen Notizbuch, in das er sorgfältig alles notierte und das er immer bei sich trug?

Sie würde nie jemandem von den Fotos erzählen können, die sie gemacht hatte. Ihr wurde schon schlecht, wenn sie nur daran dachte.

Andreis würde ausrasten, wenn er herausfand, was sie getan hatte. Aber er war ja ohnehin schon so wütend.

Mina presste den Mund auf Lukas' Kopf, spürte die Wärme an den Lippen.

Ihr Handy piepte kurz. Vorsichtig drehte sie sich um, damit sie sehen konnte, was gekommen war. Es war eine MMS, jemand hatte ihr ein Foto geschickt.

Sie erkannte das graue Holzhaus auf dem Bild sofort. Das war Körsbärsvägen 23, die Adresse ihrer Eltern. Das Foto kam von Andreis' Handy, er musste hingefahren sein.

Mina bekam keine Luft.

Wieder piepte es, eine neue SMS. Mit dem gleichen Text wie zuvor.

»Komm zurück.«

Kapitel 32

Nora verließ die Fähre in Sandhamn als Vorletzte.

Sie hatte Thomas zu überreden versucht, mit ihr auszusteigen und zum Abendessen zu bleiben, aber er hatte abgelehnt, obwohl Elin wohl gerne mitgekommen wäre und mit Julia gespielt hätte. Sie hatte den beiden sogar angeboten, über Nacht zu bleiben, falls es zu spät wurde, um noch nach Harö zu kommen.

Sie angelte den Fahrschein aus der hinteren Hosentasche und übergab ihn dem Matrosen am Landungssteg.

Die Luft hatte sich abgekühlt, typisch Aprilwetter. Herrlich am Tag, solange die Sonne hoch am Himmel stand, aber kalt, wenn es Abend wurde. Das Meer glich die Temperaturen aus, es kühlte im Frühling und wärmte im Herbst.

Es war schön, wieder zurück auf der Insel zu sein.

Nora atmete ein paarmal tief durch und versuchte, die düstere Stimmung des Tages abzuschütteln. Einige mutige Segler hatten sich hinaus in den Schärengarten gewagt, drüben im KSSS-Hafen lagen schon ein paar Boote an den Pontons, die im Vergleich zum Sommer allerdings nur spärlich belegt waren.

Sie hatte Simon eine SMS geschickt und vorgeschlagen, in Sandhamns Värdshus zu essen, dann brauchte sie nicht zu kochen. Sie war so müde, und Simon liebte das Värdshus-Steak mit Sauce béarnaise und Unmengen von goldgelben Pommes frites. Außerdem hatte er den ganzen Tag auf Julia aufgepasst. Er verdiente eine Belohnung.

»Hallo, Liebling.«

Jonas' Stimme riss sie aus ihren Gedanken, und sie blickte hoch. Die Ereignisse des Tages hatten sie so in Anspruch genommen, dass sie völlig vergessen hatte, dass er ja heute zurückkommen sollte.

Jetzt stand er am Kai, um sie abzuholen. Ihr wurde ganz warm ums Herz.

»Hallo, na?«

Jonas winkte ihr zu. Er hatte in Kalifornien ein bisschen Farbe bekommen, er wurde schnell braun. Er hatte eine blaue Mütze über die dunklen Haare gezogen, aber die moosgrüne Jacke war am Hals aufgeknöpft.

Er zog Nora an sich und umarmte sie innig. Er roch gut, sie hatte sein Aftershave schon immer gemocht.

»Endlich zu Hause bei meinem geliebten Weib«, flüsterte er ihr ins Ohr und drückte ihr einen Kuss auf die Stirn. »Hattest du einen schweren Tag? Simon hat mir erzählt, dass du heute Morgen beruflich wegmusstest.«

Er klang einfach nur lieb, keine Spur von Vorwurf, dass sie die Kinder allein gelassen und den ganzen Samstag gearbeitet hatte.

Sie machten sich auf den Weg zur Brand'schen Villa, vorbei an Westerbergs Supermarkt und der Taucherbar, deren Biergarten leer und mit Planen verhüllt war. Die Äste der alten Linden an der Strandpromenade ragten schwarz und nackt in den hellen Himmel.

»Ich dachte, ich koche dein Lieblingsgericht«, sagte Jonas. »Pasta mit Meeresfrüchten. Und zum Nachtisch gibt es echten Schokoladenpudding mit Schlagsahne.«

Nora musste lächeln. Er hatte sich wirklich ins Zeug gelegt.

»Ich habe eine Flasche Sekt aus den USA mitgebracht«, fügte er hinzu. »Eine richtig gute kalifornische Sorte, hat mir ein Kollege empfohlen.«

Nora schob die Arme unter Jonas' Jacke und schmiegte sich an ihn.

»Das klingt toll«, sagte sie. »Willkommen zu Hause.«

Kapitel 33

Dinos Mund war trocken, als er den silbergrauen Mercedes vor Andreis' Haus parkte.

Es war jetzt kurz vor acht Uhr abends, und er hatte seit dem Frühstück nichts mehr gegessen. Er hatte den halben Nachmittag auf dem Klo gehockt und geschissen. Sein Darm spielte immer verrückt, wenn er gestresst war. Die SMS von Andreis, in der er ihn zu sich bestellte, hatte die Sache auch nicht besser gemacht.

In der Einfahrt parkte bereits ein anderes Auto. Dino kannte es, das war der dunkelblaue Audi von Andreis' jüngerem Bruder.

Das fehlte gerade noch, dass Emir heute auch da war.

In Gegenwart seines Halbbruders war Andreis immer besonders leicht reizbar. Als müsste er sich und allen anderen beweisen, dass *er* das Oberhaupt der Familie war, der unbestrittene Patriarch, der alles und jeden im Griff hatte.

Emir war Experte darin, Andreis' innere Dämonen zu triezen.

Dino stieg aus und schloss sein Auto mit einem Klick ab. Er blickte unauffällig hinauf zum Küchenfenster, konnte aber hinter der spiegelblanken Fensterscheibe niemanden erkennen, obwohl es noch ziemlich hell draußen war.

Ob die Polizistin schon mit Andreis über den Anruf bei der Notrufzentrale gesprochen hatte?

Die beiden Damen waren gegen vier gegangen. Vom Fenster aus hatte er gesehen, wie sie ins Auto gestiegen und Richtung Stadt abgedüst waren. Sie hatten Andreis ja wohl kaum sofort danach kontaktiert. Vor allem, weil alle Fragen normalerweise über seine Anwältin gingen.

Sein Magen zog sich trotzdem zusammen.

Sein Instinkt sagte ihm, dass er besser abhauen sollte, aber er ging trotzdem zur Eingangstür und klingelte. Als keiner öffnete, drückte er versuchsweise die Klinke herunter. Merkwürdigerweise war die Tür nicht abgeschlossen, er konnte einfach so reingehen.

Aus der Küche kamen Stimmen.

Andreis und Emir saßen am Küchentisch mit einer halb vollen Flasche Wodka zwischen sich. Auf der Anrichte standen leere Pizzaschachteln, es roch nach geschmolzenem Käse und Knoblauch. Im Spülbecken stapelte sich benutztes Geschirr mit angetrockneten Essensresten.

Emir wollte sich gerade ein Glas einschenken, als Dino hereinkam. Er grüßte mit einem Kopfnicken, während Andreis kaum von seinem Handy aufblickte.

Dino zog einen Stuhl heran und nahm ihm gegenüber Platz. Er bewegte sich vorsichtig, vermied alle störenden Geräusche.

»Hast du sie gefunden?«

Andreis' Stimme war leise und beherrscht. An seinem Gesicht war nicht abzulesen, ob er von Dinos Eingreifen am Montagabend wusste.

Dino versuchte, ganz entspannt zu klingen.

»Ich bin gestern Abend bei ihren Eltern gewesen«, sagte er. »Das hatte ich ja schon erzählt. Sie war nicht da. Weder sie noch Lukas.«

Er blickte verstohlen zu Emir, der immer noch schwieg. Die Brüder sahen sich ähnlich, obwohl sie verschiedene Väter hatten. Andreis hatte nicht gefragt, ob Dino auch etwas trinken wollte; er drehte nur das Glas zwischen den Fingern, sodass der Alkohol bis an den Rand schwappte.

»Und wo ist sie dann?«, knurrte er. »Ich bin am Nachmittag bei Stefan und Katrin vorbeigefahren, aber da war keiner.«

»Ich habe keine Ahnung.«

Andreis' Augen waren trüb, seine Bartstoppeln dunkler als sonst. Er kratzte sich den Handrücken, auf dem sich ein Ausschlag wie ein schiefes Blütenblatt ausbreitete.

»Hast du nicht mit ihren Eltern geredet?«, fragte er. »Die sollten ja wohl wissen, wo sie ist.«

»Sie haben schon geschlafen, als ich kam.«

Dino erzählte lieber nicht, worüber die Eltern gesprochen hatten, als er vor ihrer Tür stand und lauschte. Er wusste, dass Andreis sonst sofort hinfahren würde, angestachelt von seinem Bruder und ohne über die Konsequenzen nachzudenken.

Vielleicht wäre das besser, fuhr es ihm durch den Kopf.

»Ich war im Haus«, sagte er. »Hab alle Zimmer durchsucht. Mina und Lukas sind nicht da.«

»Wo zum Teufel ist sie dann?«

»Möglicherweise hat die Polizei ihr eine Schutzwohnung besorgt. Dann kann sie überall sein.«

Seine Ausflüchte machten es nicht besser.

»Ist das alles, was du zu bieten hast?«

»Sie kommt sicher bald zurück«, versuchte Dino ihn zu beschwichtigen. »Du weißt, dass sie das immer macht.«

Andreis schlug mit der Faust auf den Tisch, dass die Wodkaflasche hüpfte und sein Glas umfiel. Die klare Flüssigkeit rann in einem schmalen Streifen zum Rand und tropfte auf den Boden, aber Andreis kümmerte es nicht.

»Komm nicht zu mir und sag, du weißt nicht, wo sie ist, wenn ich dir gesagt habe, dass du es rausfinden sollst!«

»Okay, okay. Reg dich nicht auf, ich krieg das raus.«

Emir beobachtete den Ausbruch seines Bruders mit einem erwartungsvollen Lächeln. Dino hasste ihn dafür. Emir war fünf Jahre jünger, er war noch ein Baby gewesen, als sie nach Schweden kamen. Er war schlau, aber faul. Ein verwöhnter Sack, der gerne von seinem älteren Bruder profitierte.

Auf dem Schulhof hatte sich niemand mit Emir angelegt, solange Andreis in der Nähe war. Später auch nicht. Emir hatte nie gezögert, sich den brutalen Ruf seines Bruders zunutze zu machen, um zu bekommen, was er wollte.

Andreis ließ ihn machen. In seiner Welt stand die Familie immer an erster Stelle.

Dino kannte Emir fast so lange wie Andreis und wusste, dass man ihm nicht trauen konnte. Emir war nur loyal zu sich selbst.

Dino erhob sich. An diesem Tisch war kein Platz für ihn.

Die Sonne ging gerade unter.

»Ich fahr noch mal hin«, sagte er.

»Das kann doch nicht so schwer sein?«, sagte Emir mit einer deutlichen Anspielung auf Dino. »Diese kleine Hure zu finden?«

Er stocherte mit dem Daumennagel einen Rest Pizza zwischen den Zähnen hervor.

Andreis war ebenfalls aufgestanden.

»Einen Scheiß tust du«, sagte er. »Ich nehme das selbst in die Hand.«

Kapitel 34

Katrin saß im Wohnzimmer auf dem Sofa und sah fern. Die Neun-Uhr-Nachrichten waren gerade vorbei, und sie wartete auf den Spielfilm. Auf dem Tisch stand eine Tasse mit grünem Tee, daneben eine Schale Kekse. Stefan war ins Bad gegangen, um sich bettfertig zu machen, aber Katrin wusste, dass sie noch keinen Schlaf finden würde. Wenn sie zu früh zu Bett ging, würden ihre Gedanken nur wieder um Mina und Lukas kreisen. Letzte Nacht hatte sie stundenlang wach gelegen und sich Sorgen gemacht.

Sie wusste nicht einmal, wo die beiden waren.

Die Polizei hatte gesagt, es sei besser, wenn sie nicht wussten, wo Mina und Lukas sich aufhielten. Sie durften Kontakt übers Handy halten, aber eine Adresse hatten sie nicht. Sie wussten weder, ob Mina in der Umgebung von Stockholm war, noch, wie lange sie sich versteckt halten musste.

Katrin unterdrückte ein Schluchzen.

Nie im Leben hätte sie sich vorstellen können, dass jemand aus ihrer Familie sich einmal vor einem Gewalttäter würde verstecken müssen. Andreis war eine Bestie. Hoffentlich würde er eines Tages für das, was er Mina und Lukas angetan hatte, in der Hölle schmoren. Es wäre besser gewesen, er wäre im Bosnienkrieg getötet worden und nie nach Schweden gekommen.

Es war gemein, so etwas über einen Menschen zu denken, aber sie konnte nicht anders, obwohl sie wusste, dass Stefan es ihr übel nahm, wenn sie es laut sagte. Seine Eltern hatten auch mit Vorurteilen zu kämpfen gehabt, als sie in den Sechzigerjahren als Gastarbeiter aus Jugoslawien gekommen waren. Er hatte immer noch Verwandte in Mazedonien.

Auf dem Bildschirm erschien eine lächelnde Ansagerin und teilte mit, nun sei es Zeit für den Samstagabendfilm. Der war offenbar im Kino ein großer Publikumserfolg gewesen. Das war Katrin egal. Sie schaute sich alles Mögliche an, Hauptsache, es brachte sie auf andere Gedanken.

Die Sorge quälte sie so, dass es körperlich wehtat.

Der Film begann, und Katrin versuchte, der Handlung zu folgen, obwohl ihre Gedanken immer wieder zu Mina und Lukas wanderten.

Es klingelte an der Haustür. Katrin blickte auf die Uhr, fast zehn. Wer kam denn noch so spät am Abend?

Sie schlug die Wolldecke zurück und strich sich übers Haar. Dann stand sie auf und ging in die dunkle Diele, um zu öffnen. Hinter der Milchglasscheibe zeichnete sich eine Silhouette ab.

Trotz der Außenbeleuchtung konnte sie nicht erkennen, wer es war. Die Klinke wurde hinuntergedrückt.

Katrin beschlich ein ungutes Gefühl. Sie beugte sich vor und schaute durch den Spion, während sie gleichzeitig die Hand auf den Schließknauf legte.

Vor der Haustür stand Andreis. Sein Blick war wild, und er hielt irgendwas in der Hand.

Katrin zog die Hand zurück, als hätte sie sich verbrannt.

Es klingelte wieder. Dann wurde an der Klinke gerüttelt. Großer Gott.

»Ich bin's«, rief Andreis. »Macht auf!«

»Wer ist da denn?«, fragte Stefan aus dem Schlafzimmer.

Katrin war nicht fähig zu antworten. Sie wich von der Tür zurück und presste den Rücken an die Wand. Das Herz klopfte ihr bis zum Hals.

»Machst du bitte auf?«, bat Stefan. »Ich bin schon im Schlafanzug.«

Katrin versuchte, etwas zu sagen, aber es wurde nur ein heiseres Krächzen, das ihr auf halbem Weg im Hals stecken blieb.

»Das ist *er!*«, brachte sie schließlich heraus.

»Wer denn?«

Stefan kam im Morgenmantel um die Ecke, blieb aber stehen, als er ihr erschrockenes Gesicht sah.

»Das ist Andreis«, flüsterte sie. »Er ist hier, vor unserem Haus. Er ist bestimmt gekommen, weil er denkt, dass Mina bei uns ist.«

»Ich weiß, dass ihr da drinnen seid«, rief Andreis. »Ich will nur meine Frau und meinen Sohn sehen.«

Katrin ging noch ein paar Schritte weiter zurück. Andreis rüttelte an der Klinke und hämmerte gegen die Tür.

»Was machen wir jetzt?«

Tränen stiegen ihr in die Augen. Sie traute sich nicht, noch einmal zur Tür zu blicken und diesen furchtbaren Menschen dort stehen zu sehen.

Erst hatte er ihre Tochter halb totgeschlagen, und jetzt waren sie dran.

»Lasst mich rein!«, brüllte Andreis mit einer ganz anderen Stimme als noch vor ein paar Minuten.

Er drückte wieder auf den Klingelknopf, das Läuten hörte überhaupt nicht mehr auf. Katrin hatte noch nie so ein unheimliches Geräusch gehört.

»Aufmachen!«

Bosnien

Dezember 1992

Die lauten Stimmen drangen durch die Wand ins Kinderzimmer, wo Andreis und Emir schliefen. Andreis setzte sich im Bett auf und blinzelte in die Dunkelheit.

Mama und Papa stritten sich heftig im Wohnzimmer.

»Das ist nicht sicher für die Kinder«, schrie Mama. »Wir können nicht hierbleiben, wir müssen weg!«

Andreis hatte sie noch nie mit dieser Stimme zu Papa sprechen hören. Mama sprach immer ganz sanft. Sie tröstete ihn, wenn er sich die Knie aufgeschlagen hatte, und sang Schlaflieder für Emir, wenn er nicht einschlafen konnte.

»Wir werden alle sterben, wenn wir bleiben«, fuhr sie fort. »Warum begreifst du das nicht!«

»Hör auf mit dem Gejammer!«, brüllte Papa.

»Du bist schuld, wenn wir draufgehen!«

Es klang, als ob Mama weinte.

»Warum musst du immer so stur sein? Denk an Familie Begovič. Die sind schon weg, alle zusammen. Sie haben nicht mal die Haustür hinter sich abgeschlossen. Sie sind einfach verschwunden.«

Papa schlug mit der Hand auf den Tisch.

»Und wo sollen wir deiner Meinung nach hin?«, brüllte er.

»Wir können zu meiner Schwester nach Kroatien. Sie hat schon so oft angerufen und mich angefleht, dass wir zu ihr kommen sollen, bevor es zu spät ist. Denk dran, wie es Tante Jasmina und Onkel Adnan ergangen ist. Oder Mama und Papa, die in Sarajevo eingeschlossen sind.«

»Sollen wir alles, was wir besitzen, den verdammten Serben überlassen? Hier, nehmt euch alles, was ihr wollt, wir sind nämlich abgehauen!«

»Wir können nicht hier sitzen und warten, bis sie uns erschießen.«

Mamas Stimme war halb erstickt von Tränen und Schnodder.

»Wir bleiben. Das geht vorbei. Die Leute sind im Moment wie verrückt, aber das wird auch wieder anders.«

Mama keifte nicht mehr, sie bettelte.

»Denk doch wenigstens an die Jungs. Wir müssen die Kinder in Sicherheit bringen. Andreis ist erst sechs und Emir noch ein Baby.«

»Das hier ist unser Zuhause.«

Andreis wollte nichts mehr hören. Er zog sich die Bettdecke über den Kopf.

Die aufgebrachten Stimmen klangen jetzt gedämpfter, er konnte die einzelnen Worte nicht mehr verstehen, nur noch den hitzigen Tonfall. Der Streit ging hin und her.

Plötzlich wurde die Haustür zugeknallt, so heftig, dass das kleine Haus erzitterte.

»Zlatko!«, schrie Mama.

Andreis kniff die Augen fest zu und rutschte noch tiefer unter die Decke.

Trotzdem drang Mamas Schluchzen bis zu ihm in die Dunkelheit.

Kapitel 35

Das Sturmklingeln hörte nicht auf. Katrin hielt sich die Ohren zu, aber das schreckliche Geräusch ließ sich nicht aussperren.

Ihr Körper wollte fliehen, aber wohin? Es gab keine Hilfe. Die Nachbarn hatten vermutlich keine Ahnung, was hier vorging, und vor diesem Mann war niemand sicher.

Es war zu spät, so zu tun, als sei niemand zu Hause. Überall brannte Licht, und das Auto stand für jeden sichtbar vor der Garage.

Gott sei Dank war die Tür wenigstens abgeschlossen, sonst wäre er womöglich einfach hereinspaziert.

Stefan ging zur Haustür und stellte sich dicht davor, obwohl Katrin die Hand ausstreckte, um ihn daran zu hindern.

»Mina ist nicht hier«, rief er. »Verschwinde und lass uns in Ruhe. Wir wollen nichts mit dir zu tun haben.«

»Mach auf!«, brüllte Andreis.

Katrin versuchte zu schlucken, aber ihr Mund war staubtrocken.

»Er ist gefährlich«, keuchte sie.

»Wenn du nicht sofort gehst, rufen wir die Polizei«, sagte Stefan laut und blieb auf der Fußmatte stehen.

Katrin starrte wie hypnotisiert auf die Tür, die unter dem anhaltenden Klingeln zu vibrieren schien.

Stefan beugte sich zur Glasscheibe vor.

»Wir wissen nicht, wo sie ist! Wann begreifst du das endlich?«

Das Klingeln hörte urplötzlich auf.

Bitte, geh weg, dachte Katrin. Geh einfach weg. Lass unsere Familie in Ruhe. Wir haben dir nichts getan.

War es das, was Mina durchgemacht hatte, all die Male, die Andreis sie misshandelt hatte? Hatte ihre Tochter dieselbe Angst gespürt wie sie jetzt? War sie auch überzeugt gewesen, dass Andreis sie umbringen würde?

Mein kleines Mädchen.

Sie zuckte zusammen, als Andreis mit beiden Fäusten gegen die

Tür hämmerte. Gleich schlägt er die Scheibe ein, dachte sie. Oder tritt sie kaputt.

»Wo sind Mina und Lukas?«, rief Andreis. »Ich will die Adresse haben!«

Stefan war kreidebleich im Gesicht.

»Du hast sie doch vertrieben! Wir wissen nicht, wo sie ist. Sie versteckt sich irgendwo, und das ist allein deine Schuld.«

Die Tränen liefen Katrin übers Gesicht. Ihr linker Arm tat weh, und ein krampfhafter Schmerz durchfuhr ihre Brust. Übelkeit wallte in ihr auf, und sie musste husten.

»Wenn ihr nicht aufmacht, trete ich die Tür ein!«

Katrin blickte voller Panik zu Stefan.

»Was, wenn er hereinkommt? Wo sollen wir hin?«

»Lasst mich rein!«

Andreis' Stimme war kaum wiederzuerkennen, sie war vollkommen verzerrt vor Hass und Wut. Er klang nicht mehr wie ein Mensch.

Katrins Blick flog zu den breiten gläsernen Terrassentüren, die sie vor ein paar Jahren hatten einbauen lassen, um das Licht an den Sommerabenden zu genießen. Sie liebte es, nach dem Essen auf dem Sofa zu sitzen und in den Garten zu schauen.

Jetzt gähnten die großen Fenster sie drohend an.

Es würde nur Sekunden dauern, die Scheiben mit einem Stein einzuschlagen. Oder sie zu zerschießen.

Würde Andreis sie beide umbringen, wenn er nicht erfuhr, wohin Mina sich geflüchtet hatte? Im Haus gab es kein sicheres Versteck; falls es Andreis gelang, ins Haus einzudringen, mussten sie versuchen zu entkommen.

Sie wusste nur nicht, wie.

Stefan starrte auf die Haustür. Dann schlich er sich zur Kellertreppe neben der Küche. Katrin konnte beinahe seine Gedanken lesen. Dort unten war der Waffenschrank mit seinem Jagdgewehr und der Munition. Etwas, was sie vor dem Verrückten an ihrer Haustür schützen konnte.

Aber das Gewehr war eingeschlossen. Stefan würde es nicht schaffen, es zu holen, bevor Andreis ins Haus kam.

Sie hatten nichts, womit sie sich verteidigen konnten.

Die Scheibe in der Tür zerbarst in tausend Scherben, als der große Stein sie traf. Er landete krachend auf dem Dielenfußboden.

»Hörst du nicht, was ich sage?«, rief Stefan. »Wir wissen nicht, wo sie ist. Ich rufe jetzt die Polizei.«

Seine Stimme kam von weit her. Katrin konnte nicht atmen. Es war, als hielte eine eiserne Faust ihren Brustkorb umklammert und presste Rippen und Muskeln zusammen. Alles tat so weh. Die Übelkeit wurde schlimmer.

Sie bekam keine Luft.

Der Raum begann sich aufzulösen.

»Ihr seid selbst schuld, wenn ihr nicht tut, was ich sage!«, schrie Andreis.

Katrins Gesichtsfeld schrumpfte.

»Stefan«, wollte sie rufen, aber ihre Stimme gehorchte nicht.

Alles um sie herum verschwand.

Sonntag

Kapitel 36

Das Summen des Mobiltelefons weckte Mina. Zuerst wusste sie nicht, wo sie war, dann erkannte sie die Tapete wieder. Friggagården. Die Realität kam zurück.

War mit Lukas alles in Ordnung?

Panik überfiel sie, noch ehe sie sich aufsetzen und davon überzeugen konnte, dass er in seinem Gitterbett lag, das neben ihrem Bett stand.

Im selben Moment wachte Lukas auf und begann zu schreien. Er war natürlich hungrig. Sie hatten beide viel länger als sonst geschlafen, es war schon gleich acht. Sie musste in die Küche gehen und ihm ein Fläschchen machen.

Das Handy klingelte wieder, aber sie ignorierte es und hob Lukas aus dem Bett. Mit einer Hand versuchte sie, den geliehenen Bademantel überzuziehen, aber das ging nicht, solange sie das Kind hielt. Er war ein bisschen zu klein, und schließlich musste sie Lukas hinlegen, worauf er sofort wieder zu schreien begann.

Ihre Schläfen pochten, während sie mit dem Frotteemantel kämpfte. Sie hatte nichts, was ihr gehörte, alles war zu Hause im Trastvägen. Bei Andreis.

Das Handy klingelte zum dritten Mal. Endlich nahm Lukas den Schnuller. Sie streckte die Hand nach dem Telefon aus.

Papa stand auf dem Display. Rasch nahm Mina das Gespräch an.

»Mina?«

Papas Stimme klang anders, ganz dünn und fremd.

Mina zog den Gürtel des Bademantels zu.

»Was ist passiert?«, rief sie aus.

»Es geht um Mama.«

Ihr Vater verstummte und schluchzte auf.

»Wir sind im Krankenhaus, Liebes. Mama hatte einen schweren Herzinfarkt.«

Mina schaffte es nicht, die Worte in einen logischen Zusammenhang zu bringen. Alles war leer.

»Was ist mit Mama?«, fragte sie. »Ist sie krank?«
»Es geht ihr sehr schlecht.«
»Was meinst du damit?«
Mina merkte, dass sie hysterisch klang, aber es war unmöglich, die Stimme ruhig zu halten.
Nicht Mama. Nicht jetzt.
»Sie liegt im künstlichen Koma auf der Intensivstation.«
Ihr Vater wurde von einem trockenen Schluchzen übermannt.
»Die Ärzte wissen nicht, ob sie es schafft.«
Mina presste die Nägel in die Handfläche, kämpfte darum, die Kontrolle zu behalten. Wenigstens noch ein paar Minuten, sie durfte jetzt nicht zusammenbrechen.
»Sie sollte doch zu einem Herzspezialisten«, stotterte sie. »Ihr hattet schon einen Termin. Das hast du gesagt.«
»Er ist gestern am späten Abend gekommen.«
Papa brauchte den Namen nicht auszusprechen.
Andreis.
Einst hatte er ihr seine ewige Liebe versprochen.
»Er war bei euch zu Hause?«
»Er hat an die Tür gehämmert und gebrüllt, dass er zu dir will«, sagte Papa heiser.
Mina presste sich die Hand auf den Bauch.
»Dann hat er uns gedroht und die Scheibe mit einem großen Stein eingeschlagen. Wenn nicht ein Nachbar gekommen wäre und gerufen hätte, dass die Polizei unterwegs ist, wäre er bestimmt ins Haus gekommen. Aber deine Mutter …«
Seine Stimme versagte.
»Die ganze Aufregung war zu viel für ihr Herz.«
Die Schuldgefühle überwältigten Mina. Das war alles ihre Schuld. Nach der SMS mit dem Foto von ihrem Haus hätte sie die beiden warnen müssen.
Was hatte sie nur getan?
Sie löste den Gürtel des Bademantels und suchte im Zimmer nach dem Pullover, den sie am Vortag getragen hatte. Nach der Jeans.
»Ich komme sofort«, sagte sie. »In welchem Krankenhaus seid ihr?«
»Nein!«
Das Wort klang wie ein Schrei.
»Du darfst dich hier nicht blicken lassen.«

Lukas spuckte den Schnuller aus und begann wieder zu weinen. Während Mina versuchte, sich anzuziehen, wurde sein Schreien immer lauter. Schließlich musste sie ihre Sachen liegen lassen und ihn hochnehmen. Sie versuchte, ihn durch sanftes Wiegen zu beruhigen, aber er wand sich und griff mit seinen kleinen Händen nach ihrem Haar. Zog wütend und hungrig daran, während ihm die Tränen übers Gesicht liefen.

»Ich kann nicht hierbleiben«, sagte sie laut, um Lukas' Schreien zu übertönen.

»Um Gottes willen!«

Ihr Vater atmete heftig.

»Du kannst nicht herkommen. Darauf wartet er doch nur. Er rechnet damit, dass du kommst, das muss dir doch klar sein?«

»Bitte, Papa, lass mich ins Krankenhaus kommen. Ich muss Mama sehen. Was, wenn sie ...«

Es tat zu weh, das Wort auszusprechen.

»Mina, ich kann dich nicht auch noch verlieren. Verstehst du das nicht?«

Lukas' Gesicht war hochrot und sein Mund klebrig von Spucke. Mina weinte auch, aber leise, um Papa nicht noch mehr zu beunruhigen.

»Er ist gefährlich«, stöhnte Papa.

Mina hatte ihn noch nie so hilflos erlebt.

»Er bringt dich um, wenn er dich zu fassen kriegt.«

»Weiß die Polizei, was passiert ist?«, brachte sie schließlich hervor. »Ihr braucht Schutz, genau wie ich.«

»Ich habe ihnen nichts erzählt.«

»Warum nicht?«

»Weil es nicht geht. Sonst wird alles nur noch schlimmer.«

»Was meinst du damit?«

Mina sank auf die Knie. Lukas schrie so laut an ihrem Ohr, dass sie Mühe hatte, ihre eigene Stimme zu verstehen.

Nebenan klopfte jemand an die Wand.

»Papa?«

»Das Letzte, was Andreis gebrüllt hat, bevor er verschwand«, flüsterte ihr Vater, »war, dass er uns umbringt, wenn wir der Polizei etwas davon sagen.«

Kapitel 37

Anna-Maria hatte nur vorgehabt, kurz im Friggagården vorbeizuschauen, um am Sonntagnachmittag ein bisschen Papierkram zu erledigen. Aber wie üblich war sie länger geblieben als beabsichtigt. Wenn sie noch etwas vom Abend haben wollte, war es höchste Zeit zu gehen.

Sie fuhr den Rechner herunter und machte die Schreibtischlampe aus, obwohl die Papierberge sie vorwurfsvoll ansahen. Sie kam mit der Arbeit einfach nicht hinterher, wie sehr sie sich auch bemühte.

Sie verdrängte ihr schlechtes Gewissen und zog sich die Jacke an. Ihre Kollegin Siri, die am Wochenende Dienst hatte, schaute zur Tür herein. Siris wunderbarer Lockenkopf erinnerte Anna-Maria an all das, was sie in der letzten Zeit nicht geschafft hatte. Es war Monate her, seit sie beim Friseur gewesen war.

»Wie läuft's mit unserem Neuzugang?«, fragte sie Siri. »Mina, die mit dem kleinen Jungen, die am Donnerstag gekommen ist.«

Siri hielt eine Obstschale in der Hand, die wahrscheinlich für den Couchtisch im Fernsehzimmer gedacht war.

»Ich habe sie bisher kaum zu Gesicht bekommen«, sagte sie. »Anscheinend bleibt sie lieber für sich.«

In all den Jahren im Friggagården hatte sie schon alle möglichen Verhaltensweisen gesehen. Halb hysterische Frauen, die nicht aufhören konnten, über das zu sprechen, was ihnen passiert war, und blasse, verängstigte Schatten, die an den Wänden entlangschlichen und kein Wort sagten. Die meisten Frauen entschuldigten sich dafür, dass sie existierten, als sei es ihre Schuld, dass man jedes Selbstwertgefühl aus ihnen herausgeprügelt hatte. Nur wenige glaubten daran, dass sie es schaffen würden, für sich selbst zu sorgen.

Es konnte jeder Frau passieren, dass sie in einer destruktiven Beziehung landete, dazu brauchte es keinen bestimmten Persönlichkeitstyp. Trotzdem nahmen sie die Schuld auf sich.

Ihr Blick fiel auf das Foto von Malin auf dem Schreibtisch. Wie ähnlich sie ihrem Vater sah. Petter war deutlich älter als Anna-Maria gewesen, er war langsam und qualvoll an Krebs gestorben. Es war, als hätte Petters Fortgang alle Schleusentore geöffnet. Danach war die Finsternis über sie hereingebrochen.

Malins Lebensgefährte Gustav hatte immer einen gewissen Respekt vor Petter gehabt. Ohne Petters mäßigenden Einfluss eskalierte die Situation. Gustav hatte noch nie mit Alkohol umgehen können, aber nun trank er fast jeden Tag.

Als er wegen der Sauferei seinen Job verlor, wurde es richtig schlimm. Malin wurde immer kleiner und stiller, sie magerte ab und schlief schlecht. Nervöse Ticks zuckten um ihren Mund. Sie war dabei, zugrunde zu gehen, aber jedes Mal, wenn sie versuchte, sich aus der Beziehung zu lösen, wurden die Drohungen und Schläge nur noch schlimmer. Trotzdem schaffte sie es nicht, sich von ihm zu trennen.

»Er bringt sich um, wenn ich ihn verlasse«, sagte sie immer.

Anna-Maria war verzweifelt. Malin nahm ihren Peiniger auch noch in Schutz, und nichts, was sie sagte oder tat, konnte ihre Tochter umstimmen. Anna-Maria bettelte und flehte, drohte und schimpfte. Als das nichts half, überlegte sie sich einen verzweifelten Plan. Sie würde ihren Job kündigen und das Haus verkaufen, und dann würde sie zusammen mit Malin aus Schweden weggehen. Das Geld sollte reichen, um im Ausland unterzutauchen, wo Gustav sie nicht finden konnte. Malin musste eine Chance bekommen, ein neues Leben ohne Angst zu beginnen.

Alles war besser, als zuzusehen, wie sie in dieser furchtbaren Beziehung kaputtging.

»Alles in Ordnung?«, fragte Siri und holte Anna-Maria in die Gegenwart zurück.

»Ja, alles gut«, erwiderte sie und zwinkerte rasch die Tränen weg. »Ich hatte nur was im Auge.«

Nach all diesen Jahren sollte sie ihre Gefühle eigentlich unter Kontrolle haben, aber manchmal ging es einfach nicht. Sie überrollten sie wie eine Flutwelle, die alles andere wegspülte.

Sie nahm ihr Schlüsselbund und schloss die Bürotür ab.

»Isst Mina genug?«, fragte sie Siri über die Schulter.

Entweder aßen die Frauen gar nicht, oder sie hörten nicht mehr auf zu essen. Einen gesunden Mittelweg zu finden war schwer, wenn das Unnormale zur Normalität wurde.

Siri verzog das Gesicht.
»Nicht sehr viel.«
»Und der Junge?«
»Das wenigstens scheint sie im Griff zu haben. Sie versorgt ihn, wie sie soll, und offenbar fehlt es ihm an nichts.«
Das war ein gutes Zeichen. Manchmal, in den ganz schlimmen Fällen, funktionierte selbst das nicht mehr. Wenn die Mütter tief deprimiert waren und die meiste Zeit teilnahmslos im Bett lagen, gerieten die Kinder in Vergessenheit.
Anna-Maria zögerte, dann legte sie den Mantel ab und ging zu Minas Zimmer. Es bot einen schönen Ausblick aufs Wasser. Das Haus stand auf einer soliden Grundmauer, sodass auch die Zimmer im Erdgeschoss ein bisschen erhöht waren.
Sie blieb vor der Tür stehen und klopfte an.
Keine Antwort. Waren das Schluchzer, die sie drinnen hörte?
»Mina«, rief sie vorsichtig. »Ich bin es, Anna-Maria. Bist du wach? Kann ich kurz reinkommen?«
Sie wartete noch einige Sekunden, dann drückte sie die Klinke herunter und öffnete die Tür. Mina lag auf dem Bett, mit Lukas neben sich. Ihre Augen waren rot geweint und verquollen.
»Ach herrjeh«, rief Anna-Maria aus. »Was ist denn los?«
Mina zog ihren Sohn an sich.
»Mir geht's nicht so gut.«
Anna-Maria setzte sich vorsichtig auf die Bettkante.
»Möchtest du darüber reden?«
»Ich kann nicht.«
»Man kann über alles reden.«
Mina schüttelte den Kopf.
»Darüber nicht.«
Anna-Maria strich ihr behutsam über den Arm, so sanft, dass sie die Berührung hinnahm, ohne zurückzuzucken. Etwas an Mina erinnerte sie an Malin. Es war nicht nur das Äußere, die langen blonden Haare und die offenen blauen Augen, es war auch das Zutrauen, das beide ausstrahlten.
Trotz aller Beweise für das Gegenteil war Malin immer überzeugt gewesen, dass sie Gustav vor seinen inneren Dämonen retten konnte, wenn sie ihn nur genug liebte.
Anna-Maria hatte um ihre Tochter gekämpft und versucht, sie dazu

zu bringen, die destruktive Beziehung zu beenden. Aber dann wurde Malin schwanger, und Anna-Maria begriff, dass sie den Kampf verloren hatte.

Malin war so glücklich über das Kind gewesen, so überzeugt, dass sich alles zum Guten wenden würde, wenn sie erst eine richtige Familie wären. Dass Gustav ein anderer Mensch werden und mit dem Trinken aufhören würde.

Anna-Maria ballte die Fäuste und versuchte, die Trauer zu verdrängen. Sie musste sich jetzt um Mina kümmern.

»Manchmal geht es einem besser, wenn man sein Herz ausschütten kann«, sagte Anna-Maria und versuchte, aufmunternd zu klingen.

Sie holte eine Packung Papiertaschentücher hervor, zog zwei heraus und reichte sie Mina.

»Danke«, murmelte die junge Frau und schnäuzte sich.

Anna-Maria strich ihr übers Haar.

»Was ist denn passiert?«

»Meine Mutter liegt im Krankenhaus.«

Das arme Mädchen. Als hätte sie wegen ihres Mannes nicht schon genug durchgemacht.

»Das ist meine Schuld.«

Hatte sie richtig gehört?

»Wieso sollte das deine Schuld sein?«

Anna-Maria musste die Ohren spitzen, um zu verstehen, was Mina erzählte.

»Andreis ist zum Haus meiner Eltern gefahren. Er hat sie bedroht, und meine Mutter hat vor Angst einen Herzinfarkt bekommen …«

Anna-Maria hatte viele gewalttätige Männer kennengelernt und war mit ihren Verhaltensmustern bestens vertraut, aber dass jemand so weit ging, den Schwiegereltern Todesangst einzujagen, kam eher selten vor.

»Wir müssen die Polizei informieren«, sagte sie resolut.

»Dann bringt er sie um.«

Minas Stimme brach. Die Worte kamen abgehackt.

»Glauben Sie mir, er tut, was er sagt. Schon immer. Wenn wir zur Polizei gehen, machen wir es nur noch schlimmer. Sie dürfen niemandem was davon sagen.«

Kapitel 38

Nora knipste die Lampe auf ihrem Nachttisch aus. Jonas war in ein Buch vertieft, das er sich in den USA gekauft hatte. Er war viel mehr Nachtmensch als sie, meist fiel es ihm schwer, früh schlafen zu gehen.

»Gute Nacht, Liebling«, sagte sie und gähnte. »Willst du nicht auch schlafen?«

Jonas streckte die Hand aus und tätschelte ihr die Schulter.

»Gleich«, sagte er und blätterte um.

Nora war gerade dabei wegzudämmern, als Jonas hüstelte.

»Ich habe mir das mit Thomas durch den Kopf gehen lassen«, sagte er.

Sie hatte Jonas erzählt, dass sie Thomas in den letzten Tagen mehrmals begegnet war und er ziemlich deprimiert gewirkt hatte.

»Weißt du, ob er und Pernilla daran gedacht haben, sich professionelle Hilfe zu suchen, vielleicht eine Paartherapie oder so was?«

»Keine Ahnung«, murmelte Nora.

»Manchmal kann es gut sein, mit einem Außenstehenden zu reden.«

»Mhm.«

»Um die Beziehung mal zu analysieren, meine ich. Es gibt viele Alternativen, wenn man Unterstützung braucht, sogar die Kommunen bieten heutzutage Eheberatung und Gesprächstherapie an.«

Nora gähnte und steckte eine Hand unters Kopfkissen, um eine bequemere Lage zu finden.

»Wenn man sich erst über den anderen aufregt, ist es nicht immer einfach, ohne Hilfe zurückzufinden«, fuhr Jonas fort.

Er schien nicht zu bemerken, dass Nora halb schlief.

»Wenn einen alles, was man am Partner einmal geliebt hat, plötzlich stört, kann das ganz schön zermürbend sein.«

Nora konnte sich Thomas nicht recht bei einem Therapeuten vorstellen, es war nicht seine Art, vor einem wildfremden Menschen sein Innerstes nach außen zu kehren. Ihre Art war es eigentlich auch nicht, wenn sie ehrlich sein sollte. Aber vielleicht war sie einfach zu altmodisch?

»Gute Nacht«, murmelte sie.

Als Henrik und sie getrennte Wege gegangen waren, hatte keiner von ihnen auch nur an eine Therapie gedacht. Andererseits gab es wohl auch nichts, was sie damals dazu gebracht hätte, Henrik zu verzeihen oder ihn zurückzunehmen. Es hatte Jahre gedauert, bis sie überhaupt wieder normal mit ihm reden konnte, ohne wütend zu werden. Ihre Ehe war nie bis an den Punkt gekommen, wo man sich aus Langeweile über den Partner aufregte, das hatte seine Untreue verhindert.

Jonas ließ das Buch auf die Bettdecke sinken.

»Ich habe einen Kollegen bei der SAS, der sich mit so was auskennt«, sagte er. »Oder besser gesagt, seine Frau kennt sich damit aus. Sie ist Gesprächstherapeutin und hat sich auf Paartherapie spezialisiert. Hat sogar eine eigene Praxis. Wir haben gestern auf dem Heimflug von Los Angeles noch darüber gesprochen.«

»Wie bitte?«

Nora stützte sich auf den Ellbogen. Jonas machte ein dummes Gesicht.

»Womit ich nicht gemeint habe, dass ich während meiner Dienstzeit über Thomas tratsche. Nein, wir sind irgendwie auf das Thema gekommen, man redet ja über so vieles, wenn man zehn Stunden lang im Cockpit zusammensitzt und nichts als den Atlantik unter sich sieht.«

»Aha.«

Ihre Schläfrigkeit verflüchtigte sich.

»Jedenfalls«, fuhr Jonas fort, »hat Ingemar erzählt, dass seine Frau immer mit der Frage beginnt, was sie damals an ihrem Partner attraktiv fanden. Warum sie sich ineinander verliebt haben, ganz einfach.«

Er zog Nora an sich, und sie legte den Kopf an seine Brust.

»Offenbar gibt es zwei Arten, darauf zu reagieren, und die sagen dem Therapeuten sofort, ob es Hoffnung für die Beziehung gibt oder nicht. Die eine Kategorie von Leuten erinnert sich sofort daran, warum sie sich für ihren Partner entschieden haben. Sie blühen geradezu auf, wenn sie von glücklicheren Zeiten erzählen. Dann weiß der Therapeut, dass da noch etwas ist, womit er arbeiten kann.«

Die Wärme seines Körpers drang durch ihr dünnes Nachthemd, und der Duft seines Rasierwassers hüllte sie ein.

»Und wie reagiert die andere Kategorie?«, musste sie fragen, obwohl sie die Antwort ahnte.

»Die sind so in ihrer Verbitterung gefangen, dass sie sich nicht mehr erinnern können oder wollen. Sie haben keine Lust, über frühere Zeiten zu reden. Sie gehen zum Therapeuten, um alte Kränkungen auszubreiten, nicht, um neue Lösungen zu finden.«

»Was passiert mit denen?«

»Die Fälle sind hoffnungslos, sagt Ingemars Frau. Da geht es dann darum, sich vernünftig zu trennen, ohne noch größere Wunden zu schlagen. Wenn das Paar Kinder hat, ist das besonders wichtig.«

Nora legte sich so hin, dass sie ihren Mann betrachten konnte, seine braunen Augen und das hellbraune Haar, das im Nacken oft ein bisschen zu lang war. Er hatte sich in den zehn Jahren, die sie zusammen waren, kaum verändert.

Sie wusste noch genau, warum sie sich damals in ihn verliebt hatte.

Schon ein halbes Jahr nach ihrer Scheidung von Henrik hatten sie sich kennengelernt. Jonas hatte ihr Haus auf Sandhamn gemietet, nachdem sie in die Brand'sche Villa gezogen war, und sie hatten ein paarmal zusammen im Värdshuset gegessen.

In jenem Herbst damals war sie so niedergeschlagen gewesen.

Sie hatte massive Schuldgefühle wegen der Scheidung gehabt, obwohl es Henrik gewesen war, der eine Äffäre mit einer anderen hatte. Aber ihr Selbstwertgefühl, als Frau wie als Mutter, lag am Boden. Sie war überzeugt gewesen, dass sie nie wieder einen Mann kennenlernen würde.

Als Jonas dann auftauchte, hatte sich alles verändert.

Sie hatte sich mit dessen Augen betrachtet und eine ganz andere Nora gesehen, eine, die ihr viel besser gefiel als die, die sie in der letzten Zeit mit Henrik gewesen war. Zum ersten Mal seit Jahren hatte sie das Gefühl gehabt, geschätzt zu werden. Bei Henrik hatte sie in einem alten, überkommenen Rollenmuster festgesteckt, was bedeutete, dass fast die gesamte Hausarbeit an ihr hängen blieb, obwohl sie beide voll berufstätig waren.

Außerdem war der Sex mit Jonas fantastisch.

»Wir gehören auf jeden Fall zur ersten Kategorie«, sagte sie und lächelte ihn an.

Jonas lächelte zurück.

»Falls Thomas interessiert sein sollte, es mit einer Gesprächstherapie zu versuchen, kann ich ihm die Telefonnummer von Ingemars Frau geben«, sagte er. »Sag ihm, er soll ihr einen schönen Gruß von mir bestellen, dann nimmt sie die beiden kurzfristig dran. Er kann sie ja morgen mal anrufen.«

Er liebkoste ihren Nacken mit der Nasenspitze.

»Lass mich darüber nachdenken«, sagte sie.

Sie war sich nicht ganz sicher, wie sie das Thema bei Thomas ansprechen sollte. Vielleicht fand er, sie mischte sich ein, und nahm es ihr übel. Aber so, wie die Situation im Moment war, konnte es zwischen ihm und Pernilla kaum noch schlechter werden.

»Schaden kann's nicht«, sagte Jonas und ließ seine Finger ihren Nacken hinunter auf Entdeckungsreise gehen. Sie strichen über ihr Schlüsselbein und verschwanden unter ihrem Nachthemd.

Sein Interesse für das Buch schien wie weggeblasen zu sein. Aber er hatte es geschafft, sie hellwach zu machen.

Kapitel 39

Ein bleicher Halbmond schien in Minas Zimmer. Sie wünschte, sie könnte schlafen, aber sie fand einfach keine Ruhe, obwohl es im Haus ganz still war. Die anderen Frauen und Kinder schliefen schon lange, es war nur noch ein paar Stunden bis zum Morgengrauen. Lukas schlummerte in seinem Gitterbett, in einem verwaschenen hellblauen Pyjama, den man ihr geliehen hatte.

Sie hatte Heimweh nach ihrem eigenen Kopfkissen, ihrem eigenen Bett. Nach all den kleinen Dingen, die sie immer für selbstverständlich gehalten hatte und die jetzt unerreichbar waren, weil sie sich im Haus am Trastvägen befanden.

Sie wollte Lukas seine eigenen Sachen anziehen, nicht die abgetragene Babykleidung aus Anna-Marias Kleiderkammer. Sie wollte ihre eigene Unterwäsche tragen.

Minas Blick glitt zum Fenster. Die silbern schimmernde Landschaft draußen war schön, das Meer war ganz still, und die Baumkronen vor dem dunklen Himmel erinnerten an Tuschezeichnungen.

Alles war so friedlich, aber sie konnte sich nicht entspannen.

Sie schlug die Bettdecke zurück, stand auf und setzte sich in den Sessel am Fenster. Vorsichtig versuchte sie, den Oberkörper an der Armlehne abzustützen. Es war schwer, eine bequeme Position zu finden, die gebrochenen Rippen machten sich bei jeder Bewegung bemerkbar.

Alles tat weh, trotzdem waren es nicht die körperlichen Schmerzen, die sie am meisten quälten.

Mama.

Vor ein paar Stunden hatte ihr Vater angerufen, nur um ihr mitzuteilen, dass die Situation unverändert war. Ihre Mutter lag immer noch im Koma, die Ärzte sagten, ihr Zustand sei unverändert ernst.

Wenn Lukas nicht gewesen wäre, hätte sie liebend gern mit ihrer Mutter getauscht. Jeden Abend vor dem Einschlafen wünschte sie sich, nicht mehr aufzuwachen.

Es hatte einmal eine Zeit gegeben, da hatte sie die Nacht geliebt. Als die Dunkelheit noch nicht bedrohlich war. Die Abende waren ihre ganz eigene Zeit mit Andreis gewesen. Sie hatte sich danach gesehnt, mit ihm zusammen schlafen zu gehen, sich an seinen starken, sehnigen Körper zu schmiegen, an seine nackte Haut. Sogar im Schlaf hatten sie gezeigt, dass sie zusammengehörten, indem sie Hand in Hand im Bett lagen.

Sie hatte sich so geborgen gefühlt.

In der ersten Zeit nach ihrem Kennenlernen hatten sie stundenlang im Bett gelegen und geredet. Er wollte alles über sie wissen, jedes Detail aus ihrem Leben interessierte ihn. Er hatte tausend Fragen gestellt, fast so, als könnte er gar nicht richtig glauben, dass sie wirklich ihn ausgewählt hatte.

Sie hatte noch nie einen Mann wie Andreis getroffen, war noch nie so bis über beide Ohren verliebt gewesen und so überzeugt, dass er der Richtige war.

Eine Wolke zog vorbei und verbarg den Mond. Es wurde dunkel im Zimmer, und Mina fröstelte. Sie setzte sich anders im Sessel hin, ohne dass es sonderlich gegen die Schmerzen half.

Nach einer Weile hatte Andreis begonnen, von seiner Kindheit in Bosnien zu erzählen, lange bevor der Krieg ausbrach und alles zerstörte.

Andreis hatte von den Hühnern erzählt, die frei auf dem Hof herumliefen und in der Erde scharrten. Er hatte Spielkameraden gehabt, die im selben Dorf wohnten. Sie waren auf Bäume geklettert, hatten im nahe gelegenen See gebadet und Pflaumen gepflückt, aus denen Pflaumenschnaps gebrannt wurde, den alle in der Gegend tranken. Sie hatte diesen Sliwowitz probiert, bei einem der wenigen Male, die sie seine Mutter in Nyköping besucht hatten.

Das Leben in Bosnien war einfach gewesen, ohne Reichtümer, aber sie hatten alles gehabt, was sie brauchten. Jetzt war das meiste davon verschwunden.

Andreis hatte nie viel darüber gesprochen, was passiert war, als der Krieg ausbrach und alles in sich zusammenstürzte. Aber sie hatte begriffen, dass er Schlimmes erlebt und Dinge gesehen hatte, die kein Kind je sehen sollte.

Furchtbare Verbrechen, die tiefe Narben hinterlassen hatten.

Zeitweise wurde Andreis von Albträumen heimgesucht. Dann redete er im Schlaf oder rief um Hilfe, teils auf Bosnisch, teils auf

Schwedisch. Manchmal wachte er schweißgebadet und verstört auf, mit Augen, die vor Tränen glänzten, sich aber sofort mit Hass füllten, wenn er begriff, dass es nur ein Albtraum gewesen war. Dass er noch lebte, während so viele andere tot waren.

Dann wusste sie, dass er von der Flucht aus Bosnien geträumt hatte.

Jedes Mal, wenn er angsterfüllt aufwachte, versuchte sie, ihn zu beruhigen. Sie tröstete ihn mit ihrem Körper und streichelte ihn, bis er wieder einschlief. Flüsterte ihm sanft ins Ohr, um seine Qualen zu lindern.

Nie hatte sie ihn mehr geliebt, als wenn er seinen Schmerz zeigte.

Er erwähnte die Albträume nie, wenn er am nächsten Morgen aufwachte. Bei Tageslicht konnte er sich nicht überwinden, darüber zu sprechen. Aber sie wusste, dass die Erinnerungen immer da waren, dass sie ihn nie verlassen würden.

Manchmal hatte Mina sich gewünscht, sie könnte mit ihrer Schwiegermutter darüber sprechen, aber sie sahen sich nur selten und hatten sich nie richtig kennengelernt.

Selma wohnte noch in Nyköping, und mit ihr zu telefonieren war nicht ganz einfach, weil sie nur gebrochen Schwedisch sprach. Andreis rief sie zwar fast jeden Tag an, aber er fuhr nicht gern in die Stadt zurück, in der er groß geworden war. Außerdem war sie oft deprimiert und hatte Heimweh nach Bosnien, obwohl sie so viel Schreckliches in ihrer Heimat erlebt hatte.

Selma hatte die Flucht nie verwunden.

Jedes Mal, wenn Mina versuchte, mit Andreis darüber zu reden, sagte er, sie solle sich nicht einmischen. Seine Mutter habe zu viele schlimme Erinnerungen an den Krieg, es sei besser, nicht daran zu rühren. Solange sie ihre Pillen nehme, sei alles gut.

Nur Andreis' Bruder Emir hatte sie öfter getroffen, seit sie mit Andreis zusammen war. Er wohnte auch in Stockholm. Aber Emir mochte sie nicht. Er hatte sie von Anfang an nicht leiden können.

Emir machte keinen Hehl aus seiner Abneigung, aber Mina hatte sich immer gehütet, ein kritisches Wort über ihn zu sagen. Andreis würde alles für seinen jüngeren Bruder tun, er würde nie für Mina und gegen sein eigen Fleisch und Blut Partei ergreifen.

Die Rippen schmerzten zu sehr, sie konnte nicht sitzen bleiben. Mina stand auf, um sich eine neue Schmerztablette zu holen.

Das Handy auf dem Nachttisch vibrierte, sie hatte es für die Nacht stumm geschaltet, aber nicht ausgemacht.

Die Nachricht war von Andreis. Sie wollte sie nicht öffnen, aber sie konnte nicht anders. Als sie die MMS aufrief, erkannte sie das Gebäude auf dem Foto sofort.

Das Söderkrankenhaus. Das war dort, wo Mama lag. Er hatte irgendwie herausbekommen, wohin der Rettungswagen sie gebracht hatte.

Man konnte nicht vor Andreis fliehen. Er würde sie nie in Ruhe lassen.

Das Bild vor ihren Augen wuchs, bis ihr schwindlig wurde.

Wieder vibrierte das Telefon. Die neue SMS enthielt dieselbe Nachricht wie die früheren Male:

»*Komm zurück.*«

Bosnien

Januar 1993

Es war immer noch dunkel draußen, als Andreis von den Donnerschlägen erwachte. Es klang, als wäre ein schweres Gewitter aufgezogen, grelle Blitze vor dem Fenster tauchten den Raum in gespenstisches Licht.

Emir war auch aufgewacht und schrie wie am Spieß.

Die Tür ging auf, und Mama stürzte im Nachthemd herein. Sie nahm Emir hoch und rief Andreis zu:

»Komm schnell, wir müssen uns verstecken.«

Andreis folgte ihr barfuß im Schlafanzug. Papa schien nicht zu Hause zu sein, er konnte ihn nirgends entdecken.

Mama öffnete die Kellerluke in der Küche, unter der eine schmale Stiege in einen engen Raum führte, in dem sie im Sommer ihre Lebensmittel kühlten. Da unten gab es kein Licht.

Andreis starrte in die pechschwarze Dunkelheit.

»Geh runter«, rief Mama. Sie hatte Emir noch auf dem Arm.

Andreis traute sich nicht.

»Los geh!«, schrie Mama ihn an.

»Kommt ihr nicht mit?«

»Da ist nicht genug Platz für uns alle. Aber du bist dort unten sicher. Wir verstecken uns in der Vorratskammer.«

Sie klang vollkommen außer sich.

»Tu, was ich sage!«

Andreis wusste, dass er dort unten sterben würde, wenn er ohne Mama die Stufen hinunterging.

»Ich will nicht«, quengelte er. »Ich will bei dir bleiben.«

Der Garten vor dem Fenster leuchtete hell auf, dann gab es einen solchen Donnerschlag, dass das ganze Haus erzitterte.

Mama gab ihm eine Ohrfeige.

»Du gehst da jetzt runter!«

Andreis starrte sie an. Mama hatte ihn noch nie geschlagen, ihn nicht mal hart angefasst.

Emir brüllte aus vollem Hals.

Ein Lichtblitz erfüllte die Küche, dann kam eine neue Explosion. Es donnerte ununterbrochen, und gleichzeitig waren laute, pfeifende Geräusche zu hören, die in den Ohren wehtaten.

»Los!«

Andreis beeilte sich, die schmale Treppe hinunterzugehen, fest überzeugt, dass er die beiden nie mehr wiedersehen würde.

Alles Licht verschwand, als Mama die Luke schloss.

Andreis hockte sich in den kalten, feuchten Erdkeller und machte sich klein. Etwas huschte an seinem Fuß vorbei, und er zog die Beine noch enger an den Körper.

»Bitte, Mama«, flüsterte er vor sich hin. »Lass mich wieder raus.«

Er konnte nicht verhindern, dass ihm die Tränen übers Gesicht liefen, obwohl er schon ein großer Junge von sechs Jahren war. Er machte die Augen fest zu, damit er die pechschwarze Dunkelheit nicht sehen musste. Es roch muffig und unheimlich, er versuchte, durch den Mund zu atmen, um dem schrecklichen Geruch zu entgehen.

Die Feuchtigkeit hatte seinen dünnen Schlafanzug schnell durchdrungen, und er zitterte vor Kälte.

Er schlang die Arme um die Knie und wiegte sich vor und zurück. Obwohl er immer schneller atmete, bekam er nicht genug Luft.

Panik überfiel ihn.

Niemand würde ihn hier finden, falls das Haus von einer Granate getroffen wurde. Mama und Emir waren vielleicht schon tot. Papa wusste nicht, dass er unter der Luke im Fußboden saß.

Er war lebendig im Dunkeln begraben. Hier würde er nie wieder rauskommen.

Über seinem Kopf donnerte es wieder und wieder und wieder.

Andreis schrie wie noch nie in seinem Leben.

Montag

Kapitel 40

Nora hatte sich gerade an ihren Schreibtisch gesetzt, als Leila den Kopf zur Tür hereinsteckte.

Sie würden gleich nach Runmarö fahren, Nora wollte nur noch schnell einen Kaffee trinken und ein paar Mails durchsehen. Sie war den ganzen Morgen herumgerannt, um Julias Rucksack mit den richtigen Sachen zu packen und sie zur Schule zu bringen. Erst im letzten Moment hatte sie entdeckt, dass Julia auf einen Ausflug sollte, und Jonas war schon weg gewesen.

»Ich habe Hercos Geschichte mit dem gestohlenen Handy überprüft«, sagte Leila. »Er hat keine Anzeige erstattet.«

Leila war wie üblich viel früher gekommen als Nora. Normalerweise war sie schon um halb acht im Büro, oft nach einem langen Spaziergang mit Teddy oder einem Besuch im Fitnessstudio. Nora wollte lieber nicht darüber nachdenken, wie oft Leila in der Woche trainierte. Oder besser gesagt, wie wenig sie selbst in dieser Hinsicht tat.

»Das war natürlich gelogen«, sagte Nora. »Wundert dich das?«

Sie merkte, wie zynisch das klang, und sofort tat es ihr leid. Sie wollte nicht die Art von Staatsanwältin sein, die schon alles gehört und gesehen hatte, die sich über nichts mehr aufregte, wie erbärmlich es auch sein mochte. Es war wichtig, nicht abzustumpfen.

Das Telefon klingelte. Es war Thomas.

Sie hatte daran gedacht, ihn anzurufen, weil er am Samstag so niedergeschlagen geklungen hatte. Aber irgendwie war der Sonntag vergangen, ohne dass sie dazu gekommen war.

Sie nahm das Gespräch über die Lautsprecherfunktion an.

»Leila ist bei mir, nur dass du es weißt«, warnte sie ihn vor. »Sie hört alles mit, was du sagst.«

»Gut, denn das hier wird sie auch interessieren. Ich mache es kurz, ich muss gleich weg.«

Es war seiner Stimme nicht anzuhören, ob er sich inzwischen besser fühlte. Sie beschloss, ihn heute Abend von zu Hause aus anzurufen, wenn Julia im Bett war und sie ungestört reden konnten.

Leila nahm sich einen Stuhl und setzte sich.

»Schieß los«, sagte Nora.

»Ich habe ein paar Telefonate wegen Dino Herco geführt, dieses Zeugen, von dem du Samstag gesprochen hast.«

Nora warf ihrer Kollegin einen schnellen Blick zu. Hoffentlich nahm Leila es ihr nicht übel, dass sie ohne ihr Wissen mit Thomas über den Fall gesprochen hatte. Aber die Misshandlung fiel in den Zuständigkeitsbereich der Polizeidirektion Stockholm-Süd, es sollte also nichts dagegen einzuwenden sein. Trotzdem wollte sie natürlich nicht, dass Leila sich übergangen fühlte.

»Klingt ganz so, als hättest du etwas herausgefunden«, sagte Nora.

»Dino Herco ist in derselben Organisation wie Andreis Kovač, genau wie ich vermutet habe. Die beiden arbeiten eng zusammen.«

Bei Herco hatte es sich angehört, als seien sie höchstens flüchtige Bekannte.

Wieso überraschte sie das nicht?

»Die Jungs von der Drogenfahndung wussten genau, wer das ist«, sagte Thomas. »Dino Herco ist Kovačs Chauffeur und engster Vertrauter. Er begleitet Kovač wie ein Schatten, wohin er auch geht.«

»Gut, das zu wissen«, sagte Leila.

Nora verspürte einen Anflug von Ärger. So eine Information hätten sie längst erhalten müssen, jetzt standen sie in Thomas' Augen vermutlich wie Amateure da.

»Die beiden sind alte Jugendfreunde«, fuhr Thomas fort. »Sie sind in Nyköping auf dieselbe Schule gegangen, und die Familien kennen sich.«

Es gab keine Zufälle.

»Dino Herco ist so etwas wie Kovačs rechte Hand.« Er machte eine kurze Pause. »Die Kollegen von der Drogeneinheit halten beide Männer für sehr gefährlich.«

Nora wusste, dass der letzte Satz ihr galt.

»Vielen Dank für deine Hilfe, Thomas«, sagte sie und beendete das Gespräch.

»Das erklärt natürlich, warum er so vehement abgestritten hat, unser gesuchter Zeuge zu sein«, sagte Leila. »Er hat eine Mordsangst, Kovač könnte erfahren, dass er ihn hintergangen hat.«

»Hätten wir die enge Beziehung zwischen den beiden nicht während unserer eigenen Voruntersuchungen herausfinden müssen?«, machte Nora ihrem Ärger Luft.

Leila schüttelte sich. Ihr schien die Sache auch unangenehm zu sein.

»Danach haben wir doch nicht gesucht«, sagte sie. »Wir haben Kovač nicht überwachen lassen, weil es um Steuerbetrug ging. Hätte es sich um eine andere Ermittlung gehandelt, wegen Drogen oder Erpressung, wäre Hercos Name sicher aufgetaucht. Aber nicht bei dieser Art von Voruntersuchung. Außerdem haben wir nicht die Ressourcen dafür, du weißt doch selbst, wie es bei uns aussieht.«

Damit hatte sie recht, aber Nora war trotzdem frustriert, dass ihnen die Sachlage nicht bekannt gewesen war, als sie Herco ausgefragt hatten. Wahrscheinlich hatte er sich köstlich über sie amüsiert.

»Er hat der Frau seines Chefs das Leben gerettet, wagt aber nicht, dafür geradezustehen«, überlegte Leila laut. »Das sollten wir uns irgendwie zunutze machen.«

»Du meinst, einen Keil zwischen ihn und Kovač treiben?«

»Warum nicht? Alle scheinen vor dem Mann Angst zu haben.«

»Du solltest Herco vorladen und ihn richtig unter Druck setzen«, sagte Nora. »Ihm damit drohen, seinem Boss zu verraten, dass er es war, der Mina gerettet hat. Mal sehen, was er dann sagt.«

Leila war schon aufgestanden.

»Ich kümmere mich sofort darum.«

Kapitel 41

Die Sonne schien, als Nora und Leila den sorgsam geharkten Platz vor dem Friggagården überquerten. Am Fahnenmast wehte die schwedische Flagge. Heute war es nicht Anna-Maria, die ihnen die Tür öffnete, sondern eine Frau mit rundlicher Figur und auffallend hellem Haar. Sie führte sie in dasselbe Sprechzimmer wie am Samstag. Eine Vase mit rosa Tulpen stand auf dem Couchtisch neben dem Kachelofen. Die Blumen passten perfekt zur Farbe der Kacheln.

Mina saß im Sessel und ihr gegenüber ein Mann im grauen Anzug. Er erhob sich sofort, als Nora und Leila ins Zimmer kamen.

»Herman Wibom, Rechtsanwalt. Man hat mich zum Nebenklägerbeistand für Mina bestellt«, sagte er und streckte die Hand aus.

In seinem dreiteiligen Anzug mit Einstecktuch in der Brusttasche erinnerte Herman Wibom eher an einen netten alten Onkel. Er war grauhaarig, ein gutes Stück über sechzig und nicht besonders groß. Eine blaue Fliege komplettierte den Eindruck.

Nora hatte auf einen Juristen mit mehr Biss gehofft, jemanden, der Ulrika Grönstedt die Stirn bieten konnte. Aber der Nebenklägerbeistand wurde vom Gericht ausgewählt. Sie würde sich damit zufriedengeben müssen, dass überhaupt jemand da war, der Minas Interessen vertrat.

Der ihr die Kraft gab, gegen ihren Mann auszusagen.

»Ich habe Mina erklärt, dass ich die Aufgabe habe, sie durch das gesamte Verfahren bis zum Ende des Prozesses zu begleiten«, sagte Herman Wibom. »Sowohl in den polizeilichen Vernehmungen wie auch vor Gericht.«

Er nickte Mina zu.

»Ich habe ihr auch gesagt, dass es für sie kostenfrei ist und sie sich keine Sorgen wegen der Bezahlung machen muss.«

Der Staat kam für die Kosten des Nebenklägerbeistands auf. Es hatte lange gedauert, bis das entsprechende Gesetz verabschiedet worden war, aber nun war das klar geregelt.

»Wie geht es Ihnen heute?«, wandte Leila sich an Mina und nahm auf dem Sofa Platz. »Konnten Sie ein bisschen schlafen?«

»Ja.«

Leila versuchte, ein wenig mit ihr zu plaudern, aber Mina blieb stumm. Sie schien ganz darin versunken zu sein, die Knöpfe an ihrer blauen Strickjacke zu betrachten.

»Was ich am Samstag gesagt habe, das … das war nicht richtig«, sagte sie plötzlich mit dünner Stimme.

»Was denn?«, hakte Nora nach.

»Das über Andreis.«

Sie knöpfte die Jacke ein Stück auf, um sie gleich wieder zuzuknöpfen.

»Als ich gesagt habe, dass er mich geschlagen hat. So war das nicht.«

Leila fuhr zusammen, und Nora legte ihr die Hand auf den Arm.

»Wie war es dann?«, fragte sie sanft. »Was ist wirklich passiert?«

»Ich bin über den Staubsauger gefallen und habe mich verletzt. Andreis hatte nichts damit zu tun.«

Oh nein, dachte Nora. Tu uns das nicht an. Tu *dir* das nicht an.

»Mina«, sagte Leila. »Sie haben uns doch alles ganz genau geschildert. Wollen Sie damit sagen, Sie haben sich das ausgedacht?«

Mina brach in Tränen aus.

»Ich weiß nicht«, weinte sie mit den Händen vorm Gesicht. »Ich bin so durcheinander, ich kann überhaupt nicht mehr denken.«

Nora wechselte einen Blick mit Leila.

»Ich will nach Hause«, schluchzte Mina.

»Wollen wir vielleicht eine Pause machen?«, schlug Nora vor und wandte sich an Herman Wibom. »Können wir uns kurz unterhalten?«

Sie gingen hinaus in den Flur. Mina blieb im Zimmer zurück.

»Ich verstehe das nicht«, sagte Nora. »Als wir vorgestern hier waren, schien es so, als wäre sie bereit, vor Gericht gegen ihren Mann auszusagen. Sie hat uns die Misshandlung in allen Einzelheiten beschrieben, es kann gar keinen Zweifel daran geben, dass er schuldig ist.«

»Mina hat leider eine schlechte Nachricht erhalten«, sagte Wibom. »Ihre Mutter wurde am Samstagabend mit einem schweren Herzinfarkt ins Krankenhaus eingeliefert. Mina wagt nicht, zu ihr zu fahren, aus Angst vor ihrem Mann, aber sie ist sehr in Sorge und völlig aufgelöst.«

Er rückte seine Fliege zurecht.

»Was ja in Anbetracht der Umstände nicht verwunderlich ist«, fügte er hinzu.

»Weiß man, ob ihr Mann etwas damit zu tun hat?«, fragte Leila. »Vielleicht hat er nicht nur Mina bedroht, sondern auch ihre Eltern?«

»Davon ist mir leider nichts bekannt«, erwiderte Wibom. »Aber Mina nimmt sich den Zustand ihrer Mutter sehr zu Herzen. Ich glaube, sie gibt sich die Schuld für das, was passiert ist. Soweit ich mitbekommen habe, machen die Eltern sich große Sorgen um ihre Tochter. Das ist natürlich eine enorme Belastung für das angegriffene Herz der Mutter.«

»Dass sie ihren Mann in Schutz nimmt, macht die Sache nicht besser«, sagte Leila. »Wenn sie nicht gegen ihn aussagt, wird alles nur noch schlimmer werden.«

Nora holte tief Luft. Ohne Minas Mitwirkung würde es kein Verfahren wegen Misshandlung geben. Dann konnten sie auch nicht auf Hilfe im Verfahren wegen Steuerbetrugs hoffen.

Sie standen wieder ganz am Anfang.

»Können Sie nicht mit ihr reden?«, bat Leila. »Sie dazu bringen, dass sie sich uns gegenüber öffnet und erzählt, was sie weiß?«

Herman Wiborg machte ein betretenes Gesicht.

»Meine Aufgabe ist es, die Interessen meiner Mandantin wahrzunehmen«, sagte er. »Ich kann sie nicht zu etwas drängen, was sie nicht will.«

»In dem Fall ist das Beste, was Sie für Ihre Mandantin tun können, dass Sie sie dazu bringen, gegen ihren Mann auszusagen«, erwiderte Leila. »Andernfalls bringt er sie um.«

Kapitel 42

Nora schlug frustriert mit der Hand aufs Lenkrad. Sie wünschte, sie könnte den langsamen Bus überholen, aber auf der schmalen Landstraße war daran nicht zu denken.

Was für ein verschwendeter Vormittag. Mina hatte ihnen keinerlei verwertbare Informationen gegeben. Im Gegenteil, sie hatte ihnen deutlich gemacht, dass sie nicht daran dachte, an den weiteren Ermittlungen mitzuwirken.

Zwei Schritte zurück anstatt einen vorwärts, wie Nora gehofft hatte, als sie am Morgen aufgebrochen waren. Jetzt ruhte ihre Hoffnung auf Stefan Talevski, Minas Vater. Trotz einiger Bedenken hatten sie beschlossen, ihn aufzusuchen. Vielleicht konnte er ihnen helfen und seine Tochter zur Aussage überreden. Oder es selbst tun, wenn sie sich nicht traute.

Leila hatte von der Leitstelle erfahren, dass am späten Samstagabend ein Notruf aus dem Wohnumfeld von Minas Eltern eingegangen war. Ein Nachbar hatte Lärm und aufgeregte Stimmen gehört. Als die Polizeistreife im Körsbärsvägen 23 eintraf, fand sie die Glasscheibe der Haustür zerschlagen vor, aber es war niemand im Haus.

Fast gleichzeitig mit dem ersten Alarm hatte Stefan die 112 angerufen und um einen Rettungswagen für seine Frau gebeten.

Ursache und Wirkung.

Leila knabberte nachdenklich an einem Daumennagel. Sie hatte kaum ein Wort gesagt, seit sie von Stavsnäs losgefahren waren.

»Kovač muss nach unserem Besuch am Samstag Kontakt zu Mina gehabt haben«, sagte sie und brach das Schweigen. »Das ist die einzige Erklärung. Wahrscheinlich hat er so lange angerufen, bis sie rangegangen ist. Damit war der Zug abgefahren.«

Nora war zu demselben Schluss gekommen. Am liebsten hätte sie Minas Handy genommen und es ins Meer geworfen. Schon allein dadurch, dass sie es eingeschaltet ließ, machte sie sich zur Zielscheibe. Es war viel zu einfach, sie zu erreichen.

Bevor sie gegangen waren, hatte sie Anna-Maria gefragt; vielleicht wusste sie ja, ob Kovač während des Wochenendes Kontakt zu Mina gehabt hatte. Aber Anna-Maria hatte ausweichend geantwortet. Sie sollten Mina lieber selbst fragen, hatte sie gemurmelt.

»Ich verstehe nicht, warum sie den Kerl immer noch schützt«, schimpfte Nora und schaffte es endlich, den Bus zu überholen, als er in eine Haltestelle einschwenkte. »Sie hätte ihn längst verlassen sollen.«

Sie hupte den Fahrer vor ihnen an, der genauso gemütlich unterwegs war wie der Bus. Immer schön Tempo fünfzig, obwohl hier siebzig erlaubt war. Wieso mussten eigentlich alle Sonntagsfahrer gerade heute dieselbe Strecke fahren wie sie?

»Die beste oder eigentlich die einzige Möglichkeit für Mina, sich und ihre Familie zu schützen, ist doch, dass sie uns hilft, ihren Mann hinter Gitter zu bringen«, fuhr sie fort. »Ich begreife nicht, warum sie jetzt einen Rückzieher macht.«

»Das ist leichter gesagt als getan«, sagte Leila.

»Entschuldigung?«

Mit einer solchen Antwort hatte Nora nicht gerechnet. Im Krankenhaus hatte Leila fast zu sehr darauf gedrängt, dass Mina gegen ihren Mann aussagte.

»Verteidigst du ihre Entscheidung?«

»Keine Frau will sich eingestehen, dass sie mit einem Mann zusammen ist, der sie schlägt«, sagte Leila. »Deshalb redet sie sich die ganze Zeit ein, dass er sich ändern wird, und deshalb bleibt sie bei ihm.«

»Ihr muss doch klar sein, dass das in diesem Fall nicht passieren wird.«

Minas Patientenakte sprach ihre eigene deutliche Sprache.

»Insgeheim weiß sie das natürlich«, sagte Leila.

Sie zog an ihrem langen Zopf.

»Die Männer wissen auch, dass es falsch ist. Man schlägt keine Frau, das lernen die meisten schon als kleine Jungs.«

»Trotzdem tun sie es«, sagte Nora. »Ich verstehe wirklich nicht, wie die noch in den Spiegel schauen können.«

»Sie finden Ausreden.«

Leila machte eine kleine Pause.

»Sie entwickeln verschiedene Strategien, um die Gewalt zu rechtfertigen, weil sie wissen, dass die Gesellschaft sie verurteilt. Wahrscheinlich verurteilen sie sich selbst auch, in gewissem Sinne. Wenn man sie direkt danach fragt, finden fast alle Männer, dass es falsch ist, in einer Beziehung Gewalt anzuwenden.«

»Offenbar nicht falsch genug«, sagte Nora. »Sonst würden sie ja damit aufhören.«

Die Brücke über den Strömma-Kanal tauchte vor ihnen auf, und sie nahm den Fuß vom Gas. Ein Segelboot ohne Mast lag an der Bootstankstelle vertäut. Es sah deprimierend verstümmelt aus.

»Das Problem ist, dass diese Sorte Männer das nicht schafft«, sagte Leila. »Es erfordert Mut, sich mit seinem eigenen Verhalten auseinanderzusetzen, und gewalttätige Männer haben einfach Angst.«

Leila hörte sich an, als zitierte sie aus einem Psychoratgeber.

»Woher weißt du das alles?« Nora musste das fragen.

»Ich hatte ein paar Einführungskurse in Psychologie an der Uni belegt, bevor ich mich an der Polizeihochschule beworben habe.«

»Hattest du vor, Psychologie zu studieren?«

»Nein, das war nicht unbedingt deswegen …«

Nora warf ihr einen schnellen Seitenblick zu. Da steckte mehr hinter Leilas Kenntnissen als reine Wissbegier.

Nach einer Weile begann Leila zu erzählen.

»Mein Vater hat meine Mutter geschlagen, als ich klein war«, sagte sie leise. »Es war furchtbar. Wenn wir Kinder im Bett lagen, hörten wir sie in der Küche weinen. Je mehr sie weinte, desto wütender wurde er, als würde ihre Verzweiflung ihn provozieren, obwohl er sie verursacht hatte.«

Sie schob die Hände unter ihre Schenkel und hielt sich am Sitz fest.

»Mama war so einsam, es gab niemanden, an den sie sich wenden konnte. Meine Eltern waren aus dem Iran eingewandert, und sie konnte kaum Schwedisch. Von ihrer Familie und ihre Freundinnen war niemand hier, um ihr beizustehen.«

Nora hätte gern die Hand auf Leilas Arm gelegt, aber sie behielt die Hände am Lenkrad.

»Was ist dann passiert?«, fragte sie stattdessen.

»Sie haben sich scheiden lassen, als ich fünf war. Mama bekam Hilfe von einer Frauenorganisation, sie lernte Schwedisch und fand einen Job.«

In der Art, wie Leila über ihre Mutter sprach, schwang unverkennbar Stolz mit. Ihre Stimme wurde wärmer, ihr Gesichtsausdruck weicher.

»Heute arbeitet sie als Dolmetscherin«, fuhr sie fort. »Mama hat sich schon immer sehr für Sprachen interessiert. Sie spricht fünf Sprachen fließend: Farsi, Schwedisch, Englisch, Französisch und Arabisch.«

»Und wie ist es deinem Vater ergangen?«

»Nicht so gut. Er ist nie richtig in Schweden angekommen. Eigentlich gefällt es ihm hier nicht, aber er kann auch nicht wieder zurück. Er gehört nirgendwohin.«

Es hatte angefangen zu nieseln. Die Windschutzscheibe füllte sich mit weichen grauen Punkten.

»Vor der Flucht war Papa nicht so«, sagte Leila. »Irgendwas ist passiert, als sie hierherkamen. Ich glaube, er hat nicht verkraftet, dass er seinen alten Status verloren hat. Im Iran hatte er einen Universitätsabschluss und einen guten Job als Lehrer. Hier in Schweden zählte das nicht, hier war er gar nichts. Und das Geld war immer knapp. Es war unmöglich, eine Arbeit zu finden, die seinen Qualifikationen entsprach. Heute fährt er Taxi.«

»Habt ihr noch Kontakt?«, fragte Nora.

»Ja, aber nicht mehr so oft. Es ist zu schwierig. Ich kann nicht akzeptieren, wie er meine Mutter behandelt hat …«

Die Kinder waren immer die Leidtragenden. Trotzdem gaben viele Frauen, die trotz allem bei ihrem Mann blieben, als Begründung an, dass sie es wegen der Kinder taten.

»Hat er dir jemals einen Grund für sein Verhalten genannt? Warum er gewalttätig war?«, fragte Nora nach einer Weile.

Sie passierten Fågelbro, jetzt hatten sie die Straße für sich allein.

»Wir haben eigentlich nie darüber geredet.«

Leilas Blick wurde abwesend, als wäre sie halb in ihrer Kindheit, halb in der Gegenwart.

»Ich glaube, mein Vater hatte Angst, dass meine Mutter ihn verlassen könnte«, sagte sie schließlich. »Er hat gespürt, dass er in ihrer neuen Lebenssituation nicht gut genug für sie war, in diesem neuen Land, in dem alles so anders ist als zu Hause. Deshalb hat er zu echt krassen Mitteln gegriffen, um die Situation unter Kontrolle zu behalten, obwohl es offensichtlich war, dass er sie damit erst recht von sich wegtrieb.«

Leila fuhr sich mit dem Finger unter der Nase entlang.

»Er war so verzweifelt, dass er da nicht mehr rausgefunden hat«, sagte sie. »Das soll keine Entschuldigung sein, aber es macht es leichter, zu verstehen, was passiert ist. Papa war so voller Frust, und der einzige Mensch, an dem er sich abreagieren konnte, war Mama.«

Nora wollte etwas Mitfühlendes sagen, aber alle Formulierungen kamen ihr platt und bedeutungslos vor. Leila musste es in ihrer Kindheit furchtbar schwer gehabt haben. Wie sollte Nora, die in der größten Geborgenheit aufgewachsen war, die man sich vorstellen konnte, sich in Leilas Situation hineinversetzen können?

»Glaubst du, dass Andreis Kovač sich deshalb Mina gegenüber so verhält?«, fragte sie stattdessen.

»Dafür gibt es sicher viele Erklärungen. Wer weiß, was er während des Balkankriegs alles mitgemacht hat, bevor die Familie hierherkam. Er trägt bestimmt genug schreckliche Erinnerungen und seelische Verletzungen mit sich herum. Frühe Traumata können einen Menschen fürs Leben schädigen.«

»Das ist keine Entschuldigung.«

Dasselbe ließe sich auch über Leilas Vater sagen. Nora erkannte ihre Ungeschicklichkeit im selben Moment, als sie das sagte.

»Oder vielleicht liegt es auch in seiner Persönlichkeit«, sagte Leila. »Ohne Untersuchung kann man keine Diagnose stellen, so viel habe ich in meinen Kursen gelernt. Nicht alles lässt sich mit einer schlimmen Kindheit erklären. Es gibt unendlich viele Faktoren, die auch noch hineinspielen, angefangen bei den Genen bis hin zu zufälligen Ereignissen. Menschen sind kompliziert.«

Nora bremste ab und bog in den Kreisverkehr hinter dem Golfklub Värmdö ein. Minas Eltern wohnten in Skuru, einer der Autobahnabfahrten Richtung Stockholm. In weniger als einer Viertelstunde würden sie dort sein.

Sie hoffte inständig, dass der Vater mit sich reden ließ und bereit war, seine Tochter zu einer Aussage zu bewegen. Ihr fiel keine andere Lösung ein, um Mina von ihrem Entschluss abzubringen.

Kapitel 43

Ulrika Grönstedt war auf dem Weg zum Oberlandesgericht, als ihr Handy klingelte. Ihre hohen Absätze klapperten über das Steinpflaster des Birger Jarls Torg. Sie eilte über den großen Platz, so schnell es ihr enger schwarzer Rock zuließ. In der Mittagspause hatte sie Fiona zu ihrem Impftermin gefahren, und jetzt war sie spät dran. Die Hauptverhandlung sollte in fünfzehn Minuten beginnen, und vorher musste sie noch kurz mit ihrem Mandanten sprechen.

Ulrika kramte das Telefon aus der Handtasche.

»Hallo?«, meldete sie sich atemlos und strebte im Laufschritt auf das stattliche Wrangelsche Palais zu, in dem das Oberlandesgericht untergebracht war.

»Haben Sie was von Mina gehört?«

Andreis Kovač. Er hielt es nicht für nötig, sich mit Namen zu melden, obwohl seine Rufnummer unterdrückt war. Kovač ging davon aus, dass sie ihn an der Stimme erkannte.

»Wer ist da?«, fragte Ulrika, was aber eher als Scherz gedacht war.

Der Scherz kam nicht an.

»Wissen Sie, wo sie steckt?«

»Ist sie noch nicht wieder zu Hause?«, fragte sie.

»Dann würde ich Sie ja wohl kaum anrufen.« Er stieß einen Fluch aus. »Sie ist immer noch verschwunden.«

Am Wochenende hatte Ulrika die Gedanken an ihren heißblütigen Mandanten beiseitegeschoben und gehofft, dass sich das Problem mit seiner Frau von selbst löste.

Offenbar nicht.

Sie packte die schwere Tasche fester, in der sie Akten und das Notebook verstaut hatte.

»Haben Sie mal bei ihren Freundinnen nachgefragt?«

»Die wissen offenbar nichts. Ihre Eltern auch nicht.«

Die Art, wie er Letzteres sagte, ließ Ulrika Böses ahnen.

»Wann haben Sie mit Ihren Schwiegereltern gesprochen?«, fragte sie.

»Ist doch egal.«

»Ist was passiert?«

»Die wissen nicht, wo sie ist.«

Ulrika hatte die Steintreppe erreicht. Manchmal war es besser, nicht nachzufragen.

»Haben Sie denn versucht, Ihre Frau zu erreichen?«, sagte sie stattdessen. »Geht sie nicht ans Telefon?«

»In den letzten Tagen nicht.«

»Haben Sie es mit SMS versucht?«

Ulrika blickte wieder auf ihre Armbanduhr, in weniger als zehn Minuten wurde die Sitzung eröffnet. Sie musste schnellstens zum Ende kommen und durch das massive Portal hineingehen.

»Sie sind Anwältin«, erwiderte Kovač. »Es ist Ihr Job, die Sache in Ordnung zu bringen. Sie kann nicht einfach mit Lukas abhauen, er ist auch mein Sohn.«

Ulrika blieb auf der letzten Treppenstufe stehen.

»Ich habe eine Idee«, sagte sie. »Lassen Sie mich ein paar Sachen überprüfen. Kommen Sie heute Nachmittag um halb fünf in mein Büro.«

Kapitel 44

Als sie in den Körsbärsvägen einbogen, war Nora überrascht von der Idylle vor ihren Augen. Alle Häuser in der Straße schienen einen gepflegten Rasen mit Apfelbäumen zu haben. In einem Monat würde das hier ein Blütentraum sein.

»Hast du gesehen?«, sagte Leila und zeigte auf die Haustür.

Die Milchglasscheibe in der oberen Türhälfte war eingeschlagen worden, jemand hatte das klaffende Loch mit Pappe verschlossen. Auf der kleinen Treppe davor lagen Glasscherben.

»Was hier wohl passiert ist?«, wunderte sie sich.

Sie ging näher heran und betrachtete die kaputte Tür eingehend.

»Da gehört schon was dazu, eine so dicke Scheibe einzuschlagen.«

Nora schob ein paar Scherben mit dem Fuß beiseite.

»Was hältst du von dieser Theorie«, sagte Leila. »Andreis Kovač war hier und hat seine Schwiegereltern bedroht. Die Mutter hat daraufhin einen Herzinfarkt bekommen, und als Mina davon gehört hat, war sie so in Angst, dass sie sich nicht mehr getraut hat, mit uns zu reden.«

»Das würde zweifellos eine Menge erklären.«

»Wollen wir hoffen, dass der Vater ein bisschen gesprächsfreudiger ist als seine Tochter«, sagte Leila und drückte auf den Klingelknopf.

Man hörte es drinnen läuten, aber niemand machte auf.

Leila hatte auf der Fahrt hierher im Krankenhaus angerufen, und dort hatte man ihr bestätigt, dass Stefan Talevski für ein paar Stunden nach Hause gefahren war, um sich auszuruhen. Er sollte jetzt also eigentlich zu Hause sein.

Sie klingelte wieder. Endlich, nach dem vierten Klingeln, stand Stefan in der Tür.

Minas Vater sah mitgenommen aus. Die Haare waren zerwühlt und das Kinn von grauweißen Bartstoppeln bedeckt. Als sie ihn das letzte Mal gesehen hatten, war er ein anderer Mann gewesen.

»Was wollen Sie?«, fuhr er sie an.

»Hätten Sie vielleicht ein paar Minuten Zeit, mit uns zu reden?«, fragte Leila. »Es geht um Ihren Schwiegersohn.«

Die Angst, die in seinen Augen aufzuckte, bestätigte ihre Vermutungen.

Kovač war tatsächlich zu Minas Eltern gefahren und hatte sie bedroht.

»Das passt heute nicht«, murmelte Stefan.

»Es dauert nicht lange«, sagte Nora.

»Niemand wird erfahren, dass wir hier gewesen sind«, ergänzte Leila. »Aber es ist wohl besser, Sie lassen uns herein.«

Sie machte eine ausladende Handbewegung.

»Falls jemand sich fragen sollte, warum wir hier vor Ihrer Haustür stehen.«

Stefan strich sich über die Stirn. Dann trat er zur Seite, um sie einzulassen.

Auch in der Diele lagen Glasscherben. In der Ecke stand ein weißer Handfeger mit passender Kehrschaufel.

»Kann ich Ihnen einen Kaffee anbieten?«, fragte Stefan und ging voraus in die blitzblanke Küche.

Die Einrichtung war gemütlich und hübsch, mit den typischen Schwedenmöbeln aus hellem Holz. Nora erkannte das beige Ecksofa aus dem Ikea-Katalog wieder, es war eins der beliebtesten Modelle.

Ein gepflegtes Mittelschicht-Zuhause.

Stefan füllte die Kaffeemaschine mit Kaffeemehl und Wasser, suchte drei blaue Kaffeebecher aus dem Schrank hervor und stellte sie auf den Küchentisch. Alles sehr gewissenhaft, offensichtlich wollte er Zeit gewinnen, um keine Fragen beantworten zu müssen.

»Wie geht es Ihnen?«, fragte Nora.

Stefan hantierte weiter an der Anrichte, die Schultern bis zu den Ohren hochgezogen. Er bewegte sich hölzern, als erinnerte er sich nicht mehr genau, welcher Teil des Körpers welche Aufgabe hatte.

»Haben Sie Kinder?«, fragte er zurück, ohne den Kopf zu drehen.

Nora hielt drei Finger hoch.

»Zwei Söhne und eine Tochter«, sagte sie. »Die Jungs sind zwanzig und sechzehn, Julia wird bald sieben, eine kleine Nachzüglerin.«

Stefan drehte sich um.

»Mina ist unser einziges Kind. Man glaubt, man kann sie vor allem Bösen beschützen, dafür sorgen, dass ihr niemals jemand wehtut …«

Seine Stimme versagte.

»Wir haben uns geirrt«, sagte er heiser.
Der letzte Kaffee tröpfelte in die Kanne.
»Was ist mit Ihrer Haustür passiert?«, fragte Nora.
»Das war ein Versehen.«
»Was denn für ein Versehen?«
Stefan suchte nach Worten.
»Irgendwelche Kinder, die mit Steinen geworfen haben. Ich muss einen Glaser bestellen, aber ich hatte noch keine Zeit.«
Er schenkte ihnen Kaffee ein und stellte die Kanne zurück.
»Wie geht es Ihrer Frau?«, fragte Leila. »Wir haben gehört, sie liegt im Krankenhaus.«
Stefans blasses Gesicht verlor noch mehr Farbe.
»Woher wissen Sie das?«
»Wir waren am Vormittag bei Mina«, sagte Leila.
»Mina?« Er sank auf einen der Küchenstühle. »Hat sie das erzählt? Sie sollte doch nicht …«
Er biss sich auf die Zunge.
»Was wollten Sie sagen?«, hakte Leila nach.
Minas Vater verbarg das Gesicht in den Händen.
»Wir würden es auch gerne von Ihnen hören«, sagte Leila sanft. »In Ihren eigenen Worten. Trauen Sie sich das zu?«
»Wenn Katrin stirbt, hat er sie auf dem Gewissen …«, murmelte Stefan durch die Finger. »Er ist eine Bestie.«
»Erzählen Sie doch bitte von Anfang an«, bat Nora.
Stefans Blick wanderte durch die offene Küchentür zum Hauseingang. Er ballte die Fäuste, dass die Fingerknöchel unter den dünnen blauen Adern weiß hervortraten.
»Ich sollte erst mit Mina sprechen«, sagte er und stand auf, als habe er bereits zu viel gesagt. »Ich muss auch wieder zurück ins Krankenhaus. Vielleicht können wir uns ein andermal unterhalten?«
Er warf sie geradezu raus, noch bevor sie ihren Kaffee anrühren konnten.
Als die Haustür hinter ihnen ins Schloss fiel, seufzte Leila.
»Noch einer, der Todesangst vor Andreis Kovač hat.«
Nora knetete den Autoschlüssel.
»Keine Sorge«, sagte sie. »Wir bringen ihn hinter Gitter.«

Bosnien

Februar 1993

Selma saß mit einer alten Zeitschrift auf dem Sofa im Wohnzimmer. Sie hatte schon lange nicht mehr umgeblättert, starrte nur auf die aufgeschlagenen Seiten und horchte auf ihren nervösen Puls.

Die Angst war so sehr zum Normalzustand geworden, dass sie nicht mehr wusste, wie es früher gewesen war. Trotzdem war die Hilflosigkeit am schlimmsten. Dass sie nichts tun konnte, dass ihr Schicksal von Faktoren bestimmt wurde, auf die sie keinen Einfluss hatte.

Das Telefon klingelte.

Selma wusste, dass es ihre Schwester war. Sie rief meistens um diese Zeit an, um sie zur Flucht zu drängen. Sie wollte, dass sie zu ihr nach Kroatien kamen, bis sich alles wieder beruhigt hatte. Ihre Eltern saßen immer noch in Sarajevo fest, es war Monate her, seit sie zuletzt von ihnen gehört hatten.

Vielleicht waren sie längst tot.

Selma hatte nicht mehr die Kraft, sich die Nachrichtensendungen anzusehen, in denen sie Beiträge über Sarajevo brachten und über die Not und den Hunger in der belagerten Stadt berichteten. Die Einwohner waren jetzt bald seit zehn Monaten eingesperrt und dem Bombardement ausgesetzt. Ihr Vater war fast siebzig und ihre Mutter, die Diabetes hatte, sechzig. Die Chance, dass sie überlebt hatten, war sehr gering. Tief im Herzen wusste Selma das, aber sie versuchte trotzdem, nicht daran zu denken.

Das Dorf, in dem Tante Jasmina und Onkel Adnan wohnten, war auch angegriffen worden, genau wie befürchtet. Sie waren nicht zu erreichen, Selma hatte viele Male versucht, sie anzurufen, war aber nicht durchgekommen. Die wenigen Informationen, die durchsickerten, waren so furchtbar, dass sie nicht glauben konnte, was man sich zuflüsterte.

Selma fröstelte. Sie rieb sich die Hände, um sie zu wärmen, aber es half nicht viel.

Andreis saß am Fenster und schaute hinaus in den verschneiten Garten.

Das einzig Gute an dem Schnee war, dass er den Tag heller machte. Der Strom kam und ging, manchmal erleuchteten Raketen den Himmel, aber dann versteckten sie sich im Vorratsraum und hofften, dass es bald vorüber war.

Letzte Nacht war Andreis zu ihr ins Bett gekrochen, wo schon Emir lag, weil es im Gitterbett zu kalt für ihn war. Sie hatten sich alle drei eng aneinandergekuschelt. Ihr hübscher kleiner Junge hatte neuerdings Angst im Dunkeln. Er wagte es nicht mehr, nachts allein zu bleiben, und weigerte sich, in das Kellerloch unter der Küche zu gehen, obwohl es der sicherste Platz im Haus war. Er hatte Albträume und bekam grundlos heftige Wutanfälle.

Zlatko war nachts oft weg, aber Selma wagte nicht zu fragen, wo er sich aufhielt. Er war selten nüchtern, wenn er nach Hause kam, und immer sehr reizbar.

Sie hatten aufgehört, miteinander zu reden.

Je mehr er ihre stummen Vorwürfe spürte, desto aggressiver wurde er. Manchmal wünschte sie fast, er hätte kein schlimmes Bein und wäre eingezogen worden, so wie die meisten anderen Männer. Es wäre leichter, wenn er an der Front kämpfen würde. Dann könnte sie sich Sorgen um seine Sicherheit machen anstatt darüber, dass er betrunken und gewalttätig war, wenn er nach Hause kam.

Selma sah, wie Andreis drüben am Fenster seine kalten Fingerspitzen anhauchte. Sie wusste, dass er fror, obwohl er lange Unterhosen und zwei Pullover übereinandertrug. Sie hoffte, dass er nicht auch noch hungrig war, das bisschen, das sie noch zu essen hatten, musste für alle reichen.

Es klopfte an der Tür.

Blanka trat ein und brachte die Kälte mit. Sie trug eine dicke Jacke, die ihr viel zu groß war. Ihre Wangen waren rot und die Augen weit aufgerissen.

»Hast du gehört, was in Gornji Vakuf passiert ist?«, rief sie, noch bevor sie den Schal abgenommen hatte.

Selma legte die Zeitschrift weg, in der sie ohnehin nicht las.

»Ich will nicht noch mehr Schreckensnachrichten hören«, sagte sie. »Bitte erzähl mir lieber was Erfreuliches.«

In Blankas Gesicht las sie, dass sie darauf nicht zu hoffen brauchte. Ihre Freundin war kurz davor, in Tränen auszubrechen.

»Kroatien hat die bosnische Armee angegriffen!«, schluchzte sie. »Jetzt sind wir auch mit Kroatien im Krieg.«

»Das ist doch nicht möglich!«

Selma wurde schlecht. Hatte ihre Schwester deshalb versucht, sie vorhin anzurufen? Um das Unvorstellbare zu berichten?

»Der HVO ist unser Verbündeter«, flüsterte sie. »Wir kämpfen zusammen gegen die Serben.«

Blanka sank aufs Sofa und schlug sich die Hand vor den Mund, als habe sie Mühe, die Fassung zu bewahren.

»Jetzt kämpft jeder gegen jeden«, sagte sie leise.

Selmas Wangen waren bereits nass.

Blanka streckte die Hand aus und legte sie auf Selmas.

»Es gibt keine Hoffnung mehr für unser Land. Wir werden in diesem Krieg alle sterben.«

Kapitel 45

Nora gähnte, es war höchste Zeit, nach Hause zu fahren. Sie schlug die Prozessakte zu, die sie in der letzten Stunde durchgearbeitet hatte, und legte sie in den Dokumentenschrank hinter ihrem Schreibtisch.

Es war eine relativ einfache Anklage, aber sie hatte Mühe gehabt, sich auf die Details zu konzentrieren. Minas Fall schlich sich immer wieder in ihre Gedanken, obwohl sie in den letzten Tagen schon viel zu viel Zeit dafür aufgewendet hatte. Jonathan würde kein Verständnis dafür haben, wenn sie ihre anderen Verfahren deswegen vernachlässigte. Die Statistik über abgeschlossene Fälle wurde genau beobachtet, nicht zuletzt wegen der jüngsten Zeitungsberichte über die langen Bearbeitungszeiten bei der EBM. Sie hatten viel Kritik dafür einstecken müssen, dass die Voruntersuchungen sich so lange hinzogen, bis Anklage erhoben wurde.

Das Festnetztelefon klingelte. Nora hob ab, die Nummer auf dem Display sagte ihr nichts.

»Hier ist Herman Wibom«, sagte eine sonore Stimme. »Ich hoffe, ich störe nicht?«

Minas Rechtsbeistand klang genauso, wie er aussah.

»Keineswegs«, erwiderte sie höflich und lehnte sich zurück.

Sie standen schließlich auf derselben Seite. Und sie brauchte ihn, damit er Mina dazu brachte, gegen ihren Mann auszusagen.

»Ich habe gerade mit Ulrika Grönstedt telefoniert«, sagte Wibom. »Sie ist die Anwältin von Andreis Kovač.«

»Ja, das ist mir bekannt.«

»Man hat sie davon unterrichtet, dass ich Minas Nebenklägerbeistand bin.«

»Aha?«

Nora versuchte, ihn nicht zur Eile zu drängen, aber er war so umständlich. Kommen Sie zur Sache, hätte sie am liebsten gesagt, aber das kam natürlich nicht infrage.

Er war wie ein altes Relikt aus dem achtzehnten Jahrhundert, mit einer etwas angestaubten Ausdrucksweise.

»Die Sache ist die, dass sie ein Ultimatum gestellt hat.«

Nora setzte sich aufrecht hin.

»Wie bitte?«

»Sie behauptet, Mina habe den Sohn ihres Mandanten ohne dessen Erlaubnis mitgenommen und damit eine Straftat begangen.«

Herman Wibom seufzte.

»Falls Mina den Jungen nicht in die Obhut des Vaters zurückgibt, wird Frau Grönstedt im Auftrag ihres Mandanten Strafanzeige gegen sie erstatten.«

Das konnte nicht wahr sein.

»So hat sie es mir mitgeteilt«, sagte Wibom.

»Das ist ja ein starkes Stück«, rutschte es Nora heraus. »Ulrika Grönstedts Mandant hat seine Ehefrau grün und blau geschlagen. Und jetzt will er sie anzeigen, weil sie aus Angst um ihr Leben die gemeinsame Wohnung verlassen hat?«

Herman Wibom klang zutiefst unglücklich, als er fortfuhr:

»Sie verweist auf Kindesentzug.«

»Das ist ja wohl ein Witz!«

Ulrika Grönstedt wollte das Strafgesetzbuch bemühen, um Mina zu zwingen, zu dem abscheulichen Kerl zurückzukehren.

Nora griff nach dem blauen Gesetzbuch und blätterte hastig das siebte Kapitel auf, in dem Straftaten gegen die Familie geregelt waren.

Der Text in § 4 war eindeutig:

Wer unbefugt ein Kind unter fünfzehn Jahren von der Person trennt, die das Sorgerecht für das Kind innehat, wird wegen Kindesentziehung zu einer Geldstrafe oder zu einer Freiheitsstrafe von höchstens einem Jahr verurteilt, sofern die Tat kein Verbrechen gegen die persönliche Freiheit darstellt. Dasselbe gilt, wenn die Person, die gemeinsam mit einer anderen Person das Sorgerecht für ein Kind unter fünfzehn Jahren innehat, das Kind ohne wichtigen Grund vom anderen Sorgerechtsinhaber trennt.

Sie überflog rasch den Rest und blieb beim letzten Absatz hängen:

In schweren Fällen gemäß Absatz eins oder Absatz zwei ist auf eine Freiheitsstrafe von mindestens sechs Monaten bis höchstens vier Jahren zu erkennen.

»Ulrika Grönstedt hat mehrfach betont, dass die Mutter das Kind ohne Erlaubnis des Vaters mitgenommen hat«, sagte Herman Wibom. »Er wird für sein Recht kämpfen, das hat sie wörtlich gesagt.«

»Das kann nicht ihr Ernst sein«, sagte Nora. »Mina hatte einen *wichtigen Grund* im Sinne des Gesetzes, Lukas mitzunehmen, wie kann es daran irgendeinen Zweifel geben?«

»Die Eltern haben das gemeinsame Sorgerecht, soweit ich weiß. Laut Anwältin Grönstedt widersetzt sich der Ehemann der Tatsache, dass Mina den kleinen Lukas aus seinem Elternhaus entfernte. Wie sie betonte, flehte er seine Frau wiederholt an, mit dem Sohn zurückzukommen. Mina kam seiner Bitte allerdings nicht nach.«

Sogar jetzt musste er sich ausdrücken wie ein juristisches Fachbuch.

»So wie ich die Sache sehe, gibt es gegenwärtig keinen Beweis dafür, dass der Ehemann Mina misshandelt hat, und Mina selbst bestreitet den Vorfall. Damit kann das Gericht diesem Umstand keine Beachtung schenken.«

Theoretisch hatte Wibom recht.

Mina hatte ihre Aussage, sie sei im Haushalt gestürzt, nicht offiziell widerrufen. Solange sie sich weigerte, ihren Mann zu belasten, konnte sie sich nicht auf Misshandlung als Grund dafür berufen, dass sie ihn verlassen und Lukas mitgenommen hatte.

Aber dass dies als Begründung dienen sollte, ihr den Sohn wegzunehmen, war nicht akzeptabel.

Wenn Mina bisher schon Angst gehabt hatte, gegen ihren Mann auszusagen, dann war das nichts gegen die Situation, in der sie jetzt steckte.

Zwar war es Ulrika Grönstedts Aufgabe, die Interessen ihres Mandanten wahrzunehmen, aber das hier war eine Gemeinheit, wie Nora sie selten erlebt hatte. Besaß die Frau kein Ehrgefühl? War sie wirklich bereit, bis zum Äußersten zu gehen, um Kovač zu helfen, seine Frau und seinen Sohn zurückzuholen?

Sie kannte ihren Mandanten doch, musste doch wissen, aus welchem Holz der Kerl geschnitzt war.

»Das ist vollkommen absurd«, sagte sie und schlug das Gesetzbuch mit einem Knall zu.

Was sagte die Praxis über einen solchen Fall? Nora hatte keine Ahnung, sie hatte nie mit Familienrecht oder Sorgerechtsverfahren zu tun gehabt. Bevor sie zur EBM kam, war sie fünfzehn Jahre lang Justiziarin bei einer Bank gewesen.

Ein paar Kollegen gingen auf dem Flur vorbei, ihre angeregte Unterhaltung drang bis in Noras Zimmer.

Herman Wibom klang bedrückt, als er wieder das Wort ergriff.

»Ulrika Grönstedt hat betont, dass die Chancen für die Mutter im Fall eines Sorgerechtsstreits nicht gut stehen. Auch wenn Minas Handeln die strafrechtlichen Kriterien wohl kaum erfüllen dürfte, kann sie das Sorgerecht durchaus verlieren, falls die Sozialbehörde zu einer anderen Einschätzung kommt.«

Er räusperte sich.

»Ich dachte, Sie sollten wissen, wie die Dinge liegen. Auch im Hinblick darauf, was Sie mir heute Morgen bezüglich Mina gesagt haben. Dass ich sie dazu bewegen soll, ihren Mann zu belasten.«

Nora hegte keine großen Hoffnungen, dass Ulrika Grönstedts neue Drohung Mina geneigter machen würde, Kovač zu belasten.

»Haben Sie schon mit ihr darüber gesprochen?«, fragte sie.

»Ich wollte ihr das nicht am Telefon mitteilen. Heute ist es zu spät, aber ich werde morgen hinfahren. Ich glaube, es ist besser so.«

Nora schob das Gesetzbuch weg. Ihr war danach, auf irgendwen oder irgendwas einzuschlagen, aber sie wusste nicht recht, auf wen oder was.

»Hatte Ulrika Grönstedt noch mehr auf Lager?«, fragte sie.

»Sie verlangt, dass Mina Lukas innerhalb von drei Tagen an den Vater zurückgibt, spätestens am Donnerstag.«

»Sonst passiert was?«

»Sonst erstattet sie Anzeige bei der Polizei, außerdem will sie dann beantragen, dem Vater das alleinige Sorgerecht zu erteilen.«

»Das alleinige Sorgerecht«, wiederholte Nora.

»Weil die Mutter weder zuverlässig ist noch bereit, mit dem Vater des Kindes zu kooperieren. Es tut mir leid, aber das waren ihre Worte.«

Kapitel 46

Leila öffnete die Tür zum Vernehmungsraum der EBM, in dem Dino Herco bereits wartete. Sie hatte ihn absichtlich ein bisschen zappeln lassen, es konnte nicht schaden, Stärke zu zeigen.

Er war ohne Anwalt gekommen. Interessant. Wahrscheinlich wollte er, dass so wenige Leute wie möglich von der Vorladung erfuhren. Oder vielleicht hoffte er auch, dass es eine einmalige Sache wäre und sie das Interesse an ihm verlören, wenn er seine Lügen nur oft genug wiederholte.

Was auch immer der Grund sein mochte, sie hatte auf jeden Fall vor, die Situation auszunutzen.

Leila begrüßte ihn und nahm an dem rechteckigen Tisch Platz. Jemand hatte die Tischplatte mit einem spitzen Gegenstand aufgekratzt.

Sie sprach die obligatorischen Angaben ins Aufnahmegerät und schlug den Aktenordner vor sich auf, während sie überlegte, wie sie die Vernehmung am besten beginnen sollte. Sie hatte versucht, einen Kollegen dazuzuholen, aber es war keiner verfügbar. Dann musste es eben so gehen. Immer noch besser, als die Befragung auf morgen zu verschieben.

Dino Herco rutschte die ganze Zeit auf seinem Stuhl herum, er saß nicht eine Minute lang still. Seine Nägel waren bis aufs Fleisch abgekaut, die Nagelhäute teilweise eingerissen. Bei ihm in der Wohnung hatte Leila davon nichts bemerkt, aber sie war überzeugt, dass es ihr aufgefallen wäre, wenn seine Finger so ausgesehen hätten.

Das war ein gutes Zeichen. Sie würde ihr Bestes tun, den Druck auf ihn zu erhöhen.

»Wir haben die Angaben überprüft, die Sie neulich uns gegenüber gemacht haben«, begann sie. »Es steht zweifelsfrei fest, dass der Anruf bei der Notrufzentrale von Ihrem Mobiltelefon kam.«

»Mein Handy ist mir gestohlen worden, das habe ich doch gesagt.«

»Bei der Polizei liegt keine Anzeige vor.«

»Bin noch nicht dazu gekommen.«

»Und bei der Versicherung ebenfalls nicht.«

»Auch dazu bin ich noch nicht gekommen.«

Herco änderte schon wieder seine Sitzhaltung.

Leila beschloss, einen Vorstoß zu wagen.

»Wo waren Sie am Samstagabend?«, fragte sie.

»Wie bitte?«

»Jemand ist zu Mina Kovačs Eltern gefahren und hat sie bedroht. Samstagabend gegen zweiundzwanzig Uhr. Die Glasscheibe in der Haustür wurde eingeschlagen, es war alles voller Scherben. Nachbarn haben die Polizei verständigt.«

Dino Herco versuchte, einen neutralen Gesichtsausdruck beizubehalten, aber es gelang ihm nicht ganz. Er blinzelte, und Leila hatte das starke Gefühl, dass ihn die neue Information nicht sonderlich überraschte.

Du hast gewusst, dass Andreis Kovač dorthin gefahren ist, dachte sie. Heißt das, dass du auch dort warst?

»Haben Sie die Leute bedroht?«, fragte sie.

»Nein.«

Dino Herco wechselte abermals die Position.

»Die Mutter war so verängstigt, dass sie einen Herzinfarkt erlitten hat«, sagte Leila.

Sie ließ die Information wirken.

»Sie liegt immer noch auf der Intensivstation. Wissen Sie, wie hoch die Freiheitsstrafe für schwere widerrechtliche Gewaltandrohung ist?«

Herco schwieg.

»Bis zu vier Jahren«, sagte Leila. »Falls sie überlebt. Andernfalls reden wir von fahrlässiger Tötung.«

Herco lehnte sich mit halb geschlossenen Lidern auf seinem Stuhl zurück.

»Wo waren Sie am Samstagabend?«, fragte Leila erneut.

»Ich war bei meinem Chef, Andreis Kovač. Sein Bruder war auch da. Emir heißt er.«

Leila blickte auf. Herco hatte sich verplappert.

»Als wir neulich bei Ihnen waren, haben Sie angegeben, dass Sie Andreis Kovač nicht kennen«, sagte sie. »Jetzt bezeichnen Sie ihn als Ihren Chef. Das ist ja interessant.«

»Da müssen Sie sich verhört haben.«

Dino Hercos Kiefermuskulatur arbeitete.

»Das glaube ich nicht.«

Herco war kein guter Schauspieler. Er versuchte, ein unbeteiligtes Pokerface aufzusetzen, aber das klappte nicht ganz.

Leila ließ ihn schwitzen.

»Kann *Ihr Chef* das bezeugen?«, fragte sie nach einer Weile.

»Andreis kann es.«

»Vielleicht sollten wir ihn fragen, ob er weiß, dass Sie vor einer Woche den Notruf alarmiert haben«, sagte sie. »Als er seine Ehefrau, Mina Kovač, fast totgeschlagen hat.«

Leila klopfte mit der Spitze des Kugelschreibers auf die Tischplatte, um ihren Worten Nachdruck zu verleihen.

Hercos Blick flackerte unruhig.

»Das war ich nicht«, sagte er. »Das habe ich doch schon gesagt. Wie oft denn noch?«

»Dann kann es Ihnen ja egal sein, wenn wir uns sicherheitshalber bei Ihrem Chef danach erkundigen«, sagte Leila mit Unschuldsmiene.

Dino Herco wurde blass. Er blickte an die Decke, als hoffte er, dass dort eine alternative Erklärung aus dem Nichts auftauchte.

»Tun Sie das nicht«, sagte er schließlich.

Leila lehnte sich auf ihrem Stuhl zurück und wartete. Jetzt hatte sie ihn. Er hatte genauso geantwortet, wie sie es sich erhofft hatte.

»Was wäre denn so schlimm daran?«, schnurrte sie. »Sie müssen es mir schon erklären, wenn Sie wollen, dass ich nicht mit ihm rede.«

Es bestand immer noch eine theoretische Möglichkeit, dass Herco einfach aufstand und ging. Oder auf seinem Recht bestand, kein Wort mehr ohne einen Anwalt zu sagen. Oder sie ganz einfach zum Teufel wünschte.

Stattdessen stützte er die Stirn in die Hand, und seine Mundwinkel wanderten nach unten.

»Das gibt nur eine Menge Ärger«, murmelte er.

Es war deutlich, dass er den Mut verlor. Leila gefiel die Sache immer besser.

»Was denn für Ärger?«, fragte sie.

»Sie kennen Andreis nicht.«

Leila war ganz Ohr.

»Er würde das falsch verstehen«, fügte er hinzu.

»Inwiefern?«

»Das kann ich Ihnen nicht sagen.«

»Er würde es als Treuebruch auffassen, nicht wahr?«

Herco schwieg.

»Ich muss Kovač nichts davon sagen«, sagte sie mit gespielter Gleichgültigkeit. »Aber was bringt mir das?«

»Was meinen Sie damit?«

»Sie haben den Rettungswagen gerufen, also müssen Sie gesehen haben, wie er seine Frau verprügelt hat.«

»Wie bitte?«

»Ich möchte, dass Sie das bezeugen, damit wir ihn wegen Misshandlung anklagen können.«

Hercos Gesichtsausdruck wechselte unfassbar schnell.

»Sind Sie wahnsinnig?«, stieß er aus.

»Wieso? Wenn ich etwas für Sie tun soll, können Sie doch auch etwas für mich tun«, sagte sie langsam.

»Glauben Sie wirklich, ich würde gegen meinen eigenen Bruder aussagen?«

»Er ist nicht Ihr Bruder. Sie sind nicht verwandt.«

Herco musterte sie, als sähe er sie zum ersten Mal. Sein Blick glitt langsam über ihren Körper, kehrte zu ihrem Gesicht zurück und verharrte auf dem dicken, dunklen Zopf, der immer so anders gewesen war als die blonden Haare ihrer schwedischen Mitschülerinnen.

»Sie sind auch keine Schwedin. Sie wissen genau, was ich meine.«

»Das reicht.«

In seinen Augen blitzte Verachtung auf.

»Sie werden nicht schwedischer dadurch, dass Sie für sie arbeiten«, sagte er. »Sind Sie wirklich so dumm, zu glauben, damit ändert sich was für Sie? Die werden Sie nie akzeptieren, für die sind Sie nur eine Kanakin wie alle anderen.«

Er machte eine Mundbewegung, als wollte er auf den Boden spucken, beherrschte sich aber im letzten Moment.

Leila war sicher gewesen, dass er nachgeben würde, dass er im Begriff war, auf ihren Vorschlag einzugehen. Aber jetzt war die Situation umgeschlagen.

Sie musste die Kontrolle zurückgewinnen.

»Sie glauben, Sie sind jemand, nur weil sie eine Polizeimarke tragen.« Er schnaubte verächtlich. »Wem wollen Sie eigentlich was vormachen?«

»Dann bleibt mir keine andere Wahl, als mit Andreis Kovač zu reden«, sagte Leila. »Aber gut, wenn Sie das so wollen … Ihre Entscheidung.«

Bevor sie reagieren konnte, langte Herco über den Tisch und schaltete das Aufnahmegerät ab.

»Wenn du das tust, bring ich dich um«, sagte er heiser.

Kapitel 47

Ulrika Grönstedt war mehr als zufrieden, nachdem sie Andreis Kovač eine Zusammenfassung gegeben hatte.

Sie saßen in dem kleinen Besprechungsraum, dem mit den vier gepolsterten Stühlen um einen schönen, polierten Mahagonitisch. Die Aussicht auf den Strandvägen erinnerte die Besucher daran, dass sich die Kanzlei in bester Lage befand.

Minas Rechtsbeistand, Herman Wibom, war ein Kinderspiel gewesen. Sie hatte noch nie mit ihm zu tun gehabt, aber sie kannte die Sorte. Wahrscheinlich hatte er eine eigene kleine Kanzlei, bestenfalls mit einem angestellten Assistenzanwalt. Er war einer von denen, die von den Aufträgen lebten, die ihm die Gerichte gnädigerweise zuteilten.

Diese Art von Klienten oder Kanzleien war nichts für sie. Sie hatte schon immer gewusst, dass sie zu Höherem bestimmt war, und sich nach ihrem Referendariat bei einer bekannten Anwaltssozietät beworben, die auf Strafrecht spezialisiert war. Sie war die erste Assistenzanwältin gewesen, die die Sozietät eingestellt hatte, und die skeptischen Seniorpartner hatten sie *Mädchen* genannt und Wetten untereinander abgeschlossen, wie lange sie wohl durchhalten würde.

Keiner von ihnen hatte seine Wette gewonnen.

»Ich habe angedroht, dass wir sowohl Strafanzeige stellen als auch das alleinige Sorgerecht beantragen werden«, sagte sie. »Das dürfte Ihrer Frau ein bisschen Dampf machen. Ich war ziemlich deutlich, als ich mit ihrem Rechtsbeistand gesprochen habe.«

Andreis Kovač schien nicht ganz so überzeugt von der neuen Strategie zu sein. Aus der Nähe sah man, dass seine Augen gerötet waren, entweder hatte er geweint oder das ganze Wochenende durchgesoffen.

Ulrika tippte auf Letzteres.

»Sie wird nicht anders können, als Lukas an Sie zurückzugeben«, sagte sie und strich eine Falte in ihrem schwarzen Wollkleid glatt. Es endete kurz unterhalb ihrer Knie, das war die kleidsamste Länge für ihre Beine.

»Ich will Mina auch zurückhaben.«

Seine Miene war ausdruckslos, es waren keinerlei Gefühle darin zu lesen.

»Ich kann mich nicht alleine um Lukas kümmern.«

Das hättest du dir vielleicht überlegen sollen, bevor du die Scheiße aus deiner Frau herausgeprügelt hast, dachte Ulrika.

Laut sagte sie:

»Machen Sie sich keine Sorgen. Nach allem, was ich über Mina gehört habe, würde sie Lukas niemals allein lassen. Ich bin sicher, dass sie mit ihm zusammen nach Hause kommt. Damit hätten wir das Problem elegant gelöst. Wir vermeiden weiteren Ärger und eliminieren das Risiko unangenehmer Aussagen vor Gericht.«

Kovač schien immer noch skeptisch zu sein. Ulrika Grönstedt lächelte ihn aufmunternd an. Sie fand die neue Taktik gut und lobte sich insgeheim dafür, dass sie eine konstruktive Möglichkeit gefunden hatte, einen Großteil des Problems aus dem Weg zu räumen.

»Bald ist Ihre Frau wieder bei Ihnen«, versicherte sie. »Herman Wibom wird ihr die Situation schon richtig erklären. Glauben Sie mir, er wird seine Sache gut machen.«

»Wer?«, fragte Kovač.

»Herman Wibom. Das ist der Anwalt, den das Gericht zum Rechtsbeistand für Ihre Frau bestellt hat. Ich habe heute davon erfahren.«

Kovač presste die sinnlichen Lippen zusammen, bis der Mund zu einem schmalen Strich wurde. Trotzdem blieb er immer noch genauso attraktiv, das war nicht gerecht.

»Weiß er, wo sie sich versteckt?«, fragte er.

»Das weiß er sicher, aber das ist im Moment unwichtig. Sie müssen sich jetzt auf andere Dinge konzentrieren. Die bevorstehende Anklage, zum Beispiel.«

»Was ist damit?«

»Haben Sie noch mal über das nachgedacht, worüber wir neulich gesprochen haben? Ob es jemanden in Ihrem Umfeld gibt, der den Steuerbehörden einen Tipp gegeben haben könnte?«

Kovač schüttelte den Kopf.

»Die Jungs sind meine Familie, die sind wie Brüder für mich. Von denen würde mich keiner verpfeifen.«

»Irgendwoher müssen die Informationen aber stammen«, erwiderte Ulrika trocken. »Nora Linde hat wohl kaum alles auf eigene Faust herausgefunden.«

Vor dem Fenster schlug eine Kirchenuhr fünf schwere Schläge.

»Gehen wir es noch einmal durch. Wer in Ihrem Umfeld hat Zugang zu dieser Art von Information?«

Andreis Kovač verschränkte die Arme vor der Brust.

»Meine Cousins und mein Bruder natürlich. Emir weiß fast alles über meine Geschäfte.«

»Sonst noch jemand?«

Kovač fingerte an seiner Kaffeetasse, während er überlegte.

»Dino, mein Fahrer. Er weicht nicht von meiner Seite. Wir sind zusammen aufgewachsen, er ist meine rechte Hand.«

»Das sind alle? Sie haben niemanden vergessen?«

»Nein.«

»Sind Sie ganz sicher, dass keiner von ihnen geplaudert hat?«

»Sie sind mein eigen Fleisch und Blut. Sie würden mich niemals verraten.«

»Sie sind mit Dino verwandt?«

Kovačs Blick verfinsterte sich, aber Ulrika ignorierte das. Er zahlte gut dafür, dass sie seine Interessen wahrnahm. Besser, sie stellte die heiklen Fragen jetzt, als dass sie vor Gericht auftauchten.

»Wir kennen uns seit der Grundschule«, sagte er. »Dino würde für mich durchs Feuer gehen.«

»Wenn Sie das sagen …« Ulrika Grönstedt nickte. »Dann bleibt nur noch Mina.«

»Mina versteht von alldem nichts, das habe ich doch schon gesagt.«

Kovač erhob sich und ging zum Fenster. Seine breiten Schultern füllten die teure schwarze Lederjacke komplett aus.

»Sie würde es nicht wagen«, sagte er über die Schulter. »Sie weiß genau, was ihr sonst blüht.«

Daran zweifelte Ulrika keine Sekunde.

»Jemand hat ausgepackt, mehr kann ich dazu nicht sagen. Jemand, der genau weiß, was Sie treiben. Wenn wir vor Gericht gewinnen wollen, müssen Sie herausfinden, wer es ist.«

Kapitel 48

Elin kletterte auf Thomas' Schoß, im Arm ihr geliebtes Schmusetier, ein Kaninchen, das sie schon als Baby bekommen hatte. Ein langes Ohr strich ihm übers Kinn, es kitzelte, als das abgenutzte Fell seine Haut berührte. Das Kaninchen hatte schon vor langer Zeit sein ursprüngliches Weiß verloren und eine diffuse graue Farbe angenommen, aber es war ein unverzichtbares Muss, damit Elin abends einschlief.

Das Schmusetier zog alle zwei Wochen um, von Pernilla zu Thomas, von Thomas zu Pernilla, ebenso treu und brav wie Elin.

»Willst du nicht bald mal ins Bett?«, murmelte Thomas ihr ins Ohr. Die Halb-acht-Nachrichten hatten begonnen, es war höchste Zeit für Elin.

Sie schüttelte nachdrücklich den Kopf.

»Ich bin nicht müde«, sagte sie mit klarer Stimme.

»Gut, dann darfst du noch ein bisschen aufbleiben«, sagte Thomas lächelnd. »Aber wenn die Nachrichten vorbei sind, gehst du schlafen, okay?«

Elin machte es sich auf Thomas' Schoß gemütlich. Er merkte, wie seine Schultern sich senkten und die Anspannung in seinen Muskeln nachließ, als sich der warme Körper seiner Tochter an ihn schmiegte. Das hier war vielleicht der schönste Moment des Tages.

Manchmal wünschte er sich, Elin würde nie älter werden, so wie Pippi Langstrumpf, damit er für alle Ewigkeit eine kleine Achtjährige hätte, die auf Papas Schoß sitzen wollte. Es wollte ihm einfach nicht in den Kopf, dass sie in nur fünf Jahren ein richtiger Teenager sein würde.

Der Fernsehreporter berichtete über die bevorstehende US-Präsidentschaftswahl. Thomas gähnte. Der Tag war angefüllt mit Besprechungen und Routinearbeiten gewesen, trotzdem kam es ihm vor, als hätte er überhaupt nichts geschafft.

Im Moment fehlte ihm jede Energie. Die Dunkelheit in diesem Winter war schwerer zu ertragen gewesen als sonst, die wenigen

Stunden mit Tageslicht waren im Nu vergangen und hatten bei Weitem nicht ausgereicht.

»Warum bist du böse auf Mama?«, fragte Elin.

Thomas erschrak. Sofort stellten sich die vertrauten Schuldgefühle ein.

»Wie kommst du denn darauf, Spatz?«, sagte er mit einem Lachen, das höchst unnatürlich klang.

»Du und Mama, ihr streitet euch immer.«

»Tun wir doch gar nicht«, wehrte er ab. »Ich bin nicht böse auf Mama.«

»Du hörst dich aber böse an, wenn du mit ihr redest.«

Thomas hatte Elin aus dem Krach mit Pernilla heraushalten wollen. Schlimm genug, dass die Beziehung der Eltern zerbrochen war, da sollte nicht auch noch das Kind darunter leiden. Aber manchmal taten ihm abends die Gesichtsmuskeln weh, vor lauter Anstrengung, so zu tun, als wäre alles in Ordnung.

»Das kommt wohl daher, weil ich müde bin, wenn ich mit Mama rede«, sagte er. »Mütter und Väter sind müde nach der Arbeit, da kann es passieren, dass man ein bisschen grantig ist, obwohl man es eigentlich gar nicht so meint.«

»Bist du dauernd müde?«

Kindliche Logik in einem einzigen Satz. Thomas musste unwillkürlich lächeln, obwohl ihm zum Heulen war. Er zog Elin an sich. Ihr Haar war frisch gewaschen und noch ein bisschen feucht.

»Nein, bin ich nicht.«

Elin drehte den Kopf weg. Er legte die Hand sanft unter ihr Kinn und drehte ihr Gesicht so, dass er ihr in die Augen sehen konnte. Sie waren genauso blau wie Pernillas.

»Fühlt sich das für dich so an?«, fragte er.

»Mhm.«

Thomas drückte ihr einen Kuss auf die Stirn.

»Mama und ich haben dich sehr, sehr lieb, auch wenn wir uns nicht immer so gut vertragen.«

Elins Lippen zitterten. Eine Träne rollte ihr über die Wange und dann noch eine.

Thomas wischte sie behutsam mit dem Zeigefinger weg.

»Nanu, was ist denn los?«

»Bin ich schuld?«, schluchzte Elin.

Thomas sah, wie sich der Mund der Nachrichtenmoderatorin bewegte, ohne dass er hörte, worüber sie sprach. Das Einzige, was in seinem Kopf widerhallte, waren Elins Worte.

Sie verbarg das Gesicht in ihrem Kaninchen.

»Aber Liebes«, versuchte Thomas sie zu beruhigen. »Wie kommst du denn darauf? Natürlich bist du nicht schuld.«

»Ihr streitet immer, wenn ihr über mich redet«, murmelte Elin mit der Nase tief im Plüschtierfell.

Thomas strich ihr übers Haar.

»Das darfst du nie-, niemals denken«, sagte er. »Das hat alles überhaupt nichts mit dir zu tun. Mama und Papa haben dich sehr lieb. Du bist das Liebste, was wir haben.«

Ein Schluchzen erschütterte Elins Körper.

»Ich will, dass Mama wieder nach Hause kommt«, weinte sie. »Ich will, dass sie die ganze Zeit da ist.«

Die Nachrichten waren vorbei, der Abspann lief über den Bildschirm, dann kam der Hinweis auf die folgende Sendung.

Das will ich auch, dachte Thomas.

Er hob Elin hoch. Sie kauerte sich an seiner Brust zusammen, hörte aber nicht auf zu weinen. Elin war das Beste, was er hatte, und es war seine Schuld, dass sie traurig war. Sie war erst acht, und er konnte sie nicht mehr beschützen.

»Jetzt bringe ich dich ins Bett«, sagte er und flüchtete sich mangels einer Lösung in die Routine. »Was hältst du davon, wenn du heute bei mir schläfst? Fühlst du dich dann besser, was meinst du?«

Elin nickte, und Thomas trug sie ins Schlafzimmer. Er legte sie und das Kaninchen in Pernillas Hälfte – die Seite, die früher Pernillas gewesen war – und blieb auf der Bettkante sitzen, bis sie eingeschlafen war und ruhig und gleichmäßig atmete.

Ein leiser Schluchzer durchlief den kleinen Körper, im Schlaf umklammerte sie das Kuscheltier noch fester.

Schwerfällig stand Thomas auf und verließ das Schlafzimmer.

Was sollte er Pernilla sagen?

Er wusste genau, wie sie reagieren würde, wenn er ihr erzählte, was Elin vorhin gesagt hatte. Sie würde ihm vorwerfen, dass er Elin traurig mache, würde sagen, dass es an ihm liege, dass Elin sich die Schuld für die Trennung gab. Wenn er nicht so verbohrt wäre, würden sie immer noch alle drei zusammenwohnen.

Er konnte sie jetzt schon ausrufen hören: *Hab ich es dir nicht gesagt?*

Er ging in die Küche und nahm sich ein Bier, obwohl er unter der Woche selten Alkohol trank. Er öffnete die Flasche und trank ein paar Schlucke, dann stellte er sie auf der Anrichte ab und ging zurück ins Wohnzimmer.

Der Fernseher war noch an, jetzt lief gerade wieder so eine idiotische Dokusoap über Leute, die bei wildfremden Menschen Liebe suchten. Wie konnte man überhaupt in Erwägung ziehen, bei so etwas mitzumachen?

Pernilla war der Meinung, er sei schuld, dass sie getrennte Wege gingen. Dass er die Beziehung beendet habe.

Dabei war sie es, die ihn im Stich gelassen hatte. Er verstand nicht, wieso sie das nicht sah.

Kapitel 49

Dino parkte vor Andreis' Haus und stieg aus dem Auto. Er öffnete die Wagentür, um die Pizzen vom Rücksitz zu nehmen, die Andreis bestellt hatte.

Drei Schachteln, also war Emir auch da. Das sorgte nicht gerade dafür, dass es ihm besser ging.

In den letzten beiden Nächten hatte er kaum geschlafen. Die Vorstellung, dass Andreis von seinem Eingreifen erfuhr, hatte ihn bis in die Morgenstunden wach gehalten, und die heutige Vernehmung hatte alles noch schlimmer gemacht.

Natürlich war es bescheuert, einer Polizistin zu drohen, aber diese Bitch hatte ihn vor eine unmögliche Wahl gestellt. Wenn sie Andreis steckte, dass er den Notruf alarmiert hatte, konnte er sein Testament machen. Und wenn er als Zeuge gegen Andreis auftrat, war er ein toter Mann.

Was er auch tat, er saß tief in der Scheiße. Und das war seine eigene Schuld, wieso mischte er sich auch in Sachen ein, die ihn nichts angingen. Wenn er nur eine Minute früher weggefahren wäre, hätte er Minas blutüberströmtes Gesicht am Fenster nicht gesehen. Dann wäre diese Situation nie entstanden.

Jemand winkte ihm durchs Fenster zu. War das Emir, der da grinste, oder Andreis? Für einen Moment hatte er das Gefühl, wieder in Nyköping zu sein. Als er freitagabends bei den Kovačs klingelte und seine beiden Freunde abholte, um mit ihnen um die Häuser zu ziehen und Mädchen klarzumachen.

Das Leben war einfach gewesen damals, auch wenn Andreis immer derjenige war, der die schärfsten Bräute abschleppte.

Dino griff sich die Pizzaschachteln und ging zur Haustür. Heute war sie zu. Er klingelte, und Emir machte ihm auf.

»Der Pizzabote ist da«, rief Emir mit breitem Grinsen und ging zurück in die Küche, ohne ihn zu begrüßen.

Dino hätte ihm am liebsten eine reingehauen. Stattdessen folgte er ihm mit den Pizzakartons auf dem Arm.

Die Küche sah schlimmer aus als am Samstag, die Krümel auf dem Fußboden knirschten unter den Schuhen, und auf der Spüle stapelte sich noch mehr dreckiges Geschirr. Aus der einen Ecke roch es muffig, so als hätte schon eine Weile niemand mehr den Abfalleimer geleert.

Andreis saß am Küchentisch. Sein Gesicht lag im Schatten, es war unmöglich, darin zu lesen.

In der Hand hatte er eine schwarze Pistole, die er langsam kreisen ließ.

Dino hätte sich um ein Haar in die Hose gepisst.

Er weiß Bescheid. Die Bullenschlampe hat gequatscht.

Sein Gehirn arbeitete fieberhaft. Sollte er versuchen, die Sache zu erklären, bevor es zu spät war? Alles zugeben, sich ihm zu Füßen werfen und um Gnade betteln?

Würde Andreis ihm vergeben, wenn er ihn daran erinnerte, was sie alles zusammen durchgemacht hatten?

Seine Finger waren schweißnass, sodass die Pizzakartons ihm beinahe aus den Händen gerutscht wären. Er bekam kein Wort heraus, nur ein Röcheln, als hätte sich etwas in seinem Hals festgesetzt. Er versuchte zu husten.

Andreis legte die Pistole auf den Tisch, strich aber immer noch mit den Fingerspitzen über den Lauf. Das schwarze Metall glänzte unheilvoll im Licht der Deckenlampe. Dino kannte das Modell, es war eine Glock. Er hatte vor langer Zeit gelernt, mit Schusswaffen umzugehen, und kannte sich gut mit den verschiedenen Modellen aus.

Der Moment war gekommen, an dem er zur Rede gestellt werden sollte. Die Pizzen waren nur ein Vorwand gewesen, um ihn hierherzulocken. Er war freiwillig in die Falle gegangen, wie ein Opferlamm auf dem Weg zur Schlachtbank.

Andreis ließ die Hand über die Glock gleiten, gleich würde er sie um den Kolben schließen und die Waffe auf ihn richten.

Dino sah mit ausdruckslosem Gesicht zu, obwohl alles in ihm schrie. Es musste eine Möglichkeit geben zu fliehen, aber wie?

Er warf einen schnellen Blick zur Küchentür.

Emir stand zwischen ihm und dem Ausgang. Könnte er sich mit einem Sprung an ihm vorbei ihn Sicherheit bringen? Aber er würde nicht mehr als ein paar Meter schaffen, bevor Andreis zielte und schoss.

Außerdem waren sie zwei gegen einen.

Sein Messer steckte wie üblich in der hinteren Hosentasche. Aber bis er das hervorziehen und sich verteidigen konnte, würde es zu spät sein.

Emir würde es als Extrabonus betrachten, wenn er die Chance bekam, ihm den Schädel zu zertrümmern.

Dino machte sich bereit.

Emir grinste lüstern und trat einen Schritt näher an den Tisch. Dino war kurz davor, ihm vor die Füße zu kotzen, als Andreis die Waffe weglegte. Er schnupperte erwartungsvoll in die Luft und zeigte auf Dino, der stocksteif dastand.

»Mann, hab ich einen Kohldampf«, sagte Andreis. »Worauf wartest du? Her mit dem Fraß.«

Dino setzte die Pizzaschachteln langsam auf dem Küchentisch ab, ohne die Glock aus den Augen zu lassen.

Der Schweiß rann ihm aus den Achseln. Er schickte ein Stoßgebet zu allen Göttern, dass es niemand merkte. Angst hatte ihren ganz eigenen Geruch, er wusste es, und Andreis wusste es auch.

»Noch fünf Minuten länger, und ich hätte angefangen, auf dem Ding da zu kauen«, sagte Emir und zeigte auf die Pistole.

Dino zwang seine Lippen, sich zu einem Lächeln über den armseligen Scherz zu verziehen, so wie es von ihm erwartet wurde.

Emir zog eine Pizza Marinara zu sich heran. Die Muscheln auf dem Käse tanzten vor Dinos Augen. Die Übelkeit kam in Wellen.

»Andreis hat Minas Eltern neulich Abend die Hölle heißgemacht«, sagte Emir und biss ein großes Stück Pizza ab. Die Tomatensoße färbte seine Mundwinkel rot.

»Die dachten, ihr letztes Stündlein hat geschlagen«, sagte Andreis und grinste zufrieden.

Dino musste sich räuspern, damit seine Stimme trug.

»Bist du Samstagabend hingefahren?«, fragte er.

Andreis nickte mit vollem Mund.

»Verdammtes Pack«, murmelte er kauend. »Scheißen sich ein wegen nichts.«

Dino musste die Frage stellen.

»Hast du rausgekriegt, wo Mina ist?«

Andreis schüttelte den Kopf, aber er schien nicht sehr bekümmert, so als hätte er schon einen neuen Plan.

»Macht meine Anwältin«, sagte er nur.

»Minas Mutter hat einen Herzanfall gekriegt«, sagte Emir und setzte eine Bierdose an die Lippen. »Die hat sich vor Angst fast bepisst.«

Etwas an Andreis' Haltung ließ Dino aufatmen. Er öffnete seinen eigenen Pizzakarton, obwohl sein Magen noch immer rebellierte.

Andreis schien heute Abend mit den Gedanken woanders zu sein. Seine Bewegungen waren weniger angespannt als neulich, sein Blick nicht ganz so misstrauisch.

Dino biss in seine Pizza, kaute mechanisch und schluckte, obwohl es wie Asche schmeckte. Er wagte nicht, sich ein Bier zu nehmen, aus Angst, sie könnten sehen, wie seine Hände zitterten. Seine Achselhöhlen waren zusammengeklebt, und unter dem T-Shirt lief der Schweiß in Strömen. Er presste den Rücken fest an die Stuhllehne und hoffte, dass sie nichts merkten.

Die Lage war unter Kontrolle. Andreis hatte nichts von seinem Eingreifen erfahren, und alles war wie immer.

Er war in Sicherheit, vorerst.

Bosnien

März 1993

Mama schälte Kartoffeln fürs Abendessen. Andreis hatte Hunger, es war lange her, seit sie zu Mittag gegessen hatten, und auch da hatte es nur eine dünne Suppe ohne Fleisch gegeben. Sie aßen fast nie mehr Fleisch.

Aber wenigstens war es draußen ein bisschen wärmer geworden, er fror nicht mehr die ganze Zeit, so wie im Winter.

Er saß am Küchentisch und malte mit seinen Buntstiften. Er wollte ein schönes Bild für Mama malen, um ihr eine Freude zu machen. Sie sah immer so traurig aus und lachte fast nie.

»Hier, Mama. Für dich.«

Andreis hielt ihr das Bild hin, damit sie es bewundern konnte.

Er hatte versucht, den Garten zu malen, die Sträucher mit den Beeren und die Obstbäume und die hübschen Blumen. Mama hatte ihre Blumen immer so gehegt, aber inzwischen kümmerte sie sich kaum noch um den Garten.

»Danke«, sagte sie und legte das Bild zur Seite, ohne einen Blick darauf zu werfen.

Andreis schluckte enttäuscht.

»Wollen wir was spielen?«

»Dafür habe ich im Moment keine Zeit.«

Das sagte sie jedes Mal, wenn er fragte. Sie hatte nie Zeit für irgendwas. Andreis langweilte sich, fast alle seine Spielkameraden waren aus dem kleinen Dorf weggezogen.

Es gab da etwas, was er sie gerne fragen wollte, aber wusste nicht richtig, wie.

»Warum ist Papa böse auf dich?«, fragte er schließlich.

Mama legte den Kartoffelschäler hin. Sie griff zur Zigarettenschachtel und zündete sich eine Zigarette an.

»Was meinst du?«, sagte sie und drehte sich um.

»Ihr schreit euch immer an.«

Andreis wusste nicht, wie er weitersprechen sollte. Sein Blick fiel auf den blauen Fleck an Mamas Unterarm, der aus dem Pulloverärmel herausschaute. Letzte Nacht war er einmal davon aufgewacht, dass die beiden laut miteinander gestritten hatten.

»Ihr nehmt euch nicht mehr in den Arm«, sagte er mit gesenktem Kopf.

Mama legte die Zigarette in den Aschenbecher und kniete sich vor ihn hin.

»Ach, Hase. Manchmal haben Mamas und Papas verschiedene Meinungen, das ist einfach so. Mach dir keine Gedanken darüber.«

Sie nahm sein Gesicht in die Hände und küsste ihn auf beide Augenlider. Das war ihre ganze spezielle Art, ihm zu zeigen, dass sie ihn lieb hatte.

»Papa und ich sind uns über manche Sachen nicht einig, das kommt bei Eltern schon mal vor.«

Ihre Augen waren blank, als sie ihn losließ.

»Wir haben Krieg«, fuhr sie fort. »Es ist im Moment nicht leicht für uns. Papa hat es genauso schwer wie alle anderen.«

»Ist das deine Schuld?«

Mama seufzte.

»Wieso?

»Weil Papa so wütend ist.«

Mama strich sich die Haare aus der Stirn und griff wieder zu ihrer Zigarette. Sie nahm einen tiefen Zug, dann drehte sie den Kopf und blies den Rauch zur Seite, damit Andreis ihn nicht ins Gesicht bekam.

»Papa ist frustriert«, sagte sie und strich Andreis über den Kopf. »Er würde auch gerne mit den anderen Männern an der Front kämpfen, aber wegen seinem kaputten Bein kann er das nicht. Er hat Angst und macht sich Sorgen, genau wie ich.«

Andreis war sich nicht sicher, ob er die Frage stellen sollte, die ihn abends nicht einschlafen ließ. Aber schließlich nahm er seinen ganzen Mut zusammen.

»Werden wir Papa verlassen?«

Mama zog ihn an sich und umarmte ihn fest.

»Du Dummerchen. Natürlich verlassen wir Papa nicht. Wir sind eine Familie. Familien halten zusammen, ganz egal, was passiert.«

Kapitel 50

Thomas schlug die Bettdecke vorsichtig zurück, um ins Bett zu kriechen, ohne Elin zu wecken. Sie schlief tief und fest auf Pernillas Seite, immer noch mit dem Kaninchen im Arm.

Er knipste die Lampe aus, er könnte sich sowieso nicht auf ein Buch konzentrieren, selbst wenn er gewollt hätte. Elins Worte hatten ihn hart getroffen.

Nach Emilys Tod war er am Boden zerstört gewesen, aber die Verzweiflung, die er jetzt empfand, war fast ebenso groß, wenn auch auf eine andere Art. Als Elin auf die Welt kam, hatte er sich geschworen, alles zu tun, was in seiner Macht stand, um sie zu beschützen. Und das war nun dabei herausgekommen. Elins heile Welt war zerbrochen, und er fragte sich, ob er schuld daran war.

Er stützte sich auf den Unterarm und strich ihr vorsichtig mit dem Zeigefinger über die zarte Wange.

Es gab nichts Wichtigeres auf der Welt als Elin, aber Pernilla schien das nicht so zu sehen.

Schon letzten Juni hatten sie einen heftigen Krach gehabt, weil Pernilla viel zu oft weg war, und wenn sie endlich nach Hause kam, war sie gestresst und reizbar.

Thomas tat es in der Seele weh, Elins traurige Augen zu sehen, wenn ihre Mutter mal wieder wochenlang auf Reisen war. Es wurde immer schwieriger für ihn, Kind und Arbeit unter einen Hut zu bringen, auch wenn seine Eltern oft und gerne einsprangen. Er hatte auch einen verantwortungsvollen Job, nicht nur Pernilla, aber das schien sie nicht zu begreifen.

Er komme sich viel zu oft wie ein alleinerziehender Vater vor, hatte er ihr damals versucht zu erklären. Vielleicht sei es besser, der Tatsache ins Auge zu sehen, dass ihre Beziehung am Ende war.

Aber sie hatten sich schließlich doch entschieden, es noch einmal zu versuchen. Sie liebten sich, und sie hatten schon so viel gemeinsam durchgemacht. Sie konnten nicht einfach aufgeben, nicht schon wieder.

Sie mussten an Elin denken.

Thomas hatte Pernillas Versprechen geglaubt, dass es ein neuer Anfang werden würde. Er war den ganzen Sommer voller Hoffnung gewesen und hatte die Wochen auf Harö genossen. Die üblichen kleinen Reibereien waren ausgeblieben, Pernilla hatte sich Mühe gegeben und Computer und Handy während der Ferien fast nicht angerührt.

Es war beinahe wie früher, als sie ihre Liebe noch gehegt und gehütet hatten.

Thomas legte sich hin und drehte sich auf den Rücken.

Es war ihre letzte schöne gemeinsame Zeit gewesen.

Dann kam der Herbst. Pernilla ging wieder auf Reisen, und die Tage im Büro wurden länger. Alles begann wieder von vorn. Elin weinte abends nach ihrer Mutter, und ihre Enttäuschung weckte den Zorn in Thomas.

Als Pernilla eines späten Abends im Oktober schließlich erzählte, dass sie das Angebot angenommen hatte, eine noch verantwortungsvollere Funktion im Konzern zu übernehmen, ohne es vorher mit ihm zu besprechen, war Thomas der Kragen geplatzt.

»Du hast mich belogen«, hatte er sie im Schlafzimmer angebrüllt, ohne Rücksicht darauf, dass Elin nebenan schlief. »Was du im Sommer gesagt hast, dass die Familie vorgeht und alles, das waren nur Lügen!«

Er hatte ein Buch in der Hand gehabt. Ohne richtig zu wissen, was er tat, feuerte er es auf den Fußboden, dass der Knall in der ganzen Wohnung zu hören war.

Pernilla wurde bleich, als er fortfuhr:

»Elin und ich sind dir scheißegal. Für dich ist nichts wichtiger als deine Karriere.«

Sie hatten sich angeschrien wie noch nie zuvor und Dinge gesagt, die sich nicht zurücknehmen ließen.

Er wusste nicht mehr, wer sie war. Konnte ihr auch nicht verzeihen.

Am schlimmsten war, dass er ihr wirklich geglaubt hatte, als sie wenige Monate zuvor sagte, sie werde sich ändern und die Familie an die erste Stelle setzen. Das hatte viel mehr bedeutet, als ihm zu dem Zeitpunkt klar gewesen war.

Danach wurde alles düster und schwarz.

In jener Nacht hatte er im Wohnzimmer auf dem Sofa geschlafen, und am nächsten Tag war Pernilla auf eine lange geplante Geschäftsreise in die USA geflogen. Als sie wieder in Schweden war, hatte sie sich eine andere Wohnung gesucht.

»Ich kann nicht mehr mit dir leben«, hatte sie am Telefon erklärt.

Er hatte ihr genau dasselbe sagen wollen.

Thomas drehte das Kopfkissen um und legte sich auf die andere Seite.

Jetzt musste er einen Weg finden, sich mit Pernilla zu vertragen. Elin durfte nicht zwischen die Fronten geraten, das konnten sie ihrer Tochter nicht antun.

Er hatte nur keine Ahnung, wie das gehen sollte.

Kapitel 51

Mina lag zusammengekauert im Bett und wünschte, sie könnte sterben. Alles war ihre Schuld, dass Mama im Krankenhaus lag und Papa verzweifelt war.

Wenn sie Andreis nur damals verlassen hätte, als er sie das erste Mal schlug.

Sie verstand immer noch nicht, warum sie es nicht getan hatte. So oft hatte sie in der Zeitung von Frauen gelesen, die misshandelt wurden. Sie hatte sich immer gefragt, warum diese Frauen nicht einfach weggingen. Man musste ihn gleich beim ersten Schlag verlassen, das hatte in allen Artikeln gestanden, und sie hatte genickt und zugestimmt. Das verstand sich doch von selbst. Welche Frau würde bei einem Mann bleiben, der sie schlug?

Dann war sie in dieselbe Situation geraten, und sie war gegangen und geblieben und wieder gegangen.

Andreis war untröstlich gewesen, als es zum ersten Mal passierte. Er hatte ihre Wunden gesäubert und ihre Blutergüsse geküsst, einen nach dem anderen. Er hatte geschworen, bei allem, was ihm heilig war, es niemals wieder zu tun. Sie hatten zusammen geweint, und er hatte ihre Hände gedrückt und immer wieder um Verzeihung gebeten.

Sie liebte ihn so sehr, wie hätte sie seine Reue ignorieren und ihn verlassen können?

Dann passierte es wieder und wieder und wieder.

So langsam begann sie, die Warnzeichen zu erkennen.

Sie lernte, das Schlimmste zu fürchten, wenn er die Badezimmertür auf eine bestimmte Art zuknallte oder mit eiskaltem Gesichtsausdruck in die Küche kam. Sie wusste, was sie erwartete, wenn er mit einem gewissen Tonfall aus dem Auto anrief oder sich grußlos an den Abendbrottisch setzte.

Manchmal genügte schon die Art, wie er das Trinkglas auf dem Tisch absetzte. Der Knall, wenn der Rand auftraf. Ihr Körper reagierte mit Herzrasen und kaltem Schweiß, bevor ihr Verstand merkte, was sich anbahnte.

Das Warten war beinahe das Schlimmste daran.

Die Erkenntnis, dass er gleich seine Gewalt und Wut an ihr auslassen würde und sie nichts dagegen tun konnte. Dass sie überhaupt keinen Einfluss darauf hatte.

Manchmal lag sie einfach da und wünschte, es würde so bald wie möglich losgehen, dann hatte sie es wenigstens für diesmal überstanden.

War es erst einmal vorbei, hatte sie Ruhe, zumindest für eine gewisse Zeit. Mit jedem Schlag und jedem neuen blauen Fleck erkaufte sie sich eine Art Verschnaufpause. Wenn er sie an den Haaren packte und so fest zog, dass es ihr vor den Augen flimmerte, tröstete sie sich damit, dass er wenigstens für die nächsten Tage nett zu ihr sein würde.

Ihr Blick wanderte zu Lukas im Gitterbett. Er war das Einzige, was ihr Leben lebenswert machte, und er brauchte sie.

Sie konnte sich den Luxus nicht erlauben zu sterben.

Kapitel 52

Nora stand im Bad und putzte sich die Zähne, als Jonas hereinkam.

»Ich habe Julias Sportsachen in den Rucksack gepackt«, sagte er und griff nach seiner eigenen Zahnbürste. »Ich kann sie morgen früh fahren, falls du früh losmusst.«

»Danke«, murmelte Nora mit dem Mund voller Zahnpasta.

Jonas drehte den Hahn auf, dass das Wasser nur so spritzte.

»Hast du eigentlich schon mit Thomas gesprochen, wegen der Therapie?«, fragte er.

Nora spürte einen Stich von schlechtem Gewissen. Sie hatte so viel um die Ohren gehabt, dass sie ganz vergessen hatte, ihn anzurufen.

»Nein«, sagte sie und spuckte den Schaum ins Waschbecken. »Bin noch nicht dazu gekommen.«

»Wir sollten ihn demnächst mal zum Essen zu uns einladen.«

Jonas' Fürsorge freute sie. Es war schön, dass er sich Gedanken um ihren besten Freund machte. Jonas hatte schnell Freundschaft mit Thomas und Pernilla geschlossen und mochte die beiden sehr. Es hatte nie Spannungen zwischen ihm und Thomas gegeben, anders als zwischen Henrik und Thomas damals. Die beiden Männer waren nie besonders gut miteinander ausgekommen, was sich besonders deutlich zeigte, als Nora den Schlussstrich gezogen und sich von Henrik getrennt hatte.

Thomas hatte sie darin bestärkt.

»Vielleicht nächstes Wochenende«, fuhr Jonas fort. »Wenn Simon zurück ist.«

Thomas war Simons Patenonkel, und zwar ein sehr engagierter. Nora hatte immer vermutet, dass Thomas gerne eine ganze Horde eigener Kinder gehabt hätte.

»Ich hoffe wirklich, zwischen Thomas und Pernilla renkt es sich wieder ein«, sagte Jonas. »Es ist nicht so einfach als Alleinstehender mit kleinem Kind.«

Er wusste, wovon er sprach.

Als sie sich kennenlernten, war seine Tochter Wilma erst dreizehn, und Jonas hatte lange als lediger Vater gelebt. Er und Margot, Wilmas Mutter, waren erst zwanzig gewesen, als sie ihr Töchterchen bekamen, und die Beziehung hatte nicht sehr lange gehalten. Immerhin hatten die beiden im Laufe der Jahre eine gute Freundschaft aufgebaut und Wilma gemeinsam großgezogen.

»Das wäre natürlich das Beste«, sagte Nora. »Die beiden hatten sich ja schon einmal getrennt, und das letzte Mal haben sie es auch geschafft, noch einmal von vorn anzufangen. Außerdem müssen sie an Elin denken, es geht nicht nur darum, was sie selbst wollen.«

Nora stellte die Zahnbürste in den Becher und griff nach der Nachtcreme, die vermutlich weit mehr versprach, als sie halten konnte. Sie nahm einen Finger voll aus der Dose und begann, die Creme ins Gesicht einzumassieren.

»Ich habe das Gefühl, dass Thomas es schwerer nimmt als Pernilla«, sagte sie. »Aber vielleicht ist das auch nur mein Eindruck, weil ich viel öfter mit ihm als mit ihr rede. Pernilla ist so viel unterwegs, man erreicht sie kaum.«

Nora schämte sich, dass sie in den letzten Monaten nicht mit Pernilla gesprochen hatte. Aber Thomas war ihr bester und ältester Freund, verteidigte sie sich. Dies war kein Gerechtigkeitswettbewerb, sie tat, was sie konnte. Pernilla hatte sich auch nicht gemeldet, sie war also nicht die Einzige, die den Kontakt hatte schleifen lassen.

»Ich denke, die Trennung ist von ihm ausgegangen«, sagte Jonas.

»Hat er das zu dir gesagt?«

Nora hörte selbst, dass sie ein bisschen beleidigt klang. Aber ihr gegenüber hatte Thomas nichts davon erwähnt.

»Nicht direkt. Aber er hat im letzten Sommer so was in der Richtung angedeutet. Das war, als Pernilla in die Stadt zurückgefahren ist, an dem Wochenende, als wir die Krebse gegessen haben. Wir haben unten am Steg ein Bier getrunken, spätabends, als du schon ins Bett gegangen warst.«

Nora nickte. Sie hatten das alljährliche Krebsfest auf Sandhamn gefeiert, zusammen mit Nachbarn und Freunden. Pernilla hatte einen Anruf erhalten und war in aller Eile aufgebrochen, weil sie nach London musste.

»Er war stinksauer. Es war offensichtlich, dass es zwischen den beiden nicht gut lief, und er war überhaupt nicht damit einverstanden, dass sie wegfuhr. Aber sie hat es trotzdem getan.«

Pernilla war auch nicht glücklich über die Situation gewesen. Man hatte ihr die Gewissensqualen deutlich angesehen, als sie sich unter vielen Entschuldigungen verabschiedete.

»Es ist nicht so leicht, einen solchen Job mit Mann und Kind unter einen Hut zu bringen«, sagte Nora. »Ist doch klar, dass es da manchmal Reibereien gibt.«

»Darum geht es nicht.«

»Worum geht es dann?«, fragte sie und stellte die Cremedose ein bisschen zu hart auf dem Rand des Waschbeckens ab. »Dass Thomas seiner Frau keine Karriere in der Wirtschaft gönnt und es nicht erträgt, dass sie mehr verdient als er?«

Jonas' Analyse der Beziehung von Thomas und Pernilla störte sie. Thomas war immerhin *ihr* bester Freund, nicht seiner.

»Bist du sauer?«

Nora schüttelte den Kopf.

»Sag, was du sagen wolltest«, erwiderte sie ausweichend.

Jonas kratzte sich im Nacken.

»Ich glaube, Thomas würde sich mit Pernillas Job arrangieren, wenn sie ihm einfach das Gefühl gäbe, dass er in ihrem Leben an erster Stelle steht.«

Er legte die Arme um sie und zog sie an sich.

»Es geht nicht darum, wie viel Pernilla arbeitet, und erst recht nicht darum, wie viel sie verdient«, murmelte er ihr ins Ohr. »So ist Thomas nicht, das wissen wir beide.«

»Sondern?«

»Pernilla gibt ihm das Gefühl, nicht so wichtig zu sein, und das erträgt er nicht. Da ist er lieber allein.«

Dienstag

Kapitel 53

Sie hatte nicht einmal eine eigene Haarbürste.

Mina starrte in den Badezimmerspiegel. Sie hatte gerade ihre Haare gewaschen, mit einem billigen Shampoo aus dem hauseigenen Bestand. Das war überhaupt nicht zu vergleichen mit ihrem eigenen Shampoo, das wunderbar duftete und extra für langes blondes Haar gemacht war. Ihre Haare fühlten sich jetzt schon stumpf und spröde an, obwohl sie noch nicht trocken waren.

Alles außer ihrer Handtasche war zu Hause in Kolarängen. Jedes Kleidungsstück, das sie am Leib trug, war geliehen, und auch Lukas trug die abgelegten Sachen anderer Kinder.

Geld hatte sie auch nicht. Das bisschen, was sie besaß, hatte sie zu Hause an einem sicheren Ort versteckt, wo Andreis es nicht finden konnte.

Mina setzte sich auf den Toilettendeckel. Sie wollte nicht hier bei all den anderen misshandelten Frauen bleiben, die sich auch abends in den Schlaf weinten. Sie wollte in ihrer eigenen Küche sitzen, mit einer Tasse Kaffee in der Hand, während die Vormittagssonne durchs Fenster schien.

Sie wollte nach Hause.

Mina starrte die Shampooflasche an, die neben ihr auf dem Waschbecken stand. Sie holte aus und fegte sie hinunter auf den Fußboden. Die Flasche prallte mit einem Hüpfer auf dem billigen Plastikbelag auf und rollte in eine Ecke.

Wenn alles nur wieder so sein könnte wie vorher.

Sie erhob sich und blickte in den Spiegel. Die Blutergüsse verblassten langsam, und die genähte Wunde verheilte. Sie sah immer noch verprügelt aus, aber nicht mehr ganz so schlimm. Bald konnte sie wieder unter Leute gehen, ohne wissende Blicke zu ernten.

Mina bückte sich und hob die Shampooflasche auf. Sie sehnte sich so sehr nach ihrem eigenen Haus und ihren eigenen Sachen, sie hätte es nie für möglich gehalten, dass einem das Materielle so fehlen konnte. Die einfachsten Dinge, und sei es nur, eine Kommodenschublade aufzuziehen und Unterwäsche vorzufinden, die sie selbst gekauft hatte. Oder Lukas etwas Hübsches und Neues anzuziehen, anstatt diese verwaschenen Sachen, die schon andere Babys getragen hatten.

Sie hatte nie gewusst, wie viel ihr das bedeutete. Vielleicht war es das, was Andreis' Mutter empfunden hatte, als sie ihr altes Leben hinter sich lassen musste. Eine Sehnsucht nach alltäglichen Dingen, eine Form von Normalität im Dasein, auch wenn die Welt brannte und das bisherige Leben in Trümmern lag.

Sie zog die Badezimmertür hinter sich zu und ging frühstücken. Lukas hatte bereits seine Flasche bekommen und war wieder eingeschlafen. Er schlummerte friedlich in seinem Gitterbett.

Mina hatte gehofft, die Küche wäre leer, aber als sie hineinkam, stand Anna-Maria an der Kaffeemaschine.

Krümel lagen auf dem langen Holztisch, jemand hatte gefrühstückt und hinterher nicht sauber gemacht. Mina wischte immer den Tisch ab, wenn sie fertig war. Andreis hatte sie dazu gebracht, dass sie es mit diesen Dingen genau nahm.

Anna-Maria lächelte freundlich, als sie Mina sah.

»Hallo, Mina«, sagte sie. »Wie geht's dir heute?«

Sie zeigte auf die Kaffeekanne.

»Möchtest du eine Tasse?«

»Ja, danke.«

Mina öffnete den Kühlschrank und holte Butter und Käse heraus. Sie hatte überhaupt keinen Hunger, aber sie wusste, dass sie etwas essen musste. Sie hatte bereits abgenommen.

»Wird es nicht langsam Zeit, dass du dich ein bisschen in der Gegend umsiehst?«, sagte Anna-Maria. »Du könntest Lukas mitnehmen und zum Supermarkt gehen. Wir halten es hier so, dass jede ihr eigenes Essen kauft.«

Mina hatte den Friggagården seit ihrer Ankunft noch nicht verlassen. Sie war nur manchmal mit Lukas in den Garten gegangen, damit er an die frische Luft kam. Die ersten Tage hatte sie sich wie benebelt gefühlt. Wenn die Betreuerinnen sie nicht daran erinnert hätten, dass sie etwas essen musste, hätte sie das auch noch vergessen.

»Vor der Haustür steht ein Kinderwagen, den kannst du dir ausleihen, wenn du möchtest«, sagte Anna-Maria. »Ich habe ihn erst vorhin nach draußen gestellt. Das Wetter ist so schön heute, es würde dir guttun, mal eine Weile rauszukommen.«

Mina murmelte etwas Zustimmendes, ohne von der Anrichte aufzublicken.

»Es ist nicht sehr weit, aber ein schöner Spaziergang«, fuhr Anna-Maria fort. »Du gehst einfach zur Straße und dann nach links. Du kannst auch nach Uppeby gehen, da ist der Hembygdsgården. Der hat immer ein paar Stunden am Tag auf.«

Anna-Maria verschwand mit dem Kaffee in der Hand in ihrem Büro. Die Stille danach war befreiend. Mina machte sich rasch ein Käsebrot und zwang es mit kleinen Bissen hinunter. Sorgfältig wischte sie alle Arbeitsflächen ab und fegte die Küche mit einem Besen aus, den sie in einem der Schränke fand.

Der Kinderwagen.

Sie ging in die Diele und öffnete die Haustür. Die Sonne schien, wenn auch hinter diesigen Schleierwolken. Ein Hauch von Frühling lag in der Luft, genau wie Anna-Maria gesagt hatte.

An einem anderen Tag hätte sie sich darüber gefreut.

Ein blauer Kinderwagen stand ganz richtig vor der Eingangstreppe. Der Stoff war abgenutzt, und die Matratze hatte Flecken. Die Räder waren schmutzig.

Mina streckte die Hand aus und berührte den Griff. Lukas' eigener Wagen war viel schöner.

Er war auch zu Hause in Kolarängen.

Sie ging wieder ins Haus und schloss die Tür hinter sich. In der Diele hing ein Plakat mit den Fahrplänen der Waxholmfähren. Zwischen Runmarö und Stavsnäs ging fast jede Stunde eine Fähre, sogar mit Busanschluss. Die Überfahrt nach Stavsnäs dauerte nur fünf Minuten, dafür brauchte der Bus in die Stadt eine Stunde.

Die Idee kam ganz von selbst. Wenn sie am Nacka Forum umstieg, konnte sie den Bus nach Hause nehmen und ihr Geld und ihre Sachen holen.

Mina blickte sich in der Diele um. Es war niemand da, das Haus war im Moment nur halb belegt. Gestern waren mehrere Frauen abgereist, und neue waren noch nicht gekommen. Vom Personal war auch niemand zu sehen.

Sie zog ihr Handy hervor und fotografierte den Fahrplan. Um zwanzig vor zehn ging eine Fähre. Wenn sie die nahm, konnte sie in anderthalb Stunden in Kolarängen sein, und am frühen Nachmittag wieder zurück im Friggagården.

Es brauchte niemand etwas zu merken.

Alles würde sich besser anfühlen, wenn sie erst ihre eigenen Kleider bei sich hatte. Sie kam sich so verirrt vor, genau wie eine Obdachlose, eine dieser bedauernswerten Frauen in der Stadt, die ihren ganzen Besitz in Plastiktüten und billigen Einkaufstaschen mit sich herumschleppten. Es kostete sie jedes Mal Überwindung, wenn sie zu den Betreuerinnen gehen und sich wieder etwas leihen musste, weil ihr alles fehlte.

Sie war keine solche Person, sie hatte ein Haus und eine Familie. Sie war nicht wie die anderen Frauen im Friggagården.

Mina kontrollierte noch einmal den Fahrplan, versuchte, sich zu entscheiden. Sollte sie es wagen, nach Hause zu fahren?

Andreis war tagsüber selten da, er war immer geschäftlich unterwegs. Sie konnte sich ins Haus schleichen, ohne dass er etwas davon mitbekam. Der Hausschlüssel lag in ihrer Handtasche, die Monatskarte für den Bus auch. Sie würde vorsichtig sein.

Mina dachte an Lukas. Er hatte schon so viel durchgemacht, obwohl er erst wenige Monate alt war. Wenn er schon nicht in seinem eigenen Bett schlafen durfte, sollte er wenigstens schöne Sachen tragen und seine eigenen Kuscheltiere haben. Sie hasste den abgetragenen Strampler, in dem er schlafen musste.

Mina machte den Rücken gerade. Sie würde es für Lukas tun.

Andreis brauchte nie zu erfahren, dass sie dort gewesen war.

Kapitel 54

Andreis hatte ihn für halb elf zu sich bestellt. Normalerweise begann er den Tag wesentlich früher. Er brauchte nicht viel Schlaf, selbst wenn er bis spät in die Nacht aufblieb, wachte er frühmorgens auf. Seine rastlose Energie schien kein Ende zu nehmen.

Aber in den letzten Tagen war nichts mehr wie sonst.

Als Dino von der Autobahn Richtung Kolarängen abfuhr, wurde er von dem starken Impuls gepackt, den Wagen zu wenden und aus Stockholm rauszufahren. Einfach immer weiter geradeaus, bis er in irgendeine Stadt kam, wo keiner seinen Namen kannte oder wusste, wer er war.

Neu anzufangen.

Aber er fuhr weiter Richtung Kolarängen. Sein Leben war hier, in der Großstadt. Er konnte nicht einfach woandershin. Es musste einen Weg geben, sein Problem zu lösen, er wusste nur nicht, wie. Und gerade jetzt war er kurz davor, sich um den Verstand zu grübeln.

Sein Gedärm spielte immer noch verrückt, pünktlich alle Viertelstunde rannte er aufs Klo.

Gestern Abend war über nichts Besonderes gesprochen worden, und Dinos Herzschlag hatte sich irgendwann beruhigt. Andreis und Emir waren wie immer gewesen, sie hatten geredet und Witze gerissen, ein Bier nach dem anderen getrunken und mit Wodka-Shots weitergemacht. Erst als Dino zur Toilette musste, hatte Emir einen Pfiff ausgestoßen und auf seinen Rücken gezeigt.

»Hast du in deinen Klamotten geduscht, sag mal?«

Das Hemd war völlig durchgeschwitzt gewesen. Dino hatte irgendwas gemurmelt und war eilig im Bad verschwunden.

Er bog in den Trastvägen und parkte auf dem gewohnten Platz vor dem terracottafarbenen Haus.

Das war eine echt schwedische Spießeridylle hier, tatsächlich erinnerte sie in vielem an die Straße in Skuru, in der Minas Eltern wohnten. Mina hatte sich ein schickes Haus gewünscht, nicht allzu weit von ihrem Elternhaus entfernt. Und Andreis hatte es genossen, seine

Schwiegereltern zu beeindrucken, indem er die Kaufsumme mal eben in bar hinblätterte.

Wahrscheinlich hatte ihm auch gefallen, wie geschützt das Haus lag.

Obwohl das Grundstück nicht sehr groß war, konnte niemand ins Haus hineinsehen, außer durchs Küchenfenster. Der Vorbesitzer hatte eine dichte Thujahecke um den gesamten Garten gepflanzt, und die war das ganze Jahr hindurch grün und schützte das Haus vor den Blicken neugieriger Nachbarn.

Andreis gefiel die Gegend vielleicht, aber Dino hätte sich hier nie zu Hause gefühlt. Das war nichts für ihn.

Es dauerte ewig, bis Andreis die Klingel hörte und schließlich nackt bis auf die Unterhose öffnete.

Seine Augen waren rot, und er stank nach Fusel.

»Spät geworden gestern?«

Emir war geblieben, als Dino sich verabschiedet hatte. Nach Andreis' Aussehen zu urteilen, hatten sie wohl noch ganz schön gebechert. Das ganze Haus stank nach kaltem Rauch.

Aber Emir schien nicht mehr da zu sein, sein Auto stand nicht auf der Straße.

»Komme gleich«, murmelte Andreis und verschwand im Bad. Sekunden später wurde die Dusche aufgedreht.

Dino setzte sich in die Küche und wartete. Hier sah es wirklich schlimm aus. Andreis hatte anscheinend keinen Finger gerührt, seit Mina weg war. Normalerweise legte er großen Wert auf perfekte Sauberkeit. Dino hatte mehr als einmal gehört, wie er Mina deswegen zur Schnecke machte. Jetzt ließ er alles stehen und liegen, als wollte er sie bestrafen, indem er den Haushalt verkommen ließ.

Aus den Pizzaschachteln auf der Anrichte roch es nach Tomatensauce und fettigem Käse. Dino ging ins Wohnzimmer. Lukas' Kinderwagen stand in einer Ecke, am Kopfende schaute ein zotteliges Kuscheltier hervor. Zerstreut griff er nach dem Plüschtier und schaute es an, bevor er es zurücklegte.

Zum ersten Mal fragte er sich, ob Mina wohl zurückkam oder ob sie Andreis endgültig verlassen hatte.

Mina sollte Andreis gut genug kennen, um zu wissen, dass er ihr diese Sache nie verzeihen würde. Lukas gehörte ihm, er würde niemals zulassen, dass sie mit dem Kind wegging. Selbst wenn er ein paar Jahre absitzen musste, würde er einen Weg finden, sie in Schach zu halten.

Ein unwillkommener Gedanke meldete sich. Falls Mina wegen der Misshandlung gegen Andreis aussagte und er tatsächlich in den Knast wanderte, würde Emir dann seinen Platz einnehmen?

Dino hoffte es nicht.

Er warf einen Blick auf die Uhr. Andreis ließ sich Zeit, jetzt wartete er schon zwanzig Minuten, es war gleich elf. Um zwölf sollten sie ein paar Typen in Södertälje treffen, und Andreis kam ungern zu spät.

Dino ging zurück in die Küche und setzte sich wieder an den Küchentisch.

Er würde einen Teufel tun und seinen Chef zur Eile drängen.

Kapitel 55

Mina war fast allein im Bus nach Kolarängen, nur ein paar Rentner saßen ganz vorn, und sie hatte den Kinderwagen an der hinteren Tür abgestellt. Sie hielt den Kopf gesenkt, sicherheitshalber hatte sie eine Schirmmütze tief ins Gesicht gezogen und eine Sonnenbrille aufgesetzt. Niemand würde sie erkennen.

Wie auch. Sie trug ja nicht einmal ihre eigene Kleidung.

Sie hätte gern über ihren Galgenhumor gelacht, aber es kam nur ein halb ersticktes Schluchzen dabei heraus.

Es war ganz leicht gewesen, an Bord der Waxholmfähre zu gehen, und bei der Ankunft in Stavsnäs hatte der Bus schon gewartet. Das Umsteigen am Nacka Forum war auch kein Problem gewesen.

Sie näherten sich Kolarängen. Vor den Fenstern war die Autobahn von einer grünen Landschaft abgelöst worden. Kolarängen lag hübsch, am Älta-See, nicht weit von Skarpnäck. An den Vormittagen hatte sie oft lange Spaziergänge mit dem Kinderwagen gemacht. Mehrere Badeseen lagen in der Nähe, für Familien mit Kindern war es eine richtige Idylle.

Deshalb hatte sie dort wohnen wollen. Sie hatte sich vorgestellt, dass sie in einer solchen Gegend glücklich sein würden.

Dass alles gut werden würde.

Mina starrte aus dem Fenster. Sie konnte es sich immer noch anders überlegen. Konnte sitzen bleiben und bis zur Endhaltestelle fahren, und dann zurück zum Friggagården. Alle würden denken, dass sie einen langen Spaziergang gemacht hatte, niemand brauchte zu erfahren, wo sie gewesen war.

Eine kleine Stimme in ihr flüsterte, dass es das Klügste war, was sie tun konnte.

Lukas wurde wach und greinte, aber er beruhigte sich schnell wieder, als sie ein Plastikspielzeug vor seinem Gesicht baumeln ließ.

Ihr Handy klingelte. Sie kannte die Nummer nicht und drückte den Anruf weg. Dann stellte sie es auf lautlos, sie hatte keine Lust, jetzt mit jemandem zu reden.

»Sävsångarvägen«, rief der Fahrer die nächste Haltestelle aus.

Er fuhr an den Straßenrand und hielt mit einem Ruck. Eine alte Frau mit Gehstock stieg aus, einen Einkaufsroller hinter sich herziehend.

Die Türen schlossen sich seufzend, der Bus schwenkte wieder auf die Straße und fuhr weiter.

Die nächste Haltestelle war ihre.

Mina lehnte die Stirn an die Scheibe. Sie musste sich entscheiden. Was sollte sie tun?

Es war nicht mehr weit bis zum Trastvägen, nur noch ein paar Minuten. Der Bus fuhr schnell, um diese Zeit war fast kein Verkehr.

Die Flecken auf der Matratze in Lukas' Kinderwagen starrten sie an. Ihr geliehener Pullover kratzte am Hals.

Gleich würden sie da sein.

Sie versprach sich selbst, vorsichtig zu sein.

Mina streckte die Hand aus und drückte den Halteknopf. Er leuchtete sofort rot auf. Sie deckte Lukas sorgfältig zu und machte sich bereit zum Aussteigen.

Kapitel 56

Anna-Maria war gerade dabei, den Internetfragebogen auszufüllen, den die Kommune ihr geschickt hatte, als das Telefon sie unterbrach.

»Herman Wibom hier. Ich hoffe, ich störe nicht?«

Ah ja, Minas Rechtsbeistand. Sie hatten sich kurz kennengelernt, als er gestern hier gewesen war.

»Was kann ich für Sie tun?«, erwiderte Anna-Maria und nahm die Hand von der Maus.

Um ehrlich zu sein, hatte sie nichts gegen eine kleine Pause. Der Mensch, der sich diesen Fragebogen ausgedacht hatte, schien keine Ahnung zu haben, wie eine Einrichtung für geschütztes Wohnen arbeitete. Die Fragen waren idiotisch, sie wurde immer ärgerlicher über all die Kosten, die aufgeschlüsselt werden sollten, während die qualitative Seite stiefmütterlich behandelt wurde. Es würde sie nicht wundern, wenn Birgitta Svanberg hinter alldem steckte.

Die blöde Zicke.

»Ich habe den ganzen Vormittag versucht, Mina auf ihrem Handy zu erreichen«, sagte Wibom. »Leider vergeblich.«

»Wenn Sie einen Moment warten wollen, kann ich gern nachsehen, wo sie ist«, bot Anna-Maria an.

»Das wäre sehr freundlich.«

Anna-Maria legte den Hörer hin und ging zu Minas Zimmer. Sie klopfte vorsichtig, wartete ein paar Sekunden und klopfte noch einmal.

Keine Reaktion.

Sie drückte die Klinke herunter und schaute ins Zimmer. Es war leer. Wahrscheinlich machte Mina einen Spaziergang, so wie sie es ihr beim Frühstück vorgeschlagen hatte. Das war gut. Das Mädchen musste sich bewegen, anstatt immer nur drinnen zu sitzen und zu grübeln. Die frische Luft tat allen gut, wenn man sich in seinem Zimmer verkroch, wurden die schlimmen Gedanken nur noch schlimmer.

Anna-Maria ging zurück zu ihrem Büro. Durchs Fenster sah sie, dass der blaue Kinderwagen verschwunden war, genau wie sie vermutet hatte.

»Sie scheint nicht da zu sein«, sagte sie. »Ihre Jacke hängt nicht an der Garderobe, und der Kinderwagen, den wir ihr geliehen haben, ist auch weg.«

»Wissen Sie, wo sie sein könnte?«

»Wahrscheinlich macht sie einen Spaziergang über die Insel. Wir haben heute Morgen darüber gesprochen.«

»Ich habe mehrmals versucht, sie anzurufen.«

»Vielleicht hat sie das Handy aus Versehen lautlos gestellt?«

»Die Sache ist die, dass ich schlechte Nachrichten habe. Aber ich würde es vorziehen, zu Ihnen zu kommen und es ihr persönlich zu sagen.«

»Sie ist sicher bald zurück. Wann wollen Sie kommen?«

»Ich dachte, mit der Fähre um eins, wenn es recht ist?«

»Bis dahin ist sie bestimmt wieder da. Wenn Sie wollen, kann ich ihr ausrichten, dass Sie kommen.« Anna-Maria zögerte. »Darf man fragen, was das für schlechte Nachrichten sind?«, fragte sie. »Geht es um ihre Mutter?«

»Nein, nein, keineswegs.«

Die Antwort kam hastig. Wibom klang bedrückt und besorgt. Das gefiel Anna-Maria überhaupt nicht. Mina hatte genug Probleme.

»Dann ist es also etwas anderes?«, hakte sie nach.

»Es ist wohl besser, ich bespreche das direkt mit Mina. Als Anwalt unterliege ich der Schweigepflicht.«

»Dann machen wir das so«, sagte Anna-Maria. »Bis heute Nachmittag.«

Sie legte auf. Sekunden später wählte sie Minas Nummer. Die Rufsignale verhallten, ohne dass jemand abnahm.

Sie versuchte es noch einmal. Wieder meldete sich nur die Mailbox. Ein bisschen merkwürdig war das schon.

Anna-Maria stand auf und ging hinaus auf den Flur. Sie fand ihre Kollegin Siri in einem der Gesprächszimmer. Anscheinend hatte Siri gerade eine Therapiesitzung beendet, sie machte sich ein paar letzte Notizen.

»Hast du Mina gesehen?«, fragte Anna-Maria. »Ich kann sie nirgends finden.«

Siri klappte ihr Notizbuch zu.

»Ich glaube, sie ist mit dem Kinderwagen unterwegs. Vor einer Weile habe ich sie Richtung Straße gehen sehen.«

»Weißt du noch, wann das ungefähr war?«

»Kurz vor zehn vielleicht, ich habe nicht so genau darauf geachtet.«

Anna-Maria bedankte sich und ging zurück in ihr Büro. Wieder wählte sie Minas Nummer.

Es meldete sich immer noch niemand.

Sie warf einen Blick zur Uhr an der Wand. Die Zeiger standen auf kurz nach elf. Es war erst eine Stunde vergangen. Mina hatte vermutlich beschlossen, eine längere Tour zu machen, und dann die Zeit vergessen.

Es bestand überhaupt kein Grund zur Sorge.

Bosnien

März 1993

Es klopfte an der Haustür. Selma setzte Emir auf eine Decke auf dem Fußboden und ging, um zu öffnen. Zlatko war vorhin mit Andreis zum Lebensmittelladen gegangen, weil jemand gesagt hatte, es gebe Fleisch zu kaufen.

Unwillkürlich schrie sie auf, als sie sah, wer da vor der Tür stand.

»Tante Jasmina! Du lebst!«

Nach all den schrecklichen Nachrichten hatte sie nicht zu hoffen gewagt, dass ihre Tante noch lebte. Ihr kleines Dorf war angegriffen worden, Radio und Fernsehen hatten darüber berichtet. Selma hatte versucht anzurufen, war aber nicht durchgekommen, und als die Zeit verging, ohne dass ihre Verwandten sich meldeten, hatte sie das Schlimmste befürchtet.

»Darf ich reinkommen?«, fragte Jasmina mit dünner Stimme.

»Aber natürlich. Entschuldige. Ich dachte, du wärst … Ich hatte gehört, dass …«

Selma umarmte ihre Tante.

»Ich war nur so überrascht«, sagte sie.

»Jetzt bin ich ja hier.«

Selma trat einen Schritt zurück und versuchte, sie nicht anzustarren.

Jasmina war nur fünfzehn Jahre älter als Selma, und sie war immer eine Schönheit gewesen mit ihren dunklen Augen und dem langen, dicken Haar. Jetzt stand eine alte Frau vor ihr. Das kurze graue Haar hing ihr in Strähnen ums Gesicht, und das magere, faltige Gesicht war fast nicht wiederzuerkennen.

Jasmina bewegte sich mühsam, als ob ihr alles wehtäte. Sie zog langsam die arg strapazierte Jacke aus und setzte sich an den Küchentisch, während Selma Brot und Marmelade hinstellte und Teewasser aufsetzte.

Selma versuchte, sich ihren Schock darüber, dass Jasmina so unheimlich verändert aussah, nicht anmerken zu lassen.

»Hast du was von Mama und Papa gehört?«, fragte sie wider besseres Wissen.

»Frag lieber nicht. Für Sarajevo gibt es keine Hoffnung mehr.«

Jasmina klang beinahe, als wäre ihr das Schicksal von Selmas Eltern egal. Das erschreckte Selma noch mehr. Emir war inzwischen auf der Wolldecke eingeschlafen. Jasmina hatte keine Anstalten gemacht, ihn zu begrüßen oder anzufassen, obwohl sie ihn seit seiner Geburt nicht mehr gesehen hatte.

Normalerweise hätte sie sich auf Selmas Sohn gestürzt und ihn lautstark bewundert.

Was hatte sie durchgemacht?

Selma stellte Tassen auf den Tisch und schenkte Tee ein. Jasmina steckte sich eine Zigarette an und starrte blicklos auf den blauen Rauch. Ihre Hände waren schmutzig und die Nägel ungepflegt.

»Tante Jasmina?«, sagte Selma nach einer Weile, als die Stille unerträglich wurde.

Jasmina zuckte zusammen, sie schien mit ihren Gedanken ganz woanders gewesen zu sein. Sie nahm einen tiefen Lungenzug und drückte die Zigarette aus.

»Ich bin nur gekommen, um mich zu verabschieden«, sagte sie langsam. »Du bist meine letzte lebende Angehörige.«

Selma umklammerte ihre Teetasse.

»Sag so etwas nicht.«

»Alle sind tot. Es gibt nichts mehr, wofür es sich zu leben lohnt. Ich bin Witwe, deine Cousins gibt es nicht mehr.«

Alija und Mehmet, sie waren erst zwölf und vierzehn. Waren sie auch gestorben?

Alija, der ein klein wenig schielte, und Mehmet, der so gern Fußball spielte und im Bach vor dem Haus angelte.

Jasminas Augen waren bodenlose Löcher.

»Ich will, dass du erfährst, was mir und meiner Familie passiert ist«, sagte sie. »Jemand muss es wissen. Jemand muss der Welt erzählen, was sie uns angetan haben, falls ich nicht überlebe.«

Selma wünschte, sie müsste es nicht hören.

»Willst du dich nicht ein bisschen ausruhen?«, fragte sie. »Wir können doch später darüber sprechen, an einem anderen Tag? Möchtest du dich vielleicht erst einmal waschen?«

»Ich kann nicht lange bleiben. Ich muss versuchen, nach Bihać durchzukommen, es heißt, das sei eine sichere Zone. In einer Stunde werde ich abgeholt.«

»So schnell willst du schon wieder weg?«

»Hör mir zu. Es war nicht leicht, hierher zu dir zu kommen, nicht einmal für einen kurzen Besuch.«

Jasminas Blick bohrte sich in Selmas Augen, anwesend und weit weg zugleich.

»Im Morgengrauen fing es an«, sagte sie. »Zuerst schossen sie mit Granaten, ich bin aufgewacht und habe mir schnell etwas übergezogen. Als ich nach draußen kam, waren überall Explosionen. Es roch nach Blut und Pulverdampf, der Himmel war rot vom Feuer. Ich sah die kleine Aiša, die Enkelin unserer Nachbarn, sie war erst sechs. Sie stand auf der Straße und starrte etwas Weißes auf der Erde an. Es dauerte eine Weile, bis ich erkannte, was es war. Sie hatte ihren Arm verloren.«

»Großer Gott«, flüsterte Selma.

»Er lag da im Dreck und blutete, obwohl er vollkommen abgetrennt war. Sie gab keinen Laut von sich, sie schrie nicht einmal.«

Jasmina faltete die Hände.

»Ihr Gesicht … es verfolgt mich seitdem.«

Selma warf einen schnellen Blick zu Emir. Bisher war er unverletzt geblieben. Aber wie lange noch? Wie sollte sie ihre Söhne beschützen können?

»Überall um uns herum schlugen Granaten ein«, fuhr Jasmina fort. »Wir liefen in einen Keller und versteckten uns. Ich zitterte so sehr vor Entsetzen, dass meine Muskeln noch lange hinterher wehtaten.«

Sie setzte sich aufrecht hin.

»Dann kamen die Soldaten. Sie gingen von Haus zu Haus und zwangen alle Bewohner hinaus auf die Straße, manche in Nachthemd und Pyjama, andere barfuß. Sie trieben alle Männer zusammen, sogar kleine Jungen von zehn Jahren und Greise, die nicht ohne Stock gehen konnten, und zwangen sie, auf die Ladefläche von Lastwagen zu steigen. Dort standen sie dicht gedrängt, wie eine Wand aus Menschenfleisch.«

Zum ersten Mal, seit sie angefangen hatte zu erzählen, drohte Jasminas Stimme zu versagen.

»Sie haben deinen Onkel mitgenommen«, sagte sie und schlang die Arme um den Körper.

»Was ist mit Onkel Adnan passiert?«, flüsterte Selma.

»Die Lastwagen fuhren zum Wald. Wir hörten viele Schüsse, dann wurde es still. Keiner ist zurückgekommen, kein Einziger.«

Onkel Adnan. Selma liefen die Tränen übers Gesicht. Er, der immer Bonbons in der Tasche gehabt hatte, als sie noch klein war. Der sie auf seinen Schultern getragen hatte.

»Alija und Mehmet haben sie auch mitgenommen«, sagte Jasmina, und zum ersten Mal schluchzte sie auf. »Meine geliebten Jungs. Ich habe sie nie wiedergesehen.«

Der Schmerz verzerrte ihr Gesicht.

»Ein junger Mann versuchte wegzulaufen, aber schon nach wenigen Minuten hatten sie ihn eingefangen. Sie schleppten ihn zurück und verfrachteten ihn auf das Dach des Lastwagens. Dann stießen sie ihn kopfüber hinunter.«

Jasmina strich sich über die Augen.

»Ich werde nie das Geräusch vergessen, als der Schädel auf den Boden traf. Es klang, wie wenn man ein rohes Ei aufschlägt. Sie haben weiter auf ihn eingetreten und eingeschlagen, bis er sich nicht mehr gerührt hat. Seine Beine zuckten noch ein paarmal, aber auch das hörte nach einer Weile auf. Die Erde unter ihm war blutgetränkt. Vom Gesicht war nichts übrig geblieben, alles war weg, nur noch eine blutige Masse.«

Selma bekam kein Wort heraus. Ein Glück, dass Andreis nicht zu Hause war und das hier hörte.

Jasmina gab einen halberstickten Laut von sich.

»Dann haben sie uns alle vergewaltigt«, sagte sie nach einer Weile. »Kleine Mädchen, alte Frauen, junge Mütter mit ihrem Säugling auf dem Arm. Immer und immer wieder, es hörte einfach nicht auf. Allen, die weinten oder sich wehrten, schnitten sie die Kehle durch. Keine wurde verschont.«

»Gab es niemanden, der euch hätte helfen können?«, flüsterte Selma. »Waren keine UN-Soldaten in der Nähe?«

Der Kummer in Jasminas Augen wich einem Ausdruck von Hass.

»Die UN-Soldaten waren gleich hinter dem Hügel, aber sie haben nicht eingegriffen. Sie müssen unsere Schreie gehört haben, unsere verzweifelten Hilferufe, doch es ist keiner gekommen. Unser Leid war ihnen egal, obwohl sie uns hätten retten können.«

»Und sonst war niemand da, um euch zu helfen? Nachbarn mit anderer Volkszugehörigkeit?«

»Die standen hinter den Soldaten und haben sie angefeuert. Sie haben ihnen gesagt, welche Familien Muslime sind und wo sie uns finden. Sie haben ihnen sogar unsere Häuser gezeigt, obwohl wir seit Generationen Tür an Tür mit ihnen leben.«

Selmas Blick wanderte zu dem stummen Radioapparat auf dem Regal.

»Sie haben im Radio über den Angriff berichtet«, sagte sie leise, »aber ich wollte es nicht wahrhaben. Ich konnte nicht glauben, dass es wirklich stimmte. Dass in unserem Land Menschen einander so etwas antun.«

»Niemand ist uns zu Hilfe gekommen.«

Ein Motorgeräusch war vor der Tür zu hören. Jasmina erhob sich.

»Ich muss gehen.«

Selma erschrak. Die Zeit war viel zu schnell vergangen. Jasmina war ihre letzte Verbindung zu ihrer eigenen Familie, ihren Eltern.

Zum Leben, wie es gewesen war, bevor der Krieg ausbrach.

»Kannst du nicht noch ein bisschen bleiben?«, bat sie. »Bitte–«

»Es geht nicht.«

Jasmina zog sich die schmuddelige Jacke mit müden, aber entschlossenen Bewegungen an.

Draußen wurde ungeduldig gehupt. Sie hielt trotzdem inne, strich Selma übers Haar und rang sich ein mattes Lächeln ab.

Für einen kurzen Moment sah Selma die Tante, an die sie sich erinnerte.

»Nimm deine Kinder und geh weg von hier«, sagte Jasmina mit brüchiger Stimme. »Für uns ist in diesem Land kein Platz mehr.«

Sie ging zur Tür und legte die Hand auf die Klinke, drehte sich aber noch einmal um.

»Vergiss nie, was sie uns angetan haben. Erzähle es der Welt.«

Kapitel 57

Andreis kam mit einem grauen Handtuch um die Hüften aus dem Bad und verschwand im Schlafzimmer.

»Ich zieh mir nur was an«, murmelte er über die Schulter.

Als er zehn Minuten später die Tür öffnete, sah er schon wesentlich besser aus. Er hatte sich rasiert und trug ein frisches weißes T-Shirt unter der Lederjacke. Die Haare, noch feucht vom Duschen, hatte er nach hinten gekämmt.

Er sah fast wieder aus wie der alte Andreis.

Dino entspannte sich, für einige Sekunden war alles wie immer. Wenn Andreis gut drauf war, gab es keinen, mit dem man mehr Spaß haben konnte. So war es immer gewesen, schon in der Schule in Nyköping. Andreis' Energie brachte Leben in die Bude, wenn er feiern wollte, langweilte sich niemand.

Andreis ging in die Küche und schaltete die Nespressomaschine ein, die er mit einer metallblauen Kaffeekapsel bestückt hatte. Der stärksten Sorte.

»Willst du auch einen?«

Dino nickte.

»Sieht scheiße aus, was?«, sagte Andreis mit einem Kopfnicken zur Anrichte. »Wie in einer Fixerhöhle. Muss wohl meine Mutter anrufen, damit sie ein paar Tage herkommt und erst mal Klarschiff macht. Das sollte sie auf andere Gedanken bringen als die ewigen Pillen, die sie nimmt.«

Er feixte über seinen eigenen Witz und ließ sich mit dem Kaffeebecher in der Hand am Küchentisch nieder.

Dino machte sich selbst einen Kaffee und setzte sich ihm gegenüber. Der Kaffeeduft durchzog die Küche und überdeckte einigermaßen den Mief, den die Essensreste, die Pizzakartons und der volle Abfalleimer verströmten.

Das Handy in Andreis' Tasche klingelte.

»Das ist sie«, sagte er und hob das Telefon ans Ohr.

Selma sagte etwas, und er antwortete auf Bosnisch.

»Alles bestens, Mama. Mach dir keine Sorgen um mich.«

Andreis hatte über Selmas Pillen gewitzelt, aber seine Stimme veränderte sich, wenn er mit ihr sprach. Sie wurde weicher und rücksichtsvoller. Andreis hatte sich schon immer um seine Mutter gekümmert. Er hatte ihr einen kleinen Hund gekauft, einen Pudel, als er und Emir nach Stockholm gezogen waren.

»Lukas geht es gut«, sagte er, als sei alles in Ordnung. »Du solltest uns bald mal besuchen. Er sehnt sich nach seiner Oma. Du musst ihm Bosnisch beibringen, dann könnt ihr euch unterhalten.«

Er warf einen Blick zur Uhr.

»Ich muss weg. Wir reden ein andermal weiter.«

Andreis legte das Handy hin und steckte sich eine Zigarette an. Dino versuchte, seine Gedanken zu lesen, zu ergründen, ob da irgendein Misstrauen unter der Oberfläche glomm.

Andreis merkte immer, wenn Leute Angst vor ihm hatten. Das war eins seiner größten Talente. Das und die Brutalität. Deshalb war er ein Boss, im Unterschied zu Dino.

Wenigstens war Emir nicht da, das war immerhin ein Trost.

Dino zeigte zur Uhr.

»Wollen wir los?«

Andreis zuckte die Schultern.

»Wozu die Eile.« Er gähnte, dass man seine Backenzähne sehen konnte.

»Ist ein ganzes Stück bis Södertälje«, sagte Dino.

»Ich brauch erst noch einen Kaffee.«

Andreis stand auf und legte eine neue blaue Kaffeekapsel in die Nespressomaschine.

Dino stellte seinen Becher auf die einzige freie Stelle auf der zugemüllten Anrichte. Im Sonnenlicht, das durchs Fenster hereinfiel, tanzten ein paar Staubkörner.

Als er sich umdrehte, stand er Andreis Auge in Auge gegenüber.

»Du siehst scheiße aus, Mann. Was ist los?«, fragte Andreis und legte ihm den Arm um die Schulter. »Du bist schon seit Tagen nicht mehr du selbst.«

»Wovon redest du?«

Dino mühte sich, einen unbekümmerten Ton anzuschlagen, obwohl sich ihm die Därme zusammenzogen.

»Ich kenne dich, mein Freund«, sagte Andreis. »Irgendwas stimmt nicht mit dir.«

Andreis' Gesicht kam noch näher.

»Quatsch«, versuchte Dino abzuwehren.

»Erzähl mir keinen fucking bullshit.«

Der Griff um seine Schultern wurde fester.

»Das ist nur wegen so 'ner Braut, die hinter mir her ist«, bekam Dino schließlich heraus. »Die gibt einfach keine Ruhe.«

Andreis grinste übers ganze Gesicht.

»Schau an, unser Dino hat ein Weiberproblem. Ich wusste doch, dass dir was querliegt.«

Dino versuchte, ein beschämtes Gesicht zu machen.

»Hab sie letzte Woche in einer Bar getroffen, und jetzt ruft sie alle Viertelstunde an und will, dass wir uns wiedersehen. Nervt wie Sau.«

Andreis nahm seinen Arm weg und klopfte ihm auf den Rücken.

»Weiber, ich sag's dir.«

Er trank seinen Kaffee mit zwei Schlucken aus und ließ die Tasse auf dem Küchentisch neben den Zigaretten stehen.

»Los jetzt, die Arbeit ruft. Können die Geschäfte nicht warten lassen.«

Dino schluckte.

Dann griff er nach dem Autoschlüssel und ging, um den Wagen aufzuschließen.

Kapitel 58

Mina stieg mit dem Kinderwagen voran aus dem Bus. Die Haltestelle lag in einer Querstraße zum Trastvägen, etwa fünf Minuten von zu Hause entfernt. Sie versuchte, am Rand zu gehen und im Schutz der Bäume zu bleiben, als sie in ihre Straße einbog.

Sie wohnten in Nummer dreißig. Das hier war Nummer fünfzehn, gleich würde ihr Haus in Sichtweite kommen. Sie hatte es im Internet entdeckt und vom ersten Moment an geliebt; es war kaum zu begreifen, dass sie jetzt solche Angst hatte, näher zu treten und die Haustür zu öffnen.

Mina zog die Schirmmütze noch tiefer in die Stirn und umklammerte den Griff des Kinderwagens. Lukas war eingeschlafen, wofür sie ihm wirklich dankbar war.

Ihr Herz klopfte laut.

Sie warf einen schnellen Blick auf ihre Armbanduhr. Es war eine Rolex, ein Geburtstagsgeschenk von Andreis zu ihrem Fünfundzwanzigsten. Viel zu groß und zu golden für ihren Geschmack, aber sie hatte sich überschwänglich bedankt, genau wie er es erwartete, als sie das elegant eingewickelte Präsent ausgepackt hatte.

Es war Viertel nach elf.

Sie würde nur eben hineinschlüpfen und ganz schnell ihre Sachen holen. Im Bus hatte sie sich genau überlegt, wie sie vorgehen wollte. Die blaue Tasche stand im Schlafzimmerschrank, sie war groß genug für das, was sie mitnehmen wollte, und klein genug, um im Kinderwagen Platz zu finden. Sie würde nur das Wichtigste mitnehmen, ihre Unterwäsche, ein paar Pullover, zwei oder drei Jeans, ihre Schminksachen, ohne die sie nicht sein konnte.

Natürlich Lukas' Babysachen, die sie Stück für Stück ausgesucht hatte, und den gelben Schlafanzug mit den Teddys, ein Geschenk ihrer Mutter.

Der Kinderwagen. Was sollte sie damit machen?

Sie wollte so gern Lukas' eigenen Kinderwagen mitnehmen, aber dann müsste sie den geliehenen vom Friggagården dort zurücklassen, sie konnte ja nicht zwei Kinderwagen zugleich schieben. Das Risiko war groß, dass Andreis den Unterschied merkte und begriff, dass sie dort gewesen war. Andererseits wäre sie dann ja längst wieder weg.

Es spielte keine Rolle.

Da war es. Ihr Haus tauchte fünfhundert Meter weiter vorn auf.

Mina ging langsamer und blickte sich um. Kein Auto vor dem Haus, alles war still und leer. Die Straße lag wie ausgestorben im hellen Sonnenschein.

Lukas schlief wie ein kleiner Engel.

Sie blieb stehen und wartete einen Moment, um sicherzugehen, dass sich im Garten nichts bewegte.

Es kribbelte auf ihrer Haut, als würden tausend Ameisen darüberlaufen. Die Angst ließ den Puls rasen, er klopfte hinter ihren Schläfen.

Noch konnte sie umkehren und denselben Weg zurückgehen, den sie gekommen war.

Das Haus rief nach ihr.

Ein starkes Gefühl von Ungerechtigkeit erfüllte ihr Herz. Sie würde doch wohl noch ihre Sachen holen dürfen. Das war ebenso ihr Haus wie seins. Warum durfte Andreis sie aus ihrem eigenen Zuhause vertreiben?

Mina ging mit schnellen Schritten weiter.

Kapitel 59

Leila stand in der Tür zu Noras Büro. Das schwarze Haar hatte sie ausnahmsweise zu einem lockeren Knoten aufgesteckt, anstatt es zu einem festen Zopf zu flechten.

»Hast du ein paar Minuten Zeit?«, fragte sie.

Nora winkte sie herein. Sie hatte eigentlich vorgehabt, sich am Vormittag in einen neuen Fall einzulesen, aber die Gedanken an Herman Wiboms Telefonat mit Ulrika Grönstedt ließen ihr keine Ruhe.

Falls es irgendeine Möglichkeit gab, diese Frau bei der Anwaltskammer anzuzeigen, würde sie es tun.

Leila nahm auf dem Besucherstuhl Platz und schlug die Beine übereinander. Ein wenig Erde rieselte von einer Stiefelsohle auf den Boden.

»Hast du Dino Herco erreicht?«, fragte Nora und schlug den Aktenordner zu.

»Ich habe gestern Nachmittag mit ihm gesprochen. Ich hatte ihn vorgeladen, aber leider musste ich die Zeugenvernehmung allein durchführen.«

»Wie ist es gelaufen?«

In Leilas Augen erschien ein eigenartiger Ausdruck.

»Er hat gedroht, mich umzubringen.«

»Wie bitte?«

Leila wurde rot. Nora hatte sie noch nie die Fassung verlieren sehen. Was war im Vernehmungszimmer vorgefallen?

»Herco hat wörtlich gesagt, er bringt mich um, falls ich Kovač erzähle, dass er den Notruf alarmiert hat.«

Gewaltandrohungen gehörten zum Berufsalltag der meisten Polizisten, aber kaum jemand war so dreist, sie in einem polizeilichen Vernehmungszimmer zu äußern.

»Den zeigen wir sofort an«, sagte Nora und streckte die Hand nach der Maus aus.

»Es gibt keinen Beweis«, sagte Leila leise.

»Wie meinst du das?«

»Ich sag doch, ich war allein mit ihm.«

Leila rieb sich den Handrücken.

»Ihr seid doch sonst bei Vernehmungen immer zu zweit?«

Leila errötete noch mehr.

»Ich konnte keinen Kollegen auftreiben«, sagte sie. »Hätte ich die Vernehmung nicht selbst durchgeführt, hätte ich Herco wieder nach Hause schicken müssen. Nach meinem Dafürhalten war es besser, die Sache durchzuziehen, als sie aufzuschieben.«

»Beschreib mir, was passiert ist«, bat Nora.

»Er hat das Aufnahmegerät im selben Moment abgeschaltet, als er mir gedroht hat. Es ging alles unglaublich schnell. Ich war so überrumpelt, dass ich nicht reagieren konnte. Danach hat er es wieder eingeschaltet, aber von dem Moment an kein Wort mehr gesagt.«

»Was hast du dann gemacht?«

»Nichts. Hab nur dagesessen wie eine Idiotin. Ich fasse es selbst nicht.«

Leila schlug mit der Handfläche auf die Armlehne.

»Und ich dachte, ich hätte es geschafft. Die Vernehmung war richtig gut gelaufen, ich war sicher, dass er einwilligen würde, als Zeuge gegen Kovač auszusagen. Er muss die Misshandlung von Mina gesehen haben, sonst hätte er die Notrufzentrale nicht angerufen. Schöne Scheiße das alles.«

Leila fluchte normalerweise nicht.

»Was machen wir jetzt?«, fragte Nora. »Mina traut sich nicht, gegen ihn auszusagen, und ihr Vater scheint dieselbe Einstellung zu haben.«

»Ich habe nicht die leiseste Ahnung«, erwiderte Leila. »Wenn du mich entschuldigst, gehe ich jetzt und hänge mich auf.«

Kapitel 60

Ein kleiner Vogel hatte sich auf der Einfahrt niedergelassen und pickte auf dem Asphalt herum. Ansonsten war weit und breit keine Menschenseele zu sehen.

Mina eilte im Laufschritt mit dem Kinderwagen vor sich zur Haustür. Sie kramte in der Handtasche nach ihrem Schlüsselbund und fand ihn schließlich ganz unten in dem Durcheinander.

Ihre Finger waren so verschwitzt, dass sie es kaum schaffte, den Schlüssel ins Schloss zu stecken und umzudrehen.

Endlich ging die Tür auf.

Das obere Sicherheitsschloss war zugesperrt, das gab ihr extra Sicherheit. Wenn jemand zu Hause war, benutzten sie immer nur das untere Schloss.

Sie ließ den Blick ein letztes Mal über die Nachbarschaft gleiten. Dann zog sie schnell den Kinderwagen in die geräumige Diele, damit er von der Straße aus nicht zu sehen war, für den Fall, dass jemand vorbeifuhr.

Oder Andreis nach Hause kam.

Sie schnappte nach Luft, als sie das Chaos in der Küche entdeckte. Wie das hier roch! Ihre schöne Küche, die sie immer blitzsauber hielt. Kartons und Essensreste auf der Anrichte, Krümel und schmutziges Geschirr überall. Was hatte er hier getrieben? Wie konnte er das alles so verkommen lassen, wo er doch immer von ihr verlangte, dass alles perfekt war?

Sie hatte keine Zeit für solche Überlegungen. Höchstens eine halbe Stunde hatte sie sich gegeben, keine Minute länger.

Lukas' eigener Kinderwagen blickte sie aus dem Wohnzimmer an, aber sie wagte nicht, Lukas umzubetten, aus Angst, er könnte aufwachen und anfangen zu schreien. Es war viel einfacher, wenn er schlief, während sie die Sachen zusammensuchte.

Mina eilte ins Schlafzimmer. Das Bett war ungemacht, das Laken verknüllt und auf dem Fußboden lagen schmutzige Unterhosen. Aber die blaue Tasche stand im Schrank, genau wie sie gehofft hatte.

Zuerst musste sie das Geld an sich nehmen, ihre heimlichen Ersparnisse, die sie im Laufe der Zeit beiseitegelegt hatte. Sie besaß kein eigenes Bankkonto, Andreis hatte die Kontrolle über alles Finanzielle, aber ab und zu war es ihr gelungen, ein bisschen vom Haushaltsgeld abzuzweigen. So hatte sie schließlich zehntausend Kronen zusammengespart, die sie in einer Nylonstrumpfhose aufbewahrte. Die wiederum hatte sie in einem Paar Winterstiefel versteckt, die im Schrank standen.

Mina öffnete die Schranktür und holte ein paar Schuhkartons heraus, bis sie schließlich die schwarzen Lederstiefel fand, die sie als Versteck benutzte. Sie schob ihre Hand tief in den linken Stiefel und betete zu Gott, dass das Geld noch da war.

Jemand dort oben meinte es gut mit ihr. Die Rolle Geldscheine steckte in der Strumpfspitze.

Die Erleichterung, die ihren Körper durchströmte, gab ihr neuen Mut. Jetzt hatte sie wenigstens eigenes Geld zur Verfügung.

Freiheit.

Sie machte die Schranktür wieder zu und ging zur Kommode. Da war so vieles, was sie gerne eingepackt hätte, aber sie wusste, dass es unmöglich war. Jetzt ging es darum, sorgfältig auszuwählen und nicht daran zu denken, was sie alles zurücklassen musste.

Sie zog die oberste Schublade auf.

Da lag ihre Unterwäsche, hübsch und ordentlich zusammengelegt und nach Farben sortiert.

Ihre eigenen Sachen.

Ihre Finger zitterten, als sie einen schwarzen, mit Spitze besetzten BH herausnahm. Das Material war weich und seidenzart auf der Haut. Es erinnerte sie daran, wie Andreis sie mit teuren Geschenken umworben hatte.

Mina schloss die Augen und erinnerte sich an glücklichere Zeiten.

Das Geräusch eines Autos auf der Straße ließ sie die Augen schnell wieder öffnen.

Oh Gott, hoffentlich kam Andreis jetzt nicht nach Hause. Er durfte sie hier nicht finden.

Mina schlich zum Fenster und spähte durch die Gardine. Da stand kein silbergraues Auto in der Garageneinfahrt. Auch nicht der schwarze BMW von Andreis.

Hatte Dino ihn nur abgesetzt und war weitergefahren? Dann würde er in wenigen Sekunden die Tür aufschließen.

Panik überfiel sie.

Sie hatte nicht daran gedacht, dass Dino ihn fast immer mit dem Mercedes abholte und brachte. Der BMW stand meistens ungenutzt in der Garage. Sie war so mit den Gedanken an ihre Sachen beschäftigt gewesen, dass sie Dino ganz vergessen hatte, obwohl er in ihrem Leben ein und aus ging, seit sie Andreis kannte.

Sie war so dumm, genau wie Andreis es ihr immer an den Kopf warf, wenn er wütend war.

Mina hielt den Atem an, wartete auf das Geräusch eines Schlüssels im Türschloss. Sie hätte nie hierherkommen dürfen. Wie hatte sie nur so dumm sein können?

Sie tastete nach ihrem Handy, um Hilfe zu rufen, aber die hintere Jeanstasche war leer, ihre Finger fanden nichts, so verzweifelt sie auch suchte. Es sauste in ihren Ohren, als ihr einfiel, dass es in der Handtasche lag, die noch an Lukas' Kinderwagen hing.

Der Wagen stand mitten in der Diele, Andreis würde ihn sofort sehen, wenn er die Tür öffnete. Sie hätte genauso gut ein großes Schild an die Fassade hängen können, auf dem stand, dass sie zu Hause war.

Sie konnte sich nicht bewegen. Es war dieselbe Todesangst, die sie empfunden hatte, kurz bevor der Rettungswagen gekommen war.

Er wird mich umbringen.

Wieder kratzte etwas auf dem Asphalt, aber schwächer diesmal. Es dauerte einen Moment, bis ihr Gehirn registrierte, was es war.

Eine Straßenkehrmaschine der Kommune war gerade am Haus vorbeigefahren. Im Frühjahr um diese Zeit wurden alle Straßen in der Gegend gekehrt.

Sie brauchte keine Angst zu haben.

Vor Erleichterung sank sie auf dem Fußboden vor dem Fenster zusammen. Sie zog die Knie an und schlang die Arme darum. Alles war gut.

Sie würde heute nicht sterben.

Mina wusste nicht, wie lange sie so auf dem Boden gesessen hatte, als sie sich endlich überwand, wieder aufzustehen. Sie musste sich am Fensterbrett hochziehen, um auf die Beine zu kommen. Der kalte Schweiß lief ihr den Nacken hinunter.

Sie durfte jetzt nicht zusammenklappen. Sie musste das hier schaffen und stark sein, obwohl ihre Knie wie Pudding waren und sie sich am liebsten in einer dunklen Ecke verkrochen hätte.

Weinen konnte sie später noch, wenn sie mit Lukas zurück im Friggagården und in Sicherheit war.

Die blaue Tasche wartete auf dem Bett. Sie öffnete den Reißverschluss mit ruckartigen Bewegungen. Jetzt musste sie sich beeilen und alles zusammensuchen, was sie mitnehmen wollte. Es war schon viel zu viel Zeit vergangen.

Andreis konnte jeden Moment zurückkommen.

Kapitel 61

Dino gab Gas und wechselte auf die linke Spur, um einen blauen Toyota mit eingedrücktem Rücklicht zu überholen. Wenn sie angekommen waren, musste er unbedingt tanken, der Zeiger der Tankuhr näherte sich schon dem roten Bereich, und er wollte nicht riskieren, auf dem Rückweg mit leerem Tank liegen zu bleiben.

Scheißen musste er auch, und er kniff den Arsch zusammen, um nicht die Kontrolle zu verlieren.

Auf dem Beifahrersitz checkte Andreis seine Mails auf dem Handy, er scrollte hoch und runter, aber Dino konnte nicht erkennen, worum es ging.

Er konzentrierte sich aufs Fahren und hoffte, dass nicht noch mehr Fragen kamen, die er mit einer Lüge beantworten musste.

Andreis hatte sein »Geständnis« in der Küche nicht weiter kommentiert, seit sie das Haus verlassen hatten.

Gestern hatte Dino wirklich geglaubt, seine letzte Stunde habe geschlagen. Er ritt sich immer tiefer rein. Irgendwie musste er es schaffen, aus dem Schlamassel rauszukommen.

»Scheiße«, stöhnte Andreis plötzlich neben ihm und ließ das Handy auf die Knie sinken. »Ich hab meine Zigaretten in der Küche liegen lassen.«

Andreis weigerte sich, eine andere Marke zu rauchen als seinen Spezialimport.

»Soll ich umkehren?«, fragte Dino.

Bis Södertälje waren es vierzig Kilometer. Sie würden es kaum bis zwölf schaffen. Aber manchmal gefiel es Andreis, Leute warten zu lassen. Besonders solche, die eine Lektion vertragen konnten.

Um sich Respekt zu verschaffen.

»Wird knapp, oder?«

»Das bestimmst du.«

Dino hielt seine Stimme neutral. Aus dem Augenwinkel sah er, wie Andreis grinste. Andreis war der Käufer, er hatte es nicht nötig zu kriechen.

»Da hast du recht.«

Es war ein rein geschäftliches Treffen heute, eine erste Sondierung von eventuellen Lieferanten, die ein anderer Kontakt empfohlen und durchleuchtet hatte. Seit seiner Entlassung aus der U-Haft war Andreis noch vorsichtiger geworden, er knüpfte keine neuen Geschäftskontakte mehr, ohne sie vorher gründlich zu prüfen.

Natürlich würde nichts von dem, was bei dem Treffen gesagt wurde, etwas mit dem Gegenstand des Interesses zu tun haben oder auf eine Weise ausgedrückt werden, dass man Andreis mit der endgültigen Handhabung in Verbindung bringen könnte. Es gab andere, die einsteigen und sich um den Vertrieb der Waren kümmern würden, wenn das Geschäft erst unter Dach und Fach war. Die Organisation bestand aus vielen verschiedenen Leuten für viele verschiedene Aufgaben.

Andreis war gut darin, die »Fachkompetenz« der jeweiligen Mitarbeiter zielgerichtet einzusetzen.

»Da vorn könnte ich raus«, sagte Dino und zeigte auf die Autobahnausfahrt Nacka, die gerade hundert Meter vor ihnen auftauchte. »Es dauert höchstens zehn Minuten, zurückzufahren und deine Kippen zu holen.«

Andreis schob die Hand in die Jackentasche, in der seine Zigarettenschachtel hätte liegen sollen.

»Okay, wir kehren um«, sagte er. »Aber gib Gas.«

Kapitel 62

Nachdem Leila gegangen war, fiel Nora das Einlesen in den neuen Fall noch schwerer. Sie war sich bewusst, dass ihnen die Zeit weglief. Sie hatte die Anklageerhebung gegen Kovač bereits verschoben, um die Misshandlung mit aufzunehmen, aber lange konnte sie nicht mehr warten. Die Hoffnung, dass Mina ihre Meinung änderte, schwand zusehends.

Vielleicht war es klüger, sich auf das Wirtschaftsdelikt zu beschränken? Das war ihr Spezialgebiet, und die Beweislage war gut. Sie könnte einen Schritt zurücktreten und es der Polizei Nacka überlassen, sich um den Misshandlungsfall zu kümmern. Könnte die ursprüngliche Anklageschrift einreichen und den Rest unter den Tisch fallen lassen.

Nora schlug die Akte zu. Es ging sowieso nichts in ihren Kopf rein.

Sie stand vom Schreibtisch auf, nahm Jacke und Handtasche und verließ das Büro. Sie musste an die frische Luft und auf andere Gedanken kommen. Als sie auf die Hantverkargatan hinaustrat, hatte der Mittagstrubel in den umliegenden Restaurants schon begonnen. Aber da sie ohnehin keinen Hunger hatte, ging sie stattdessen Richtung Kungsholmstorg.

Ohne dass sie es richtig mitbekam, saß sie plötzlich im Bus der Linie 3, der direkt zum Söderkrankenhaus fuhr.

Sie wollte einen letzten Versuch unternehmen, Stefan zur Aussage gegen seinen Schwiegersohn zu überreden.

Andreis Kovač war viel zu gefährlich, um frei herumzulaufen. Thomas hatte gesagt, Kovač würde es persönlich nehmen, falls sie Mina in das Verfahren hineinzog, aber Nora nahm es auch persönlich.

Nach knapp fünfundzwanzig Minuten war sie am Krankenhaus angekommen. Sie zeigte ihren Dienstausweis am Empfang vor und erfuhr, dass Katrin Talevski noch auf der Intensivstation im vierten Stock lag. Dann musste ihr Zustand immer noch ernst sein.

Nora sah Stefan sofort, als sie die Tür zur Intensivstation öffnete. Er kam gerade aus einem Zimmer gegenüber vom Eingang. Durch die offene Tür konnte Nora das Bett, in dem Katrin lag, sehen. Ihr Körper war mit einer Menge Schläuche verbunden, und das Zimmer war voller Maschinen, die piepten und summten.

Stefan hielt mitten im Gehen inne, als er Nora hereinkommen sah. Sein Gesicht war grau und verhärmt. Es sah nicht so aus, als hätte er viel Schlaf bekommen, seit sie sich im Körsbärsvägen getroffen hatten.

Nora wurde von Mitleid gepackt. Der arme Mann. Erst die Sorge um Tochter und Enkelkind, und jetzt ging es seiner Frau so schlecht.

»Was machen Sie denn hier?«, brach es aus ihm heraus.

»Hätten Sie ein paar Minuten Zeit?«, fragte Nora.

Sie fühlte sich unerwartet unwohl. Vielleicht hätte sie dem Impuls, auf eigene Faust hierherzufahren, doch nicht nachgeben sollen. Sie hatte Leila nichts davon gesagt, war einfach losmarschiert wie eine Hobbydetektivin.

Stefan warf einen besorgten Blick in Katrins Zimmer.

»Worum geht's?«

»Ich habe nur ein paar Fragen. Es geht um das, worüber wir gestern gesprochen haben. Das Verhalten Ihres Schwiegersohns, als er bei Ihnen war und Sie und Ihre Frau bedroht hat.«

»Ich habe dazu nichts zu sagen. Das habe ich Ihnen gestern doch wohl deutlich genug gemacht.«

»Es geht schnell, das verspreche ich Ihnen.«

Wie konnte er so blind sein, sogar jetzt, wo Katrin nur wenige Meter weiter im Koma lag, verschuldet durch Andreis Kovač.

»Begreifen Sie nicht, dass es nur schlimmer wird, wenn Sie und Mina nicht darüber sprechen, was passiert ist? Wenn Sie Ihren Schwiegersohn schützen?«

Bevor Stefan sie unterbrechen konnte, fuhr sie fort:

»Vor einer Woche haben Sie versucht, Mina zu einer Aussage gegen ihren Mann zu überreden, als sie sich nicht traute. Und jetzt, nachdem er Sie und Ihre Frau bedroht hat, verhalten Sie sich genau wie Ihre Tochter. Wie lange wollen Sie noch zulassen, dass er Ihre Familie terrorisiert?«

Stefan blinzelte ein paarmal.

»Helfen Sie mir lieber, ihn hinter Gitter zu bringen. Nichts wird besser, wenn man den Kopf in den Sand steckt.«

Nora ging einen Schritt auf ihn zu.

»Sie werden Kovač nie los, wenn Sie uns nicht helfen. Wir brauchen Ihre und Minas Unterstützung, damit er zu einer langjährigen Haftstrafe verurteilt wird.«

»Ich muss erst mit Mina darüber reden«, murmelte Stefan.

»Haben Sie das noch nicht getan?«

Er schüttelte den Kopf und zog sich innerlich zurück. Als er den Mund öffnete, war sein Blick so abwesend, dass Nora sich fragte, ob er überhaupt mitbekommen hatte, was sie von ihm wollte oder warum sie hier war.

»Ich habe die ganze Zeit hier gesessen«, sagte er. »Katrins Zustand hat sich heute Nacht verschlechtert. Ich hatte noch keine Gelegenheit, mit Mina ...«

Ein durchdringender Ton kam aus Kathrins Zimmer, und im selben Moment erschien eine Krankenschwester auf dem Flur. Eilig lief sie an ihnen vorbei zu Katrin.

Die Lampe über der Tür blinkte hektisch.

»Gehen Sie jetzt«, sagte Stefan und verschwand im Zimmer seiner Frau.

Kapitel 63

Lukas' Zimmer war ganz in sanften Blautönen gehalten. Die Tapete mit den niedlichen Enten hatte Mina selbst an die Wände geklebt. An einer Wand stand sein Bett, daneben der Stillsessel. Ein weißes Lammfell hing über der Nackenstütze.

Minas Blick huschte durch den Raum.

Sie hatte sich viel zu lange im Schlafzimmer aufgehalten, sie begriff nicht, wo die Zeit geblieben war.

Jetzt musste sie sich schnell entscheiden, was sie mitnehmen wollte, aber ihr Puls raste so sehr, dass sie keinen klaren Gedanken fassen konnte. Sie hatte eine Art Tunnelblick, konnte immer nur eine Sache zurzeit ansehen, ohne zu verstehen, wie sie mit dem Rest zusammenhing. Immer wieder nahm sie etwas auf, nur um es gleich wieder wegzulegen. Es war unmöglich zu entscheiden, was am wichtigsten war, wenn jeder Gegenstand unverzichtbar schien.

Ihre Gedanken flossen ineinander wie Sirup.

Schließlich zog sie die oberste Schublade der Babykommode auf und raffte die Sachen wahllos zusammen. Ein Strampelanzug war dabei, ebenso ein paar Pullover und zwei Hosen. Sie stopfte Lukas' Teddy in die Reisetasche und mehrere Schnuller, die er liebte.

Gerade noch rechtzeitig fiel ihr ein, dass sie die Schublade wieder schließen musste, um keine Spuren zu hinterlassen.

Als Letztes ging sie ins Bad, wo die Kosmetiksachen standen, vermied es aber, in den Spiegel zu schauen. Viel zu oft hatte sie hier gestanden, ihre blauen Flecken überschminkt und Blut von den aufgeplatzten Lippen getupft. Sie brauchte nicht daran erinnert zu werden, das übernahm schon die Wundnaht über der Augenbraue, die jedes Mal wehtat, wenn sie die Stirn runzelte. Rasch griff sie nach ihrer Kulturtasche und stopfte so viel Schminksachen wie möglich hinein. Sie hätte auch gern die elektrische Zahnbürste mitgenommen, traute sich aber nicht. Wenn die nicht an ihrem Platz stand, würde sofort auffallen, dass sie hier gewesen war.

Mina verließ das Bad, eilte in die Diele und nahm ihre Lieblingsjacke von der Garderobe.

Lukas schlief immer noch fest. Sie zögerte, sollte sie seinen schönen neuen Kinderwagen mitnehmen oder ihn hierlassen?

Der vom Friggagården war kleiner und niedriger, es würde schwierig sein, die blaue Tasche darunter zu verstauen. Aber es war zwanzig vor zwölf, sie musste wirklich zusehen, dass sie hier rauskam.

Mina versuchte, sich zu entscheiden.

Schließlich lief sie hinüber zu dem anderen Wagen. Er stand im Wohnzimmer noch am selben Platz, an dem er gestanden hatte, als Andreis letzten Montag nach Hause gekommen war.

Dem letzten Abend in diesem Haus.

Mina löste die Fußbremse und zog den Wagen hinter sich her in die Diele. Vorsichtig hob sie Lukas hinüber und deckte ihn wieder gut zu. Er greinte kurz und die Lider zuckten, aber er schlief weiter. Mit einiger Mühe verstaute sie die vollgepackte Reisetasche auf dem Platz unterhalb der Tragewanne und legte ihre Handtasche ins Netz.

Wieder zögerte sie.

Sollte sie beide Wagen mitnehmen oder den geliehenen zurücklassen? Sie war sich nicht sicher, was mehr auffallen würde, aber schließlich schob sie den vom Friggagården ins Wohnzimmer und stellte ihn dort ab, wo bisher Lukas' Wagen gestanden hatte.

Hoffentlich merkte Andreis den Unterschied nicht. Falls die Leute im Friggagården den Wagen vermissten, musste sie ihn eben bezahlen. Jetzt hatte sie ja immerhin eigenes Geld.

Mina griff nach dem Schlüsselbund. Mit einem letzten Blick zurück, ob sie auch nichts vergessen hatte, ging sie zur Tür.

Kapitel 64

Ulrika Grönstedt lehnte sich auf dem Bürostuhl zurück und betrachtete ihren prächtigen Schreibtisch, auf dem Fionas Foto einen Ehrenplatz einnahm. Das Mahagoni glänzte. Der Tisch war von Svenskt Tenn und strahlte genau die diskrete Eleganz aus, die sie gewünscht hatte.

Ihre Mandanten mochten sich lichtscheuen Aktivitäten hingeben, aber die Kanzlei war in höchstem Maße respektabel.

Vor ihr lag Kovačs dicke Akte. Das Memorandum, das Nico bezüglich Sorgerechtsstreit und Zwangsrückführung erstellt hatte, lag obenauf. Er hatte ihre Idee, Mina durch Drohung mit dem Sozialdienst zur Rückkehr zu bewegen, überprüft und ausgearbeitet.

Ulrika hatte überlegt, ob es ethisch vertretbar war, ein Kind als Druckmittel zu benutzen, um eine misshandelte Frau zu zwingen, zu ihrem Mann zurückzukehren. Aber erneut war sie zu dem Ergebnis gekommen, dass Minas Wohl und Wehe nicht in ihrer Verantwortung lag. Darum sollte sich Herman Wibom kümmern.

Nico hatte die moralische Frage nicht sonderlich beunruhigt. Der Junge war ein heller Kopf, gar keine Frage, und bisher hatte er das meiste richtig gemacht. Sein jüngster Vorschlag war, dass die Kanzlei sich einen Instagram-Account zulegen sollte. Es sei notwendig, sich auch in den sozialen Medien ein Image aufzubauen, hatte er mit großem Enthusiasmus argumentiert.

Nico würde es noch weit bringen.

Ihr Mobiltelefon klingelte. Zuerst überlegte sie, nicht ranzugehen, sie hatte keine Zeit für ein längeres Gespräch. In zehn Minuten war sie im Riche zum Essen verabredet. Aber dann siegte ihr professionelles Ego, und sie nahm den Anruf an. Schlimmstenfalls musste sie das Gespräch eben auf dem Weg zum Restaurant führen.

»Hallo?«, meldete sie sich kurz.

»Haben Sie mit ihr gesprochen?«

Kovač. Wie üblich, ohne seinen Namen zu nennen.

»Reden Sie von Ihrer Ehefrau?«

»Meinen Sie, sie kommt freiwillig nach Hause?«

Ulrika zog ihren Mantel an.

»Ich habe nicht mit ihr gesprochen, nur mit ihrem Rechtsbeistand, Herman Wibom. Das hatte ich ja bereits erwähnt. Er wollte ihr unsere Bedingungen übermitteln, so wie wir sie vereinbart haben.«

»Wird sie darauf eingehen?«

Kovačs Stimme war völlig emotionslos. Genauso gut hätte er von einem Hund sprechen können.

»Ich habe betont, dass es ein Straftatbestand ist, Ihnen als Mitsorgeberechtigtem das gemeinsame Kind gegen Ihren Willen zu entziehen und vorzuenthalten«, sagte sie mit ihrer strengsten Anwaltsstimme, die sie sich normalerweise für Hauptverhandlungen bei Gericht vorbehielt.

»Sie soll jetzt kommen.«

»Wir haben ihr eine Frist von drei Tagen eingeräumt. Das kann ich im Nachhinein nicht mehr ändern.«

»Ich will sie morgen hier zu Hause haben!«, bellte Kovač in den Hörer. »Schluss mit dem Herumgezicke!«

Ulrika holte tief Luft.

»Die Gegenseite hat noch nicht geantwortet«, sagte sie und ging zu den Aufzügen. »Wir müssen abwarten, bis ihr Rechtsbeistand sich wieder bei mir meldet.«

»Tun Sie Ihren Job und sorgen Sie dafür, dass sie nach Hause kommt.«

Er senkte die Stimme. Die Brutalität war trotzdem nicht zu überhören.

»Ich sage es nicht noch einmal.«

Bosnien

April 1993

Der Duft von frisch gebrühtem Kaffee zog durch die Küche. Blanka hatte ein paar Eier organisiert, sie hatte gebacken und war mit dem noch warmen Zuckerkuchen zu ihnen herübergekommen. Selma und Andreis hatten sich jeder ein großes Stück nehmen dürfen.

Er schmeckte köstlich.

Es kam nicht oft vor, dass sie Süßes im Haus hatten, oder auch nur normales Brot, dachte Selma. Früher hatte sie immer große runde Brotlaibe gebacken, aber in der letzten Zeit hatte das bisschen Mehl, das sie besorgen konnte, nur für eine dünne Scheibe Brot pro Mahlzeit gereicht. Manchmal verzichtete sie auf ihre Scheibe, damit die Kinder mehr bekamen.

Die Regale im Supermarkt waren gähnend leer, und wenn es doch mal etwas zu kaufen gab, war es unglaublich teuer.

»Geh spielen, Hase«, sagte sie zu Andreis, als sie den Kuchen aufgegessen hatten.

Er ging in seine Spielecke und begann, mit seinen kleinen Autos herumzukurven. Er hatte drei, ein rotes, ein blaues und ein schwarz-weißes Polizeiauto.

Selma sorgte sich jeden Tag mehr um ihn.

Sie versuchte, ihn zu beschützen, so gut es ging, aber was machte es mit einer jungen Seele, unter solchen Umständen aufzuwachsen? Ihm konnte nicht entgehen, wie Zlatko und sie sich stritten, ebensowenig wie die blauen Flecken, die sie zu verbergen versuchte. Oder die furchtbaren Kriegsnachrichten, mit denen Fernsehen und Radio sie Tag für Tag überfluteten.

Würde er für immer von all den Grausamkeiten um sie herum gezeichnet sein?

Neulich war er so wütend geworden, dass er das Polizeiauto genommen und mit voller Wucht auf den Fußboden geschleudert hatte, obwohl es einer seiner größten Schätze war. Es hatte ein Rad verloren, das sich nicht wieder anbringen ließ. Danach war er untröstlich gewesen, hatte aber nicht erklären können, was ihn so geärgert hatte.

Blanka steckte sich eine Zigarette an.

»Wie lange bleibt ihr noch?«, fragte sie.

Selma wünschte, sie hätte das nicht gefragt. Sie hatte keine Lust, auch noch darüber zu reden, es reichte schon, dass die Frage ihr die ganze Zeit im Kopf herumging.

»Wir untersuchen alle Möglichkeiten, von hier abzuhauen«, fuhr Blanka fort. »Die Serben haben Ost-Bosnien fast leer gefegt.«

Selma strich mit den Fingerspitzen über die Tischplatte.

»Ich kann mit Zlatko nicht darüber reden, er geht nicht von hier weg«, sagte sie. »Er weigert sich, unser Haus und unseren ganzen Besitz aufzugeben.«

»Zlatko war schon immer ein Sturkopf.«

»Er sagt, das geht vorbei, der Krieg muss bald zu Ende sein. Wir brauchen nur ein bisschen Geduld.«

Blanka aschte auf die Untertasse.

»Was, wenn er sich irrt?«, sagte sie leise.

Nicht einmal Jasminas Geschichte hatte Eindruck auf Zlatko gemacht. Er wollte einfach nicht hören.

Die Tränen brannten ihr in den Augen, aber Selma wollte auf keinen Fall weinen, sodass Andreis es mitbekam. Er war ohnehin schon so nervös. In den letzten Monaten war er immer unruhiger geworden, von ihrem kleinen Sonnenschein war nichts mehr übrig. Eigentlich hätte er zur Schule gehen sollen, aber die war bis auf Weiteres geschlossen, keiner wusste, wann sie wieder aufmachen würde.

Sie wagte nicht, Andreis draußen spielen zu lassen, sobald er außer Sichtweite war, bekam sie Panik. Obwohl die Bombardierungen inzwischen aufgehört hatten, war sie immer noch ängstlich.

»Hör auf, so was zu sagen!«, rief sie aus. »Das kommt alles wieder in Ordnung. Es muss.«

Blanka runzelte die Stirn über ihren heftigen Tonfall, und Selma tat es sofort leid. Blanka war ihre beste Freundin, sie meinte es nur gut mit ihr.

»Entschuldige«, sagte Selma. »Ich weiß einfach nicht, was ich machen soll. Zlatko ist fest entschlossen, zu bleiben und unser Eigentum zu verteidigen.«

»Du musst noch mal mit ihm reden.«

»Er hört mir ja doch nicht zu. Er wird sofort wütend, wenn ich das Thema anspreche.«

Blanka beugte sich vor und schob Selmas Pulloverärmel zurück. Ein hässlicher blauer Fleck kam zum Vorschein.

Selma wurde rot und zog den Ärmel rasch wieder herunter.

»Er ist nicht mehr der Mann, den ich geheiratet habe«, flüsterte sie.

»Krieg verändert die Menschen. Er fördert ihre schlimmsten Seiten zutage.«

Selma begrub das Gesicht in den Händen.

»Zlatko kann nicht zugeben, dass er einen Fehler gemacht hat«, sagte sie durch die Finger. »Dass wir nach Kroatien hätten gehen sollen, als der Krieg ausbrach. Jetzt ist es dafür zu spät. Wir streiten uns die ganze Zeit darüber.«

Sie strich sich über die Stirn.

»Er ist kaum mehr zu Hause, stattdessen sitzt er mit den wenigen anderen Männern zusammen, die noch hier sind, und säuft. Ich weiß nicht, was ich machen soll. Ich weiß überhaupt nichts mehr.«

Blanka trank ihren Kaffee so hastig aus, dass ein paar Tropfen danebengingen.

»Er liefert euch dem sicheren Tod aus, wenn er seine Meinung nicht ändert. Soll ich Dario bitten, mal mit ihm zu reden?«

Selma schüttelte den Kopf. Blankas Mann war zwar Zlatkos Cousin, aber wesentlich älter und schon in Rente. Wenn Zlatko erfuhr, dass sie sich bei Blanka und Dario beschwert und die Familie in die Sache hineingezogen hatte, würde das alles nur noch schlimmer machen.

Bei dem Gedanken, Zlatko wieder einmal auf die Flucht anzusprechen, zog sich ihr Magen zusammen.

Aber Blanka hatte recht.

»Ich will versuchen, morgen mit ihm zu reden«, sagte sie.

Kapitel 65

Der Trastvägen war immer noch leer, als Mina vorsichtig die Haustür öffnete und hinausspähte. Da sie niemanden entdecken konnte, schlüpfte sie rasch aus der Tür und sperrte sorgfältig beide Schlösser hinter sich ab. Alles musste genauso sein wie vorhin, als sie gekommen war, Andreis durfte keinen Verdacht schöpfen.

Sie beschloss, nicht an den ausgetauschten Kinderwagen zu denken.

Das Herz schlug ihr bis zum Hals, als sie die Einfahrt hinunterlief und auf die Straße bog. Während sie den schwer beladenen Wagen Richtung Bushaltestelle schob, trat ihr der Schweiß auf die Stirn, und das Atmen wurde mühsam.

Durch die Anstrengung schmerzten ihre Rippen, aber so stark wie jetzt hatte sie sich lange nicht mehr gefühlt. Sie hatte es geschafft. Sie hatte sich nach Hause getraut, trotz ihrer Angst vor Andreis. Ausnahmsweise einmal hatte sie etwas ganz allein geplant und ausgeführt.

Mina lachte nervös über ihre eigene Dreistigkeit.

Lukas wimmerte im Wagen, aber sie konnte noch nicht stehen bleiben und ihn beruhigen. Sie würde ihn aufnehmen, sobald sie im Bus saß. Der sollte in zehn Minuten fahren, das Timing war perfekt. Bald würde sie zurück im Friggagården in Sicherheit sein, mit all ihren Sachen.

Bitte sei still, bat sie ihren Sohn in Gedanken und versuchte, ihre Schritte zu beschleunigen, damit sie schnell um die Ecke biegen konnte und die Bushaltestelle in Sichtweite kam.

Die letzten Schneereste tauten langsam in der Frühlingssonne, und obwohl der alte Schnee hässlich und braun an den Rändern war, verspürte sie so etwas wie Hoffnung. Bald würden die Bäume ausschlagen, die ersten Schneeglöckchen blühten bereits.

Etwas Reines und Schönes war im Begriff, all den Schmutz zu ersetzen.

Sie musste wegen eines Schotterhaufens auf dem Bürgersteig auf die Straße ausweichen, um mit dem Wagen voranzukommen. Gleich würde sie an der Straßenecke sein, und dann war es nicht mehr weit bis zum Bus.

Sie hörte sich selbst keuchen.

Das Geräusch eines näher kommenden Autos riss sie aus ihren Gedanken. Es hörte sich in der stillen Straße viel zu laut an. Hier im Wohngebiet durfte man nur Tempo dreißig fahren, aber das schien den Autofahrer nicht zu kümmern.

Das Motorgeräusch in ihrem Rücken wurde lauter. Mina konnte nicht anders, sie musste den Kopf drehen und zurückschauen.

Das Auto kam aus der falschen Richtung, aber sie wusste sofort, wohin es wollte.

Ein silbergrauer Mercedes.

Er war nur noch hundert Meter entfernt, als Mina begann, um ihr Leben zu laufen.

Kapitel 66

Dino bog in den Trastvägen. Er fuhr schnell, sie waren von ein paar roten Ampeln aufgehalten worden, und der Rückweg hatte viel mehr Zeit gekostet als erwartet. Aber es war kein Verkehr auf der Straße, und die Geschwindigkeitsbeschränkung kümmerte ihn nicht.

Andreis hatte vom Auto aus seine Anwältin angerufen und war schlecht gelaunt. Immer wieder hatte er laut über Ulrika Grönstedt geflucht. Aber sie war ihm von anderen, die ihre Dienste in Anspruch genommen hatten, wärmstens empfohlen worden. Sie war eine von den »Guten«, wie man sich unter der Hand erzählte.

Eine Frau mit Kinderwagen tauchte ein Stück vor ihnen auf. Es sah aus, als würde sie rennen.

»Schau mal«, rief Andreis im selben Moment, als Dino sie entdeckte.

Die Frau hatte ihr Haar unter einer Schirmmütze verborgen, und er sah nur ihren Rücken. Aber etwas an ihrer Haltung kam ihm bekannt vor. Diese blonden Haarsträhnen, die sich losgerissen hatten und im Wind flatterten.

Das war Mina!

Sie schob Lukas' Kinderwagen vor sich her. Er erkannte ihn wieder, hatte ihn in den letzten Monaten oft bei ihnen zu Hause gesehen.

Was machte sie hier? Man hätte meinen sollen, sie sei schlau genug, sich hier nicht blicken zu lassen, nach allem, was passiert war.

»Los, fahr ihr nach!«

Andreis beugte sich vor und zeigte aufgeregt nach vorn.

Die Frau drehte sich um, und trotz der Entfernung konnte Dino ihre Panik erkennen. Sie war es wirklich.

Mina verschwand um die Ecke.

»Mach schon!«, schrie Andreis. »Sie will zum Bus!«

Kapitel 67

Anna-Maria machte eine Runde durch den Friggagården, um nachzusehen, ob Mina inzwischen zurückgekommen war.

Ihr Zimmer war leer, und der Kinderwagen stand auch noch nicht wieder auf dem Hof. Jetzt war sie schon seit zwei Stunden weg, sie hätte längst zurück sein müssen.

Anna-Maria warf einen Blick in die Küche und nickte Sanna und Lori zu, die beim Mittagessen saßen.

Lori war dreizehn und Sannas einziges Kind. Ihr langes rötliches Haar hatte sie zu einem glänzenden Dutt aufgesteckt, aber ihr schön geschnittenes Gesicht war blass und die Augen eingesunken. Die Fingernägel waren so weit abgekaut, dass kaum noch etwas übrig war.

Sanna beugte sich über den Tisch und tätschelte den Arm ihrer Tochter. Offenbar versuchte sie, Lori zum Essen zu bewegen, das Mädchen war dünn wie ein Streichholz, fast an der Grenze zur Magersucht.

Anna-Maria ließ sie in Ruhe.

Sanna hatte ihren Mann Anders vor ein paar Wochen verlassen, nachdem er sie jahrelang körperlich und seelisch misshandelt hatte. Als er sie zum ersten Mal vor den Augen der Tochter zusammenschlug, hatte Sanna endgültig genug gehabt und war mit Lori geflohen.

Sie waren jetzt seit zwei Wochen im Friggagården, tief unglücklich über alles, was sie hatten zurücklassen müssen. Die Mutter war deprimiert. Lori vermisste ihre Freundinnen und weinte sich die Augen aus, weil sie ihren Freund nicht treffen durfte.

Die Macht der Männer über die Frauen.

Anna-Maria seufzte und ging zurück ins Büro. Sie wählte noch einmal Minas Handynummer, aber genau wie bei den anderen Versuchen schaltete sich nach vier Mal klingeln die Mailbox ein.

Irgendetwas beunruhigte Anna-Maria. Ein Gefühl, dass nicht alles so war, wie es sein sollte.

Sie legte die Hand auf den Telefonhörer und überlegte, ob sie Leila

Kacim anrufen sollte. Die Polizistin hatte ihre Visitenkarte hinterlassen und gesagt, sie könne sich jederzeit melden, wenn irgendetwas wäre. Vielleicht sollte sie auch Herman Wibom anrufen, Minas Rechtsbeistand?

Aber was sollte sie sagen? Dass Mina zu einem Spaziergang aufgebrochen und nach zwei Stunden noch nicht wieder zurückgekommen war?

Anna-Maria nahm die Hand vom Hörer. Sie würden denken, dass sie überreagierte. Mina war sicher bald wieder da. Es war sinnlos, sich wegen nichts und wieder nichts aufzuregen.

Kapitel 68

Dino trat das Gaspedal durch, sodass der Wagen einen Satz nach vorn machte und an dem terracottafarbenen Haus vorbeiraste. Er schoss auf die Kreuzung, ohne sich um das Stoppschild zu kümmern, und wollte gerade nach links abbiegen, als ihm ein roter Golf von dort entgegenkam.

Ebenfalls viel zu schnell.

Der Golf war schon so nah, dass Dino die weit aufgerissenen Augen und den offenen Mund der Fahrerin erkennen konnte.

Er trat so hart auf die Bremse, dass er meinte, der Fuß müsse ihm abfallen. Der Sicherheitsgurt straffte sich, als der Wagen jäh zum Stehen kam, und er wurde nach vorn geworfen.

»Was machst du?«, schrie Andreis.

Dino wartete auf das Kreischen von berstendem Metall, aber der Golf rauschte mit nur einem Zentimeter Abstand an ihnen vorbei.

Die Frau am Steuer hupte empört.

Dino zeigte ihr den Finger.

»Da ist sie«, rief Andreis und zeigte auf Mina.

Sie war nur noch wenige Meter von der Haltestelle entfernt, an der gerade ein Bus ankam. Die Türen öffneten sich, und Mina bugsierte den Kinderwagen hastig durch den hinteren Eingang.

Andreis hatte die Seitenscheibe heruntergelassen und hing mit dem halben Oberkörper aus dem Fenster.

»Halt!«, brüllte er. »Mina, warte! Ich will mit dir reden!«

Dino scherte hinter dem Bus ein.

Andreis riss die Beifahrertür auf, während der Wagen noch rollte, und sprang hinaus. Mina war inzwischen eingestiegen und rief dem Busfahrer hysterisch etwas zu.

Andreis rannte nach vorn.

»Mina, warte!«, rief er. »Steig aus!«

Die Bustüren gingen gerade zu, im letzten Moment bekam Andreis eine der Gummilippen zu fassen und versuchte, die Tür mit Gewalt wieder zu öffnen. Eine ewig lange Sekunde zerrte er daran, musste aber schließlich aufgeben, um nicht eingeklemmt zu werden. Die Tür rastete vor seinen Augen ein.

Andreis hämmerte mit der Faust dagegen.

»Mach die verdammte Tür auf, oder ich bring dich um!«, brüllte er Mina an, die mit schreckensbleichem Gesicht dahinter stand.

Dino war im selben Moment bei Andreis, als er die schwere Glock aus der Jacke zog und auf Mina zielte.

Der Bus fuhr an.

In Andreis' Augen loderte unbändige Wut. Dino wusste, dass er ihn ablenken musste, bevor eine Katastrophe passierte.

»Jetzt komm mal wieder runter!«, herrschte er ihn an. »Du kannst sie nicht mit der Pistole in der Hand zwingen, aus dem Bus zu steigen.«

»Sie darf mich nicht schon wieder verlassen!«

»Du wanderst lebenslänglich in den Bau, wenn du sie vor aller Augen abknallst.«

Andreis war hochrot im Gesicht. Eine dicke Ader pulsierte auf seiner Stirn. Dino hatte ihn noch nie so außer sich gesehen.

Er packte ihn an den Schultern.

»Da sitzen lauter Zeugen drin, begreifst du das nicht? Die haben sowieso schon zu viel gesehen. Der Fahrer hat inzwischen bestimmt die Polizei gerufen. Wir müssen abhauen, sofort.«

Andreis atmete immer noch schwer durch den offenen Mund. In einem Mundwinkel klebte ein wenig Speichel.

»Jetzt komm.«

Dino zog und knuffte Andreis zum Mercedes, während er auf Polizeisirenen horchte. Er öffnete die Beifahrertür und drängte Andreis einzusteigen. Dann lief er ums Auto, warf sich hinein und startete den Motor.

Die Reifen jaulten auf, als er mit Vollgas davonfuhr.

Andreis schien unter Schock zu stehen. So als könnte er nicht fassen, dass Mina es tatsächlich gewagt hatte, ihm zu trotzen.

Dass sie sich wider Erwarten nach Hause getraut hatte.

»Dafür bringe ich sie um«, murmelte er. »Sobald ich sie zu fassen kriege, bringe ich sie um.«

Kapitel 69

Leilas schnelle Schritte näherten sich Noras Büro.

»Ist was passiert?«, fragte Nora und ließ die Computermaus los, als die Kollegin hereinkam.

»Mina«, sagte Leila.

Ein nervöses Zucken lief durch ihre Magengrube. War die Mutter gestorben? Oder hatte Kovač sie doch ausfindig gemacht?

Nora machte sich keine Illusionen darüber, wozu der Mann fähig war.

»Was ist mit ihr?«

»Heute Vormittag ist sie aus dem Friggagården abgehauen und nach Hause gefahren, aber ihr Mann hat sie erwischt.«

»Lebt sie noch?«, entfuhr es Nora.

Leila machte eine beruhigende Geste mit der rechten Hand.

»So schlimm ist es nicht. Sie konnte ihm im letzten Moment entkommen und ist unverletzt. Zumindest körperlich.«

»Wo ist sie?«

»In einem Linienbus, sie ist vollkommen hysterisch und hat Todesangst. Kovač hat sie verfolgt, aber sie konnte sich mit knapper Not in den Bus retten.«

Leila hielt ihr Telefon hoch.

»Sie hat mich gerade eben angerufen. Sie hat so geweint, dass ich kaum verstehen konnte, was sie mir sagen wollte.«

»Meinst du, sie ist noch in dem Bus? Was, wenn er sie mit dem Auto verfolgt?«

»Ich glaube nicht, dass er das wagt, dazu gibt es zu viele Zeugen. Aber ich habe einen Streifenwagen geschickt, der sie abholt. Ich bringe sie zurück zum Friggagården und sorge dafür, dass sie dort bleibt.«

Nora versuchte, die Information zu verdauen.

»Wo ist der Sohn?«, fragte sie. »Sag, dass wenigstens er auf Runmarö in Sicherheit ist.«

»Sie hat ihn bei sich.«

Leilas Gesicht wurde hart.

»Ich begreife nicht, was sie sich dabei gedacht hat«, schimpfte sie. »Wie konnte sie nur etwas so Gefährliches tun.«

Sie sah auf die Uhr.

»Ich muss los.«

Nora stand auf. Sie konnte jetzt nicht am Schreibtisch sitzen und Akten über Steuerbetrügereien lesen.

»Ich komme mit«, sagte sie und griff nach ihrem Mantel.

Kapitel 70

Leila fuhr. Sie hatte einen zivilen Polizeiwagen genommen, einen schwarzen Volvo V70, den sie benutzte, wenn sie unauffällig bleiben wollte.

Die Streife hatte sich gemeldet und bestätigt, dass sie Mina und den Jungen ohne irgendwelche Zwischenfälle vom Bus abgeholt hatten. Die beiden saßen jetzt sicher verwahrt auf dem Rücksitz, auch wenn die Mutter völlig aufgelöst war.

Nora atmete auf.

»Wo sollen wir sie abholen?«, fragte sie, als sie auf die Autobahn Richtung Gustavsberg bogen. »In Stavsnäs?«

Leila schüttelte den Kopf.

»Das würde zu viel Aufmerksamkeit erregen. Die Kollegen bringen sie nach Mölnvik. Ich habe sie gebeten, auf der Rückseite des Hubschrauberhangars zu warten, da kommt kaum jemand vorbei.«

Nora strich sich übers Haar. Es fühlte sich strohig an. Sie hatte am Morgen keine Zeit gehabt, sich die Haare zu waschen, und stattdessen ein Trockenshampoo benutzt. Mit dem Ergebnis, dass sie jetzt einen Heuhaufen auf dem Kopf hatte, aber jedenfalls sahen die Haare nicht fettig aus.

»Hast du mit jemandem vom Friggagården gesprochen?«, fragte sie. »Wissen sie dort, was Mina durchgemacht hat?«

Vor ihnen verengten sich zwei Fahrbahnen zu einer, und Leila bremste ab.

»Ich hatte noch keine Zeit dazu«, sagte sie.

»Das kann ich ja machen.«

Nora wählte die Nummer. Gleich beim ersten Klingeln meldete sich Anna-Maria. Nora berichtete kurz, was passiert war.

»Ich hab's geahnt«, rief Anna-Maria aus. »Ich hatte so ein Gefühl, dass irgendwas nicht stimmt, als sie nicht zurückgekommen ist.«

Nora schaltete den Lautsprecher ein, damit Leila mithören konnte.

»Wir sind in etwa einer Dreiviertelstunde bei Ihnen«, sagte sie.

»Kann uns jemand vom Anleger abholen? Ich weiß nicht, ob Mina in der Verfassung ist, zu Fuß zu gehen, auch wenn es nicht weit ist.«

»Ich kümmere mich darum.«

Leila bog in den Kreisverkehr, umrundete McDonald's und fuhr geradeaus weiter zur Hubschrauberbasis. Die blaugraue Fassade mit den großen Glasscheiben wirkte im Sonnenschein düster und schmutzig.

Ein Streifenwagen parkte im Schatten des Hangars. Neben der Fahrertür stand ein uniformierter Beamter und wartete. Leila hielt neben dem Streifenwagen, stieg aus und zeigte ihren Dienstausweis vor. Dann öffnete sie die hintere Wagentür und beugte sich in den Fond, wo Mina mit ihrem Sohn auf dem Schoß saß.

Lukas schrie herzzerreißend. Nora wäre am liebsten auch in Tränen ausgebrochen, als sie Minas schockiertes Gesicht sah. Stattdessen ging sie zur Rückseite des Streifenwagens und nahm die Sachen in Empfang, die der zweite Polizist aus dem Kofferraum holte.

Leila half Mina beim Aussteigen.

»Wie geht es Ihnen?«, fragte sie.

»Er wollte mich erschießen«, flüsterte Mina. »Er hatte eine Pistole.«

Sie schwankte, Leila musste ihr den Arm um die Taille legen und sie stützen.

»Wir bringen Sie jetzt zurück zum Friggagården«, sagte sie und führte Mina zum Volvo.

Kapitel 71

Ulrika saß am Schreibtisch, als ihre Bürotür mit einem Knall aufflog.

Auf der Schwelle stand Andreis Kovač mit hochgezogenen Schultern. Das normalerweise glatt gegelte Haar war zerzaust, und mit der einen Hand umklammerte er sein Mobiltelefon.

Hinter ihm stand die Empfangssekretärin mit verzweifeltem Gesicht.

»Ich hatte ihn gebeten zu warten, während ich Ihnen Bescheid sage, aber er wollte nicht«, stotterte sie.

Ulrika erhob sich und nickte ihr beruhigend zu.

»Schon gut, kein Problem.«

Sie zeigte auf den Besucherstuhl.

»Bitte, nehmen Sie Platz«, sagte sie zu Kovač.

Für einen Moment sah es so aus, als wollte er dem Stuhl einen heftigen Tritt versetzen, aber dann setzte er sich doch. Ulrika kehrte auf ihren Platz ihm gegenüber zurück.

»Hatten wir einen Termin?« Sie zog den Tischkalender zu sich heran.

Kovač atmete keuchend.

»Ist etwas passiert?«, fragte sie.

Warum war er so außer sich? Er sah aus, als würde er am liebsten jemanden umbringen.

»Ich will meine Frau zurück!«

Ulrika bemühte sich, ihre Gedanken zu sammeln. Sie hatte ihm die Situation bereits erklärt. Mehrmals. Wiboms Frist lief erst übermorgen ab, und bis dahin konnten sie nicht viel tun.

»Das dürfte im Moment schwierig sein«, sagte sie. »Aber wie ich heute Morgen bereits sagte, gehe ich davon aus, dass Ihre Frau und Ihr Sohn bald wieder zu Hause sein werden.«

»Ich muss Mina sehen, jetzt. Sorgen Sie dafür. Sie sind meine verdammte Anwältin.«

Ulrika knipste mit dem Kugelschreiber, um Ruhe zu bewahren.

»Das geht nicht«, erwiderte sie.

»Sie war heute zu Hause«, stieß er aus, »aber sie ist wieder abgehauen. Sie hatte Lukas dabei, die verdammte Fotze.«

Kovač stieß eine solche Flut von Schimpfwörtern aus, dass Ulrika ernsthaft überlegte, ihn rauszuwerfen.

»Das verfluchte Luder war hinter meinem Rücken in meinem Haus. In *meinem* Haus, mit *meinem* Sohn! Verstehen Sie?«

Er spuckte beinahe.

Das Gespräch drohte auszuarten. Ulrika atmete tief durch.

»Ehrlich gesagt gibt es im Moment andere Dinge, auf die Sie sich konzentrieren sollten«, sagte sie. »Wir haben uns für eine bestimmte Strategie entschieden. Sie werden sich ein bisschen gedulden müssen.«

Kovač beugte sich über den Schreibtisch und packte Ulrikas linken Arm. Seine Finger krallten sich in ihre Haut.

»Ich habe ja wohl das verdammte Recht, mit meiner Frau zu sprechen! Sagen Sie mir nicht, ich soll mich gedulden, sonst …«

»Was fällt Ihnen ein!«

Ebenso plötzlich, wie er sie gepackt hatte, ließ er sie wieder los. Sie warf ihm einen bösen Blick zu und massierte ihr Handgelenk. Auf der Haut zeigten sich deutliche rote Flecken.

»Wenn Sie das noch mal machen, können Sie sich einen anderen Anwalt suchen. Ich sage das kein zweites Mal.«

Kovač hatte immerhin so viel Verstand, ein beschämtes Gesicht zu machen.

Ulrika goss sich ein Glas Wasser aus der Karaffe auf dem Schreibtisch ein. Während sie trank, hielt sie das Glas ohne Zittern in der Hand, so als hätte sie der Vorfall nicht nennenswert berührt, obwohl ihr Puls raste.

Sie hatte nicht vor, sich etwas anmerken zu lassen.

»Lassen wir das«, sagte sie und wandte sich dem Aktenschrank zu, um seinen Ordner herauszuziehen. »Es gibt genug andere Dinge, über die wir sprechen können. Die undichte Stelle in Ihrem Unternehmen zum Beispiel.«

Kovač war bereits aufgestanden.

»Darum kümmere ich mich selbst.«

Er verschwand aus dem Zimmer, bevor sie noch etwas sagen konnte. Ulrika starrte ihm nach, die Akte in der Hand. Im Laufe der Jahre hatte sie viele zwielichtige Mandanten vertreten, denen schwere

Verbrechen zur Last gelegt worden waren, aber bei Kovač wurde ihr mulmig.

Ihr Arm tat immer noch weh.

Ulrika erwog tatsächlich die Möglichkeit, das Mandat niederzulegen, obwohl sie wusste, dass die Anwaltskammer so etwas nicht gerne sah.

Es erforderte einen Gerichtsbeschluss, sich von der Vertretung entbinden zu lassen, da sie zu seiner öffentlichen Verteidigerin bestellt worden war. Daher war es wohl besser, die Zähne zusammenzubeißen und den Prozess hinter sich zu bringen. Außerdem würde es einfacher sein, vor der nächsten Instanz auszusteigen, falls es zu einem Berufungsverfahren kam.

Sie stellte den Ordner zurück und massierte sich den Arm. Sie sollte sich wirklich die Zeit nehmen, die Sache noch einmal gründlich zu überdenken.

Kapitel 72

Nora sah Anna-Maria durchs Fenster, als die Waxholmfähre auf den Anleger von Styrsvik zusteuerte. Obwohl die Überfahrt nur fünf Minuten dauerte, hatten sie sich auf einem abseitsstehenden Sofa auf dem fast leeren Schiff niedergelassen. Leila hatte eine Dose Cola gekauft und Mina dazu gebracht, ein paar Schlucke zu trinken, aber die junge Frau war immer noch schrecklich blass.

Die halb verheilte Wunde über ihrer linken Augenbraue leuchtete feuerrot.

»Noch ein kleines bisschen«, lockte Leila.

Mina setzte die Dose an die Lippen und trank noch einen Schluck.

»Nächster Halt Styrsvik«, tönte die Stimme des Schiffsführers aus den Lautsprechern.

»Wir müssen aussteigen«, sagte Leila und berührte Minas Arm.

Mina stand auf und packte den Handgriff des Kinderwagens, in dem Lukas schließlich vor Erschöpfung eingeschlafen war.

Während der Autofahrt nach Stavsnäs hatte sie nicht viel gesprochen. Eigentlich hätte Mina zur Untersuchung ins Krankenhaus gemusst, aber nach einem kurzen Telefonat mit Anna-Maria hatte Leila entschieden, dass es besser wäre, Mina und Lukas in die sichere Umgebung auf Runmarö zurückzubringen. Außerdem gab es im Friggagården psychologisch geschultes Personal, das sich um sie kümmern konnte. Mina war auffallend ängstlich und nervös, man musste kein Mediziner sein, um zu erkennen, dass sie am Rand eines Nervenzusammenbruchs stand.

Anna-Maria hatte eins der Inseltaxis geschickt. Zehn Minuten später fuhren sie auf den Hof vor dem alten Holzhaus, wo Siri sie bereits voller Sorge erwartete.

Die idyllische Umgebung hätte beruhigend wirken müssen, aber für Nora war der Kontrast zu dem, was Mina gerade erlebt hatte, zu groß. Die hübsche Schärengartenlandschaft unterstrich nur die hässliche Realität.

»Da ist noch etwas«, sagte Anna-Maria, als sie ausgestiegen waren und auf dem Hofplatz standen. »Mina hat Besuch. Herman Wibom ist hier, er ist vor einer Stunde mit der Fähre gekommen.«

Sie streichelte Mina vorsichtig die Schulter.

»Fühlst du dich in der Lage, mit ihm zu reden? Ich weiß, dass es ein harter Tag war, aber er klang so, als wäre es wichtig. Sonst hätte er sich wohl nicht auf den Weg hierher gemacht. Er sagte, es würde nicht lange dauern.«

Mina riss die Augen auf.

»Ist wieder was passiert?«, sagte sie mit dünner Stimme. »Geht es meiner Mutter schlechter?«

Anna-Maria bückte sich und hob eine Zigarettenkippe auf. Sie wickelte sie umständlich in ein Papiertaschentuch und steckte sie in die Tasche.

»Am besten, du sprichst selbst mit ihm«, erwiderte sie. »Er hat mir nicht gesagt, worum es geht.«

»Können Sie mitkommen?«

Mina blickte Leila und Nora bittend an.

Leila nickte.

Nora ahnte, was Minas Rechtsbeistand auf dem Herzen hatte.

Ulrika Grönstedts Androhung einer Sorgerechtsklage beinhaltete mehrere schlechte Nachrichten für Mina. Es bestand die Gefahr, dass sie endgültig zusammenbrach, wenn sie hörte, was Grönstedt sich ausgedacht hatte. Aber falls sie zusammenklappte, wäre das erst recht Wasser auf die Mühlen der gegnerischen Anwältin, und die würde keine Sekunde zögern, das auszunutzen.

Mina musste die Fassung bewahren, um sich um ihren Sohn kümmern zu können, andernfalls wäre der Sozialdienst gezwungen, sich einzuschalten und den Jungen in Obhut zu nehmen.

Oder ihn dem Vater zurückzugeben.

Solange es kein Gerichtsurteil gegen Kovač gab, hatte er sich nicht disqualifiziert. So lange war er weiterhin sorgeberechtigt. Der Grundsatz, dass ein Kind ein Anrecht auf beide Elternteile hatte, konnte von schwedischen Gerichten bis ins Absurde ausgelegt werden. Selbst Vätern, die offensichtlich ungeeignet waren oder sogar im Gefängnis saßen, war das Sorgerecht zuerkannt worden, sofern die Kindsmutter nicht aufzutreiben war.

Anna-Maria nahm Lukas hoch und rückte sein hellblaues Mützchen zurecht. Lukas blinzelte verschlafen in die Sonne.

Er öffnete und schloss die Lippen wie ein kleiner Fisch, es war deutlich, dass er Hunger hatte. Gleich würde er anfangen zu schreien.

»Ich sorge dafür, dass der kleine Mann sein Fläschchen bekommt«, sagte Anna-Maria. »Mach dir keine Gedanken um ihn.«

Kapitel 73

Herman Wibom wartete bereits im Gesprächszimmer, als sie hereinkamen. Sobald sich alle hingesetzt hatten, beugte er sich zu Mina hinüber.

»Ihr Mann, oder besser gesagt, seine Anwältin Ulrika Grönstedt hat bezüglich des Sorgerechts für Lukas Kontakt zu mir aufgenommen.«

Er machte eine kleine Pause, als wüsste er nicht recht, wie er fortfahren sollte.

»Er behauptet, Sie hätten Lukas gegen seinen ausdrücklichen Willen mitgenommen, also quasi entführt.«

»Was?«

Mina starrte ihn an.

»Ich habe gestern mit seiner Anwältin gesprochen, und sie verlangt, dass Sie Lukas innerhalb von drei Tagen zurückbringen, sonst wird sie Anzeige gegen Sie erstatten.«

»Andreis will mir Lukas wegnehmen?«

Mina tastete nach den Armlehnen.

»Meinen Sohn kriegt er nicht«, flüsterte sie.

Nora konnte nicht länger stillhalten.

»Ich habe schon mit Herman Wibom darüber gesprochen«, sagte sie. »Das ist nur ein hinterhältiger Trick Ihres Mannes. Er will Sie einschüchtern und Sie zwingen, zu ihm zurückzukehren. Es geht einzig und allein darum, Sie davon abzuhalten, gegen ihn auszusagen, um nichts anderes.«

»Ich kann nicht mehr nach Hause«, sagte Mina sehr leise. »Sonst bringt er mich um. Das habe ich heute begriffen.«

Ihre Stimme war monoton, fast so, als würde sie den Wetterbericht vorlesen. Dabei ging es doch um den Vater ihres Kindes, den Mann, den sie einmal sehr geliebt haben musste.

Vielleicht liebte sie ihn immer noch.

»Falls Ihr Mann und seine Anwältin tatsächlich so weit gehen sollten, Strafanzeige gegen Sie zu stellen, werden wir uns entschieden dagegen wehren«, sagte Herman Wibom. »Es gibt etwas, was sich

›wichtige Gründe‹ nennt, also eine Art Rechtfertigung für die unterstellte Straftat. Ich werde für Sie kämpfen, Mina.«

Mina blinzelte.

»Unter den gegebenen Umständen kann ich mir nicht vorstellen, dass die Polizei eine Zwangsrückführung von Lukas vornehmen würde«, sagte Herman Wibom.

»Zwangsrückführung …?«, wiederholte Mina.

Ihre Lippen waren bleich geworden.

Leila beugte sich vor und drückte ihre Hand, aber die junge Frau reagierte nicht auf die Berührung.

»Falls ein Gericht wider Erwarten befinden sollte, dass die Behauptung Ihres Mannes begründet ist, und der Sozialdienst sich einschalten muss«, sagte Wibom.

Nora hätte ihm liebend gerne gesagt, dass er gefälligst das Selbstvertrauen seiner Mandantin stärken sollte, anstatt ihr noch mehr Angst zu machen. Ihr die Unterstützung und Aufmunterung geben sollte, die sie so dringend benötigte.

Seine Aufgabe war es, ihr zu helfen, sich gegen Kovač zu behaupten. Herman Wibom hätte klarstellen müssen, dass er ihr zur Seite stand, dass er sie durch das Rechtssystem lotsen und der feste Anker in ihrem chaotischen Leben bleiben werde. Stattdessen tat er das genaue Gegenteil. Das hier war der denkbar schlechteste Zeitpunkt, Mina von Ulrika Grönstedts Ultimatum zu unterrichten.

Nora musste einfach eingreifen.

»Das ist nur eine theoretische Möglichkeit«, warf sie ein. »Reine Einschüchterungstaktik der Gegenseite. Kümmern Sie sich nicht um derartigen Schwachsinn.«

»Strafverteidiger arbeiten manchmal mit allen Tricks«, sagte Leila ohne Rücksicht darauf, dass Wibom ja auch Anwalt war. »Glauben Sie mir, ich habe schon eine Menge erlebt.«

Mina sank dennoch vor ihren Augen in sich zusammen.

»Ich rate Ihnen dringend, dem Druck nicht nachzugeben«, fuhr Nora fort. »Ich werde mich auf jeden Fall für Sie einsetzen.«

»Solange Sie im Friggagården bleiben, kann er Ihnen nichts anhaben«, sagte Leila. »Weder Ihnen noch Lukas. Hier sind Sie sicher, vertrauen Sie uns.«

»Herman Wibom wird Ihnen auch helfen«, fügte Nora hinzu, da Wibom immer noch schwieg.

Er schien den Wink nicht zu verstehen.

»Ich dachte, das Schlimmste, was passieren kann, ist, dass Andreis unser Versteck findet«, sagte Mina und schlang die Arme um den Oberkörper. Sie wiegte sich sachte auf dem Sofa hin und her.

Nora beschloss, dass es jetzt reichte.

»Wir sollten zum Ende kommen«, sagte sie zu Wibom, obwohl er Minas Rechtsbeistand war und nicht sie. »Mina muss sich ausruhen. Das war wirklich ein anstrengender Tag für sie.«

Sie stand auf, Leila ebenso.

»Ich rufe Sie morgen an, Mina, dann können Sie die Sache noch mal überschlafen«, sagte Wibom. »Wir müssen der Gegenseite erst in ein paar Tagen Bescheid geben.«

Für den letzten Satz hätte Nora ihm den Hals umdrehen können.

Bosnien

April 1993

Andreis stand im Bad und putzte sich die Zähne, als Papa nach Hause kam. Er war den ganzen Tag weg gewesen, und sie hatten ohne ihn zu Abend gegessen, so wie sie es jetzt oft taten.

Andreis lief aus dem Bad, um Gute Nacht zu sagen.

Papa war dabei, seine Jacke an die Garderobe zu hängen, aber er verfehlte den Haken, sodass sie zu Boden fiel. Seine Augen waren gerötet, und er schwankte auf dem kaputten Bein.

Er beugte sich zu Andreis hinunter und umarmte ihn viel zu fest. Er roch stark und süßlich aus dem Mund, Andreis mochte das nicht.

Mama kam aus der Küche. Als sie Papa sah, blieb sie mit verschränkten Armen an der Tür stehen.

Ihre Lippen wurden noch schmaler als sonst. Andreis wusste, dass sie böse auf Papa war.

»Wir haben fast kein Geld mehr«, stieß sie hervor. »Musst du unbedingt den letzten Rest versaufen?«

Papa machte eine abwehrende Handbewegung.

»Nicht jetzt.«

»Ich tu, was ich kann, damit deine Kinder was zu beißen haben, und was tust du? Du rührst keinen Finger!«

»Hör auf zu jammern!«, fuhr Papa sie an.

»Das geht so nicht weiter!«, schrie Mama. »Ich kann nicht mehr!«

»Halt den Mund.«

Papa ging ins Wohnzimmer und ließ sich aufs Sofa vor dem Fernseher fallen, aber Mama folgte ihm.

»Zlatko, bitte ...«

Jetzt klang sie nicht mehr böse, nur verzweifelt.

»Wir werden alle sterben, wenn wir bleiben. Blanka war heute hier. Es wird immer schlimmer, die Granaten kommen jetzt fast jede Nacht. Die Serben rücken vor, die Kroaten auch.«

Papa schaltete den Fernseher ein und stellte den Ton so laut, dass er das ganze Zimmer ausfüllte.

Mama stellte sich davor und verdeckte den Bildschirm.

»Wir können nicht hierbleiben«, weinte sie.

»Geh aus dem Bild.«

»Wir müssen weg.«

»Ich warne dich!«

»Wir werden sterben, wenn wir nicht fliehen.«

Papa erhob sich mit drohender Miene vom Sofa. Andreis drückte sich in eine Ecke und hielt sich die Augen zu, um nicht sehen zu müssen.

Als er die Augen wieder aufmachte, lag Mama auf dem Fußboden, und Papa stand über sie gebeugt. Sie starrte ihn mit Hass in den Augen an. Ihre eine Wange war dunkelrot, der Abdruck von Papas Hand war auf der blassen Haut deutlich zu sehen.

»Kein Wort mehr!«, zischte Papa. »Ich tu, was ich kann.«

Er riss die Jacke vom Haken und knallte die Haustür hinter sich zu.

Mama begann zu weinen.

Andreis lief zu ihr und versuchte, sie, so gut er konnte, zu trösten.

»Nicht weinen, Mama«, flüsterte er. »Papa ist bloß voll, er hat das nicht so gemeint.«

»Wegen deinem Vater werden wir noch alle sterben.«

Kapitel 74

Als Nora nach Hause kam, hatte Jonas das Abendessen fast fertig. Es roch nach Sauce bolognese und Spaghetti. Das war Julias Lieblingsgericht.

Nora zog Mantel und Schuhe aus und ging in die Küche. Im letzten Jahr hatten sie die Wand zwischen Wohnzimmer und Küche entfernt und einen offenen Wohnbereich geschaffen. Ihr gefiel die großzügige Raumaufteilung, weniger jedoch, dass die Essensdünste sich überall verbreiteten.

Jonas stand an der Kücheninsel.

»Hallo, Liebling«, begrüßte er sie. »Wie war's auf der Arbeit?«

Nora ließ sich auf einem der hohen Hocker ihm gegenüber nieder.

»Geht so. Haben wir noch Rotwein?«

Jonas holte die Weinflasche hervor, einen kalifornischen Pinot Noir, den sie sehr mochten.

»Anstrengender Tag?«

»Ehrliche Antwort?«, fragte Nora zurück und stützte das Kinn auf beide Hände. »Er war richtig grässlich.«

Jonas schenkte ein, während sie von Mina und dem ungeplanten Ausflug nach Runmarö berichtete.

Er reichte ihr das Glas und bekam zum Dank einen Kuss auf die Wange. Am liebsten hätte sie sich jetzt einfach nur in seine Arme gekuschelt.

»Ich begreife nicht, was mit dem Mann los ist«, sagte sie und nahm einen tiefen Schluck vom dunkelroten Wein.

Er schmeckte weich und fruchtig nach Beeren, und ihre verspannten Muskeln lockerten sich, als der Alkohol sich im Körper verteilte.

Julia kam angelaufen und umarmte Nora rasch, ehe sie in Richtung Fernseher verschwand.

Sie waren heute Abend nur zu dritt; Simon wohnte diese Woche bei Henrik, und wie so oft war nicht ganz klar, wo Adam steckte. Wahrscheinlich bei seiner Freundin Freja. Sie waren jetzt seit zwei Jahren zusammen, mit einer kurzen Trennung zur Halbzeit, und hatten die

Schule beendet. Frejas Eltern besaßen eine Villa mit separater Wohnung im Erdgeschoss, in der sich die beiden meistens aufhielten.

Adam war erwachsen geworden.

»Ich wünschte wirklich, ich hätte diesen Fall nicht übernommen«, sagte sie und trank noch einen großen Schluck. »Ich schaffe es einfach nicht, die nötige Distanz zu halten.«

»Du machst das sehr gut.«

Das konnte Jonas gar nicht wissen, aber es war trotzdem ein schönes Gefühl, ihn das sagen zu hören.

»Wusstest du, dass jährlich zwölftausend Frauen von ihren Männern misshandelt werden?«, fragte Nora. »So schwer, dass sie in die Notaufnahme müssen.«

Die Zahl war erschütternd. Aller Wahrscheinlichkeit nach wurden noch weit mehr Frauen misshandelt, die Dunkelziffer war sehr hoch. Es gab zu viele, die »nur« eine Ohrfeige erhalten hatten und sich selbst versorgten, ohne einen Arzt aufzusuchen.

Jonas hob den Topfdeckel an und probierte die Bolognese mit einem Holzlöffel. Anschließend legte er den Löffel auf den Herd, nicht ohne mit der Soße zu kleckern. Nora beschloss, nichts zu sagen, obwohl sie wusste, wer nach dem Essen die Küche putzen durfte.

»Die meisten Frauenmorde in Schweden sind Beziehungstaten«, fuhr sie fort.

Zwischen dreißig und vierzig Frauen wurden jedes Jahr von ihren Lebensgefährten umgebracht. Das war ein Drittel aller Morde, die in Schweden begangen wurden.

»Dann muss ich wohl dankbar sein, dass du dich überhaupt noch nach Hause traust«, sagte Jonas.

Er versuchte, witzig zu sein, aber Nora war nicht nach Lachen zumute. Wenn Jonas gesehen hätte, wie Mina von ihrem Mann zugerichtet worden war, hätte er sich den plumpen Scherz mit Sicherheit verkniffen.

Ihr war nicht danach, eine Diskussion darüber anzufangen. Stattdessen hob sie wieder das Glas an die Lippen und fragte sich, wie es Thomas wohl ging. Er hatte so bedrückt gewirkt, als sie sich neulich getroffen hatten. Genau so, wie sie sich jetzt fühlte.

Wann war das Leben so deprimierend geworden?

Kapitel 75

Da war ein Geräusch an der Tür. Mina stützte sich auf den Unterarm und drehte den Kopf. Die Türklinke wurde vor ihren Augen leise hinuntergedrückt. Der Raum lag im Dunkeln, nur das Nachtlicht brannte. Es war fast Mitternacht, im Haus war es still. Alle schliefen längst.

Jemand war im Begriff, in ihr Zimmer zu kommen.

Bevor sie reagieren konnte, glitt die Tür auf, und Andreis stand auf der Schwelle. Er trug seine schwarze Lederjacke und hatte eine schwarze Pistole in der Hand.

Er hatte sie gefunden.

Das war unmöglich. Alle hatten ihr versprochen, dass sie im Friggagården sicher war, und dennoch stand er jetzt da.

Sie hatten sie angelogen.

Andreis machte einen Schritt ins Zimmer hinein und schloss die Tür hinter sich. Mina konnte sich nicht rühren. Sie konnte nicht einmal um Hilfe schreien, obwohl sie genau wusste, warum er gekommen war.

Sie würde jetzt sterben.

Hastig rutschte sie hoch zum Kopfende des Betts und presste den Rücken an die Wand, aber das vergrößerte den Abstand zwischen ihnen nur um wenige Handbreit. Es gab nichts, was sie tun konnte, um ihm zu entkommen.

Sie starrte in die schwarze Pistolenmündung, die auf ihr Gesicht gerichtet war, und sah, wie der Finger sich um den Abzug krümmte.

»Du wusstest, dass ich dich irgendwann finde.«

Andreis öffnete die Lippen und fletschte die Zähne zu einem Lächeln, das Mina an ein Raubtier erinnerte.

Die Wände kamen auf sie zu.

»Hast du wirklich geglaubt, du könntest vor mir weglaufen?«, flüsterte er. »Du solltest mich besser kennen.«

Die Kindheitsnarbe auf seiner Lippe leuchtete weiß im Dunkeln.

Lukas wachte auf und begann zu weinen, aber sie wagte nicht, zum

Gitterbett hinüberzusehen. Sie konnte ihn jetzt nicht hochnehmen. Wenn sie Lukas im Arm hielt und Andreis abdrückte, riskierte sie, dass die Kugel ihn auch traf.

Er musste leben, selbst wenn sie starb.

»Bitte«, flüsterte sie. »Denk an Lukas.«

Andreis schien nicht zu registrieren, dass sie etwas gesagt hatte.

»Denk an deinen Sohn«, wiederholte sie.

Lukas schrie, und Mina hielt die Handflächen in einer stummen Bitte hoch.

»Du hast gewusst, dass das hier passieren wird«, sagte Andreis.

Er genoss ihre Todesangst, ihre Qualen. Sie hatte ihn einmal geliebt, aber das konnte sie jetzt nicht mehr verstehen.

»Du bist selbst schuld«, war das Letzte, was sie mitbekam.

Mina schloss die Augen und hörte sich schreien, bis sie aufwachte.

Kapitel 76

Dino saß am Küchentisch seiner Wohnung in Farsta Strand, vor sich ein halb volles Glas Wodka. Als er nach Hause gekommen war, hatte er die Flasche Smirnoff aus dem Eisfach geholt und langsam und methodisch begonnen, sich volllaufen zu lassen.

Der Inhalt der durchsichtigen Flasche nahm im selben Tempo ab, wie seine Trunkenheit zunahm, aber das verbesserte seine Laune nicht. Die Nerven waren zu angespannt.

Die Sonne war längst hinter dem Magelungen-See verschwunden. Ihre letzten Strahlen hatten den Himmel rosa gefärbt. Nach Sonnenuntergang hatte er im Dunkeln weitergetrunken.

Das einzige Licht im Raum kam von der Glut seiner Zigarette.

Der Aschenbecher, eigentlich eine alte Untertasse, war voller Kippen. Die Luft in der Küche war verqualmt und kratzte im Hals. Morgen würde er sich wie ausgekotzt fühlen, aber das war egal.

Zum ersten Mal fragte er sich ernsthaft, ob Andreis kurz davor war, die Kontrolle zu verlieren. Ob er im Begriff war, zu weit zu gehen.

Und wenn es so war, was dann?

Der Moment, als Andreis vor aller Augen die Pistole gezogen hatte, war ein Schock gewesen.

Andreis war schon immer ein Hitzkopf gewesen, aber der Tobsuchtsanfall, der ihn heute gepackt hatte, war der reine Selbstmord. Wenn er Mina vor den Augen der Leute im Bus erschossen hätte, wäre er für den Rest seines Lebens in den Bau gewandert. Nicht einmal seine Anwältin hätte ihn dann noch vor dem Hochsicherheitsknast Kumla retten können.

Dino hätte nie im Leben damit gerechnet, dass Andreis bereit sein würde, eine lebenslängliche Gefängnisstrafe zu riskieren, nur um seine Frau zu bestrafen.

Er konnte nicht begreifen, warum Andreis Mina so sehr hasste. Sie war die Mutter seines Kindes, sie hatten sich ein Leben zusammen aufgebaut. Andreis war so stolz und glücklich gewesen, als Lukas geboren wurde.

Das passte nicht zusammen.

Wie sehr Dino auch nach einer Erklärung suchte, er fand keine mildernden Umstände. Andreis war weder betrunken noch bekifft gewesen, mitten am Tag. Er hatte genau gewusst, was er tat.

Sie waren zusammen aufgewachsen, aber das war nicht mehr der Andreis, den er kannte.

Während der Bus in der Ferne verschwand, hatte Andreis ihn so hasserfüllt angestarrt, als sei er an allem schuld. Als ginge es auf sein Konto, dass Mina schon wieder entkommen war. Er hatte auf das Treffen in Södertälje geschissen und Dino befohlen, ihn stattdessen sofort zu seiner Anwältin in der City zu fahren.

Als er aus der Kanzlei kam, war er noch wütender gewesen.

Dino hatte ihn zum Haus im Trastvägen fahren müssen. Auf dem Weg dorthin hatte Andreis Emir angerufen und gesagt, er solle kommen und ordentlich zu trinken mitbringen.

Andreis hatte Dino nicht gebeten, ihnen Gesellschaft zu leisten, aber das machte nichts, er hatte sowieso nur noch weggewollt, bevor Andreis auf den Gedanken kam, seine Wut an ihm auszulassen.

Er trank sein Glas aus und schenkte nach. Die dünne Eisschicht an der Flasche war längst weggetaut, der Wodka hatte inzwischen fast Zimmertemperatur, aber er war zu faul, um aufzustehen und Eiswürfel aus dem Gefrierschrank zu holen.

Es klingelte an der Tür.

Dino blickte auf. Es war schon spät, er erwartete keinen Besuch.

Es klingelte wieder. Auffordernd.

Er schob das Glas weg und erhob sich langsam. Er war betrunkener, als er gedacht hatte, und musste sich an der Anrichte abstützen, um nicht das Gleichgewicht zu verlieren. Seine Füße gehorchten nur zögernd, als er die Küche verließ und in den Flur ging.

Jemand drückte den Klingelknopf bis zum Anschlag.

»Ich komm ja schon«, knurrte Dino.

Falls das einer von diesen Bengeln aus dem Aufgang war, würde er ihm gleich mal klarmachen, was er von Rotzlöffeln hielt, die ihre Nachbarn zu so später Stunde störten.

Dino atmete durch die Nase und versuchte, durch den Türspion zu schauen, aber das kleine Guckloch wollte nicht stillhalten. Die Wände schwankten, und alles war ein bisschen verschwommen.

Er blinzelte ein paarmal, ohne dass es half.

»Aufmachen«, rief jemand.

Die wohlbekannte Stimme drang durch den Wodkanebel.

Was wollte der hier?

Dino nestelte an der Sicherheitskette, aber er war zu betrunken. Seine Finger waren dick und plump und wollten nicht gehorchen.

Schließlich bekam er die Kette irgendwie ab. Die Tür ging auf, und Dino sah, was er durch den Spion nicht erkannt hatte.

Sie waren zu dritt. Drei gegen einen.

»Du kommst mit uns«, sagte Emir.

Kapitel 77

Die Tür ging auf, und Anna-Maria kam ins Zimmer.

Mina blinzelte verwirrt. Ihre Wangen waren tränennass. Sie war sicher gewesen, dass Andreis sie erschießen würde.

Anna-Maria setzte sich auf die Bettkante. Sie strich Mina über das feuchte Haar, das ihr am Kopf klebte.

»Du hast schlecht geträumt. Du hast so laut geschrien, dass man es im ganzen Haus gehört hat.«

»Es war Andreis … er hatte mich gefunden, er …«

Mina blickte sich um, sie lag auf der Bettdecke und war angezogen, nicht im Nachthemd.

Lukas weinte nicht.

Anna-Maria schüttelte den Kopf.

»Es war heute nicht einfach für dich. Kein Wunder, dass du so schlimme Albträume hast.«

Sie zog Mina an sich und strich ihr mit langen Handbewegungen über den Rücken.

»Wie geht es dir?«

Mina begann zu weinen.

»Ich weiß nicht, was ich machen soll«, schluchzte sie.

»Jaja«, murmelte Anna-Maria. »Du bist vollkommen erschöpft. Ich werde dir eine Schlaftablette holen, damit du ausschlafen kannst. Ich kann über Nacht hierbleiben und auf Lukas aufpassen. Es ist sowieso zu spät für die letzte Fähre.«

»Ich trau mich nicht nach Hause, und ich trau mich nicht hierzubleiben«, flüsterte Mina. »Ich trau mich nicht mal zu schlafen.«

»Du kommst aus der Sache nie raus, wenn du zu ihm zurückgehst«, sagte Anna-Maria. »Ich habe viele Frauen in deiner Situation gesehen. Diese Kerle ändern sich nie, sie wissen gar nicht, wie das geht. Am Ende geht es zu weit, das tut es fast immer.«

Mina konnte nicht aufhören zu weinen. Anna-Maria strich ihr weiter über den Rücken, als ob sie ein Kind tröstete.

»Warum ist er so zu mir?«, murmelte Mina.

Anna-Maria seufzte.

»Dafür gibt es keine Entschuldigung. Wahrscheinlich hat er so viele Dämonen, die ihn innerlich auffressen, dass er es selbst nicht weiß.«

»Ich würde das nie jemandem antun, den ich liebe.«

»Es geht nicht um dich, das tut es fast nie. Es ist wichtig, das zu verstehen, auch wenn es unbegreiflich erscheint.«

Anna-Maria erhob sich, nahm ein paar Feuchttücher vom Wickeltisch und reichte sie ihr. Mina wischte sich das Gesicht ab, es war schön, die kühle Berührung auf der Haut zu spüren. Augen und Nase waren vom Weinen geschwollen.

Anna-Maria beugte sich über Lukas' Gitterbett und zog die Babydecke zurecht, ehe sie sich wieder zu Mina setzte.

»Diese Männer bringen gerade die Menschen um, von denen sie Hilfe und Unterstützung annehmen sollten«, sagte sie. »Sie kennen nur einen Weg, mit Gefühlen und Frustrationen umzugehen, und das ist, sie an den Menschen auszulassen, die ihnen am nächsten stehen.«

»Ich könnte ihm helfen.«

»Nein!«

Die scharfe Antwort kam prompt.

»Das kannst du nicht«, sagte Anna-Maria. »Das erfordert eine jahrelange Therapie. Außerdem muss er das selbst wollen, er muss offen sein für Hilfsangebote, sonst ist das zwecklos.«

»Was soll ich dann tun?«, fragte Mina.

Anna-Marias Stimme wurde sanfter.

»Gib ihm nicht die Chance, dich umzubringen. Das ist das Einzige, was du in dieser Situation tun kannst.«

Sie wandte den Blick ab.

»Meine Tochter war mit einem Mann wie deinem zusammen. Sie erwartete ihr erstes gemeinsames Kind …«

Ihre Stimme erstarb.

Hastig griff sie nach den benutzten Feuchttüchern und warf sie in den Papierkorb.

»Er will mir Lukas wegnehmen«, flüsterte Mina.

»So einfach geht das nicht.«

Anna-Maria strich ihr tröstend über die Wange.

»Die Staatsanwältin kämpft für dich, und das tut Herman Wibom auch. Ich würde ihnen vertrauen, wenn ich du wäre. Zu meiner Zeit gab es keinen Nebenklägerbeistand, aber du hast jetzt jemanden, der nur für dich da ist.«

Mina nickte zaghaft. Sie versuchte, sich an das Gefühl von Stärke zu erinnern, das sie empfunden hatte, als sie das Haus am Trastvägen verließ, kurz bevor Andreis sie entdeckte.

»Glauben Sie wirklich, ich kann das?«, fragte sie. »Ich meine, gegen Andreis aussagen?«

Anna-Maria nahm Minas Gesicht in beide Hände.

»Du *musst* gegen ihn aussagen«, sagte sie. »Das ist deine einzige Chance. Wenn er mit deiner Hilfe zu einer Gefängnisstrafe verurteilt werden kann, dann musst du diese Chance nutzen. Es gibt keine andere Möglichkeit, von dieser Bestie loszukommen.«

Kapitel 78

Dino saß auf dem Rücksitz des silbergrauen Mercedes, den er sonst selbst fuhr. Die Straßen waren dunkel und verlassen, als sie auf den leeren Parkplatz bogen. Dino gab sich alle Mühe, klar zu denken, trotz seines Rausches.

»Wohin wollen wir?«, fragte er.

Die Gorillas links und rechts neben ihm verzogen keine Miene. Er kannte Jovan und Nermin als Begleiter von Andreis, wenn die Lage angespannt war und Andreis besonderen Schutz brauchte. Nermin war außerdem ein entfernter Cousin von Andreis.

Jetzt taten sie so, als hätten sie Dino noch nie gesehen.

Er hatte einen furchtbaren Druck auf der Blase.

Emir saß am Steuer. Er parkte den Wagen ein Stück vom Gebäude entfernt und stellte den Motor ab.

»Auf geht's«, sagte er.

Dino versuchte, sich zu orientieren.

Sie waren nicht länger als höchstens fünfundzwanzig Minuten gefahren. Sie mussten außerhalb von Stockholm sein, aber er hätte nicht sagen können, wo. Irgendwo draußen auf dem Land, sie waren umgeben von Wald und dunklen Bäumen, Wohnhäuser waren nirgends zu sehen. Sie hatten die Autobahn verlassen und waren das letzte Stück über Landstraßen gefahren.

»Treffen wir uns mit Andreis?«, fragte er Emir und versuchte, so zu tun, als sei alles in Ordnung.

»Halt die Klappe.«

Jovan stieß ihn aus dem Wagen und packte seinen Arm, sodass er keine andere Wahl hatte, als ihm zu folgen.

Sie gingen auf den Eingang an der Stirnseite des heruntergekommenen Gebäudes zu. Jetzt wusste Dino, wo sie waren, das hier war die stillgelegte Fabrik in Lännersta. Andreis hatte sie öfter genutzt, wenn er sich um Leute kümmern musste, die Probleme machten.

Dino zwang den Mageninhalt zurück, der ihm sauer aufstieß.

Schotter und altes Gerümpel knirschten bei jedem Schritt unter den Schuhen.

Er drehte den Kopf und versuchte, zu erkunden, wo die beiden anderen abgeblieben waren, aber Jovan zog ihn grob weiter und steuerte auf eine Metalltür zu. Er drückte die Klinke herunter und öffnete die Tür mit dem Ellbogen. Dann ließ er Dinos Arm los und stieß ihn so hart in den Rücken, dass Dino stolperte und mit den Knien auf den Betonboden fiel.

Er blickte sich um, aber die Dunkelheit war so kompakt, dass unmöglich etwas zu erkennen war.

Da tropft irgendwas, konnte er noch denken, bevor das Deckenlicht anging und ihn blendete. Als die Augen sich an die Helligkeit gewöhnt hatten, entdeckte er Andreis, der mit verschränkten Armen an einer Betonwand lehnte.

Andreis musterte ihn unter gesenkten Lidern, ohne ein Wort zu sagen.

Die letzten Reste des Rausches verflüchtigten sich. Alle Nerven waren aufs Höchste gespannt, als Dino sich aufrappelte. Sein Mund war so trocken, dass die Zunge am Gaumen klebte.

»Hallo, Andreis«, sagte er. »Auch hier?«

Seine Stimme kippte, obwohl er versuchte, ganz normal zu sprechen.

»Setz dich«, sagte Andreis.

Er zeigte auf einen einsamen Holzstuhl, der mitten im Raum stand. Dino wusste, was ihm blühte, er war in ähnlichen Situationen mit anderen Leuten dabei gewesen, die auch um ihr Leben gefürchtet hatten.

Das Blut rauschte so laut in seinen Ohren, dass ihm schwindlig wurde.

Andreis wusste alles. Er hatte die Wahrheit herausgefunden, und jetzt wollte er ihn bestrafen.

»Was ist los?«, presste er hervor. »Keine Ahnung, was sie dir über mich erzählt haben, aber es stimmt nicht.«

»Setz dich!«

Andreis' Stimme war eiskalt. Dino war clever genug, nicht zu widersprechen.

Er ging zum Stuhl, obwohl alle Instinkte ihm rieten, es nicht zu tun. Aber es war sowieso vorbei. Er war gefangen wie eine Ratte im

Käfig. Jovan stand zwischen ihm und der Tür, und draußen hielt Nermin Wache. Emir war verschwunden, aber sicher nicht weit weg.

Dino setzte sich auf die Stuhlkante.

»Sieh mich an«, sagte Andreis.

Dino gehorchte, trotz der Schritte, die sich hinter seinem Rücken näherten. Bevor er reagieren konnte, griff jemand nach seinen Handgelenken und fesselte sie hinter der Stuhllehne mit einem Kabelbinder. Dino wehrte sich nicht, er wusste, je mehr er daran zerrte, desto tiefer würde er ihm ins Fleisch schneiden.

Er hatte die Dinger selbst schon benutzt, um andere zu fesseln.

Andreis verzog keine Miene.

Ein neues Geräusch hinter ihm trieb Dino den kalten Schweiß auf die Stirn, aber er konnte keinen Finger rühren, um sich zu verteidigen. Etwas Kaltes wurde ihm über den Kopf gestreift und um den Hals gelegt. Eine Schlinge aus Stahldraht.

Die Schlinge wurde zugezogen, gerade so fest, dass der Draht auf seinen Kehlkopf drückte. Dino würgte.

»Verdammt noch mal, Andreis!«

Er bekam die Worte kaum heraus. Presste sie mühsam hervor, röchelnd, mit verzweifelten, keuchenden Pausen dazwischen.

»Ich hab nichts getan«, stöhnte er. »Ich würde dich nie hintergehen, das weißt du. Du kennst mich doch.«

Andreis kam auf ihn zu, bis sein Gesicht nur noch wenige Zentimeter von Dinos entfernt war. Das Weiße in seinen Augen war gerötet, die Pupillen riesig. In ihnen stand dieselbe irrsinnige Wut wie ein paar Stunden zuvor, als er drauf und dran gewesen war, durch die Bustür zu schießen.

Jetzt war er außerdem betrunken und auf Speed.

»Hast du mich ans Messer geliefert, du Schwein?«

Dino suchte nach einer Antwort, die Andreis besänftigen würde.

»Weiß nicht, was du meinst«, stieß er hervor, obwohl jede Silbe schmerzte. »Ich war immer loyal zu dir.«

Der Mann, der die Schlinge hielt, hatte bisher kein Wort gesagt, aber Dino roch sein Rasierwasser. Es war Emir.

Andreis war nicht empfänglich für irgendwelche Erklärungen.

Der Stahldraht wurde fester angezogen, bis er kaum noch Luft bekam.

Ihn ergriff das verzweifelte Bedürfnis zu schlucken, aber er wagte es nicht, aus Angst, der Druck könnte noch weiter zunehmen. Kleine schwarze Punkte tanzten vor seinen Augen, es rauschte in den Ohren und dröhnte hinter der Stirn.

Andreis' Gesicht kam noch näher.

»Gib zu, dass du mich bei den Bullen verpfiffen hast.«

Die Schlinge lockerte sich ein wenig, plötzlich konnte er wieder atmen. Dino holte gierig Luft.

»Das ist alles ein großes Missverständnis«, keuchte er. »Ich schwöre beim Grab meiner Mutter, ich arbeite nur für dich.«

Sein Kopf explodierte vor Schmerz, als Andreis ihm einen harten Schlag mit dem Pistolenkolben versetzte.

Das Blut floss warm und klebrig von der Augenbraue. Durch einen dunkelroten Vorhang flüsterte er:

»Bitte, hör auf.«

»Gib zu, dass du es warst.«

Er hatte nicht angerufen, um Mina zu retten, er hatte angerufen, um Andreis vor sich selbst zu schützen. Dino wusste, dass er ihm das nie würde begreiflich machen können.

»Nein, ich schwöre«, stieß er hervor. »Scheiße, Mann. Wir sind zusammen aufgewachsen. Du bist mein Bruder.«

Er versuchte, Blickkontakt zu Andreis herzustellen. Ihm klarzumachen, dass das alles ein schreckliches Missverständnis war. Seit über zwanzig Jahren waren sie gute Freunde, das konnte nicht so zu Ende gehen.

Er wollte nicht sterben.

»Wie zum Teufel konntest du mich verraten?« Andreis schluchzte beinahe. »Wir waren Brüder, du und ich, trotzdem hast du mich ausgeliefert.«

Andreis trat gegen ein rostiges Rohr auf dem Boden, es krachte gegen die Wand.

»Du hast mich hintergangen! Du verdammter Bastard hast mich verraten, genau wie alle anderen. Man kann sich auf keinen mehr verlassen.«

Dino presste den Rücken gegen die Stuhllehne, in dem sinnlosen Versuch, von dem Mann abzurücken, der offenbar seinen Tod beschlossen hatte.

Andreis holte wieder mit der Pistole aus und versetzte ihm einen Kinnhaken.

Der Schlag war so heftig, dass Dino glaubte, ihm müsse der Kopf abfliegen. Er biss sich auf die Zunge, und Blut und Zahnsplitter mischten sich im Mund. Er spuckte aus und schluckte gleichzeitig, aus Angst, an seinem eigenen Blut zu ersticken.

»Warum zwingst du mich dazu?«, schrie Andreis. »Ich habe dir blind vertraut.«

»Ich hab's für dich getan«, röchelte Dino, als es ihm endlich gelang, etwas halbwegs Verständliches hervorzubringen.

Das Blut tropfte ihm immer noch vom Kinn.

»Was?«

Andreis hielt inne, die Pistole in der erhobenen Hand.

»Wenn du sie umgebracht hättest …«, weinte Dino.

Das Letzte war kaum zu verstehen, es war eher ein jämmerliches Winseln, halb erstickt von dem See aus Blut und Schleim, der ihm den Mund ausfüllte.

»Er gibt es zu!«, rief Emir. »Ich wusste doch, dass er das Leck war. Ich hab's dir von Anfang an gesagt!«

Der Druck der Drahtschlinge ließ nach. Stattdessen spürte Dino eine Pistolenmündung an seiner Schläfe.

Ein warmer Strahl durchnässte die Hose und bildete eine gelbe Pfütze auf dem Betonboden.

»Jetzt sieh dir das an«, schrie Emir über ihm. »Jetzt bepisst die Sau sich auch noch.«

Andreis' verzerrtes Gesicht kam auf ihn zu.

Die Welt wurde schwarz.

Mittwoch

Kapitel 79

Als Mina erwachte, war ihr Körper schwer wie Blei. Zum ersten Mal seit Wochen hatte sie ohne Albträume geschlafen. Das Laken war nicht verknüllt und durchgeschwitzt wie sonst, aber trotzdem fühlte sie sich benebelt und desorientiert.

Ihr Blick wanderte zum Gitterbett. Es war leer.

Lukas!

Eine kalte Faust schloss sich um ihr Herz, aber dann fiel ihr ein, dass Anna-Maria versprochen hatte, sich während der Nacht um Lukas zu kümmern. Sie hatte Lukas mitgenommen, damit Mina ausschlafen konnte.

Es ging ihm gut, sie brauchte sich keine Sorgen zu machen. Sie war immer noch unter dem sicheren Dach des Friggagårdens, und Andreis war weit weg. Er wusste nicht, wo sie war, und würde es auch nie erfahren.

Anna-Marias Worte kamen ihr in den Sinn. Sie hatte ihr geraten, sich ihm zu widersetzen, sonst würde Andreis sie töten.

Sie musste für sich selbst einstehen.

Mina drehte sich auf die Seite und schloss die Augen. Wie sollte das gehen? Wie sollte sie das schaffen?

Vielleicht konnte sie mit Herman Wibom reden und ihm von dem geheimen Mailaccount erzählen? Von den Fotos, die sie im Web versteckt hatte.

Allein bei dem Gedanken bekam sie Herzrasen.

Andreis würde toben, falls er das herausbekäme. Er würde nicht aufhören, sie zu verfolgen. Sie würde nirgends vor ihm sicher sein, weil er niemals aufgab. So gut kannte sie ihn.

Aber sie musste sich von ihm lösen. Anna-Maria hatte recht.

Mina griff nach ihrem Handy und ging ins Internet. Sie loggte sich in den Mailaccount ein, den sie vor anderthalb Jahren eingerichtet hatte. An dieses Mailfach hatte sie die Fotos geschickt, die sie nicht auf dem Handy lassen wollte, für den Fall, dass Andreis es kontrollierte.

Sie tippte mit zitternden Fingern das Passwort ein.

Es war alles noch da.

Bilder von den blauen Flecken und den Wunden, die Andreis ihr zugefügt hatte, und die Fotos aus ihrer Patientenakte, in der die Ärzte jedes Mal beschrieben hatten, wie sie aussah, wenn sie ihre Verletzungen in der Notfallambulanz hatte behandeln lassen müssen.

Auch wenn sie gelogen hatte, was die Ursache betraf, und Andreis vor der Polizei in Schutz genommen hatte, war doch alles registriert. Sie hatte regelmäßig alle Verletzungen mit dem Handy dokumentiert. Soweit sie sich traute, um nicht entdeckt zu werden.

Das ganze Material war im Netz zugänglich.

Mina loggte sich wieder aus dem Mailaccount aus. Wenn Anna-Maria recht hatte, gab es nur eine Möglichkeit, wie sie sich von Andreis befreien konnte.

Sie stieg aus dem Bett und zog den Morgenmantel an, um Lukas zu holen, blieb aber mit der Hand auf der Türklinke stehen.

Wenn sie der Polizei nicht half, war die Wahrscheinlichkeit groß, dass er ungeschoren davonkam, genau wie Leila gesagt hatte. Dann würde sie für alle Ewigkeit eine Gejagte sein.

Aber sie hatte solche Angst vor ihm.

Es gab niemanden, den sie um Rat fragen konnte. Mama lag im Koma, und Papa konnte sie mit einer solchen Entscheidung nicht belasten.

Mina sank wieder aufs Bett. Was sollte sie mit den Fotos machen? Konnte sie sie jemandem zeigen?

Sollte sie das wirklich wagen?

Kapitel 80

Aram steckte den Kopf in Thomas' Büro.

»Margit will uns sprechen«, sagte er.

Thomas hob den Kopf.

»Jetzt gleich?«

»Japp.«

Thomas folgte Aram zu Margits Büro, das ganz am Ende des Flurs lag. Margit telefonierte, winkte sie beide aber herein und deutete auf die Besucherstühle.

Das einzige Foto auf Margits Schreibtisch stand so, dass jeder es betrachten konnte. Darauf lachten Margits erwachsene Töchter blond und braungebrannt in die Kamera, ein Lachen, das so gar keine Ähnlichkeit mit Margits ernster Miene hatte.

Der stille Bertil, seit dreißig Jahren ihr Ehemann, hatte nicht mit aufs Foto gedurft.

»Ich schicke sofort ein paar Leute«, sagte Margit und beendete das Gespräch.

Sie legte das Mobiltelefon auf den Schreibtisch, lehnte sich zurück und verschränkte die Hände hinter dem Kopf. Thomas begriff, dass es um etwas Ernstes ging.

Wenn Margit ihr Gesicht in tiefe Falten legte, hatte sie keine guten Nachrichten.

»Ein Jogger hat im Naturschutzgebiet Nacka einen Toten gefunden«, sagte sie. »Vergraben.«

»Wie konnte er ihn dann finden?«, wunderte sich Aram.

»Er hatte seinen Hund dabei. Der hat ein solches Spektakel gemacht, dass der Mann nachgesehen hat, warum er so bellt.«

»Kann man schon etwas zur Todesursache sagen?«, fragte Thomas. »Gibt es äußerliche Anzeichen?«

»Und ob. Kopfschuss aus nächster Nähe. Das Gesicht ist nur noch Hackfleisch.«

»Die Mordwaffe lag nicht zufällig daneben?«, fragte Aram.

Margit lächelte müde.

»Das hättest du wohl gerne«, sagte sie. »Die Tatwaffe zur Leiche auf dem Silbertablett serviert?«

Aram zuckte mit den Schultern.

»Manchmal meint Gott es gut mit uns«, sagte er und legte die Hand an das kleine Goldkreuz, das er immer an einer Kette um den Hals trug.

»Diesmal nicht.«

Thomas erhob sich.

»Ist Staffan unterwegs?«, fragte er, schon halb aus der Tür.

Staffan Nilsson, der erfahrenste Kriminaltechniker des Polizeidistrikts Nacka, hatte nach langem Zureden eingewilligt, noch eine Zeit lang zu bleiben, obwohl er schon vor mehreren Jahren hätte in Rente gehen sollen. Wenn Margit nicht bald zur regulären Chefin ernannt wurde, dann würde nichts Staffan dazu bewegen können weiterzumachen.

»Die Techniker sind auf dem Weg zum Fundort, aber ich weiß nicht, wer heute Dienst hat«, sagte Margit und griff wieder zum Telefon. »Das sind so viele neue Gesichter, es ist schwer, sie auseinanderzuhalten.«

Kapitel 81

Nora war gerade auf dem Weg aus der U-Bahn-Station Rådhuset nach oben, als ihr Handy klingelte. Sie blieb stehen und durchsuchte ihre Handtasche. Wo versteckte sich das verflixte Ding nur. War das ein Naturgesetz, dass Handys immer ganz unten liegen mussten?

Es war Anna-Maria vom Friggagården.

»Guten Morgen«, sagte sie. »Entschuldigung, dass ich so früh anrufe, aber ich muss Ihnen etwas Wichtiges erzählen.«

»Kein Problem«, erwiderte Nora. »Ich bin gerade auf dem Weg zur Arbeit.«

Sie stöpselte sich die weißen Kopfhörer in die Ohren und wartete, bis sie an der Reihe war, die Sperre zu durchqueren. Wie üblich gab es Gedränge.

»Mina ist bereit, gegen ihren Mann auszusagen«, sagte Anna-Maria.

»Wie bitte?«

Nora blieb stehen, und eine Frau in einem knallroten Dufflecoat drängte sich ungeniert vor. Obendrein bekam sie auch noch einen Knuff in die Rippen.

Nora warf der Dränglerin einen bösen Blick zu, der jedoch ignoriert wurde.

»Mina hat es sich noch mal überlegt«, sagte Anna-Maria. »Gegen ihren Mann auszusagen. Anscheinend hat sie sich nun doch dazu entschlossen.«

Endlich.

Als sie gestern von Runmarö weggefahren waren, hatte Nora sich keine großen Hoffnungen auf eine Zeugenaussage von Mina gemacht. Es war offensichtlich, dass die junge Frau am Ende ihrer Kräfte war. Deshalb hatte sie zu Jonathan gesagt, dass sie am Mittwoch die Anklage einreichen werde. Es hatte keinen Sinn, es noch länger aufzuschieben.

»Sind Sie sicher?«, fragte sie.

»Wir haben uns gestern Abend länger unterhalten. Danach hat

sie sich mal richtig ausgeschlafen, während ich auf Lukas aufgepasst habe. Beim Frühstück haben wir dann noch mal darüber gesprochen. Ich glaube, sie ist jetzt an dem Punkt, wo sie eingesehen hat, dass sie ihn sonst nie loswird.«

Anna-Maria klang erleichtert.

»Unter uns gesagt ist das doch das Beste, was passieren konnte. Es gibt keinen anderen Weg, diesen Mann zu stoppen.«

Da konnte Nora ihr nur zustimmen.

»Sie braucht natürlich Personenschutz«, fuhr Anna-Maria fort. »Anders geht es nicht. Sie muss sich darauf verlassen können.«

»Dafür werden wir sorgen.«

Nora hoffte, dass sie nicht zu viel versprach. Sie musste das mit Leila klären. Die Personaldecke war wie immer zu dünn.

Sie war inzwischen in der Hantverkargatan angekommen und bog nach links zum Gebäude der EBM ein. Ein roter Bus hielt gerade an der Haltestelle vor dem Haus.

»Mina ist bereit, heute schon mit Ihnen zu sprechen, wenn Sie wollen«, sagte Anna-Maria. »Es ist sicher am besten, das Eisen zu schmieden, solange es heiß ist.«

Nora versuchte, sich zu erinnern, wie ihr Terminplan aussah. Soweit sie wusste, hatte sie am Vormittag keine Termine. Es fühlte sich zwar so an, als würden sie die meiste Zeit damit verbringen, nach Runmarö und zurück zu fahren, aber das war es wert.

»Dann kommen wir, so schnell wir können«, erwiderte sie. »Richten Sie Mina einen schönen Gruß aus und dass sie die richtige Entscheidung getroffen hat.«

Kapitel 82

Als Thomas und Aram die Waldlichtung erreichten, hatte die Streifenwagenbesatzung das Gebiet schon mit blau-weißem Flatterband abgesperrt. Staffan Nilsson war nirgends zu sehen, aber ein anderer Techniker, den Thomas vom Sehen kannte, kniete im weißen Schutzoverall auf dem Boden. An seinem Gesichtsausdruck konnte man ablesen, dass er hoch konzentriert war.

Ein Stück entfernt saß ein ungefähr vierzigjähriger Mann in Joggingkleidung im Gras. Ein schwarzer Labrador lag zu seinen Füßen, der sich schwanzwedelnd erhob, als Thomas und Aram sich näherten.

Thomas zog seinen Dienstausweis und stellte sich und Aram dem sichtlich unter Schock stehenden Mann vor.

»Wir haben einige erste Fragen«, erklärte er. »Es wäre gut, wenn Sie die gleich beantworten könnten. Alles andere können wir später auf der Wache klären, wenn es Ihnen recht ist.«

Der Mann, der sich als Linus Rosland vorstellte, hatte keine Einwände. Seine blaue Trainingshose war feucht und hatte einige große Grasflecken. Er musste sich an der Fundstelle hingekniet haben, als er erkannte, was sein Hund entdeckt hatte.

Thomas zog seinen Notizblock hervor.

»Wissen Sie noch, wie spät es war, als Sie die Leiche gefunden haben?«, begann er.

»Ungefähr halb acht. Ich verlasse das Haus immer kurz nach sieben und laufe eine Runde von gut fünf Kilometern.«

»Laufen Sie oft in dieser Gegend?«, fragte Aram.

Linus Roslund nickte.

»Jeden zweiten Morgen, manchmal auch mehrere Tage hintereinander. Ich wohne ganz in der Nähe, von daher kenne ich mich hier gut aus.«

Auf genau diese Antwort hatte Thomas gehofft.

»Sind Sie gestern auch hier gelaufen?«, fragte er. »Laufen Sie immer diese Strecke?«

Roslund schien nicht zu verstehen, was die Frage sollte.

»Ja«, sagte er.

»Und den Hund nehmen Sie immer mit?«

»Ja. Er liebt es, sich so richtig müde zu laufen.«

»Gestern hat Ihr Hund nicht angeschlagen?«, fragte Aram. »Ich meine, als Sie hier vorbeigekommen sind?«

»Nein.«

»Ganz sicher?«

»Ja. Sie hätten ihn vorhin sehen sollen, wie er …«

Roslund verstummte und wurde noch blasser unter seinen Bartstoppeln. Er kratzte sich an der Wange, Fingerspitzen und Nägel waren immer noch voller Erde. Er musste mit den Händen gegraben haben, bis ihm klar wurde, dass er besser nichts anfassen, sondern die Polizei rufen sollte.

»Er hat das Grab gefunden und angefangen zu bellen«, fuhr er fort. »Labbe war wie von Sinnen, ich habe noch nie erlebt, dass er sich so aufgeführt hat.«

Er streckte den Arm aus und streichelte den schwarzen Labrador, der sich schwanzwedelnd an sein Herrchen schmiegte.

»Ich bin zurück, um nachzusehen, was los ist. Normalerweise folgt er mir auf dem Fuß und läuft immer neben mir her.«

Roslund blinzelte, als ihm aufging, was er gesagt hatte.

»Wenn die Leiche gestern schon da gewesen wäre, hätte Labbe sie auf jeden Fall gefunden.«

Thomas nickte. Sie hatten zwar keine Tatwaffe, aber dafür ein Zeitfenster.

Das war ein Anfang.

Bosnien

Mai 1993

Es war bereits später Nachmittag, als Blanka in der Tür stand. Selma saß am Küchentisch und fütterte Emir. Andreis spielte im Garten.

Blankas Stimme zitterte, als sie grüßte. Sie ging zu Selma und umarmte sie lange.

»Wir fahren jetzt«, sagte sie.

Selma hatte sich vor genau diesen Worten gefürchtet.

»Was, ihr auch?«, stammelte sie.

Sie konnte ihre eigene Verzweiflung hören, die als Echo von den Wänden zurückkam. Blanka war diejenige gewesen, die ihr Halt gegeben hatte, während die Welt unterging. Jetzt würde auch sie verschwinden. Mochte der Himmel wissen, ob sie sich jemals wiedersehen würden.

Blanka setzte sich auf einen Küchenstuhl.

»Hier gibt es keine Zukunft«, sagte sie. »Auch wenn wir Katholiken sind. Die Serben verbrennen und zerstören alles. Wenn sie die Verteidigungslinien durchstoßen und hierherkommen, werden alle sterben.«

Sie zog ein Päckchen Zigaretten aus der Tasche.

»Es gibt keine Alternative mehr. Uns läuft die Zeit davon.«

»Das geht vorbei.«

Blanka schüttelte den Kopf.

»Du hast gehört, was die Kroaten in Ahmići mit den Muslimen gemacht haben«, sagte sie leise. »Es heißt, sie haben die Stadt niedergebrannt und alle Einwohner gleich mit. Die jungen Männer wurden zusammengetrieben und gefoltert, bevor man sie ermordet hat. Sogar Säuglinge haben sie erschossen.«

»Zlatko ist Kroate«, wehrte Selma ab. »Sie werden uns nichts tun.«

»Aber du bist Muslimin«, entgegnete Blanka scharf.

»Ich bin nicht religiös«, sagte Selma. »Ich weiß nicht mal, wie man auf Arabisch betet. Denk doch nur daran, wie oft wir die katholischen Feiertage zusammen mit unseren Freunden draußen vor der Stadt begangen haben.«

»Das waren andere Zeiten damals. Unter Tito hat sich keiner was aus Religion gemacht oder über Volkszugehörigkeit geredet. Das weißt du genauso gut wie ich. Aber jetzt bricht das ganze Land zusammen.«

»Andreis' Vater ist Serbe«, flüsterte Selma. »Er hat einen europäischen Namen und ist sogar getauft.«

Blanka steckte sich die Zigarette an und nahm einen tiefen Zug.

»Spielt keine Rolle«, sagte sie. »In den Augen der Welt seid ihr bosnische Muslime, du und deine Kinder, auch wenn auf Andreis' Geburtsurkunde etwas anderes steht. Sie werden euch nicht verschonen.«

Selma brach in Tränen aus, woraufhin Emir noch mehr quengelte. Sie stand auf und ging mit ihm auf dem Arm in der Küche auf und ab.

»Wir können nirgends hin«, sagte sie. »Nach Kroatien können wir nicht mehr, jetzt, wo die Kroaten uns den Krieg erklärt haben.«

Ihre Stimme drohte zu versagen.

»Wir hätten fahren sollen, als meine Schwester alles versucht hat, mich zur Flucht zu überreden.«

Der Rauch von Blankas Zigarette stieg zur Zimmerdecke.

»Ich habe von einem Land in Nordeuropa gehört, das Flüchtlinge aus Bosnien aufnimmt«, sagte sie. »Schweden.«

»Schweden?«

Selma wusste kaum, wo Schweden lag. Das Einzige, was ihr bei dem Namen einfiel, war Schnee und Dunkelheit und blonde Haare.

»Wir wollen versuchen, über Ungarn dorthinzukommen«, sagte Blanka. »Der Weg durch Kroatien soll im Moment offen sein. Ihr solltet mit uns kommen.«

Sie drückte ihre Zigarette aus und beugte sich vor.

»Wir fahren morgen früh. Bei Tagesanbruch.«

Kapitel 83

Staffan Nilsson rief nach Thomas, gerade als sie die Befragung von Linus Roslund beendet hatten.

Thomas drehte sich um.

Nilsson stand am Grab, zusammen mit dem anderen Techniker, Hasse Wiehießernochgleich, den sie bei ihrer Ankunft gesehen hatten. Thomas war erleichtert, dass Staffan eingeschaltet worden war; er hatte unbedingtes Vertrauen zum Urteil des alten Hasen.

Mit Aram im Schlepptau ging er zur Fundstelle, einer eher flachen Mulde. Der oder die Täter schienen nicht sehr besorgt gewesen zu sein, dass man die Leiche finden könnte. Oder sie hatten es eilig gehabt.

Eine Streife durchsuchte den Wald nach Reifenspuren und anderen Hinweisen darauf, wie die Täter hierhergekommen waren. Hundeführer waren auch schon unterwegs.

Staffan Nilsson ließ etwas in einen Plastikbeutel fallen, verschloss ihn und legte ihn in eine große Ledertasche, die auf dem Boden stand.

»Na«, sagte er. »Dann wollen wir mal.«

Jeder Mord hatte seine eigene Geschichte. Eine Ermittlung durfte nie zur Routine werden, auch wenn sich Umstände und Abläufe wiederholten. Situationen wie diese waren ihm in seinem Beruf vertraut, dennoch spürte Thomas das Adrenalin in den Adern, das sich immer wieder einstellte, zusammen mit der Wehmut über ein weiteres vergeudetes Menschenleben.

Dass eine Kugel so leicht einen Kopf durchschlagen und ein Leben auslöschen konnte.

Nilsson zeigte auf den Toten, der mit leicht gespreizten Beinen und den Armen neben dem Körper auf dem Rücken lag. Die Kleidung war feucht und sandig, Kiefernnadeln und welke Blätter lagen in den Falten der Hose.

Thomas betrachtete die Leiche. Anfang bis Mitte dreißig, Körpergröße etwas über dem Durchschnitt, Schultern breit und muskulös. Das Haar war dunkel und glänzte von Haargel.

Teure Armbanduhr.

»Er liegt noch nicht lange hier«, sagte Nilsson. »Die Leichenstarre hat kaum eingesetzt.«

»Habt ihr irgendeinen Identitätsnachweis gefunden?«, erkundigte sich Aram.

»Nichts. Kein Ausweis, keine Geldbörse oder Ähnliches. Ihr werdet das Vermisstenregister durchgehen müssen.«

»Und wie sollen wir ihn wiedererkennen?«, fragte Aram.

Er zeigte auf das übel zugerichtete Gesicht, das von geronnenem Blut bedeckt war. Es war ebenso schwarz wie die Erde, die die tiefen Wunden ausfüllte.

Aus ihrer Perspektive war von den Gesichtszügen des Mannes nicht mehr viel übrig.

Thomas ging näher heran.

Die rechte Gesichtshälfte fehlte, der Schuss musste aus nächster Nähe abgefeuert worden sein, vielleicht sogar direkt ins Auge. Die Kugel war am Hinterkopf ausgetreten und hatte einen Großteil des Schädelknochens mitgerissen. Es war ein furchtbarer Anblick, sogar für einen abgebrühten Polizisten. Kein Wunder, dass Linus Rosland immer noch grün im Gesicht war.

Der Mann musste sofort tot gewesen sein.

Sein Kinn war ebenfalls verletzt, anscheinend hatte ihm jemand mit einem Gegenstand einen heftigen Schlag versetzt. Die Haut war dunkel verfärbt. Eine geballte Faust hätte kaum diese Art von Verletzung hervorgerufen.

Rechtes Auge und rechte Kinnhälfte.

Das konnte bedeuten, dass es sich bei dem Täter – sofern es derselbe war, der das Opfer misshandelt hatte – um einen Linkshänder handelte.

Oder er war Rechtshänder und hatte lediglich links vom Opfer gestanden.

Das Gesicht, oder das, was noch davon übrig war, kam Thomas irgendwie bekannt vor, aber sicher war er sich nicht.

»Der Mann wurde nicht hier getötet«, sagte Nilsson und holte ihn aus seinen Gedanken. »Es gibt nur wenige Blutspuren. Wäre er hier erschossen worden, würden wir angesichts dieser massiven Verletzungen sehr viel mehr Blut vorfinden.«

Das bedeutete, dass der Tote vom Tatort hierhergebracht worden sein musste.

Mit etwas Glück gab es in dem Fall ein Auto mit Blutspuren. Es war nicht so einfach, eine schwere Leiche zu transportieren, ohne Spuren zu hinterlassen, auch wenn sie vielleicht in eine Plastikplane oder Ähnliches eingewickelt worden war.

Alles hinterließ Spuren, und DNA ließ sich schon anhand winziger Reste identifizieren.

Ein Stück entfernt lagen zerrissene schwarze Plastikmüllsäcke, die ein anderer Kriminaltechniker gerade untersuchte. Das war die Transportverpackung, vermutete Thomas. Er schätzte das Gewicht des Toten auf etwa fünfundachtzig Kilo, also mussten ihn mindestens zwei Personen hergebracht haben. Eine Person allein schaffte es nicht, eine Leiche dieser Größe über eine längere Strecke zu transportieren.

»Er hat Straßenkleidung an«, sagte Nilsson und zeigte auf die braune Lederjacke des Opfers. »Entweder war er draußen, als er entführt wurde, oder er ist dem Täter freiwillig gefolgt.«

Letzteres würde bedeuten, dass er seinen Mörder gekannt hatte. Ob so oder so, geholfen hatte ihm beides nicht.

»Glaubst du, er ist gefoltert worden?«, fragte Aram und zeigte auf die verfärbten und verletzten Handgelenke. »Das da sieht mir ganz nach Kabelbinder aus.«

Der Meinung war Thomas auch. Das Aussehen des Kinns deutete in dieselbe Richtung. Der Schlag war dem Mann zugefügt worden, als er noch lebte, und musste verdammt wehgetan haben. Das sagte etwas über die Situation und darüber, wie viel Angst er in den letzten Stunden seines Lebens ausgestanden haben musste.

Im Unterkiefer fehlte ein Zahn.

»Vielleicht wollte man irgendeine Information aus ihm herauspressen«, sagte er. »Fragt sich nur, welche.«

»Eine Auseinandersetzung zwischen Mitgliedern verschiedener Banden?«, schlug Aram vor.

»Wenn, dann sind sie nicht sehr raffiniert vorgegangen«, warf Nilsson ein. »Das war rohe Gewalt, nichts anderes.«

»Hast du sonst noch was Interessantes gefunden?«, fragte Aram.

»Er hat sich kräftig eingenässt«, sagte Nilsson. »Aber das kann auch bei Eintritt des Todes passiert sein.«

»Woher weißt du das?«

»Brauchst nur deine Nase zu benutzen.«

Nilsson grinste, trotz der tragischen Umstände, und zeigte auf die Hose des Mannes, die im Schritt großflächig dunkel verfärbt war.

»Vielleicht hat er gewusst, dass sie ihn umbringen«, sagte Aram.

»Armer Kerl, kann man da nur sagen«, seufzte Thomas.

Gefoltert im vollen Bewusstsein, wie das Ganze ausgehen würde.

»Das gehört zur Risikoabwägung bei der Berufswahl«, erwiderte Aram trocken.

Thomas fröstelte. Es war nasskalt, obwohl die Sonne durch die diesigen Wolken schien. Zehn Grad. Schmutziger Schnee lag noch hier und dort unter den Bäumen, und der Boden war nass.

Er umrundete den Toten, um sich die andere Gesichtshälfte anzusehen, und hockte sich ins feuchte Moos.

Aus dieser Perspektive, von schräg unten betrachtet, waren die Gesichtszüge besser erhalten. Eine Andeutung von dunklem Bartwuchs lag auf der leichenblassen Haut und um die blauen Lippen.

Es stank tatsächlich nach Urin.

Das dunkle Auge starrte in die Luft.

Auf einmal wusste Thomas, wen er vor sich hatte.

Kapitel 84

Herman Wibom hatte sich gerade mit einer Tasse Kaffee an seinem Schreibtisch in der Kanzlei niedergelassen. Darauf stapelten sich wie üblich Berge von Papier, man konnte kaum noch das dunkle Holz sehen. Gunilla, seine Sekretärin, schimpfte immer mit ihm wegen der Unordnung. Er verteidigte sich dann immer damit, dass er sein eigenes System habe. Bisher hatte er noch nie ein wichtiges Dokument verlegt.

Das sei nur eine Frage der Zeit, pflegte sie schnippisch zu erwidern.

Sie arbeiteten schon etliche Jahre zusammen.

Er schob einen der Stapel beiseite und stellte den heißen Kaffee ab, als das Telefon klingelte. Auf dem Display stand Mina Kovačs Nummer.

Ehrlich gesagt hatte er nicht erwartet, so schnell von ihr zu hören. Sondern eher, dass sie sich überhaupt nicht melden und er gezwungen sein würde, sie daran zu erinnern, ihm ihre Entscheidung bezüglich der Forderung ihres Mannes mitzuteilen.

»Guten Morgen«, sagte Mina. »Störe ich?«

»Aber nein, überhaupt nicht«, erwiderte er höflich. »Wie geht es Ihnen heute? Fühlen Sie sich besser?«

Minas elende Verfassung am gestrigen Tag hatte ihn betrübt, obwohl er immer Wert darauf legte, eine professionelle Distanz zu seinen Mandanten zu wahren.

Eigentlich hatte er gehofft, das Mandat als Minas Nebenklägerbeistand werde nicht allzu beschwerlich sein. Nach einem langen Berufsleben stand er kurz vor der Rente, und er war mehr als bereit, sich zurückzuziehen. Die Kanzlei hatte sich zusehends verkleinert, inzwischen hatte er nicht mal mehr einen angestellten Juristen. Nur noch die treue Gunilla, die aber auch kürzertreten wollte. Außerdem gab es jetzt so viele neumodische Sachen, mit denen er sich nicht mehr beschäftigen wollte, wie zum Beispiel, dass man verstärkt im Internet präsent und ständig elektronisch erreichbar sein musste. Nur äußerst widerwillig hatte er sich bereit erklärt, ein neues Foto von sich auf der Homepage zu veröffentlichen.

»Ich habe mich entschieden«, sagte Mina.

Ihre Stimme zitterte, aber es lag auch so etwas wie Trotz darin. Herman hörte ihren Sohn im Hintergrund wimmern. Vielleicht hatte sie den Kleinen auf dem Schoß, um Kraft zu schöpfen? Die Kraft einer Mutter, die ihr Kind schützen wollte, war etwas ganz Besonderes. Er merkte das nicht zum ersten Mal, obwohl er weder eigene Kinder noch längere Zeit in einer Beziehung gelebt hatte. Er war ein eingefleischter Junggeselle, schon seit vielen Jahren. Zweisamkeit eignete sich nicht für jeden, so war das nun mal im Leben.

»Aha?«, sagte er und versuchte, aufmunternd zu klingen. »Gut, das zu hören.«

»Ich gebe meinen Sohn niemals her.«

Sie machte eine kleine Pause.

»Und zurück gehe ich auch nicht.«

»Ich verstehe.«

Herman Wibom stützte das Kinn in die Hand und überlegte. Eigentlich hatte er damit gerechnet, dass Mina auf die Forderung ihres Mannes eingehen würde.

Er hatte sie unterschätzt.

»Sie können Andreis und seiner Anwältin ausrichten, dass ich ihm Lukas *auf gar keinen Fall* überlassen werde«, sagte Mina. »Lieber sterbe ich!«

Herman Wibom hatte nicht viel übrig für dramatische Ausbrüche. Tatsache war, dass es eine ganze Menge gab, was ihm an diesem Auftrag nicht gefiel. Da waren zu viel Gewalt und Einschüchterung im Spiel. Außerdem wurde es nur schlimmer, wenn Kinder ins Bild kamen. Er war zu alt für solche anstrengenden Mandate.

Herman zog die Schreibtischschublade auf und nahm seinen Lieblingsfüller heraus, den schwarz-goldenen Montblanc. Als er das vertraute Gewicht in den Fingern spürte, ging es ihm gleich besser. Ein Gefühl von Normalität stellte sich ein.

»Außerdem habe ich vor, mich von Andreis scheiden zu lassen«, fuhr Mina fort. »Ich gehe nicht zu ihm zurück.«

Herman Wibom machte sich gewissenhaft Notizen.

»Sagen Sie Andreis, dass ich gegen ihn aussagen werde. Ich werde alles darüber erzählen, wie oft und wie brutal er mich misshandelt hat. Ich habe Fotos von meinen Verletzungen und allem, was er mir angetan hat.«

Ihre Stimme schwankte.

»Und ich werde der Staatsanwältin helfen, so gut ich kann.«

Sie begann zu weinen, aber Herman hörte die Entschlossenheit dahinter. Mina murmelte eine Entschuldigung und schnäuzte sich.

»Er braucht gar nicht zu versuchen, mich einzuschüchtern, das nützt sowieso nichts. Ich werde meine Meinung nicht ändern.«

Herman erkannte durchaus die Konsequenzen von Minas Entschluss, wollte das jetzt aber nicht ansprechen. Mina war seine Mandantin, und sie hatte sich entschieden.

»Dann machen wir das so«, sagte er. »Ich werde alles tun, was in meiner Macht steht, um Ihnen zu helfen. Sie können sich auf mich verlassen.«

Er beendete das Gespräch, ließ die Hand aber auf dem Telefonhörer liegen. Er musste Ulrika Grönstedt anrufen.

Sie würde enttäuscht sein.

Vielleicht sollte er ihr eine Mail schicken? Dann brauchte er nicht mit ihr zu sprechen. Bei ihrem letzten Telefonat war sie unfreundlich und arrogant gewesen. Ulrika Grönstedt gehörte zu der Sorte von Anwälten, die andere Menschen gern von oben herab behandelten, und darauf konnte Herman gut verzichten.

Andererseits war die Vorstellung, Ulrika Grönstedt auf die Palme zu bringen, unerwartet verlockend. Es war lange her, dass er einen Fall gehabt hatte, der ihn mit so etwas wie Enthusiasmus erfüllte. Es war fast wie in alten Zeiten.

Er griff zum Gesetzbuch und schlug den Paragrafen zum Kontaktverbot auf.

Jetzt, da Mina sich offenbar entschieden hatte, konnte er auch schweres Geschütz auffahren.

Kapitel 85

Ulrika Grönstedt beendete das Gespräch mit Herman Wibom und legte das Telefon auf den Schreibtisch, obwohl sie es am liebsten gegen die Wand gepfeffert hätte.

Der Kerl war ein Tattergreis, aber er hatte seine Botschaft in unmissverständlicher Klarheit überbracht. Dieser Wibom hatte mehr Mumm als erwartet. Er hatte sogar ein Kontaktverbot in Aussicht gestellt und gesagt, er werde es so schnell wie möglich beantragen.

Diese neue Androhung von Minas Seite regte Ulrika doppelt auf.

Sie hatte Kovač ausdrücklich gefragt, ob seine Frau irgendetwas gegen ihn in der Hand hätte. Ob sie möglicherweise über sensible Informationen verfügte, die seiner Sache schaden könnten. Aber Kovač hatte ihre Befürchtungen vom Tisch gewischt und behauptet, das sei undenkbar. Mina sei viel zu dumm für so etwas.

Was sollte sie jetzt tun?

Ulrika wählte die Nummer ihres Mandanten. Es hatte keinen Zweck, den Anruf hinauszuschieben, auch wenn das Gespräch wohl kaum sehr angenehm verlaufen würde.

Kovač meldete sich nach dem zweiten Klingeln.

»Hallo?«

Er klang verschlafen.

Es war jetzt zehn nach zehn, Ulrika war bereits seit vier Stunden auf den Beinen. Wenn er den ganzen Vormittag verschlief, hatte er selbst Schuld, wenn er aus dem Bett geholt wurde.

»Habe ich Sie geweckt?«, fragte sie und hoffte beinahe auf eine bejahende Antwort.

»Was wollen Sie?«, grunzte er.

Wenn er sich nicht die Mühe machte, seinen Charme anzuknipsen, war er ein richtiger Widerling.

»Ich habe eben mit Herman Wibom telefoniert«, sagte sie und ging zum Fenster, das einen Spaltbreit geöffnet war.

Sie betrachtete die Aussicht. Ein Stück entfernt legte eine weiße Waxholmfähre gerade vom Kai vor dem Hotel Diplomat ab. In einem

Monat würde der Linienverkehr in die Schären auf Hochbetrieb laufen, dann gingen die Direktfähren bis in den äußeren Schärengarten.

Sie sehnte sich nach Urlaub.

»Er hatte neue Informationen, von denen ich bisher nichts wusste«, sagte sie, ohne ihren Ärger zu verhehlen.

»Von wem reden Sie?«

»Herman Wibom, dem Anwalt, der zum Rechtsbeistand Ihrer Frau bestellt wurde.«

Sie hatte den Namen mittlerweile mindestens vier Mal gegenüber Kovač erwähnt.

»Wann kommt sie nach Hause?«, fiel Kovač ihr ins Wort.

Es hatte keinen Sinn, es ihm schonend beizubringen.

»Sie wird nicht kommen.«

»Was?«

»Mina hat beschlossen, nicht zu Ihnen zurückzukehren.«

»Was zum Teufel!«

»Sie will die Scheidung einreichen.«

»Das kann sie nicht. Das darf sie nicht!«

Kovač brüllte eine Reihe von Kraftausdrücken in den Hörer, aber Ulrika hatte nicht vor, seine Flüche über sich ergehen zu lassen.

»Hören Sie mir zu!«, herrschte sie ihn an, als er Luft holte.

Kovač verstummte.

»Wenn wir wegen des Sorgerechts vor den Sozialausschuss gehen, werden Mina und ihr Anwalt Dokumente vorlegen, die Ihnen schaden können.«

Jetzt hatte sie seine Aufmerksamkeit. Er schwieg.

»Wibom war in diesem Punkt sehr deutlich«, fuhr sie fort. »Er sagt, dass Mina Beweismaterial gesammelt habe, das Sie belastet und ihr das alleinige Sorgerecht für Ihren Sohn verschaffen wird.«

»Was ist das für ein Schwachsinn?«

»Offenbar hat Mina die Verletzungen dokumentiert, die Sie ihr im Laufe der Jahre zugefügt haben. Sie hat alles fotografiert. Außerdem gibt es Patientenakten und ärztliche Berichte über das, was Sie getan haben.«

»Ich weiß nichts von Fotos«, murmelte Kovač heiser. Er klang nicht so, als ob er irgendetwas bereute.

»Das ist noch nicht alles«, sagte Ulrika. »Viel schlimmer ist, dass Ihre Frau beschlossen hat, mit der Staatsanwältin zusammenzuarbeiten. Wenn Mina etwas über Ihre Steuergeschichten weiß, wird sie auch das gegen Sie verwenden.«

Ausnahmsweise schienen Kovač die Worte zu fehlen.

Das war hoffentlich ein Zeichen dafür, dass ihm der Ernst der Lage klar geworden war. Sollte er etwa bereit sein, auf ihren Rat zu hören?

»Sind Sie noch da?«, fragte sie, nachdem es eine Weile still geblieben war.

»Ja.«

»Erinnern Sie sich, dass ich Sie gefragt habe, ob Mina über Ihre Geschäfte Bescheid weiß? Ob die Gefahr besteht, dass sie Ihre Geheimnisse verrät?«

Ein Feuerwehrauto fuhr unten auf der Straße vorbei. Das Sirenengeheul drang durchs offene Fenster.

»Sie haben mir versichert, dass sie von nichts eine Ahnung hat. Dass ich Gespenster sehe.«

»Sie hat wirklich keine Ahnung. Ich habe die undichte Stelle gefunden und beseitigt.«

Ulrika wollte gar nicht wissen, auf welche Weise.

»Und wenn Sie sich irren?«, fragte sie.

»Mina weiß überhaupt nicht, wovon sie redet.«

Kovač schnaubte verächtlich, klang aber schon zahmer.

»Wenn das stimmt, was Wibom sagt, kann das ernste Konsequenzen haben«, sagte Ulrika. »Das kann richtig böse ins Auge gehen.«

»Das wird nicht passieren. Ich rede mit ihr.«

Ulrika wurde immer ärgerlicher.

»Sie hält sich in einer Schutzwohnung auf«, erwiderte sie scharf. »Jegliche Kontaktaufnahme hat über mich oder ihren Rechtsbeistand zu erfolgen.«

»Dann finden Sie heraus, wo sie ist.«

»Das kann ich nicht. Das verstößt gegen die ethischen Regeln der Anwaltskammer.«

Ulrika zögerte.

»Sie könnten vielleicht mit Ihren Schwiegereltern reden und versuchen, sie auf diese Weise zu erreichen«, sagte sie schließlich.

»Das ist Ihre Aufgabe. Besorgen Sie mir die Adresse von Mina!«

Kapitel 86

Nora saß in ihrem Büro und wartete darauf, dass Leila von einer Vernehmung in einem anderen Fall zurückkam, damit sie gemeinsam nach Runmarö fahren konnten. Um elf ging eine Fähre von Stavsnäs. Wenn sie die erreichen wollten, mussten sie innerhalb der nächsten Viertelstunde aufbrechen.

Das Festnetztelefon klingelte.

»Hier ist Besuch für Sie«, sagte die Empfangssekretärin. »Vor mir steht ein Kriminalkommissar, der zu Ihnen möchte. Er sagt, es ist eilig.«

»Einen Moment.«

Nora hatte für diesen Vormittag keine Termine eingeplant, sah aber sicherheitshalber in ihrem Terminkalender nach. Der war leer.

»Wie heißt er?«, fragte sie.

»Thomas Andreasson.«

»Ich bin gleich unten.«

Als sie aus dem Aufzug trat, stand Thomas in der Lobby und erwartete sie. Obwohl sie sich so lange kannten, fiel ihr erst jetzt auf, welche ruhige Autorität seine hochgewachsene Gestalt ausstrahlte.

Er schien neue Energie geschöpft zu haben, obwohl sein Gesicht ernst war. Irgendwas musste passiert sein, wenn er hier so unerwartet auftauchte.

»Was machst du hier?«, begrüßte ihn Nora und war drauf und dran, ihn zu umarmen, hielt sich aber im letzten Moment zurück. Er kam offenbar dienstlich.

»Wir müssen uns über deine Steuerklage unterhalten«, sagte Thomas. »Können wir irgendwo ungestört reden?«

Nora sah auf dem Plan für die Sitzungszimmer nach und fand eins, das frei war. Im selben Moment tauchte Leila mit einem dicken Aktenordner unterm Arm in der Halle auf.

Nora winkte sie zu sich.

»Es ist wohl am besten, wenn du auch dabei bist«, sagte sie.

Sie zog ihren Hausausweis durch die Sicherheitssperre und ließ Thomas herein.

»Möchtest du Kaffee?«, fragte sie, als sie an der Kaffeeküche vorbeikamen.

»Um diese Zeit lieber Tee. Das weißt du doch.«

Thomas zwinkerte ihr zu. Es war beinahe, als würden sie zu Hause in ihrer Küche stehen, während Nora Tassen und Gebäck auf ein kleines Tablett stellte und sie über Belanglosigkeiten plauderten.

Aber dann kehrten sie zum Dienstlichen zurück. Thomas war nicht zum Kaffeeklatsch hier.

Sie setzten sich in einen der kleineren Konferenzräume, ausgestattet mit grünen Polsterstühlen und einem Whiteboard, auf dem jemand das Geschriebene nur flüchtig gelöscht hatte.

Nora nahm Thomas gegenüber Platz.

Es war ein merkwürdiges Gefühl, hier mit ihm zu sitzen. Sie waren alte Freunde, hatten aber nie beruflich miteinander zu tun gehabt, auch wenn sie bei verschiedenen Ermittlungen so etwas wie seine Sparringspartnerin gewesen war. Während ihrer langen Jahre als Juristin in der Bank hatte es keinen Anlass zur Zusammenarbeit gegeben, und das hier war das erste Mal, seit sie als Anklägerin bei der Behörde zur Bekämpfung von Wirtschaftsverbrechen arbeitete.

Thomas legte seinen Notizblock auf den Tisch.

»Tut mir leid, dass es ein bisschen unvorbereitet kommt«, begann er. »Im Naturschutzgebiet Nacka hat es einen Vorfall gegeben, und wir glauben, dass Andreis Kovač etwas damit zu tun hat.«

Nora hatte geahnt, dass es um so etwas ging, aber sie hatte trotzdem ein ungutes Gefühl.

»Wir haben heute Morgen eine Leiche im Wald gefunden«, fuhr Thomas fort. »Und wir haben Grund zu der Annahme, dass es sich bei dem Toten um Dino Herco handelt, einen engen Mitarbeiter von Andreis Kovač.«

Leila schnappte nach Luft.

»Was?«, rief sie aus. »Herco ist tot?«

Thomas nickte.

»Wie ist er gestorben?«, fragte Nora.

»Durch einen Kopfschuss aus nächster Nähe, wahrscheinlich irgendwann in den letzten vierundzwanzig Stunden. Es war eine regelrechte Hinrichtung.«

»Shit«, flüsterte Leila und zog an ihrem langen schwarzen Zopf.

»Wir glauben, dass er vor seinem Tod gefoltert wurde, oder zumindest brutal misshandelt. Einige seiner Verletzungen deuten darauf hin.«

Noch vor wenigen Tagen hatten sie in Hercos Küche gesessen und ihm Fragen im Zusammenhang mit dem Notrufalarm gestellt. Und jetzt war er tot.

Nora beschlich ein Gefühl von parallelen Wirklichkeiten.

»Wie habt ihr ihn gefunden?«, fragte sie.

»Man hatte ihn in einer Mulde verscharrt. Ein Jogger und sein Hund sind praktisch über ihn gefallen. Fast so, als hätten die Täter gewollt, dass man ihn findet.«

»Würde mich nicht wundern, wenn Kovač ein Exempel statuieren wollte«, murmelte Leila. »Als Warnung. *Misch dich nicht in meine Angelegenheiten ein, wenn dir dein Leben lieb ist.* Er scheint mir der Typ dafür zu sein.«

»Glaubt ihr, dass Kovač hinter dem Mord steckt?«, fragte Nora. »Gibt es Hinweise, die ihn mit der Tat in Verbindung bringen?«

Thomas schüttelte den Kopf.

»Kann ich nicht sagen, dazu ist es noch zu früh. Ich komme direkt vom Fundort, und wir wissen noch nicht, wo der Mord begangen wurde.«

»Welche technischen Beweise habt ihr?«, fragte Leila. Sie griff wieder nach ihrem Zopf und legte ihn über die andere Schulter.

»Überhaupt keine«, antwortete Thomas. »Wir haben keine Kugel, da es ein Durchschuss war, und an der Leiche sind keine Fingerabdrücke. Im Augenblick ist die Spurensicherung auf dem Weg in seine Wohnung, um weitere Untersuchungen vorzunehmen.«

»Wir haben Herco vor ein paar Tagen dort besucht«, sagte Nora.

Leila fasste kurz ihren Besuch bei Herco und sein Eingreifen in die Misshandlung von Mina zusammen. Sie berichtete auch von der Vernehmung, die sie vor zwei Tagen hier im Haus durchgeführt hatte.

»Er hatte eine Heidenangst davor, dass Kovač von uns erfahren könnte, was er getan hat«, sagte sie und sah Nora an, als wollte sie eine Bestätigung einholen. »Solche Angst, dass er mir sogar angedroht hat, mich umzubringen.«

Nora murmelte zustimmend.

»Das ist genau das, was er befürchtet hat«, fuhr Leila fort. »Er wurde unglaublich nervös, als wir Fragen zu der Notrufgeschichte gestellt haben. Hat bei ganz simplen Dingen gelogen, bei Details, die wir leicht hätten überprüfen können.«

»Und auch überprüft haben«, ergänzte Nora.

»Falls Kovač herausbekommen hat, dass es Dino Herco war, der die Notrufzentrale angerufen hat, dann haben wir hier ein eindeutiges Motiv«, sagte Leila.

»Wir halten uns alle Türen offen«, erwiderte Thomas. »Wir können nicht ausschließen, dass es andere Motive oder mögliche Täter gibt. Allerdings deutet alles auf einen geplanten Mord hin, bei der Durchführung scheint es sich nicht um eine spontane Aktion gehandelt zu haben.«

»Wie wollt ihr weiter vorgehen?«, fragte Nora.

»Wir werden eine Telefonüberwachung von Kovač beantragen. Aber zunächst einmal muss die Kriminaltechnik die Spuren untersuchen und auswerten. Haare, Blut, DNA, das dauert seine Zeit. Die Liste ist lang.«

»Womit wollt ihr anfangen?«, fragte Leila. »Abgesehen von den technischen Untersuchungen, meine ich.«

Sie verschränkte die Hände im Nacken.

»Wir werden ihn observieren«, erwiderte Thomas.

»Er muss gewusst haben, dass der Mord an Dino Herco ihn in den Fokus der Ermittlungen rückt«, überlegte Leila laut. »Wenn man bedenkt, wie eng sie zusammengearbeitet haben. Das deutet auf hohe Risikobereitschaft und narzisstische Überheblichkeit hin.«

Oder auf rohe Rücksichtslosigkeit, dachte Nora.

»Nicht unbedingt«, widersprach Thomas. »Es war reiner Zufall, dass ich den Toten wiedererkannt habe.«

Er zeigte auf Nora.

»Das habe ich dir zu verdanken.«

»Mir?«

»Ja, weil wir neulich auf der Fähre über ihn gesprochen haben. Sonst hätte ich nie ein Foto von ihm gesehen, und dann hätte ich nicht gewusst, wer er ist oder wie er heißt.«

»Irgendwann hättet ihr es trotzdem herausgefunden«, sagte Nora, die kein unverdientes Lob annehmen wollte.

»Mag sein, aber es hätte wesentlich länger gedauert. Der Mann hatte keine Papiere bei sich, übrigens auch kein Handy. Außerdem hat er allein gelebt. Er hatte keine Familie, die ihn als vermisst hätte melden können.«

Das stimmte. Allem Anschein nach war Dino Herco alleinstehend gewesen.

»Kovač wird sicher nicht damit rechnen, dass ihr ihm so schnell auf die Schliche kommt«, sagte Leila. »Das müsste für die Ermittlungen von Vorteil sein.«

Thomas nickte.

»Ich hoffe es.«

»Wie wahrscheinlich ist es, dass ein Fremder Kovačs engsten Vertrauen entführt und ermordet, nachdem Herco zwei Tage zuvor hat durchblicken lassen, dass er Todesangst vor seinem Chef hat?«, fragte Leila.

Sie verschränkte die Arme vor der Brust, als wollte sie Thomas herausfordern, ihr zu widersprechen.

»Du weißt, dass ich recht habe. Ihr solltet Kovač sofort festnehmen.«

Kapitel 87

Ulrika Grönstedt rutschte unruhig auf ihrem Bürostuhl hin und her. Wie sie sich auch hinsetzte, sie fand einfach keine bequeme Stellung.

Die gut ausgedachte Strategie hatte nicht funktioniert, und nach dem Telefonat mit Andreis Kovač war ihre Laune im Keller.

Ulrika kritzelte eine sinnlose Figur nach der anderen auf ihren Block und versuchte nachzudenken.

Schließlich stand sie auf und schloss die Tür. Dann holte sie die Zigarettenschachtel hervor, die sie für Notfälle in der untersten Schublade ihres Schreibtisches aufbewahrte. Sie zündete sich eine Zigarette an, nahm ein paar tiefe Lungenzüge und betrachtete die Glut.

Ihr Kopf war immer noch leer.

Sie hasste das Gefühl, all ihre Karten ausgespielt zu haben. Kovačs Ehefrau verhielt sich nicht so, wie sie erwartet hatte. Sie war überzeugt gewesen, dass Mina klein beigeben würde, wenn die Sorgerechtsfrage ins Spiel kam.

Ulrika drückte die Zigarette in dem Schraubdeckelglas aus, das sie in derselben Schublade vor den Augen der Kollegen versteckte. Zu Hause rauchte sie nie, Fiona zuliebe.

Es gab nur eine vernünftige Erklärung für Minas neue Haltung, aber die machte die Sache auch nicht besser. Irgendetwas musste gestern passiert sein, als Mina zum Haus am Trastvägen gefahren war. Vermutlich hatte Kovač ihr solche Angst eingejagt, dass sie nicht wagte, zu ihm zurückzukehren.

Er hatte die Chance gehabt, alles wiedergutzumachen und ihr zu versichern, wie sehr er sie liebte. Stattdessen hatte er sie noch mehr eingeschüchtert.

Der Mann war selbst sein ärgster Feind.

Damage control, murmelte sie vor sich hin, ohne irgendeine Idee zu haben, wie sich der Schaden begrenzen ließe. Es musste eine Lösung her, die es ermöglichte, dass sich das Ehepaar versöhnte. Das war die einzige Möglichkeit, Mina von einer Aussage gegen ihren Mann abzuhalten.

Sie brauchte einen neuen Plan.

Ulrika blätterte in der Akte. Bei ihrem Telefonat mit Kovač hatte sie beiläufig seine Schwiegereltern erwähnt, über die er Mina vielleicht erreichen konnte.

Das Letzte, was sie gehört hatte, war, dass die Mutter im Krankenhaus lag, wobei ihr nicht ganz klar war, aus welchem Grund. Vielleicht war es möglich, mit dem Vater zu reden und um sein Verständnis angesichts der schwierigen Umstände zu bitten? Sie könnte andeuten, dass es der Mutter sicher guttäte, wenn sie sich keine Sorgen wegen der Eheprobleme ihrer Tochter machen müsste.

Einen Versuch war es wert.

Ulrika warf einen sehnsüchtigen Blick auf die halb volle Zigarettenschachtel, schob aber die Schublade entschlossen zu. Dann ging sie zum Fenster und öffnete es weit, um den Rauch auszulüften.

Minas Vater zu kontaktieren war hart an der Grenze, die Anwaltskammer würde ihr die Hölle heißmachen, wenn sie davon erfuhr, aber der Mangel an Alternativen ließ ihr keine Wahl. Auf die Ethik ihrer Standesorganisation konnte sie ein andermal Rücksicht nehmen.

Sie gab seinen Namen bei Google ein, fand seine Handynummer und griff rasch zum Telefon, bevor sie es sich anders überlegen konnte.

Stefan Talevski meldete sich im selben Moment, als Ulrika dachte, die Mailbox würde sich einschalten. Sie stellte sich höflich als Anwältin vor und erklärte, dass sie seinen Schwiegersohn Andreis Kovač vertrat.

»Warum rufen Sie mich an?«, schnauzte er.

Ulrika hatte nicht erwartet, mit offenen Armen empfangen zu werden, aber eine derartige Feindseligkeit überraschte sie.

»Meinem Mandanten ist sehr daran gelegen, seine Frau und seinen Sohn zu sehen«, erwiderte sie so freundlich, wie es ihr möglich war.

»Daran hätte er denken sollen, bevor er sie beinahe totgeprügelt hätte.«

Ulrika versuchte es noch mal.

»Er bereut das zutiefst«, sagte sie. »Er begreift nicht, was in ihn gefahren ist. Er würde alles tun, damit Mina ihm verzeiht. Was er getan hat, ist unentschuldbar, aber es wird nicht wieder vorkommen.«

Ulrika trug so dick auf, wie sie konnte, hütete sich aber, etwas zu sagen, was als Beweis gegen ihren Mandanten verwendet werden konnte.

Falls Stefan Talevski jemals auf die Idee kommen sollte, dieses Gespräch anzuführen, würde sie behaupten, sie habe lediglich den erbitterten Streit zwischen den Eheleuten angesprochen. Sie hatte mit keinem Wort zugegeben, dass er seiner Frau gegenüber gewalttätig geworden sei.

»Er möchte nur seinen Sohn sehen, das ist alles«, versicherte sie. »Lukas ist sein einziges Kind. Wenn Ihre Tochter zu ihm zurückkehrt, wird er professionelle Hilfe in Anspruch nehmen, um sein Temperament in den Griff zu bekommen.«

Kovačs tatsächliche Einstellung zu dieser Frage war jetzt zweitrangig. Wenn der Preis dafür, Mina zurückzubekommen, darin bestand, sich für ein Anti-Gewalt-Training anzumelden, dann würde er in den sauren Apfel beißen müssen. Irgendwie musste es möglich sein, ihn dazu zu bringen, falls es ihr gelang, ihm Mina und Lukas zurückzubringen.

»Er will sich wirklich ändern«, fügte sie hinzu.

»Haben Sie den Verstand verloren?«

»Wie bitte?«

»Glauben Sie im Ernst, ich würde meiner Tochter raten, zu diesem Verrückten zurückzukehren, nachdem er am Samstag auf meine Frau und mich losgegangen ist?«

»Ich verstehe nicht …?«

»Meine Frau ist bisher nicht wieder aufgewacht, sie ist immer noch bewusstlos, und daran ist nur Ihr sogenannter Mandant schuld.«

Das Gespräch wurde langsam unbehaglich.

»Tut mir leid, aber ich weiß nicht, was Sie meinen«, sagte sie.

Die Laute im Hintergrund, die sie zuerst nur als diffuse Geräuschkulisse wahrgenommen hatte, ergaben auf einmal einen Sinn. Minas Vater befand sich offenbar auf der Intensivstation, und das Piepen und Summen stammten von verschiedenen Überwachungsgeräten.

Der Geräuschteppich im Wartezimmer des Todes.

Was hatte Kovač getan?

Minas Vater stieß einen gutturalen Laut aus, irgendwas zwischen Lachen und verzweifeltem Schluchzen.

»Versuchen Sie, mir weiszumachen, Sie wüssten nicht, dass er am

Samstag vor unserem Haus randaliert hat? Dass er uns bedroht hat, um herauszubekommen, wo Mina sich versteckt?«

Es war ein Fehler gewesen, den Vater anzurufen. Ulrika hatte nur noch den Wunsch, das Gespräch so schnell wie möglich zu beenden.

»Tut mir leid, aber ich muss …«

»Er hat die Scheibe unserer Haustür eingeschlagen«, fiel Talevski ihr ins Wort. »Ich habe wirklich geglaubt, er bringt uns um. Meine Frau war so verängstigt, dass sie einen schweren Herzinfarkt erlitten hat. Katrin liegt im Koma, ihr Zustand hat sich seit der Einlieferung verschlechtert. Die Ärzte wissen nicht, ob sie jemals wieder zu sich kommt.«

Stefan Talevski brüllte sie an.

»Meine Tochter wird niemals zu diesem Verbrecher zurückkehren!«

»Das wusste ich nicht«, murmelte Ulrika.

»Haben Sie Kinder?«

Sie blickte unwillkürlich zu Fionas Foto auf dem Schreibtisch. Das fröhliche Kindergesicht lachte sie an. Im Juni wurde Fiona elf.

»Wie können Sie einen so widerwärtigen Menschen verteidigen?«, sagte Talevski. »Wie vereinbaren Sie das mit Ihrem Gewissen?«

Kapitel 88

Sie saßen jetzt schon seit fast einer Stunde in dem Konferenzraum. Thomas und Leila waren in eine Diskussion über einige technische Details am Fundort vertieft.

Nora griff nach einem Schreibblock und zeichnete ein Diagramm der gegenwärtigen Situation.

Falls Kovač in den Mittelpunkt einer Mordermittlung rückte, würde der Fall noch komplizierter werden. Dann hatte sie drei verschiedene Tatbestände zu berücksichtigen, und außerdem würde sich ein weiterer Ankläger einschalten, wahrscheinlich jemand, der weitaus kompetenter in Bezug auf eine Mordanklage war als sie.

Sie hatte die Anklage wegen Steuerbetrugs zunächst zurückgestellt, um die Misshandlungssache mit aufzunehmen, aber nun doch beschlossen, sie heute mit einzureichen. Jetzt musste sie überlegen, wie die neuen Informationen sich auswirkten und welche Konsequenzen sich daraus ergaben.

Eine Mordermittlung konnte sich viele Monate hinziehen. Konnte sie so lange warten? Wahrscheinlich nicht. Es war besser, den Tatvorwurf später zu ergänzen und auf die Hauptverhandlung zu verschieben, falls notwendig. Es wäre nicht das erste Mal, dass so etwas vorkam.

Aber zuerst musste sie hören, was Mina zu berichten hatte.

Leila und Thomas waren inzwischen bei einer Debatte über den Geisteszustand von Andreis Kovač angelangt.

»Ich frage mich wirklich, ob bei ihm eine Sicherung durchgebrannt ist«, sagte Leila. »Die Aggressivität und Gewalt, die er an den Tag legt, sind beängstigend.«

Sie stand auf und ging zum Whiteboard. Mit einem schwarzen Filzstift malte sie eine Zeitachse auf und setzte ein Kreuz für jeden Vorfall, an dem Kovač beteiligt gewesen war. Es begann mit der Misshandlung von Mina vor einer guten Woche und endete mit dem Mord an Herco am heutigen Tag. Der bedrohliche Besuch bei Minas

Eltern war ebenfalls dabei, mit einem Symbol für die Mutter, die auf der Intensivstation lag.

Die Zusammenfassung jagte Nora einen Schauer über den Rücken.

»Es sieht aus, als würde Kovač immer mehr unter Druck geraten«, sagte Leila und klopfte mit dem Stift an die Tafel. Innerhalb von zehn Tagen ein Vorfall nach dem anderen. Es eskaliert.«

Menschen, die sich bedrängt fühlen, machen verzweifelte Sachen.

Nora dachte an die letzte Vernehmung, die sie mit ihm durchgeführt hatte. An das Gefühl, einem Raubtier gegenüberzusitzen.

Was würde passieren, wenn der Druck noch stärker wurde? Wenn der Dampfkessel zu platzen drohte?

»Die Frage ist, wie weit er geht«, sagte Leila und betrachtete die Zeichnung.

Sie legte den Stift weg und setzte sich wieder.

»Was ist mit der Bedrohung der Schwiegereltern?«, fragte Thomas. »Können wir ihm daraus keinen Strick drehen?«

»Die Mutter liegt im Koma«, erwiderte Nora. Sie hatte im Krankenhaus angerufen, der Zustand der Frau war unverändert.

»Der Vater will uns nicht sagen, was passiert ist«, sagte Leila, »obwohl wir uns über den Vorgang ziemlich sicher sind. Er traut sich nicht. Was verständlich ist, wenn man an den gestrigen Vorfall denkt.«

Thomas blickte auf.

»Was war gestern?«, fragte er.

»Kovač war kurz davor, Mina in aller Öffentlichkeit zu erschießen«, sagte Leila. »In letzter Sekunde konnte sie sich mit dem Kinderwagen in einen Linienbus retten und entkommen.«

Leila berichtete, wie Mina sich in Sicherheit gebracht hatte und nach Runmarö zurückgekehrt war. Wie der Streifenwagen den Bus eingeholt hatte.

»Warum wurde er nicht festgenommen?«, wunderte sich Thomas.

Leila zog eine Grimasse.

»Der Busfahrer hat auf den Verkehr geachtet«, erklärte sie. »Er sagt, er hat nichts von der Sache mitbekommen. Die Streife, die Mina aus dem Bus geholt hat, ist nicht auf die Idee gekommen, die Personalien der Fahrgäste im Bus aufzunehmen. Wir haben einen Zeugenaufruf veröffentlicht, aber bisher hat sich niemand gemeldet. Das heißt, wir haben keine Augenzeugen, außer Mina, aber die weigert sich immer noch, ihren Mann zu belasten.«

Nora fiel ein, dass sie Leila nichts von dem Telefonat mit Anna-Maria gesagt hatte. Die Nachricht von Hercos Tod war dazwischengekommen. Wie hatte sie nur vergessen können, zu erzählen, dass Mina nun doch kooperieren wollte? Das war beinahe ein Dienstvergehen.

Sie hatte im Moment einfach zu viel um die Ohren.

»Mina scheint ihre Meinung geändert zu haben«, sagte sie. »Wir müssen noch mal nach Runmarö, sobald wir hier fertig sind.«

Leila sah aus wie ein Fragezeichen.

»Anna-Maria vom Friggagården hat mich angerufen«, erklärte Nora. »Mina möchte sich mit uns treffen, anscheinend ist sie jetzt bereit, über ihren Mann auszupacken. Ich habe mich bei Herman Wibom rückversichert, und er sagt dasselbe.«

Leilas Gesicht leuchtete auf.

»Endlich eine gute Nachricht!«

Nora blickte auf die Uhr. Sie wollte Thomas nicht zur Eile drängen, aber sie mussten jetzt los, bevor Mina es sich wieder anders überlegte. Sie traute Wiboms Beteuerungen nicht recht, dass Mina wirklich fest entschlossen sei, sich von ihrem Mann zu trennen und gegen ihn auszusagen.

»Wir sollten dann langsam mal«, sagte sie entschuldigend.

Thomas schlug seinen Notizblock zu.

»Ich schicke dir alles, was wir über Dino Herco haben«, sagte Leila. »Dann könnt ihr euch selbst ein Bild machen.«

»Super«, sagte Thomas. »Eins noch. Tut mir doch den Gefallen und fragt Mina, ob ihr Mann Linkshänder ist.«

Leila runzelte die Stirn.

»Die Verletzungen in Hercos Gesicht deuten auf einen Linkshänder als Täter hin«, erklärte Thomas.

»Ach übrigens«, warf Nora ein. »Er hat eine sehr gute Anwältin. Sie heißt Ulrika Grönstedt.«

»Umso besser, die dürfte dann ja wissen, worum es geht.«

Thomas erhob sich.

»Dann brauchen wir uns wenigstens nicht um einen Pflichtverteidiger für ihn zu kümmern.«

»Kovač wird alles abstreiten, falls ihr ihn festnehmt«, sagte Nora.

»Außerdem kannst du sicher sein, dass er ein perfektes Alibi hat«, fügte Leila hinzu. »Aber davon gehst du wohl aus?«

»Und wenn schon.« Thomas schien nicht sonderlich beeindruckt. »Ich knöpfe mir den Kerl trotzdem vor.«

Bosnien

Mai 1993

Andreis entdeckte Tante Blanka durchs Fenster und lief zur Tür, um zu öffnen. Selma hatte sich gerade mit Emir im Arm aufs Sofa gesetzt.

Sie holte hörbar Luft, als sie Blanka sah.

»Habt ihr es euch anders überlegt?«, rief sie aus.

Sie hatte geweint, als Blanka sich am Nachmittag von ihr verabschiedete, und geglaubt, sie würden sich nie mehr wiedersehen.

Blanka ging zu Selma, ohne ihre Jacke auszuziehen.

»Ist Zlatko zu Hause?«, fragte sie leise.

Selma schüttelte den Kopf.

Blanka setzte sich neben sie aufs Sofa.

»Du und die Kinder, ihr müsst morgen mitkommen«, flüsterte sie. »Im Auto ist noch Platz, ich habe mit Dario gesprochen, und wir haben beschlossen, euch mitzunehmen.«

»Das geht nicht.«

Selma umklammerte Emir viel zu fest. Er wand sich und begann zu weinen, bis sie den Griff lockerte und ihn auf den Fußboden setzte, sodass er zu Andreis krabbeln konnte, der in einer Ecke saß und spielte.

Blanka knöpfte ihre Jacke auf.

»Denk doch an die Kinder«, sagte sie.

»Ich kann mit Zlatko nicht darüber reden«, sagte Selma. »Ich habe es versucht. Du weißt ja, wie er ist.«

Blanka hatte rote Flecken auf den Wangen.

»Ihr könnt nicht hierbleiben! Kommt mit.«

»Ich weiß ja, dass wir es tun sollten.«

Ihre Stimme brach, sie konnte nicht weitersprechen.

Blanka lehnte ihre Stirn an Selmas und zwinkerte ihre eigenen Tränen weg.

»Ich will dir keine Angst machen«, sagte sie. »Aber ich mache mir so schreckliche Sorgen, was aus dir und den Jungs wird, wenn wir weg sind.«

Blanka wischte sich das Gesicht mit dem Ärmel ihres Pullovers ab. Sie zog ihre Zigaretten aus der Jackentasche und steckte sich eine an, aber es klappte erst beim dritten Versuch. Ihre Hand mit dem Streichholz zitterte zu sehr.

Sie konnte das Schluchzen nicht verhindern, das hervorbrach.

»Komm mit uns«, sagte sie wieder. »Du musst ja Zlatko nichts davon sagen.«

Selma blickte zu Andreis. Er schien ganz in sein Spiel versunken zu sein. Emir starrte fasziniert auf die kleinen Autos, mit denen Andreis herumkurvte.

»Sonst werdet ihr alle sterben«, sagte Blanka. »Es ist nur eine Frage der Zeit, bis die Serben kommen.«

Kapitel 89

Die kurvenreiche Landstraße, die vom Anleger in Styrsvik ins Innere der Insel führte, war inzwischen ein vertrauter Anblick. Noras Füße fanden von ganz allein zum Friggagården. Wie viele Male war sie diesen Weg in der letzten Woche schon gegangen? Dass es so oft sein würde, hatte niemand ahnen können, als sie Mina den Platz im Frauenhaus vermittelten.

Anna-Maria öffnete, nachdem sie geklingelt hatten, aber sie wirkte nicht so energiegeladen wie sonst.

»Wie geht es Ihnen?«, fragte Nora, als sie in die Diele traten und ihre Jacken ablegten.

Die Leiterin der Einrichtung war blass und hatte dunkle Ringe unter den Augen. Einige Haarsträhnen hatten sich aus dem Pferdeschwanz im Nacken gelöst.

»Ich bin nur ein bisschen müde.«

Anna-Maria rieb sich die Stirn mit der rechten Hand.

»Ich habe mich heute Nacht um Lukas gekümmert, damit Mina sich mal richtig ausschlafen kann«, erklärte sie. »Die Ärmste war völlig erledigt.«

Nora betrachtete sie prüfend. Die Falten von der Nase zum Mund waren tiefer geworden, obwohl es erst vierundzwanzig Stunden her war, dass sie sich gesehen hatten. Auf Anna-Marias Schultern schien eine schwerere Last zu liegen als die Verantwortung für einen Säugling, der nachts sein Fläschchen brauchte.

Leilas Handy klingelte. Mit einer kurzen Entschuldigung entfernte sie sich.

»Ist das alles?«, fragte Nora. »Sie sehen sehr bedrückt aus, wenn ich das sagen darf.«

»Wir haben Probleme mit der Kommune«, gab Anna-Maria zu und rückte das Deckchen auf dem kleinen Tisch vor dem Garderobenspiegel zurecht, das überhaupt nicht schief lag. »Sie muss sparen, und die Verwaltung sitzt uns im Nacken. Eine Sachbearbeiterin hat mich gerade angerufen und mir schlechte Nachrichten überbracht.«

Alle Kommunen mussten sparen. Was machten sie nur mit dem ganzen Geld?

Schweden war kein Land mit niedrigen Steuern, aber wenn man die Zeitungen aufschlug, konnte man den Eindruck haben, dass der Großteil des öffentlichen Sektors am Hungertuch nagte. Es fehlten Mittel im Gesundheitswesen, in den Schulen und nicht zuletzt bei der Polizei, wie Thomas immer öfter betonte. Alles lief auf Sparflamme.

Anna-Maria wirkte so mitgenommen, dass Nora die Sache nicht auf sich beruhen lassen konnte. Leila telefonierte noch, es würde wohl ein paar Minuten dauern.

Nora zeigte auf die Sitzgruppe im leeren Wohnzimmer.

»Kommen Sie, wir setzen uns einen Moment.«

Sie ging zu einem der geblümten Sessel und stellte ihre schwere Aktentasche ab. Anna-Maria folgte ihr zögernd und setzte sich auf die äußerste Kante des Sofas.

»Was hat die Kommune denn am Telefon gesagt?«, fragte Nora, als sie beide saßen.

Anna-Maria wurde rot.

»Ich hätte das nicht erwähnen sollen. Sie haben keine Zeit für so etwas, deswegen sind Sie ja nicht gekommen.«

»Machen Sie sich darüber keine Sorgen.«

Nora meinte das aufrichtig. Sie half gern, wenn sie konnte.

»Jetzt erzählen Sie mal«, sagte sie. »Ich bin schließlich Juristin, vielleicht kann ich was für Sie tun.«

»Verstehen Sie etwas von öffentlichen Ausschreibungen?«, fragte Anna-Maria.

Sie sprach »öffentliche Ausschreibungen« aus, als sei es ein übles Schimpfwort.

»Nicht besonders viel«, räumte Nora ein.

»Die Kommune plant eine öffentliche Ausschreibung von geschützten Unterkünften«, sagte Anna-Maria.

Sie seufzte.

»Sicher in bester Absicht, aber sie haben sich für eine Vorgehensweise entschieden, die das Aus für Friggagården bedeutet. Wir sind zwar eine Stiftung, aber für den Unterhalt der Einrichtung vollkommen abhängig von kommunalen Zuschüssen.«

»Wieso hat das so schwerwiegende Konsequenzen für Friggagården?«, fragte Nora.

»Anscheinend ist die neue Ausschreibung so knapp kalkuliert, dass wir die Kriterien unmöglich erfüllen können«, sagte Anna-Maria. »Das heißt, wir bekommen den Zuschlag nicht, und ohne Zuschlag keine kommunale Finanzierung.«

Sie strich sich über die Oberschenkel.

»Wir betreiben den Friggagården seit zwanzig Jahren mit sehr guten Ergebnissen, aber das spielt offenbar keine Rolle. Es geht nur noch darum, was der Unterhalt in Zukunft kostet. Kronen und Öre, alles andere zählt nicht.«

Anna-Maria sprach immer schneller, Nora hatte Mühe, die Informationen zu sortieren.

»Jetzt atmen Sie mal tief durch, und dann sprechen Sie bitte etwas langsamer«, sagte sie. »Wie genau hat sich die Kommune ausgedrückt?«

Ein sehr dünnes blondes Mädchen im Teenageralter schaute ins Zimmer. Als sie Nora und Anna-Maria sah, zog sie den Kopf schnell wieder zurück.

Die Leiterin hatte sie gar nicht bemerkt.

»Sie wollen die Ausschreibung so gewichten, dass die bisherige Erfahrung in der Behandlung von traumatisierten Frauen und Kindern nicht zählt«, sagte sie.

»Was meinen Sie mit ›Ausschreibung gewichten‹?«

»Bei öffentlichen Ausschreibungen werden Punkte dafür verteilt, wie gut ein Bewerber die verschiedenen Kriterien erfüllt. Wer die höchste Punktzahl erreicht, erhält den Zuschlag.«

»Und das bedeutet was?«, hakte Nora nach.

»Wenn man eine hohe Punktzahl für das Kriterium ›niedrige Kosten‹ ansetzt, und eine niedrige Punktzahl für das Kriterium ›Expertise und Erfahrung‹, was glauben Sie, was dann passiert?«

Endlich ging ihr ein Licht auf. Nora entschuldigte sich im Stillen damit, dass es ein Rechtsgebiet war, mit dem sie noch nie zu tun gehabt hatte.

»Es geht also nur darum, die Kosten niedrig zu halten«, sagte sie.

»Genau. Wir haben keine Chance. Wir können nicht mit den anderen Anbietern konkurrieren, das sind große Sozialpflegekonzerne. Für die ist das nur ein Geschäft. Die können sogar ein Angebot abgeben, bei dem sie Minus machen, nur um den Auftrag zu erhalten. Aber für uns bedeutet es das Ende.«

Anna-Maria hatte Tränen in den Augen.

»Verstehen Sie? Unser Wissen und unsere Erfahrung zählen nicht, obwohl das der eigentliche Kern des Hilfsangebots ist. Das hier ist eine komplizierte Tätigkeit, die Frauen, die zu uns kommen, sind verängstigt und verstört. Sie müssen von qualifizierten Therapeuten betreut werden und brauchen Unterstützungsangebote, die sich bewährt haben.«

Anna-Maria sank auf dem Sofa in sich zusammen.

»Ich habe bis spät in die Nacht gesessen und gerechnet. Es ist unmöglich, weiterhin qualitativ gute Arbeit zu leisten und gleichzeitig ein konkurrenzfähiges Angebot abzugeben. Beides geht einfach nicht. Wir werden schließen müssen.«

»Steht es wirklich so schlimm?«

»Es sieht ganz danach aus. Es ist kein Geld für irgendwas da, obwohl die Frauen hier es so nötig hätten.«

Nora sah aus den Augenwinkeln, dass Leila ihr Telefonat beendete.

»Ich weiß nicht, was wir machen sollen«, sagte Anna-Maria.

Leila stellte sich neben den Sessel, in dem Nora saß. Sie steckte das Handy in die Hosentasche zurück.

»Tut mir leid«, sagte sie. »Ich musste den Anruf annehmen.«

Anna-Maria erhob sich hastig.

»Entschuldigung«, sagte sie. »Ich sitze hier und rede und rede.«

»Kein Problem.« Nora legte ihr die Hand auf die Schulter. »Ich wünschte, ich könnte irgendetwas für Sie tun.«

Anna-Maria lächelte matt.

»Lieb von Ihnen, dass Sie mir zugehört haben, aber Sie sind ja nicht hier, um mir meine Sorgen abzunehmen. Kommen Sie, ich bringe Sie zu Mina. Sie ist sicher gerade dabei, Lukas zu füttern.«

Kapitel 90

Es hatte als richtiger Scheißtag angefangen, und es wurde immer schlimmer.

Der Nachmittag war kaum angebrochen, aber Ulrika Grönstedt hatte es geschafft, inzwischen noch zwei Zigaretten zu rauchen, obwohl sie sich hoch und heilig geschworen hatte, damit aufzuhören. Oder sich auf höchstens eine am Tag zu beschränken.

Doch an manchen Tagen schaffte sie das nicht.

Tatsächlich hatte Ulrika nicht damit gerechnet, dass die Dinge sich so schnell entwickeln würden, als Herman Wibom sie am Morgen angerufen und ihr erzählt hatte, dass Mina gegen ihren Mann aussagen wollte und er außerdem beabsichtigte, ein Kontaktverbot zu beantragen. Irgendwie hatte sie nicht geglaubt, dass er so hinterhältig wäre. Dass der alte Trottel so weit gehen würde.

Aber offenbar hatte sie sich auch darin geirrt. Im Moment lief nichts so wie geplant. Einer ihrer Kontaktleute hatte berichtet, dass die Polizei Kovač im Zusammenhang mit einer neuen Ermittlung suchte. Sie hatten Streifenwagen losgeschickt, um ihn festzunehmen.

Sie musste ihren Mandanten anrufen.

Heute war er sofort dran.

»Ja?«, meldete er sich kurz angebunden.

Mehr brauchte es nicht, um zu wissen, wie seine Laune war.

»Ich habe gehört, die Polizei sucht Sie«, sagte sie und fasste zusammen, was ihr Informant ihr berichtet hatte.

»Sollen sie ruhig suchen.«

Er saß im Auto. Im Hintergrund war dumpfes Motorengeräusch zu hören, und eine Navi-Stimme gab Anweisung, bei der nächsten Abfahrt rechts abzubiegen.

Vermutlich war er unterwegs zu neuen illegalen Geschäften. Ulrika machte sich keine Illusionen.

»Weswegen?«, fragte sie.

»Woher soll ich das wissen?«

»Es muss wegen der Misshandlung Ihrer Frau sein«, spekulierte Ulrika. »Sie hat jetzt beschlossen, gegen Sie auszusagen.«

»Verdammt!«

Das hatte er sich selbst zuzuschreiben.

»Sie müssen mir erzählen, was gestern passiert ist, als sie in Ihrem Haus war«, fuhr sie fort.

»Darüber reden wir später.«

»Wann genau?«

»Später, hab ich gesagt!«

»Ich kann mich nicht auf Ihre Verteidigung vorbereiten, wenn ich nicht alle Fakten kenne«, sagte Ulrika. »Anscheinend haben die Dinge in den letzten vierundzwanzig Stunden eine neue Wendung genommen.«

Die blecherne Navi-Stimme ermahnte Kovač, an der nächsten Kreuzung links und dann wieder links abzubiegen.

»Vielleicht hat es damit zu tun, dass Sie bei Minas Eltern aufgetaucht sind?«, fuhr sie fort. »Darüber müssen wir uns auch unterhalten.«

»Das gehört nicht hierher.«

»Ich hatte vorhin ein Gespräch mit Ihrem Schwiegervater. Er hat ausführlich beschrieben, wie sich Ihr Besuch abgespielt hat. Er sagt, seine Frau liege im Söderkrankenhaus im Koma und dass er Sie dafür verantwortlich mache.«

Die Erinnerung an das Telefonat mit Stefan Talevski schmerzte. Es gab Grenzen, was sie für ihren Mandanten auszuhalten bereit war.

»Sie können so etwas nicht machen, wenn Sie wollen, dass ich Sie verteidige«, fuhr sie fort. »Das wird ja immer schlimmer. Damit wir überhaupt eine Chance auf einen Freispruch für Sie haben, muss ich mein Mandat als Anwältin vernünftig wahrnehmen können.«

»Drauf geschissen.«

Ulrika war ganz, ganz kurz davor, einfach aufzulegen.

»Jedenfalls sucht die Polizei Sie«, sagte sie mit Stacheldraht in der Stimme.

»Dafür habe ich jetzt keine Zeit. Bin ich zur Fahndung ausgeschrieben, oder was?«

Ulrika wurde plötzlich unsicher, und Kovač merkte es im Bruchteil einer Sekunde.

»Wird nach mir gefahndet?«

»Ich glaube nicht.«

»Na also.«

Niemand hatte je so mit ihr gesprochen.

»Haben Sie schon rausgekriegt, wo Mina ist?«, fuhr Kovač fort.

»Nein. Das habe ich Ihnen schon gesagt. Das lässt sich nicht in Erfahrung bringen.«

»Ich muss mit ihr reden.«

Musste sie ihm zum x-ten Mal sagen, dass Mina sich in einer Schutzwohnung aufhielt? Das Klügste, was er tun konnte, war, sich von seiner Frau fernzuhalten. Jedes Mal, wenn die beiden Kontakt hatten, verschlimmerte er seine Situation.

»Das werden Sie nicht schaffen«, betonte sie mit mehr Geduld, als er verdiente. »Sie ist nicht zu erreichen.«

Ulrika erhob sich.

»Die einzige Kommunikation, die im Moment zulässig ist, hat über mich und den Nebenklägerbeistand zu erfolgen«, sagte sie.

»Das werden wir ja sehen.«

Ulrikas Kiefermuskeln schmerzten vor Beherrschung.

»Minas Rechtsbeistand ist im Begriff, ein Kontaktverbot gegen Sie zu erwirken«, sagte sie. »Nur dass Sie es wissen. Das heißt, dass Ihnen jegliche Kontaktaufnahme untersagt ist. Es würde mich nicht wundern, wenn das Kontaktverbot bereits morgen in Kraft tritt.«

Sie hatte keine Ahnung, ob das stimmte, aber das war ihr inzwischen egal. Wenn Sie Minas Anwältin gewesen wäre, hätte sie schon längst für ein Kontaktverbot gesorgt.

»Wie sagten Sie, heißt er?«, fragte Kovač.

»Der Nebenklägerbeistand? Herman Wibom.«

»Dann rede ich selbst mit ihm, wenn Sie das nicht gebacken kriegen.«

»Andreis, machen Sie keine Dummheiten«, sagte Ulrika.

Stille. Ihr Mandant hatte bereits aufgelegt.

Kapitel 91

Als Nora und Leila an die Tür des Gesprächszimmers klopften, stand Mina mitten im Raum und schaukelte Lukas im Kinderwagen. Er sah ganz neu aus und war ohne Übertreibung der luxuriöseste Kinderwagen, den Nora je gesehen hatte.

Gestern hatte sie in all der Aufregung nicht darüber nachgedacht. War Mina deswegen nach Hause gefahren und hatte ihr Leben aufs Spiel gesetzt? Für einen Kinderwagen?

Auf den ersten Blick erschien das unwahrscheinlich, aber vielleicht ging es um etwas ganz anderes? Um Minas Recht, ihr eigenes Zuhause aufzusuchen und das zu holen, was ihr viel bedeutete? Um den Versuch, einen Hauch von Normalität zu bewahren?

»Hallo, Mina«, sagte sie und streckte die Hand aus. »Wie fühlen Sie sich heute?«

»Schon ein bisschen besser.«

Sie schob den Wagen in die Ecke neben dem Kachelofen. Lukas schlief mit einem Kuscheltier neben sich.

»Ich habe die ganze Nacht geschlafen, dank Anna-Maria.«

»Wir wissen es wirklich zu schätzen, dass Sie Ihre Meinung geändert haben und mit uns reden wollen«, sagte Leila. »Ich kann mir vorstellen, dass Ihnen der Entschluss nicht leichtgefallen ist.«

»Anna-Maria hat mir geholfen. Sie hat mich dazu gebracht, noch mal über alles nachzudenken.«

Mina war blass, aber gegenüber gestern strahlte sie eine innere Stärke aus. Die Haare waren frisch gewaschen und glänzten, sie hatte sie hinter die Ohren gestrichen.

»Ich habe etwas, was ich Ihnen zeigen möchte«, sagte sie und setzte sich aufs Sofa.

Sie zog ihr Handy aus der Hosentasche und tippte ein Passwort ein.

»Das hier«, sagte sie, ohne zu zögern.

Sie hielt das Handy hoch, sodass Leila und Nora das Display sehen konnten.

Nora schnappte unwillkürlich nach Luft.

Es war eine Nahaufnahme vom Körper einer Frau in Slip und BH, aufgenommen im Profil vom Kinn abwärts. Vom Brustkorb bis zum Bauchnabel war die Haut kräftig verfärbt und von großen lila Blutergüssen bedeckt. Ein roter Streifen um den Hals sah aus wie ein Würgemal.

»Sind Sie das?«, musste Nora fragen.

»Ja«, sagte Mina. »Das war vor gut einem Jahr.«

»Was ist das da?«, fragte Nora und zeigte auf den geschwollenen feuerroten Hals. »Hat er versucht, Sie zu erwürgen?«

»Damals nicht. Das muss von einem Tritt sein, aber ich weiß nicht mehr genau, was zum Schluss passiert ist, ich war halb ohnmächtig.«

Mina wischte nach links, und ein neues Foto tauchte auf. Diesmal war es eine Nahaufnahme des Gesichts.

Die Unterlippe war dick und aufgeplatzt, und das rechte Auge so zugeschwollen, dass sie es nicht hatte öffnen können. Kleine Schnittwunden bedeckten die eine Wange, und blutige Striemen erstreckten sich über Kinn und Hals.

Nora hätte am liebsten weggeschaut.

Mina saß nur wenige Handbreit entfernt auf dem Sofa. Nora sah die Spuren der letzten Attacke ihres Mannes, obwohl die blauen Flecken verblasst und die Unterlippe fast verheilt waren.

Sie konnte nicht verstehen, wie sich zwei Menschen nach einem derart gewalttätigen Angriff je wieder versöhnen konnten. Wie brachte man es fertig, wieder normal miteinander zu reden?

»Sie müssen uns sagen, falls es Ihnen zu viel wird, uns das alles zu zeigen«, sagte Leila. »Ich kann mir gut vorstellen, dass es nicht leicht ist.«

»Ich hab noch mehr.«

Mina musste gelebt haben wie inmitten eines Minenfelds, wo ein einziger Fehltritt eine Explosion auslösen konnte. Eine Ehe in Form eines Kriegsschauplatzes, mit dem allzeit gegenwärtigen Risiko, einen neuen Ausbruch zu provozieren.

Es war fast unmöglich, sich das Gefühl vorzustellen, in ständiger Angst vor dem eigenen Mann zu leben. Konnte man sich jemals davon erholen?

Nora blinzelte ihre Tränen weg.

Mina wischte ein drittes Foto aufs Display. Es zeigte eine große

Beule, die in kräftigen blaulila Farbtönen über ihrem Auge gewachsen war.

Nora musste an Gestalten aus der griechischen Mythologie mit grotesken Hörnern auf der Stirn denken. Auch auf diesem Bild war das Gesicht von kleinen Schnittwunden übersät.

»Meistens hat er auf meinen Körper eingeschlagen, weil man es da nicht so sieht«, sagte Mina. »Aber manchmal hat er die Kontrolle verloren und auf mein Gesicht eingedroschen. Das hier war, kurz bevor ich mit Lukas schwanger wurde.«

Sie zeigte auf die Beule über der Augenbraue.

»Er hat mich so hart geschlagen, dass ich gegen die Kante der Spüle gefallen bin. Ich bin genau mit der Schläfe aufgekommen und war sofort ohnmächtig.«

»Warum haben Sie ihn denn nicht verlassen?«

Nora bereute ihre Worte, kaum dass sie ihr über die Lippen gekommen waren. Sie sollte es besser wissen, als eine solche Frage zu stellen. Es gab viele Erklärungen dafür, warum misshandelte Frauen bei ihren gewalttätigen Männern blieben, wenn die Gewalt sukzessive die Psyche und das Selbstwertgefühl zerstörte. Das krankhafte Verhalten wurde mit der Zeit zur Normalität, bis das Opfer die Wirklichkeitswahrnehmung des Täters übernahm.

Eine solche Äußerung, die Mina unterschwellig einen Teil der Mitschuld gab, machte die Sache wirklich nicht besser.

»Tut mir leid«, sagte Nora. »Das war eine unglaublich dumme Frage. Ich hätte das nicht sagen sollen.«

»Ich weiß es selbst nicht«, erwiderte Mina.

Sie wischte das nächste Foto hervor, und ein anderer Körperteil mit grün und blau geprügelter Haut erschien auf dem kleinen Bildschirm.

»Ich hätte nie gedacht, dass mir so etwas passieren könnte«, sagte sie.

Ihr Blick wanderte zu Lukas und dann an die Zimmerdecke.

»Als es dann doch passierte, habe ich mich schrecklich geschämt.«

»Das war nicht Ihre Schuld«, sagte Leila schnell.

»Ich weiß.« Sie scrollte das nächste Bild hervor. »Ich wünschte auch, dass ich erklären könnte, warum ich bei Andreis geblieben bin. Ich meine, bevor Lukas geboren wurde. Danach konnte ich ja unmöglich gehen.«

Nora traute sich kaum, die nächste Frage zu stellen.

»Konnten Sie mit Ihren Eltern darüber sprechen?«

»Nein. Absolut nicht.«

Mina legte das Handy vor sich auf den runden Couchtisch. Sie strich sich die Haare aus der Stirn. Die Sonne, die durchs Fenster neben dem Kachelofen schien, legte ihr halbes Gesicht in Schatten.

»Meine Eltern haben ihn nie gemocht«, sagte sie. »Sie fanden es nicht gut, dass er fünf Jahre älter ist als ich, und sein Hintergrund gefiel ihnen auch nicht. Ich glaube, sie hatten ziemlich schnell den Verdacht, dass er keinen richtigen Beruf hat, dass er … andere Sachen macht …«

»Sie wussten also von nichts?«

»Zuerst wollte ich ihnen gegenüber nicht zugeben, dass sie recht gehabt hatten. Damit, dass er nicht gut für mich war. Ich konnte nicht, es war zu schwer. Später, als es richtig schlimm wurde, habe ich mich nicht mehr getraut. Papa hätte ein ernstes Wort mit Andreis gesprochen, und ich hatte Angst, was dann passieren würde. Wie Andreis reagieren würde.«

Lukas begann zu greinen. Sie stand auf und ging zum Kinderwagen, um ihm den Schnuller in den Mund zu stecken.

»Ich dachte wirklich, alles wird gut, wenn ich schwanger werde«, fuhr sie fort. »Es wurde ja auch für eine Weile besser, er war fast wieder wie am Anfang unserer Beziehung, als wir frisch verliebt waren.«

Minas Stimme klang belegt.

»Er war so wunderbar damals. Sie können sich das sicher kaum vorstellen, aber das war er wirklich. Ich war noch nie so verliebt in jemanden gewesen, bevor ich ihn traf. Das erste Jahr war alles gut zwischen uns. Bis er so gestresst von seinen Geschäften wurde und anfing, zu trinken und Drogen zu nehmen.«

Leila berührte das Handy.

»Danke, dass Sie uns die Bilder gezeigt haben«, sagte sie. »Sie sind sehr mutig.«

»Die Fotos sind Beweismaterial«, sagte Nora. »Es ist wichtig, dass Sie das verstehen. Es werden noch andere Leute als wir sie anschauen.«

»Das verstehe ich.«

Mina setzte sich wieder aufs Sofa.

»Das war eine sehr gute Entscheidung von Ihnen, die Fotos zu speichern, ich hoffe, Sie wissen das«, sagte Nora. »Wir werden sie gegen Ihren Mann verwenden, und dann brauchen Sie für viele Jahre keine Angst mehr vor ihm zu haben.«

Mina drehte das Gesicht zu Lukas.

»Ich habe es für ihn getan«, sagte sie.

Kapitel 92

Die Klimaanlage in Thomas' Büro summte leise, ein ständiges monotones Hintergrundgeräusch, das er sonst nie bemerkte. Aber heute störte es ihn. Seine Konzentration ließ ihn im Stich, obwohl er seine Gedanken für die Lagebesprechung sammeln musste, die Margit einberufen hatte und die in einer halben Stunde beginnen würde.

Er starrte ohne Begeisterung auf seine Notizen. Er musste Staffan Nilsson noch vor der Sitzung anrufen und sich erkundigen, ob die Techniker im Laufe des Tages etwas Neues entdeckt hatten.

Außerdem musste er Pernilla erreichen, und das war die am wenigsten verlockende Aufgabe des Tages. Er hatte schon mit seiner Mutter gesprochen und sie gebeten, Elin von der Kita abzuholen.

Das Klingeln des Telefons war wie eine Befreiung.

»Ulrika Grönstedt hier«, sagte eine strenge Stimme.

Thomas hatte schon früher mit Leuten von Grönstedts Sorte zu tun gehabt, Rechtsanwälte, die das Gerichtsverfahren für eine Art Kräftemessen hielten und jede Niederlage persönlich nahmen. Die Tonlage war laut und angriffslustig, alles drehte sich darum, den Prozess zu gewinnen.

Sie würde ihr Bestes tun, das Verfahren zu erschweren, indem sie jedes Detail der polizeilichen Ermittlung infrage stellte.

»Ich habe gehört, dass Sie meinen Mandanten suchen«, sagte sie.

Woher wusste sie das?

»Herr Kovač ist leider erkrankt«, fuhr Ulrika Grönstedt fort. »Er hat die Grippe.«

»Wir haben im Gefängnis auch eine Krankenstation«, erwiderte Thomas.

»Er hat hohes Fieber und liegt im Bett.«

Thomas machte sich keine Illusionen über Kovačs Unpässlichkeit. Vermutlich hatte Ulrika Grönstedt ihm geraten, so lange wie möglich unauffindbar zu bleiben, damit sie sich vor der polizeilichen Vernehmung eine geeignete Strategie zurechtlegen konnte. Die Streifenbeamten hatten ihn zu Hause nicht angetroffen, aber wahrscheinlich hatte jemand den Streifenwagen gesehen.

»Ich kann Ihnen ein ärztliches Attest zukommen lassen, wenn Sie wollen.«

Ulrika Grönstedt klang völlig ungerührt. Sie war gut in ihrem Job und zu hundert Prozent solidarisch mit ihrem Mandanten, trotz allem, was er verbrochen hatte.

Sie räusperte sich.

»Bleibt die Frage, warum Sie meinen Mandanten suchen. Es wäre einfacher, wenn Sie mir sagen würden, was ihm zur Last gelegt wird.«

Das war der Grund ihres Anrufs. Sie wusste nichts von der Mordermittlung, witterte jedoch Schwierigkeiten.

Selbstverständlich wäre es einfacher für Grönstedt, wenn er ihr sagen würde, dass ihr Mandant der Hauptverdächtige in einem Mordfall war. Wie sonst sollte sie sich eine passende Geschichte ausdenken, die Kovač bei künftigen Vernehmungen wie ein Papagei nachplappern konnte?

Aber da war sie bei ihm an der falschen Adresse.

»Das erfahren Sie, sobald wir ihn festgenommen haben«, erwiderte Thomas kühl und legte auf.

Kapitel 93

Die Schläge der Wanduhr im Sprechzimmer des Friggagårdens verhallten. Es wurde langsam Zeit, das Gespräch mit Mina zu beenden und zurück zum Festland zu fahren, aber Nora wollte noch eine wichtige Frage ansprechen, bevor sie sich verabschiedeten.

Den Mord an Dino Herco.

»Da ist noch eine Sache, über die wir reden müssen«, sagte sie. »Es geht um Dino Herco, der für Ihren Mann arbeitet.«

Mina beugte sich vor.

»Dino? Was ist mit ihm?«

»Er lebt nicht mehr.«

Mina schlug sich die Hand vor den Mund.

»Oh nein!«, rief sie aus.

Wenn Herco Andreis nahegestanden hatte, war sie ihm wahrscheinlich täglich begegnet. Was nicht bedeuten musste, dass sie befreundet gewesen waren. Aber nach Minas Reaktion zu urteilen, schien sie Dino gemocht zu haben.

»Dino Herco wurde heute Morgen im Naturschutzgebiet Nacka tot aufgefunden, mitten im Wald«, sagte Leila. »Tut mir leid.«

»War es ein Unfall?«

Leila schüttelte den Kopf.

»Ihm wurde in den Kopf geschossen, er muss sofort tot gewesen sein. Wir sind uns ziemlich sicher, dass er ermordet wurde.«

Mina atmete ein paarmal tief durch. Wie viele schlechte Nachrichten innerhalb kurzer Zeit konnte ein Mensch ertragen?

Leila wollte schon die nächste Frage stellen, aber Nora hielt sie mit einer diskreten Geste zurück. Mina brauchte einen Moment Zeit.

»Dino war immer nett zu mir«, murmelte sie.

Nora tätschelte Minas Arm. Eine armselige Geste, um Mitgefühl und Sympathie auszudrücken, wenn Worte fehlten.

»Wir glauben, dass er von Ihrem Mann ermordet wurde«, sagte Leila.

»Von Andreis?«

Leila nickte.

»Wir haben herausgefunden, dass es Dino war, der eingegriffen hat, als Sie letzte Woche zusammengeschlagen wurden. Er hat die Notrufzentrale verständigt, sodass der Rettungswagen und die Polizei gekommen sind und Ihren Mann gestört haben. Das war eine Heldentat von ihm.«

»Dino hat mich gerettet?«

Mina biss sich auf die Lippe.

»Aber ich verstehe nicht …?«

Nora goss ein halbes Glas Wasser aus der Karaffe ein, die auf dem Tablett stand, und reichte es ihr. Mina nahm das Glas und trank einige Schlucke.

»Wir waren vor ein paar Tagen bei ihm«, sagte Leila. »Er wollte nicht zugeben, dass er den Alarm ausgelöst hat, aber der Anruf wurde natürlich aufgezeichnet. Es war seine Stimme, und die Handynummer stimmte auch.«

»Er hatte panische Angst, dass Ihr Mann dahinterkommen könnte«, sagte Nora. »Wirklich Todesangst.«

»Andreis hätte ihm das nie verziehen«, murmelte Mina.

»Wir glauben, dass er es herausgefunden hat, und …«

Leila verstummte und zuckte die Schultern, eine Geste, die alles sagte.

»Wie Sie sich denken können, ist Ihr Mann nun Verdächtiger in einer weiteren polizeilichen Ermittlung.«

»Ich wäre nie darauf gekommen, dass Dino angerufen hat«, flüsterte Mina. »Ich dachte, es sei einer der Nachbarn gewesen.«

»Kannten Sie ihn gut?«, fragte Nora.

»Er war immer mit Andreis zusammen. Ich habe ihn fast jeden Tag gesehen, seit ich Andreis kenne.«

»Wir ermitteln in alle Richtungen, auch wenn alles darauf hindeutet, dass Ihr Mann hinter der Tat steckt«, sagte Leila. »Halten Sie ihn für fähig, einem alten Freund so etwas anzutun?«

»Ich weiß nicht …«

»Ich hätte gern Ihren spontanen Eindruck. Was geht in Ihnen vor, wenn ich das frage?«

Mina konnte nicht antworten.

»Okay«, sagte Leila nach einer Weile. »Kein Problem. In dem Fall habe ich eine andere Frage. Wissen Sie, ob Dino Feinde hatte? Gab es jemanden, der ihm schaden wollte oder ihn nicht mochte?«

Mina umklammerte das Glas fester.

»Haben Sie schon mit Andreis' Bruder Emir gesprochen?«, fragte sie.

Nora warf Leila einen schnellen Blick zu.

Emirs Name war ihnen bei den Recherchen nicht besonders oft untergekommen. Andererseits hatten sie auch nichts von Herco gewusst, sie hatten sich ganz auf Kovač und seine Geschäfte konzentriert.

»Emir war oft bei uns«, sagte Mina. »Genau wie Dino. Aber er ist anders.«

»Inwiefern?«, fragte Nora.

»Emir und Andreis sind Halbbrüder, ich vermute, das wissen Sie. Dieselbe Mutter, aber verschiedene Väter. Emir ist nicht so impulsiv wie Andreis. Er ist eher berechnend.«

Sie trank mehr Wasser.

»Andreis hat ein viel zu heftiges Temperament«, sagte sie. »Er kann brutal sein, weil er seine Launen nicht unter Kontrolle hat, aber er war nie bösartig.«

Mina merkte, dass Nora über ihre Wortwahl stutzte.

»Ich weiß, wie sich das anhört«, sagte sie. »Ich meine damit nur, dass Emir …«

Sie unterbrach sich.

»Tief im Herzen weiß ich, dass Andreis nie geplant hat, mich zu misshandeln«, fuhr sie leise fort. »Das ist einfach irgendwie passiert. Wenn er die Beherrschung verloren hat. Er hat mich hinterher jedes Mal um Vergebung gebeten, zumindest am Anfang. Er hat sich geschämt und es bitter bereut.«

Nora war überzeugt, dass Mina aufrichtig zu ihnen war. Dass sie glaubte, was sie über die Gewissensqualen ihres Mannes erzählte, obwohl alles, was er ihr angetan hatte, das Gegenteil bewies.

Nora wusste nicht, ob sie gerührt oder verzweifelt über so viel Loyalität sein sollte.

»Aber Emir …«, fuhr Mina fort. »Er hat einen ganz anderen Charakter. Er macht so Sachen ganz bewusst.«

»Meinen Sie damit, dass Emir jemandem absichtlich wehtut?«

»Emir genießt es, Menschen zu quälen.«

Kapitel 94

Ein feiner Nieselregen hatte eingesetzt, als Herman Wibom die Kanzlei für diesen Tag schloss und das Bürogebäude verließ, um nach Hause zu gehen.

Die Wohnung in der Roslagsgatan lag nicht weit von der Kanzlei entfernt, und er liebte die täglichen Spaziergänge ins Büro und zurück. Stockholm war eine schöne Stadt, und er hatte sein ganzes Leben lang in Vasastan gelebt, mit dem bezaubernden Vanadislunden-Park gleich um die Ecke.

Er spannte den schwarzen Regenschirm auf und ging die Döbelnsgatan hinunter Richtung Sveaplan.

Den ganzen Nachmittag hatte er damit verbracht, den Antrag auf Kontaktverbot für Andreis Kovač zu begründen. Er hatte Mina angerufen und ihr erklärt, warum er bei dem Gespräch auf Runmarö mit der Staatsanwaltschaft und der Polizei nicht dabei sein konnte. Sie hatte ihm versichert, das sei kein Problem.

Jetzt war der Antrag fertig und konnte eingereicht werden. So lange war er schon seit Jahren nicht mehr in der Kanzlei geblieben, es war schon nach acht Uhr abends, aber er fühlte sich ungewöhnlich zufrieden nach seinem heutigen Tagwerk.

Er hatte sich nicht damit begnügt, das übliche Verbot zu beantragen, bei dem der Ehemann seine Frau weder besuchen noch Kontakt zu ihr aufnehmen oder ihr folgen durfte. Vielmehr hatte er eine ausführliche Begründung für ein sogenanntes erweitertes Verbot verfasst. Das beinhaltete wesentlich schärfere Restriktionen für Andreis Kovač. Es untersagte nicht nur jegliche Kommunikation zwischen ihm und Mina, sondern verbot ihm auch, sie an ihrem Arbeitsplatz zu besuchen oder sich in der Nähe ihres Arbeitsplatzes aufzuhalten sowie sich anderen Örtlichkeiten zu nähern, an denen sie sich für gewöhnlich aufhielt.

Mina würde eine Schutzzone erhalten.

Herman hatte die Möglichkeit erwogen, das Verbot auf die gemeinsame Wohnung auszudehnen, aber er vermutete, dass Mina sich ohnehin im Haus am Trastvägen nicht sicher fühlen würde, zumindest nicht in absehbarer Zeit. Sie konnten diese Möglichkeit immer noch besprechen, falls Mina wieder nach Hause zurückkehren wollte.

Angesichts der Dokumentation, über die sie verfügte, sollte es kein Problem sein, so etwas durchzusetzen.

Besonders zufrieden war er mit der Begründung für die Gefährlichkeit des Ehemannes. Kovač hatte ihm direkt in die Hände gespielt, als er die Waffe gezogen und Mina und Lukas im Bus bedroht hatte. Ein besseres Argument, juristisch betrachtet, hätte er ihm gar nicht liefern können.

Die junge Polizistin, Leila, hatte ihn darüber informiert, dass sie breit gefächert nach Personen suchten, die den Vorfall beobachtet hatten. Sie rechnete damit, dass sich potenzielle Zeugen in Kürze melden würden. Allein schon dieser Vorfall sollte ausreichen, um ein Verbot zu erwirken, selbst wenn Minas Fotos nicht halten sollten, was sie versprachen.

Herman blieb an der Fußgängerampel in der Odengatan stehen und wartete auf Grün.

Morgen würde er sich mit Nora Linde treffen, um den Beschluss über das Kontaktverbot so schnell wie möglich zu erwirken. Gunilla hatte für dreizehn Uhr einen Termin in der EBM vereinbart.

Er bezweifelte, dass Ulrika Grönstedt versuchen würde, das Kontaktverbot zu verhindern. Oder anzufechten, nachdem es verhängt worden war. Sie hatte richtig kleinlaut gewirkt, als sie telefoniert hatten, gar nicht mehr so von oben herab wie sonst.

Herman lächelte bei dem Gedanken daran.

Er hatte während des Tages einen wichtigen Entschluss gefasst. Er würde für Minas Sache kämpfen und keine Mühen scheuen. Danach würde er die Kanzlei schließen und sich zur Ruhe setzen. Es war an der Zeit, sich zurückzuziehen. Aber wenn er wirklich etwas für Mina und ihren Sohn erreichen konnte, würde es ein Rückzug mit hoch erhobener Fahne sein.

Die Luft war diesig, der Regen hatte zugenommen, aber der große englische Schirm schützte ihn vor dem Nass. In ein paar Wochen war Mai, dann würde endlich der Frühling da sein. Er hatte schon immer gefunden, dass März und April trostlose Monate waren, ein Warten auf das echte Frühlingsgefühl. Das war in diesem Jahr nicht anders.

Er bog gerade um die Ecke in die Roslagsgatan, als ein großer schwarzer BMW an ihm vorbeifuhr. So schnell, dass das Regenwasser auf seine Hose spritzte.

»Passen Sie doch auf!«, schimpfte Herman, ohne dass der Fahrer des Wagens anhielt oder irgendwie reagierte.

Die Leute hatten keine Manieren heutzutage. Herman warf dem Auto einen finsteren Blick hinterher, ehe er auf seinen Hauseingang zusteuerte.

Er freute sich auf einen ruhigen Abend bei einem schönen Glas Cognac. Das hatte er sich nach dem anstrengenden Tag verdient.

Kapitel 95

Das Essen, zu dem Ulrika Grönstedt eingeladen worden war, fand im Sällskapet statt, dem alten Herrenclub am Kungsträdgården. Der Club beschrieb sich selbst gern als Ort des Networking und des gesellschaftlichen Beisammenseins. In Wirklichkeit war er nur ein weiterer Beweis dafür, dass hochrangige Persönlichkeiten die Gesellschaft von Topmanagern aus der Wirtschaft bevorzugten.

Das Beisammensein sollte außerdem möglichst ohne Frauen stattfinden. Gemäß den altertümlichen Statuten wurden nur Männer als Mitglieder aufgenommen.

Ulrika ärgerte sich jedes Mal darüber, wenn sie den Club betrat. Es war unfassbar, dass es immer noch Vereinigungen in Schweden gab, in denen Frauen nicht willkommen waren, aber Sällskapet blieb hart. Frauen wurden nur als geladene Gäste geduldet, und auch das nur zu besonderen Gelegenheiten.

So wie heute Abend.

Sie hasste die herablassende Attitüde, die in den reich verzierten Wänden saß, wusste aber auch, dass es nicht schadete, unter diesem Dach Kontakte zu knüpfen. Das Wohltätigkeitsessen dieses Abends sollte Gelder für die Forschung eintreiben, sie hatte vergessen, wofür genau, wahrscheinlich Krebs oder Diabetes. Aber die Gästeliste war weit wichtiger als der Anlass. Sie hatte schon mehrere Kollegen und wichtige Entscheidungsträger begrüßt, die regelmäßig in *Dagens Industri* und anderen Wirtschaftszeitungen auftauchten.

Der Hauptredner des Abends, ein Professor vom Karolinska Institutet, hatte gerade das blumengeschmückte Podium betreten. Sie befanden sich mitten beim Hauptgericht, das Essen würde kalt werden. Wahrscheinlich war die Rede auch noch lang und ermüdend, wie so oft, wenn ältere Herren der Akademie das Wort erhielten.

Es spielte keine große Rolle, Ulrika hatte ohnehin keinen Appetit.

Sie schnitt ein Stück vom zarten Lammfilet ab, doch der Bissen wurde immer größer in ihrem Mund. Die Ereignisse vom Nachmittag gingen ihr nicht aus dem Kopf. Es sah ihr gar nicht ähnlich, Mandanten so nah an sich heranzulassen. Wo sie doch so stolz auf ihre Professionalität war.

Ulrika legte das Besteck hin und zog diskret ihr Mobiltelefon aus der Handtasche, um nachzusehen, ob Kovač sich gemeldet hatte. Bevor sie die Kanzlei verließ, hatte sie versucht, ihn zu erreichen, um sicherzugehen, dass alles in Ordnung war. Das ungute Gefühl wollte einfach nicht weichen.

Er würde doch wohl nicht so dummdreist sein, sich Herman Wibom vorzuknöpfen, um an Minas Adresse zu kommen?

Das Display war leer, er hatte ihre Anrufe nicht beantwortet.

Ulrika hatte sich selbst dazu erzogen, alles Berufliche im Büro zu lassen. Tagsüber stand sie ihren Mandanten voll und ganz zur Verfügung, aber sie nahm deren Probleme nicht mit nach Hause. Trotzdem gelang es ihr nicht, Kovačs letzte Worte zu vergessen, bevor er das Telefonat einfach beendet hatte.

Die Ahnung, was er vorhaben könnte, lag ihr wie ein Stein im Magen. Ihre Unruhe wollte sich nicht legen, obwohl es strikt gegen ihre Prinzipien war.

Sicher, sie machte sich keine Illusionen über Kovač. Er scheute sich nicht, Gewalt anzuwenden. Aber selbst ihm musste klar sein, dass er alle Grenzen überschritt, wenn er den gegnerischen Anwalt aufsuchte, um ihn zur Herausgabe der Adresse zu zwingen, unter der seine Frau Zuflucht gefunden hatte.

Sie spuckte den Fleischbissen diskret in ein Stück Serviette und versteckte ihn unter einem Salatblatt. Dann kontrollierte sie noch einmal ihr Handy, obwohl erst ein paar Minuten vergangen waren.

Alle Aufmerksamkeit war auf den Redner gerichtet, der sich lang und breit über seine herausragende Forschungsarbeit und den ständigen Bedarf an Fördergeldern ausließ. Der Durchbruch war greifbar nah.

Bla, bla, bla.

Sie hätte die Einladung ausschlagen sollen, aber nun war es zu spät, um sich aus dem Staub zu machen. Es würde zu viel Aufsehen erregen, wenn sie jetzt aufstünde und die Tafel mitten im Vortrag verließe.

Ulrikas Tischnachbar, Per-Johan Aller, Anwalt in einer der bekannteren Wirtschaftskanzleien Stockholms, folgte dem Vortrag interessiert. Wenn er ahnen würde, was sie dachte, wäre er entsetzt.

Ulrika musterte Per-Johan in seinem eleganten maßgeschneiderten Anzug unauffällig. Er hatte nie einem Schwerverbrecher mit ellenlangem Vorstrafenregister gegenübergesessen oder bei brutalen Gewaltverbrechen auf ein mildes Urteil plädiert. Vermutlich hatte er auch nie den gleichen Adrenalinkick verspürt wie sie, wenn das Gericht wider Erwarten auf Freispruch erkannte, nachdem es ihr gelungen war, Zweifel bei den Richtern zu säen.

In seiner Welt fand Raub in Form von geschickten geschäftlichen Transaktionen statt, bei denen Unternehmen gekauft und verkauft wurden, ohne jede Rücksicht auf Belegschaft oder Lieferanten. Per-Johan hatte nie Umgang mit Klienten aus der Unterwelt gehabt, er machte sich seine Hände auf andere Art schmutzig.

Der Vortrag des Professors schleppte sich dahin. Wollte er denn nie fertig werden, damit sie endlich gehen konnte?

Sie bekam keinen Bissen mehr herunter.

Ulrika legte das Besteck auf dem Teller zusammen und trank einen großen Schluck Rotwein, und dann noch einen. Es gab nichts, was sie tun konnte, sagte sie sich selbst zum hundertsten Mal. Sie hatte versucht, Kovač telefonisch zu erreichen, aber er antwortete nicht. Sie konnte ihm ja schlecht eine SMS schicken. Was hätte sie auch schreiben sollen? Dass er auf gar keinen Fall Herman Wibom kontaktieren durfte?

Falls etwas passierte, würde man das als Beweismaterial verwenden, und das Risiko wollte sie nicht eingehen.

Wibom anzurufen war auch ausgeschlossen. Dann musste sie zugeben, dass sie befürchtete, ihr Mandant sei auf dem Weg zu ihm. Dass die Gefahr bestand, er könnte gewalttätig werden, um an die Informationen zu gelangen, die er brauchte.

Die Anwaltskammer würde sie rauswerfen, wenn ans Licht kam, dass sie ihren eigenen Mandanten als gewalttätig dargestellt hatte. Notfalls würde Herman Wibom dafür sorgen. Nach ihrer Androhung einer Sorgerechtsklage war er ihr nicht wohlgesinnt, das hatte sie gemerkt, als sie kürzlich miteinander telefoniert hatten.

Trotzdem hörten die Gedanken nicht auf, sich zu drehen. Ein bedrohliches Szenario nach dem anderen zog an Ulrikas geistigem Auge vorbei. Der Kommentator in ihrem Kopf wollte nicht aufhören zu reden, obwohl sie ihm längst gesagt hatte, er solle das Thema wechseln.

Sie war nicht verantwortlich für das Tun und Lassen ihres Mandanten. Dennoch kribbelte es ihr im ganzen Körper.

Ulrika griff nach dem Weinglas und leerte es in einem Zug. Es gab nichts, was sie tun konnte, sagte sie sich wieder.

Sie zog das Handy ein letztes Mal hervor, es konnte ja sein, dass Kovač sich entgegen aller Erwartungen doch gemeldet hatte. Natürlich hatte er es nicht.

Das Telefon glühte in ihrer Hand.

Sollte sie Herman Wibom trotzdem anrufen und … ihn warnen?

Bosnien

Mai 1993

Selma lag angespannt im Bett und wartete darauf, dass Zlatko neben ihr einschlief.

Er war ausnahmsweise nüchtern gewesen, als er am Abend nach Hause gekommen war. Das machte die Sache schwieriger, sie hatte gehofft, er würde so betrunken sein, dass er sofort wie ein Stein schlief.

So wie er es normalerweise tat.

Blanka und ihre Familie würden im Morgengrauen aufbrechen, so gegen fünf. Sie wollten so früh wie möglich fahren, um keine Aufmerksamkeit zu erregen.

Selma hatte den schwersten Entschluss ihres Lebens gefasst.

Sie würde die Kinder nehmen und mitfahren. Tief im Herzen wusste sie, dass Blanka recht hatte. Ihre Heimat war verloren. Sie würden alle untergehen, wenn sie in Bosnien blieben. Sie konnte nicht zulassen, dass Zlatko sie mit seiner Sturheit zum Tode verurteilte. Wenn er am Morgen aufwachte, wären sie längst weg.

Sie hatte eine kleine Reisetasche mit Kleidung für die Jungs gepackt. Für sich selbst hatte sie nur ein paar Sachen zum Wechseln, ihren Schmuck und einige wenige Fotos hineingelegt. Gerade so viel, wie sie mit Emir auf dem Arm tragen konnte.

Ein ganzes Leben, reduziert auf ein bisschen Kleidung und einige Erinnerungsstücke.

Endlich hörte sie Zlatkos gleichmäßige Atemzüge.

Selma schlüpfte so leise wie möglich aus dem Bett. Sie durchsuchte die Hose, die er achtlos auf einen Stuhl geworfen hatte, nach seinem Portemonnaie. Sie hatte so gut wie kein eigenes Geld und musste nehmen, was sie fand.

Zlatko grunzte und drehte sich im Bett um. Selma erstarrte vor Schreck, hoffentlich wachte er nicht auf.

Die Sekunden vergingen und dehnten sich zu Minuten. Sie konnte Zlatkos Gesicht im Dunkeln nicht erkennen, aber es hörte sich an, als ob er fest schliefe. Nach einigem Zögern durchsuchte sie das Portemonnaie und fand einige Geldscheine, zog sie rasch heraus und faltete sie zusammen.

Ihre Stirn war schweißnass vor Nervosität, als sie die Geldbörse schloss. Sie wollte sie gerade zurück in seine Hosentasche stecken, als ihr schwindlig wurde und sie sich an der Kommode festhalten musste. Dabei stieß sie an die kleine Lampe, die auf der Ecke stand.

Die fiel scheppernd zu Boden.

Zlatko knurrte, streckte den Arm aus und knipste die Nachttischlampe an.

Selma krümmte sich unter Zlatkos forschendem Blick. Er glitt von der Hose zur Geldbörse, die sie immer noch in der Hand hielt.

Er setzte sich auf und fuhr sie an:

»Was machst du da?«

Kapitel 96

Herman saß in der Bibliothek und las, neben sich einen guten Jahrgangscognac. Er genoss das Alleinsein nach der hektischen Arbeit und den vielen Telefonaten des Tages. Als er nach Hause gekommen war, hatte er als Erstes sein Mobiltelefon ausgeschaltet und Bach aufgelegt, seinen Lieblingskomponisten.

Die Bibliothek war der schönste Raum in der großen Vierzimmerwohnung. Die Bücherregale aus Walnussholz waren deckenhoch, und ein kristallener Kronleuchter verbreitete behagliches Licht. Zwei englische Ledersessel vor dem offenen Kamin waren der perfekte Lektüreplatz, hier konnte er die Mühsal des Tages vergessen und sich in andere Welten entführen lassen.

Er hatte ein Buch der Stadt-Reihe von Per-Anders Fogelström ausgewählt. Wenn er keine andere Lektüre hatte, kehrte er gern zu Fogelströms Werken zurück. Er entdeckte immer wieder Neues in der Schilderung, wie Stockholm im Zuge der Industrialisierung Ende des neunzehnten Jahrhunderts angewachsen war. Fogelström schrieb über die Arbeiter, die den Preis für die Umwandlung in eine moderne Großstadt zahlen mussten. Er beschrieb den Schmutz, das Elend und die unzumutbaren Arbeitsbedingungen. Der moderne Fortschritt forderte seinen Tribut in Gestalt menschlichen Leids.

Die Frage war, ob die Stadt sich zum Besseren verändert hatte.

Herman legte das Buch zur Seite und griff nach dem Cognacschwenker. Er erkannte sein Stockholm nicht mehr wieder. So vieles hatte sich verändert, seit er ein kleiner Junge gewesen war, der sonntags mit den Eltern in die Straßenbahn stieg und zum Spazierengehen hinaus nach Djurgården fuhr.

Jetzt gab es überall neue Bauprojekte mit Kränen und Absperrungen. Häuser wurden abgerissen oder bis zur Unkenntlichkeit umgebaut, gerne zu horrend teuren Eigentumswohnungen, während die Wartezeit auf eine Mietwohnung in der Innenstadt bei unfassbaren siebenundzwanzig Jahren lag.

Was bedeutete das für junge Menschen, die mit großen Zukunftsträumen in die Hauptstadt kamen, aber nirgends eine Bleibe fanden?

Herman wärmte den Kristallkelch in der Hand, damit die Aromen sich entfalten konnten. Er hielt sich etwas darauf zugute, ein Connaisseur zu sein, wohlvertraut mit dem edlen Getränk und den verschiedenen Weingütern in Frankreich. Ein Interesse, das er im Übrigen mit seinem verstorbenen Vater geteilt hatte, von dem ihm ein beeindruckender Weinkeller geblieben war.

Ein blumiger Duft von Zimt und Vanille mit deutlicher Eichenfassnote stieg ihm in die Nase, als er an seinem XO nippte.

Es klingelte an der Tür.

Herman blickte auf die Uhr, fast halb zehn. Das musste wohl ein Nachbar sein, der ihn sprechen wollte.

Seufzend stellte er das Glas auf dem runden Beistelltisch ab, schlüpfte in seine Pantoffeln und ging zur Tür.

Kapitel 97

Nora hatte auf der Bettkante gesessen und Julia eine Gutenachtgeschichte vorgelesen, und dabei musste sie eingeschlafen sein, denn als sie die Augen wieder aufschlug, war es halb zehn.

Julia lag neben ihr auf dem Rücken, ihren Teddy im Arm. Sie atmete ruhig und gleichmäßig. Die immer noch runden Wangen waren rosig, und ihr blondes Haar bedeckte das Kopfkissen. Nora strich ihr behutsam über die Stirn und zog die Bettdecke hoch, die ein bisschen verrutscht war.

Geliebte Julia.

Im Herbst war sie eingeschult worden und inzwischen eine begeisterte Schülerin. Die Zeit seit ihrer Geburt war wie im Flug vergangen, obwohl Nora alles getan hatte, um die Kleinkindjahre ihres Nesthäkchens zu genießen.

Bei den Jungs war das anders gewesen, sie hatte zu der Zeit alle Hände voll zu tun gehabt, im Beruf und im Haushalt, und sich immer müde und zerschlagen gefühlt. Jeder Tag war ihr vorgekommen, als ob alle an ihr zerrten. Dann waren die Jungs plötzlich groß, und sie fragte sich, wo die Zeit geblieben war.

Adam wurde im August einundzwanzig, und Simon ging aufs Gymnasium. Zwei lang aufgeschossene junge Männer, die im Begriff waren, das Nest zu verlassen. Sie hätte sie so gern in die Arme geschlossen und ihnen zugeflüstert, dass sie niemals erwachsen werden durften, aber sie wollte nicht noch peinlicher sein, als sie es in den Augen der beiden vermutlich schon war.

Als sie klein gewesen waren, hatten alle gesagt, sie solle die Zeit nutzen, aber damals hatte sie nicht verstanden, wie sie das machen sollte. Wie hätte sie innehalten und genießen können, wo sie doch immer erschöpft war? Wenn sie ein seltenes Mal ein bisschen Zeit hatte, wollte sie nur noch schlafen. Dann kam die Scheidung, und der Kummer war grenzenlos, es war jeden Morgen ein Kampf, überhaupt aufzustehen.

Danach ging alles nur noch schneller.

Manchmal wünschte sie, jemand hätte ihr gesagt, wie kostbar die Jahre zwischen zehn und zwanzig waren. Dass sie noch schneller verflogen als die Kleinkindjahre, mit dem Unterschied, dass danach wirklich Schluss war.

Manchmal betrachtete sie ihre fast erwachsenen Söhne und konnte kaum glauben, dass diese jungen Männer einmal in ihrem Bauch gelegen hatten. Dass sie kleine, hilflose Säuglinge gewesen waren, die sie gefüttert und gewickelt hatte.

Mit Julia hatte sie eine zweite Chance erhalten. Der Schreck über das ungeplante Kind hatte sich schnell in Freude verwandelt. Diesmal würde sie die Kleinkindjahre wie einen Schatz hüten und jeden Augenblick genießen. Sie arbeitete immer noch zu viel, aber sie nutzte die Zeit mit ihrer Tochter intensiver.

Sie war jeden Tag dankbar, dass sie Julia hatte.

Die kleine Nachtlampe verbreitete ein weiches rosafarbenes Licht. Julia mochte es nicht, wenn es dunkel im Zimmer war.

Nora erhob sich vom Bett. Sie musste noch ein paar Stunden an den Akten arbeiten, die sie mit nach Hause genommen hatte. Außerdem sollte sie Thomas anrufen. Jonas hatte einen Langstreckenflug und würde erst Freitag zurück sein.

Sie ging in die Küche, wo noch die Weinflasche von gestern auf der Anrichte stand. Es reichte gerade noch für ein gut gefülltes Glas. Mit dem Weinglas in der einen Hand und dem Laptop in der anderen ging sie ins Wohnzimmer.

Kapitel 98

Jemand hämmerte an die Tür, noch bevor Herman Wibom den Flur erreicht hatte. Seine Nachbarn pflegten nicht so ungehobelt zu sein. Nach all diesen Jahren im Haus kannte er die meisten, die Fluktuation war nicht besonders hoch.

»Ich komme ja schon«, murmelte er. »Was ist denn los? Brennt es?«

Er verlor einen Pantoffel auf dem glatten Parkett und musste stehen bleiben, um ihn wieder anzuziehen.

Jetzt wurde an der Türklinke gerüttelt. Die Klingel schrillte ununterbrochen.

Vor einigen Monaten war ein junger Mann in die Zweizimmerwohnung nebenan gezogen. Der musste es sein, Herman kannte sonst niemanden, der sich so aufführen würde.

»Ich komme«, rief er wieder.

Er drehte den Schlüssel im unteren Schloss um und öffnete die Tür, ohne vorher durch den Spion zu schauen.

Der Mann vor ihm kam ihm bekannt vor, aber Herman fiel nicht sofort ein, woher. Die Deckenlampe im Treppenhaus war zu schwach, die dunkelgrünen Marmorwände verschluckten das meiste Licht.

Er sah den Besucher fragend an. Die Augen des Mannes lagen im Schatten, es dauerte einen Moment, bis Herman erkannte, was sich darin verbarg.

Irrsinnige Wut.

»Ja bitte?«, sagte Herman unsicher.

Der Mann trat einen Schritt vor und stieß ihn in den Flur. Mit einer schnellen Bewegung zog er die Tür hinter sich zu, sodass sie ins Schloss fiel. Das schwarze Haar war feucht vom Regen, und auf den Schultern der Lederjacke saßen Wassertropfen.

»Was fällt Ihnen ein!«, rief Herman aus.

»Wo ist sie?«

»Ich verstehe nicht?«

»Mina.«

Herman musste sich an der Wand abstützen, als ihm aufging, wer da vor ihm stand.

Mina Kovačs Mann Andreis.

Er war hier, in seiner Wohnung.

Seine Hand flog instinktiv hoch zum Hals.

»Sie dürfen nicht hier sein«, flüsterte er. »Das ist nicht zulässig.«

Er versuchte zu schlucken, aber es ging nicht.

Aus der Nähe war Andreis Kovač Furcht einflößend.

Er war sehr groß und muskulös, und der grausame Zug um den Mund war nicht zu übersehen. Das erschreckte Herman am meisten. Die Brutalität, die der Mann ausstrahlte.

»Sagen Sie mir, wo sie ist«, sagte Kovač mit einer Stimme, die von weit her kam, obwohl er direkt vor ihm stand.

Herman wusste nicht, woher er die Kraft nahm, ihm so zu antworten, wie er es tat. Ein Druck lastete auf seiner Brust.

»Das darf ich nicht.«

»Sagen Sie mir, wo sie ist«, wiederholte Kovač.

»Ich kann nicht.«

Kapitel 99

Es war spät geworden, als Thomas nach Hause kam. Sie hatten noch eine kurze letzte Besprechung gehabt, um die Aufgaben zu verteilen und die Arbeit für die nächsten Tage zu planen. Er war zwölf Stunden am Stück im Dienst gewesen und hatte nicht mehr gegessen als eine schnelle Wurst nach seinem Besuch in der EBM.

Elin schlief längst, als er mit müden Bewegungen seine Wohnungstür in der Östgötagatan öffnete.

Lotta, seine Mutter, erwartete ihn schon in der Diele, sie musste den Fahrstuhl im Treppenhaus gehört haben.

»Danke, dass du dich um Elin gekümmert hast«, sagte er. »Tut mir leid, dass ich erst so spät komme. Auf der Dienststelle ist ziemlich viel los im Moment.«

»Du siehst müde aus.«

»Mir geht's gut.«

Die Antwort kam automatisch, genau wie das aufgesetzte Lächeln, das die Botschaft unterstrich: Mach dir keine Sorgen.

Das hatte er sogar gesagt, als es ihm total schlecht ging. Solange er sich und seiner Umgebung vormachen konnte, dass alles im grünen Bereich war, ließ sich das Dasein bewältigen.

Man durfte nur nicht zu sehr an der Fassade kratzen.

»Ich finde, du mutest dir in der letzten Zeit zu viel zu«, sagte seine Mutter. »Du kannst nicht ständig nur arbeiten, denk dran, dass du auch nicht mehr der Jüngste bist.«

Sie war sechsundsiebzig, sein Vater siebenundsiebzig.

Thomas musste lächeln.

»Da ist noch etwas Korv Stroganoff für dich, wenn du möchtest«, sagte sie und zeigte zur Küche. »Steht in der Mikrowelle.«

»Danke. Das kommt gerade richtig, ich habe einen Mordshunger.«

Er gab seiner Mutter einen Kuss auf die Wange.

»Pernilla hat übrigens angerufen«, sagte sie.

»Was wollte sie?«

Sofort war das Misstrauen da. Er konnte nichts dagegen tun, dass sein Tonfall barsch wurde, sobald er ihren Namen hörte. Das ging ganz von selbst.

»Nur Elin gute Nacht sagen, denke ich.« Sie wirkte ein bisschen pikiert. »Du brauchst nicht gleich sauer zu werden.«

»Entschuldige.«

Lotta griff nach ihrem Mantel, band sich ein Kopftuch um die silberweißen Haare und nahm die Handtasche vom Garderobentisch.

»Du bist neuerdings immer so gereizt, wenn du von Pernilla sprichst«, sagte sie. »Könnt ihr nicht versuchen, Freunde zu bleiben? Wenigstens Elin zuliebe?«

Thomas hatte keine Lust, jetzt auch noch über das Thema zu diskutieren.

»Lass uns ein andermal darüber reden, ja?«, sagte er. »Es war ein langer Tag.«

»Entschuldige, ich wollte mich nicht einmischen.« Sie wischte einen Fussel von Thomas' Jacke. »Ich finde es nur so schade, dass ihr nicht mehr miteinander redet.«

»Tun wir doch.«

Er hörte sich an wie ein trotziger kleiner Junge, aber es war ihm einfach herausgerutscht.

Seine Mutter seufzte.

»Papa und ich haben Pernilla immer sehr gemocht.«

Thomas hätte am liebsten gerufen: Ich doch auch! Stattdessen zog er die Jacke aus und hängte sie sorgfältig auf einen leeren Bügel, obwohl er sie normalerweise nur über den Stuhl in der Diele warf. Dann zog er die Schuhe aus und stellte sie ebenso sorgfältig weg.

»Ich gehe jetzt wohl besser«, sagte seine Mutter hinter ihm.

Sie klang gekränkt.

Das Telefon rettete ihn. Noras Nummer. Sie hätte ihn zu keinem günstigeren Zeitpunkt anrufen können.

»Ich muss rangehen«, sagte er und hielt das Handy hoch. »Wir reden ein andermal darüber, okay?«

Sie wussten beide, dass Thomas alles tun würde, um ein solches Gespräch zu vermeiden.

»Grüß Papa«, mimte er mit den Lippen.

Sie winkte und verschwand im Aufzug. Es quietschte, als sie die alten Metalltüren des Fahrstuhls zuzog.

»Hallo?«, sagte Thomas. »Bist du noch da?«

»Rufe ich zu spät an?«

Nora klang ebenfalls müde und erschöpft, aber nicht niedergeschlagen. Es schien ein erfolgreicher Arbeitstag für sie gewesen zu sein.

»Kein Problem, ich bin gerade nach Hause gekommen. Wie war es auf Runmarö?«

Er hoffte, dass er am Wochenende nach Harö rausfahren konnte, falls die neue Ermittlung ihm keinen Strich durch die Rechnung machte.

Oder Pernilla.

Nora berichtete, während Thomas mit dem Telefon am Ohr in die Küche ging. Tatsächlich stand ein Teller mit Essen unter einer Abdeckhaube in der Mikrowelle. Ein Glas und Besteck waren auch schon aufgedeckt.

Er hätte seine Mutter nicht so anblaffen dürfen, ohne ihre Hilfe wäre er aufgeschmissen.

Er ging weiter zu Elins Zimmer und öffnete vorsichtig die Tür. Sie schlief fest, umringt von ihren Kuscheltieren; das ganze Bett war voller Plüsch. Als er ihr einen leichten Kuss auf die Stirn drückte, reagierte sie nicht.

Zurück im Wohnzimmer, setzte er sich aufs Sofa, immer noch Noras Bericht lauschend. Einige von Elins Puppen waren in der Sofaecke, und er legte sie auf den Tisch. Die halbe Wohnung sah aus wie ein Spielzeugladen.

»Mina hat von Kovačs Bruder Emir erzählt«, sagte Nora. »Dino war ihm offenbar ein Dorn im Auge. Wusstest du davon?«

Es war erst vierzehn Stunden her, dass sie Hercos Leiche gefunden hatten. Obwohl sie zusätzliche Leute angefordert und den ganzen Tag hoch konzentriert gearbeitet hatten, gab es noch so unendlich viel zu untersuchen. Sie mussten ein Puzzle so groß wie der atlantische Ozean zusammenfügen, und sie hatten erst an einer Ecke begonnen. Außerdem fehlten ihnen noch die meisten Teile.

Thomas stand auf und holte einen Stift aus der Küche. Da er keinen Zettel zur Hand hatte, griff er nach der Morgenzeitung, die er wie üblich aus Zeitmangel noch nicht gelesen hatte, und schrieb an den Rand: *Bruder überprüfen, Emir Kovač, Groll gegen Herco?*

Das war ein Anfang.

»Laut Mina ist Emir schlimmer als sein Bruder«, sagte Nora. »Ein brutaler Typ. Mina mochte Dino, aber sie hasst ihren Schwager.«

»Nette Familie.«

»Konntet ihr Andreis Kovač eigentlich schon verhören?«, fragte Nora.

»Schön wär's. Die Streife hat ihn nicht angetroffen, und seine Anwältin behauptet, er sei krank.«

Nora schnaubte.

»Ich habe dir ja gesagt, dass sie ausgekocht ist. Ulrika Grönstedt betrachtet es als Sport, das Verfahren zu manipulieren.«

»Vielleicht sollten wir stattdessen mit Mina reden«, sagte Thomas. »Wir müssen sie ja ohnehin anhören.«

»Lass ihr einfach noch ein bisschen Zeit. Sie ist im Moment sehr fragil.«

Im Hintergrund war das Tippen von Fingern auf einer Tastatur zu hören. Thomas sah Nora in ihrer Wohnung in Saltsjöbaden vor sich. Sie wohnten sehr hübsch, ganz oben in einem dreistöckigen Haus, mit herrlicher Aussicht aufs Meer. Es war fast wie draußen in den Schären, aber nur zwanzig Autominuten von der City entfernt.

Die Ostsee direkt vor der Nase und den Wald gleich hinterm Haus. Was konnte schöner sein?

Thomas sehnte sich plötzlich intensiv nach Harö.

»Hat Mina sonst noch was Interessantes gesagt?«, fragte er.

»Also mir reicht das, was ich gehört habe«, erwiderte Nora. »Ich gehe morgen alles noch mal genau durch, aber es sollte genügen, um ihn festzunehmen und U-Haft anzuordnen. Auch wenn ihr mit euren Ermittlungen noch nicht so weit seid.«

»Ich brauche keinen besonderen Grund, um ihn festzunehmen.«

Nora lachte leicht.

»Unter mangelndem Selbstvertrauen leidest du jedenfalls nicht«, sagte sie. »Aber ich habe auch erfahren, wonach du gefragt hattest. Du wolltest wissen, ob Kovač Linkshänder ist. Die Antwort ist ja.«

Kapitel 100

Herman wich einige Schritte im Flur zurück. Kovač folgte ihm ohne den geringsten Abstand.

Herman war noch nie ein mutiger Mensch gewesen. Er wusste, dass er kein ernst zu nehmender Gegner für einen Mann wie Andreis Kovač war. Aber er konnte nicht verraten, wo Mina sich versteckte. Wenn er es täte, wäre das ihr Todesurteil, so viel wusste er mit Sicherheit.

Andreis Kovač hatte eine Grenze überschritten. Sein Blick war wild, er hatte nur ein Ziel vor Augen: Minas Adresse aus ihm herauszupressen, damit er direkt zu ihr fahren konnte.

Hermans Gehirn hatte noch nie so schnell gearbeitet. Seine Gedanken rasten, während er versuchte, die Alternativen abzuwägen.

Das Handy lag in seiner Aktentasche. Bevor er es herausholen konnte, würde Kovač ihn überwältigt haben.

Ein Festnetztelefon besaß er nicht mehr, er hatte den Anschluss vor einem Jahr gekündigt, da ihn außer irgendwelchen dubiosen Callcenteragenten niemand mehr unter der Nummer angerufen hatte.

Der Puls hämmerte in seinen Ohren.

Er war allein in der Wohnung, zusammen mit einem Schwerverbrecher, der beinahe seine eigene Frau totgeschlagen hatte. Einem Mann, der offenbar zu allem bereit war, um sie dafür zu bestrafen, dass sie ihn verlassen hatte.

Herman hörte seinen eigenen rasselnden Atem.

Das schummrige Licht verstärkte das Gefühl von Unwirklichkeit. Eine dicke Staubflocke, die er bisher nicht bemerkt hatte, lag in einer Ecke; die Putzfrau musste sie übersehen haben, als sie vor ein paar Tagen hier war.

Die Schatten wuchsen.

»Sagen Sie mir, wo sie ist«, wiederholte Kovač.

Er war unrasiert. Die dunklen Bartstoppeln verstärkten den bedrohlichen Eindruck.

Das hier passiert nicht.

Herman suchte nach einer Waffe, irgendetwas, womit er sich verteidigen konnte. In der Küche waren Messer. Konnte er es dorthin schaffen?

Aber Kovač schien zu wissen, woran er dachte. Er hob warnend die Hand.

»Sonst muss ich Ihnen wehtun«, sagte er dumpf.

Herman wich noch weiter zurück, hinein in die Bibliothek, wo er eben noch gemütlich mit seinem Buch gesessen und seinen Cognac getrunken hatte.

Hier sah alles aus wie immer. Bachs Toccata und Fuge in D-Moll spielte im Hintergrund.

Kovač ließ ihn nicht aus den Augen, während er zur Musikanlage ging und die Lautstärke kräftig aufdrehte. Der Raum wurde von dramatischen Klängen erfüllt, die noch an Intensität zunahmen, als das Tempo schneller wurde. Die Töne wurden von den Wänden zurückgeworfen, und die Vibrationen pflanzten sich durch Hermans zitternden Körper fort.

Die Orgeltöne umschlangen einander.

Schweiß tropfte von Hermans Oberlippe, aber er wagte nicht, die Hand zu heben und ihn abzuwischen.

Er wagte nicht, irgendetwas zu tun.

Sein Blick irrte zwischen den drei Fenstern der Bibliothek hin und her und fiel hinaus auf die Straße. In der Wohnung gegenüber war alles dunkel. Dort war niemand, der hätte sehen können, dass er in Not war.

Es war sinnlos zu schreien, er würde nie die laute Musik übertönen und die Nachbarn darauf aufmerksam machen können, dass er Hilfe brauchte.

Kovač wartete auf Antwort.

Er baute sich vor dem Eingang zur Bibliothek auf. Sein Gesicht lag im Schatten, aber das Licht aus der Diele verlieh ihm einen diffusen Glorienschein.

Er kam einen Schritt näher.

Herman starrte wie hypnotisiert auf Kovač. Er war schon so weit ins Zimmer zurückgewichen, dass er mit dem Rücken am Kamin stand. Sein Hemd war schweißgetränkt, der Stoff war so nass, dass er am grauen Kaminsims klebte.

Auf dem kleinen Beistelltisch stand der Cognacschwenker, den er dort abgestellt hatte, als es an der Tür klingelte.

Das Adrenalin pumpte durch seinen Körper. Der Raum schwankte.

Kovač kam auf ihn zu.

»Wo ist sie?«

Wie im Traum streckte Herman die Hand aus und griff nach dem Glas. Ein kurzes Zögern, dann warf er es mit voller Kraft nach Kovač.

Der Mann wich aus, und das Glas flog in weitem Bogen an ihm vorbei.

Es zerschellte auf dem Parkett.

Herman starrte auf das Resultat seines missglückten Versuchs, Widerstand zu leisten.

Kovač lächelte seltsam. Dann bückte er sich und hob die größte Scherbe auf, den gläsernen Fuß, der noch unversehrt war, mit einem Stück des Kelchs.

Das Licht funkelte in dem zerbrochenen Kristall.

»Bitte nicht«, flüsterte Herman.

Bachs reiche Klänge brausten ihm in den Ohren, als Kovač mit der hoch erhobenen Glasscherbe auf ihn zukam.

Donnerstag

Kapitel 101

Als Mina gegen fünf Uhr wach wurde, weil sie zur Toilette musste, hatte sie das Gefühl, dass irgendetwas fehlte. Es dauerte einen Moment, bis ihr aufging, was anders war. Der gewohnte Druck auf der Brust, das Gefühl einer herannahenden Katastrophe, war verschwunden.

Sie hatte es getan.

Sie hatte von Andreis' Übergriffen und Kränkungen erzählt und Außenstehenden die geheimen Fotos gezeigt. Sie hatte offen Stellung gegen ihren Mann bezogen.

Bei dem Gedanken machte ihr Herz einen Extraschlag. Es war kaum zu glauben, dass sie tatsächlich so mutig gewesen war. Dass sie endlich gewagt hatte, für sich und Lukas einzustehen.

Die Bilder von ihrem geschundenen Körper waren ihr allergrößtes Geheimnis gewesen. Sie hatte sich so sehr geschämt, dass sie sie unmöglich jemandem hatte zeigen können. Niemand durfte wissen, wie die Dinge lagen.

Jetzt hatte sie einen unwiderruflichen Schritt nach vorn gemacht.

Mina schlüpfte ins Bad und kehrte anschließend in ihr Zimmer zurück. Draußen wurde es langsam hell, graues Morgenlicht sickerte durch den Spalt im Rollo. Gleich würde die Sonne aufgehen.

Sie kroch wieder unter die Decke und schloss die Augen. Anna-Maria hatte ihr versichert, dass sie das Richtige getan hatte. Sie würde nie mehr Angst vor Andreis haben müssen.

Trotzdem kamen ihr die Tränen.

Es war schwer zu glauben, dass es wirklich stimmte. Dass sie in Sicherheit war. Aber so sicher wie jetzt hatte sie sich seit Jahren nicht mehr gefühlt. Nora und Leila hatten gesagt, dass sie unter Schutz stand und Andreis ihr nichts anhaben konnte, und sie vertraute ihnen.

Leila war nicht wie andere Polizisten, die sie kennengelernt hatte. Große und kräftige Männer, die versucht hatten, sie zu einer Aussage gegen Andreis zu bewegen. Sie hatten sich deutlich ihren Frust anmerken lassen, als sie sich weigerte. Manchmal hatten sie über ihre Ausreden die Augen verdreht und geseufzt. Einmal hatte einer sogar gesagt, sie sei selbst schuld, wenn sie immer mit irgendwelchen Entschuldigungen ankomme, denen jeder gleich anmerke, dass sie erfunden waren.

Leila war nicht so. Sie war auf ihrer Seite, auch wenn sie am Anfang ziemlich tough geklungen hatte.

Anna-Maria unterstützte sie auch. Sie war schon beinahe eine Freundin. Mina hatte sich nicht vorstellen können, dass es so viele Menschen gab, die ihr helfen wollten.

Sie stieg wieder aus dem Bett und nahm die Decke mit zum Sessel am Fenster.

In den vergangenen Tagen hatte sie oft hier gesessen. Der Platz hatte etwas Beruhigendes, sie liebte es, aufs Meer hinauszuschauen. Manchmal segelten Boote durch den Sund, obwohl die Saison gerade erst angefangen hatte.

Man konnte sich gut vorstellen, wie schön es in einem Monat hier sein würde, wenn alles grün war. Die Birken trugen schon Kätzchen, die ersten Frühlingsboten. Ein paar Wochen Wärme, dann würden die Wildblumen blühen und die Traubenkirschen ausschlagen.

Nichts duftete so gut wie die weißen Blüten der Traubenkirsche.

Mina zog die Bettdecke bis zum Kinn hoch und kauerte sich zusammen. Draußen zwitscherten die Vögel in der Morgendämmerung. Nicht mehr lange, dann war es Mai, der beste Monat des Jahres. Die hellen Abende wurden länger, und Sommer lag in der Luft.

Alles war im Begriff, sich zum Guten zu wenden. Sie würde ein neues Leben anfangen, zusammen mit Lukas.

Sie würde keine Angst mehr haben.

Kapitel 102

Der Konferenzraum war voll besetzt, als Thomas mit müden Augen eintrat. Wieder eine Nacht, in der er erst in den frühen Morgenstunden eingeschlafen war. Er spürte den Schlafmangel im Körper, und Elin war auf dem Weg zur Schule ungewöhnlich quengelig gewesen.

Was für ein trostloser Morgen. Er hatte Pernilla immer noch nicht angerufen, und er wusste, dass er sich unbedingt bei seiner Mutter melden und die gestrige Diskussion wieder ausbügeln musste.

Aram saß bereits neben Staffan Nilsson am Tisch und hob grüßend die Hand. Die meisten der zusätzlich angeforderten Leute hatten sich am unteren Ende des Tisches niedergelassen. Thomas kannte kaum jemanden von ihnen; mit ihrem Umzug nach Flemingsberg war alles viel größer und anonymer geworden.

Nur nicht besser.

»Kurze Nacht gehabt?«, begrüßte ihn Aram, als er ihm gegenüber Platz nahm.

Sah man ihm das so deutlich an?

Er wollte gerade eine Ausrede murmeln, als Margit hereinkam und ihn rettete. Sie schloss die Tür hinter sich, in der einen Hand eine Tasse Kaffee und in der anderen einen dicken Stapel Papiere.

Sie eröffnete die Sitzung und erteilte Nilsson mit einem Kopfnicken das Wort.

»Dann erzähl uns mal, wo wir stehen«, sagte sie und ordnete ihre Papiere, die sie in einem unsortierten Haufen auf dem Tisch abgelegt hatte.

Staffan Nilsson zeigte auf die Fotos von Dino Herco und dem Fundort, die an der breiten Weißwandtafel hingen. Die Vergrößerungen zeigten deutlich die Wunden im Gesicht und an den Handgelenken. Andere Bilder waren ein Stück entfernt im Wald aufgenommen worden, wo eine Hundestaffel Spuren eines geparkten Autos gefunden hatte. Die Spurensicherung hatte Abdrücke vom Reifenprofil genommen, aber es gab Tausende von Autos mit solchen Reifen.

Es war eine Suche nach der Nadel im Heuhaufen.

»Beginnen wir mit dem Opfer«, sagte Nilsson. »Das befindet sich inzwischen in der Rechtsmedizin in Solna. Leider gibt es dort im Moment eine lange Warteschlange, es kann sich also eine Woche hinziehen, bis wir das Obduktionsergebnis erhalten.«

Margit seufzte.

»Ich bin mir allerdings ziemlich sicher, dass sie unsere Schlussfolgerungen bestätigen werden.«

»Die da wären?«, fragte Margit.

»Dass der Pistolenschuss tödlich war und dass ihn jemand aus nächster Nähe abgefeuert hat.«

Das war nichts Neues. War das Nilssons Art, seinen Frust über die unhaltbare Situation am Rechtsmedizinischen Institut und am Nationalen Forensischen Zentrum NFC auszudrücken? Alle waren verärgert über den Personalmangel.

»Kannst du uns etwas berichten, was wir noch nicht wissen?«

Margit klang ungewöhnlich bissig.

»Es sind gerade mal vierundzwanzig Stunden vergangen«, schnappte Nilsson zurück. »Wir haben weder den Tatort noch die Mordwaffe noch die Kugel.«

Er lehnte sich zurück und verschränkte die Arme.

»Was erwartest du?«

Sie saßen erst zehn Minuten hier, und die Stimmung war schon gereizt.

Thomas versuchte, seine müden Gehirnzellen zur Konzentration zu zwingen. Waren sie mit ihrem Verdacht gegen Kovač vielleicht doch auf dem falschen Weg? Es konnte sich auch um die Vergeltungsaktion einer rivalisierenden Drogenbande handeln, die das Territorium erobern wollte. In dem Fall wäre es eher ein Schlag gegen Kovač, wenn sie seinen engsten Vertrauten umbrachten.

Aber Leila war sich ihrer Sache so sicher gewesen, als sie darauf drängte, dass sie sich auf Andreis Kovač konzentrieren sollten. Ihrer Meinung nach bestand nicht der Schatten eines Zweifels, dass er den Mord an Dino Herco begangen hatte.

Nilsson fuhr fort, seine Schlussfolgerungen darzulegen, während Thomas' Gedanken abschweiften.

Margits Stimme holte ihn zurück in die Gegenwart.

»Wie sieht's bei dir aus, Thomas?«

»Was?«

Plötzlich waren alle Augen auf ihn gerichtet.

Margit warf ihm einen ärgerlichen Blick zu, wiederholte aber ihre Frage.

»Du solltest dich mit der EBM kurzschließen. Ist etwas Verwertbares dabei herausgekommen?«

»Unbedingt. Ich habe mich gestern Abend noch einmal mit der verantwortlichen Anklägerin unterhalten«, sagte er, ohne Noras Namen zu erwähnen.

Margit wusste bereits, dass sie es war, die die Ermittlungen leitete.

»Bei der EBM ist man überzeugt, dass Andreis Kovač, der Chef von Herco, hinter dem Mord steckt«, fuhr er fort. »Wegen seiner Vergangenheit und der engen Beziehung zum Opfer. Sie beschreiben ihn als brutal und gefährlich. Ich habe auch mit den Kollegen von der Drogenfahndung gesprochen, die Kovač seit Längerem beobachten, und sie teilen diese Auffassung.«

Plötzlich war alles weg, er konnte sich nicht mehr erinnern, was Nora gestern Abend am Telefon noch gesagt hatte. Oder wie die Drogenfahndung die Situation einschätzte.

Er musste unbedingt mal eine ganze Nacht durchschlafen, sonst würde er seinen Job bald nicht mehr machen können.

Aram warf ihm einen bekümmerten Blick zu.

Die Erinnerung setzte wieder ein.

»Die Anklägerin hat außerdem bestätigt, dass Kovač Linkshänder ist. Das stimmt mit den Verletzungen im Gesicht des Opfers überein.«

Nilsson sah ein kleines bisschen weniger verärgert aus, als er das hörte. Es bestätigte seine Theorie.

Margit machte sich Notizen.

»Dann ist es wohl am besten, ihr nehmt ihn so schnell wie möglich fest und verhört ihn«, sagte sie.

»Wir tun, was wir können«, erwiderte Aram rasch, als wollte er sich nicht darauf verlassen, dass Thomas eine Antwort parat hatte.

Bosnien

Mai 1993

Zlatkos Blick bohrte sich in Selma. Sie stand immer noch da, sein Portemonnaie gut sichtbar in der Hand.

Innerhalb von Sekunden war er aus dem Bett gestiegen und auf sie zugegangen. Sie duckte sich instinktiv, obwohl er die Hand noch nicht erhoben hatte.

»Was machst du da?«, fragte er.

Das Misstrauen leuchtete ihm aus den Augen.

»Das war runtergefallen«, stotterte sie, während ihr Gehirn fieberhaft nach einer vernünftigen Erklärung suchte. »Ich habe es nur vom Fußboden aufgehoben.«

Sie legte das Portemonnaie auf die Kommode und versuchte, die Geldscheine in ihrer linken Hand zu verbergen.

»Hast du mich bestohlen?«

Zum ersten Mal in ihrer Ehe wünschte Selma, ihr Mann hätte sich besinnungslos betrunken. Dann hätte sie ihn einfach verlassen und weggehen können. Hätte sich mit der Erinnerung trösten können, dass sie sich einmal geliebt hatten, bevor der Krieg ausgebrochen war.

Bevor alles in Schutt und Asche versank.

Die Anspannung wurde zu groß.

»Wir fahren morgen früh«, schluchzte sie. »Wir können nicht länger hierbleiben. Sonst sterben wir.«

Er verstand immer noch nicht, wovon sie redete.

»Es tut mir leid«, sagte sie mit Tränen in der Stimme.

Sie hörte selbst die Verzweiflung in ihrer Stimme.

»Ich liebe dich immer noch«, flüsterte sie und wusste, dass es stimmte. »Aber ich muss die Kinder retten.«

Gleich würde er die Beherrschung verlieren. Das durfte sie nicht davon abhalten, die Jungs in Sicherheit zu bringen. Selbst wenn er sie halb totschlug, würde sie dafür sorgen, dass Andreis und Emir in einem Land ohne Krieg und blutige Massaker aufwachsen konnten.

Die Liebe zu ihrem Mann war noch da, trotz allem, was in den letzten Jahren zwischen ihnen gewesen war, aber nichts war stärker als die Liebe zu ihren Kindern.

»Wir fahren morgen früh mit Blanka und Dario«, flüsterte sie. »Blanka sagt, es gibt eine Möglichkeit, über Kroatien nach Ungarn zu kommen. Wir wollen nach Schweden, dort wird man uns aufnehmen.«

Zlatkos Blick veränderte sich.

Der Zorn und die Verbitterung, die ihre Beziehung so lange vergiftet hatten, verschwanden. Er zog sie an sich und wiegte sie einen Moment in seinen Armen.

Selma wusste nicht, wie ihr geschah.

Konnte sie es wagen, sich zu entspannen?

»Dann gehe ich mit euch«, murmelte er.

Zlatko strich ihr übers Haar, das in den letzten Monaten grau an den Schläfen geworden war.

»Du hattest die ganze Zeit recht«, murmelte er. »Ich war bloß zu stur, das zuzugeben.«

Selma konnte kaum glauben, dass es Wirklichkeit war, aber zum ersten Mal seit vielen Monaten flossen ihre Tränen vor Freude und nicht vor Kummer und Angst.

»Ich lasse meine Familie nicht im Stich«, sagte Zlatko und umarmte sie noch fester. »Wir fahren morgen früh gemeinsam. Eine Familie muss zusammenhalten.«

Kapitel 103

Am nächsten Morgen gelang es Ulrika einfach nicht, sich zu konzentrieren, obwohl sie noch so viel für die Verhandlung am Nachmittag vorbereiten musste. Ihr Mandant war angeklagt, einen Warentransport überfallen und ausgeraubt zu haben, und er saß schon eine ganze Weile in Untersuchungshaft. Dabei war er fast depressiv geworden.

In wenigen Stunden würde sie sich ins Auto setzen und zum Amtsgericht Södertörn fahren. Bis dahin musste sie noch an ihrem Eröffnungsvortrag arbeiten und ein paar Fälle aus der Rechtsprechung überprüfen.

Nico würde sie begleiten.

Es klopfte.

»Ja?«

Nico stand in der Tür mit einem Stapel Papiere unterm Arm, vermutlich die Rechtsfälle, die er für sie heraussuchen sollte.

»Entschuldigung«, sagte er. »Wann müssen wir los?«

»Viertel nach zwölf.«

Ulrika warf ihm einen strengen Blick zu.

»Haben Sie keinen Kalender, in den Sie Ihre Termine eintragen?«

»Doch. Tut mir leid.«

Nico kam vorsichtig ins Zimmer und legte die Papiere auf ihrem Schreibtisch ab. Dann zog er sich zurück.

»Machen Sie die Tür zu!«, rief sie ihm nach.

Ulrika wusste, dass ihre Gereiztheit nicht angemessen war, aber ihre Nerven waren gespannt wie Violinsaiten. Kovač hatte sich immer noch nicht gemeldet, obwohl sie ihm mehrfach Nachrichten auf die Mailbox gesprochen hatte.

Sie hatte auch versucht, Herman Wibom zu erreichen, aber er ging nicht ans Handy. Sie scheute sich davor, seine Sekretärin anzurufen, weil sie kein unnötiges Misstrauen erregen wollte.

Als ihr Schreibtischtelefon klingelte, riss sie den Hörer so schnell an sich, dass der Apparat beinahe vom Tisch gefallen wäre.

Es war der Techniker, der ihren Geschirrspüler reparieren sollte. Ihm war etwas dazwischengekommen, ob es auch nächste Woche ginge.

Ulrika knallte den Hörer auf. Sie versetzte dem Papierstapel, den Nico gerade hereingebracht hatte, einen Stoß, sodass er zu Boden fiel. Die Blätter flogen in alle Richtungen und legten sich wie Neuschnee auf den echten Perserteppich.

Verdammt.

Ein letztes Blatt segelte durch die Luft und schwebte zu Boden.

Wo war Kovač?

Ulrika griff nach ihrem Handy und wählte ein letztes Mal seine Nummer.

»Hallo?«, murmelte eine Stimme am anderen Ende.

Schwer zu sagen, ob sie ihn geweckt hatte oder ob er betrunken war.

»Haben Sie meine Nachrichten nicht erhalten?«, fuhr sie ihn an.

»Ich schlafe«, sagte Kovač. »Kann jetzt nicht reden.«

Aufgelegt. Ulrika starrte verblüfft den Hörer an. Was zur Hölle bildete der Kerl sich eigentlich ein?

Sie tippte eine SMS:

»*Rufen Sie mich an!!!*«

Drei Ausrufezeichen, damit er begriff, dass es ihr ernst war. Wahrscheinlich war ihm auch das egal, genau wie er auf alles pfiff, was er nicht für wichtig hielt.

Die Ruhelosigkeit fraß sie auf.

Sie ignorierte das Durcheinander auf dem Fußboden und wählte wieder Herman Wiboms Nummer. Es klingelte und klingelte, bis die Mailbox ansprang. Ohne eine Nachricht zu hinterlassen, legte sie auf und holte ein paarmal tief Luft.

Dann suchte sie die Telefonnummer seiner Kanzlei heraus und wählte die sieben Ziffern.

Seine Sekretärin nahm ab. Ulrika erkannte ihre Stimme wieder, sie hatte ein gutes Personengedächtnis.

»Ich hätte gern Herman Wibom gesprochen«, sagte sie, ohne sich vorzustellen.

»Wen darf ich melden?«

Ulrika zögerte. Niemand konnte ernsthaft bezweifeln, dass sie berechtigte Gründe hatte, Wibom anzurufen. Sie war Andreis Kovačs

Verteidigerin. Sie konnte immer sagen, sie habe sich erkundigen wollen, wie es dem Sohn ihres Mandanten ging.

»Rechtsanwältin Ulrika Grönstedt«, sagte sie widerwillig.

Es wurde für einen Moment still in der Leitung.

Ulrika hielt den Atem an, während sie wartete. Sie hoffte immer noch, zu Wibom durchgestellt zu werden, womit sich ihre Befürchtungen als unbegründet erwiesen hätten.

»Tut mir leid«, sagte seine Sekretärin. »Er ist nicht im Haus.«

»Wann kommt er denn?«

»Das kann ich gar nicht sagen, er hat sich den ganzen Tag noch nicht gemeldet.«

Kapitel 104

Der Himmel war grau bedeckt, aber die Luft war schön. Mina beschloss, einen Spaziergang mit Lukas zu machen.

Sie legte ihn in den Kinderwagen, deckte ihn gut zu und machte sich auf den Weg. Anna-Maria hatte vom Solberga Gård gesprochen, einem Bauernhof auf Södra Runmarö, der Ackerbau und Schafzucht betrieb. Dort sollte es einen kleinen Hofladen geben. Vielleicht fand sie ein schönes Lammfell, das sie in Lukas' Wagen legen konnte.

Er war nach zehn Minuten an der frischen Luft eingeschlafen.

Das Gefühl von Geborgenheit, das sie am Morgen empfunden hatte, füllte sie immer noch aus. Eine Art warmer Trost in der Brust. Es war lange her, dass sie sich so gefühlt hatte.

Beinahe froh.

Es tat gut, sich zu bewegen, die Rippen schmerzten nicht mehr sehr, und mit ein wenig Make-up sah sie ganz normal aus. Sie sehnte sich sogar schon wieder nach ihren üblichen Joggingrunden. Vielleicht konnte sie jemanden vom Friggagården bitten, sich morgen früh um Lukas zu kümmern, sodass sie eine Runde laufen konnte.

Sie überquerte die Brücke nach Storö und ging am Runmarö-Kanal entlang. Weit und breit war kein Mensch zu sehen, aber das machte nichts. Es war schön, allein zu sein. In den letzten Tagen waren neue Frauen im Friggagården eingetroffen, dort herrschte jetzt ziemlich viel Betrieb.

Ihr Handy klingelte, gerade als der Weg eine Kurve machte und vom Wasser wegführte. Mina griff nach dem Telefon und nahm das Gespräch an, ohne nachzusehen, von wem der Anruf kam.

Ihr Herz begann zu klopfen. Wie konnte sie so unvorsichtig sein?

Erschrocken starrte sie aufs Display, erkannte aber schnell, dass es keinen Grund zur Angst gab.

Es war nicht Andreis, der sie schikanieren wollte, sondern ihr Vater.

»Hallo, Papa«, rief sie erleichtert aus. »Wie schön, dass du anrufst. Wie geht es Mama?«

»Mina, Liebes …«

Seine Stimme brach, und sie hörte ihn schluchzen.

»Papa?«

Ihn weinen zu hören ließ ihr das Blut in den Adern gefrieren.

»Papa!«, keuchte sie. »Was ist passiert?«

»Es geht um Mama.«

»Was ist mit ihr?«

»Sie … sie ist nicht mehr unter uns.«

»Was meinst du damit?«

»Mama hat uns vor einer Stunde verlassen.«

Mina zuckte zusammen. Das konnte nicht sein. Sie hatte einen Albtraum, genau wie neulich. Eigentlich lag sie immer noch in ihrem Bett und würde gleich aufwachen, und alles würde wie immer sein.

So wie heute Morgen, als sie beinahe glücklich gewesen war.

»Mein Liebling, es tut mir so leid.«

Papas Stimme drang in ihr Bewusstsein.

Sie ließ den Griff des Kinderwagens los und ging in die Knie. Das Telefon rutschte ihr aus der Hand und fiel auf die Erde.

Nein, nein, nein.

Sie erbrach sich heftig mitten auf dem Weg.

Aus der Ferne hörte sie Papas Stimme, die ihren Namen rief:

»Mina? Hallo? Bist du noch dran?«

Mina übergab sich, bis nichts mehr in ihrem Magen war. Zum Schluss spuckte sie nur noch klaren Schleim, der im Hals brannte.

»Mina?«, rief ihr Vater wieder.

Langsam begann sie zu atmen. Sie hob das Handy auf und versuchte, sich aufzurichten. Musste sich am Kinderwagen festhalten, um nicht zusammenzubrechen.

Es tat so weh.

»Entschuldige«, konnte sie schließlich hervorpressen. »Ich hatte das Handy fallen lassen.«

Ihre Hände zitterten so sehr, dass sie das Telefon fast nicht ans Ohr halten konnte. Sie zwang ihre Stimme zu gehorchen.

»Wie ist es passiert?«, würgte sie hervor.

»Mamas Zustand hat sich heute Nacht verschlechtert. Ich dachte, die Ärzte könnten sie retten. Neulich ging es ihr ja schon einmal so schlecht, aber da haben sie es geschafft, sie zu stabilisieren. Ja, und dann hat sie einfach aufgehört zu atmen.«

Mina konnte nicht sprechen.

»Sie konnten nichts mehr für sie tun. Ärzte und Schwestern sind gekommen, aber es war zu spät. Der Infarkt war zu schwer und das Herz zu sehr geschwächt.«

Er schluchzte auf.

»Heute Morgen um zwanzig vor neun ist sie gestorben. Seitdem habe ich bei ihr gesessen. Ich konnte einfach nicht aufstehen und gehen. Ich saß neben ihr und hielt ihre Hand, bis die Pfleger gekommen sind und sie weggebracht haben.«

Mina starrte auf die Reste des Frühstücks, die vor ihr im Staub lagen. Es stank nach Erbrochenem, und etwas halb verdautes Rosafarbenes mit kleinen Klümpchen darin war auf einen ihrer Stiefel gespritzt.

Hellgrüne Grashalme ragten aus der ekligen Pfütze.

Die Tränen liefen ihr übers Gesicht.

»Mama sah ganz friedlich aus, wie sie da in ihrem Bett lag«, flüsterte Papa. »Als sie eingeschlafen ist, klang es, als würde sie deinen Namen murmeln. Deine Mutter hat bis zum letzten Atemzug an dich gedacht. Das darfst du niemals vergessen.«

Ihr wollte es nicht in den Kopf, dass ihre Mutter sie nie mehr umarmen und Lukas nie mehr auf den Schoß nehmen würde. Dass sie ihr nie mehr tröstend über die Wange streicheln würde.

Mina schwitzte und fror zugleich.

»Sie hat dich sehr geliebt, Mina.«

Papa atmete unregelmäßig in den Hörer.

»Sie hatte keine Schmerzen«, sagte er. »Die Schwestern haben mir versichert, dass sie nicht leiden musste.«

Das Schuldgefühl saugte jeglichen Sauerstoff aus ihrer Lunge.

Sie war schuld, sie ganz allein.

Wenn sie nicht mit Andreis zusammengekommen wäre, dann wäre nichts von alldem passiert. Dann hätte er Papa und Mama nicht in ihrem eigenen Haus bedroht.

Wenn sie Andreis nicht geheiratet hätte, würde Mama jetzt noch leben.

Mina wendete den Kinderwagen und begann, denselben Weg zurückzugehen, den sie gekommen war, als alles noch gut schien.

Nichts würde jemals wieder gut werden.

»Ich fahre zum Krankenhaus«, sagte sie. »Ich muss sie noch ein letztes Mal sehen.«

»Das darfst du nicht.« Ihr Vater schluchzte die Worte hervor.

Das hatte er letztes Mal auch gesagt, und da hatte sie auf ihn gehört.

Jetzt war Mama tot, und sie hatte sich nicht von ihr verabschieden können. Sie konnte nicht länger auf der Insel bleiben, das musste er verstehen.

»Ich muss sie sehen.«

»Tu das nicht, das ist alles, worum ich dich bitte.«

Jetzt wurde er von einem Weinkrampf geschüttelt.

»Ich kann dich nicht auch noch verlieren. Bleib, wo du bist, versprich es mir. Ich komme zu dir, sobald hier alles erledigt ist. Ich komme, so schnell ich kann, spätestens morgen.«

Mina fügte sich, wieder einmal.

»Okay«, flüsterte sie.

»Ich verspreche, dass ich bald bei dir bin, mein Herz. Wo bist du?«

»Im Friggagården auf Runmarö. Direkt gegenüber von Stavsnäs.«

Kapitel 105

Noras Schultern waren ganz steif nach mehreren Stunden Arbeit am Computer. Aber die Mühe hatte sich gelohnt. Sie war Bild für Bild auf Minas geheimem Mailaccount durchgegangen und hatte die Informationen auf ihre rechtliche Relevanz hin analysiert.

Die Beweislage hatte sich auf einen Schlag verändert. Das war mehr, als sie zu hoffen gewagt hatte. Kovač hatte schon lange die Grenze zur Misshandlung überschritten, jetzt konnte er wegen schweren »Frauenfriedensbruchs« angeklagt werden.

Die Höchststrafe betrug sechs Jahre.

Aufgrund des vorliegenden Materials konnte sie ihn sowohl festnehmen lassen als auch einen Haftbefehl gegen ihn erwirken. Thomas würde auch seinen Teil abbekommen, die Ermittlungsakte gegen Kovač wurde mit jeder Stunde dicker.

Es wurde Zeit für das Treffen mit Herman Wibom.

Er hatte für dreizehn Uhr um einen Termin gebeten, und jetzt war es schon zehn nach eins, ohne dass die Empfangssekretärin seine Ankunft gemeldet hatte. Vielleicht war ihm etwas dazwischengekommen? Merkwürdig, dass er nicht Bescheid gesagt hatte. Wibom hatte angegeben, es gehe um ein Kontaktverbot gegen Minas Ehemann. Was das betraf, rannte er bei Nora offene Türen ein.

Jetzt konnte er aber langsam mal auftauchen, sie hatte schließlich nicht den ganzen Tag Zeit. Um zwei hatte sie schon den nächsten Termin mit zwei Steuerprüfern, aber da ging es um einen anderen Fall.

Sie griff zum Telefon, aber Wibom ging nicht an sein Handy. Nora zögerte, dann googelte sie die Nummer seiner Anwaltskanzlei und rief an.

Nach dem zweiten Klingeln meldete sich eine ältere Dame, und Nora stellte sich als Anklägerin bei der Behörde zur Bekämpfung von Wirtschaftskriminalität vor.

»Wissen Sie zufällig, ob Herman Wibom auf dem Weg zu uns ist?«, fragte sie. »Wir hatten vor einer Viertelstunde einen Termin.«

»Es tut mir leid, aber ich weiß gar nicht, wo er ist«, sagte Wiboms Sekretärin, eine Gunilla Soundso.

»Nicht?«

»Es sieht ihm überhaupt nicht ähnlich, dass er sich nicht meldet.«

Etwas an der Art, wie sie das sagte, ließ Nora stutzen.

»Wie meinen Sie das?«

»Er war heute noch nicht im Büro, obwohl wir sehr viel zu tun haben. Gestern hat er sogar Überstunden gemacht, das passiert in der letzten Zeit nicht mehr oft.«

Sie lachte nervös.

»Haben Sie heute schon mit ihm gesprochen?«, fragte Nora.

»Nein.«

»Haben Sie versucht, ihn auf dem Handy zu erreichen?«

»Natürlich, aber er geht nicht ran.«

Nora stand auf und machte den Rücken gerade, um die Blutzirkulation wieder in Gang zu bringen.

»Ich habe auch versucht, ihn mobil zu erreichen, aber ohne Erfolg«, sagte sie und bewegte den Hals vor und zurück, um die Muskeln zu lockern.

Sie spürte dicke Verhärtungen unter der Haut, wenn sie Schultern und Nacken mit den Fingern betastete. Sie musste mehr Sport treiben, sonst würde sie irgendwann Probleme haben.

»Glauben Sie, ihm könnte etwas zugestoßen sein?«, sagte die Sekretärin.

Sie hörte sich an, als hätte sie bereits darüber nachgedacht, aber nicht recht gewagt, sich das einzuräumen, bevor Nora anrief.

»Vielleicht ist er gestürzt und bewusstlos, oder er ist ernsthaft krank geworden«, sagte sie. »Er lebt allein, wissen Sie.«

Nora hatte keine Ahnung gehabt, wie Herman Wibom privat lebte, aber besonders erstaunt war sie nicht. Er zeigte alle Symptome eines eingefleischten Junggesellen.

»Könnte nicht jemand zu ihm nach Hause fahren und nachsehen, wie es ihm geht?«, schlug sie vor. »Nur zur Sicherheit, meine ich.«

»Ich weiß nicht, wer einen Schlüssel zu seiner Wohnung hat.«

»Vielleicht ein Nachbar?«

Gunilla klang plötzlich entschlossener.

»Ich kann heute Abend auf dem Heimweg bei ihm klingeln. Er wohnt in Vasastan, nicht weit vom Büro entfernt.«

»Das ist sicher eine gute Idee«, sagte Nora. »Vielleicht geben Sie mir kurz Bescheid, wenn Sie ihn erreicht haben.«

Kapitel 106

Der Friggagården lag still und verlassen, als Mina zurückkam. Zuerst wunderte sie sich, wo denn alle hin waren, aber dann fiel ihr ein, dass Anna-Maria Anfang der Woche etwas von einem Tagesausflug nach Sandhamn gesagt hatte. Mina hatte dankend abgelehnt, aber alle anderen waren anscheinend mitgefahren.

Sie stellte den Wagen in der Diele ab und nahm Lukas hoch. Als sie sein zufriedenes Glucksen hörte, kamen die Gefühle zurück. Mama würde nie seine ersten Worte hören oder sehen, wie er seine ersten Schritte machte.

Mina würde sie nie mehr wiedersehen.

Die Tür zu Anna-Marias Büro stand einen Spalt offen. Als Mina vorbeiging und sie an ihrem Schreibtisch sitzen sah, konnte sie ihre Verzweiflung nicht länger im Zaum halten. Ihr Gesicht verzerrte sich.

Anna-Maria sprang auf und ging eilig zu ihr. Sie nahm ihr Lukas ab und führte sie zum Sofa im Wohnzimmer.

»Um Gottes willen, was ist los?«

»Meine Mutter«, flüsterte Mina.

Anna-Maria zog Lukas den dunkelblauen Overall aus. Er war schon rot im Gesicht und ruderte mit den Ärmchen. Aber als sie ihn von dem warmen Zeug befreit hatte, war er wieder zufrieden.

»Erzähl mir, was passiert ist«, sagte sie.

»Mein Vater hat angerufen …«, begann Mina, aber mehr wollte ihr nicht über die Lippen kommen.

Anna-Maria legte Lukas in die Sofaecke, sodass er strampeln konnte, ohne herunterzufallen.

»Meine Mutter ist tot«, stieß sie schließlich hervor und fiel in ein schwarzes Loch.

Sie weinte so sehr, dass es sie schüttelte.

»Wie ist das passiert?«, fragte Anna-Maria nach einer Weile leise.

»Sie ist heute Morgen gestorben, im Söderkrankenhaus«, schluchzte Mina. »Papa war bei ihr, aber ich nicht.«

»Das tut mir so leid für dich.«

»Ich war nicht da«, wiederholte Mina. »Sie ist gestorben, und ich war nicht da. Ich konnte mich nicht von ihr verabschieden.«

Anna-Maria legte ihr den Arm um die Schulter und drückte sie vorsichtig. Auch sie hatte Tränen in den Augen.

»Du hättest nichts tun können.«

»Sie verstehen nicht. Es ist meine Schuld, dass sie tot ist.«

Andreis hatte ihren Eltern das angetan. Hatte ihr das angetan.

Sie hasste ihn.

»Ich will nicht mehr. Ich kann nicht mehr, es geht nicht.«

Sie legte die Stirn auf die Knie und schloss die Augen. Anna-Maria ließ sie weinen. Sie hielt sie im Arm, während Mina Rotz und Wasser heulte.

»Das geht vorbei, mit der Zeit wird es besser«, sagte Anna-Maria leise. »Auch wenn du es jetzt, wo alles so frisch ist, kaum glauben wirst. Aber es wird besser, es bleibt nicht immer so schrecklich, das verspreche ich dir.«

Sie hielt ihr eines der Papiertaschentücher hin, die sie anscheinend ständig mit sich herumtrug, und Mina wischte sich die Tränen ab.

»Komm, ich bringe dich in dein Zimmer, und dann ruhst du dich ein bisschen aus«, sagte Anna-Maria.

»Ich muss zu meinem Vater. Er braucht mich jetzt.«

Anna-Maria sah ihr prüfend ins Gesicht.

»Will er wirklich, dass du das tust?«

Mina schlug die Augen nieder.

»Es ist im Moment viel zu gefährlich für dich, Runmarö zu verlassen«, sagte Anna-Maria. »Das weiß er sicher auch.«

»Er wollte, dass ich hierbleibe«, gab Mina zu.

Eine plötzliche Müdigkeit überfiel sie, so stark, dass sie den Kopf nicht länger hochhalten konnte. Ihr Hals kam ihr dünn und schwach vor, und die Lider waren schwer wie Blei. Sie fror so sehr, dass ihre Zähne aufeinanderschlugen.

»Du hast einen schweren Schock«, sagte Anna-Maria in einem Ton, der keinen Widerspruch duldete. »Du musst dich hinlegen.«

»Ich muss mich um Lukas kümmern«, murmelte Mina.

Anna-Maria hob Lukas hoch und stand vom Sofa auf. Sie nahm Minas Hand und half ihr auf die Füße.

»Komm, wir bringen dich jetzt ins Bett. Lukas kann bei mir im Büro bleiben. Gar kein Problem.«

Mina folgte ihr wie ein Roboter.

Anna-Maria half ihr beim Ausziehen und deckte sie mit einer extra Wolldecke zu.

»Versuch, ein bisschen zu schlafen«, sagte sie und strich ihr über die Wange.

»Danke«, murmelte Mina mit geschlossenen Augen.

»Es ist nicht deine Schuld«, flüsterte Anna-Maria, bevor sie die Tür hinter sich schloss. »Du darfst dir nicht die Schuld am Tod deiner Mutter geben.«

Mina wusste, dass sie sich irrte.

Kapitel 107

Als Nora zurück in ihr Büro kam, war es halb vier. Der Termin mit den Steuerprüfern hatte sich hingezogen, und danach hatte sie noch bei Leila vorbeigeschaut und die neuen Voraussetzungen für einen Haftbefehl gegen Kovač mit ihr besprochen. Wenn sie sicher sein könnten, dass Mina es sich nicht wieder anders überlegte, wäre sie bereit, ihn noch heute Abend festnehmen zu lassen.

Sie beschloss, Thomas anzurufen und die Situation mit ihm zu besprechen.

»Wie kommt ihr voran?«

»Gar nicht, Kovač ist nirgends zu finden. Wir werden wohl in Kürze eine Fahndung herausgeben.«

»Wir müssen das koordinieren, ich werde einen Haftbefehl gegen ihn beantragen.«

Nora schilderte ihm die neue Situation.

»Er ist ein gefragter Mann.«

Thomas' ironischer Kommentar fiel platt aus. Er klang so müde. Wenn es doch nur eine einfache Möglichkeit gäbe, ihn aufzumuntern, dachte Nora. Eine Pille, einen Knopf zum Draufdrücken, einen Zaubertrank, der alles wiedergutmachte.

Er war viele Jahre lang mit Pernilla zusammen gewesen. Warum bereiteten immer die Menschen, die man am meisten liebte, einem den größten Kummer?

»Was ich wirklich bräuchte, wäre ein Gespräch mit Mina«, sagte Thomas. »Ich weiß die Informationen zu schätzen, die Leila mir geschickt hat, aber ich habe ein paar Fragen, die ich Mina persönlich stellen möchte, von Angesicht zu Angesicht.«

Nora streifte die Schuhe unterm Schreibtisch ab. Eigentlich wollte sie auch noch einmal mit Mina reden, bevor sie offiziell Kovačs Festnahme verfügte.

Es war keine leichte Entscheidung, einem Menschen die Freiheit zu nehmen, und sie war immer noch nicht vollkommen überzeugt, dass

Mina tatsächlich zu ihrem Entschluss stehen und gegen ihren Mann aussagen würde.

»Was hältst du davon, wenn wir zusammen hinfahren?«, fragte sie. »Wie schnell müsste es denn sein?«

»Gerne heute noch.«

Nora sah auf die Uhr. Sie hatte keine weiteren Termine mehr.

»Wir können sofort fahren, wenn du willst. Ich bin hier in einer Viertelstunde fertig.«

Ihr kam eine Idee.

»Weißt du was?«, sagte sie. »Wir fahren zusammen nach Runmarö und sprechen mit Mina. Anschließend gehen wir essen und quatschen ein bisschen.«

Diese Gesprächstherapeutin, von der Jonas erzählt hatte, lag ihr noch im Hinterkopf. Sie wusste genau, was Thomas sagen würde, wenn sie ihm am Telefon davon erzählte. Er würde die Idee von sich weisen, noch bevor sie die Möglichkeit hatte, sie ihm schmackhaft zu machen.

Aber wenn sie ihm gegenübersaß, sah die Sache anders aus, da hatte sie eine Chance, ihn zu überreden, es einmal zu versuchen.

Bevor es zu spät war.

»Wir könnten sogar nach Sandhamn weiterfahren und im Värdshuset essen«, fuhr sie fort. »Du kannst gerne bei uns übernachten, wenn du nicht mehr nach Harö fahren willst.«

Auf Sandhamn würde er vielleicht seine Abwehrhaltung fallen lassen. Thomas fühlte sich immer besser, wenn er draußen in den Schären war.

»Das ist lieb, aber dafür habe ich keine Zeit.«

»Das Värdshus-Steak mit Sauce béarnaise und Pommes frites«, lockte sie. »Du wirst doppelt so effektiv sein, wenn du mitkommst. Wir nehmen morgen früh die erste Fähre zurück in die Stadt, ich muss auch zeitig im Büro sein.«

»Ich weiß nicht.«

»Ist Elin noch bei dir?«

»Nein. Pernilla hat sie gestern von der Kita abgeholt, weil Elin letztes Wochenende schon ein bisschen früher zu mir gekommen ist.«

»Also abgemacht«, entschied Nora. »Ich möchte nämlich auch noch was anderes mit dir besprechen, von Angesicht zu Angesicht.«

Thomas kapitulierte.

»Mein Boot liegt in Stavsnäs«, sagte er. »Wir können uns dort um halb sechs treffen, dann fahren wir rüber nach Runmarö und anschließend weiter nach Sandhamn.«

Nora nickte zufrieden.

»Gute Entscheidung«, sagte sie. »Wir sehen uns in Stavsnäs.«

Kapitel 108

Als Mina aufwachte, stand Anna-Maria mit Lukas auf dem Arm über sie gebeugt.

»Wie spät ist es?«, murmelte sie.

»Gleich fünf. Wie fühlst du dich?«

Mina war so groggy, dass sie nicht wusste, was sie darauf antworten sollte. Im nächsten Moment traf die Erkenntnis sie mit voller Wucht.

Mama war tot.

Warum musste Anna-Maria sie wecken? Warum konnte sie nicht einfach immer weiterschlafen?

»Ich muss noch schnell zum Laden und ein paar Sachen einkaufen«, sagte Anna-Maria. »Kannst du Lukas für eine Weile nehmen? Ich habe ihn gefüttert, er wird gleich einschlafen.«

Mina nickte schwach.

»Ich habe auch mit deinem Vater gesprochen«, sagte Anna-Maria mit traurigem Lächeln. »Er hat angerufen, während du geschlafen hast, und ich habe ihm versprochen, dass du hierbleibst. Du bist bei uns viel sicherer als irgendwo anders.«

Mina nickte wieder.

»Dein Vater will versuchen, morgen zu kommen«, sagte Anna-Maria. »Die anderen sollten gegen sieben von Sandhamn zurück sein. Aber bis dahin bin ich längst wieder hier.«

Sie brachte Lukas zum Gitterbett und legte ihn vorsichtig hinein. Sein zufriedenes Glucksen drang an Minas Ohren, und da wusste sie, warum sie aufstehen musste.

Kapitel 109

Nora saß in der U-Bahn. In ein paar Minuten würde sie in Slussen in den Bus nach Stavsnäs umsteigen.

Es war gut, dass sie Thomas hatte überreden können, mit ihr im Värdshuset zu essen, auch wenn sie sich mehr in seine Beziehung einmischte, als sie sollte. Aber sie konnte nicht einfach danebenstehen und tatenlos zusehen, wenn er so unglücklich war.

Die Art, wie er über Pernilla sprach, zeigte, dass er noch Gefühle für sie hatte. Sie waren nur unter zu viel Schrott begraben.

Nach ihrer Scheidung war sie auch tief verzweifelt gewesen. Wenn es einen Weg gab, Thomas' Ehe zu retten, dann war es einen Versuch wert. Adam hatte sich bereit erklärt, über Nacht auf Julia aufzupassen, gegen eine Pizza für ihn und seine Freundin.

Ihr Handy klingelte. Es war Herman Wiboms Sekretärin Gunilla.

»Wie ist es gelaufen?«, fragte Nora. »Haben Sie Ihren Chef erreicht?«

»Nein. Ich bin zu seiner Wohnung gegangen und habe geklingelt, aber es hat keiner aufgemacht.«

Gunilla klang atemlos.

»Ich habe versucht, durch den Briefschlitz zu schauen, konnte jedoch nichts erkennen. Ich habe sogar durch den Schlitz gerufen, aber keine Antwort bekommen.«

»Hat er vielleicht Angehörige, die Sie fragen können?«

»Er hat eine Schwester in Karlskoga. Ich habe sie schon angerufen, aber sie hat auch nichts von ihm gehört.«

Inzwischen war es fast vierundzwanzig Stunden her, dass jemand mit Herman Wibom gesprochen hatte.

»Ich habe kein gutes Gefühl«, sagte Gunilla. »Übrigens sind Sie nicht die Einzige, die nach Herman fragt.«

»Aha?«

»Ulrika Grönstedt hat auch schon ein paarmal angerufen und wollte ihn sprechen.«

Die Sache gefiel Nora nicht. Natürlich konnte Ulrika Grönstedt einen guten Grund haben, Herman Wibom sprechen zu wollen, aber es gab zu viele Faktoren, die nicht stimmten.

Herman Wibom ließ normalerweise keinen Termin platzen. Es war auch nicht seine Art, nicht ans Telefon zu gehen.

»Wo sind Sie jetzt?«, fragte Nora.

»Im Büro.«

»Könnten Sie zurück zu seiner Wohnung gehen? Ich möchte eine Polizistin vorbeischicken, Leila Kacim.«

»Ja, natürlich.«

»Ich sage ihr sofort Bescheid.«

Kapitel 110

Das um die vorige Jahrhundertwende erbaute Haus in der Roslagsgatan war nicht ganz so exklusiv wie die eleganten Häuser auf Östermalm aus derselben Zeit, aber Leila war trotzdem beeindruckt von der hohen Eingangshalle, als sie die Haustür öffnete.

Sie ging die Treppe hinauf in den zweiten Stock. Eine Frau in den Sechzigern wartete vor einer der Wohnungstüren. Das musste Gunilla sein, Wiboms Sekretärin.

Sie hatte die Haare hochgesteckt und trug einen hellen Kamelhaarmantel.

»Sind Sie Leila?«, fragte sie sofort, als sie Leila erblickte.

Ihre Stimme war schrill vor Nervosität. Leila streckte die Hand zur Begrüßung aus und lächelte beruhigend.

»Er antwortet nicht«, sagte Gunilla und zeigte auf die Tür hinter sich. »Ich habe schon unzählige Male geklingelt.«

Auf einem kleinen Messingschild über dem Briefschlitz war der Name in Schreibschrift eingraviert: *H. Wibom.*

»Haben Sie die Nachbarn gefragt, ob vielleicht jemand einen Schlüssel zur Wohnung hat?«, fragte Leila.

Gunilla umklammerte ihre Handtasche noch fester.

»Nein. Entschuldigung. Daran habe ich nicht gedacht.«

Auf jeder Etage befanden sich drei Wohnungen, die von Wibom lag dem Fahrstuhl am nächsten. Leila versuchte es zuerst bei der gegenüberliegenden Wohnung. Sie klingelte einige Male, aber es war offenbar niemand zu Hause.

Dann ging sie zur nächsten, der in der Mitte, und drückte ein paarmal auf die Klingel.

»Ich komme«, rief eine verschlafene Stimme.

Die Tür ging auf und ein junger Mann im T-Shirt stand vor ihnen. Das hellbraune Haar war zerzaust, er hatte wohl einen Mittagsschlaf gehalten. Er war immer noch dabei, den Hosenschlitz seiner Jeans zuzuknöpfen.

Leila zeigte ihren Dienstausweis vor und fragte, ob er einen Ersatzschlüssel zu Wiboms Wohnung habe.

»Tut mir leid«, sagte der Mann, der sich als Dagge vorstellte. »Ich wohne noch nicht lange hier, erst seit Anfang des Wintersemesters. Zur Untermiete.«

»Können Sie uns sagen, wann Sie Ihren Nachbarn zuletzt gesehen haben?«

Dagge zuckte die Schultern.

»Weiß nicht genau«, sagte er. »Unsere Tagesabläufe sind ziemlich verschieden. Ich studiere Biologie an der Uni. Abends wird es manchmal spät, und dann schlafe ich ein bisschen länger, wenn ich nicht gerade eine Vorlesung habe.«

Er gähnte und kratzte sich im Nacken.

»Sorry«, murmelte er. »Hab bis in die Nacht gelernt.«

Leila überlegte. Anders als die meisten Nachbarn war der junge Mann jedenfalls tagsüber zu Hause. Wenn etwas Ungewöhnliches in Wiboms Wohnung vor sich gegangen wäre, hätte er es also eigentlich hören müssen.

»Ist Ihnen in der letzten Zeit etwas aufgefallen?«, fragte sie. »Hier im Haus, meine ich?«

Dagge schüttelte den Kopf, fast so, als hätte er die Frage nicht richtig verstanden.

»Fremde, die sich im Treppenhaus aufgehalten haben?«, versuchte sie ihm auf die Sprünge zu helfen. »Merkwürdige Geräusche aus der Nachbarwohnung?«

»Nein. Oder … doch, ja.«

Leila wartete gespannt auf die Fortsetzung.

»Also … gestern Abend hat Herman sehr laute Musik gehört.«

»Ist das ungewöhnlich?«

Alles, was vom Normalen abwich, war interessant.

»Er ist sonst sehr ruhig. Ich habe vorher noch nie Geräusche aus seiner Wohnung gehört, um ehrlich zu sein. Aber das war wirklich richtig laut.«

»Was war das für Musik?«

»Keine Ahnung.« Dagge machte eine entschuldigende Geste mit den Händen. »Irgendwas Altmodisches, fast wie Kirchenmusik.«

Gunilla schnappte nach Luft.

»Könnte es eine Orgel gewesen sein?«, fragte sie. »Herman liebt die Fugen von Bach.«

Sie schien ein bisschen verlegen, weil sie sich in die Unterhaltung eingemischt hatte.

»Ich meine nur … dann muss er zu Hause gewesen sein«, fügte sie hinzu.

»Wie spät war es, als die Musik anfing?«, fragte Leila.

»Gegen zehn, vielleicht. Ich habe nicht so genau darauf geachtet.«

Er lehnte sich gegen die Türzarge, sodass Leila in die Zweizimmerwohnung hineinsehen konnte.

Putzen stand offenbar nicht sehr weit oben auf der Prioritätenliste des jungen Mannes. Hier und dort lag Schmutzwäsche auf dem Fußboden, außerdem roch es leicht nach kaltem Zigarettenrauch.

Das Schlafzimmer grenzte an Wiboms Wohnung. Von dort musste die Musik gekommen sein.

»Was haben Sie gemacht, als die Musik einsetzte?«, fragte Leila.

Dagge schien die Frage nicht zu verstehen.

»Nichts Besonderes. Ich habe am Schreibtisch gesessen und gelernt, also habe ich mir die Kopfhörer ein bisschen tiefer in die Ohren gedrückt und meine eigene Musik lauter gemacht. Kein Problem.«

»Wissen Sie ungefähr, wann die Musik aufhörte?«

»Nein, leider nicht. Wir haben bald Zwischenprüfung, deshalb habe ich mich voll auf meinen Stoff konzentriert.«

»Wann sind Sie zu Bett gegangen?«

»Ich denke, so kurz nach eins. Weiß nicht mehr genau.«

»War die Musik da immer noch so laut?«

»Nein, da hatte er sie wohl ausgemacht.«

»Und danach haben Sie nichts mehr gehört?«

»Nein.«

»Die ganze Nacht nicht?«

»Nein, nichts.«

Erst jetzt schien ihm aufzufallen, dass etwas nicht stimmte.

»Ist Herman was passiert?«, fragte er. »Nichts Schlimmes, hoffentlich?«

»Wir können ihn nicht erreichen«, sagte Gunilla und vergrub die Hände in den Manteltaschen. »Er geht nicht ans Telefon, und zur Arbeit ist er auch nicht gekommen. Das sieht ihm überhaupt nicht ähnlich.«

Leila drehte sich um und musterte die Tür zu Wiboms Wohnung. Sie konnte keine Einbruchspuren um das Schloss herum erkennen, alles sah normal aus.

Nur dass Herman Wibom sich anscheinend in Luft aufgelöst hatte.

Logisch wäre, vierundzwanzig Stunden abzuwarten, das war der übliche Zeitrahmen, bevor eine Person offiziell als vermisst galt. Wenn es Wibom gewesen war, der gestern Abend Bach gehört hatte – worauf so gut wie alle Anzeichen hindeuteten –, dann waren erst neunzehn Stunden seit seinem letzten Lebenszeichen vergangen.

Vielleicht hatte Herman Wibom ganz einfach ein sehr feucht-fröhliches Fest gefeiert, hatte immer noch einen kräftigen Kater, und der Akku seines Handys war leer.

Aber das passte so gar nicht zu ihm.

Ein kleiner Fleck auf dem Marmorboden direkt vor Wiboms Tür erregte ihre Aufmerksamkeit. Sie bückte sich und musterte ihn.

Dunkelbraun, genau wie eingetrocknetes Blut.

Ihr ungutes Gefühl wurde stärker.

Leila zog ihr Handy hervor und rief den Schlüsseldienst an, den sie in Notsituationen bestellten.

Bosnien

Mai 1993

Selma konnte nicht schlafen. Sie lag hellwach im Bett, während ihr die Gedanken durch den Kopf rasten und die Angst sich in ihrer Brust einnistete. Die Nacht war so dunkel. Schließlich knipste sie die Nachttischlampe an, um die Dämonen der Finsternis zu verscheuchen.

Kurz nach vier stand sie auf und zog sich an.

Das erste Morgenlicht fiel durch die Fenster herein, während sie durch die Zimmer ging und Abschied von ihrem geliebten Zuhause nahm. Sie strich mit den Fingerspitzen über die Rückenlehne des Sofas, das Möbelstück, das sie sich so sehr gewünscht und auf das sie lange gespart hatte. Sie berührte die Tischdecke, die ihre Mutter gehäkelt hatte, und die kleine Porzellanfigur, ein Erbstück von ihrer Großmutter, die sie wie ihren Augapfel gehütet hatte, damit die Kinder sie nicht zerbrachen.

Schließlich ging sie in die Küche.

Vor dem Fenster protzte der Garten mit seinen üppigen Farben. Konnte es ein anderes Land geben, in dem das Grün so saftig war, in dem die Rosen so prachtvoll und makellos blühten?

Selma zwinkerte die Tränen weg.

Vielleicht würde eine andere Familie einziehen und sich um ihre prächtigen Blumen kümmern. Selma wünschte, es wäre so, aber sie wusste, wie groß die Wahrscheinlichkeit war, dass eine Granate das Idyll zerstören und ein Feuersturm alles hinwegfegen würde.

Sie nahm ihr Schlüsselbund vom Haken und legte es auf den Tisch. Es hatte keinen Sinn, es mitzunehmen oder die Tür hinter sich abzuschließen.

Sie würde ihr Zuhause nie mehr wiedersehen.

Mit dem Herz so schwer vor Verzweiflung, dass es zu zerspringen drohte, öffnete sie einen Schrank nach dem anderen und versuchte, sich alles einzuprägen.

Sie musste sich erinnern, wie es ausgesehen hatte. Die Erinnerung daran war alles, was sie mitnehmen konnte.

Danach weckte sie Andreis.

Er quengelte und wollte nicht aufstehen. Sie musste ihn anziehen, während er im Bett lag, und sobald er fertig angezogen war, drehte er sich auf die Seite und schlief weiter.

Sie packte einen Proviantbeutel mit Sachen, die sie im Schrank hatte, und wechselte ein letztes Mal Emirs Windeln.

Das Einzige, was sie aufrecht hielt, war, dass Zlatko mitkommen würde.

Alle Verbitterung und aller Zorn, die sich im letzten Jahr aufgestaut hatten, waren verschwunden wie Nebelschleier über einem Kornfeld an einem frühen Sommermorgen.

Zlatko kam in die Küche. Er strich ihr über die Wange. Durchs Fenster sah sie, wie Blankas Auto näher kam und auf den Hof fuhr.

Selma fragte sich, ob man vor Kummer sterben konnte.

Zlatko hob Andreis hoch, griff zur Reisetasche und ging zur Tür hinaus. Selma folgte ihm mit Emir auf dem Arm.

Kapitel 111

Vom Friggagården zum Inselsupermarkt auf Runmarö ging man ungefähr fünfzehn Minuten.

Anna-Maria wollte Mina jetzt eigentlich nicht gern allein lassen, aber Lukas' Babymilch war fast alle und würde nicht über Nacht reichen. Es war besser, sie kümmerte sich jetzt darum, als dass Mina es erst heute Abend bemerkte.

Es tat ihr im Herzen weh, das Mädchen so zu sehen. Heute Morgen hatte Mina zum ersten Mal wieder etwas Farbe auf den Wangen und neuen Schwung gehabt. Jetzt war sie in noch schlechterer Verfassung als zuvor, fast apathisch vor Kummer.

Anna-Maria hatte schon vor langer Zeit aufgehört, an eine wohlwollende höhere Macht zu glauben, aber eine Form von Gerechtigkeit sollte es doch geben. Mina hatte schon so viel durchgemacht, irgendwann musste es doch mal genug sein.

Warum konnte Gottes Zorn nicht stattdessen Minas Mann treffen, bevor er noch mehr Schlimmes anstellte? Warum durfte der Mann leben und sich frei bewegen, während Minas Mutter tot war und sie selbst sich verstecken musste?

Außer Anna-Maria war niemand auf der schmalen Landstraße unterwegs. Sie steckte die Hände in die Taschen und merkte, dass sie ihr Handy im Büro liegen gelassen hatte, wo es gerade auflud. Aber egal, sie würde ja gleich wieder zurück sein.

Der Schotter knirschte unter ihren Schuhsohlen. Es tat gut, nach all dem Elend im Friggagården draußen an der frischen Luft zu sein. Minas Kummer hatte ihre eigenen dunklen Erinnerungen wieder geweckt, die Trauer um Malin, die nie verging.

Ein kleiner Hase hoppelte über den Weg und verschwand in Richtung der Wiese, auf der ein paar Schafe grasten.

Anna-Maria wischte sich ärgerlich die hervorquellenden Tränen ab.

Es hörte nicht auf wehzutun, ganz egal, wie viele Jahre vergingen. Der Tag, an dem der Anruf aus der Notaufnahme gekommen war, hatte sich für alle Zeit in ihre Erinnerung geätzt, wie ein frisches Tattoo auf zarter Haut, das nicht heilen wollte.

Ein unsichtbarer Rucksack voll Schmerzen.

Sie war zum Krankenhaus gerast und durch die Flure gerannt, auf der Suche nach ihrer Tochter. Hatte schluchzend Malins Namen gerufen und in ihrer Verzweiflung alle Türen aufgerissen, hinter denen andere verletzte und kranke Patienten lagen.

Schließlich hatte ihr jemand den Weg gezeigt.

Anna-Maria hatte kaum das misshandelte Gesicht ihrer Tochter wiedererkannt, als sie Malin auf einer Pritsche liegend fand.

Bei Gustav waren alle Sicherungen durchgebrannt, er hatte mit dem Hammer zugeschlagen.

Die blutigen Spuren an Malins Körper zeugten von einer derart besinnungslosen Raserei, dass Anna-Maria es nicht begreifen konnte. Eine solche Zerstörungswut war einfach nicht zu verstehen.

Wie konnte ein Mensch einem anderen Menschen nur so etwas antun.

Als Anna-Maria zum Krankenhaus fuhr, hatte sie Angst um das Baby gehabt, dass das ungeborene kleine Leben Schaden durch die Misshandlung genommen haben könnte. Sie hätte nie gedacht, dass es noch schlimmer sein könnte. Dass weder das Leben des Kindes noch Malins Leben zu retten war.

Dass beide in derselben Nacht sterben würden.

Danach war sie mit ihrer Verzweiflung allein gewesen. Das Pflegepersonal hatte eine Kerze angezündet und Malins zerschlagene Hände über ihrer Brust gefaltet. Die Hände, mit denen sie versucht hatte, ihren Bauch zu schützen.

Im Dunkeln hatte Anna-Maria sich fast einreden können, dass ihre Tochter nur schlief.

Zum ersten Mal seit vielen Jahren hatte Malins Gesicht friedvoll ausgesehen, Furcht und Schrecken hatten sie endlich verlassen.

Im Tod brauchte sie keine Angst zu haben.

Die einsame Kerzenflamme auf dem Nachttisch hatte geflackert. Die Stunden waren vergangen, die Kerze heruntergebrannt. Irgendwann hatte eine Schwester ihr zugeflüstert, dass sie gehen müsse, weil Malin in die Leichenhalle gebracht werde.

Es sei Zeit, Abschied zu nehmen.

Anna-Maria ging schneller. Ihre Schritte waren hart, der Schotter staubte unter ihren Füßen. Die Sonne war hinter bleigrauen Wolken verschwunden, bald würde der Abendtau fallen.

Mina durfte nicht dasselbe Schicksal erleiden wie Malin. Anna-Maria würde es nicht zulassen.

War es vielleicht der Wille einer höheren Macht, dass Mina ausgerechnet zum Friggagården gekommen war? Um Anna-Maria die Chance zu geben, einer anderen jungen Frau zu helfen, weil sie ihre eigene Tochter nicht hatte retten können?

Auch wenn die Zukunft des Friggagårdens bedroht war, würde sie dafür sorgen, dass Mina ein neues Leben beginnen konnte.

Der Weg machte eine Kurve.

Ein Stück vor ihr kam ein breitschultriger Mann aus der Gegenrichtung. Er trug eine schwarze Lederjacke und hatte dunkles, zurückgekämmtes Haar.

Anna-Maria kannte ihn nicht, aber es war niemand von der Insel. Er gehörte nicht hierher, die Kleidung war falsch.

Auf Runmarö wohnten fast dreihundert Leute, normalerweise begegneten ihr auf dem Weg zum Laden bekannte Gesichter. Der kleine Supermarkt war nur wenige Hundert Meter entfernt.

Instinktiv spürte sie die Gefahr, obwohl es noch hell war und sie wusste, dass Leute in der Gegend waren. Der Mann ging mit schnellen, entschlossenen Schritten.

Die Haare auf Anna-Marias Armen sträubten sich, als er direkt auf sie zukam.

Kapitel 112

»So, das hätten wir.«

Der Mann vom Schlüsseldienst trat einen Schritt zur Seite, um Leila Platz zu machen. Sie drückte die Klinke hinunter. Die Wohnungstür ging lautlos auf. Es war dunkel und totenstill in Herman Wiboms Wohnung.

Gunilla atmete keuchend hinter ihrem Rücken.

Leila versuchte, sich einen Überblick zu verschaffen.

Ein Flur mit dunkler Tapete führte in die Wohnung hinein. Etwas weiter hinten erkannte sie den Eingang zu einem Esszimmer und vermutlich einem Wohnzimmer. Eine weitere Tür war geschlossen, dahinter lag vermutlich das Schlafzimmer. Ganz am Ende befand sich noch eine Tür, das war der Raum, der an die Nachbarwohnung grenzte. Der, in dem die Musik gespielt hatte.

Die Tür war ebenfalls zu.

»Hallo?«, rief Leila. »Ist jemand zu Hause?«

Eine abgeschabte lederne Aktentasche lehnte an der Wand, das musste Wiboms sein. Wenn er die Wohnung verlassen hätte und zur Arbeit gegangen wäre, würde sie wohl kaum mehr hier stehen. War das ein Zeichen, dass er sich noch in der Wohnung befand?

Sie wartete einen Moment, bevor sie noch einmal rief.

»Hallo?«

Auf dem Fußboden im Flur lag ein persischer Läufer in verschiedenen Blautönen. Leila kannte das Blumenmuster aus ihrem Elternhaus, es war ein schöner Nain-Teppich mit zierlichen Blumenranken, die sich elegant umeinanderschlangen. Ihr Vater war ganz vernarrt in die kostbaren Teppiche.

Mehrere unregelmäßige rotbraune Flecken bedeckten das schöne Muster. Der Abstand zwischen den Flecken deutete darauf hin, dass jemand mit blutigen Schuhsohlen zur Wohnungstür gegangen war.

Jemand, der es eilig gehabt hatte.

Der Mann vom Schlüsseldienst war bereits wieder auf dem Weg

nach unten, seine Schritte hallten durchs Treppenhaus. Die Eingangstür fiel dröhnend ins Schloss, als er das Haus verließ.

Danach war alles still.

Eigentlich hätte Leila jetzt ihr Handy zücken und Verstärkung anfordern müssen. Stattdessen zog sie ihre Dienstwaffe.

»Sie bleiben hier«, sagte sie zu Gunilla.

Das Adrenalin pulsierte durch ihren Körper, als sie mit geschmeidigen Bewegungen und erhobener Waffe weiter in die Wohnung vordrang.

Sie warf einen Blick in die Küche, aber da war kein Wibom. Vor dem Schlafzimmer blieb sie stehen, um sich zu sammeln. Dann riss sie die Tür mit der linken Hand auf, ohne zu wissen, was sie dort drinnen erwartete.

Ihr Blick fiel auf ein unberührtes Bett.

Herman Wibom hatte letzte Nacht nicht darin geschlafen.

Blieb nur noch das letzte Zimmer.

Kapitel 113

Der Abstand betrug nur noch fünfzig Meter, als Anna-Maria den Fremden erkannte, der ihr entgegenkam. Andreis Kovač.

Die tiefliegenden braunen Augen, der breite Mund mit den wohlgeformten Lippen, das konnte kein anderer sein. Er hatte herausgefunden, wo Mina sich versteckte.

Wie war das möglich?

Anna-Maria tastete in der Jackentasche nach dem Handy, das dort hätte sein sollen, aber jetzt außer Reichweite in ihrem Büro an der Steckdose hing.

Sie hatte keine Möglichkeit, Hilfe herbeizurufen oder Mina zu warnen.

Was sollte sie tun?

Sie blieb stehen. Jetzt war er nur noch wenige Meter von ihr entfernt.

Anna-Maria starrte ihn an, während die Angst sie lähmte.

»Großer Gott«, keuchte sie.

Im selben Moment erkannte sie ihren Fehler. Jetzt musste er begriffen haben, dass sie wusste, wer er war. Und wo Mina sich aufhielt.

Was hatte sie getan?

Kovač machte noch ein paar schnelle Schritte auf sie zu. Sie standen sich jetzt direkt gegenüber. Er packte ihr Handgelenk mit eisernem Griff. Anna-Maria schrie vor Schmerz auf.

»Ich will zu Mina«, sagte er. »Zeigen Sie mir den Weg.«

Die Erkenntnis kam blitzschnell. Er wusste nicht, wo der Friggagården war. Es gab keine Straßennamen auf Runmarö, nur ein falunrotes Holzhaus nach dem anderen. Für jemanden, der zum ersten Mal auf die Insel kam, sahen sie alle gleich aus.

Das konnte Minas Rettung sein.

Wenn Anna-Maria es schaffte, sich ihm zu widersetzen.

Sie blickte sich um. Die Straße war immer noch leer, weit und breit keine Menschenseele zu sehen. Auf der einen Seite des staubigen

Wegs blökten harmlose Schafe, und auf der anderen stand der Wald dicht und abweisend.

Niemand würde sie schreien hören.

Kovač drehte ihr das Handgelenk um, und Anna-Maria wurde schwarz vor Augen.

»Wo ist sie?«, sagte er.

Die unterdrückte Aggressivität erschreckte Anna-Maria mehr als alles andere. Plötzlich verstand sie Minas Furcht.

Ihre Tochter musste die gleiche Todesangst gespürt haben. Der Gedanke verlieh ihr Kraft.

»Nein«, stöhnte sie.

Sie würde ihm nicht dabei helfen, Mina wieder zu quälen.

»Lassen Sie mich los, oder ich rufe die Polizei«, presste sie hervor.

Mina zuliebe musste sie schweigen. Malin zuliebe.

Kovač entblößte die weißen Zähne zu einem breiten Lächeln, fast so, als hätte sie etwas Lustiges gesagt. Seine Augen wurden schmal.

Der Ehering glänzte an der linken Hand.

»Sagen Sie mir, wo sie ist.«

»Loslassen!«

»Ich habe schlimmere Dinge getan, um herauszufinden, wo Mina ist. Begreifen Sie das nicht?«

Kovač klang erschreckend normal. Er griff mit der anderen Hand zu und knickte ihren Finger in gefährlichem Winkel ab.

»Wo ist sie?«

Der Schmerz war furchtbar, Anna-Maria ging in die Knie, während ihr die Tränen in die Augen schossen.

»Bitte nicht«, keuchte sie.

Sie hörte sich selbst aufbrüllen, als der kleine Finger ebenso leicht brach wie ein Hühnerknochen.

Er baumelte vor ihren Augen schlaff in seiner Haut.

»Wo ist sie?«

Anna-Maria schüttelte den Kopf.

Kovač zog ein Messer und hielt es an ihr Gesicht. Das kalte Metall berührte die Haut, er strich langsam mit der Klinge über ihre Wange, von der Schläfe bis zum Kinn.

»Ich zerschneide dir die Visage, wenn du mir nicht sagst, wo sie ist.«

»Nein«, weinte Anna-Maria. »Ich kann nicht.«

Kapitel 114

Leila zögerte vor der letzten geschlossenen Tür in Herman Wiboms Wohnung.

Ihr Mund wurde trocken, als sie direkt vor der Schwelle einen weiteren dunkelroten Fleck entdeckte. Sie hatte alle anderen Räume abgesucht, ohne eine Spur des verschwundenen Rechtsanwalts zu finden.

Langsam ließ sie die Tür aufgleiten.

Obwohl die Sonne erst in ein paar Stunden untergehen würde, war es schummrig im Zimmer. Es lag nach Nordosten, und das Mietshaus gegenüber nahm einen Großteil des Tageslichts weg. Die dunklen Möbel und die vollgestopften Bücherregale verstärkten den Eindruck einer Grotte.

Zwei breite lederne Ohrensessel standen vor dem offenen Kamin.

Leila machte einen Schritt vorwärts und entdeckte Glasscherben auf dem Fußboden.

Es dauerte einen Moment, bis sie den Fuß entdeckte, der hinter einem der Sessel hervorragte.

Sie ging näher heran. Herman Wibom lag auf dem Rücken, mit geschlossenen Augen und zerfetztem Gesicht. Das Blut war auf den Parkettboden geflossen und hatte das Fischgrätmuster verfärbt. Beide Handflächen waren zerschnitten, mit eingetrocknetem Blut auf der Haut, so als hätte er sich mit bloßen Händen gegen den Angreifer verteidigt.

Lebte er noch?

Leila steckte die Waffe weg und kniete sich neben Wiboms leblosen Körper auf den Boden.

Sein Gesicht war leichenblass. Unmöglich zu sagen, ob er noch atmete. Sie legte ihm zwei Finger an den Hals und versuchte, einen Puls zu ertasten.

»Oh mein Gott!«, kam es von der Tür.

Gunilla stand mit weit aufgerissenen Augen auf der Schwelle.

»Ist er tot?«

Da, ein winziges Pochen unter Leila Fingerspitzen, so schwach, dass es kaum zu erahnen war.

»Rufen Sie den Rettungswagen!«, schrie Leila. »Er lebt!«

Plötzlich öffnete Herman Wibom die Lider. Das Weiße in den Augen war blutunterlaufen. Er kämpfte darum, etwas zu sagen, seine Lippen zuckten, aber die Worte waren nicht zu verstehen.

Wibom stöhnte.

»Was wollen Sie sagen?«

Leila beugte sich tiefer über ihn, mit dem Ohr an seinem Mund, um besser hören zu können.

»Er war hier«, murmelte Wibom schließlich.

»Wer?«

»Minas Mann … weiß, wo sie ist.«

Er versuchte, die Hand zu heben, aber die Augen drehten sich nach hinten, und er verlor wieder das Bewusstsein.

Kapitel 115

Thomas stellte den Wagen auf dem Parkplatz in Stavsnäs ab und ging auf den kleinen Gästehafen zu, in dem er sein Boot vertäute, wenn er in die Stadt fuhr.

Er hielt nach Nora Ausschau. Er war ein paar Minuten zu früh dran, wahrscheinlich war sie noch nicht da.

Am großen Kai lag die Waxholmfähre *Söderarm* und wartete auf die Ankunft des Busses von Slussen. Mit dem würde sicher auch Nora kommen.

Thomas ging weiter zu den Stegen, wo er den Buster an einem der ständigen Liegeplätze festgemacht hatte. Der Himmel war grau bedeckt, hoffentlich regnete es nicht, bevor sie angekommen waren.

Da bog der Bus auf den Parkplatz. Thomas entdeckte Nora gleich, als die Türen aufgingen. Die meisten Fahrgäste strebten mit Tüten und Einkaufstrolleys auf die Fähre zu. Es musste die letzte Überfahrt des Tages sein.

Nora winkte ihm, hielt aber in der Bewegung inne, als ihr Telefon klingelte. Sie fischte es aus der Tasche und ging mit dem Handy am Ohr auf ihn zu.

Plötzlich blieb sie stehen und machte ein erschrockenes Gesicht. Dann rannte sie los.

»Kovač hat herausgefunden, wo Mina ist!«, rief sie. »Wir müssen uns beeilen!«

Thomas legte schwungvoll am Steg in Styrsvik an und vertäute das Boot mit hastigen Handgriffen. Jede Sekunde zählte, nach allem, was Leila darüber berichtet hatte, wie Herman Wibom von Kovač zugerichtet worden war.

Der Buster schaukelte heftig in den Wellen des Kielwassers und schlug an den Steg.

Nora hatte versucht, Anna-Maria während der kurzen Überfahrt anzurufen, aber sie ging nicht ran.

Minas Handy war abgeschaltet.

Selbst mit dem Hubschrauber würden die Einsatzkräfte es nicht rechtzeitig schaffen.

Nora war weiß im Gesicht, als sie an Land sprang, noch bevor Thomas den letzten Knoten festgezogen hatte.

Die Abenddämmerung hatte eingesetzt, Regen lag in der Luft, und das Meer war bleigrau.

Nora hatte einen kleinen Vorsprung, aber Thomas brauchte nur wenige Sekunden, um sie einzuholen. Sie rannten am Supermarkt vorbei und bogen um die Ecke. Eine kleine Gruppe von Leuten stand mitten auf der Straße.

Direkt hinter der Gruppe hielt ein Auto mit offener Fahrertür und laufendem Motor.

Jemand lag auf der Erde.

Thomas merkte, wie das Adrenalin durch seine Adern pumpte. Er griff noch weiter aus, obwohl Nora nicht mithalten konnte.

»Ich bin Polizist«, rief er, als sie noch etwa fünfzehn Meter entfernt waren. »Was ist passiert?«

Ein junger Mann in blauem Arbeitszeug drehte sich mit erschrockenem Gesicht zu ihm um.

»Sie lag einfach da«, stotterte er. »Ich glaube, ich habe sie angefahren, aber das wollte ich nicht. Ich konnte nicht mehr ausweichen.«

Er verstummte und schwankte kurz.

»Sie ist so blutig. Und irgendwas stimmt nicht mit ihrer Hand …«

Keiner der Umstehenden sagte etwas, aber die Gruppe machte Platz und ließ Thomas durch.

Eine bewusstlose Frau lag auf dem Rücken im Staub. Die eine Wange war aufgeschlitzt und das Blut übers Kinn gelaufen.

Zwei Finger ihrer rechten Hand waren in einem unmöglichen Winkel abgeknickt. Sie waren abgebrochen, auf eine Art, wie es ein Auto niemals verursachen könnte.

Sie konnte noch nicht lange dort gelegen haben, das Blut war kaum angetrocknet.

Die Verletzungen waren bestialisch. Und allem Anschein nach vorsätzlich zugefügt worden.

»Das war ich nicht«, flüsterte der Autofahrer. »Ich schwöre, ich habe sie kaum mit der Stoßstange gestreift.«

Mit verzerrtem Gesicht sank er zu Boden, den Rücken an die Autotür gelehnt.

Thomas ging in die Hocke und tastete nach dem Puls. Jetzt war auch Nora keuchend bei der Gruppe angekommen.

»Sie lebt«, sagte er über die Schulter. »Aber sie muss sofort ins Krankenhaus. Hat jemand den Notruf alarmiert?«

Nora schnappte nach Luft.

»Das ist Anna-Maria!«, rief sie aus und sah sich um. »Die Leiterin vom Friggagården, wo Mina wohnt.«

Sie zog Thomas am Arm, damit er aufstehen sollte.

»Kovač muss hier sein«, keuchte sie. »Wer sonst hätte Anna-Maria so zugerichtet?«

»Rufen Sie die Polizei und den Rettungsdienst«, schrie Thomas den Schaulustigen zu und rannte weiter.

Kapitel 116

An der weißen Einzäunung des Friggagårdens blieb Nora hinter einem dicken Baum stehen.

»Da ist es«, flüsterte sie und zeigte auf ein großes Holzhaus in etwa fünfzig Meter Entfernung, das von mehreren kleineren Hütten umringt wurde.

Alles sah ganz friedlich aus. Die meisten Fenster waren dunkel.

Thomas machte die Augen schmal und versuchte, zu erkennen, ob sich im Haus etwas bewegte.

»Bleib hier«, sagte er zu Nora und zog seine Dienstwaffe.

»Sei vorsichtig«, flüsterte sie.

Thomas war sich durchaus bewusst, dass Kovač gefährlich war. Er hatte mindestens ein scharfes Messer bei sich. Wahrscheinlich auch eine Schusswaffe.

Dino Herco war mit einer Kugel hingerichtet worden.

Nora ergriff seinen Arm.

»Es ist zu riskant, allein hinzugehen. Willst du nicht lieber warten?«

Dafür war keine Zeit. Sie wussten beide, dass Mina in Lebensgefahr war.

»Bitte, Thomas.«

Er befreite sich vorsichtig aus Noras Griff.

»Ruf Leila noch mal an und frag, wo die Verstärkung bleibt«, sagte er, stieg über den niedrigen Zaun und lief geduckt hinüber zur Fliederhecke, die den Rasen an einer Seite begrenzte. Die kahlen Zweige ragten in den grauen Himmel. Viel Sichtschutz boten sie nicht, aber er machte sich so klein wie möglich und hoffte, dass er mit der Dunkelheit verschmolz.

War Kovač dort drinnen? Hatte er Mina in seiner Gewalt?

Alles war still, im besten Fall bedeutete das, dass Kovač noch nicht hier war.

Oder es war schon alles vorbei.

Thomas vermied den Kiesweg und blieb dicht an der Hauswand,

bis er die Eingangstür erreichte. Vorsichtig drückte er die Klinke hinunter und hoffte, dass die Tür abgeschlossen war, sodass Kovač nicht hatte eindringen können.

Die Tür glitt auf und gab den Blick auf eine dunkle Diele frei.

Es war vollkommen still im Haus.

Mit der Pistole im Anschlag trat Thomas ein. Ruckartig drehte er den Kopf nach links und rechts und scannte die Umgebung.

Aus dem Augenwinkel bemerkte er plötzlich eine Bewegung, er zuckte zusammen – aber es war nur sein eigenes Spiegelbild.

Das Einzige, was er hörte, war sein eigener Atem. Ein Kühlschrank summte in der Nähe, das musste die Küche sein.

Thomas ging weiter ins Haus hinein, alle Muskeln aufs Äußerste angespannt. Die Küche war leer, ebenso das Zimmer, das anscheinend das Büro war. In einer Ecke stand ein Computer, ein Mobiltelefon lag auf dem Schreibtisch und wurde offenbar geladen.

Ein Geräusch durchbrach die Stille, und Thomas blieb stehen.

Das Weinen eines Kindes.

Thomas ging dem Geräusch nach und kam in einen dunklen Flur. Er bog um die Ecke und entdeckte Licht, das aus einer halb geöffneten Tür fiel. Als er näher trat, sah er eine Frau durch den Türspalt. Sie saß in einem Sessel und wollte einem Baby gerade die Flasche geben.

Das musste Mina sein.

Im selben Moment sah sie auf und entdeckte Thomas. Sie schrak zusammen und drückte das Baby an die Brust.

Die Flasche fiel zu Boden.

Thomas legte den Zeigefinger an die Lippen und formte stumm das Wort »Polizei«, um ihr die Angst zu nehmen. Er ging mit schnellen Schritten ins Zimmer und schloss sicherheitshalber die Tür hinter sich.

»Ist Ihr Mann hier?«, flüsterte er.

Sie schlug sich die Hand vor den Mund.

»Andreis? Ist er auf Runmarö?«

»Sie haben ihn nicht gesehen?«, fragte Thomas kaum hörbar.

Sie schüttelte den Kopf.

»Kommen Sie mit.«

Thomas ergriff ihre Hand und zog sie aus dem Sessel hoch.

»Gibt es einen Ort hier im Haus, wo Sie sich einschließen können?«, fragte er ebenso leise wie bisher.

»Nein. Moment, doch. Auf der Toilette.«

Sie blickte zur Tür.

»Schließen Sie sich mit dem Kind dort ein. Sie dürfen die Tür nicht öffnen, bis Sie meine Stimme hören. Haben Sie das verstanden?.«

Thomas wartete, bis er das Geräusch eines Schlüssels hörte, der im Schloss umgedreht wurde. Dann setzte er seinen Weg durch das Haus fort. Nachdem er das Erdgeschoss abgesucht hatte, ging er zur Treppe, blieb aber mit dem Fuß auf der ersten Stufe stehen. Nirgends brannte Licht, es war so dunkel, dass man kaum etwas erkennen konnte. Falls Kovač oben mit einer Waffe wartete, wäre er ihm völlig ausgeliefert.

Aber wenn er Licht machte, würde Kovač wissen, dass jemand auf dem Weg ins Obergeschoss war. Dann konnte er fliehen.

Es knackte im Heizkörper an der Wand.

Thomas zögerte, dann entsicherte er seine Waffe und ging die dunkle Treppe hinauf.

Bosnien

Mai 1993

Dario saß am Steuer und fuhr. Blanka auf dem Beifahrersitz hatte Nermin auf dem Schoß, den fünfjährigen Sohn der beiden. Selma, Zlatko und die Kinder teilten sich die Rückbank.

Während sie ein niedergebranntes Dorf nach dem anderen passierten, ging Selma das ganze Ausmaß der Katastrophe auf. Felder, die um diese Jahreszeit hätten grün sein müssen, waren schwarz und verwüstet und trugen Spuren von Granateneinschlägen. Obstbäume hatten sich in verbrannte Stümpfe verwandelt, und Vieh, das normalerweise friedlich auf der Weide gestanden hätte, war weit und breit nicht zu sehen.

Leichen verwesten in wassergefüllten Gräben.

Überall auf den zerschossenen, löchrigen Straßen sahen sie Soldaten mit bärtigen Gesichtern und schlammverkrusteten Uniformen. Jedes Mal, wenn sie sich die Weiterfahrt an einer der vielen Straßensperren erkaufen mussten, zitterte Selma vor Angst.

Sie fuhren an Kolonnen von fliehenden Menschen vorbei, die in dieselbe Richtung wollten wie sie. Schwer bepackte Männer mit zerfurchtem Gesicht und leerem Blick, Mütter mit kleinen Kindern auf dem Arm. Jemand zog einen zweirädrigen Karren mit einem Kranken darin, andere trugen Decken zwischen sich, in denen Greise hockten.

Jeder Schritt so mühsam, als wäre er der letzte im Leben.

Als Selma das erste Mal eine Leiche sah, war sie entsetzt und versuchte, Andreis die Augen zuzuhalten. Mit der Zeit ging sie dazu über, woanders hinzuschauen. Irgendwann registrierte sie die Toten nicht mehr. Das Entsetzen hatte sie bereits fest im Griff, mehr ging nicht.

Die Jungs waren auffallend ruhig, so als hätte die Angst der Erwachsenen auf sie abgefärbt.

Die Zeit verging. Selma hatte keine Uhr, aber es wurde schon dunkel. Sie waren den ganzen Tag gefahren, bald würden sie die Grenze erreichen.

Andreis und Emir waren vor Erschöpfung eingeschlafen. Selmas Beine schmerzten davon, stundenlang in derselben Stellung ausharren zu müssen, und es war eng und heiß auf der Rückbank.

Sie musste dringend pinkeln, wusste aber, dass sie unmöglich anhalten konnten.

Kurz vor Sonnenuntergang kamen sie an die letzte Straßensperre vor der Grenze.

Mehrere Militärfahrzeuge blockierten den Weg. Vier bärtige Soldaten mit Maschinengewehren in den Händen bewachten den Durchlass, der von dicken Stacheldrahtrollen umgeben war. Alle hatten Messer am Gürtel.

Sie wirkten betrunken, einer taumelte und feuerte mit seiner Waffe in die Luft, während er laut lachte.

Selma hatte noch nie solche Angst gehabt.

Dario fädelte sich hinter einem blauen VW ein und hielt an.

Kapitel 117

Thomas setzte die Füße so leise wie möglich auf die knarrenden Stufen. Trotzdem klang jeder Schritt wie ein Pistolenschuss.

Er blieb auf der obersten Treppenstufe stehen und versuchte, sich zu orientieren. Es war schummrig im Haus, obwohl die Sonne noch nicht untergegangen war.

Ein schmaler Korridor führte von der hellgrünen Diele nach links, auf der rechten Seite war ein kleiner Flur mit zwei gegenüberliegenden geschlossenen Türen. Geradeaus befand sich ein Balkon mit einigen Liegestühlen und einem Tisch.

Falls Kovač im Haus war, konnte er sich hinter jeder dieser Türen versteckt haben und ihn mit entsicherter Waffe erwarten.

Thomas lauschte auf fremde Geräusche, irgendetwas, was nicht hierherpasste, aber er konnte nichts hören, obwohl er sich die größte Mühe gab.

War da nicht ein schabendes Geräusch am Ende des Korridors?

Er wartete eine Minute, konnte aber nicht sagen, ob er wirklich etwas gehört hatte oder ob es nur Einbildung gewesen war.

Schweiß trat ihm auf die Stirn, während er auf die Türen starrte und den Atem anhielt.

Vielleicht hatte Kovač den Friggagården gar nicht gefunden?

Ein klatschendes Geräusch vor den Balkontüren ließ ihn zusammenzucken. Dann merkte er, dass es nur die Leinen am Fahnenmast waren, die im Wind schlugen.

Thomas wartete noch einige Sekunden, dann schlich er zur nächstgelegenen Tür und riss sie weit auf. Das Zimmer war leer. Dasselbe machte er mit der Tür gegenüber, mit demselben Ergebnis.

Die alte Standuhr in der Ecke tickte viel zu laut.

Thomas beschloss, sich zu erkennen zu geben.

»Polizei!«, brüllte er. »Werfen Sie die Waffe weg und kommen Sie heraus!«

Es war immer noch unnatürlich still.

Er lauschte einen Moment, dann rief er noch einmal:
»Polizei! Kommen Sie raus, die Hände über dem Kopf!«

Kapitel 118

Mina zitterte immer noch, als Nora in ihr Zimmer kam. Eine Wolldecke lag um ihre Schultern, aber das schien nichts zu nützen.

Eine unberührte Tasse Tee stand vor ihr auf dem Tisch.

»Wie geht es Ihnen?«, fragte Nora und setzte sich in den anderen Sessel.

»Er wird mich und Lukas finden. Dann bringt er mich um.«

Nora nahm Minas Hand in ihre Hände. Thomas hatte alles sorgfältig abgesucht, Zimmer für Zimmer. Andreis Kovač war nicht im Haus. Inzwischen waren auch die Einsatzkräfte eingetroffen, auf der Insel wimmelte es von Polizisten.

Der Rettungshubschrauber hatte Anna-Maria geholt, sie war längst im Krankenhaus.

»Das wird nicht passieren«, sagte Nora. »Sie brauchen keine Angst zu haben. Ich verspreche Ihnen, dass wir Sie und Lukas schützen werden.«

»Er weiß, wo ich bin.«

Auch wenn es Nora nicht gefiel, aber in dem Punkt hatte Mina recht.

»Hier können Sie nicht bleiben«, sagte sie. »Wir werden einen anderen Ort finden, an dem Sie sicher sind.«

Mina presste die Faust gegen den Mund und wandte das Gesicht ab.

Nora hatte Mina kurz von dem Überfall auf Anna-Maria berichtet, aber nichts von Herman Wibom gesagt. Wozu sollte sie Mina noch mehr ängstigen, das führte zu nichts. Wenn sie erfuhr, dass zwei Menschen aus ihrem unmittelbaren Umfeld überfallen worden waren, gab sie vielleicht auf.

Noras Handy klingelte, es war Leila. Nora entschuldigte sich und ging hinaus auf den Flur.

»Wie sieht's bei dir aus?«, fragte Nora. »Hast du eine Möglichkeit gefunden, wo wir Mina und Lukas unterbringen können?«

»Ich habe mit den Kollegen vom Personenschutz gesprochen, sie suchen einen neuen Platz.«

Leila murmelte etwas Unverständliches.

»Kann ja wohl nicht so schwer sein«, fügte sie hinzu.

Nora ging zum Fenster und lehnte den Kopf an das kalte Glas. Draußen war es inzwischen stockdunkel, dicke Wolken verbargen die Sterne. Das Bellen der Polizeihunde, die Kovač suchten, drang durch die Scheibe.

»Hier kann sie nicht bleiben«, sagte sie.

»Ich weiß. Wahrscheinlich läuft es fürs Wochenende auf irgendein einfaches Hotel hinaus.«

»Sie soll in ein Hotel?«

»Wenn sie keine geschützte Unterkunft finden, muss es erst einmal ein Hotelzimmer tun. Sie wollten zurückrufen, sobald sie mehr wissen.«

Ein Geräusch hinter ihrem Rücken veranlasste Nora, sich umzudrehen. Mina war aus ihrem Zimmer gekommen.

»Könnten Sie dann mitkommen?«, flüsterte sie. »Zum Hotel?«

Sie musste mitgehört haben.

»Ich möchte nicht an einen neuen Ort umziehen und dann dort ganz allein sein. Bitte?«

Mina sah sie flehend an.

Die Worte kamen ganz von selbst.

»Ich kann sie nach Sandhamn mitnehmen«, hörte Nora sich sagen. »Sie kann heute bei mir übernachten, im Gästezimmer. Oder sie zieht in mein altes Haus, das ist noch nicht wieder vermietet. Dort findet sie keiner, Kovač schon gar nicht.«

Leila schwieg.

»Hallo? Bist du noch dran?«

»Hältst du das für eine gute Idee?«, fragte Leila.

»Hast du einen besseren Vorschlag?«

Nora holte tief Luft.

»Ich kann Thomas bitten, uns mit seinem Boot hinzubringen, wenn er hier fertig ist, und über Nacht zu bleiben«, sagte sie. »Niemand wird mitbekommen, dass Mina die Insel verlässt oder wohin sie fährt. Außerdem finden sie Kovač sicher bald. Bei dem Polizeiaufgebot kann er sich nicht lange verstecken. Es liegt ein Haftbefehl gegen ihn vor.«

»Bist du sicher, dass du die Verantwortung übernehmen willst?«, fragte Leila.

Nora sah Anna-Marias blutiges Gesicht vor sich. Den tiefen Schnitt in der Wange und die abgebrochenen Finger.

Herman Wibom lag schwer verletzt im Krankenhaus.

Wenn es ihr gelungen wäre, das Gericht im Februar von der Notwendigkeit zu überzeugen, Kovač in Untersuchungshaft zu behalten, dann wäre niemand zu Schaden gekommen. Sie trug die Verantwortung für die derzeitige Situation, für all das Leid.

Die Stille dehnte sich aus.

»Es könnte funktionieren«, sagte Leila zögernd. »Falls du wirklich sicher bist, dass du das tun willst?«

Sie klang immer noch skeptisch.

Mina wartete mit Tränen in den Augen auf Noras Antwort.

»So machen wir es«, sagte Nora. »Ich spreche mit Thomas.«

Kapitel 119

Nora fand Thomas im Flur vor dem Fernsehzimmer. Er telefonierte. Ängstliches Gemurmel war von den anderen Frauen zu hören, die sich dort versammelt hatten, als sie nach ihrer Rückkehr von der Tagestour erfuhren, was passiert war.

»Ich habe mit Leila gesprochen«, sagte Nora, als Thomas sein Telefonat beendet hatte. »Es sieht nicht so aus, als ob sie auf die Schnelle einen Platz für Mina finden könnten, deshalb dachte ich, ich bringe sie nach Sandhamn.«

Thomas runzelte die Stirn.

»Zu dir nach Hause?«

»Sie kann im Gästezimmer schlafen, oder in meinem alten Haus.«

Nora hörte selbst, wie das klang. Sie räusperte sich.

»Nur diese eine Nacht, bis wir ein anderes Frauenhaus für sie gefunden haben.«

»Warum willst du das tun?«, fragte er.

»Sie will nicht allein sein. Sie ist verängstigt und verzweifelt, und sie hat in den letzten Tagen so viel Schreckliches durchgemacht.«

»Also ehrlich, Nora.«

Thomas seufzte. Der Korridor lag im Halbdunkel. Er lehnte sich mit dem Rücken an die Wand und schüttelte den Kopf.

»Du lässt dich viel zu tief in die Sache reinziehen. Du bist nicht persönlich für Mina verantwortlich.«

»Sie hat mich gebeten, bei ihr zu bleiben. Sie hat Angst, allein mit Lukas in ein Hotel zu gehen.«

»Du bist keine Polizistin, du bist Juristin. Außerdem kannst du weder schießen, noch hast du eine Dienstwaffe.«

Nora wusste, dass er recht hatte.

»Du könntest uns hinbringen«, sagte sie wider besseres Wissen. »Niemand wird mitbekommen, wo sie ist. Wie sollte Kovač das herausfinden?«

»Ich halte das für eine ganz schlechte Idee.«

Thomas hob die aneinandergelegten Handflächen zum Gesicht und atmete durch die Nase.

»Kovač ist immer noch auf freiem Fuß«, sagte er. »Der Mann ist extrem gefährlich. Solange wir ihn nicht gefasst haben, sind Mina und alle, die ihr beistehen, in höchster Gefahr. Denk dran, was mit ihren Eltern passiert ist. Was machst du, wenn er euch findet?«

Wieder war das Gebell der Polizeihunde zu hören.

»Mina braucht Polizeischutz«, sagte Thomas.

Er hätte sie kaum daran zu erinnern brauchen, wie brutal Kovač war. Trotzdem wollte sie nicht aufgeben. Mina zu sagen, dass sie die Nacht allein an einem fremden Ort verbringen müsse, das brachte sie nicht fertig.

Ihre Schuldgefühle wuchsen.

»Wenn du auch über Nacht bleibst, hat sie ja Polizeischutz …«

Nora wusste, dass das an Erpressung grenzte. Sie fürchtete sich davor, Minas enttäuschtes Gesicht zu sehen, aber der Ausdruck in Thomas' Augen war fast genauso schlimm.

Sie konnte ihm nicht von ihrer Schuld erzählen, aber sie hasste die Situation, in die sie ihn jetzt gebracht hatte.

»Nur für diese eine Nacht«, bat sie. »Kovač wird nie herausfinden, wohin Mina verschwunden ist.«

Sie legte ihm die Hand auf die Schulter.

»Bitte, Thomas …«

Kapitel 120

Der Wind blies Nora direkt ins Gesicht, als sie von Runmarö ablegten. Direkt gegenüber funkelten die Lichter von Stavsnäs. Eine Stimme in ihr flüsterte, dass sie in die falsche Richtung fuhren. Dass sie besser zu ihrer eigenen Familie heimkehren sollte, anstatt mit einem mulmigen Gefühl im Bauch auf einem eiskalten Boot zu sitzen.

Aber achtern hockte Mina in einer geliehenen Segeljacke. Sie hielt Lukas im Arm und starrte leer vor sich hin.

Nora sah, wie Tränen auf den Kopf des Babys tropften.

Thomas hatte schließlich eingewilligt, Mina auf Sandhamn übernachten zu lassen. Im besten Fall würden sie Kovač noch vor Tagesanbruch verhaften. Er war zur Fahndung ausgeschrieben, und die Hundestaffel suchte ganz Runmarö nach ihm ab. Sobald sie ihn gefasst hatten, war die Gefahr vorbei. Es konnte nicht mehr lange dauern.

Alle waren sich einig gewesen, dass Mina nicht im Friggagården bleiben konnte. Aber Nora hatte so lange mit Thomas gestritten, bis er sich schließlich geschlagen gab.

Sie hatten gerade Eknö passiert, dessen beleuchtetes Schild am Anleger als Orientierungshilfe diente. Ansonsten war alles pechschwarz. Thomas fuhr schnell und konzentriert, die Leuchtfeuer zeigten ihm den Weg.

Das Boot schaukelte. Nora zitterte vor Kälte.

Sie hoffte, sie brachte sich nicht selbst in Gefahr, indem sie Mina und das Baby zur Brand'schen Villa mitnahm. Aber sie konnte die junge Frau nicht ihrem Schicksal überlassen, nachdem sie selbst so kläglich darin versagt hatte, sie vor ihrem Ehemann zu beschützen.

Die Gewissensqualen schnürten ihr die Kehle zu.

Wäre Kovač nur in Untersuchungshaft geblieben, dann wäre nichts von alldem passiert, dachte sie zum hundertsten Mal. Ohne irgendeine Form der Wiedergutmachung würde sie ihr Scheitern nicht ertragen.

Jonas würde morgen früh in Schweden landen. Nora wollte warten, bis er zurück war, bevor sie ihm von der Sache erzählte. Es war besser so, sie wollte keine Diskussion darüber, noch ehe Mina überhaupt auf Sandhamn angekommen war.

Die Kinder waren in der Wohnung in Saltsjöbaden und keiner Gefahr ausgesetzt, solange sie in der Stadt blieben.

Das wird schon klappen, versicherte sie sich selbst.

Sie wusste, dass sie impulsiv reagiert und ihre berufliche Integrität mit Füßen getreten hatte. Aber für Reue war es jetzt zu spät.

Die Schären flogen vorbei. Alles verschmolz zu dunklen Konturen vor dem noch dunkleren Nachthimmel. Der Fahrtwind peitschte ihr ins Gesicht.

Endlich tauchten die Lichter der Einfahrt nach Sandhamn auf. Sie waren gleich da. Nora entspannte sich ein wenig. Auf der Insel würden sie in Sicherheit sein. Es war unmöglich, dass Kovač sie dort fand.

Thomas drosselte das Tempo auf acht Knoten, als sie Västerudd passierten und in den Geltungsbereich der Geschwindigkeitsbegrenzung kamen. In wenigen Minuten würden sie Kvarnberget erreichen und an Noras eigenem Steg anlegen.

Auch dort war alles dunkel, aber beim Nachbarn brannte die gelbe Außenbeleuchtung und zeigte ihnen den Weg.

»Nimmst du das Bugtau?«, rief Thomas durch den Motorlärm.

Er reduzierte das Tempo noch weiter und steuerte auf den Steg zu. Nora ging zum Bug und machte sich bereit. Sie konnte Thomas' Missbilligung im Rücken spüren. Er hatte kaum ein Wort gesagt, seit sie von Runmarö abgelegt hatten.

Für Mina, dachte sie. Ich mache das hier für sie.

Und für mich.

Kapitel 121

Nora legte das Besteck auf den Teller. Sie saßen im Esszimmer der Brand'schen Villa. Großen Appetit hatte sie nicht gehabt, als sie aus dem, was in der Vorratskammer war, ein improvisiertes Abendessen zubereitete. Nudeln mit Hackfleischsoße aus der Dose.

Mina hatte nur in ihrem Essen gestochert, aber immerhin hatte Thomas seinen Teller leer gegessen.

Es ging auf neun Uhr zu, sie war so müde, dass es in ihren Ohren sauste.

»Wollen wir mal schauen, wo wir dich unterbringen, damit du dich hinlegen kannst?«, sagte sie zu Mina.

Mina schien völlig erschöpft zu sein. Ihr Gesicht war grau, und sie hing tief über ihrem Teller. Lukas schlief längst.

Nora zögerte. Einerseits hielt sie es für sicherer, wenn Mina hier im Haus schlief. Andererseits wollte die junge Frau nach dem aufregenden Tag vielleicht ihre Ruhe haben.

»Es gibt mehrere Möglichkeiten«, sagte sie. »Du kannst entweder mit Lukas oben im Gästezimmer schlafen, Wand an Wand mit mir. Aber wir haben auch noch ein Haus genau gegenüber auf der anderen Straßenseite. Man kann es vom Küchenfenster aus sehen.«

Sie versuchte, aufmunternd zu lächeln.

»Wenn du lieber dort übernachten möchtest, ist das auch in Ordnung. In dem Fall kann Thomas drüben schlafen, damit du dich sicherer fühlst. Ganz wie du willst.«

Mina strich sich über die Stirn.

»Ich glaube, dann möchte ich lieber in das andere Haus«, sagte sie. »Wenn das okay ist?«

»Natürlich. Hauptsache, du fühlst dich wohl und gut aufgehoben.«

Nora stand auf.

»Dann schlage ich vor, dass wir gleich mal rübergehen, damit du ins Bett kommst.«

Nora schloss die Tür zu ihrem alten Haus auf und ließ Mina mit Lukas auf dem Arm eintreten. Sie schaltete das Licht in der Diele und an der Treppe ein und drehte die Heizung auf.

Hier hatte sie während ihrer Ehe mit Henrik gewohnt. Fast zehn Jahre lang hatten ihre Söhne die Sommer unter diesem Dach verbracht. Danach war sie in die Brand'sche Villa gezogen, Jonas hatte das alte Haus für einen Sommer gemietet, und sie waren ein Paar geworden.

Nora ging Mina voraus und zeigte ihr den Weg zum großen Schlafzimmer im Obergeschoss, in dem sie früher selbst geschlafen hatte. Das Haus war viel kleiner als die Brand'sche Villa und überhaupt nicht so elegant wie die Kaufmannsvilla aus dem neunzehnten Jahrhundert. Aber sie hatte es trotzdem immer geliebt.

Mina legte Lukas vorsichtig auf dem Doppelbett ab. Dann ging sie zum Fenster und blickte hinaus auf den dunklen Ort.

»Das ist ja einsam hier«, sagte sie.

»Um diese Jahreszeit sind fast alle Häuser unbewohnt. Nur rund neunzig Leute leben ständig auf der Insel.«

Mina strich mit dem Finger über das Fensterbrett.

»Mehr nicht?«

»Im Sommer sind es fast dreitausend. Dann wimmelt es im Hafen vor Leuten. Aber an einem Abend wie heute kann man sich das kaum vorstellen.«

Nora nahm Bettwäsche und Handtücher aus der Kommode. Sie strich mit der Hand über das verblasste Blumenmuster, das sie an Henrik und ein anderes Leben erinnerte.

»Hier bist du sicher«, sagte sie. »Morgen finden wir bestimmt eine neue Unterkunft, wo du bleiben kannst.«

Mina blickte wieder aus dem Fenster.

»Aber bis dahin hat die Polizei Andreis längst gefasst«, fügte Nora hinzu.

Sie begann, die eine Seite des Betts zu beziehen. Als sie damit fertig war, legte sie Lukas auf das frisch gemachte Bett und bezog die andere Seite.

Das Baby schlief tief und fest, mit dem Schnuller im Mund und abgespreizten Fingern.

Er war so süß.

Nora strich ihm vorsichtig über die Wange.

»Ich verspreche, dass wir uns um dich und deinen Sohn kümmern«, sagte sie.

Mina schluchzte auf.

»Warum sind Sie so nett zu mir?«

Nora suchte nach einer Antwort.

»Manchmal muss man … einfach das Richtige tun …«, murmelte sie.

Minas Dankbarkeit machte sie verlegen. Mina dachte, sie tue das alles aus Freundlichkeit. Den tatsächlichen Grund kannte sie nicht. Noras Versagen, das Schamgefühl, das nicht verschwinden wollte.

»So«, sagte Nora. »Ich hoffe, du kannst ein bisschen schlafen.«

Sie steckte das Kopfkissen in den Bezug und strich die Bettdecke glatt.

»Mach dir keine Sorgen«, fügte sie hinzu. »Keiner weiß, wo du bist. Und wie gesagt, Thomas schläft nebenan, du bist also nicht allein im Haus heute Nacht.«

Mina schüttelte den Kopf.

»Das ist nicht nötig. Ich komme schon klar.«

»Es ist besser so.«

»Tut mir leid, dass ich Ihnen solche Umstände mache«, flüsterte Mina.

Nora spürte einen Kloß im Hals.

»Keine Ursache, alles gut«, sagte sie weich. »Thomas kommt gleich, er wollte nur noch kurz telefonieren.«

Kapitel 122

Mina schloss die Haustür sorgfältig hinter Nora ab, ließ aber das Licht in der Diele an. Fast hätte sie es sich anders überlegt, vielleicht wäre es doch besser gewesen, sie hätte bei Nora im großen Haus geschlafen?

Aber sie sehnte sich so danach, allein zu sein, nicht jedes Mal fremde Menschen zu sehen, wenn sie das Zimmer verließ.

Die Holzstufen knarrten, als sie die Treppe hinauf zu Lukas ging. Im Obergeschoss waren drei Schlafzimmer, sie hatte das größte bekommen.

Sicherheitshalber machte sie in den anderen Zimmern auch das Licht an, sogar im Bad.

Dann kroch sie neben Lukas ins Bett, rollte sich zusammen und schloss die Augen. Obwohl sie die Lunge mit Luft füllte, konnte sie nicht richtig atmen. Ihr Brustkorb war wie eingeschnürt, als hätte sich etwas Schweres daraufgelegt und presste die Luft heraus.

Heute Morgen hatte sie geglaubt, jetzt könne ihr Leben nur besser werden. Dass alles Schreckliche, was passieren konnte, bereits passiert war. Und dann kamen neue Katastrophen.

Mama.

Sie fehlte ihr so sehr.

Jetzt war niemand mehr da, außer Papa. Sie musste sich um Lukas kümmern, aber wer kümmerte sich um sie?

Ich kann nicht, dachte sie, aber sie wusste, dass das keine Alternative war.

Sie *musste.*

Ihre Augen waren vom Weinen so verquollen, dass die Haut spannte. Obwohl sie die Bettdecke bis zum Kinn hochgezogen hatte und auf der Bettdecke noch eine Wolldecke lag, fror sie so sehr, dass sie zitterte.

Ein Schluchzen durchlief ihren Körper.

Papa.

Nora hatte ihr eingeschärft, dass sie keiner Menschenseele verraten durfte, wo sie sich jetzt versteckt hielt.

Aber Anna-Maria hatte gesagt, dass Papa morgen zum Friggagården kommen würde, um sie und Lukas zu besuchen. Sie konnte nicht zulassen, dass er den Weg umsonst machte.

Mina schlüpfte aus dem Bett und holte ihr Handy aus der Jacke. Es war den ganzen Nachmittag ausgeschaltet gewesen, sie machte es an und gab den Code ein. Dann schrieb sie eine kurze SMS an ihren Vater und berichtete, wo sie war.

Ob er vielleicht stattdessen hierherkommen könne?

Sie vermisste ihn so sehr, dass es wehtat. Es konnte nicht viel länger dauern, statt nach Runmarö nach Sandhamn zu fahren. Sie hätte alles dafür getan, ihn morgen zu sehen.

Nur für einen Moment.

Mina kroch wieder unter die Decke und zog Lukas an sich. Er wimmerte ein bisschen, aber sie musste einfach die Wärme des kleinen Körpers spüren.

Das einzig Gute im Leben festhalten.

Das Handy auf dem Nachttisch piepte kurz. Papa musste sofort geantwortet haben.

Sie fühlte sich sofort besser.

Die Buchstaben verschwammen vor ihren Augen, als sie die Nachricht von Andreis las. Sie bekam keine Luft mehr.

»Ich finde dich, du verdammte Fotze. Du kannst dich nicht vor mir verstecken.«

Kapitel 123

Als Nora in die Brand'sche Villa zurückkam, saß Thomas mit einer Tasse Kaffee in der Hand im Wintergarten. Sein Telefonat war anscheinend beendet, das Handy lag auf dem Tisch.

Er hatte die alte Petroleumlampe angezündet, die schon immer hier gestanden hatte, solange Nora zurückdenken konnte. Sie erinnerte sie an Tante Signe, ihre geliebte Nachbarin, von der sie die Brand'sche Villa geerbt hatte.

Die Flamme flackerte leicht.

Thomas starrte mit leerem Blick aus dem Fenster, drehte aber den Kopf, als sie in den Wintergarten kam.

»Wie geht es Mina?«, fragte er.

»Wie schon. Sie ist vollkommen erledigt.«

Nora ließ sich aufs Sofa fallen. Ihr Körper war so kraftlos, dass ihre Beine sie kaum noch trugen, während das Adrenalin immer noch durch ihre Adern pumpte.

»Ich glaube, ich könnte jetzt einen Whisky vertragen«, sagte sie. »Willst du auch einen?«

»Wollen schon, aber ich lasse es wohl besser bleiben. Also nein danke.«

Thomas lächelte matt.

»Ich sollte einen klaren Kopf behalten, nachdem du deinen Willen durchgesetzt hast. Ich muss auch gleich rüber.«

Er hatte recht, aber Nora gefiel das nicht.

Sie wollte nicht daran erinnert werden, dass Thomas nüchtern bleiben musste, für den Fall, dass in der Nacht etwas passierte. Sie hatte beschlossen, dass Mina jetzt in Sicherheit war.

Die andere Möglichkeit war zu entsetzlich, um sie sich vorzustellen.

Nora ging zum großen Büfett im Esszimmer, in dem Gläser und Porzellan aufbewahrt wurden. Er diente auch als Barschrank, Jonas bewahrte meistens einen kleinen Vorrat dort auf. Tatsächlich fand sie eine halb volle Flasche, nahm eins von Signes alten Kristallgläsern und goss sich einen Schluck ein.

Mit dem Glas in der Hand ging sie zum Sofa zurück. Der Alkohol brannte auf der Zunge, aber er wärmte.

Thomas saß mit geschlossenen Augen im Korbsessel. Er war ebenso erschöpft wie sie.

»Mir wäre wesentlich wohler, wenn wir Mina in einer geschützten Wohnung untergebracht hätten«, sagte er nach einer Weile.

Auch daran wollte Nora nicht erinnert werden.

»Jetzt ist sie hier.«

Sie legte die Füße aufs Sofa, griff nach einem Kissen und packte es sich auf den Bauch. Trank noch einen Schluck Whisky, um das mulmige Gefühl zu vertreiben.

»Wie läuft's mit der Suche nach Kovač?«, fragte sie, um das Thema zu wechseln. »Haben sie ihn gefunden?«

»Noch nicht.«

Thomas fuhr sich mit den Händen durchs Haar.

»Ich habe gerade mit Aram gesprochen«, sagte er. »Die Hundeführer haben weitergesucht, aber ohne Ergebnis. Es gibt keine Spuren. Die Theorie ist, dass Kovač Runmarö verlassen haben könnte, bevor die Suche begonnen hat. Wahrscheinlich ist er gar nicht bis zum Friggagården gekommen, du weißt ja, wie es auf der Insel aussieht.«

»Er hatte nicht viel Zeit.«

»Er ist nicht dumm, er muss sich gedacht haben, dass jemand Anna-Maria auf der Straße findet und Alarm schlägt.«

»Wenigstens hat er sie nicht umgebracht.«

Nora umarmte das Kissen fester. Kovač war Dino Herco gegenüber nicht so barmherzig gewesen.

»Ich frage mich, warum er sie am Leben gelassen hat«, sagte sie.

»Vielleicht sind Leute gekommen, oder dieses Auto hat ihn vertrieben.«

»Er hat auch Wibom nicht umgebracht. Beide sind potenzielle Zeugen.«

»Wir können nicht wissen, warum er so und nicht anders gehandelt hat.«

»Vielleicht war es ihm egal, nachdem er die Information bekommen hatte, die er wollte«, überlegte Nora laut. »Oder er hat so sehr die Kontrolle verloren, dass er nur noch an Mina denken kann, und alles andere ist unwichtig. Er denkt nicht mehr taktisch.«

Thomas zuckte die Schultern.

»Die Strafe für Körperverletzung ist geringer als die für Mord«, sagte er und griff nach dem Handy. »Das weiß er mit Sicherheit.«

»Was glaubst du, wo er jetzt ist?«

Nora blickte hinaus aufs Meer. Es war zu dunkel draußen, um etwas zu erkennen, aber sie wusste, was hinter den blanken Fensterscheiben lag. Die Inseln, die sie seit ihrer Kindheit kannte, die alten Bootsstege, die sich aneinanderreihten.

Sie hatte sich in dieser Umgebung immer sicher gefühlt, hatte sich nachts nie gefürchtet.

»Wenn er schlau ist, versucht er, das Land zu verlassen«, sagte Thomas. »Vielleicht zurück auf den Balkan zu gehen, wo er Geld und Kontakte hat.«

Die Scham darüber, dass Kovač auf freiem Fuß war, pulsierte in Nora. Aber das Netz um ihn zog sich zu.

Er würde nicht entkommen.

»Hoffentlich haben wir ihn bald«, sagte sie.

Thomas hatte das Gesicht abgewandt, im Schein der Lampe warf sein Profil einen langen Schatten an die Wand.

»Das hoffe ich auch.«

Freitag

Kapitel 124

Das Telefon klingelte im selben Moment, als Thomas die Tür von Noras altem Haus hinter sich zuzog.

Die Nacht war ruhig verlaufen, er hatte ein paar Stunden, wenn auch unruhig, geschlafen. Aber der Adrenalinüberschuss hielt ihn wach, er war nicht so müde, wie er in Anbetracht der Situation hätte sein müssen.

Mina und Lukas schliefen noch, es war erst sieben Uhr. Der Himmel war grau, aber es regnete nicht.

Der Anruf kam von Aram.

»Eine Streife hat einen Mann gesehen, auf den Kovačs Beschreibung passt, vor der Wohnung seines Bruders«, sagte er.

Natürlich war Kovač clever genug, sich im Moment von zu Hause fernzuhalten. Aber irgendwo musste er hin, auch wenn ihm klar sein sollte, dass Emirs Wohnung observiert wurde.

Oder auch nicht. Ein Mann auf der Flucht war nicht immer so vorsichtig, wie man annehmen sollte.

»Wir bereiten einen Zugriff vor«, sagte Aram. »Im besten Fall haben wir ihn noch vor dem Mittag eingebuchtet.«

Thomas nahm das Telefon in die andere Hand.

Wenn die Kollegen im Begriff waren, Kovač festzunehmen, brauchte er sich um Minas und Noras Sicherheit nicht zu sorgen. Dann konnte er sie für ein paar Stunden allein lassen.

»Ich komme«, sagte er.

»Okay.«

Thomas wollte das Handy gerade einstecken, als es schon wieder klingelte. Diesmal war es Leila Kacim.

»Wir haben Spuren gefunden, die Kovač mit dem Überfall auf Herman Wibom eindeutig in Verbindung bringen«, begann sie. »Die Techniker haben seine Fingerabdrücke auf einer Glasscherbe und auf der Klinke der Wohnungstür sichergestellt.«

»Weißt du, wie es Wibom geht?«, fragte Thomas.

»Nicht besonders gut.«

Thomas ging zum Steg hinunter, ohne bei Nora vorbeizuschauen. Er würde sie nachher vom Boot aus anrufen.

»Ich habe einen Bericht vom Krankenhaus erhalten«, fuhr Leila fort. »Wibom hat viel Blut verloren, und außerdem hatte er einen Schlaganfall.«

»Was meinen die Ärzte, wann wir ihn zu dem Überfall befragen können?«

»Schwer zu sagen. Er liegt auf der Intensivstation, im Koma.«

Bosnien

Mai 1993

Der blaue VW hielt einige Meter vor ihnen.

Selma hörte, wie einer der Soldaten den Fahrer anschrie, dass alle sofort aussteigen sollten. Nur wenige Sekunden später riss er die Waffe hoch und schoss in die Luft. Dann richtete er das Gewehr auf den Mann hinterm Steuer.

»Was ist da los?«, flüsterte Selma Zlatko zu.

»Keine Ahnung.«

Auf Zlatkos Stirn standen dicke Schweißperlen, ruhelos öffnete und schloss er die Fäuste. Die Kinder schliefen zum Glück.

Selma reckte den Hals, um besser an der Nackenstütze vorbeisehen zu können. Sie hatten an den diversen Straßensperren schon so viel Schmiergeld bezahlt. Hoffentlich reichte das, was noch übrig war.

Der Fahrer des VW stieg mit erhobenen Händen aus. Er war ungefähr Mitte vierzig und trug einen dicken schwarzen Schnurrbart. Auf der anderen Seite gingen die Türen auf, und eine gleichaltrige Frau und ein etwa dreizehnjähriges Mädchen mit hellbraunem Pferdeschwanz kamen heraus. Das Mädchen klammerte sich an die Hand der Mutter.

Der Offizier, der kaum älter als zwanzig sein konnte, machte eine vulgäre, unmissverständliche Geste. Er schwenkte das Gewehr und bedeutete den Frauen, sie sollten zu den Soldaten hinübergehen.

Das junge Mädchen begann zu weinen und schlang die Arme um ihre Mutter.

»Bitte nicht«, sagte der Vater.

Er zog ein Bündel Geldscheine aus der Tasche.

»Hier, das ist alles, was wir haben«, bettelte er. »Nehmen Sie es, aber lassen Sie meine Frau und meine Tochter in Ruhe. Seien Sie barmherzig.«

Der Offizier nahm das Geld, als wäre er einverstanden. Er drehte den Kopf und grinste die anderen Soldaten an. Die Mutter blickte ratlos von ihm zu ihrem Mann, als wäre sie unsicher, ob sie nun ins Auto steigen und weiterfahren durften.

Der Offizier drehte sich um und schoss dem Mann mit dem Maschinengewehr in die Brust.

»Oh nein«, keuchte Selma.

Die Frau schrie auf und warf sich neben ihrem Mann auf die Knie. Einer der Soldaten packte sie und schleifte sie in ein Gebüsch.

Das junge Mädchen starrte auf das Blut, das immer noch aus der Brust ihres Vaters pumpte. Dann begann sie zu schreien wie ein verwundetes Tier.

Ein anderer Soldat zog sie mit sich.

Blanka weinte still auf dem Beifahrersitz und presste Nermins Gesicht an ihre Brust, damit er nichts sah.

»Wir müssen was tun«, schluchzte Selma.

»Sei still, sag nichts«, zischte Zlatko.

Der Offizier drehte sich um und kam auf ihr Auto zu.

Kapitel 125

Nora klopfte an Minas Tür. Sie hatte Frühstück dabei und eine Tüte mit Lebensmitteln, die sie bei Westerbergs gekauft hatte, dem örtlichen Supermarkt.

Mina sah nicht viel besser aus als am Vorabend. Sie war immer noch schrecklich blass, zwang sich aber zu einem zittrigen Lächeln, als Nora fragte, wie sie sich fühlte.

Sie gingen in die Küche. Nora machte Kaffee und deckte den Frühstückstisch. Mina fingerte an den Schnittchen herum, die Nora mitgebracht hatte, und aß ein paar winzige Bissen.

Der graue Tag vor dem Fenster trug auch nicht dazu bei, die Stimmung zu heben.

Mina zog die Ärmel des dicken Strickpullovers runter, der ihr bis über die Schenkel reichte.

»Ist dir kalt?«, fragte Nora. »Soll ich die Heizung noch ein bisschen mehr aufdrehen?«

»Gerne. Entschuldigung, ich friere die ganze Zeit.«

»Du brauchst dich nicht zu entschuldigen.«

Nora stand auf und stellte die Heizung in der Küche auf dreiundzwanzig Grad.

»Das kannst du überall machen, wenn du möchtest«, sagte sie und zeigte auf den Thermostat, ehe sie sich wieder hinsetzte. »Wie hast du geschlafen?«

»Nicht so gut.«

Viel Schlaf hatte Nora auch nicht gefunden. Immer wieder war sie aufgewacht, schweißgebadet und mit klopfendem Herzen. Undefinierbare Gestalten hatten sie im Traum gejagt.

Vorhin hatte sie mit Leila telefoniert und erfahren, wie es Herman Wibom ging. Thomas hatte ebenfalls angerufen, er war früh am Morgen in die Stadt gefahren und würde gegen Abend zurückkommen, falls Mina dann noch da wäre.

»Sie haben deinen Mann leider immer noch nicht ausfindig gemacht«, sagte Nora. »Aber das ist nur eine Frage der Zeit. Thomas meldet sich sofort, wenn es Neuigkeiten gibt. Sie rechnen damit, dass sie ihn im Laufe des Tages finden.«

Mina nickte, sagte aber nichts. Noras Zuversicht schien sie nicht zu trösten.

Sollte sie Mina von Anna-Marias Zustand erzählen?

Die Leiterin des Frauenhauses hatte einen schweren Schock. In der Nacht war sie wegen der gebrochenen Finger operiert worden. Aber sie hatte Andreis Kovač als den Mann identifiziert, der sie angegriffen hatte.

Nora beschloss, damit zu warten, bis Mina das Thema von sich aus ansprach.

Sie stand auf, um die Einkaufstüte auszupacken. Sie legte das Brot auf die Spüle, Milch, Aufschnitt und ein Karton Eier wanderten in den Kühlschrank.

»Es wäre vielleicht gut, wenn du mit Lukas heute im Haus bleibst«, sagte sie über die Schulter. »Sicherheitshalber. Und vergiss nicht, du darfst niemandem sagen, dass du auf Sandhamn bist, okay?«

Mina kaute ihr Brot, ohne zu antworten.

»Mina?«

Nora schloss die Kühlschranktür und drehte sich um.

»Hast du es jemandem erzählt?«

»Nein. Doch.«

Mina drehte den Kaffeebecher zwischen den Händen.

»Wem?«

Mina wich Noras Blick aus.

»Ich habe meinem Vater eine SMS geschickt, damit er weiß, wo ich bin«, sagte sie sehr leise.

Sie zog unglücklich ihre Pulloverärmel lang.

»Entschuldigung.«

Es hatte keinen Sinn, das arme Mädchen auszuschimpfen. Getan war getan. Vorwürfe machten die Sache auch nicht besser.

»Das ist sicher okay«, sagte Nora wider besseres Wissen. »Aber du darfst auf gar keinen Fall noch jemandem davon erzählen, bis die Polizei deinen Mann gefunden und verhaftet hat. Du musst vorsichtig sein.«

»Versprochen.«

Kapitel 126

Stefan Talevski schloss die Haustür hinter sich ab und ging zum Auto. Eigentlich hatte er viel früher losfahren wollen, aber er hatte eine Menge Fragen klären und Formalitäten erledigen müssen, bevor er sich auf den Weg nach Sandhamn machen konnte.

Die Zeit verging schnell und langsam zugleich. Er war erschöpft, und trotzdem hatte er letzte Nacht nicht schlafen können.

Heute würde der Bestatter kommen und Katrin aus der Leichenhalle abholen.

Der Gedanke an ihren Tod nahm ihm den Atem.

Es flimmerte vor seinen Augen. Er musste auf dem Kiesweg stehen bleiben, die große Tasche absetzen und sich an der Hauswand abstützen.

Er schlug sich mit der Faust in die Handfläche, bis die Hand mehr schmerzte als das Herz. Trotzdem dauerte es mehrere Minuten, bis er sich so weit gefangen hatte, dass er die Tasche hochnehmen und ins Auto stellen konnte.

Tränen verschleierten seinen Blick, als er sich hinters Steuer setzte. Er wischte sie mit dem Handrücken weg und startete den Motor, um aus der Garageneinfahrt zurückzusetzen.

Stefan fuhr ruckartig und unkonzentriert und missachtete das erste Stoppschild auf seinem Weg aus dem Wohnviertel.

Sein kleines Mädchen war ganz allein da draußen in den Schären. Diesmal würde er sich durch nichts davon abhalten lassen, zu ihr und Lukas zu fahren.

Sie sollte den Kampf nicht länger allein ausfechten müssen.

Er hatte Katrin am Sterbebett ein Versprechen gegeben, und nichts würde ihn daran hindern, es einzulösen. Was immer auch passierte, er würde für Mina und Lukas da sein. Andreis würde sie niemals bekommen.

Er hatte ja nichts anderes mehr, wofür es sich zu leben lohnte.

Katrin war nicht mehr da. Nichts, was er sagte oder tat, konnte daran etwas ändern. Sie würde nie mehr wiederkommen.

Stefan nahm die Autobahnauffahrt in Richtung Gustavsberg. Es herrschte nicht viel Verkehr, und er war dankbar dafür. Die Fähre ging um sechs, die letzte für heute. Er durfte sie nicht verpassen.

Bald würde er seine geliebte Tochter und seinen Enkel wiedersehen.

Er passierte den Kreisverkehr bei Mölnvik und reduzierte das Tempo auf fünfzig. Im Rückspiegel sah er, dass sich ein schwarzer BMW an seinen Passat gehängt hatte.

Stefan blinkte und schwenkte auf die rechte Spur, um die Ausfahrt nach Stavsnäs zu nehmen. In höchstens zwanzig Minuten würde er dort sein.

Er war unterwegs. Mina würde das Grauen nicht allein durchstehen müssen.

Kapitel 127

Nora stand in der Küche, in der Hand einen Becher Kaffee.

Bei Tageslicht war alles besser. Die Angst von gestern hatte sich ein wenig gelegt, sie zuckte nicht mehr bei jedem Geräusch zusammen. Aber sie war immer noch so rastlos, dass sie kaum mehr als ein paar Minuten stillsitzen konnte. Sie hatte sich ins EBM-Netzwerk eingeloggt und versucht, ein bisschen zu arbeiten, konnte sich aber nicht konzentrieren.

Durchs Fenster konnte sie ihr altes Haus auf der anderen Straßenseite sehen.

Man hatte es immer noch nicht geschafft, eine andere Unterkunft als ein unpersönliches Hotelzimmer für Mina zu finden. Sie hatte mehrmals an diesem Nachmittag mit Leila telefoniert. Wie es aussah, würden Mina und Lukas noch eine weitere Nacht auf Sandhamn bleiben müssen.

Aber es bestand keine unmittelbare Gefahr. Thomas rechnete damit, dass sie Kovač bald geschnappt haben würden. So musste sie denken.

Es regnete, und ein kalter Nordwind fegte um die Häuser.

Nach dem Frühstück hatte Mina gesagt, dass sie sich ausruhen wolle, und Nora hatte beschlossen, sie in Ruhe zu lassen. Mina wusste ja, wo sie sie finden konnte, falls sie reden wollte. Manchmal war es schön, einfach ein paar Stunden allein sein zu können.

Sicherheitshalber hatte Nora im Laufe des Tages einige SMS verschickt, und jedes Mal hatte Mina geantwortet, dass alles in Ordnung sei.

Thomas hatte sich immer noch nicht gemeldet, obwohl er versprochen hatte, sie auf dem Laufenden zu halten. Nora zog ihr Handy aus der Tasche und wählt seine Nummer.

»Habt ihr ihn?«, fragte sie sofort, als Thomas ranging.

»Nein.«

Warum konnten sie Kovač nicht endlich dingfest machen, damit die Nervenanspannung nachließ?

»Wir dachten, er sei bei seinem jüngeren Bruder Emir, aber da haben wir uns geirrt.«

Nora nahm einen Lappen und wischte über die bereits saubere Spüle.

»Dafür hatten wir heute Morgen einen Durchbruch in der Mordermittlung Dino Herco«, sagte Thomas. »Wir haben einen Fingerabdruck auf Hercos Schuhen gefunden, der von Emir stammt, deshalb haben wir ihn festgenommen.«

Wenn Emir auch nur das Geringste mit seinem Bruder gemein hatte, dann würde er kein Wort mehr als nötig sagen. Ulrika Grönstedt würde ihm sicher einen Verteidiger vom selben Kaliber wie sie selbst besorgen, einer, der alles daransetzte, das Verfahren zu erschweren.

»Was hat die Aktion in Kovačs Haus ergeben?«

Die Polizei hatte eine Hausdurchsuchung im Trastvägen durchgeführt.

»Er war nicht da.«

Thomas klang gestresst.

»Es ist nur eine Frage der Zeit, bis wir ihn haben«, sagte er. »Wir haben Leute an allen Orten postiert, an denen er sich für gewöhnlich aufhält.«

»Okay.«

Sie beendete das Gespräch und steckte das Handy ein. Dann ging sie mit ihrem Kaffee in den Wintergarten. Die Fensterscheiben waren streifig vom Regen, die graue Klippe unterhalb des Hauses glatt und schlüpfrig.

Wenn sie nicht bald einen Platz für Mina fanden, würde sie noch eine Nacht hierbleiben müssen. Dann musste sie Jonas anrufen und ihm erklären, warum sie an diesem Abend nicht nach Hause kam.

Sie konnte schon jetzt seine Vorwürfe hören.

Kapitel 128

Mina starrte das Handy auf dem Küchentisch an. Sie konnte die SMS kaum glauben, die Papa ihr gerade geschickt hatte.

Er würde bald hier sein. Dann waren sie und Lukas nicht mehr allein.

Er fragte nach der Adresse.

Mina lachte auf. Sie fand es plötzlich komisch, dass es auf Sandhamn keine Straßennamen gab. Genau wie auf Runmarö. Andreis konnte sie hier überhaupt nicht finden, selbst wenn er es versuchte.

Nach der SMS gestern Abend hatte er sich nicht wieder gemeldet. Aber jedes Mal, wenn das Handy piepte, zuckte sie zusammen.

Er war auf der Flucht, er hatte gar keine Zeit für sie, tröstete sie sich.

»*Ich hole dich vom Fähranleger ab*«, schrieb sie schnell und griff nach ihrer Jacke.

Die Fähre sollte um sieben ankommen, das war in fünfzehn Minuten.

Sie schlüpfte rasch in ihre Stiefel, ehe sie Lukas den Overall anzog. Sie würde ihn auf dem Arm tragen müssen, der Wagen war noch auf Runmarö. Aber das machte nichts, Hauptsache, sie sah ihren Vater wieder.

Nora hatte zwar gesagt, sie solle das Haus nicht verlassen, aber es konnte nicht lange dauern, zum Hafen hinunterzulaufen und ihn abzuholen. Nora hatte ihr gestern Abend die Richtung gezeigt.

Mina hatte keine Ahnung, wie sie den Weg beschreiben sollte, sie musste ihn dort abholen.

Sie schloss die Haustür hinter sich ab. Hoffentlich merkte Nora nicht, dass sie für ein paar Minuten aus dem Haus ging. Nora war so nett, und Mina wollte sie nicht unnötig beunruhigen. Sie wollte nur ihrem Vater den Weg zeigen.

Die Luft war feucht und kalt, aber das machte nichts. Bald würden sie wieder vereint sein.

Kapitel 129

Thomas war zurück in der Polizeistation. Sie hatten einen neuen Hinweis erhalten, wo Kovač sich aufhalten sollte, aber auch der hatte sich als falscher Alarm herausgestellt.

Das war nicht gut. Thomas war überzeugt gewesen, dass sie ihn im Laufe des Tages festnehmen würden. Jetzt musste er die Sicherheitslage für Mina und Lukas neu beurteilen.

Nora hatte ihn über die Entwicklung auf dem Laufenden gehalten. Sie würden noch eine Nacht auf Sandhamn bleiben.

Er rieb sich die Augen und schüttete den Becher kalten Kaffee in sich hinein, der noch auf dem Schreibtisch stand. Er hatte den ganzen Tag keine ruhige Minute gehabt, und trotzdem wurde er das Gefühl nicht los, nicht genug getan zu haben.

Er ging hinüber zu Margit, die ganz versunken auf ihren Computerbildschirm starrte.

»Habt ihr Kovač gefasst?«, fragte sie, ohne aufzublicken.

»Nein.«

»Er kann sich ja nicht in Luft aufgelöst haben. Früher oder später finden wir ihn.«

Sie drehte den Bürostuhl in Thomas' Richtung.

»Willst du nicht nach Hause gehen und ein paar Stunden schlafen?«, sagte sie. »Du siehst aus, als hättest du es nötig.«

Thomas überlegte, ob er die Sache mit Minas Personenschutz ansprechen sollte und dass sie draußen bei Nora war, aber er entschied sich, es zu lassen.

Eigentlich hätten sie Mina rund um die Uhr bewachen müssen, aber die Ressourcen reichten vorne und hinten nicht, sie hatten einfach nicht genug Leute. Das Überstundenlimit war längst überschritten, nach der Umstrukturierung war die Personaldecke so dünn, dass sie zu zerreißen drohte.

Der Mord an Dino Herco und die aufwendige Suche nach Kovač auf Runmarö hatten die Sache auch nicht besser gemacht.

Er wusste genau, was Margit sagen würde, wenn er ihr erzählte, dass er es selbst übernommen hatte, sich auf Sandhamn um Mina zu kümmern. Es war zu spät, das Thema jetzt noch anzusprechen.

Zum Glück bestand wohl keine akute Gefahr. Nicht einmal Kovač konnte so dumm sein, sich weiterhin im Raum Stockholm aufzuhalten, wenn sämtliche Einsatzkräfte der Region nach ihm suchten. Aber Thomas wollte Mina und Nora trotzdem nicht sich selbst überlassen. Besser, er ging kein Risiko ein, auch wenn er damit rechnete, dass sie die Situation bald unter Kontrolle haben würden.

Thomas gähnte. Die Aussicht auf noch eine durchwachte Nacht war nicht gerade verlockend.

»Fahr nach Hause, Thomas«, sagte Margit. »Du siehst wirklich todmüde aus.«

Kapitel 130

Mina konnte den Blick nicht von ihrem Vater lassen. Er saß ihr am Küchentisch gegenüber, mit Lukas auf dem Schoß, und Mina hätte am liebsten vor Glück gejubelt, dass sie wieder zusammen waren.

Dennoch steckte ihr das Weinen im Hals. Sie wünschte, sie könnte auch auf Papas Schoß sitzen und von ihm hören, dass alles wieder gut wurde.

Irgendwann würde sie ihn bitten, ihr von Mamas letzten Stunden im Leben zu erzählen, als er an ihrem Bett gesessen hatte, aber noch konnte sie es nicht.

Sie hatten Omelett gegessen, das Mina gebacken hatte. Um nicht mit Nora zu Abend essen zu müssen, hatte sie ihr eine SMS geschickt, dass sie früh zu Bett gehen wolle. Eigentlich hätte sie ihr sagen müssen, dass ihr Vater hier war, aber sie wusste nicht, wie sie es ihr erklären sollte. Es war einfacher mit der Ausrede, obwohl sie natürlich auffliegen würde, wenn Thomas nachher wiederkam.

Lukas lachte ihren Vater zahnlos an, und Mina spürte einen Kloß im Hals. Er war ganz der Opa, sie hatten beide das gleiche schiefe Lächeln.

Er gehörte ihr allein.

Sie würde ihn niemals Andreis überlassen.

Mina streckte den Arm über den Tisch und drückte die Hand ihres Vaters. Der Duft seines Rasierwassers erinnerte sie an ihr Elternhaus im Körsbärsvegen. An das Badezimmer, in dem sie und Mama gestritten hatten, als sie ein Teenager war.

Mama.

»Danke, dass du gekommen bist«, flüsterte sie.

Papa küsste Lukas auf die Stirn und ließ ihn auf dem Schenkel wippen.

»Du brauchst dir keine Sorgen zu machen«, sagte er. »Ich bleibe jetzt bei euch, alles wird wieder gut.«

Mina wollte ihm so gern glauben.

Lukas gähnte herzhaft und zeigte seinen rosa Gaumen. Es war

schon spät, fast neun. Draußen war es fast dunkel, höchste Zeit, dass sie ihn schlafen legte.

Ihr selbst fielen vor Müdigkeit auch schon die Augen zu. Letzte Nacht hatte sie bis in die Morgenstunden wach gelegen. Aber heute Nacht würde sie vielleicht schlafen können, sie wusste ja, dass Papa im Zimmer nebenan war.

Ein Geräusch an der Haustür ließ beide zusammenzucken.

Jemand rüttelte an der Türklinke.

»Was war das?«, fragte Papa und runzelte die Augenbrauen.

Die Klinke bewegte sich wieder.

Kapitel 131

Thomas wischte sich den Mund mit der Serviette ab und schob den Teller weg.

»Danke«, sagte er. »Das hat gutgetan. Ich brauchte wirklich etwas Warmes im Magen.«

Er sah womöglich noch erschöpfter aus als am Abend zuvor.

»Du musstest was essen«, sagte Nora. »Wie ich dich kenne, hast du den ganzen Tag nichts gegessen.«

Sie hatte einen Fleischeintopf gemacht und im Esszimmer serviert, mit brennenden Kerzen in den alten Silberleuchtern. Es sollte heimelig wirken, aber in dem schummrigen Licht war Thomas noch blasser, fast grün im Gesicht.

Mina hatte eine SMS geschickt, dass sie früh zu Bett gehen und auf das Abendessen verzichten wollte. Nora hatte das akzeptiert.

Sie legte ihr Besteck zusammen und schüttelte sich. Es zog vom Fenster her, auf dem der Nordwind stand. Der Wind war kräftig aufgefrischt, und die Leinen am Fahnenmast schlugen wütend gegen die Stange.

Ein Abend, um es sich zu Hause gemütlich zu machen.

»Musst du morgen früh wieder zurück?«, fragte sie. »Kannst du nicht hierbleiben und ausschlafen?«

»Du weißt doch, wie es am Anfang einer Ermittlung ist.«

Thomas schabte mit der Gabel über den Teller.

»Du musst mehr auf dich achtgeben.«

Es gab so vieles, was sie Thomas sagen wollte. Das Leben war kurz und zerbrechlich, und er war schon so erschöpft.

Es war der falsche Zeitpunkt und der falsche Ort.

»Was hat Jonas eigentlich gesagt, als du ihm von Mina erzählt hast?«, fragte Thomas. »Dass sie in deinem alten Haus wohnt?«

Nora wünschte, er hätte nicht gefragt.

Jonas hatte sich genauso aufgeregt, wie sie befürchtet hatte. Sie hatten sich gestritten, er hatte ihr vorgeworfen, sie sei verantwortungslos und stelle Fremde über ihre eigene Familie.

Es hatte keinen Sinn, darauf einzugehen.

»Er hat ungefähr so reagiert wie du zuerst«, erwiderte sie und drehte das Weinglas zwischen den Fingern. »Ich rede später in Ruhe mit ihm.«

Sie hatte sich ein Glas Wein zum Essen gegönnt. Thomas hatte dankend abgelehnt und sich für Wasser entschieden.

Jetzt blickte er sehnsüchtig zum Schrank, aus dem Nora gestern Abend den Whisky geholt hatte.

»Möchtest du einen?«, fragte sie.

»Vielleicht einen kleinen zum Aufmuntern.«

Er strich sich über den Nacken und blinzelte ein paarmal.

»Ich weiß, ich sollte nicht, aber ich bin so müde …«

Nora sah auf die Armbanduhr.

»Du kannst ruhig noch ein bisschen sitzen bleiben, bevor du rübergehst«, sagte sie. »Mina schläft bestimmt schon.«

Sie dachte daran, was Thomas erzählt hatte. Er und Aram waren zu dem Schluss gekommen, dass Kovač sich inzwischen längst ins Ausland abgesetzt hatte und keine unmittelbare Gefahr bestand.

»Es ist alles unter Kontrolle«, sagte sie und versuchte zu lächeln.

Kapitel 132

»Erwartest du Besuch?«, fragte ihr Vater leise.

Mina schüttelte den Kopf.

»Nein.«

Nora hatte ihr gesimst, dass Thomas noch zu Abend essen wolle, bevor er rübergehe. Außerdem hatte er einen Schlüssel.

Sie starrte zur Tür.

Die Klinke bewegte sich wieder.

Ihr Vater erhob sich und reichte ihr Lukas. Er ging zur Küchentür, blieb aber an der Schwelle stehen und lauschte wieder.

Ein Geräusch vor dem Fenster veranlasste Mina, in die andere Richtung zu sehen. Es war stockdunkel draußen, und sie hatte die Vorhänge nicht zugezogen.

Jeder konnte hereinsehen.

Nora hatte ihr eingeschärft, sie solle vorsichtig sein, aber sie hatte nicht daran gedacht, dass sie von draußen gut zu sehen waren, wenn im Haus das Licht brannte.

Als hätte Papa ihre Gedanken gelesen, schaltete er das Licht aus, sodass die Küche im Dunkeln lag.

»Was machst du?«, flüsterte Mina.

»Ich will nachsehen, wer es ist.«

Das Licht in der Diele war bereits aus. Er schlich zur Haustür und beugte sich vor, um durch die Scheibe zu spähen.

Durch das dunkle Glas ließ sich kaum etwas erkennen.

»Da ist niemand«, flüsterte er in Minas Richtung.

»Psst.«

Mina hörte ein anderes Geräusch, Schritte auf dem Kies. Das kleine Grundstück um Noras Haus hatte keinen Rasen.

Jemand schlich dort draußen herum.

Papa stand noch in der Diele, aber Minas Blick fiel auf die andere Tür, durch die man von der Küche in den kleinen Wintergarten kam. Dort hatte sie am Nachmittag mit einer Tasse Tee gesessen und auf die verlassenen Häuser im Ort geschaut.

Der Wintergarten hatte schöne, verglaste Sprossentüren, die vermutlich schon so alt waren wie das Haus, das aus den Zwanzigerjahren des letzten Jahrhunderts stammte. Die gläsernen Türflügel wurden durch schmale Holzleisten unterteilt und ließen vom Boden bis zur Decke Licht herein.

Die Haustür war abgeschlossen, aber die Glastür im Wintergarten war alt und schwach. Für einen starken, durchtrainierten Mann wäre es überhaupt kein Problem, sie mit ein, zwei gezielten Fußtritten einzutreten.

Einen, der so stark war wie Andreis.

Mina starrte auf die Wintergartentür, während die Sekunden verstrichen. Lukas spürte ihre Angst und begann auf ihrem Schoß zu quengeln. Sie hielt ihn zu fest, aber sie konnte den Griff nicht lockern.

Der Kies knirschte wieder.

Ein Schatten wuchs vor Minas Augen. Jemand in schwarzer Kleidung stieg die Stufen zum Wintergarten hinauf und sah ihr direkt ins Gesicht.

Im Licht der Straßenlaterne erkannte sie, wer es war.

Mina hörte ihr Herz klopfen.

Er hatte sie gefunden.

Bosnien

Mai 1993

Andreis wachte von den Schüssen auf. Verschlafen setzte er sich auf und versuchte, zu begreifen, was vor sich ging.

Mama merkte nicht, dass er wach war. Sie war weiß im Gesicht und murmelte unzusammenhängende Gebete. Sie hatte Emir auf dem Schoß, der immer noch schlief.

Papa saß angespannt neben Andreis auf der anderen Seite. Sein Hemd war nass geschwitzt, und von seiner Stirn tropfte der Schweiß.

Onkel Dario ließ gerade die Seitenscheibe hinunter. Ein bärtiger Soldat stand neben der Fahrertür und brüllte ihn an, er solle aussteigen.

Der Mann fluchte und schlug mit dem Gewehr gegen das Auto.

»Er wird dich auch umbringen«, weinte Tante Blanka und streckte die Hand aus, um Onkel Dario zurückzuhalten.

»Bleib hier«, sagte er und öffnete die Tür.

Andreis sah, dass er die Autoschlüssel stecken ließ.

Der Soldat zeigte auf Papa.

Mama saß zusammengesunken da, während ihre Lippen sich unaufhörlich bewegten.

Papa küsste Andreis auf die Stirn.

»Kümmere dich um Mama«, flüsterte er, bevor er aus dem Auto stieg.

Durch die offene Autotür konnte Andreis ein Mädchen hören, das verzweifelt schrie, aber er konnte sie nirgends sehen, die Schreie kamen aus einem Gebüsch, das ein Stück entfernt war.

Dann entdeckte er einen Mann, der mit blutigem Brustkorb auf der Erde lag. Die Augen starrten geradeaus, und der Mund stand halb offen. Andreis hatte unterwegs viele Tote gesehen, und im Fernsehen auch. Sie machten ihm Angst, aber nicht so sehr wie Papas Worte.

Ein Windstoß wehte den Geruch von Blut und Metall ins Auto, und ihm wurde schlecht.

»Zeigt mir eure Papiere!«, brüllte der Soldat Papa und Onkel Dario an, die abwartend vor ihm standen.

Emir wachte auf und begann zu weinen. Das holte Mama aus ihrer Starre. Sie wiegte Emir in den Armen, um ihn zu beruhigen.

Aber Emir weinte nur noch lauter. Mama versuchte, ihn dazu zu bringen, an ihrem Finger zu nuckeln, damit er aufhörte zu schreien.

Einer der anderen Soldaten reagierte auf das Geschrei, er bückte sich und blickte ins Auto. Mama krümmte sich über Emir und stopfte ihm eine Brust in den Mund, damit er endlich still war.

Aus dem Augenwinkel sah Andreis, dass der Soldat weiterging.

Der Offizier las Onkel Darios Papiere und gab sie ihm ohne ein Wort zurück.

Dann streckte er die Hand nach Papas Papieren aus.

Kapitel 133

Mina starrte die große Gestalt vor der Wintergartentür an. Andreis hatte sie gefunden. Das war eigentlich nicht möglich, und doch stand er da, nur wenige Meter entfernt.

»Papa«, flüsterte sie und umklammerte Lukas auf ihrem Schoß. »Er ist hier!«

Lukas begann zu weinen.

Andreis starrte ihr in die Augen. Sie sah, dass seine Lippen sich bewegten, konnte aber nicht verstehen, was er sagte.

Die Zeit stand still.

Dann nahm er Anlauf und trat gegen die Tür. Das Geräusch von splitterndem Glas war so laut. Die hölzernen Rahmen und Sprossen brachen wie Streichhölzer.

Doch erst, als die kalte Luft ihr ins Gesicht wehte, begriff Mina, dass Andreis tatsächlich ins Haus eingedrungen war.

Sie wusste, dass sie fliehen sollte, dass sie Lukas nehmen und um ihr Leben rennen müsste, aber sie konnte sich nicht rühren.

Ihre Muskeln verweigerten den Gehorsam.

Andreis atmete heftig.

»Hast du geglaubt, ich würde dir meinen Sohn überlassen?«

»Bitte nicht«, flüsterte Mina.

»Du solltest mich besser kennen.«

Er streckte die Hand nach ihr aus.

»Gib mir Lukas.«

Mina wich einige Schritte zurück.

»Nein.«

Andreis' Tonfall wurde schärfer.

»Gib mir Lukas, dann passiert dir nichts.«

»Du kriegst ihn nicht.«

Lukas hatte aufgehört zu schreien, er wimmerte an ihrer Brust, als würde selbst er die Gefahr spüren.

»Ich hau ab aus Schweden«, sagte Andreis. »Gib mir den Jungen.«

»Niemals.«

Andreis steckte die Hand in die Tasche, zog eine schwarze glänzende Pistole heraus und richtete sie auf Mina.

»Ich warne dich«, sagte er leise.

Er kam auf sie zu, und sie wich noch weiter zurück, bis sie mit dem Rücken an der Anrichte stand.

Es war dunkel im Haus, aber das Licht der Straßenlaterne genügte, um sein Gesicht zu erkennen.

Augen ohne Gnade.

Andreis zielte auf sie.

»Ich erschieße dich und den Jungen, wenn du ihn mir nicht sofort gibst.«

Mina schloss die Augen, als der Schuss losging.

Kapitel 134

Der plötzliche Knall ließ Thomas vom Esstisch aufspringen. Sein Körper reagierte instinktiv. Ohne zu überlegen, rannte er nach draußen.

Das konnte nur aus Noras altem Haus gekommen sein.

Thomas riss die Pforte auf und rüttelte an der Haustür. Sie war abgeschlossen. Im Haus war alles dunkel.

Nora hatte ihn inzwischen eingeholt.

»Thomas!«, rief sie. »Der Wintergarten!«

Sie rannten zur Rückseite des Hauses. Auf der Treppe und im Kies war alles voller Glasscherben. Die Türsprossen waren zerfetzt.

Wo war Mina?

»Oh mein Gott«, keuchte Nora.

Sie sank auf die Knie.

»Kovač muss sie gefunden haben. Er hat sie erschossen.«

Thomas zog sie wieder hoch.

»Hol dein Handy, und ruf Leila an«, sagte er. »Beeil dich. Wir brauchen Verstärkung, wenn Kovač hier ist.«

Nora starrte ihn schockiert an. Sie hatte nicht mitbekommen, was er gesagt hatte.

»Du kannst jetzt nicht zusammenklappen. Hol das Telefon, und ruf Verstärkung.«

Er schob sie Richtung Gartenpforte und drehte sich zum Wintergarten um. Irgendetwas war hinter der Tür, es sah aus, als ob jemand auf dem Fußboden lag.

War das Mina?

Thomas entsicherte seine Waffe mit feuchten Fingern.

Vor weniger als vierundzwanzig Stunden hatte er Kovač auf Runmarö verfolgt. Da war das Adrenalin genauso durch seine Adern gerauscht wie jetzt.

Aus dem Inneren des Hauses drang Babyweinen an sein Ohr. Falls das Kind mit Kovač allein war, konnte alles Mögliche passieren. Sollte er hineingehen oder auf Verstärkung warten?

Wenn Mina noch lebte, gab es keine Alternative.

Thomas schlich näher und stellte sich an die Wand.

»Polizei!«, brüllte er. »Lassen Sie die Waffe fallen, und kommen Sie mit erhobenen Händen heraus!«

Die Sekunden, die verstrichen, kamen ihm ewig lang vor.

»Polizei!«, rief er wieder.

»Nicht schießen«, sagte eine dünne Männerstimme.

Thomas ging geduckt auf den Eingang zum Wintergarten zu. Es dauerte einen Moment, bis sich die Augen an die Dunkelheit gewöhnt hatten, aber dann erkannte er die Umrisse eines Mannes auf dem Boden. Unter seinem Körper bildete sich eine große, dunkle Lache.

Es roch nach Blut und Pulverdampf.

Sein Blick fiel auf Mina, die mit Lukas in den Armen auf dem Küchenfußboden zusammengesunken war. Sie wiegte das Kind, ohne einen Laut von sich zu geben.

Ein weiterer Mann lehnte mit dem Rücken an der Wand. Er starrte blicklos vor sich hin. Neben ihm lag ein Gewehr.

Aus dieser Richtung kam der Geruch von Schmauch.

Minas Vater öffnete den Mund, als Thomas bei ihm ankam.

»Ich musste ihn töten«, sagte er heiser. »Sonst hätte er meine Tochter erschossen.«

Bosnien

Mai 1993

Selma hielt den Atem an, während der Offizier Zlatkos Papiere kontrollierte.

Es war unmöglich zu sagen, welcher Armee er angehörte. Es gab so viele Fraktionen und paramilitärische Gruppen, die das Land terrorisierten. Sie konnte keinen Unterschied bei den diversen Warlords erkennen.

»Großer Gott, mach, dass sie ihn nicht erschießen«, murmelte sie vor sich hin.

Sie hatte im letzten Jahr oft Angst vor Zlatko gehabt, aber er war ihre letzte Sicherheit. Seine Loyalität hielt sie aufrecht: dass er sich am Ende entschieden hatte, gemeinsam mit ihr und den Jungs zu fliehen, damit die Familie zusammenblieb.

Die Schreie aus dem Gebüsch gingen ihr durch Mark und Bein.

Sie wünschte nur, das arme Mädchen würde endlich still sein. Jeder neue Schrei heizte die Stimmung noch mehr auf. Es erinnerte sie an das Schicksal, das Blanka und sie vielleicht erwartete.

»Ich will alles Geld und den Schmuck«, brüllte der Offizier die beiden Männer an.

Zlatko und Dario gaben ihm alles, was sie bei sich hatten.

Der Offizier drehte den Kopf zu den Frauen im Auto. Blanka gab ihm ihre Ringe. Selma zog eilig Verlobungs- und Ehering ab und reichte sie ihm zusammen mit der kleinen Kette, die sie immer um den Hals trug.

Hauptsache, sie konnte die Kinder retten. Alles andere war unwichtig. Ihre Söhne mussten die Chance auf ein neues Leben in einem Land ohne Krieg bekommen. Andreis und Emir sollten eine Zukunft haben.

Ein Schuss ließ Selma zusammenzucken. Die Schreie aus dem Gebüsch verstummten.

Oh mein Gott.

Der Offizier musterte Zlatko scharf.

»Ist das alles?«, sagte er.

»Ja, ich schwöre.«

Plötzlich blitzte ein Messer in der rechten Hand des Offiziers auf. Er presste es Zlatko an den Hals.

»Lüg mich nicht an.«

Zlatko fiel auf die Knie.

»Mehr haben wir nicht«, flehte er. »Ich schwöre es beim Grab meiner Mutter. Ihr habt alles bekommen, was wir besitzen.«

Der Soldat strich mit der Klinge über Zlatkos Gesicht. Die Schneide kratzte über die Bartstoppeln.

Mit einer schnellen Handbewegung rammte er die Messerspitze in Zlatkos rechtes Auge.

Zlatko brüllte vor Schmerzen.

Selma biss sich so hart auf die Lippe, dass sie blutete, um nicht aufzuschreien.

»Haben wir alles bekommen?«, schrie der Offizier Dario an, ohne das Messer herauszuziehen.

»Papa!«, kreischte Andreis neben ihr.

Dario nickte geschockt.

Der Himmel flammte vom Granatfeuer auf. Im Walkie-Talkie am Gürtel des Offiziers knisterte es.

Einer der Soldaten rief, sie müssten jetzt los.

Der Offizier zog das Messer aus dem Auge.

Dann stieß er es tief in Zlatkos Halsschlagader. Das Blut schoss in hohem Bogen auf die staubige Straße. Mit einer geschmeidigen Bewegung zog er es im selben Moment heraus, als Zlatkos lebloser Körper auf dem Boden auftraf.

»Ihr könnt weiterfahren«, sagte er zu Dario und wischte die Klinge an seiner Uniformhose ab.

Selma starrte schockiert die blutigen Streifen auf dem Stoff an.

Neben ihr schrie Andreis wie von Sinnen. Er wollte aus dem Auto springen und zu Zlatko laufen, aber Selma erwischte ihn im letzten Moment und umklammerte seinen Arm so fest, dass sich ihre Fingernägel in seine Haut bohrten. Trotzdem trat und zappelte er und versuchte, sich loszureißen.

Dario stolperte zurück zum Auto. Mit zitternden Fingern drehte er den Zündschlüssel um, und der Motor sprang an.

Andreis biss Selma, damit sie ihn losließ, aber das Auto rollte bereits. Er warf sich herum und presste das Gesicht an die Scheibe des Rückfensters, während sie davonfuhren.

Sie verließen Bosnien begleitet von Andreis' verzweifelten Schreien.

»Papa. Papa. Papaaaa …«

Montag

Kapitel 135

Ulrika grüßte die Empfangssekretärin der Kanzlei mit einem knappen Kopfnicken und ging rasch in ihr Büro. Die Fassade zu wahren hatte sie ihre ganze Selbstbeherrschung gekostet. Sie wollte sich auf gar keinen Fall anmerken lassen, wie erschüttert sie über die Ereignisse am Wochenende war.

Über das, was Andreis Kovač getan hatte.

Ihre schlimmsten Befürchtungen hatten sich bewahrheitet.

Gestern hatte sie den ganzen Tag damit verbracht, fieberhaft alles durchzugehen, was sie in den letzten Wochen gesagt und getan hatte, um sicherzugehen, dass niemand sie in ihrer Funktion als Kovačs Verteidigerin für irgendetwas verantwortlich machen konnte. Das Letzte, was sie jetzt gebrauchen konnte, war, dass die Anwaltskammer ein Disziplinarverfahren gegen sie eröffnete. Schlimm genug, dass der geschäftsführende Sozius der Kanzlei die anderen Partner für zehn Uhr zu einem Meeting einberufen hatte.

Es klopfte an der Tür. Nico stand auf der Schwelle.

»Was für ein Desaster!«, rief er aus.

Ulrika brachte ihre Gesichtszüge in Ordnung.

»Wovon reden Sie?«

»Von Kovač natürlich. Haben Sie die Schlagzeilen nicht gelesen? ›Dramatische Schießerei im Schärengarten‹. Die Zeitungen sind voll davon. Wir sollten uns in den sozialen Medien dazu äußern.«

Er grinste.

»Andreis Kovač ist tot«, erinnerte Ulrika ihn.

Nico wirkte nicht sonderlich bekümmert. Er ließ sich auf einem der Besucherstühle nieder.

»Der Vater wird einen guten Verteidiger brauchen, vielleicht sollten wir ihm unsere Dienste anbieten?«

Ulrika warf ihm einen scharfen Blick zu.

»Sie könnten ruhig ein bisschen Respekt zeigen.«

»Glauben Sie, er wandert hinter Gitter? Der Vater, meine ich?«

Ulrika hatte noch keinen Gedanken daran verschwendet. Aber besonders kompliziert war der Fall nicht.

»Vermutlich wird er wegen Notwehr freigesprochen«, sagte sie. »Schlimmstenfalls erhält er eine kürzere Gefängnisstrafe.«

Sie legte die Fingerspitzen an die Schläfen. Obwohl sie erst zehn Minuten hier war, hatte sie bereits Kopfschmerzen. Sie brauchte dringend zwei Aspirin. Hoffentlich verschwand Nico bald wieder.

Sie hätte heute zu Hause bleiben sollen.

»Der Vater hat sein Jagdgewehr nach Sandhamn mitgenommen«, sagte Nico. »Man könnte das auch so auslegen, dass er von vornherein die Absicht hatte, seinen Schwiegersohn umzubringen.«

Ulrika seufzte müde.

Es gab eine Reihe von mildernden Umständen, auf die man sich berufen konnte. Stefan Talevski hatte nie die Absicht gehabt, Andreis zu töten. Er wollte nur seine Tochter und seinen Enkel schützen. Hätte er nicht eingegriffen, hätte Kovač Mina erschossen.

Ein guter Verteidiger würde die Schöffen ohne Weiteres davon überzeugen können, dass für Stefan Talevski nur ein Freispruch infrage kam. Oder allenfalls eine Bewährungsstrafe.

»Der Verteidigung dürfte es kaum an Zeugen mangeln, die bestätigen können, dass Kovač sowohl Mina als auch seine Schwiegereltern bedroht hat«, sagte sie.

»Vielleicht will das Gericht ja ein Exempel statuieren«, erwiderte Nico.

Ulrika hatte keine Lust, sich seine Spekulationen anzuhören.

»Ich muss jetzt ein bisschen was tun«, sagte sie und suchte demonstrativ in ihrer Aktentasche nach Papieren.

Nico verschwand aus dem Zimmer. Ulrika griff nach ihren Kopfschmerztabletten.

Andreis Kovačs Taten waren nicht zu verstehen und noch weniger zu verzeihen. Sie hatte die Nachricht erhalten, dass Herman Wibom an den Folgen des Überfalls gestorben war, ebenso wie Katrin Talevski, Minas Mutter.

Die Leiterin des Friggagården war schwer verletzt und vermutlich traumatisiert.

Ulrikas Mandant hatte eine blutige Spur von Tod und Vernichtung hinterlassen.

Ihr Blick glitt zu Fionas Foto auf ihrem Schreibtisch. Gegen ihren Willen musste sie an Stefan Talevskis bittere Worte denken.

»Wie können Sie einen so widerwärtigen Menschen verteidigen? Wie vereinbaren Sie das mit Ihrem Gewissen?«

Kapitel 136

Die Tür zu Anna-Marias Zimmer war zu. Nora klopfte vorsichtig an, ehe sie öffnete.

Anna-Maria lag mit geschlossenen Augen im Bett. Die rechte Hand war bandagiert und eine Gesichtshälfte dick verbunden. Sie hing am Tropf.

»Sie sind das?«, sagte Anna-Maria, als Nora in der Tür stand. Ihre Verwunderung war nicht zu überhören.

»Störe ich?«

»Überhaupt nicht. Kommen Sie rein.«

Anna-Maria winkte sie mit der gesunden Hand herein. Sie war eigentlich wie immer, was erstaunlich war, wenn man bedachte, was sie durchgemacht hatte.

Nora zog den Besucherstuhl ans Bett und setzte sich. Sie war die ganze Woche krankgeschrieben und immer noch schockiert, aber sie hatte beschlossen, so schnell wie möglich mit Anna-Maria zu sprechen.

»Wie fühlen Sie sich?«, fragte sie vorsichtig.

»Aufgewühlt.«

Sie zog die Decke ein Stück hoch.

»Ich bin froh, dass er tot ist. Es ist schrecklich, das zu sagen, aber es ist so.«

Nora widersprach nicht.

»Die Ärzte sagen, die Finger kommen wieder in Ordnung«, fuhr Anna-Maria fort. »Das ist das Wichtigste. Ich bekomme Antibiotika intravenös gegen die Infektion.«

Sie berührte den Verband auf der Wange.

»Alles Weitere werden wir dann sehen«, murmelte sie.

»Sie waren so mutig …«

Anna-Maria hatte nicht verraten, wo der Friggagården lag. Obwohl er ihre Wange zerschnitten hatte, bis sie in Ohnmacht fiel.

»Ich konnte nicht zulassen, dass er sie findet.«

»Werden Sie den Friggagården weiterhin leiten?«, fragte Nora.

»Auf jeden Fall.«

Anna-Maria setzte sich im Bett etwas mehr auf.

»Ich werde für unser Frauenhaus kämpfen, solange ich kann.«

Deswegen war Nora gekommen. Was Anna-Maria ihr über das Vorgehen der Kommune erzählt hatte, war ihr nicht mehr aus dem Kopf gegangen.

»Ich habe mit einer guten Freundin telefoniert, mit der ich zusammen studiert habe«, sagte sie. »Sie ist Anwältin in einer der besten Kanzleien Stockholms.«

»Aha?«

Anna-Maria schien nicht zu verstehen, worauf Nora hinauswollte.

»Sie ist Expertin für öffentliche Ausschreibungen«, sagte Nora. »Ihre Kanzlei hat ein Pro-Bono-Programm.«

»Was ist das?«

»Das bedeutet, dass sie sich um besondere Härtefälle kümmern, ohne Honorar dafür zu berechnen. Um der guten Sache willen.«

Auch das war eine Form der Wiedergutmachung dafür, dass sie es nicht geschafft hatte, Kovač hinter Gitter zu bringen. Sie stand auch bei Anna-Maria in der Schuld.

»Meine Freundin ist bereit, sich Ihrer Sache anzunehmen«, sagte sie. »Sie kann Ihnen gegen die Kommune beistehen, wenn Sie das wollen.«

Anna-Maria schlug sich die gesunde Hand vor den Mund.

»Ohne dass es was kostet?«, flüsterte sie.

»Ja. Völlig gratis.«

»Sie haben keine Ahnung, was das für mich bedeutet. Für uns.«

Nora lächelte leicht.

»Gut, dann werde ich ihr mailen, dass sie eine neue Mandantin hat«, sagte sie. »Dann kann sie sich mit Ihnen in Verbindung setzen.«

Nora stand auf und verabschiedete sich. Die Schwester hatte sie ermahnt, nur ein paar Minuten zu bleiben, da die Patientin immer noch sehr mitgenommen war.

Sie fuhr mit dem Aufzug hinunter in die Halle und ging zum Parkplatz. Jonas wartete im Auto.

»Wie war's?«, fragte er, als sie auf der Beifahrerseite einstieg.

»Sie hat sich gefreut.«

Nora dachte, er würde den Motor anlassen, aber stattdessen beugte er sich zu ihr und strich ihr über die Wange.

»Das hättest du sein können, die überfallen wird und jetzt im Krankenhaus liegt«, sagte er leise. »Du darfst dich nie mehr einer solchen Gefahr aussetzen.«

Nora lehnte den Kopf an die Nackenstütze. Der Besuch hatte sie Kraft gekostet.

Jonas hatte recht. Sie hatte gehandelt, ohne nachzudenken, wenn auch in bester Absicht.

Die Schuldgefühle wollten trotzdem nicht nachlassen.

Als sie Anna-Maria in ihrem Bett liegen sah, hatte sie sich nur noch schlechter gefühlt. Auch wenn Andreis Kovač tot war, würde das Leben für die Menschen, denen er so viel Böses zugefügt hatte, nie mehr dasselbe sein.

Es war immer noch ihre Schuld, dass er vorzeitig aus der Haft entlassen worden war. Damit musste sie für den Rest ihres Lebens zurechtkommen.

Sie wollte nur noch nach Hause und sich auf dem Sofa verkriechen, mit genug Rotwein, um das Herzklopfen und die Gedanken zum Schweigen zu bringen.

Sie hatte keine Ahnung, wie sie es schaffen sollte, schon in einer Woche wieder zur Arbeit zu gehen.

»Können wir jetzt fahren?«, sagte sie und versuchte, ihre Tränen zurückzuhalten.

Kapitel 137

Thomas wartete vor dem Mietshaus in der Götgatan auf Pernilla. Sie waren für zehn Uhr verabredet, und er war ein paar Minuten zu früh.

Die Haustür ging auf, ein Mann und eine Frau in seinem Alter kamen heraus. Sie gingen die Straße hinunter, mit ein bisschen Abstand zwischen sich. In dieselbe Richtung, aber nicht zusammen.

Thomas fragte sich unwillkürlich, ob sie aus dem gleichen Grund hier gewesen waren, aus dem er hier war. Ob das Paar auch die Therapeutin aufgesucht hatte, bei der Pernilla und er gleich einen Termin hatten.

Wenn es so wäre, hatte es sie nicht viel glücklicher gemacht.

Er sah dem Termin mit gemischten Gefühlen entgegen. Die Vorstellung, sein Seelenleben vor einem völlig fremden Menschen auszubreiten, war ihm zuwider. Er hatte versucht, sich dagegen zu wehren.

Aber Nora hatte ihn überredet.

»Denk an Elin«, hatte sie argumentiert. »Auch wenn Pernilla und du nicht mehr zueinander findet, müsst ihr miteinander reden können. Ihr könnt das Band zwischen euch nicht zerschneiden. Nicht, solange ihr ein gemeinsames Kind habt.«

Thomas war trotzdem skeptisch gewesen.

»Betrachtet es als eine Chance, eurer Tochter bessere Eltern zu sein«, hatte Nora gebettelt, und schließlich hatte er sich bereit erklärt, es zu versuchen.

Zu seiner großen Überraschung hatte Pernilla sofort eingewilligt.

Vielleicht war das ein Zeichen, dass er der Therapeutin eine Chance geben sollte. Sich nicht so an alte Muster klammern sollte. Ausnahmsweise waren er und Pernilla einer Meinung.

Die Sonne schien warm, und die Luft war mild. Thomas sah Pernilla in der Menschenmenge auf sich zukommen, sie ging ohne Mantel.

Sie hatte eine leichte Sonnenbräune und neue Strähnen im Haar.

Aus der Ferne ähnelte sie der Frau, in die er sich eines Abends verliebt hatte, als er mit Freunden durch die Kneipen gezogen war.

Er hatte Feuer gefangen wie eine Kiefer, in die der Blitz einschlägt.

Pernilla hob grüßend die Hand und war wenige Schritte später bei ihm.

»Hallo, Thomas«, sagte sie.

Sie zögerte einen Moment, bevor sie ihn vorsichtig umarmte.

Er sog ihren Duft ein, diese reine Frische, die von ihr ausging, ohne dass sie sich darum bemühte.

Sie war noch genauso schön wie bei ihrer ersten Begegnung.

»Wollen wir raufgehen?«, fragte Pernilla und öffnete die Tür.

Thomas nickte und folgte ihr.

Epilog

Mina öffnete die Pforte und schob den Kinderwagen auf den Friedhof. Der Flieder stand in voller Blüte, es waren nur noch wenige Wochen bis Mittsommer.

Lukas schlief fest.

Langsam ging sie zum Grab ihrer Mutter. Der Stein war noch nicht gesetzt worden, aber die Erde war bedeckt von verwelkten Blumensträußen. Sie hatten einen schönen Platz im Schatten einer großen Trauerbirke ausgesucht.

Mina sank auf die Knie. Sie sammelte ein paar welke Blätter vom Grab und legte einen frischen Strauß nieder. Einige Grashalme sprossen aus der Erde.

»Verzeih mir, Mama«, flüsterte sie.

Lukas zuliebe musste sie stark sein. Und für Papa, er brauchte ihre Unterstützung bei dem kommenden Prozess. Er hatte so müde ausgesehen, als sie ihn neulich in der Untersuchungshaft besucht hatte. Grau im Gesicht und völlig abgemagert. Die grüne Gefängniskleidung schlotterte ihm am Körper.

Sie strich mit den Fingerspitzen über die schwarze Erde.

Es war nicht Papas Schuld, dass Andreis ihm nach Sandhamn gefolgt war und auf diese Weise ihr neues Versteck gefunden hatte. Sie würde nie auf die Idee kommen, ihm das vorzuwerfen. Papa hatte alles geopfert, um seine Tochter und seinen Enkel zu beschützen.

Papa hatte sie mehr als einmal gerettet.

Er hatte ihr schließlich erzählt, dass er es gewesen war, der den Behörden anonym den Tipp zu Andreis' Geschäften gegeben hatte. Als Steuerprüfer hatte er gewusst, dass Andreis eine Gefängnisstrafe wegen Steuerbetrugs drohte. Er hatte die Tragweite der Informationen erkannt, die Mina ihm in ihrer Verzweiflung eines Nachts geschickt hatte. Sie hatte die Eintragungen in Andreis' schwarzem Notizbuch fotografiert, das er in seinem Suff auf dem Schreibtisch hatte liegen lassen.

Papa hatte alles getan, was in seiner Macht stand, um ihr zu helfen, und er hatte einen furchtbaren Preis dafür bezahlt.

Bald wäre sein Prozess vorbei, und dann würde man ihn freilassen, so wie es sein Verteidiger versprochen hatte. Danach würden sie neu anfangen. Würden lernen müssen, ohne Mama zu leben, aber auch endlich ohne Drohungen und Gewalt und ständige Angst vor Übergriffen leben können.

Ein anderes Leben.

Das Mobiltelefon in ihrer Handtasche piepte. Mina zuckte zusammen, obwohl sie keine Angst mehr vor Mitteilungen von Andreis zu haben brauchte. Die Gewohnheit saß tief.

Sie zwinkerte die Tränen weg und holte das Handy heraus.

Es dauerte einen Moment, bis sie die Nummer erkannte.

Die Nachricht war von Emir, Andreis' Bruder. Er war wegen des Mordes an Dino Herco verhaftet worden, aber man hatte ihn wieder freilassen müssen. Emir hatte alles auf Andreis geschoben, und es gab nicht genügend Beweise, um ihn für das Verbrechen zu verurteilen, nachdem er Andreis als Sündenbock hingestellt hatte.

Mina starrte auf das Display. Die Buchstaben flossen ineinander.

»Lukas gehört unserer Familie.«

Unterstützung für betroffene Frauen bieten zahlreiche Organisationen an. Schnelle Hilfe finden Sie im Internet.

Nachwort

Flucht in die Schären begann für mich mit dem Bild einer Mutter mit Kinderwagen, die um ihr Leben läuft. Nach und nach gesellte sich die Hintergrundgeschichte in Bosnien dazu. Es war eine spannende, lehrreiche und zeitweise tief erschütternde Reise, die beiden Geschichten zu schreiben, die im Buch sukzessive miteinander verflochten werden.

Wie immer habe ich mir einige Freiheiten erlaubt. Bei Beziehungstaten werden normalerweise speziell ausgebildete Polizisten eingeschaltet, hier habe ich Nora und Leila diesen Part übernehmen lassen. Ich habe außerdem einige polizeiliche Maßnahmen zusammengefasst und der Behörde zur Bekämpfung von Wirtschaftskriminalität (EBM) einen größeren Zuständigkeitsbereich gegeben, als sie ihn in der Regel bei Gewaltverbrechen hat. Die Gestaltung der öffentlichen Ausschreibung durch die Kommune ist in diesem Fall reine Fiktion.

Für sonstige eventuelle Fehler übernehme ich die volle Verantwortung, hoffe jedoch, dass es nicht allzu viele sind.

Viele Personen haben mir bei diesem Buch großzügig geholfen, und ich möchte ihnen gern danken:

Richterin Cecilia Klerbro, die das Gerichtsverfahren im Manuskript überprüft hat.

Polizeikommissar Rolf Hansson, für die Beantwortung unzähliger Fragen zur Arbeit der Polizei.

Negra Efendic, preisgekrönte Journalistin bei *Svenska Dagbladet,* hat sich die in Bosnien spielende Geschichte genau angesehen.

Gunilla Pettersson aus Sandhamn, die auch dieses Manuskript mit scharfem Schärengarten-Blick durchgegangen ist.

Rechtsanwalt Henrik Olsson Lilja, der mich in Fragen zur Rolle des Strafverteidigers und zu den Regeln der Anwaltskammer beraten hat.

Botschafter Björn Lyrvall, der in Sarajevo gelebt hat und in den Friedensprozess 1995–1997 tief involviert war.

Kriminalinspektorin Annika Teckner, die mir die neue Polizeiorganisation erklärt und in Flemingsberg gearbeitet hat.

Bankdirektor Peter Einarsson, Handelsbanken, hat mir das Regelwerk rund um Geldwäsche und Steuerbetrug erklärt.

Camilla Sten, meine allerliebste Sparringspartnerin.

Dieser Kriminalroman ist das Resultat von Teamwork – ohne meine fantastische schwedische Verlegerin Karin Linge Nordh und Schwedens besten Lektor, Johan Häggblom, wäre es ein anderes und viel schlechteres Buch geworden. Herzlichen Dank, es ist ein echtes Privileg, mit euch zusammenarbeiten zu dürfen, ebenso wie mit der phänomenalen Sara Lindegren und den anderen beim Forum-Verlag.

Annika, Sissel und allen anderen bei Bindefeld, danke für eure hervorragende Arbeit!

Anna Frankl, du bist mein Fels! Ich danke dir, Joakim Hansson und dem ganzen Team der Nordin Agency, dass ihr meine Bücher in die Welt hinausschickt.

Zum Schluss, an meine Familie: Lennart, Camilla, Alexander und Leo. Ich liebe euch.

Sandhamn, den 4. April 2018
Viveca Sten